Maldición oscura

Christine Feehan

Maldición oscura

Titania Editores

ARGENTINA - CHILE - COLOMBIA - ESPAÑA
ESTADOS UNIDOS - MÉXICO - PERÚ - URUGUAY - VENEZUELA

Título original: *Dark Curse*
Editor original: Berkley Books, The Berkley Publishing Group, Penguin Group (USA) Inc., New York
Traducción: Armando Puertas Solano

1ª edición septiembre 2010

Copyright © 2009 *by* Christine Feehan
   This edition is published by arrangement with The Berkley Publishing Group, a member of Penguin Group (USA) Inc.
   All Rights Reserved
© 2010 de la traducción *by* Armando Puertas Solano
© 2010 *by* Ediciones Urano, S.A.
   Aribau, 142, pral. - 08036 Barcelona
   www.titania.org
   atencion@titania.org

ISBN: 978-84-96711-91-4
Depósito legal: B - 32.214 - 2010

Fotocomposición: A.P.G. Estudi Gràfic, S.L. - Torrent de l'Olla, 16-18, 1º 3ª - 08012 Barcelona
Impreso por Romanyà Valls, S.A. - Verdaguer, 1 - 08786 Capellades (Barcelona)

Impreso en España - *Printed in Spain*

*A mi hermana, Anita Toste, que comparte conmigo
la devoción por las cosas extrañas, que se queda conmigo
despierta hasta altas horas de la noche, inventando hechizos
y haciéndome reír con los recuerdos de la infancia.
Siempre la he querido y he contado con ella toda mi vida.
Ésta es para ti.*

Agradecimientos

En un libro tan complicado como *Maldición oscura* hay muchas personas a quienes debo dar las gracias.

En primer lugar, mis agradecimientos especiales al doctor Christopher Tong, un amigo increíble y una permanente fuente de información. Fue idea suya utilizar la lengua carpatiana como la protolengua del húngaro y el finlandés. El doctor Chris Tong (*www.christong.com*) habla varias lenguas, realizó sus primeros estudios universitarios en lingüística, en la Universidad de Columbia y es licenciado en lingüística computacional por la Universidad de Stanford. Actualmente escribe un nuevo libro, *Beyond Everything*, y trabaja en el desarrollo de World Meeting Place, una página web 3.0 (basada en la inteligencia artificial) destinada a facilitar la colaboración entre los pueblos del mundo para solucionar los problemas del planeta.

Agradezco a Brian Feehan, que lo deja todo de lado y siempre se presta a tener conmigo una sesión de lluvia de ideas en cuanto se lo pida. Brian, contribuyes a que mis fantasías y mis escenas de acción cobren vida después de hablarlas contigo.

También tengo que dar las gracias a Rachel Powell por haberme presentado a una mujer maravillosa, Diana SkyEyes, que tuvo la generosidad de compartir conmigo sus conocimientos en un plazo breve y me indicó el camino a seguir para ayudar a mis mujeres carpatianas. Diana SkyEyes es una sacerdotisa de la tierra que lleva veinte años practicando las tradiciones Moon Lodge y Wicca de medicina alternativa. Es una herbolaria autorizada, música y autora de cánticos curativos. Cualquier error, así como las licencias que me he tomado en la ficción para afinar la trama del relato, sólo se me pueden atribuir a mí. Gracias, Diana, por todo tu tiempo y tu energía.

Gracias a mi hermana, Ruth Powell, que siempre ha defendido a los niños. Es la única persona que conozco que podría componer una canción de cuna antigua y conseguir que la letra sea universal.

Gracias a mi hermana Jeanette y a Slavcia, que tuvieron la gentileza de conversar conmigo de los problemas del parto y cómo resolverlos con medicinas alternativas.

Y, desde luego, gracias a Anita, que siempre convierte el trabajo en una actividad divertida y que me ha recordado nuestra época despreocupada cuando, entre risas, elaborábamos nuestra propia magia. Tu talento en tantos dominios siempre me asombra.

A mis lectores

Os sugiero visitar el sitio *http://www.christinefeehan.com/members/* para apuntarse a mi lista PRIVADA de anuncios de nuevas publicaciones y para descargar GRATIS el e-book de *Dark Desserts*. Deseo que mis lectores sientan total libertad para escribirme a *Christine@christinefeehan.com*. Me encantaría tener noticias vuestras.

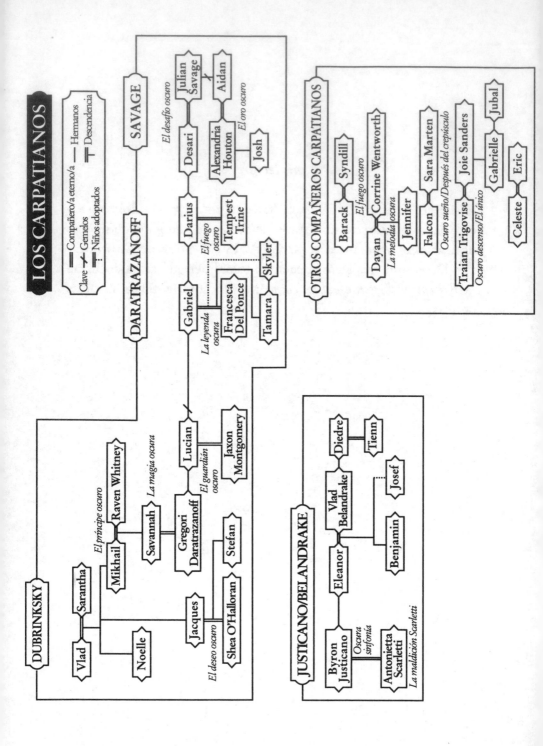

LOS CARPATIANOS

Clave
= Compañero/a eterno/a — Hermanos
↗ Gemelos
⫟ Niños adoptados
⫟ Descendencia.

DUBRINSKY

Vlad
Sarantha
Noelle
Mikhail — Raven Whitney
El príncipe oscuro
Savannah
La magia oscura
Jacques
Stefan
Shea O'Halloran
El deseo oscuro

DARATRAZANOFF

Gregori Daratrazanoff
Lucian
El guardián oscuro
Jaxon Montgomery
Gabriel
La leyenda oscura
Francesca Del Ponce
Tamara
Skyler
Darius
El fuego oscuro
Tempest Trine
Desari
Alexandria Houton
El oro oscuro
Josh

SAVAGE

Julian Savage
El desafío oscuro
Aidan

JUSTICANO/BELANDRAKE

Byron Justicano
Oscura sinfonía
Antonietta Scarletti
La maldición Scarletti
Eleanor
Vlad Belandrake
Diedre
Tienn
Benjamin
Josef

OTROS COMPAÑEROS CARPATIANOS

Barack
Syndill
Dayan
El fuego oscuro
Corrine Wentworth
Jennifer
La melodía oscura
Falcon
Sara Marten
Oscuro sueño/Después del crepúsculo
Traian Trigovise
Oscuro descenso/El único
Joie Sanders
Gabrielle
Jubal
Celeste
Eric

12

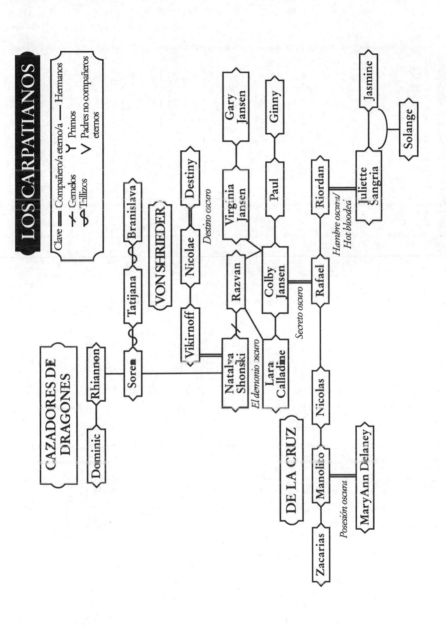

LOS CARPATIANOS

Clave: ▬ Compañero/a eterno/a — Hermanos
⟋ Gemelos Υ Primos
⟋ Trillizos ⋁ Padres no compañeros eternos

CAZADORES DE DRAGONES

Dominic — Rhiannon — Sorem

Tatijana ⟋ Branislava

VON SHRIEDER

Vikirnoff — Nicolae ▬ Destiny
Destino oscuro

Natalya Shonski
El demonio oscuro

Lara Calladine

Razvan

Virginia Jansen — Gary Jansen

Colby Jansen — Paul — Ginny
Secreto oscuro

Rafael — Riordan ▬ Juliette Sangria
Hambre oscura/ Hot blooded

Jasmine

Solange

DE LA CRUZ

Nicolas

Manolito ▬ MaryAnn Delaney
Posesión oscura

Zacarias

Prólogo

Lara tendría que haber temblado de frío, pero era el miedo lo que la agarrotaba, un miedo aterrador que helaba los huesos y le provocaba estremecimientos tan intensos que le era imposible controlarlos. Se acurrucó en el suelo de la caverna y paseó la mirada por su lugar de encierro. El hielo era bello, con sus gruesas paredes azulinas, y unas formaciones impresionantes que colgaban del techo y nacían del suelo como un bosque de cristales multicolores. Lara se agachó y observó las luces a lo largo de la superficie del hielo, deslumbrada por los destellos que proyectaban en las paredes. Y durante todo ese rato, el corazón le latía demasiado deprisa y el terror, que iba a más, la asfixiaba.

Un suave susurro que percibió mentalmente le ayudó a serenarse, a mantenerse interiormente centrada y calmada, cuando lo que deseaba era enroscarse como una bola y llorar. Ahora tenía ocho años, los cumplía justo ese día. Se miró los brazos y las muñecas, que conservaban las marcas de las dentelladas, las cicatrices de los colmillos que la habían herido intentando llegar a sus venas. Sintió un dolor en el vientre. Era la última vez que alguien se atrevería a herirla y a tomar su sangre. Porque ese día iba a fugarse.

Tengo mucho miedo. Aunque se trataba de una comunicación mental, de telepatía, la voz le temblaba.

Enseguida sintió la calidez que le reconfortaba el alma. Fue una sensación que la recorrió de arriba abajo, acabó con sus temblores y le infundió coraje. *No estarás sola. Nosotros te ayudaremos a escapar. Tienes que ser valiente, pequeña.*

¿Vendrás conmigo, tía Bronnie? ¿Vendréis las dos? Sabía que su tono era lacrimoso y asustado, pero era incapaz de remediarlo. Nunca había estado en la superficie, y la idea de aventurarse en un mundo que no le era familiar la paralizaba. Sin sus tías, sería incapaz de protegerse. Las dos la habían instruido, y le habían transmitido mentalmente tantas habilidades y hechizos como fuera posible, pero ella seguía siendo una niña con un cuerpo de niña. Delgada. Débil y paliducha. Y una abundante cabellera de color cobrizo que nunca podía domeñar. Y poca cosa más.

Puede que eso no sea posible, Lara. Y si nosotras no podemos, tú deberás escapar sola. Tendrás que alejarte todo lo posible de este lugar y ocultar tus talentos y capacidades para que nadie vuelva jamás a encerrarte. ¿Lo entiendes? Jamás y en ningún sentido debes parecer diferente de los demás cuando vivas en el mundo exterior.

Ellas le hablaban del mundo. Durante noches largas y solitarias, le habían contado en susurros cómo era la vida en la superficie, le habían descrito el sol y el mar, los bosques, los animales y aves que surcaban libremente los cielos. Le habían llenado la cabeza —y el corazón— de imágenes tan bellas que le robaban el aliento.

¿Por qué tengo que ocultar mis dones en el mundo exterior? Lara volvió a estremecerse, frotándose todo el cuerpo para darse calor. No se debía a la temperatura de la caverna de hielo, puesto que era capaz de controlar su temperatura corporal cuando se acordaba de hacerlo. Era la idea de salir de ahí, casi tan aterradora como la idea de quedarse. Allí al menos tenía a sus tías. En el exterior... ni siquiera sabía con qué se encontraría.

Siempre es preferible mezclarse con la gente, Lara. Xavier es un hombre cruel, y hay otros como él. Tú posees enormes poderes, y otros querrán hacerse con ellos. Aprende en secreto, y úsalos sólo cuando te veas obligada, o para hacer el bien, o para salvar la vida. No puedes dejar que otros lo sepan.

Venid conmigo.

Si podemos, huiremos, pero pase lo que pase, debes abandonar este lugar. Ya has visto lo que nos hacen a nosotras, lo que te harán a ti. Tus poderes los atraerán y te lo quitarán todo.

Lara cerró los ojos, y el estremecimiento se convirtió en una violenta sacudida. Era verdad que lo había visto. Las torturas. Las horribles torturas. Los hechizos oscuros y abominables que despertaban a los demonios de brillantes ojos rojos y el hedor nauseabundo del mal que llevaban pegado al cuerpo. Seguiría oyendo gritos hasta el día de su muerte, los gritos de otros que clamaban pidiendo misericordia, que clamaban pidiendo la muerte.

No podía permitir que su padre ni su bisabuelo se enteraran del poder que iba cobrando cuerpo en ella. Jamás podría dejar que supieran qué le habían dicho y enseñado sus tías al transmitirle mentalmente todo lo que sabían de manera que, al hacerse más poderosa, ella tuviera los conocimientos que requería. Aquellos dos hombres procurarían despojarla de la totalidad de su ser y, si no lo conseguían, la controlarían. Al final, sería como los demás, que habían sido desgarrados en vida, sometidos a experimentos, devorados vivos, miembro a miembro, hasta que sólo quedaba el dolor y la locura.

Hoy era su cumpleaños y tenía que escapar. Tenía que abandonar el único hogar que conocía y aventurarse en un mundo al que sólo se había asomado a través de los recuerdos de sus dos tías, encerradas desde hacía tanto tiempo que ya habían renunciado a llevar la cuenta de los años. Antes de que eso ocurriera, ella se vería obligada a sufrir una vez más los dientes afilados y crueles de su padre y de su bisabuelo.

Se tapó los ojos y se mordió los labios para reprimir el llanto.

Lara. Perteneces a la estirpe de los cazadores de dragones. Puedes conseguirlo. Nosotras somos fuertes y podremos resistir. Jamás sucumbimos ante el mal. ¿Lo has entendido? Debes escapar.

La tía Bronnie siempre la aleccionaba, pero en sus palabras había un fondo de amor, de inquietud y determinación. La tía Tatijana sonaba triste y debilitada, pero en su voz también se adivinaba el amor, aunque en aquellos días rara vez gastaba sus energías hablando. Lara sabía que estaba ocurriendo algo malo, muy malo, y temía perderlas a las dos.

—No quiero estar sola —murmuró, en medio del frío gélido de aquella celda que bañaba en la luz azulina. No lo dijo mentalmente para que la oyeran sus tías, porque no quería que supieran que el miedo de partir casi la paralizaba. Aquel lugar terrible de dolor, muerte y frío era su hogar, y allí al menos tenía a sus tías y sabía a qué atenerse. Una vez afuera... se encontraría en un mundo desconocido.

De pronto, se sacudió de arriba abajo. Al mismo tiempo, sintió al invasor que penetraba en su cerebro y se derramaba en ella como una sustancia lodosa. Dejó escapar un grito ahogado. Sus instintos le decían que luchara contra aquella orden, pero se obligó a permanecer serena, fingiendo sumisión. Tuvo que hacer un gran esfuerzo, porque todo en ella la impulsaba a estremecerse y a alejarse de aquella mancha que ganaba terreno.

No te resistas. No te resistas, murmuró la tía Bronnie. *Conserva tus fuerzas. Déjalo creer que te tiene bajo su control. Todas golpearemos al unísono. Ésta será la última vez, mi niña, la última vez...*

Lara se ahogó con el sollozo que pugnaba por salir. Tener a otro ser dentro de ella, sentir cómo el mal la invadía, adueñándose de su mente y obligándola a obedecer, hizo que la bilis ascendiera y le inundara la garganta y la boca con su ácido corrosivo. Lara dio un paso. Y otro. Como una marioneta que obedece a los hilos. No pudo impedir que sus instintos se rebelaran. Se resistió a aquella presencia invasora e intentó expulsarlo de su mente, y ese leve amago de rebelión provocó una respuesta inmediata.

Volvió a sacudirse bruscamente y un dolor agudo le traspasó el cerebro, como estacas de hielo que se le incrustaban en la piel y en los huesos. De pronto, presa de la sensación de que unas arañas se deslizaban por su cuerpo, cientos de arañas que pululaban, la envolvían, anidaban en sus cabellos y le mordían el cuero cabelludo, empezó a golpearse frenéticamente por todas partes. Abrió la boca para gritar, pero no se oyó nada. Sabía que Razvan, su padre, no toleraba ni lágrimas ni súplicas. Se enfurecía con los chillidos o con una voz infantil. Los primeros recuerdos de Lara eran los de su padre sacudiéndola, gruñendo como uno de esos lobos que capturaba y que a veces traía a su guarida con el solo fin de someterlos a torturas.

Fueran cuales fueran sus recuerdos, aquella era su vida. Sus tías le habían dicho que a una niña había que amarla y cuidarla como un tesoro, que nunca debía ser utilizada como sustento, aunque ellas sólo podían prenderse de los recuerdos que compartían de la infancia de su madre. Sus tías ni siquiera habían vivido de verdad algo diferente de la propia Lara. Y los recuerdos, sobre todo los muy antiguos, podían pecar de inexactos.

Me está obligando a entrar en la cámara. Intentó dominar el pánico que se apoderaba de ella, y procuró no resistir ni desvelar sus habilidades, pero su sentido de autoconservación era muy poderoso.

Vienes hacia nosotras, le recordó su tía. *Piensa sólo en aquello. Vas a abandonar este lugar horrible; partirás hacia una vida nueva donde no puedan volver a tocarte.*

Lara asintió con un gesto de la cabeza y no cedió al impulso de resistirse. No podía perder completamente los nervios o Razvan sospecharía que algo estaba ocurriendo. Ella era lo bastante lista para saber que él pretendía controlarla a través del miedo. Si no tenía miedo, él encontraría una manera de despertar su terror, para poder mantenerla controlada y sumisa.

Contó cada uno de sus pasos. Sabía el número exacto, puesto que ya había recorrido el mismo camino muchas veces. Treinta y siete pasos por el pasillo y luego, como obedeciendo a una orden, giraría bruscamente a la derecha y cruzaría la entrada que daba a la amplia sala donde Razvan y Xavier celebraban sus ceremonias rituales. El largo pasillo era, en realidad, un túnel con un techo azulino y gruesas paredes de hielo. Bajo sus pies, el hielo era compacto y sólido, casi transparente como un cristal, siempre brillando intensamente debido a las esferas de luz en los candelabros.

La luz lanzaba destellos sobre las paredes y creaba un arco iris cuyos colores brillaban como joyas engastadas en aquel universo helado.

Lara amaba la belleza, las esculturas de color rojo anaranjado y de un azul de tonos púrpuras que nacían abruptamente del suelo y brotaban como deslumbrantes fuentes heladas, esperando que les diera la luz para revivir. Se desplazó alrededor de las formas que le eran familiares con pasos breves y bruscos hasta que se encontró en medio de la enorme sala. Cada pocos metros, unas columnas gigantescas se alzaban hacia la bóveda de esa especie de catedral. Armas antiguas cubrían una pared y, más adelante, envueltos en hielo, había dos dragones perfectamente formados, uno rojo y otro azul.

Lara alzó la mirada, y se quedó sin aliento, como siempre, al ver a sus tías, no sólo encerradas por el hielo sino también atrapadas en una poderosa forma que no era la suya. Lara todavía no había aprendido a mutar, pero intuía que se acercaba el momento. Las dos tías habían introducido en lo más profundo de su mente esos conocimientos, de manera que nunca olvidara el proceso de transformación, pero ella todavía no se armaba del valor necesario para llevarlo a cabo. Y las tías le habían prohibido intentarlo en esos espacios porque Razvan o Xavier no tardarían en percibir la presencia de la energía.

El dragón rojo tenía su enorme ojo aplastado contra el hielo. Mientras Lara observaba, éste cerró lentamente el párpado y volvió a abrirlo. Aquella breve señal le dio las fuerzas para mirar a la cara al hombre que, con el ceño fruncido, esperaba en el centro de la sala. Razvan, su padre, la miró con expresión enfurecida y la llamó agitando un largo dedo.

Las arrugas en su cara se habían vuelto más marcadas que la última vez que lo viera, y de eso hacía sólo unos días. Su pelo había oscurecido, del rojo cobrizo a un castaño más oscuro teñido por las canas. Tenía los ojos hundidos y enmarcados por unas ojeras profundas. En cuanto su mirada se fijó en ella, empezó a respirar más pesadamente, expulsando el aire en largos soplos agitados. En una mano sostenía un puñal ceremonial ritual y, al reparar en ello, a Lara empezó a latirle violentamente el corazón.

Tiene el puñal.

Sentir los dientes que le desgarraban la carne era una experiencia macabra, pero aquella hoja cortante era aún peor porque le abría las carnes y le hacía sentir el metal contra la piel y los tejidos, se apoderaba de su cuerpo y despertaba los gritos de antiguas víctimas, gritos que no conseguía apagar durante semanas. Las súplicas de misericordia poblaban sus sueños y se adherían a sus venas como el hielo, y ella creía que estaba perdiendo la razón, hasta que el tiempo acababa por derretirlas.

Lara no pudo evitar esa ola de adrenalina y la sensación de poder que la acompañaba, el impulso de retroceder, sustraerse a esos pasos torpes y resistirse. Razvan lanzó un gruñido y al estirar los labios enseñó sus dientes manchados.

—¡Ven aquí! —Su cara era una máscara de odio—. Tú no eres nada, nada más que forraje para alimentar la genialidad de mi existencia. ¡Nada! Un gusano que se arrastra por el suelo al servicio de la grandeza.

Razvan señaló el hielo y, por un instante, Lara pensó en rebelarse contra su poder.

¡No! Debes hacer lo que dice. Él no puede enterarse del poder que hay en ti. Te encerrará, como Xavier nos ha encerrado a nosotras. Ésta es tu oportunidad, Lara.

La tía Bron susurraba, intentando persuadirla con palabras dulces, e incluso le suplicó, y luego le ordenó. Todo eso jamás habría sido suficiente para que Lara reprimiera su instinto de supervivencia y su repugnancia ante Razvan y su puñal, pero en cada una de las palabras de su tía latía un miedo feroz. Lara se vio obligada a someterse a la humillación de inclinarse y ponerse a cuatro patas, y luego a andar a gatas por el suelo de hielo a pesar del frío que le hería las rodillas. Ella misma permitía esa sensación de frío, renunciando a regular su temperatura corporal porque la distracción del frío le ayudaba a conservar la serenidad.

Por un momento, Razvan no se movió, encorvado sobre ella, y

empezó a murmurar algo para sí mismo, hasta que el color de sus ojos viró del azul al verde. Lara se estremeció. El color de sus propios ojos también cambiaba según su estado de ánimo. Aquél era el único rasgo que la vinculaba a él, un rasgo que ella tenía que reconocer como común, y eso significaba que por sus venas corría la sangre de un monstruo.

Razvan se inclinó, con una expresión rara pintada en el rostro mientras miraba alrededor de la nave. Posó una mano sobre la cabeza de Lara, le rozó el pelo rizado y cobrizo con un gesto que podría haber sido una caricia. Cuando habló, fue con un susurro grave.

—Vete. Vete antes de que perezcas.

Lara lo miró y pestañeó, perpleja ante aquella extraña frase ritual que él siempre pronunciaba antes de cogerla por los hombros delgados y obligarla a ponerse de pie de un tirón. Los ojos le brillaban, desquiciados, teñidos de un maligno color rubí, cuando le cogió el brazo, lo giró y le abrió la muñeca de una puñalada.

Ella lanzó un grito e intentó reprimir el dolor del impacto cuando la hoja del puñal le rasgó la carne hasta llegar al hueso, liberando con ello los gritos de multitud de víctimas, como si las sombras de la vida todavía se aferraran al arma que las había torturado y luego matado. Razvan apretó la muñeca contra su boca y empezó a chupar ávidamente, mordiéndola y raspándola como si fuera un hueso. Mientras sorbía, hacía unos ruidos repugnantes que se mezclaban con los gritos de los muertos.

Las lágrimas le quemaron bajo los párpados, le nublaron la visión y se le atragantaron. Sus tías tenían razón. Tenía que escapar. Poco importaba lo que le esperara en el mundo exterior porque era incapaz de seguir soportando aquel tormento día tras día.

No flaquees. Está casi saciado.

Lara se aferró a esas palabras, sabiendo que sus tías siempre adivinaban en qué momento Razvan dejaría de alimentarse. Se sintió débil y mareada, y las rodillas le flaquearon. Hasta que, de pronto, todo en ella se quedó quieto. Se le erizó el pelo de la nuca y sintió la piel de gallina en los brazos. Un escalofrío de miedo le recorrió la espalda. Era *él,* que estaba a punto de aparecer. Si Razvan era un monstruo, su bisabuelo era el epítome mismo de la maldad. Lara intuía su presencia mucho antes de que entrara en la cámara.

Razvan tuvo un estremecimiento visible al levantar la mirada. Enseguida empujó a Lara para que quedara detrás de él. Ella se pasó la lengua por la muñeca y los agentes curativos de su saliva sellaron la herida.

Un hedor de carne en descomposición anunció la llegada de Xavier. Éste entró, con su figura demacrada y encorvada, empuñando firmemente un cayado y arrastrando los pies al caminar. El cayado era un arma asombrosa y podía ser usada —y a menudo lo era— para infligir dolor. Con cada paso que daba el anciano, se oía el roce de la larga túnica que cubría su cuerpo delgado, arrastrándose por el suelo, barriendo los cristales de tal manera que la bastilla de la tela acumulaba trozos y astillas de hielo de un blanco deslumbrante. La barba blanca y larga le llegaba casi a la cintura. Su figura era borrosa mientras se desplazaba, pero si Lara se concentraba lo suficiente alcanzaba a ver la carne pudriéndose bajo su digno aspecto.

Entonces sintió una oleada de energía, y supo que emanaba del cayado, no de su bisabuelo. Razvan se encogió de miedo al ver acercarse al anciano. Ella sabía que Xavier era el mago más viejo, y que dominaba tanto la magia blanca como la negra. Sus enseñanzas habían sentado las bases no sólo de la raza de los magos, sino también del pueblo carpatiano. Sus tías le habían contado la terrible historia familiar de secuestros, violaciones, asesinatos y guerras. Todo había ocurrido por culpa de aquel único anciano y su incansable búsqueda de la inmortalidad.

El viejo estiró hacia ella su brazo delgado. Sus dedos no eran más que huesos, con sus uñas largas y curvas. La llamó con un gesto.

Razvan empujó a Lara a un lado.

—No la tocarás. Tienes tus propias fuentes.

Ven, acércate, Lara, ahora, mientras ellos se pelean por ti. Acércate a la pared y ayúdanos a liberarnos.

—Ya no puedo recurrir a ellas, como bien sabes. Se han vuelto demasiado poderosas para controlarlas. Necesito el libro. Debemos encontrar el libro. —Xavier se acercó a Lara con pasos inseguros, queriendo cogerla con sus garras—. Una vez que tenga el libro, ya no podrán seguir resistiendo.

Razvan tiró de Lara para apartarla del anciano.

—Ésta es mía, y no la tocarás.

—¡No intentes darme órdenes a mí! —bramó el viejo, y su voz retumbó dentro de la vasta nave. Xavier se irguió cuan alto era y Razvan pareció encogerse ante su presencia—. Soy más viejo, pero todavía tengo mis poderes, y tú no.

Lara se acercó poco a poco a la pared, a la vez que se apoderaba de la energía que flotaba en aquel espacio.

—Ni siquiera eres capaz de controlar a tus propios niños. Aunque estén enfermos, ¡todavía pueden desafiar tus órdenes! Me has obligado a llevarte a mis propios hijos, pero no podrás tener a ésta. Los matas con tu avidez.

—Tendrás que entregármela. —Xavier esgrimió el cayado y apuntó con el extremo hacia su nieto.

Lara aprovechó el momento. Extrajo toda la energía posible del cayado y la dirigió hacia la pared de hielo. Al mismo tiempo, sus tías unieron su propia energía a la suya. La imponente pared se agitó con un borboteo, y se combó hacia afuera. Unas astillas enormes se desprendieron del bloque cuando se trizó por todas partes y empezó a fragmentarse.

—¡Detenlas! —Xavier se apartó del hielo que se resquebrajaba al tiempo que gritaba su advertencia.

Un dragón de color rojo fulgurante rompió el hielo y estiró las garras hacia Razvan, mientras el de color azul inclinaba un ala hacia Lara.

¡Ahora! ¡Ahora! ¡Encarámate, rápido! ordenó la tía Tatijana.

Lara no vaciló. De un salto ágil se plantó sobre el ala, trepó por la membrana y se montó a horcajadas sobre el lomo del dragón. Éste flexionó en seguida las patas y batió enérgicamente las enormes alas, creando una fuerte corriente de aire que lanzó hacia atrás a los dos hombres. Xavier perdió el asidero sobre el cayado. Lara se concentró en el grueso palo y dirigió la fuerza del viento contra él, haciéndolo rodar hasta el otro extremo de la cámara de hielo. El dragón azul emprendió el vuelo.

No queda mucho tiempo. Ve, Tatijana, huye ahora que puedes, rogó Bronnie a su hermana mientras se interponía con su enorme envergadura entre Razvan, Xavier y Lara.

Lara se percató de que los dos dragones estaban débiles, y que ya empezaba a desteñir el color de su piel. El esfuerzo de mantener a raya a los dos magos empezaba a notarse. Mientras permanecía sentada sobre Tatijana, se dio cuenta de que estaban hambrientas, y que lo habían estado durante años. Xavier sólo les permitía el mínimo sustento para que no hicieran uso de sus poderes. De las dos, Tatijana era la más debilitada. Bronnie intentaba darle tiempo a su hermana para que llegara a la superficie y escapara.

Lara miró hacia abajo y vio a Razvan que se acercaba subrepticiamente al dragón rojo. Bronnie batió las alas para mantener a Xavier tumbado en el suelo y lejos del cayado.

Cuidado. Lara quiso advertirle a su tía, pero la advertencia llegó una fracción de segundo demasiado tarde.

Razvan hundió el puñal ceremonial en el pecho del dragón rojo. Tatijana dejó escapar un grito y el dragón se desplomó.

Baja. Huye. Yo los mantendré a raya todo lo que pueda. Tatijana extendió las alas para permitirle a Lara arrastrarse hasta una saliente en lo alto de la nave.

Ve con ella, Tatijana, imploró Bronnie.

Ven conmigo, pidió Lara, a su vez.

Tatijana negó con un gesto de la cabeza.

No abandonaré a mi hermana. Ve, pequeña. Huye y olvídate de este lugar. No mires atrás. Que seas libre y encuentres la felicidad.

Lara se agarró a la pared helada. Todavía debía encontrar su camino en el laberinto de túneles antes de alcanzar la superficie. Lanzó una mirada por última vez a aquello que había sido su hogar, el único que había conocido. Xavier logró incorporarse y alzó una mano. El cayado se agitó, vaciló y cruzó la nave volando hasta su mano.

—Quédate quieta o morirás —ordenó—. Eres un imbécil —dijo a Razvan, enfurecido.

El dragón rojo seguía volando, salpicando sangre, dejando unas brillantes estrías rojas por el suelo helado.

Xavier apuntó con el cayado hacia el dragón azul.

—Detente o mataré a tu hermana.

Bronnie había cesado todo movimiento y quedó tendida sobre el hielo, respirando a duras penas. El dragón azul se acercó a su hermana y la acarició con su largo cuello y la lamió intentando salvarla.

Lara reprimió un sollozo tapándose la boca con una mano.

Vete, o su sacrificio será en vano, le ordenó Tatijana.

Y Lara huyó.

Capítulo *1*

Lara, salgamos de aquí —dijo Terry Vale—. Empieza a oscurecer y no hemos encontrado nada. —Se echó al hombro el equipo de espeleología, no del todo sorprendido por no haber encontrado la entrada a una caverna de hielo. Si a esas alturas nadie había encontrado la caverna en los montes Cárpatos, dudaba que el lugar existiera.

Lara Calladine lo ignoró, y siguió inspeccionando la ladera de la montaña en busca de la más mínima grieta que pudiera señalar la existencia de una cueva. No se equivocaba, al menos esta vez. Había sentido la fuerza de una energía chisporroteante nada más llegar a las laderas más altas de la montaña. Respiró hondo y se llevó una mano al corazón desbocado. Lo había encontrado. Aquel era el lugar que ella se había pasado la vida buscando, y habría reconocido ese flujo de energía en cualquier sitio. Conocía hasta la última urdiembre, hasta el último hechizo, y su cuerpo absorbía esa concentración de energía hasta que sintió que sus venas echaban chispas y las terminaciones nerviosas le ardían con la corriente eléctrica que se acumulaba en su interior.

—Debo decir que estoy de acuerdo con Terry en eso —dijo Gerald French, apoyando al otro miembro del equipo de investigadores—. Este lugar me produce una sensación desagradable. Hemos estado en muchas montañas, pero a ésta no le caemos bien. Me da mala espina —dijo, con una risa nerviosa.

Lara paseó la palma de la mano a unos centímetros de la superficie de la roca. Los dos hombres no sólo eran sus compañeros de escalada sino también sus mejores amigos. En ese momento deseó haberlos dejado atrás, porque sabía que estaba en lo cierto. Ésa era la caverna, y ahora sólo le quedaba encontrar la entrada.

—Como quieras —dijo Gerald, con voz nerviosa—. Empieza a oscurecer y aquí no hay más que bruma. Esta niebla da un poco de miedo. Lara. Tenemos que irnos.

Lara ahorró a los dos hombres una mirada de impaciencia y luego escrutó el paisaje de los alrededores. El hielo y la nieve brillaban y cubrían los montes como un manto de gemas deslumbrantes. Allá abajo, a pesar de la oscuridad que empezaba a caer, divisó los castillos, las granjas y las iglesias en el valle. Las ovejas eran unos puntos blancos en los prados y, en la distancia, veía el río que seguía su curso, a punto de salirse de su cauce. En el aire, unas aves graznaban y tapaban el cielo. Se lanzaban en picado y de pronto desviaban bruscamente su vuelo y volvían a volar en círculos. El viento cambiaba constantemente de dirección, gimiendo y ululando, hiriéndole la cara y cualquier parte del cuerpo no cubierta, y tirándole del pelo, que llevaba recogido en una trenza gruesa. De vez en cuando, alguna roca se despeñaba ladera abajo y rebotaba en algún saliente antes de seguir su caída. Bajo sus pies, se deslizó un trozo de nieve y tierra.

Lara barrió con la mirada el paisaje silvestre allá abajo. Quebradas y precipicios cortaban los montes coronados de nieve, la vegetación se adhería a los lados de la roca y se agitaba, desnuda, en la meseta. Alcanzaba a ver las entradas de diversas cuevas y sentía una fuerte atracción que la llamaba, como si la tentaran para que abandonara el lugar donde se encontraba en ese momento. El agua corría por el fondo de las depresiones rocosas, formando una laguna oscura de turba, y los lechos de musgo relucían con un verde intenso, en agudo contraste con el marrón que los rodeaba. Sin embargo, ella tenía que estar ahí, en ese preciso lugar. Había estudiado minuciosamente el relieve en los mapas y sabía que en lo profundo de la tierra se habían formado unas enormes cavernas de hielo.

Cuanto más escalaba, más pequeño parecía todo allá abajo y más espesa se volvía la niebla a su alrededor. Con cada paso que daba, el suelo se movía sutilmente y el graznido de las aves por encima de su cabeza se hacía más ruidoso. Era algo normal, desde luego, pero esa leve sensación de malestar, además de la voz que no paraba de susurrarle que abandonara antes de que fuera demasiado tarde, le decía que aquel lugar era el territorio de un poder capaz de protegerse a sí mismo. A pesar de que el viento seguía soplando y ululando, la parte superior del monte permanecía envuelta en un espeso manto de niebla.

—Venga, Lara —volvió a insistir Terry—. Hemos tardado una eternidad en conseguir esos permisos, no podemos perder tiempo en el sitio equivocado. Ya ves que aquí no hay nada.

Esta vez había costado un esfuerzo considerable conseguir los permisos para su investigación, pero ella se las había arreglado a su manera habitual, utilizando sus dones para persuadir a quienes no estaban de acuerdo con ella, argumentando que, debido a los problemas del calentamiento global, era necesario estudiar las cavernas de hielo lo antes posible. Unos microorganismos únicos, llamados extremófilos, pululaban en las duras condiciones de las cavernas, lejos de la luz solar o de los nutrientes tradicionales. Los científicos esperaban que esos microbios pudieran servir en la lucha contra el cáncer o incluso producir un antibiótico capaz de acabar con las bacterias multiresistentes descubiertas recientemente.

Su proyecto de investigación estaba totalmente financiado, y aunque se la consideraba joven a sus veintisiete años, Lara era reconocida como la mejor especialista en el estudio y conservación de las cavernas de hielo. Había dedicado más horas a explorar, levantar mapas y estudiar las cavernas de hielo en todo el mundo que la mayoría de investigadores que la doblaban en edad. También había descubierto más supermicrobios que cualquier otro estudioso de las cavernas.

—¿No os ha parecido raro que nadie quisiera que viniéramos a esta región? No tuvieron problemas para darnos permisos para estudiar cualquier otro sitio —señaló Lara. Uno de los motivos por los que había insistido al ver que no había cavernas señaladas en los mapas de aquella región era que el director del departamento había tenido una actitud tan extraña (extraña y, además, vaga) cuando revisaron el mapa. La deducción geológica normal después de estudiar el área era que una vasta red de cavernas de hielo se ocultaba bajo la montaña. Sin embargo, daba la impresión de que habían pasado por alto toda aquella región.

En Terry y Gerald había observado exactamente la misma actitud, como si no se dieran cuenta de la estructura de las montañas, si bien los dos hombres eran muy hábiles para encontrar cavernas de hielo a partir de un análisis de la superficie. A Lara le había costado persuadirlos, pero todo aquel trabajo se había llevado a cabo en aras de ese momento, de esa caverna y ese hallazgo.

—Es aquí —dijo ella, con absoluta seguridad.

El corazón le seguía latiendo con fuerza, no por la emoción del hallazgo sino porque caminar se había convertido en una ardua tarea y su cuerpo se negaba a continuar. Entonces decidió no hacer caso de ese impulso de abandonar y pasó más allá de las barreras, decidida a seguir la huella de la energía. Calculaba lo cerca que estaba de la entrada por la intensidad de la intución que la impulsaba a salir corriendo de aquel lugar.

Unas voces se alzaron en medio del viento y giraron en el manto de niebla, diciéndole que retrocediera, que se marchara mientras pudiera. Era curioso, pero oía voces en varias lenguas, y la advertencia se volvía más poderosa e insistente a medida que ella trepaba por la ladera, buscando cualquier cosa que señalara una entrada a las cavernas, de cuya existencia ya no dudaba. Entre tanto, mantenía todos los sentidos alerta ante la posibilidad de que los monstruos los acecharan en el subsuelo. Pero tenía que entrar, encontrar el lugar de sus pesadillas, aquel lugar remoto de su infancia. Tenía que encontrar a los dos dragones con que soñaba noche tras noche.

—¡Lara! —Esta vez percibió en la voz de Terry una aguda nota de protesta—. ¡Tenemos que salir de aquí!

Sin apenas dignarse a dirigirle una segunda mirada, Lara permaneció un rato largo estudiando el saliente que asomaba en la cara más lisa de la roca. La mayor parte estaba cubierto por una gruesa capa de nieve, pero había algo raro en la formación que le pareció sumamente extraño. Se acercó con cautela. Había varias rocas grandes a los pies del montículo más grande de canto rodado y, curiosamente, ni un solo copo de nieve se adhería a ellas. Ella no las tocó, pero las observó desde todos los ángulos, estudiando cuidadosamente esa disposición que formaba una especie de estructura al pie del saliente.

—Hay algo que está fuera de lugar —murmuró.

Enseguida el viento ululó, y el sonido se volvió más agudo hasta parecer un grito dirigido a ella, lanzando al aire trozos de rocalla que impactaron en ella como pequeños proyectiles.

—Son las rocas. ¿Lo veis? Deberían tener otra disposición. —Lara se inclinó y desplazó el montón de piedras hasta disponerlas en un dibujo diferente.

El suelo bajo sus pies se remeció enseguida. La montaña crujió, como si protestara. Unos murciélagos alzaron el vuelo, salidos de algún agujero invisible no muy lejos de ellos, y cubrieron el cielo hasta casi ennegrecerlo. La grieta oscura a lo largo del saliente se ensanchó. La montaña se estremeció y se sacudió y gruñó como si estuviera viva, como si comenzara a despertarse.

—No deberíamos estar aquí —dijo Terry, casi sollozando.

Lara respiró hondo y sostuvo la mano con la palma hacia la estrecha grieta en la roca, la única entrada a esa caverna. Enseguida sintió una descarga de energía y entendió que por todas partes había defensas, robustas y de mal agüero, que protegían la entrada.

—Tienes razón, Terry —convino—. No deberíamos.— Se apartó del saliente y con un gesto de la mano señaló hacia el sendero—. Vámonos. Y daros prisa. —Por primera vez, tenía plena conciencia del tiempo, y de la oscuridad que seguía aumentando y cubriendo el cielo como una mancha.

Volvería al día siguiente temprano por la mañana sin sus dos compañeros. No tenía ni idea de lo que encontraría en el interior de aquellas laberínticas cavernas de hielo, pero no estaba dispuesta a poner en peligro a dos de sus mejores amigos. Las defensas allí montadas los confundirían, de manera que no recordarían la ubicación de la caverna. Pero ella conocía cada urdiembre y cada hechizo, y sabía cómo neutralizarlos para que las defensas no la afectaran.

En general, las cavernas de hielo eran peligrosas en todo momento. La constante presión de las capas de hielo superiores a menudo provocaba el brusco desprendimiento de grandes trozos de hielo que salían expelidos como obuses y eran capaces de destrozar cualquier cosa en su camino. Sin embargo, en esa caverna acechaban peligros mucho más mortales que los naturales, y ella no quería que sus compañeros se acercaran demasiado a ellos.

El suelo volvió a remecerse con tal fuerza que los hizo perder el equilibrio a los tres. Gerald la cogió para evitar que cayera, y Terry se cogió del saliente, metiendo los dedos en la grieta que se abría. Bajo sus pies, algo se movió dentro de la tierra, algo que hizo levantarse el suelo varios centímetros, como si una criatura se desplazara velozmente hacia la base de las rocas que Lara había cambiado de lugar.

—¿Qué diablos es eso? —exclamó Gerald, retrocediendo. Se plantó por delante de Lara con la intención de protegerla, justo en el momento en que un chorro de nieve y piedrecillas brotaba de la tierra, impulsado por un géiser abierto justo al lado de donde él pisaba.

Terry lanzó un grito, un chillido agudo y asustado. Retrocedió un paso y la criatura invisible corrió hacia él bajo la tierra.

—¡Levántate! ¡Muévete! —exclamó Lara, intentando esquivar el enorme cuerpo de Gerald para lanzar un hechizo que detuviera a aquella cosa. Al girarse, Gerald, le dio con la mochila y la hizo caer por la parte más escarpada de la ladera. Su marca de nacimiento, un dragón de extrañas formas situado justo por encima de su ingle izquierda, de pronto se removió como si estuviera vivo, le ardió en la piel y se tiñó de un vivo fulgor rojizo.

Dos tentáculos verdes brotaron del suelo cubierto por la nieve, empapados en sangre de un color tan oscuro que casi parecía negro, y ascendieron por ambos lados del tobillo izquierdo de Terry. Se oyó un ruido de lodo que borbotaba al tiempo que el aire se empapaba de un hedor pútrido y venenoso de huevos podridos y sulfuro, tan intenso que los tres tuvieron arcadas. Los extremos bulbosos de los tentáculos se abrieron desplegándose hacia atrás y desvelaron unas cabezas de serpiente que golpearon a una velocidad asombrosa. Dos colmillos curvos y venenosos se hundieron en ambos lados del tobillo de Terry, le rasgaron la piel y casi llegaron al hueso. Terry lanzó un grito y agitó los brazos, aterrorizado, viendo cómo la sangre se derramaba sobre la nieve virgen. El pequeño agujero en el suelo comenzó a abrirse a unos metros de él. Los tentáculos retrocedieron reptando hacia la cavidad, arrastrando a Terry por el tobillo. Sus gritos de pánico y dolor se volvieron más agudos hasta convertirse en un chillido de terror.

Gerald se plantó junto a él de un salto, lo cogió por debajo de los brazos y tiró en la dirección contraria.

—¡Date prisa, Lara!

Lara trepó hasta lo alto del montículo. La bruma a su alrededor se revolvió y se hizo más espesa, nublándole la visión. Extendió los brazos mientras corría, recogiendo la energía del cielo que se oscurecía, sin importarle que sus compañeros la vieran, sabiendo que ella era la única posibilidad de salvación que tenía Terry. Desde el día que había huido de la caverna, jamás había recurrido a los conocimientos que conservaba ni a la información que sus tías habían compartido con ella, recuerdos que había atesorado sin tener la certeza de que fueran reales. Hasta ese momento. Sintió que una ola de energía la bañaba de arriba abajo. Su mente se abrió y expandió, buscó en ese pozo de conocimientos y encontró las palabras exactas que necesitaba.

—Es demasiado fuerte. —Gerald hincó los talones en la tierra y se aferró a Terry con toda la fuerza que poseía—. Deja de gastar tus energías gritando y ayúdame, maldita sea. Venga, Terry, aguanta.

Terry dejó de chillar bruscamente y empezó a luchar con todas sus fuerzas, lanzando patadas con la pierna libre, intentando zafarse de las dos cabezas viperinas.

De la planta nacieron más tentáculos, con sus extremos verdes y oscuros agitándose violentamente, buscando un cuerpo al que asirse. Los colmillos se hundieron con más fuerza en el tobillo de Terry, y rasgaron la carne y el hueso para conservar su presa.

Lara corrió hacia él y alzó la cabeza hacia el cielo mientras murmuraba las palabras que conservaba en su memoria.

Invoco los poderes del cielo. Que el rayo se haga en mi ojo mental. Moldeándose, cambiando, que se presten a obrar según mi voluntad. Forjando una guadaña de acero afilado. Que el fuego refulja y queme y guíe mi mano con precisión.

Un rayo brotó del cielo e iluminó el perfil de las nubes. El aire a su alrededor se cargó de electricidad, y a los tres se les erizó el vello del cuerpo y el cabello. Lara sintió la electricidad chisporroteante en la punta de los dedos y se concentró en el trozo más delgado del cuerpo de las serpientes, entre los tentáculos largos y gruesos y las cabezas bulbosas.

Un destello de luz blanca cruzó la corta distancia y perforó los cuellos de las criaturas. Un olor a carne podrida brotó de las enredaderas. Los dos tentáculos destrozados cayeron flojamente al suelo, dejando las cabezas con los colmillos profundamente hincados en el tobillo de Terry. Los demás tentáculos se encogieron, intimidados, y volvieron a hundirse en la tierra y la nieve.

Terry cogió una de las cabezas para desalojarla.

—¡No! —advirtió Lara—. Déjalo. Tenemos que salir de aquí enseguida.

—Me quema como si fuera ácido —dijo Terry. Estaba pálido, casi tan blanco como el manto de nieve, y unas gotas de sudor le perlaban la frente.

Lara sacudió la cabeza.

—Tenemos que salir de aquí ahora mismo. Y no puedes correr ningún riesgo hasta que les eche una mirada.

Lo cogió por un brazo y le hizo una señal a Gerald para que le cogiera el otro. Entre los dos consiguieron ponerlo de pie y empezaron a bajar la ladera en dirección al sendero que bajaba hacia la derecha.

—¿Qué ha sido eso? —preguntó Gerald, con un silbido de voz, mirándola por encima de la cabeza de Terry—. ¿Alguna vez habías visto una serpiente como ésa?

—¿Tenía dos cabezas? —inquirió Terry. La ansiedad lo había hiperventilado—. No alcancé a verla bien antes de que me mordiera. ¿Crees que es venenosa?

—No te ha afectado el sistema nervioso central —dijo Lara—. Al menos todavía no. Te llevaremos al pueblo y buscaremos un médico. Tengo algunos conocimientos de medicina. Te lo miraré en cuanto volvamos al coche.

Un ruido sordo y agorero recorrió la montaña, que tembló bajo sus pies. Lara alzó la mirada hacia el torbellino de bruma blanca. Observó que, más arriba, la nieve empezaba a resquebrajarse. Las grietas se ensancharon.

Gerald lanzó una imprecación y cogió a Terry con fuerza y empezó a trotar siguiendo el sinuoso sendero.

—Se va a venir abajo.

Terry apretó los dientes para aguantar el dolor en el tobillo.

—No puedo creer lo que está ocurriendo. Tengo náuseas.

Lara seguía mirando la montaña a sus espaldas mientras corrían, arrastrando a Terry por el sendero.

—Más rápido. No pares.

El suelo se remeció y onduló y pequeñas superficies de nieve se deslizaron hacia el monte más abajo. Era una visión sobrecogedora, y hasta tenía algo de hipnótica. Gerald no paraba de sacudir la cabeza y de mirar a Lara, perplejo, hasta que ralentizó el paso y se quedó mirando las ondulaciones de la nieve.

—¿Lara? No recuerdo qué ha ocurrido. ¿Dónde estamos?

—Está a punto de tragarnos una avalancha, Gerald —advirtió

ella—. Terry está herido y tenemos que correr lo más rápido posible. ¡Venga, muévete!

Cargó mentalmente su voz con una orden y puso en ello toda la energía que pudo mientras seguían corriendo. Afortunadamente, los dos hombres respondieron y se concentraron en correr montaña abajo lo más rápido posible sin hacer más preguntas. Las defensas que protegían la caverna eran no sólo letales, sino que confundían y desorientaban a cualquiera que tropezara con ellas. El sistema de alarmas solía bastar para que cualquier persona sensata se sintiera en peligro y abandonara aquel lugar pero, una vez activadas, las defensas podían borrar los recuerdos e incluso matar para proteger la entrada a la caverna.

Era indudable que aquel era el lugar que ella buscaba. Ahora tenía que sobrevivir para volver e indagar en los secretos de su pasado, sepultados años atrás. Gerald tropezó y Terry gritó cuando, al caer, una de las cabezas de serpiente chocó contra un trozo de hielo y nieve endurecida, hundiéndole más profundamente los colmillos en el pie.

Lara sintió que la montaña temblaba. Al principio, se hizo el silencio, y luego se oyó un ruido sordo y distante. Aquel ruido distante fue aumentando hasta convertirse en un rugido. La nieve empezó a deslizarse, primero lentamente, pero pronto fue cobrando velocidad, revolviéndose y agitándose y abalanzándose sobre ellos. Lara se obligó a reprimir el pánico y buscó en ese acervo de conocimientos que todavía conservaba en el fondo de sus recuerdos. Sus tías nunca habían cobrado un aspecto humano para ella, pero sus voces sí eran humanas, y a lo largo de los siglos habían depositado en su memoria esa abundante información.

Lara pertenecía a la estirpe de los cazadores de dragones, una rica herencia carpatiana. También era humana, con el valor y la fuerza que requerían los tiempos. Y también era maga, y podía acumular energía y usarla para buenos fines. Todos sus ancestros eran seres poderosos. La sangre de las tres especies corría por sus venas y, sin embargo, no pertenecía a ninguno de esos mundos.

Había elegido su propio camino, a solas, pero siempre guiándose por ese tesoro de sabiduría que le habían dejado ellas.

Sintió que la fuerza estaba en su interior, e intuyó el chisporroteo de la electricidad cuando los rayos iluminaron el cielo. Una vez más, mirando hacia atrás por encima del hombro, envió una orden a los elementos para que neutralizaran el efecto de las defensas que el mago oscuro había elaborado en la montaña.

Os invoco, agua y hielo, venid a mis manos, dadnos el refugio que os ordenamos.

El avance de la nieve se detuvo bruscamente, y sólo quedó una nebulosa en el aire, congelada, curvándose sobre sus cabezas como una ola gigante.

—¡Corred! —gritó Lara—. Venga, Gerald. ¡Tenemos que abandonar la montaña!

La noche empezaba a caer, y aquella avalancha no era lo más grave a lo que debían enfrentarse. El viento había amainado, pero las voces seguían ahí, chillidos agoreros que ella no podía ignorar. Cogieron a Terry y caminaron a toda prisa, a veces resbalando montaña abajo. Más arriba, el pesado manto de nieve había formado una ola que pendía sobre sus cabezas, congelada como una escultura ominosa.

Terry iba dejando un reguero de sangre a su paso por la superficie helada. Cuando llegaron al pie de la montaña, los tres sudaban copiosamente. No tardaron en encontrar el vehículo. En aquella región de Rumanía, la mayoría de los habitantes locales se desplazaba en carros con ruedas de coche tirados por caballos. No era nada habitual ver coches y el suyo, por pequeño que fuera, parecía demasiado moderno en un lugar que se remontaba a siglos en la antigüedad.

Gerald arrastró a Terry por el prado hasta llegar al coche, aparcado bajo unos árboles de ramas desnudas. Lara se giró hacia la montaña, soltó una bocanada de aire y batió palmas tres veces. Siguió una misteriosa pausa de expectación. La ola siguió su curso, la nieve cayó, la montaña dejó ir su carga y una nube de partículas blancas se diseminó por el aire.

—Lara —pidió Terry, casi sin aliento—. Tienes que arrancarme estos dientes del tobillo. La pierna me quema, joder, y te aseguro que hay algo que se mueve dentro de mí, en mi pierna —dijo, y se dejó ir sobre el asiento trasero. Su tez había cobrado un tinte grisáceo y tenía la ropa empapada de sudor. Respiraba a duras penas.

Lara se arrodilló y examinó las horribles cabezas. Sabía que eran híbridos del mago oscuro, creadas para cumplir con sus designios. En sus pesadillas, había sido testigo de su creación. Aquellas serpientes inyectaban una poderosa mezcla de venenos en su víctima, entre ellos, unos parásitos microscópicos. Esos organismos acabarían apoderándose del cuerpo de la víctima, y luego de su cerebro, hasta convertirse en una simple marioneta al servicio del mago oscuro.

—Lo siento, Terry —dijo ella, con voz queda—. Los colmillos están enganchados y hay que quitarlos con mucho cuidado.

—¿Eso quiere decir que has visto algo así antes? —Terry la cogió por la muñeca y la atrajo hacia él mientras ella permanecía arrodillada junto a la puerta abierta del coche. Estaba tendido en el asiento trasero retorciéndose del dolor—. No sé por qué, pero el hecho de que sepas de qué se trata me causa cierto alivio.

Aquella confesión, desde luego, no la alivió a ella, que de niña había sido un objeto de laboratorio. Lo que había visto y olido era tan repugnante que su intención había sido olvidarlo todo. El hedor de la sangre, los gritos, aquellos grotescos gusanos diminutos en una bola putrefacta, agitándose en sus ansias de alimentarse, consumiendo la sangre y la carne humana.

Lara respiró hondo y espiró. No les quedaba demasiado tiempo. Tenía que llevar a Terry a un sanador maestro que supiera remediar aquellos males, si bien ella misma podía ralentizar el deterioro en ese momento.

Gerald miró a su alrededor, y luego alzó la vista hacia la montaña, ahora quieta y apacible. Aquí y allá flotaban trozos de bruma, pero las voces se habían acallado. Por encima de sus cabezas, las nubes se iban espesando y ennegreciendo, aunque la montaña conservaba su aspecto prístino y virgen, sin rastro de que alguien la hubiera escalado y luego sido víctima de sus ataques.

—¿Lara? —dijo. Sonaba tan perplejo como lo parecía—. No puedo recordar dónde estábamos. No recuerdo el momento en que estas serpientes atacaron a Terry. ¿Las serpientes no viven en ambientes cálidos? ¿Qué me está ocurriendo?

—Ahora mismo no importa. Lo que sí importa es quitarle a Terry estos colmillos de la pierna, llevarlo a la posada, y buscar a alguien que pueda ayudarlo. —Alguien que poseyera dones naturales para sanar, algo más que conocimientos médicos. Si se encontraban en los parajes donde la habían mantenido secuestrada durante los años de su infancia, era razonable pensar que habría alguien que supiera cómo tratar las heridas infligidas por el mago.

Cerró los ojos para borrar de su mente el rostro pálido de Terry y la mirada ansiosa de Gerald. En lo más profundo de sí misma, donde atesoraba esos conocimientos, encontró la calma de su propio centro. Casi oía las voces susurrantes de sus tías, que la orientaban a medida que la información fluía a su mente. Los colmillos curvos tenían una púa en la punta.

Cabeza cercenada que ahora muerde, afloja tus colmillos cuando la luz lo acuerde. Extraed el veneno restante, mitigad el daño y el dolor rampante.

—Puede que encontremos a alguien más diestro que sepa extraerlos —dijo—. Podemos llevarte rápidamente a la posada, y quizá la pareja de dueños conozcan a alguien que ya haya tratado heridas como ésta.

Terry la miraba sacudiendo la cabeza.

—No lo aguanto más, Lara. Si no me los quitas ahora, me los arrancaré yo mismo. No puedo aguantarlo, no puedo más.

Ella asintió con un gesto de la cabeza para darle a entender que comprendía, y sacó el cuchillo que llevaba debajo del anorak.

—Entonces, hagámoslo. Gerald, ve por el otro lado y sujétale los hombros. —Sobre todo, no quería exponer a Gerald a las salpicaduras de sangre. Aquellos microorganismos eran una amenaza para cualquiera.

Gerald le obedeció sin rechistar, y Lara examinó la primera cabeza. Aquel híbrido era mitad planta, mitad animal, y daba miedo. Había sido creado para atacar a los seres vivos, sin importar la especie, y para someter a su víctima al control del mago oscuro. Éste no sólo había torturado a humanos y carpatianos sino también a los de su propia estirpe. Nadie estaba a salvo de aquel monstruo, ni siquiera los miembros de su propia familia, y ella era la prueba viva de ello.

Cerró los ojos y tragó saliva. Cerró de golpe la puerta para dejar fuera los recuerdos demasiado dolorosos, demasiado aterradores para tenerlos presentes mientras se enfrentaba a una tarea tan compleja. Rara vez había utilizado sus dotes curativas en los últimos años. De pequeña, había cometido varias veces ese error, mientras viajaba con los gitanos. Había recompuesto huesos rotos y sanado una herida de arma blanca que habría matado a un hombre. Había desalojado bacterias nocivas de los pulmones de los niños. Al comienzo, la gente se mostraba agradecida, pero con el tiempo era inevitable que acabaran temiéndola.

Nunca muestres que eres diferente. Debes mezclarte, estés donde estés. Aprender la lengua y las costumbres. Vestirte como ellos se visten. Hablar como ellos hablan. Ocultar quién eres y de donde vienes, y nunca confiar en nadie.

Lara apreciaba a Gerald y a Terry. Llevaban muchos años trabajando juntos, pero ella nunca se había inmiscuido demasiado en sus vidas y había sido muy cauta para no mostrarles que era diferente.

—Lara.

La voz implorante de Terry la obligó a concentrarse en la tarea que tenía entre manos. Recuperó la entereza y lo miró con un ligero asentimiento de la cabeza. Los dos hombres estaban acostumbrados a seguirla y era normal que en ese momento se volvieran hacia ella. Entonces volvió a respirar hondo y reprimió la sensación de asco que iba en aumento.

La letra de los cánticos de sanación brotó de ese mismo pozo de sabiduría, y ella la repitió en un susurro, a la vez que deslizaba el cuchillo por debajo de la piel de Terry hasta encontrar la púa.

Kuńasz, nélkül sivdobbanás, nélkül fesztelen löyly. Ot élidamet andam szabadon élidadért. O jelä sielam jorem ot ainamet es soŋe ot élidadet. O jelä sielam pukta kinn mindem szelemeket belsó'. Pajńak o susu hanyet és o nyelv nyálamet sívadaba. Vii, o verim soŋe o verid andam.

La antigua lengua carpatiana que había aprendido de niña le vino a la memoria con facilidad. Puede que estuviera un poco oxidada, ya que nunca la había usado para otra cosa que para murmurarse cosas a sí misma antes de dormirse. Sin embargo, aquellas palabras, dichas en una especie de cántico, siempre la serenaban.

Mientras pronunciaba las palabras curativas, bloqueó el dolor de Terry. Era un colmillo siniestro, y estaba hecho para hacer daño. Con su forma curva, se adentraba en la carne ensanchándose y, al final, casi al llegar a la punta, nacía la púa en forma de gancho, curvándose en la dirección contraria. Tenía que cortar la piel con cuidado para permitir que la punta se aflojara lo suficiente sin agravar la herida del pie.

Al principio, se sirvió de su visión humana y bloqueó toda otra forma de visión hasta que pudo extraer el colmillo. Sólo entonces se permitió mirar con la agudeza de una maga. Unos gusanos blancos, diminutos se retorcían y penetraban en la carne, pululando alrededor de las células para reproducirse lo más rápido posible. Lara sintió un vacío en el estómago. Tuvo que hacer un esfuerzo enorme para deshacerse de la conciencia de sus propios pensamientos y de su ser físico y convertirse en un haz de luz blanquecina y curativa que se derramó sobre la herida de Terry, quemando los organismos en cuanto los tuvo en el punto de mira.

Aquellos parásitos intentaban huir de la luz y se reproducían a gran velocidad. Lara procuraba ser minuciosa, pero Terry la distraía retorciéndose y gimiendo. Intentó cogerse el otro tobillo con la intención de arrancarse la cabeza de serpiente.

De pronto, Lara se dio cuenta de que había vuelto a su propio cuerpo y, por un momento, se sintió desorientada y presa del pánico.

—¡Terry! Déjalo. Yo te la sacaré.

Su advertencia había llegado demasiado tarde. Terry lanzó un grito cuando tiró de la cabeza venenosa y la arrancó de su asidero en el tobillo. La púa le desgarró la carne y los músculos. La sangre salpicó el asiento trasero del coche y, al rebotar, manchó a Gerald en el pecho.

—¡No toques la sangre con tus manos! —advirtió Lara—. Utiliza un paño. Quítate el anorak, Gerald.

Taponó la herida con las dos manos y presionó con fuerza, y tuvo que reprimir el dolor que le causó la sangre que le bañaba la piel de las manos y la quemaba hasta el hueso. Tuvo que superar el pánico que se apoderaba de ella y encontrar en sí misma aquel lugar de su alma donde reinaba el equilibrio. Invocó la luz curativa, una luz blanca y candente y pura, para contrarrestar el ácido de la sangre viperina. Su marca de nacimiento le quemaba de tal manera que pensó que aquel líquido corrosivo probablemente contenía sangre de vampiro.

Gerald se abrió el anorak y lo lanzó a un lado. El material de la prenda se consumió dejando una estela de humo grisáceo.

Terry se calmó mientras Lara proyectaba su luz curativa sobre su cuerpo hasta llegar a la herida abierta en el pie. La hemorragia cesó hasta convertirse en un hilillo y los parásitos huyeron del calor que ella generaba. Cauterizó la herida, destruyendo tantos parásitos como pudo antes de hacer que sus propias manos y brazos se bañaran en aquella energía candente.

—¿Te ha salpicado la sangre, Gerald?

Éste respondió sacudiendo la cabeza.

—Creo que no. Por un instante creí que sí, pero me he limpiado las manos y la cara y no hay manchas.

—Cuando llevemos a Terry a un sanador, date una ducha en cuanto puedas. Y quema tu ropa. No la laves, quémala. Quémalo todo.

Lara retrocedió para salir del asiento y ayudó a Terry a plegar las piernas para que pudiera cerrar la puerta. Enseguida se puso al volante. El color de la tez de Terry era alarmante, pero más grave aún era su manera de respirar. En parte, su agitación quizá se debiera al estado de *shock*, y la respiración demasiado acelerada fuera producto del pánico, pero Lara temió que no había detenido del todo el asalto de los parásitos contra su organismo. Necesitaba un maestro sanador urgentemente.

Condujo a toda velocidad por el estrecho camino de montaña, derrapando en las curvas más pronunciadas y dando botes en los baches tapados por el lodo, lanzando chorros de agua sucia hacia los lados. A su alrededor, la tranquilidad de aquel paisaje bucólico contrastaba abiertamente con el terror y la desesperación que atenazaba a los ocupantes del vehículo.

En los prados, las vacas pacían entre montones de heno. Las viviendas de techos de paja y los carros tirados por caballos daban la impresión de que los tres habían viajado hacia atrás en el tiempo y que regresaban a una época feliz de ritmos más pausados. Los castillos y las iglesias daban al paisaje un aire medieval, como si en cualquier momento fueran a aparecer caballeros con armadura montados en briosos corceles.

Lara había viajado por todo el mundo en busca de su pasado. Recordaba poca cosa del viaje que había emprendido después de salir de la caverna de hielo y, una vez que los gitanos la encontraron, había recorrido toda Europa. Pasaba de una familia a otra, pero jamás le dijeron dónde la habían encontrado. Viajar a los montes Cárpatos había sido como volver al hogar. Y al entrar en Rumanía se sintió totalmente en casa. Aquel país conservaba su naturaleza salvaje, los bosques no habían sido arrasados y la tierra bajo sus pies todavía estaba viva.

Una curva en el camino marcaba la transición entre la espesura del bosque y las turberas. El camino se estrechó aún más, serpenteando por terreno sólido, y olieron el aire pútrido del pantano. Los árboles se mecían y combaban bajo el peso de la nieve. En la distancia, unas luces anunciaron la cercanía de una granja y, por un momento, Lara pensó en detenerse para pedir ayuda. Sin embargo, a Terry lo había mordido una serpiente creada por un mago, y su mordedura estaba contaminada por sangre de vampiro. Curar una herida infligida por un mago era un asunto bastante difícil, pero un híbrido con sangre de vampiro requería habilidades muy superiores a las suyas o a las de un médico convencional.

Su única esperanza eran los dueños de la posada. Aquella pareja había nacido y se había criado en esa región y habían vivido allí toda su vida. Lara no podía imaginar que no tuvieran una idea del peligro que latía en las entrañas del monte. Con el tiempo, resultaba difícil manipular los recuerdos. Pero había algo en aquella posada que la había atraído. Intuía las pulsaciones de una energía, como si flotara en el ambiente una sutil influencia que entusiasmaba a los turistas y visitantes para que se quedaran y disfrutaran de aquella posada acogedora y hogareña.

Lara se había permitido mostrarse sensible ante aquel flujo de energía, porque era la primera vez, desde que el dragón le había ayudado a salir de la caverna, que sentía esa presencia ligera y sutil. Había olvidado la sensación de bañarse en aquella energía puramente eléctrica, sentir que la rodeaba y que fluía por sus células hasta que todo su cuerpo vibraba con ella. La posada y el pueblo transmitían esa sensación desconcertante, aunque era tan sutil que ella casi no había reparado en ello.

—Lara —dijo Gerald desde el asiento trasero—. La piel me quema.

—Ya casi estamos. Lo primero que tienes que hacer es darte una ducha. —No quería ni pensar en lo que estaba sufriendo Terry, que ahora guardaba silencio, aparte de unos leves gemidos—. Gerald, cuando lleguemos a la posada, tendremos que hablar con los dueños y preguntar dónde vive el sanador del pueblo.

—La mujer se llama Slavica, y parecía muy agradable.

—Es de esperar que también sea discreta. Al parecer, conoce a todo el mundo.

—¿No sería más conveniente preguntar por un médico? —sugirió Gerald.

Lara procuró que su respuesta sonara como una información cualquiera.

—A veces, los sanadores locales conocen mucho mejor los animales y las plantas de la región. Aunque nunca hemos visto esa especie de bicho, es muy probable que los del pueblo sí la conozcan, y que el sanador local sepa exactamente qué hacer para extraer la ponzo... —balbuceó y, antes de acabar sustituyó la última palabra—... el veneno.

Lara siguió por el camino lleno de curvas hasta llegar a la posada situada en la entrada del pueblo. La fachada principal del amplio edificio de dos plantas, con un porche espacioso y bonitos balcones, miraba hacia el bosque. Lara aparcó el coche lo más cerca que pudo de las escaleras y bajó corriendo para ayudar a salir a Gerald y Terry.

Las sombras se alargaron y se expandieron a medida que las nubes en el cielo se volvieron más espesas, anunciando nieve. El viento ululó y los árboles se mecieron y agitaron, como si protestaran. Lara paseó una mirada rápida y cauta a su alrededor antes de abrir la puerta trasera y ayudar a Terry a bajar.

—Volveré a buscar las cabezas de serpiente para enseñárselas al dueño de la posada. No las toques —le advirtió.

Terry era casi un peso muerto entre los dos, y Gerald tuvo que cargar con él, tropezando en la nieve. La entrada estaba despejada, pero ellos tomaron un atajo y subieron por la breve cuesta para llegar antes al porche.

Un hombre alto de pelo oscuro les abrió la puerta y les ayudó a entrar. A pesar de la agitación, Lara lo encontró atractivo, incluso muy atractivo.

—No te manches con la sangre —le advirtió—. Es muy venenosa.

El hombre alzó la cabeza y, al encontrar sus ojos, se quedó como clavado. Por un momento, brilló en su mirada una especie de vago reconocimiento que desapareció enseguida. Acto seguido, prestó su hombro para que Terry se apoyara y así la aliviara a ella del peso.

Lara giró sobre sus talones y volvió al coche.

—Entrad con él y pedidle al dueño de la posada que busque a un sanador. Yo iré por las cabezas de serpiente.

Bajó corriendo las escaleras y llegó rápidamente al coche. Al abrir la puerta de un tirón, sintió que su marca de nacimiento, con la forma del dragón, empezaba a quemarle intensamente. Sólo había una cosa que pudiera activar la advertencia del dragón. Esa cosa era el vampiro, y Lara dedujo que debía encontrarse en las inmediaciones. Con un gesto rápido, echó mano de una falda y un manto para ocultar sus armas. Cerró la puerta y paseó una mirada cauta a su alrededor, al tiempo que deslizaba una mano bajo la gruesa capa roja para palpar la empuñadura del cuchillo que le colgaba del cinto.

Capítulo 2

Era una noche sumamente fría. Él no tendría por qué sentirla. Los carpatianos eran capaces de regular la temperatura de su cuerpo, pero él quería sentir frío. Era una sensación. No era una emoción, pero al menos era algo. Quizás el frío fuera como la amargura, y la amargura era una emoción. Quizás aquello fuera lo más parecido a un sentimiento que experimentaría antes de morir.

Nicolas de la Cruz cruzó el pueblo a paso largo y lento, girando la cara al encontrarse con la mirada de los demás transeúntes para evitar que le vieran los ojos. Sabía que esos ojos, normalmente negros como la noche cerrada, ahora brillaban con un profundo fulgor rubí. En la boca del estómago sentía un frío gélido y, en lo más profundo, ahí donde debía alojarse el alma, sólo quedaba una mancha oscura, y esa mancha también estaba llena de agujeros. Los siglos que llevaba cazando y matando vampiros se habían cobrado su tributo hacía mucho tiempo.

Alzó la cabeza hacia las nubes que se agitaban en el cielo, cargadas de nieve. Aquella era su última noche, porque se había propuesto poner fin a su lucha. Había servido honrosamente a su pueblo y a su familia, había resistido a lo largo de siglos y acabado con más camaradas renegados que la mayoría de cazadores. Al día siguiente, saldría al encuentro del alba y pondría fin a su larga y desolada existencia.

Estaba lejos de su hogar y de sus hermanos. Su hermano mayor, Zacarías, no podría impedírselo desde tan lejos. De hecho, sólo se enteraría de su final cuando ya fuera demasiado tarde. Se preguntaba cuánto tardaría el sol en consumirlo hasta dejarlo purificado. Tardaría bastante, teniendo en cuenta las manchas que le oscurecían el alma, pero, aún así, sus hermanos no tendrían que compartir la intensidad del sufrimiento de sus últimos minutos de vida.

Se estremeció, agradecido de sentir el frío en la cara y en la piel, de aquellas sensaciones físicas. Había perdido la capacidad de tener emociones hacía tanto tiempo que éstas no eran más que un recuerdo distante, o quizá ni siquiera fueran sus propios recuerdos. Tres de sus hermanos habían encontrado a su compañera eterna y a veces compartían con él sus emociones recién descubiertas. De alguna manera, la felicidad de ellos hacía que le fuera más difícil soportar su propia soledad.

Había venido a dar un último paseo por el pueblo antes de encontrarse con Mikhail Dubrinsky, el príncipe del pueblo carpatiano. Había acudido desde muy lejos para transmitirle una advertencia, pero ahora no estaba seguro de que una reunión cara a cara fuera conveniente, sobre todo en el espacio cerrado de la posada del pueblo. Ya sentía el poderoso latido de su corazón, que lo abrumaba con su deseo de alimentarse de sangre rica y caliente. Los colmillos dentro de la boca pugnaban por mostrarse, y salivaba anticipándose al festín.

No tendría que hacer grandes esfuerzos para probar —sólo por un momento, por una vez— el flujo caliente de la sangre cargada de adrenalina. Aquello le daría al menos un atisbo de emoción. Y una mujer. Cómo ansiaba tocar la piel suave de una mujer, aspirar sus olores, fingir por un momento que tenía a alguien que le pertenecía, que lo miraría con un sentimiento amoroso, con auténtico amor, algo muy diferente de esa calentura teñida de avaricia que manifestaban las mujeres en cuanto se enteraban de la fortuna material que poseía.

Si era capaz de sentir arrepentimiento, no sería por las incontables veces que había tenido que acabar con la vida de un antiguo camarada, ni por las muchas almas que había liberado y conducido a un descanso eterno, sino por no haber sentido jamás la verdadera necesidad de una mujer. Jamás había sostenido en sus brazos a una mujer amada, jamás la había adorado con todo su cuerpo.

Los susurros en su mente se volvieron más ruidosos, tentándolo con aquellas cosas que nunca había conocido en su larga vida.

A las mujeres les atraía su aspecto, su poder y su dinero. Él se había servido de ellas como sustento, pero nunca había experimentado los placeres físicos que una mujer podía darle, ni la paz con que podía apaciguar su alma. Quisiera probarlo, pensó. Sólo una vez. Hundir los dientes en la piel suave y sentir el flujo de la vida, escuchar el ritmo acelerado de su corazón que se acompasaba con el suyo. Ella lo temería, temería su dominación, la absoluta supremacía sobre su persona. La vida o la muerte. Él tenía ese poder.

De pronto, el corazón le dio un brusco bandazo, como si todo su cuerpo se despertara a la vida. Olió a una presa, una fragancia que lo llamaba desde la bella oscuridad de la noche. Sólo le quedaba probar aquella última vez y podría vivirlo todo antes de que saliera el sol y lo dejara convertido en un montón de cenizas. Giró la cabeza y la vio en medio de las sombras. Fue como si se hubiera quedado sin aire en los pulmones.

Aquella mujer tenía una piel pálida y perfecta. Llevaba el pelo recogido en una trenza larga y gruesa y sus ojos grandes brillaban como animados por un ligero fulgor. Daba la impresión de que esperaba a alguien. ¿A un hombre? De su pecho nació un rugido ronco, y se dio cuenta de que todo su cuerpo reaccionaba ante esa idea. A pesar de sentirse como desprendido de sus actos, no dejó de parecerle interesante. Jamás se había sentido amenazado por ningún hombre, bestia o monstruo. Sin embargo, al mirar a esa mujer joven, supo que lucharía hasta morir por una posibilidad de saborear su sangre, sentir la suavidad de su piel, ver cómo el corazón de ella se acompasaba con el suyo.

Por primera vez en su dilatada existencia, surgieron en su pensamiento imágenes eróticas propias, no extraídas de la mente de otro. Fue como si se hubieran despertado para acosarlo. Imágenes de aquella mujer retorciéndose y gimiendo, suplicándole que se lo diera todo. Él no sentiría nada cuando tomara su ofrenda pero, quizá, si le arrancaba la vida al mismo tiempo, gozaría de ese momento único...

Ella se giró bruscamente y clavó la mirada en él. Él no percibió en sus ojos la mirada que esperaba, la mirada de una mujer que reparaba en un hombre atractivo. Tenía aspecto de predadora, con su mirada fulgurante y su boca firme. Tenía un cuerpo muy femenino, e iba vestida con varias capas y un jersey oscuro de cuello alto, con largas mangas que le cubrían hasta más abajo de las muñecas. Unos leotardos negros enfundados en unas botas altas perfilaban unas piernas bien torneadas. Llevaba una falda alrededor de su fina cintura cerrada con un cinturón grueso, ceñida a los leotardos, pero dejándole gran libertad de movimiento. De sus hombros colgaba una capa larga y gruesa que le llegaba a las rodillas.

Había algo familiar en aquella mujer, como si se hubieran encontrado en otra ocasión. Por mucho que lo intentara, Nicolás no lograba apartar la vista de su cara. Con las mujeres siempre llevaba las de ganar, las atraía con su aspecto y su aire peligroso. Sin embargo, intuía que en ese momento no despertaba ni el más mínimo interés en aquella.

Volvió a sentir esa intensa reacción visceral. La necesidad de que ella lo deseara. *Ven a mí, ahora. Ofrécete a mí.* Lo embargó cierta vergüenza por utilizar el don de su voz para atraparla y seducirla. La fantasía habría sido más grata si ella se le hubiera acercado por su propia voluntad. Después, quizás él consiguiera convencerse de que ella lo deseaba, pero no de esa manera, sometida a una orden suya.

Ella se sacudió. Levantó el mentón y sus ojos brillantes refulgieron. *Como si supiera.* Empezó a caminar hacia él. Con el corazón acelerado, él se ocultó entre las sombras. Ya empezaba a sentirla en su boca, imaginaba su piel suave frotándose contra él. Sintió el torrente de sangre caliente.

La mujer era de altura mediana, aunque quedaba empequeñecida por la enorme estatura de él. Sin embargo, sus curvas eran muy femeninas y parecía fuerte. Se movía con elegancia, y no vacilaba ni se detenía como si se resistiera a una orden. Por un instante, las nubes se abrieron y la luz le iluminó el rostro. Él sintió un nudo en las entrañas.

¡Detente! Vuelve. Vete dentro. Tenía que salvarla. Las manos le temblaron, le temblaron de verdad, y aunque lo condenaran para siempre jamás, su cuerpo reaccionó, caliente y duro y deseándola hasta que le dolió, una reacción que no había experimentado en toda su vida. La vida de ella, su alma misma, así como la suya propia, estaba en peligro. Al tiempo que le lanzaba ese aviso, dio un paso en su dirección. Deseándola. Necesitándola. Si la tocaba, o si se acercaba demasiado, los dos estarían perdidos.

En el rostro de ella asomó un ceño. Se apretó la mano contra el bajo vientre y se detuvo con un gesto que delataba su confusión.

Lara se quedó mirando al hombre alto de anchos hombros que venía hacia ella. Era el hombre más bello, según los cánones clásicos, que había visto en toda su vida. En su rostro había una belleza masculina natural, y sus ojos eran tan oscuros que parecían negros aunque, cuando se giraba, de pronto brillaban como rubíes, un detalle que enseguida le erizó los pelos de la nuca. Se movía con una rara elegancia y, al andar, su cuerpo era un conjunto de músculos vivos, sutiles como un gran felino en busca de una presa.

Ella no reaccionaba ante los hombres, por muy atractivos que fueran. Su cuerpo seguía siendo tan frío y frígido como las cavernas de hielo donde habían transcurrido los primeros años de su vida. Sin embargo, al mirar a ese individuo, todo cambió. Se le aceleró la respiración. El pulso se le disparó. Sintió un vacío en el vientre y una reacción visceral que le tensó la entrepierna, caliente. Pero también sintió el calor de su marca de nacimiento, algo que sólo podía anunciar la presencia del vampiro.

El problema era que, al parecer, su marca de nacimiento tenía una especie de desperfecto. De repente le ardía hasta quemarla y, al momento siguiente, estaba fría y como inerte. Lara tenía la hoja del puñal oculta junto a la muñeca, cubierta por la larga manga, firmemente empuñado. No correría ningún riesgo con aquel tipo, por muy atractivo que pareciera.

Y entonces él habló. Una voz suave y aterciopelada de seducción pura. Una melodía nocturna de promesas oscuras, ora llamándola, ora rechazándola. Cuando Nicolas pronunció las primeras palabras para dar esa orden, ella tuvo la certeza de que se trataba de un vampiro que la atraía hacia él para alimentarse de ella. Al instante siguiente, daba la impresión de que intentaba advertirle de una amenaza, pero siguió acercándose, paseando la mirada por su cara como si fuera su dueño.

Nicolas no podía evitarlo, y seguía caminando hacia ella, como si fuera él, no ella, el que obedecía a una orden. Tendría que comunicarse con Mikhail para que le ayudara a salvarla. Pero estaba tan ensimismado que cabía la posibilidad de que si el príncipe se presentaba, él se mostrara dispuesto a enfrentársele por esa mujer. Y a Mikhail no se le podía exponer a ese peligro si querían que su especie sobreviviera.

¡Vete! ¡No sigas! Volvió a advertirle, con voz ronca y firme, pero no logró ocultar una orden en sus palabras. Así como una parte de él quería salvarla, la otra parte, como un testigo indiferente y ávido de un momento de vida verdadera, ansiando experimentar un *sentimiento* antes de poner fin a sus días, no era lo bastante noble como para advertirle que escapara.

Lara se giró y su mirada escudriñó las sombras y los tejados en busca de alguna amenaza. Él estaba casi junto a ella cuando volvió a girarse. De cerca era muy guapo, sobrecogedoramente guapo. Y ella tenía una piel exquisita, su aroma era leve y lo atraía, no paraba de atraerlo. Nicolas sintió que caía en una especie de trance, si algo así era posible en hombres como él.

Entonces le rodeó el brazo con dos dedos, como un brazalete, ligero pero hecho de acero. Ella también se movió y, al tiempo que se giraba para enfrentarse a él, le propinó un violento codazo en el esternón. Nicolas apenas sintió aquel golpe que habría tumbado a cualquier humano. De pronto, la tenía cogida en sus brazos y sepultó la cabeza en su frondoso cabello. Era suave. Era el cielo.

Lara sintió que en su sangre latía un flujo y un reflujo, como en las mareas, golpeándola, dándole a entender que él (y ella) estaban vivos. No meramente existían, sino que estaban vivos. Parados ahí, en medio de la noche, rodeados por los olores del bosque cuando él estaba a punto de darse su último festín.

Los murmullos que Nicolas escuchaba en su cabeza se convirtieron en rugidos posesivos. Aquella presa era solo suya. No vaciló y bajó la cabeza hasta su hombro, apartando el jersey con la nariz hasta dejar expuesto su cuello desnudo y el pulso que latía con fuerza. No hizo nada para calmarla, ni para someterla con una orden. La adrenalina en su sangre haría la experiencia más emocionante, le transmitiría una ola de sentimientos y él guardaría para siempre ese momento en su recuerdo. Hundió los dientes profundamente y se apoderó de la esencia de aquella mujer.

—¡Suéltame, cabrón! —exclamó Lara, sin titubear, espantada con el dolor repentino, asombrada porque después de tantos años jurándose a sí misma que nadie tomaría jamás —jamás— su sangre, estaba atrapada en los brazos de un vampiro.

De pequeña, la habían utilizado sólo para alimentarse de ella. Su padre y su bisabuelo le habían roto las venas y bebido de ella como si no fuera nada, ni humana ni carpatiana y, desde luego, tampoco maga. Había sido una fuente de sustento y nada más.

Se sintió barrida por una ola de rabia que la sacudió. Fue tan intensa que la cogió por sorpresa. Jamás en su vida había tenido tanta rabia. Y, sin embargo, después de la mordedura inicial, la seducción oscura y erótica la hizo desear ser parte de él y tuvo ganas de sucumbir al fuego y al deseo, hasta de dar la vida por él.

Apretó los dientes y luchó contra la necesidad y el deseo que latía en ella. Sin embargo, no estaba dispuesta a prestarse a ello tan fácilmente, ni a ceder. No tenía ni idea de que un vampiro podía ser tan astuto. De repente daba la alarma y, al momento siguiente, lanzaba una advertencia y luego la mordía. Un mordisco que obraba como una seducción en toda regla.

Echó mano del puñal que llevaba al cinto e intentó tener espacio suficiente para mover la mano hacia sus costillas, aunque en ese momento miraba hacia el lado opuesto y no sabía dónde estaba él. De pronto un rayo chisporroteó y se descargó en sus venas, despojándola de toda capacidad para concentrarse.

Nicolas se había perdido hasta tal punto en el éxtasis de aquel sabor y forma y tacto que tardó un momento en darse cuenta de que ella había hablado. *¡Suéltame, cabrón!* Las palabras dejaron un eco en su cabeza, viajaron más allá de su subconsciente y se apoderaron de su corazón.

Sintió que lo embargaba la emoción a una velocidad que lo mareó. Fue una emoción rápida y penetrante y confusa, hasta que le fue imposible discernir qué ocurría. El amor que sentía por sus hermanos de pronto se apoderó de su corazón y su mente. Sintió ira. Rabia por haber seguido un camino honroso y, aún así, haber estado a punto de convertirse. Vergüenza. Por haber siquiera rozado a aquel monstruo que había perseguido y cazado durante siglos. Y más vergüenza por los pecados que aún debía confesar ante el príncipe, pecados cometidos contra el líder de su pueblo. No por sus actos, sino en el corazón y el alma suya y de sus hermanos. Sintió alegría por la mujer que tenía en sus brazos, que lo salvaría de un destino que lo habría deshonrado no sólo a él sino a toda su familia.

Era demasiado para intentar pensarlo todo de golpe. Y entre tanto se había endurecido hasta el dolor, con la entrepierna tan caliente y llena que la tela de la ropa llegaba a dolerle. Quería a esa mujer. La necesitaba. Tenía que poseerla. Su sabor era diferente a todo lo que había conocido. Esa mujer. Su compañera eterna. La mujer que había buscado en varios continentes durante siglos, la única mujer capaz de devolverle sus emociones.

Abrió los ojos y quedó deslumbrado por su cabellera. En la oscuridad brillaba con un rojo vivo pero, mientras miraba, su visión le jugó una mala pasada, porque las ondas de color le transmitieron un brillo metálico, cobrizo. No podía encontrar la fuerza de voluntad para apartarse de ella, para detener ese dulce fuego que le bajaba por la garganta, uniéndolos a los dos a la manera de los suyos. En algún lugar en la distancia, oía su propia mente gritándole que estaba perdiendo la razón, que la había encontrado demasiado tarde y que la estaba matando, pero no conseguía parar.

Sintió un dolor agudo en el costado izquierdo, un dolor que lo sacó de su estado de trance. Alzó la cabeza bruscamente, sin pasar la lengua por los diminutos orificios que le había dejado en el cuello pulsante para cerrar la herida. La sangre le corrió a Lara por el cuello y le manchó el jersey de color terracota. Nicolas vio la prenda en cuestión, de un color vívido, matices de marrón y dorado, y las gotas rojas que teñían el tejido.

El color, finalmente, después de siglos viendo sólo tonos de gris. Colores bellos y asombrosos. Nicolas se miró el costado, ahí donde había sentido la punzada. Tenía un puñal hundido en las costillas. Ella se apartó de él y se giró para mirarlo. Sus ojos eran dos gemas relucientes de color esmeralda. Mientras él la miraba, el color se difuminó y viró del verde profundo a un azul ártico. Era el azul de los glaciares, limpio, puro y gélido, pero ardiendo de intensidad y fogosidad.

Él le sonrió:

—*Te avio päläfertiilam. Éntoläm kuulua, avio päläfertiilam.*

Era una voz grave, oscura y seductora que se derramó sobre sus sentidos, como terciopelo rozándole la piel, excitándola. Lara ya había oído esas palabras, hacía muchos años, cuando sus tías le cantaban para dormirla. Era una canción sobre una historia de amor, sobre un hombre, oscuro como el pecado y una mujer, clara como la luz. Sólo esa mujer podía salvar al hombre del peor de los sufrimientos de una muerte honrosa, o del peor destino de convertirse en vampiro. Ella tenía el poder de restituirle las emociones perdidas, de devolver los vivos y bellos colores al mundo. Aquella historia de amor había sido la historia más bella de su infancia y Lara se había aferrado a ella, porque necesitaba aferrarse a algo.

Te avio päläfertiilam. Éntoläm kuulua, avio päläfertiilam. Eres mi compañera eterna. Te reclamo como mi compañera eterna. Eran palabras tan bellas y transmitían algo tan cercano que Lara oyó resonar el eco en su corazón y en su mente. Eran las palabras de su cuento, y soñaba con ellas, las encontraba muy románticas. Sin embargo, el hombre de su cuento no era tan seductoramente bello ni tan abiertamente peligroso. Y, desde luego, no había bebido de la sangre de su dama sin antes pedir permiso. Aquello estaba mal, era una violación que no consentiría.

—*Ted kuuluak kojed.* Te pertenezco. *Élidamet andam.* Ofrezco mi vida por ti. —Mientras él pronunciaba esas palabras con una voz perfectamente serena, Nicolas cogió la empuñadura de la daga para arrancarla de sus carnes. La sangre brotó y se derramó sobre su costado. Le pasó el arma a Lara, con la empuñadura por delante.

Ella tragó saliva, miró la herida y luego lo miró a la cara. No había ni señal de violencia, no vio en ella expresión alguna. Sólo una rara serenidad que la sacudió. Se humedeció los labios, que se le habían secado en un santiamén, y tendió la mano para coger el puñal. Al hacerlo, le rozó a él la punta de los dedos y enseguida sintió una descarga eléctrica que le subió por el brazo. Él no hizo más que abrir los brazos, y le ofreció su corazón como blanco.

—*Pesämet andam. Uskolfertiilamet andam. Sívamet andam. Sielamet andam. Ainamet andam.* —Sus dientes brillaban, blancos, en la oscuridad—. Te ofrezco mi protección. Te ofrezco mi alianza. Te ofrezco mi corazón, mi alma y mi cuerpo.

Lara entendió que no hablaba en sentido figurado sino literal. Se ofrecía para quedarse ahí parado mientras ella le asestaba una puñalada en el corazón y le quitaba la vida. Aquel hombre no era un vampiro. No tenía una idea cabal de quién era, pero las palabras que había dicho pertenecían a la lengua de los carpatianos, una lengua tan antigua como sus tías. Eran palabras rituales que unían para siempre dos mitades de la misma alma. Ella nunca había creído esa historia de amor, no del todo, aunque era consciente del tipo de fenómenos que se podía hacer realidad combinando los elementos, la energía y la magia. Sin embargo, mientras él pronunciaba esas palabras con aquel tono suave y seductor, con sus ojos oscuros brillando de pura determinación, sintió los vínculos de acero que se forjaban entre los dos.

—¿Estás loco? Tienes que haber perdido la chaveta. No te quedes ahí parado como un idiota. Tienes que parar la hemorragia.

Él no le quitaba los ojos de encima.

—*Sívamet kuuluak kaik että a ted. Ainaak olenszal sívambin.* Seré el guardián de todo aquello que tú atesores. Veneraré tu vida hasta la eternidad.

Ella alzó la cabeza y la trenza rojiza dio un latigazo por encima del hombro. Sus ojos de color azul glaciar lanzaron chispas y brillaron de rabia.

—¿De verdad? ¿A esto le llamas venerarme? —Se llevó una mano al cuello, de donde seguía manando el hilillo de sangre—. Te has servido de mí sin mi consentimiento, sin dignarte a preguntar, sin pensar ni por un momento cómo me siento yo.

Mientras le lanzaba esa reprimenda, Lara no paraba de mirar la sangre que brotaba de su costado. Tenía que restañar la herida. Si de verdad era un carpatiano (y tenía que serlo) podía restañarla él mismo e impedir que la vida se le escapara en un soplo.

—*Te élidet ainaak pide minam.* Tu vida estará por encima de la mía en todo momento. —El hombre no alteró su expresión. Mantuvo los brazos estirados, ofreciéndose como víctima, y en ningún momento despegó de ella su oscura mirada. Conservaba una expresión de total y absoluta serenidad, aunque en sus ojos brillaba esa turbia actitud posesiva.

Una ola de rabia sacudió a Lara.

—No tendrás una vida si no te curas.

—*Te avio päläfertiilam. Ainaak sívamet jutta oleny. Ainaak terád vigyázak.* Eres mi compañera eterna. Permanecerás unida a mí para toda la eternidad y estarás siempre bajo mi protección.

Ella dejó escapar una especie de silbido al respirar y cerró sonoramente los dientes.

—No se trata de reclamarme sin más y pensar que todo saldrá de maravilla. No cuando has tomado mi sangre sin mi consentimiento —insistió ella. El corazón le latía con fuerza mientras veía que a él la vida se le escapaba en la sangre que seguía manando—. Haz algo.

—No es una decisión que esté en mis manos. La vida o la muerte es decisión de mi compañera eterna. Si rechazas mi vindicación, me condenas y moriré sin resistirme a manos tuyas.

Los ojos de Lara eran dos trozos de hielo que quemaban.

—Ni te atrevas a culparme a mí de tu muerte. —Sin embargo, antes de acabar la frase ya se había abalanzado hacia él, incapaz de evitarlo. Tenía la garganta casi obstruida por el miedo cuando apretó las dos manos contra la herida en el costado. Le entraron ganas de sacudirlo. Literalmente cogerlo y sacudirlo hasta que se diera cuenta de lo absurda que era su actitud.

Hasta ahí llegaba su historia romántica.

—Puede que seas el hombre más atractivo del pueblo, pero tienes un cerebro del tamaño de un guisante —murmuró—. Cierra la herida. Yo no poseo esa clase de habilidades.

—Entonces decides que yo viva.

Su voz era tan suave que a una mujer le darían ganas de desnudarlo y montarlo, y el efecto que tenía en ella la molestaba más que cualquier otra cosa.

—Mereces morir sólo por ser tan estúpido —dijo, con tono cortante, pero no apartó las manos de la herida. Las apoyó con fuerza, asegurándose de cerrarla para detener la hemorragia—. Ahora, cúrate a ti mismo.

Él respondió con una ligera reverencia propia del viejo mundo.

—Como tú desees.

Su voz era la seducción pura. Lara sintió un cosquilleo en todo el cuerpo, los pechos pesados y dolientes. No quería que él la tocara, ni que paseara su mirada oscura por su cuerpo ni su cara. Ahora oía el corazón de él que se acompasaba con el suyo, el aire entrando y saliendo de los pulmones al mismo ritmo, un suave suspiro, como si los alientos se mezclaran. Todo lo que había en ella de femenino, y todo lo que ella era, carpatiana, maga y humana a la vez, se despertó para saludar al macho que había en él.

—Sería conveniente que buscaras ayuda psicológica. Al

parecer, eres incapaz de decidir si eres vampiro o cazador —dijo, cargando sus palabras deliberadamente con un tono burlón.

Él no alteró su expresión. Ni siquiera pestañeó, pero era evidente que Lara había dado en el blanco. Ahora estaban mentalmente conectados, y todos esos hilos invisibles que sentía entre los dos le daban una idea del predador al que provocaba. Por un momento, su corazón titubeó y sintió un leve cosquilleo en el estómago.

Él no se movió y, sin embargo, estaba más cerca, mucho más cerca, apretando su cuerpo contra las palmas de sus manos pequeñas, que seguían en su costado.

—No tienes nada que temer, *päläfertiil*. Ya he tomado una decisión.

A ella no le gustó cómo sonaba eso, una especie de suave ronroneo en su voz que parecía más una amenaza que palabras dichas para calmar sus dudas. Sintió el calor que de pronto desprendía el cuerpo de aquel hombre, vio el destello de luz blanca que brillaba en torno a sus manos. La piel de él se volvió más caliente, aunque sin llegar a quemarla, y le lavó la sangre de las manos. Ella las retiró bruscamente y retrocedió un paso. Recorrió con la mirada su enorme cuerpo hasta posarse en su rostro.

De cerca, su cuerpo era demasiado masculino, demasiado fuerte, demasiado de todo. Con sus hombros anchos y robustos, daba la impresión de ser invencible, aunque ella le hubiera asestado esa puñalada. Lara se tragó el miedo y dio un segundo paso hacia atrás.

—Tengo que irme.

—Iremos juntos. No puedes fingir que no te he reclamado y que tú no me has rechazado. Has decidido que yo viva. Ahora, nuestras almas son una sola.

Lara frunció el ceño. Tenía una vaga idea de las palabras rituales del vínculo por la historia que sus tías le habían contado. Eran palabras que el macho ya llevaba como una impronta antes de nacer. Una vez pronunciadas, unían a dos almas de tal manera que uno no podía sobrevivir sin el otro, una vez que el ritual se había completado. Ignoraba en qué consistía el resto del ritual, pero si implicaba tener relaciones sexuales con ese hombre, ella no estaba dispuesta a prestarse a ello.

Inclinó la cabeza y lo miró con ademán tranquilo y firme. No se sentía ni tranquila ni firme, pero deseaba que él la entendiera, que supiera que si alguna vez en su vida había hablado seriamente de algo, era en ese momento.

—Sé muy pocas cosas de tu tradición y tu cultura. Sólo historias que mis tías me contaban de pequeña, pero aunque no sé qué has hecho para unirnos, debes saber una cosa. No te conozco. No te amo. No me importa en absoluto lo que pase contigo. Viví los primeros años de mi vida encarcelada y nunca... *nunca*... permitiré que nadie vuelva a encarcelarme. Si tratas de arrebatarme algo por la fuerza, si intentas quebrar mi voluntad o manipularme mentalmente, me resistiré hasta el último aliento. Así que debes decidirte y elegir la vida o la muerte para los dos.

Los ojos de él se volvieron negros, del color de la obsidiana, y brillaron con una lujuria sensual que la quemó hasta los huesos. Le cogió el mentón con dedos suaves e inclinó lentamente la cabeza. Como si estuviera hipnotizada, Lara se dio cuenta de que no conseguía apartarse. Veía sus largas pestañas, las ligeras arrugas alrededor de sus ojos, la nariz recta del aristócrata, los labios pecaminosamente carnosos, pero con la marca de un hombre que podía ser cruel.

Entonces se quedó sin aliento cuando su pelo le rozó la cara. Sintió su boca en el cuello. Caliente, abrasadora. Suave como el terciopelo. Él pasó la lengua por los orificios diminutos y le rozó el pulso, que latía desbocado, hasta que detuvo el leve y tentador hilillo de sangre.

Elijo la vida para los dos.

Las palabras se deslizaron en su mente como una caricia. Se humedeció los labios cuando él volvió a erguirse.

—Me parece perfecto. Ya nos entendemos. —Se giró para volver a la posada, a un lugar seguro, porque aunque ese hombre se mostrara condescendiente, sabía que no estaba a salvo con él, y que no era todo culpa suya.

Él volvió a cogerla por la muñeca como si fuera un brazalete. Cálido. Le deslizó las yemas de los dedos sobre la piel del interior del brazo, y la detuvo.

—Creo que no acabas de entenderme y no quisiera que más tarde dijeras que no tenías conocimiento de todos los hechos.

Lara se giró, muy a su pesar.

—Te escucho.

—Eres la mujer... la única mujer... mi mujer. Esto es algo que me tomo muy en serio. Tu salud. Tu seguridad y tu alegría. Me ocuparé de todo eso, pero no te compartiré. No permitiré que otros interfieran en nuestra relación. *No se lo permitiré a nadie.* Sea hombre o mujer. Si tienes un problema con algo, me lo cuentas. Si tienes miedo de algo, me lo cuentas.

—No te conozco. Y no suelo confiar en las personas con tanta facilidad.

—No he dicho que sería fácil. Sólo quiero que entiendas quién soy.

Lara se sentía incapaz de controlar su sensación de pánico. De pronto, lo vio tal como era. Un predador. Un cazador. Un hombre que tomaba decisiones esperando que los demás lo siguieran. Las palabras rituales ya los habían unido, ella sentía la atracción que él ejercía en su mente, incluso en su cuerpo.

Lara respiró lentamente.

—No comparto mi sangre con nadie.

Él curvó los labios en un amago de sonrisa. Ella alcanzó a ver apenas sus dientes blancos, pero enseguida esa sonrisa de predador había desaparecido y su rostro volvía a ser pétreo.

—Ya me he dado cuenta.

Ella se ruborizó.

—Tengo que volver adentro. Tengo un amigo que está herido. Quizá puedas ayudarlo. Es evidente que sabes curar las heridas.

La pátina de calidez que había en sus ojos se desvaneció.

—¿Tu amigo es un hombre?

Ella se estremeció. De pronto le había cogido frío.

—Sí. He venido con dos colegas. Estábamos investigando en un lugar de las cercanías y nos hospedamos aquí.

—¿Qué tipo de investigación? —En su voz había un dejo seco, una nota sugerente.

Ahora Lara se ruborizó toda ella. Estaba molesta consigo misma por ese aleteo que sentía en la boca del estómago. Quería dar la impresión de ser una mujer a la que había que tomarse en serio, pero cada vez que lo miraba tenía la sensación de que algo en su interior se derretía.

Aquel hombre la aterraba. Lara se había enfrentado a monstruos, pero nunca había tenido tanto miedo como en ese momento. Aquel hombre le había cambiado la vida para toda la eternidad. Y ahí estaba, tranquilo y decidido, incluso implacable, mirándola con una actitud posesiva y una boca tan fascinante que ella no conseguía apartar la mirada, aún sabiendo que era una de las criaturas más peligrosas en todo el planeta Tierra.

—Vaya, es difícil explicarlo. En general, realizamos investigaciones sobre sexo. Ya sabes, el sexo en las culturas a lo largo del tiempo.

—Muy divertido.

—Te lo mereces, por ese tono que estilas.

—¿Qué tono?

Ella lo miró de reojo con sus ojos verdes y empezó a caminar hacia la posada, muy consciente de que él caminaba a su lado, con los pasos sigilosos de un felino en la selva.

—La verdad es que exploro cavernas, y me he dedicado a investigar las formas de vida en las cavernas de hielo. —Había un dejo de engreimiento en sus palabras—. Ahora, contesta a mi pregunta. ¿Cuánto sabes de prácticas curativas? ¿O conoces a alguien que sí sabe? Nos ha atacado un híbrido, mitad planta, mitad serpiente, y muy venenoso.

Él la cogió por el codo y la hizo detenerse.

—¿Te ha mordido? —Y enseguida empezó a palparle los brazos, inclinando la cabeza de un lado a otro. Y ella sintió el impacto de la mente de él en la suya.

Fue un impacto terrible, sentir cómo la brutal intimidad de su pensamiento se conectaba con ella. No había nada de suave en él. Podía volverse violento con una eficacia letal. Cuando había pensado en él como una de las criaturas más peligrosas del planeta ni siquiera había empezado a entender qué clase de máquina de matar era, aunque él no le ocultaba nada. No fingía ser diferente de lo que era, a pesar de que ella veía que habría podido hacerlo. Podría haber fingido ser una persona amable y tierna, pero le demostraba su respeto haciéndole saber exactamente con qué y quién trataba.

Lara respiró hondo. Sus tías le habían dicho que los carpatianos eran poderosos. Los habían presentado como seres heroicos, cazadores de vampiros, protectores de los magos y los humanos por igual. Pero ella no estaba preparada para conocer el alma despiadada y cruel del cazador. Y aquél era el hombre más arrogante que jamás había conocido.

No podía evitar ese ligero temblor de conciencia, ni el leve estremecimiento de miedo. Él la envolvía con la calidez de su cuerpo, le daba calor, neutralizando el frío de la noche para ella, que se había olvidado de regular su temperatura. Intentó retroceder, protegiéndose con barreras mentales. Siempre había sido poderosa, pero habían pasado años desde la última vez que se viera obligada a usar sus habilidades para ocultar sus pensamientos a un ser ajeno, y ahora se vio a sí misma lenta y como oxidada.

—No tienes por qué esconderte de mí —dijo Nicolas. No era sólo su cuerpo lo que temblaba, sino también su mente. Aquel hombre había destapado un pozo lleno de temores, y había despertado lejanos recuerdos de alguien que le era muy cercano, que la había maltratado y abusado de su confianza.

—No puedo mentirte, así como tampoco puedo intentar acceder a lo que no me das por voluntad propia. Sólo busco parásitos y heridas. Esas serpientes son más mortíferas de lo que te imaginas.

Lara soltó el aire que aguantaba, algo aliviada. Él no había hurgado en los recuerdos de aquella niña perdida. Ignoraba quién era y de dónde venía. Siempre había algo de poder en el saber, y ella no confiaba en nadie, y menos en aquel hombre que conseguía que su cuerpo reviviera después de tantos años dormido. Lara no confiaba en nada que sucediera así de rápido, en nadie que caminara por una tierra antigua de grandes poderes ocultos.

—Las serpientes le inyectaron el veneno a mi amigo. En el veneno había unos parásitos y la sangre de las serpientes quemaba como si fuera ácido. —Mientras hablaba, Lara se apartaba subrepticiamente, una delicada maniobra femenina.

Nicolas tuvo ganas de sonreír. No sonreía fácilmente. No había sonreído en quinientos años, pero su reacción de niña pequeña cuando quería transmitir la impresión de una feroz guerrera era muy tierna. *Tierna.* Era una palabra que él nunca había entendido. La había oído mil veces, pero no había tenido una idea de su significado hasta ese momento. Su intuición le decía que a ella no le agradaría que la trataran de tierna cuando se veía a sí misma como una mujer dura, así que se guardó sus observaciones.

Lara era más baja que la mayoría de las mujeres carpatianas, y apenas le llegaba a la mitad del pecho, pero tenía un cuerpo de curvas muy femeninas. Ella creía sufrir de sobrepeso (él había captado ese pequeño fragmento de información antes de centrarse en cosas más específicas). Tampoco entendía eso. Pues era perfecta, pero él la habría encontrado perfecta sin que importara su aspecto. ¿Cómo iba a ser de otra manera? Ella le había devuelto la vida, el alma misma. Por sus hermanos sentía un amor verdadero. Sentía un honor verdadero y un sentido del deber hacia su pueblo. Y ahora ella había convertido su mundo gris y deslavado en un lugar maravilloso lleno de colores. Para él, Lara era el epítome de la belleza, con su clásica estructura ósea y sus ojos almendrados propios de la estirpe de los cazadores de dragones.

Sintió en ella una energía chisporroteante. No se trataba de una joven tímida y retirada del mundo, sino de una guerrera preparada para luchar contra él en cada momento. Pero no sabía que él ya había ganado la batalla. Lara era en parte carpatiana, y su naturaleza la haría sentirse atraída hacia él. Esa atracción entre los dos aumentaría con el tiempo y él se aseguraría de estar a su lado mientras el tiempo obraba milagros en su compañera eterna.

—Quisiera que dejaras de mirarme de esa manera —dijo Lara, y aceleró el paso.

Él la alcanzó sin dificultad.

—No tenía ni idea de que te miraba de cierta manera.

En la noche reinaba una especie de alegría, así como una belleza sobrecogedora. Él se sintió maravillado de poder sentirla, verla, ser una unidad con ella. Las nubes cargadas de agua adoptaban formas caprichosas y se desplazaban por el cielo arrastradas por el viento. Todo el pueblo respiraba, los corazones latían y por todas partes se oía reír a los niños. ¿Por qué no había oído esos ruidos antes? Ruidos de la vida y el amor. Padres que murmuraban, madres que llamaban, niños que reían. A lo largo de los siglos, Nicolas había perdido contacto con la magia de la vida y ahora estaba nuevamente ahí, colmando sus sentidos.

Ella lo miró con ojos centelleantes. Volvían a ser verdes. El verde era su color habitual, un esmeralda deslumbrante que contrastaba con su pelo cobrizo. Eso significaba que el azul glaciar era el color que adoptaba cuando hacía uso de sus poderes. Nicolas sintió cierta satisfacción ante el descubrimiento de ese hecho banal. Quería saberlo todo sobre ella, enseguida, si bien hacía ya tiempo que había aprendido las virtudes de la paciencia, algo que le había sido muy útil durante cientos de años. El tiempo le revelaría sus secretos y cada momento que pasara junto a ella, descubriendo las pequeñas cosas, las intimidades de su verdadero ser, le traería más alegrías.

Incluso disfrutaba del dolor incesante que provocaba en su cuerpo. Era otra señal de que estaba vivo, de que vivía y respiraba y compartía su mundo con ella. Su alma había llegado a ser tan oscura, había estado tan dañada que él era incapaz de sentir emociones. Mantenía a raya el dolor, la culpa y el arrepentimiento, pero también mantenía a raya la vida verdadera.

—Tú eres un milagro para mí. Quizá sea eso lo que ves en mi

mirada. Puro sentido de lo maravilloso. —Nicolas conservó una expresión serena, porque no quería abrumarla con su alegría, pero tiñó su voz de ese tono oscuramente seductor, de terciopelo negro, que le acariciaba la piel y se deslizaba en su interior, dejándole un reguero de pequeñas chispas eléctricas desde los pechos hasta la intimidad de su entrepierna.

Lara se detuvo tan bruscamente al llegar a la puerta de la posada que él casi tropezó con ella.

Capítulo 3

Le lanzó a Nicolas una mirada furiosa. En sus ojos verdes asomó la sombra de una sospecha.

—Tú qué eres, ¿un gigoló? Palabras muy bonitas, todo muy edulcorado, pero no dices nada. Porque ahora mismo te lo explico: he tenido experiencia con ese tipo de hombres y enseguida sé cuándo los cumplidos son falsos.

Era una mentira. Pero se atrevió a mirarlo a los ojos y mentir descaradamente. No tenía ninguna experiencia con hombres. Y no podía evitar sonrojarse cada vez que lo miraba. En el caso de él, la sonrisa nacía en su pensamiento y se contagiaba a los labios. Una sonrisa auténtica. Espontánea. Era todo un milagro que pudiera sonreír, que tuviera un motivo para sonreír.

Nicolas quería llevársela a su guarida y guardarla para él solo durante un año o dos, mientras aprendía a conocerla en todos sus detalles. Sintió la punzada aguda y dolorosa del deseo. Su rostro permaneció inexpresivo.

—Creo que nadie me ha dicho jamás, en todos los años que he vivido, que me expreso con palabras muy bonitas y que son edulcoradas.

Ella respondió con un bufido poco elegante.

—Puede que no, pero me la juego a que te han llamado gigoló.

—Soy un cazador carpatiano con grandes habilidades, y estoy seguro de que encontraré las que sean necesarias para convertirme en tu compañero.

Ella sufrió un leve sofoco y se apartó de él. Entró en la posada a grandes zancadas y con los hombros rígidos. Nicolas la seguía de cerca, consciente de que los hombres se giraban para mirarla. Lara era una mujer asombrosa, con el color de su tez y de su pelo, ese brillo que tenían muchas mujeres carpatianas, una especie de luminosidad, además de una manera sensual de caminar que llamaba la atención. Él respondió lanzando un mensaje sin palabras para hacerles saber que aquella mujer le pertenecía, y sus ojos oscuros advertían de un peligro mortal, mirando directamente a cada hombre para subrayar su intención. Así que ellos apartaron la mirada, e incluso dos clientes se levantaron y abandonaron el local, lo cual quería decir que esas vibraciones eran demasiado intensas. Tendría que aprender a expresarlas más sutilmente ahora que empezaban a cobrar vida en él.

Nicolas la siguió por las escaleras hasta una de las habitaciones, subiendo los peldaños de dos en dos. Ella estiró la mano para abrir, pero él se le adelantó y se situó por delante de ella, como si quisiera escudarla de algo.

—Yo entraré primero. —Nicolas ya había hecho un barrido de la habitación y detectado la presencia de dos hombres desconocidos y de Mikhail, el príncipe de su pueblo. Pero aunque el príncipe estuviera presente, él no estaba dispuesto a poner en peligro la seguridad de Lara. Había olido la sangre del vampiro.

—Es mi habitación —reclamó ella, impresionada por la facilidad con que él se había adelantado.

Él la miró con sus ojos oscuros.

—Así es, y, por lo visto, tienes demasiados visitantes masculinos.

Nicolas no esperó una respuesta y abrió la puerta, sin hacer caso de ese ligero gruñido de indignación de Lara. Mikhail ya era plenamente consciente de su llegada, y miró por encima de sus hombros. Pero Nicolas bloqueó la entrada con todo el cuerpo, impidiendo que Lara entrara. Miró hacia la cama, donde vio a un hombre que se retorcía de dolor. Un segundo hombre le sujetaba los hombros e intentaba calmarlo, mientras el príncipe se ocupaba de curarle las heridas. Nicolas se apartó para dejar que entrara su compañera eterna.

—Nicolas. —Mikhail se acercó y se saludaron a la manera tradicional de los guerreros, estrechándose los antebrazos, signo de honor y respeto.

—Me alegro de verte —dijo Mikhail. No se veía en él ni asomo de la inquietud que debería despertar en su persona el viaje de Nicolas De La Cruz desde América del Sur para traerle personalmente ciertas noticias. Sabía que esas noticias no podían ser buenas, o él ya se habría enterado a través de la cadena de carpatianos que transmitían cualquier novedad hasta su tierra natal.

—Te traigo saludos de Zacarías y de mis otros hermanos. Espero que tú y tu mujer estéis bien.

Mikhail asintió con un gesto de la cabeza.

—Hace un rato, he captado una perturbación.

Nicolas no alteró su expresión ni desvió la mirada. Era evidente que Mikhail había sentido una perturbación. Nicolas había estado tan cerca de convertirse en vampiro que casi había acabado con la vida de su compañera eterna. Afortunadamente, ella tenía un cuchillo y no había vacilado en servirse de él. La sangre de la camisa de Nicolas había desaparecido, pero a Mikhail no se le engañaba tan fácilmente.

Nicolas se giró hacia su compañera eterna.

—Mikhail es el príncipe del pueblo carpatiano —le explicó, antes de volverse hacia su soberano—. Mikhail, te presento a *avio päläfertiil* —dijo, con un dejo inconfundible de actitud posesiva, al tiempo que llevaba la mano al nacimiento de la espalda de Lara.

Mikhail hizo una ligera reverencia.

—Me alegro de conocer a tu compañera eterna, Nicolas. Pero, dime, ¿cómo se llama?

—¿Cómo se llama? —Por primera vez, Nicolas parecía desconcertado.

—Supongo que tendrá un nombre, ¿no? —inquirió Mikhail, a todas luces divertido por su reacción.

Nicolas bajó la mirada hacia la espesa mata de pelo cobrizo y los ojos verde esmeralda.

—¿Cómo te llamas?

—Nos has unido el uno al otro sin siquiera saber mi nombre —le espetó ella, con acento burlón, intentado ignorar el olor a sangre manchada y corrupta que permeaba la habitación—. Estás absolutamente loco, ¿lo sabías? Me llamo Lara. Lara Calladine. ¿Y tú? —A Lara el corazón le latía con demasiada fuerza, sabiendo que su vida había cambiado para siempre. Todavía no lograba pensar en ello con claridad, y ocultaba sus emociones hasta que tuviera tiempo para asimilar lo ocurrido y decidir qué hacer para remediarlo.

La sonrisa lenta con que él la miró casi la hizo derretirse sin más. Todavía no sabía bien dónde estaba.

—Nicolas De La Cruz.

—Sois carpatianos —dijo Lara, con tono de afirmación, mirando a uno y luego al otro—. Los dos. —Le costaba seguir con la conversación, temblando como estaba de frío, algo desorientada, y hasta ligeramente mareada.

—Y tú también —dijo Nicolas.

Ella sacudió la cabeza.

—Lo soy sólo en parte.

Él frunció el ceño.

—Perteneces al linaje de los cazadores de dragones. Nadie podría equivocarse si se fija en tus rasgos o en tus ojos, y pensar que eres otra cosa.

A Lara le dio un vuelco el corazón.

—Entonces, ¿conocéis a mis tías? ¿Tenéis noticias de ellas?

Nicolas habría querido darle buenas noticias, porque esa mezcla de alegría y esperanza en su expresión era llamativa.

—Lo siento, *päläfertiil*, de los cazadores de dragones sólo conozco a Dominique. Hay dos mujeres, Natalya, la compañera eterna de Vikirnoff, y la compañera eterna de mi propio hermano,

Colby, que son portadoras de la sangre de los cazadores de dragones. Es un gran linaje y uno de los más venerados en nuestra historia.

Lara se volvió hacia Mikhail.

—Y tú, ¿has sabido algo de mis tías?

Éste respondió sacudiendo la cabeza.

—Lo siento. No sé de qué tías me hablas. No hay mujeres que posean sólo la sangre de los cazadores de dragones en ese linaje. Rhiannon fue la última, y la hemos perdido. ¿Qué relación hay entre vosotras?

Ella abrió la boca y enseguida la volvió a cerrar. Ella era en parte maga. Conocía la historia de Rhiannon, la última hija del linaje de los cazadores de dragones. Había sido la compañera eterna de un gran guerrero, asesinado por Xavier, el gran mago. Xavier había encerrado a Rhiannon y la había mantenido viva para que diera luz a sus hijos. Los trillizos Soren, Tatijana y Branislava eran los frutos de esa unión espuria. Soren había huido hacia el mundo exterior y se había unido a una mujer humana. Tenía dos hijos, Razvan y Natalya. Razvan era el padre de Lara, lo cual significaba que ella era descendiente directa del peor enemigo de los carpatianos, el hombre que había traicionado su confianza y había iniciado una guerra que, con el tiempo, había conducido a la práctica extinción de carpatianos y magos por igual. Su madre había sido maga, de modo que la sangre de los magos era tan poderosa en ella como la de los cazadores de dragones.

Lara miró a Terry, que seguía tendido en la cama gimiendo y retorciéndose. Se obligó a mirarlo, aunque lo que de verdad quería hacer era huir de allí. Había visto a jóvenes magos infectados con esos parásitos pudriéndose lentamente desde dentro hacia fuera. El hedor de la muerte ya empezaba a manar de sus poros.

Se aclaró la garganta.

—¿Has podido limpiar su sangre de los parásitos?

Terry se sacudió y miró a Lara.

—Lara. Has vuelto. Es un dolor insoportable. ¿Qué quieres decir con parásitos?

—La pierna derecha ha sido fácil —dijo Mikhail en voz alta—, pero la izquierda me está dando unos cuantos problemas. —Miró a Nicolas y se sirvió de la habitual vía telepática usada por los carpatianos para comunicarse—. *No ha contestado a mi pregunta.*

Lara se puso rígida. Se estaban comunicando por la misma vía que sus tías utilizaban con ella. Siempre había pensado que existía una ligera probabilidad de que ella se hubiera inventado a sus tías, que el trauma de su infancia hubiera producido una ruptura y ella hubiera creado un mundo imaginario para guarecerse, pero era imposible que el príncipe y Nicolas se comunicaran precisamente por esa vía.

No ha venido para que la interroguen. El tono de Nicolas era sereno, pero se movió sutilmente hasta situarse entre Lara y el príncipe.

En los ojos de Mikhail asomó un ligero brillo de humor, que desapareció enseguida cuando se volvió hacia el hombre que se retorcía de dolor en la cama.

—Él mismo se arrancó la cabeza de serpiente antes de que yo pudiera evitarlo. Los colmillos de la serpiente son curvos y tienen una púa en un extremo. Creo que las púas portan el veneno y que, al arrancarlas, permitió que el veneno se introdujera en su organismo. —Miró a Nicolas y utilizó su propia vía mental. *Parece un poco grosero estar aquí hablando de mí mientras estoy presente, pero gracias por defenderme.*

Mikhail se giró de golpe, y en sus ojos asomó un leve fulgor. Lara aguantó la respiración. No había hablado telepáticamente con nadie excepto sus tías en muchos años y, al hacerlo de cualquier manera, el canal de energía se había difundido y avisado a Mikhail que hablaba con Nicolas. Irritada consigo misma, se mordió con fuerza los labios, y se dijo que guardaría silencio. Una se podía ocultar a la vista de los demás si era lo bastante hábil.

—Terry, no te preocupes, encontraremos una manera de aliviarte —le aseguró Lara, evitando mirarlo a los ojos. Al menos tenía que acercarse y cogerle la mano. ¿Qué clase de amiga era, al fin y al cabo? Se armó de coraje y se enderezó totalmente.

Al verlo retorciéndose de dolor, le vinieron recuerdos de su infancia. La sangre sana olía como la vida misma, dulce y clara. La muerte tenía un dejo metálico. Pero la sangre corrupta era una podredumbre, y su hedor era insoportable y ponía enfermo a cualquiera. Y ella no podía ser inmune a ese olor, a pesar de todos los subterfugios que sus tías le habían enseñado.

Se movió para pasar junto a Nicolas e ir hacia su amigo en la cama, pero tuvo la impresión de que éste se movía con ella, casi imperceptiblemente. Lara no entendió cómo lo hacía, pero cuando lo intentó una segunda vez, él siguió obstruyéndole el paso.

—Mikhail y yo haremos lo que podamos para sanar a tu amigo, pero tienes que mantenerte apartada hasta que sepamos a qué nos enfrentamos.

Lara quiso abrir la boca para protestar, pero la cerró y guardó silencio. Nicolas hablaba en voz baja, y ella dudó que Terry y Gerald lo hubieran oído, pero el tono con que hablaba era como si impartiera órdenes. Era un hombre sumamente fuerte, y ella ignoraba qué poderes poseía, pero intuyó el peligro. Allí, ante los demás, no era el momento de ponerlo a prueba ni de cuestionar su decisión. Significaría enfrentarse a él abiertamente, y las tías le habían advertido que procurara pasar desapercibida. En las pocas ocasiones en que había roto esa regla en el pasado, los resultados habían sido desastrosos. Espiró dejando escapar una especie de silbido entre los dientes. Al final, quizá se sintiera culpable por valerse de ese pretexto, pero la sangre en la cama le daba náuseas. Dejó que Nicolas le dijera lo que debía hacer.

Nicolas reprimió una sonrisa. Lara creía ocultar su malestar, pero su cabellera brillaba con tonos de rojo mezclados con el rubio natural. El rojo aparecía cuando estaba molesta o enfadada y, en ese momento, daba la impresión de que estaba enfurecida. El color de sus ojos había virado del verde al azul glaciar, reluciente como el hielo cuando lo miró, aunque sin decir palabra. Se limitó a dar un paso atrás, como una mujer obediente y amable.

Él se inclinó para examinar el tobillo mutilado. No había nada dulce en su mujer. Puede que ocultara su verdadera naturaleza a los demás, pero él sabía que era una pequeña tigresa, con sus garras y dientes, dispuesta a librar la batalla si la situación lo exigía. Su vida había pasado de ser un paisaje desierto y gris a un cuadro maravilloso en un abrir y cerrar de ojos. Esa reacción de Lara ante su actitud dominante le dio ganas de encontrar algún pretexto para que a ella se le volvieran a poner los pelos de punta y lo mirara con esos ojos.

El organismo de Terry estaba plagado de parásitos, y Nicolas frunció el ceño al ver la sangre coagulada. Le lanzó una mirada a Mikhail.

¿Habías visto algo así antes?

No hasta tal extremo. He mandado a buscar a Gregori. Es nuestro más grande sanador y es la única posibilidad que tiene este hombre de sobrevivir a esto. Mikhail se volvió para mirar a Lara e incluirla deliberadamente en la conversación. *Lo siento, sé que es tu amigo.*

Lara sintió un nudo en el estómago y se llevó una mano al vientre. Aquello era culpa suya. Ella había llevado a Terry y a Gerald a buscar la caverna, porque no creía de verdad que existiera. Ella misma había empezado a dudar. En algún lugar recóndito de sí misma, había sospechado que quizá la caverna existiera de verdad la primera vez que había solicitado un permiso, después de estudiar las características geológicas de aquella montaña. Había sentido una emoción irreprimible, y debería haber sabido que no se equivocaba. Si hubiera estado más segura de sí misma, no habría expuesto a sus amigos a esos peligros.

¿Puedes salvarlo?

Mikhail y Nicolas no cruzaron ni una sola mirada cuando se inclinaron para examinar la herida en el tobillo de Terry, pero ella sintió que algo se transmitía entre los dos. No eran palabras, ni siquiera se comunicaron por vía telepática, porque Nicolas mantenía su mente abierta a ella.

De pronto una voluta de vapor penetró por la ventana abierta, y un manto de niebla blanca llenó la habitación. El aire se electrizó y Lara sintió que se le erizaban los pelos de la nuca. Dio un paso atrás, y se alejó de la ventana en dirección a la puerta. No tendría que haberse preocupado. En un abrir y cerrar de ojos, Nicolas estaba a su lado, interponiéndose entre ella y la bruma y, por primera vez, Lara no se sintió ofendida. No quería saber nada de aquella cosa que penetraba por la ventana abierta.

La energía era algo que los magos aprendían a manipular desde su nacimiento. Lara había visto a muchos jóvenes magos trabajando con cualquier cosa que tuvieran al alcance para realizar tareas sencillas o complejas. En sus años de estudios de observación y de experimentos, había sentido rara vez una energía tan potente como la que penetraba en la habitación, y jamás había visto la energía buscando a otro ser con la fuerza de un imán ni revistiendo la figura de una persona como lo hacía en ese momento. El vapor siguió vaciándose en la figura de un hombre alto y transparente, si bien la energía fluía hacia el príncipe, buscándolo, bañándolo en generosas olas, transmitiéndole un poder asombroso.

Al parecer, Nicolas, Terry y Gerald no se daban cuenta de nada. Quizá ella siempre había sido sensible a la presencia de la energía porque, de pequeña, era una señal de que estaba a punto de ser arrastrada fuera de su celda para padecer la tortura de ver sus carnes abiertas y su sangre consumida por otro. Se estremeció y sintió un leve mareo.

Se llevó una mano al vientre y se apartó del príncipe y de aquel hombre de figura trémula y transparente. Tenía la piel de gallina. Le quemaban las muñecas. Tuvo la sensación de que unas arañas se arrastraban por su piel. Se las sacudió y se aplastó contra la pared. La temperatura de la habitación bajó sensiblemente y ya no pudo dejar de temblar de frío.

El desconocido se giró para mirarla. Sus ojos eran de acero cortante.

—Cazadora de dragones —dijo, en voz alta—. La sangre en ella es poderosa.

Lara sintió la bilis que subía, y luego el ahogo, como si no pudiera tragar suficiente aire. Las paredes de la habitación oscilaron, se curvaron como en un túnel, gruesas y azules, a su alrededor.

—No nos queda mucho tiempo —dijo Mikhail.

El miedo se convirtió en un monstruo que florecía, crecía y crecía dentro de ella hasta que casi no podía ver. El suelo bajo sus pies se movió. Era un poder enorme. El olor de la sangre putrefacta era intenso, y el hombre tendido en la cama ya ni siquiera gritaba sino que gemía sin parar.

Gregori asintió con un gesto de la cabeza, pero sus ojos plateados siguieron penetrando en Lara, abatiendo sus defensas, tan cuidadosamente montadas, viendo a través de ella hasta llegar a su más recóndito secreto.

Por tus venas corren poderes formidables.

Lara se sacudió de arriba abajo, deseando desviar su atención de aquella invasión, de aquellos ojos claros y penetrantes. Había visto ese color de ojos sólo en una persona, y se estremeció de miedo. Por un momento, el rostro de Gregori cambió y ella se dio cuenta de que miraba una cara diferente, un rostro que le era demasiado familiar en sus peores pesadillas. Casi sin aliento, se giró, queriendo encontrar una salida, pero las paredes de hielo eran demasiado gruesas. Estaba atrapada. Sentía la sangre latiendo en la muñeca, quemándola.

Lara. ¿Qué ocurre? Nicolas dio un paso hacia ella.

¡Sal de mi cabeza! No sólo rechazó el contacto sino que lo expulsó violentamente de su pensamiento, y enseguida plantó una barrera, como quien cierra una puerta, recogiendo la energía a su alrededor como un manto protector. Alzó las manos en un gesto instintivo de protección, y tejió sus defensas con insólita rapidez.

Muro de luz, escudo de oro. Erguíos ahora. Venid a mí y resistid. No permitáis el acceso a mis íntimos conocimientos, destinados a proteger y a eliminar el pecado. No dejéis que los demonios del pasado sigan cosechando, obligadlos al ayuno.

Se oyó el rugido de un trueno que sacudió la habitación. Una ola de llamas anaranjadas, casi blancas, surgió de la barrera de energía pura.

—¡Cuidado! —avisó Nicolas, y se plantó por delante de Mikhail.

Gregori ya se había lanzado hacia el otro lado de la habitación para proteger al príncipe.

La luz osciló y lanzó olas de destellos, estalló en cohetes de luces, en un enorme muro de llamas ardientes de color rojo anaranjado que casi los cegó. Los hombres alzaron los brazos para protegerse los ojos. Aquel muro de energía golpeó a los tres machos carpatianos con la fuerza de una locomotora, y los lanzó a un lado como si no fueran más que pecios entre las olas de un mar rabioso.

Gregori y Nicolas recibieron la mayor parte de la energía, y los dos la absorbieron en lugar de resistirse a ella, intentando proteger al príncipe de la fuerza del golpe. Cuando Nicolas fue lanzado hacia atrás, ya mutaba su forma en el aire, y de un salto estuvo junto a su compañera eterna, en caso de que Gregori se defendiera del ataque contra el príncipe con una amenaza de muerte. Golpeó con fuerza a Lara, con hilos de energía que pendían de él como cuerdas, iluminando toda la habitación al volar como un rayo por el aire. La lanzó hacia atrás y cayó con ella al suelo, cubriéndola con todo el cuerpo.

Ella intentó rodar, pero él la cogió por las muñecas, impidiéndole que usara las manos para urdir un hechizo, le sujetó ambos brazos por encima de la cabeza y la clavó contra el suelo.

—Lara, mírame.

Ella quedó completamente quieta bajo su peso, con la mirada desenfocada. Tenía todo el cuerpo alarmantemente frío, así que Nicolas no vaciló. Penetró violentamente en su mente y la siguió por los meandros de los recuerdos.

El olor de la sangre putrefacta estaba por todas partes, un olor que se mezclaba con la descomposición de la carne. Y enseguida oyó los gritos y los quejidos. Era el llanto incesante de alguien que sufría una agonía, no sólo física, sino una tormentosa agonía mental. Nicolas se aventuró por el gélido pasillo, que se abría hasta desembocar en una gran nave. El techo era alto y unas columnas enormes iban del suelo hasta lo alto de la bóveda. Unas salpicaduras de color rojo contrastaban con el color azulino de las paredes.

En la pared del lado izquierdo había un hombre encadenado al suelo. Estaba desnudo, y se agitaba con movimientos convulsivos, con los ojos desorbitados, locos, mientras unos parásitos blancos se alimentaban de su carne. Nicolas reconoció en él a uno de sus peores enemigos. Era Razvan, nieto de Xavier, el más anciano y poderoso de los magos.

Encadenada junto a Razvan, vio a una mujer, inmóvil en el suelo, con una expresión de terror desgarrado y la boca totalmente abierta, como si quisiera gritar. Los parásitos se alimentaban de ella mientras Razvan intentaba sacudírselos de encima. Tenía las manos ensangrentadas de tanto golpear el hielo. De pronto, levantó la cabeza y Nicolas siguió su mirada torturada hasta la niña de pelo rubio con tonos rojizos, acurrucada en un rincón. Tenía el puño en la boca para no gritar. Él no sabía calcular demasiado bien la edad de los niños, pero le pareció que esa niña pequeña no tendría más de tres o cuatro años. La niña tenía la mirada fija en la cara de la mujer y sollozaba en sordina.

Mamá.

Nicolas quedó completamente paralizado. En el fondo de su alma nació una ira que no tardó en aflorar. Tuvo ganas de coger a esa niña y llevarla a un lugar seguro, pero lo único que podía hacer era salvar a la mujer que sostenía en ese momento, y hacerlo en tiempo real. Le cogió la cara a Lara con manos firmes. Ningún niño debería ser sometido jamás a semejantes torturas.

—*Avio siel*, alma mía, vuelve a mí —susurró, al tiempo que disimulaba una orden en sus palabras—. Estás a salvo, Lara. Soy tu compañero eterno y siempre te protegeré hasta mi último aliento.

Su mirada turbia, casi opaca, se volvió hacia él.

—Sí, mírame. Concéntrate en mí. Déjame llevarte de vuelta.

En la caverna de hielo de sus recuerdos, no esperó a que la niña le contestara. Con una delicadeza exquisita, la levantó, le tapó los ojos y dejó que ocultara su carita aplastándola contra su pecho, calmándola con suaves palabras mientras le daba la espalda a esa escena horrorosa y salía.

Las largas pestañas de Lara aletearon. El azul pálido de sus ojos se oscureció al verlo y respiró profundo. Nicolas se echó hacia atrás y la hizo sentarse. Lara miró a su alrededor y una expresión de alarma asomó en su rostro.

—¿He herido a alguien? —preguntó. Inclinó la cabeza, como si no se atreviera a mirarlo a los ojos.

—No hay nadie herido. —Nicolas seguía hablando en voz baja y suave, procurando calmarla mientras le cogía el mentón con dedos firmes y la obligaba a mantener el contacto visual—. Nadie aquí te haría daño. Jamás.

El corazón comenzó a latirle demasiado de prisa. Él le apoyó una mano en el pecho, transmitiéndole calor a su cuerpo helado como un témpano y le ralentizó el corazón hasta que se acompasó con el ritmo firme y regular del suyo. Lara hizo un esfuerzo para tragar una bocanada de aire y él inclinó su oscura cabeza para que los alientos se mezclaran, hasta que la respiración de ella fue volviéndose más lenta y relajada y empezó a respirar normalmente. Lara mantuvo la mirada fija en sus ojos, y Nicolas tuvo la impresión de que ella lloraba, aunque no vio lágrimas.

—Disiparé los olores en el aire. *Gregori, no la mires a los ojos, hay algo en tu mirada que despierta unos recuerdos de su infancia.* Deberías haberme dicho que te molestaban. Como compañero eterno tuyo, es mi deber protegerte de ese tipo de cosas.

—Ya soy una chica mayor, me las puedo arreglar sola.

Ella recordó haberlo sentido en ese entonces, en sus recuerdos, llevando a la niña que ella era lejos de la caverna. Había sentido el consuelo que él le procuraba y ahora, con el labio inferior temblándole de miedo, no se apartó del contacto con él. Nicolas se inclinó y apenas le rozó la boca con los labios. Siguió mirándola durante un momento largo, mientras su mente se movía en el pensamiento de ella, asegurándose de que esa pesadilla de su infancia se había difuminado lo suficiente para devolverle la calma.

—¿Te encuentras bien, Lara? —inquirió Mikhail.

Su voz era tan serena como la de Nicolas, pensó ella. Al verla, quizá pensara que estaba a punto de tener un ataque de nervios. Y quizá fuera verdad. Pero Nicolas ya había eliminado los olores de la sangre y la carne putrefactas y la había remplazado por los frescos aromas del bosque, hasta que Lara incluso sintió una ligera brisa en el rostro. Aparte de sentir una vergüenza horrible, se encontraba bien. Intentó como pudo evitar mirar al sanador, a sabiendas de que, al igual que la proverbial mariposa nocturna, sería incapaz de mantener su propósito.

Lara cogió la mano que Nicolas le tendía y le permitió ayudarla a incorporarse.

—Me encuentro bien, gracias. Espero que nadie haya resultado herido.

—Si yo estuviera herido, me conseguiría otro lugarteniente —dijo Mikhail, sonriéndole—. No dejes que te intimide. Practica esa mirada todas las noches en el lago.

Antes de que pudiera evitarlo, volvió a dirigirle una mirada a Gregori. Esos ojos plateados la ponían nerviosa, pero se obligó a mirarlo.

—No estoy intimidada, pero sí arrepentida. No era mi intención herir a nadie.

—Nadie ha resultado herido, hermanita —dijo Gregori, mirando a Terry—. Si queremos ayudar a tu amigo, tenemos que darnos prisa.

A Lara le dio un vuelco el corazón. Había olvidado casi por completo a Terry y Gerald, que habían sido testigos de su extraño comportamiento y de sus habilidades para utilizar la energía. No tendría que haberse preocupado. Ninguno de los dos parecía prestar atención. Uno de los machos carpatianos había bloqueado sus sentidos y les había transmitido recuerdos falsos acerca de lo ocurrido.

Se sentía muy avergonzada de su comportamiento ante aquellos hombres, y ni siquiera se había ocupado de sus amigos. Se cuadró de hombros y dio un paso hacia la cama. La presencia de los parásitos había abierto las compuertas de sus recuerdos de infancia, ninguno de los cuales era muy agradable.

—Vigila la puerta —ordenó Nicolas, volviendo a interponerse

entre ella y la cama—. No queremos que la dueña de la posada o su marido entren en la habitación. Es demasiado peligroso.

Lara intentó no parecer demasiado aliviada y, asintiendo con un gesto de la cabeza, retrocedió para dejarles espacio. Apoyó una cadera contra la puerta y observó cómo el sanador se ponía manos a la obra. Jamás había visto a un maestro sanador desplegar sus artes y le fascinó la absoluta concentración y la eficiencia con que se aplicaba a ello. Gregori se desprendió de su cuerpo sin vacilar, y dejó una estela de pura energía curativa.

Mikhail encendió unas velas y la esencia aromática que llenó la habitación contribuyó al proceso de sanación. Gregori se desprendió de su cuerpo y penetró en el de Terry. Empezó a trabajar para eliminar las hordas de parásitos que no paraban de reproducirse, consumiendo el cuerpo del joven.

Fue un fenómeno asombroso ver aquella energía que parecía inagotable brotando del cuerpo de Gregori, dejándolo completamente exangüe, a pesar de que los otros dos carpatianos trabajaban a su lado. Su rostro adquirió un tono ceniciento. Se mecía sobre sí mismo, agotado, y el tiempo transcurría con una lentitud exasperante.

Afuera empezó a nevar, primero sólo unos copos, y después a un ritmo regular. La posada quedó en silencio cuando los dueños se retiraron a sus dependencias. Gerald cambiaba a menudo de posición, pero se quedó junto a Terry, sosteniéndole los hombros y hablándole con voz queda. Terry dejó de gemir al cabo de una hora y, hacia la segunda hora, descansaba mucho más tranquilo.

Gregori volvió a su propio cuerpo, se tambaleó y se sentó torpemente en el suelo, pálido y agotado. Sacudió la cabeza. *Los parásitos se reproducen al mismo ritmo que yo los elimino. No estoy seguro de que pueda disminuir su número con la rapidez suficiente para acabar con ellos.*

Con gesto tranquilo, Mikhail se abrió la muñeca con los dientes y le tendió el brazo. La mirada de Lara quedó fija en la boca que Gregori acercó a la herida. Y sintió un nudo en el estómago. En sus oídos retumbó un trueno.

Yo trabajaré contigo, ofreció Nicolas.

Y yo también, dijo el príncipe.

¡No! Los dos machos carpatianos reaccionaron violentamente.

Tú no puedes, Mikhail, dijo Gregori. *No podemos arriesgarnos a que entres en contacto con la sangre envenenada. Los parásitos ya sienten tu presencia. Se aglomeran donde intuyen que te encuentras más cerca con la esperanza de contaminarte.*

Necesitaremos tu sangre para ayudarnos, agregó Nicolas, mirando de reojo a Gregori.

Gregori suspiró mientras dejaba que Nicolas lo ayudara a ponerse de pie. *Para que lo sepas, no hablas con un niño, Nicolas. Mikhail es un hombre maduro que sabe que el pueblo carpatiano no puede sobrevivir sin él. Si a él lo destruyen, nuestra especie se extinguirá. Por mucho que deseemos que alguien pudiera ocupar tu lugar, Mikhail, tú y tus enemigos sabéis muy bien que eso es imposible.*

No necesariamente, objetó Mikhail. *Savannah lleva mi linaje en sus entrañas y espera mellizos. Raven será la madre de mi hijo, aunque vuelve a tener ciertos problemas.*

No podemos arriesgarnos. Lucian, Gabriel o Darius pueden fácilmente ocupar mi lugar como lugartenientes, pero ningún otro carpatiano puede remplazarte a ti. En las palabras de Gregori se percibía cierta irritación.

Para Lara era evidente que no era la primera vez que tenían esa conversación. En su opinión, era una discusión muy interesante, y le ayudaba a desviar la atención del corte que Mikhail se había hecho en la muñeca. Después, él había pasado la lengua por la herida, pero ella todavía veía las marcas de los dientes y unas leves manchas de sangre. Se le sacudió el estómago y tuvo que tragar bilis. Su temperatura corporal cayó bruscamente.

Está mi hermano, Jacques. Mikhail habló en voz baja, como reconociendo la irritación en la voz de Gregori.

Jacques todavía no confía en sus propios pensamientos, si no cuenta con su compañera eterna. No puedes correr ningún riesgo,

Mikhail. Esta vez, Gregori le lanzó una mirada de rabia, como diciendo *no vuelvas a importunarme con ese tema.*

Mikhail se tragó sus palabras y dio un paso hacia su lugarteniente, que a la vez era su yerno. De pronto, a Terry se le contorsionó el rostro y se abalanzó hacia el príncipe, gruñendo y chorreando baba por la barbilla. Gerald lo cogió por los hombros intentando detenerlo, pero Terry reaccionó con una fuerza brutal para alguien de su condición. Se libró de Gerald con un golpe y saltó con las manos encorvadas como garras intentando llegar a los ojos de Mikhail.

Nicolas dio un manotazo casi al mismo tiempo que Gregori. Lara murmuró las palabras de un hechizo que sirviera de escudo y tejió un intrincado dibujo con ambas manos. Terry se estrelló contra un muro invisible. Con los dientes castañeteando y los ojos desorbitados de un loco, comenzó a golpear con la cabeza una y otra vez aquel escudo que protegía al príncipe.

Gerald cruzó la cama a gatas e intentó controlarlo, pero Terry se giró y le propinó un puñetazo en la cara, sin dejar de gruñir como un animal rabioso. Gerald cayó hacia atrás en la cama y Terry volvió a darse de golpes contra el muro invisible, procurando llegar hasta el príncipe.

Lara buscó mentalmente a Terry para calmarlo. Tocó suavemente su pensamiento con la intención de devolverle la serenidad. Una bola bullente de parásitos reaccionó inmediatamente a su presencia, retorciéndose y golpeando, presa de un frenesí venenoso. Había alcanzado a contactar con Terry y, al instante siguiente, era violentamente expulsada de su mente, con un duro empujón que sólo podía ser obra de un macho.

Se giró para encarar a Nicolas con una mirada de rabia. Empezaba a reconocer el roce de su contacto. Él no se dignó ni mirarla, concentrado como estaba en controlar a Terry. Lara miró a Gregori. El maestro sanador tenía a Mikhail clavado contra la pared, pero la concentración en su mirada le dijo a Lara que estaba junto a Nicolas, sujetando a Terry.

Éste volvió a tenderse en la cama, con la mirada desenfocada, aunque más calmado, ya sin resistirse. Lara respiró lentamente, Gregori le hizo un gesto a Mikhail para que saliera de ahí, y éste le devolvió una mirada. No pensaba ir a ninguna parte y esa determinación se veía con claridad en su expresión y en sus ojos.

—A trabajar —ordenó Mikhail.

Gregori se encogió de hombros y, una vez más, valiéndose de la energía en estado puro, penetró en el cuerpo del enfermo.

—¿Qué está pasando aquí? —preguntó Gerald. Bajó de la cama y pasó junto al sanador carpatiano para ir hacia Lara.

Nicolas se desplazó rápidamente y le cortó el paso.

—Tienes toda la camisa manchada de sangre. Deberías ir a darte una ducha.

—Tiene razón, Gerald —asintió Lara—. No es seguro quedarse así. Quema tu ropa, quema cualquier cosa que te hayas puesto hoy.

Gerald se detuvo, miró a Terry, abrió la puerta de un tirón y se dirigió deprisa a su habitación al otro lado del pasillo.

Lara se apoyó contra la pared y observó a Nicolas que se unía a Gregori. Empezaron a trabajar reconcentradamente para salvarle la vida a Terry. Y era de verdad una lucha por su vida y su alma. Los parásitos estaban desesperados por adueñarse de él, poseerlo en cuerpo y alma para convertirlo en servidor de los designios de su amo.

Los dos hombres trabajaron sin descanso mientras pasaban los minutos. Los dos empezaron a palidecer, hasta que cobraron un tono grisáceo. Al final, acabaron tendidos en la cama junto a Terry. Mikhail volvió a abrirse la muñeca de un corte y se la ofreció a Nicolas.

Ella procuró no mirar aquella sangre roja y espesa, ni observar a Nicolas mientras le cogía con fuerza el brazo al príncipe y se alimentaba con su fuerza vital. Sin embargo, aquella visión la hipnotizaba, y fue incapaz de desviar la mirada.

Le quemaba la muñeca. Y los pulmones. Empezó a temblar. Seguía atenazada por el frío a pesar de todos sus esfuerzos por recuperar y estabilizar su temperatura corporal. Las paredes a su alrededor se curvaron y adquirieron un tinte azulino. Ella aguantó la respiración, intentando concentrarse en la pared por encima del príncipe, pero su mirada y su mente volvían una y otra vez a fijarse en el hilillo de sangre que le corría por el brazo, manchándole los dedos a Nicolas y luego cayendo al suelo en goterones.

Sintió un nudo en el estómago. Desesperada, clavó la mirada en la cara de Terry. Aquello también fue un error, porque imaginó los parásitos invadiendo su torrente sanguíneo y llegando a todos los órganos en un ataque masivo, luchando contra Nicolas y el sanador en su afán de poseer el cuerpo de su amigo.

Unas gotas de sudor le perlaron la frente. La cara de Terry cambió, y sus rasgos juveniles se alteraron y modificaron hasta que su rostro se volvió muy bello, con ojos de color turquesa y una cabellera, larga y oscura como la noche, que le caía sobre la frente, con unas mechas plateadas. Terry abrió los ojos y los fijó en ella.

Lara se quedó sin aliento. Vio la agonía en esos ojos. La conciencia y la furia impotente. Y miedo, un miedo tan intenso que no cabía en la habitación. Las paredes se combaron hacia fuera, incapaces de contener la intensidad del terror.

Huye, huye, Lara. Escóndete. Lara oyó los sollozos en su plegaria, intuyó el terror que lo desbordaba.

De pronto, Nicolas se encontró temblando de frío en el interior de una cámara de hielo. Encadenado a un muro, con los brazos y el pecho quemándole debido al contacto con los eslabones empapados en la sangre ácida del vampiro; Razvan se debatía para conservar la posesión de su propia alma. Se adivinaba la agonía en sus ojos y tenía el pelo negro estriado de color platino.

Lara. Era un susurro lleno de amor. De miedo y desesperación. *Huye, nena. Se acerca y yo no podré protegerte.*

Nicolas sintió la presencia del terror que iba en aumento. Giró la cabeza para mirar hacia el rincón. Esta vez, la niña era mayor, tendría unos cuatro o cinco años. Estaba acurrucada contra la pared, temblando, con la cara bañada en lágrimas, y su corazón latía tan ruidosamente que apagaba sus propios latidos, más regulares.

Por detrás, oyó unos pasos que se arrastraban. Nicolas se giró y vio que se acercaba a ellos una criatura repugnante, mitad esqueleto, mitad humano. En ciertas partes, unos colgajos de piel todavía se adherían a los huesos, en otras, esa piel se estiraba sobre el esqueleto. Sus carnes estaban descompuestas y pútridas, y del cráneo le colgaba sólo una mecha de pelo entrecano. Una barba hirsuta le llegaba hasta el pecho, y del pelo inmundo entraban y salían bichos y gusanos que no paraban de moverse. Tenía unas uñas largas y amarillentas, retorcidas sobre sus dedos nudosos. Unos dientes podridos de tinte pardusco asomaban tras una sonrisa macabra y maléfica. En lo que quedaba de su cara, brillaban unos ojos todavía vivos, una luz fulminante de locura teñida de plata.

El miedo fue aumentando hasta que el pulso de Nicolas también empezó a cambiar, a martillear como si presagiara un desastre. Los pulmones le quemaban por falta de aire.

¡Nicolas! La voz de Mikhail se transformó en una orden implacable, exigiéndole que volviera al presente. *Que la paz sea contigo, hermanita. Estás a salvo*, añadió el príncipe, procurando calmar a Lara.

Nicolas sólo conocía una manera de proteger a Lara de sus recuerdos de pesadilla, que se volvían más intensos, con imágenes más definidas, hacia los confines de la habitación. La cogió en sus brazos fuertes, penetró en su mente y asumió el mando. La poderosa sangre de los cazadores de dragones corría por sus venas y, gracias a su ayuda, Lara no tendría dificultades para mutar. Nicolas los disolvió a ambos en una voluta de bruma y los sacó de la habitación y de la posada y se transportó con ella hasta el aire frío y limpio de la noche.

Capítulo 4

Lara se encontraba en el centro de una sala bien templada, alojada profundamente en las entrañas de la tierra. El agua fluía entre las rocas y se derramaba en una piscina profunda de aguas calientes. De unos candelabros en las paredes brotaba la luz de las velas aromáticas, que proyectaban sombras en las paredes de cristal. Se había quedado repentinamente sin aliento y se giró dibujando un círculo, al tiempo que sus dedos se cerraban sobre la empuñadura del cuchillo que llevaba en el cinturón.

Se humedeció los labios y se giró para encararse con Nicolas.

—¿Dónde estoy, exactamente, y cómo he llegado aquí?

—Antes de que te vuelvas loca conmigo y me lances ese cuchillo que tienes en la mano —dijo Nicolas, con voz pausada—, debo decirte que no estás encerrada. He dejado un mapa en tu mente, de manera que puedes encontrar la salida en cuanto te lo propongas o en cuanto quieras irte. Éste es el lugar más seguro y más tranquilo que conozco. He montado unas defensas para protegerte. Hay una cama en la cámara contigua para que descanses.

Ella buscó en sus recuerdos y vio que había una manera de salir, perfectamente diseñada, como si hubiera entrado y salido mil veces de esa caverna y conociera cada uno de sus espacios y laberintos.

—Tengo una habitación en la posada —dijo, sin aflojar su asidero en el cuchillo.

—En este momento, está ocupada por varios hombres. Pensé que quizá disfrutarías más de este sitio retirado.

El pelo negro le caía a Nicolas sobre la frente, lo cual centraba la atención en sus ojos muy oscuros. El deseo de apartar aquellas mechas sedosas era tan intenso que Lara retrocedió un paso para no obedecer al impulso.

—Eso no explica cómo he llegado aquí ni por qué no me has consultado.

Él encogió sus poderosos hombros, lo cual provocó un movimiento muy sensual de sus músculos por debajo de la camisa. Lara procuró no mirar.

—Yo te he traído. Nos convertí en bruma para que pudiéramos desplazarnos sin ser detectados y hacerlo mucho más rápido.

A Lara se le atragantaron las palabras.

—Yo nunca he mutado de forma.

Él la miró con sus ojos brillantes, y una nota de diversión le curvó la comisura de los labios.

—Has mutado sin ningún tipo de problemas. Pensé que era algo que hacías todos los días.

—Entonces, ¿por qué no lo recuerdo? —inquirió ella, lanzándole su mirada más furiosa.

—¿Tienes lapsus de memoria muy a menudo? ¿Acaso es algo a lo que debiera estar atento?

—Ja, ja, ja. Te crees muy divertido, ¿no? Jamás en toda mi vida he mutado y, desde luego, te aseguro que menos aún como bruma. —Y era verdad que lo había intentado miles y miles de veces, hasta que acabó por decirse a sí misma que era probable que se hubiera inventado su pasado.

—Sabes cómo hacerlo. Está ahí, en tu mente.

—¿Hablas en serio? —Por un momento, Lara olvidó que estaba enfadada con él. No tenía ganas de volver a vivir unos recuerdos que había puesto a buen recaudo para constatar si eso era verdad, pero si era capaz de mutar, poseía un talento que le sería indudablemente útil. Sus tías podían mutar. Habían quedado atrapadas en cuerpos de dragones, pero aquella no era su forma natural. Debería haber sabido que ellas le transmitirían esa habilidad tal como le habían transmitido las lenguas, la capacidad curativa y la magia—. No lo sabía.

—Desde luego, posees los conocimientos para hacerlo. Necesitas ayuda, claro está, porque no eres totalmente carpatiana, pero eso es fácil. Te protegen unas defensas. Protecciones. He visto las que tú has montado —dijo, con tono desenfadado, pero escrutándola atentamente—. Sin embargo, hay defensas montadas por otros. Hay reminiscencias masculinas. Y dos mujeres, que no querían que recordaras episodios de tu infancia.

Las dos mujeres tenían que ser sus tías. Pero ¿quién era el hombre? ¿Su padre? No conocía a otros hombres. ¿Por qué su padre habría puesto barreras a esos recuerdos y, a la vez, permitido que aflorara la imagen de él alimentándose de ella? Sintió un malestar en el estómago y se giró para que Nicolas no la viera, reacia a que fuera testigo de otra debilidad. Lara solía tener pesadillas, pero nadie había sido testigo jamás de sus estragos. Tampoco recordaba haber visto a Razvan encadenado y convertido en prisionero en ninguna de esas imágenes.

—No entiendo nada de lo que está pasando.

¿Por qué veía a Razvan en el papel de víctima, un papel que le correspondía a ella? Nada tenía mucho sentido, ni siquiera su propio comportamiento. Lara no podía explicarse por qué sus tías, y esa otra persona (alguien que ella ignoraba guardar en sus recuerdos) no querían que recordara su infancia.

—No logro entender por qué habrían de borrar mis recuerdos —murmuró. No podía quitarse de la cabeza esa imagen de su padre y su rostro repugnante.

—No se trata de borrar sino de proteger —aclaró él—. Los recuerdos siguen ahí para que tú los descubras.

—¿Era real? —preguntó ella—. ¿Aquello que vimos era real?

Nicolas alzó una mano y las velas parpadearon. Un aroma relajante de lavanda, miel y lilas llenó la sala. Nicolas quería que Lara se sintiera mejor, pero uno no podía mentir a su compañera eterna.

—Tus recuerdos han sido suprimidos, pero no adulterados. Son muy reales.

—¿Eso significa que tú has visto los mismos recuerdos que yo? —Unos recuerdos que habían aflorado al ver la sangre, los parásitos y esos horribles ojos plateados. Lara inclinó la cabeza, dejó de aguantar la respiración y aspiró la fragancia de las velas.

—Sí. He reconocido en él la marca de las cadenas. A mi hermano Riordan lo capturaron y lo encadenaron de esa manera. No es fácil mantener a un carpatiano cautivo. No sé quién está detrás de esto, pero creo que ha ido perfeccionando sus técnicas. *Y que ha estado utilizando a tu padre para experimentar con él.*

Lara captó ese pensamiento antes de que él pudiera suprimirlo. Buscó un lugar donde sentarse. Enseguida vio una silla baja con cómodos cojines. No preguntó cómo había aparecido ahí sino que se dejó caer en ella, temiendo que sus piernas ya no pudieran seguir soportando su peso.

—No lo entiendo, Nicolas. Si tu hermano tenía las mismas marcas, ¿significa que fue prisionero de Xavier? Cuéntame acerca de tu hermano.

—Vivimos en la selva lluviosa en América del Sur. Es nuestro hogar desde hace siglos y nuestra familia está bien establecida. Riordan había salido a patrullar, dado que, al parecer, hay cada vez más actividad...

—¿Cuando dices actividad, te refieres a Xavier?

Él negó con un gesto de la cabeza, y observó que Lara no paraba de frotarse las sienes. Contactó mentalmente con ella y descubrió que sufría un fuerte dolor de cabeza.

—No, quiero decir vampiros. El pueblo jaguar comparte el Amazonas con nosotros, y los vampiros se han unido a ellos para destruir a los carpatianos. Querían neutralizar a uno de nuestros aliados, así que empezaron a corromper a la especie de los jaguares. Riordan tropezó con pruebas de su presencia y, mientras les seguía la pista, cayó, engañado por una falsa llamada de socorro.

Nicolas se situó detrás de ella y empezó a frotarle las sienes con la punta de los dedos. Lara se puso rígida y apartó bruscamente la cabeza, al tiempo que le lanzaba una mirada cautelosa.

—Déjame hacer —dijo él—. No hay necesidad alguna de que sufras ese dolor.

Lara aguantó la respiración, sin saber bien qué hacer, algo que en ella era raro. Esa estrecha cercanía de Nicolas la mantenía en una situación de desequilibrio. Era como si respiraran el mismo aire. Ella lo sentía bajo su piel y era muy consciente de su presencia, hasta la última célula de su cuerpo.

—Es un asunto menor, esto de librarte del dolor de cabeza.

Y como se sentía pequeña y mezquina al negárselo, se encogió de hombros.

—Cuéntame lo de tu hermano.

—Lo mantuvieron encerrado en un laboratorio.

—Entonces se trata de lo mismo. Llevaban a cabo experimentos con él. No puede ser una mera coincidencia.

—Por lo general, experimentaban con animales, pero cuando secuestraron a Riordan, lo encadenaron a la pared con cadenas bañadas en sangre de vampiro, lo cual se parece mucho a tu recuerdo de Razvan encadenado. La sangre quema como el ácido, y es despiadada, muy dolorosa. Mantenían a Riordan debilitado sangrándolo e inyectándole un veneno.

Lara frunció el ceño, como si quisiera recuperar otro recuerdo, esta vez un recuerdo de agujas punzantes, pero lo dejó escabullirse.

Nicolas presionó con los dedos en la vena que latía en las sienes de Lara y los mantuvo ahí, transmitiéndole calor y energía curativa. Percibió la inmediata reacción de ella, que simpatizaba y se identificaba con él a propósito del cautiverio de su hermano.

—Ahora está a salvo y es muy feliz —dijo—. Su compañera eterna lo rescató y, con eso, trajo la alegría a la familia. Creíamos que si le había ocurrido a Riordan, si él podía encontrar a su compañera eterna en las circunstancias más desfavorables, quizá nosotros también podríamos. Hemos conseguido resistir más allá de lo que jamás imaginamos.

Puesto que su familia era depositaria de grandes dones, también tenían que cargar con una realidad mucho más peligrosa. Si bien todos los guerreros carpatianos se volvían oscuros con el tiempo, los hermanos De La Cruz nacían estando ya más cerca de la oscuridad. Era una oscuridad que los había consumido rápidamente, y habían disfrutado con los entrenamientos, las batallas y la caza. Y, sobre todo, con la ola de energía que sentían con la puesta a muerte.

—¿Cómo se explica eso? —preguntó Lara, curiosa—. Mis tías decían que la semilla del vampiro es el macho carpatiano.

—Es una manera de definirlo. Desde luego, todos los machos carpatianos pueden tomar la decisión de renunciar a sus almas. Deambulamos por mundos estériles con sólo la compañía de nuestros recuerdos, trabando contacto con otros que todavía sienten y ven la belleza que los rodea. Resulta difícil resistirse a la necesidad de tener emociones, cualquier emoción.

—¿Mi padre es vampiro?

Nicolas guardó silencio un momento largo, y deslizó las manos hasta sus hombros para aliviarle la tensión con un masaje.

—No sabemos qué es tu padre. A veces pensamos que ha muerto, y de pronto aparece en algún lugar. Tiene muchos rostros, y ha cometido numerosos crímenes contra nuestro pueblo, pero nadie sabe con certeza qué ocurre en el campo enemigo. Puede que tú seas nuestra mejor pista. Tú y tus recuerdos perdidos.

—¿Qué significan mis recuerdos? Durante todo este tiempo, he creído que mi padre era un demonio. Se alimentó de mi sangre, me cortó las venas del brazo, del cuello. Me trató como si no fuera más que un plato de comida. Eso es lo que recuerdo.

—No conocemos ni entendemos nada acerca del hilo del tiempo. Puede que hubiera un momento en que los dos fuerais prisioneros al mismo tiempo.

—No tiene sentido que mis tías hayan suprimido mis recuerdos de mi padre como prisionero. ¿Qué sentido tendría? También has dicho que un hombre había urdido una defensa. Yo sólo puedo pensar en Xavier o en mi padre, pero percibirías su lado maligno si uno de los dos hubiera tejido un escudo. ¿Qué sentido tendría que sólo me dejara los recuerdos en que él se alimenta de mí? ¿Por qué querrían todos que pensara que mi padre pertenece a la peor especie de monstruos? —preguntó Lara, y ocultó la cara entre las manos.

Nicolas permaneció detrás de ella, quieto como un felino, mientras seguía haciéndole masajes en los hombros para aliviarle la tensión.

—Puede que los verdaderos recuerdos sean peores que la idea que tienes de tu padre como un ser enteramente maligno.

—Tú lo has reconocido. ¿Sigue vivo?

—Creemos que sí.

—¿Cuándo lo viste por última vez?

—En el cuerpo de una mujer en la posada donde tienes una habitación. Había una especie de celebración, y la compañera eterna del hermano del príncipe...

Ella dejó escapar una especie de silbido, entrecerrando los dientes, y se giró bruscamente para mirarlo.

—Di su nombre. Tiene un nombre.

Él se encogió de hombros, sin hacer demasiado caso de su irritación.

—Shea, la compañera eterna de Jacques Dubrinsky; estaba embarazada. Aquella anciana la atacó con un estilete envenenado, con una púa, y la habría matado si mi hermano, Manolito, no se hubiera interpuesto para salvarla. Afortunadamente, sobrevivió al ataque.

Ella emitió un leve gemido y volvió a girarse. El aroma calmante de la lavanda y la miel no habían conseguido disipar el malestar por las noticias de que su padre era un traidor.

—Shea estaba encinta, y Razvan intentó matarla a ella y a su criatura —dijo.

—Así parece.

Ella sacudió la cabeza.

—Lo siento. No había pensado más allá del daño que me ha hecho a mí, pero debería haberlo hecho.

Nicolas se movió. En realidad, flotó, una mancha que ella no alcanzó a ver ni sentir, y ya estaba frente a ella, cogiéndole el mentón con gesto afectuoso.

—No eres responsable de nada de lo que haya hecho Razvan. Sólo él tendrá que responder por sus decisiones.

Ella consiguió mirarlo con una sonrisa.

—Gracias por decírmelo. ¿Y qué hay de mis tías? ¿Sabes algo de ellas? Cualquier cosa.

—Lo siento, Lara, pero no he tenido noticias de que las hayan visto vivas. Si de verdad son tus tías.

—Tías bisabuelas —corrigió ella—. Aunque siempre me refiero a ellas como mis tías.

—Ya lo había imaginado —dijo él, sonriendo—. Si son tus tías bisabuelas, eso significa que serían las hijas de Rhiannon. Sabemos que Rhiannon tuvo trillizos con Xavier. Dos niñas, tus tías, y Soren, tu abuelo. A Soren lo mató Xavier hace algunos años. Nadie ha visto jamás a las chicas. ¿Qué aspecto tienen?

—Sólo las he visto en su condición de dragones. Estaban débiles y enfermas. Xavier las usaba para alimentarse de su sangre, y las mantenía en estado de permanente debilidad. Les tenía mucho miedo. Mientras una de ellas estaba descongelada, él amenazaba a la otra con un cuchillo en el cuello. Me salvaron de la locura, me hablaban en susurros cuando las cosas se ponían horribles, y me distraían cuando Xavier me utilizaba para tomar mi sangre.

—¿Estás segura de que son hijas de Rhiannon?

—La historia de amor que me contaron era la de su madre, Rhiannon, y de su verdadero compañero eterno. Xavier lo asesinó y mantuvo a Rhiannon prisionera, la obligó a ser la madre de sus hijos, los trillizos, creyendo que alcanzaría la inmortalidad alimentándose de la sangre de los carpatianos. Estoy segura de que las cosas que me contaron eran verdad, al menos eso dijeron ellas. —De pronto, miró a Nicolas—. Tú has sido capaz de unirme a ti con las palabras rituales. ¿Cómo podían conocer ellas el ritual de unión de los carpatianos si no fueran hijas de Rhiannon?

—Dominic, el hermano de Rhiannon, ha buscado noticias de ella desde hace años. Nos informaron de su muerte a manos de Xavier, y Dominic espera saber algo acerca de sus sobrinas. Esta noticia lo entristecerá.

—Puede que todavía estén vivas —dijo Lara—. Es una posibilidad. Me ayudaron a escapar de la caverna de hielo, y quizás ellas también lo consiguieron. Eran las dos muy poderosas. Xavier las mantenía en un estado de debilidad, pero eran listas, así que puede que encontraran una manera de escapar. Por eso he venido, porque tengo la intención de averiguar qué les ha ocurrido.

Nicolas respiró ruidosamente.

—Las cavernas de hielo son demasiado peligrosas y es un lugar donde no debieras entrar. Sus últimos visitantes lograron salvar la vida a duras penas.

Ella tenía la mirada fija en el agua de la piscina, que lamía suavemente la medialuna rocosa.

—¿Tú has estado allí? —No le importaba demasiado lo que él opinara. Su intención era volver a la caverna de hielo y enterarse de lo que les había ocurrido a sus tías.

—Todos los carpatianos comparten conocimientos, aunque no sea personalmente. Vikirnoff y su mujer lucharon contra los guerreros de la sombra, los vampiros y los magos cuando estuvieron allí.

Ella frunció el ceño y lo miró, parpadeando con un dejo de irritación.

—¿Su mujer? Ya estamos otra vez. ¿Acaso no tiene un nombre? ¿Es que tienes en tan poca estima a las mujeres que ni siquiera te molestas en saber sus nombres?

Él se inclinó y acercó los labios a su oreja.

—Creo que pretendes provocarme para que me pelee contigo porque estás irritada con las imágenes que revives. Has conocido lo suficiente de mi mente para saber que respeto a las mujeres y que daría mi vida por protegerlas —dijo, y tiró de su larga trenza—. Tengo que ver al príncipe, que me dará noticias de tu amigo. También tengo que alimentarme, y lo mismo te digo a ti. Quédate aquí y relájate. Te traeré algo de comer y beber y entre los dos veremos qué hacer.

El roce de su aliento cálido junto a su oreja y las caricias casi hipnóticas de sus labios la hicieron estremecerse. Sintió un cosquilleo en los pechos, y los pezones se le endurecieron. Cerró los dientes con un golpe de mandíbulas.

—No quiero tener nada que ver con asuntos de sangre.

—De eso ya me he dado cuenta. —Nicolas se enderezó y se apartó de ella. Se deslizó por el suelo de la caverna con ese silencio peculiar que a ella le recordaba un felino de la jungla al acecho—. ¿Te sientes lo bastante cómoda para quedarte aquí sola, o el hecho de estar bajo tierra te traerá más malos recuerdos?

Ella le respondió con su mirada más ceñuda.

—Soy experta en cavernas. Me paso la vida explorándolas. Sólo tuve un pequeño problema por un momento al ver aquellos asquerosos parásitos. Ahora estoy bien. Perfectamente —dijo, y paseó una lenta mirada a su alrededor—. Es un sitio muy agradable.

Era verdad. Las paredes estaban estriadas con huellas de minerales y cristales, y en todas partes colgaban velas de diferentes tamaños. La piscina parecía muy tentadora, y en el aire flotaba una fragancia fresca y reconfortante. Más allá de la sala donde se encontraban en ese momento, se alcanzaba a ver una especie de dormitorio, decorado a la manera de una habitación tradicional en una casa en la superficie. Era evidente que Nicolas había procurado encontrarle un lugar tranquilo y seguro para descansar.

—Las defensas están activadas. Son las últimas urdiembres usadas para mantener a raya a enemigos que conocen nuestras costumbres. Estarás a salvo, y si me necesitas, sólo tienes que buscarme —dijo Nicolas—. Yo te oiré.

—¿Cómo es posible que podamos comunicarnos de esta manera? —preguntó Lara, en un arranque de curiosidad—. No usamos la telepatía habitual de los carpatianos. Creía que eso se establecía a partir de un vínculo sanguíneo. Tú bebiste mi sangre, pero yo no he bebido de la tuya.

Él era más que consciente de esa verdad. El deseo le rugía en los oídos y le retumbaba en el corazón, corría a raudales por sus venas y le latía dolorosamente en la entrepierna como una necesidad ardiente. Nicolas respiró hondo para mantenerse relajado y con la mente serena a pesar de que su lado más primitivo intentaba dominar.

—Tú eres mi compañera eterna y yo nos he unido para siempre. El resto vendrá en el momento adecuado.

—¿Y si eso no ocurre?

Él se encogió de hombros.

—En ese caso, no sobreviviremos en esta vida y probaremos en la siguiente.

Lara vio su imponente figura ondular en el aire hasta volverse transparente y luego disolverse hasta que no fue más que una voluta de bruma que se desplazaba por la cámara. Sólo en ese momento se dio cuenta de que aguantaba la respiración. Se incorporó y se estiró, deseando relajar sus músculos agarrotados. No debería sentirse aliviada de encontrarse allí sino enfadada. Nicolas la había separado de sus amigos sin su consentimiento, pero tenía que reconocer que en aquel espacio podría respirar tranquila y pensar con claridad. No era una sanadora lo bastante experimentada como para librar a Terry de los parásitos, y sin ella presente, los carpatianos llamarían a otros guerreros y Terry tendría más probabilidades de salvarse.

Suspiró, sabiendo que borrarían los recuerdos de sus amigos para mantenerlos a salvo, pero era la única solución. Y quizá fuera por eso que sus tías habían borrado sus recuerdos, o al menos los habían puesto a buen resguardo. Se quitó la ropa, la plegó y la dejó sobre una roca plana antes de sumergirse en la piscina de tibias aguas minerales para aliviar la tensión que le agarrotaba el cuerpo. El agua le acarició las piernas y ahuyentó el temblor de los malos recuerdos.

Lara cruzó la piscina de aguas tibias y burbujeantes, y sintió que su dolor de cabeza y los duros nudos de tensión en la espalda desaparecían en un instante. Dejó escapar un suspiro, se dejó flotar y cerró los ojos.

Nicolas voló en círculos sobre el bosque con un perezoso batir de alas. Había adoptado la forma de un búho, un ave que se prestaba a salvar las distancias más velozmente. Todavía tenía muchas cosas pendientes. Era imperativo hablar con el príncipe y entregarle el mensaje por el que había viajado desde tan lejos. Pero una vez en el aire se tomó su tiempo, porque era la primera vez en cientos de años que realmente disfrutaba de la increíble sensación de volar, en lugar de dar ese milagro por sentado.

La nieve que caía lentamente, los árboles meciéndose cuando la brisa pasaba a su lado con un murmullo, incluso la fragancia del aire frío, le transmitían alegría. Dibujó una espiral en el aire y descendió hacia el lugar en el bosque donde se había fijado la cita. Se había puesto en contacto con el príncipe para asegurarse de que el amigo humano de Lara seguía vivo y, aprovechando el momento, había acordado una cita con Mikhail. El lugar elegido era el bosque, porque los montes Cárpatos tenían una magia especial.

Mientras recuperaba su forma habitual, sus botas se hundieron en los cristales de hielo y en la capa vegetal de más abajo, y enseguida sintió una conexión con la tierra. Su especie pertenecía a la tierra, y necesitaba la riqueza del suelo para descansar y rejuvenecer. Los carpatianos tenían un vínculo con las plantas y los árboles majestuosos. Los animales y las aves estaban hermanados por la naturaleza y Nicolas se deleitó mirando a su alrededor, permitiéndose sentir esa avalancha de emociones gracias a su capacidad de simplemente sentir.

Esperó a Mikhail mientras disfrutaba de las bondades del bosque. Casi habría preferido tener ese encuentro con el príncipe antes de haber recuperado sus emociones. Por encima de su cabeza, una lechuza se instaló en la rama de un árbol, batió las alas y luego las desplegó para bajar en picado. En el último momento, onduló en el aire y adoptó la forma de un hombre.

—Te veo pasear de un lado a otro, Nicolas —dijo Mikhail, al aterrizar con un salto ágil—, y pienso que no es un buen augurio.

—Te traigo noticias, Mikhail, y no, no son buenas. Todos mis hermanos te mandan sus saludos y Zacarías me ha pedido que renueve el juramento de lealtad y defensa de nuestra familia para contigo y nuestro pueblo.

—De eso nunca hemos dudado, Nicolas.

Éste fijó sin vacilar la mirada en los ojos oscuros de su príncipe.

—Cuando reinaba tu padre y nosotros estábamos llenos de arrogancia y nos creíamos importantes, a menudo hablábamos, reunidos en torno a la fogata del campamento. Las opciones que barajábamos eran diferentes de las que por aquel entonces los carpatianos seguían ciegamente. Los lazos de mi familia con los Malinov eran muy estrechos. Nos protegíamos mutuamente en la batalla y compartíamos recuerdos a medida que se acercaba nuestro momento y nuestras emociones se desvanecían. Pasábamos mucho tiempo juntos.

Mikhail asintió, pero guardó silencio, esperando, y sabiendo que Nicolas rara vez empezaba una conversación a menos que tuviera algo importante que decir.

—Los hermanos Malinov tenían una hermana, una niña brillante y bella que todos venerábamos.

—Ivory —dijo Mikhail, y enseguida recuperó una imagen mental de ella. Ivory era alta y delgada, y su larga cabellera negra le llegaba a la cintura. Era una bella joven por dentro y por fuera. Donde quiera que fuese, llevaba consigo una brisa suave y refrescante que inspiraba paz hasta en los corazones de los guerreros más ancianos y los cazadores más oscuros. Desde luego que la recordaba. La legendaria Ivory había inspirado poemas que la gente todavía cantaba.

—Sus padres murieron poco después de que naciera y nuestras dos familias se ocuparon de criarla juntos —siguió Nicolas—. Tenía diez hermanos mayores, todos hombres fogueados en la batalla y bien disciplinados. Las cosas tienen que haber sido difíciles para ella, pero siempre estaba sonriendo y cantando, y conseguía que el mundo fuera un lugar alegre aún cuando los colores y emociones empezaran a borrarse en el mundo que habitábamos. Cuando nos encontrábamos en su compañía, Ivory nos restituía algo de lo que habíamos perdido. Pero ella quería estudiar, acudir a la escuela donde enseñaban los magos. Era una chica brillante, y su mente necesitaba estímulos. Por sus venas fluían múltiples poderes y deseaba indagar en los conocimientos que le permitirían hacer mejor uso de aquellos dones tan preciados.

Mikhail conocía la historia, pero no interrumpió a Nicolas, entendiendo que por algún motivo éste tenía que volver a contarla, a recordar los pequeños detalles que era necesario mencionar. Y era todavía más importante dejarlo transmitir la noticia de la única manera que sabía.

—Creíamos que Xavier traicionaba la amistad de los carpatianos. Se desataron las discusiones entre los nuestros, que querían que nuestras mujeres estuvieran protegidas. Vlad procuraba que se respetara la paz a pesar de que muchos ancianos empezaban a irritarse ante su comportamiento cada vez más errático. No podíamos impedir que los demás permitieran estudiar a sus hijas y compañeras eternas, pero nos negábamos a que Ivory acudiera a la escuela a menos que nosotros la acompañáramos. Y un día nos llamaron para ir a la guerra, de modo que se quedó sola.

Desprotegida. Nicolas no lo dijo en voz alta, si bien la palabra estaba en su pensamiento. Incluso en ese momento, cientos de años más tarde, recordaba el episodio como si hubiera sido ayer. Ivory, pariente y casi hermana, el único consuelo que les quedaba en aquella existencia baldía, siempre sonriéndoles, valiente, con lágrimas en los ojos, transmitiendo calidez y amor a sus mentes y corazones al verlos partir. Se había guardado sus temores para sí misma, y los había despedido a todos con el consuelo y los bellos recuerdos que podía transmitirles.

—Te lo cuento para que entiendas nuestro estado de ánimo, Mikhail, en el momento en que esto sucedió —explicó Nicolas—. No quiero ofenderte ni señalarte como culpable. Sé que diste la orden de acabar con tu propio hermano cuando fue necesario. Pero, en honor a la verdad, era lo que Vlad tendría que haber hecho muchos años antes.

A Mikhail le tembló ligeramente un músculo de la mandíbula, pero no dijo palabra y esperó.

Nicolas se frotó la nariz y miró fijamente a Mikhail.

—Tu hermano era un hombre retorcido, y Vlad lo sabía. Tu hermano deseaba tener a Ivory, aún sabiendo que no era su compañero eterno. Tu hermana, Noelle, sufría del mismo tipo de locura.

Mikhail asintió con un gesto de la cabeza. Él no había ordenado la muerte de su hermana, así como su padre no había ordenado la de su hermano... y Jacques había pagado un alto precio por ello.

—Tanto poder en nuestras venas puede corromper y torcer las cosas, Nicolas, como en cualquier otra familia.

Nicolas también asintió.

—Es verdad. Cuando nos enteramos de que un vampiro había matado a Ivory, buscamos su cuerpo para intentar traerla de vuelta del mundo de las sombras, pero no pudimos dar con ella. Habíamos perdido a la gran y única luz en nuestras vidas, y ya no nos quedaba consuelo alguno que nos librara de la locura de nuestra existencia. Por eso, tarde por la noche, alrededor de la fogata del campamento, tramamos la caída de la familia Dubrinsky y el destronamiento de un hombre que ya no estaba facultado para reinar. Nuestras dos familias habían descubierto la capacidad de vincularse y compartir sus poderes, a la manera del linaje de los Daratrazanoff. En aquel entonces, creíamos que si nosotros podíamos lograr lo mismo que los Daratrazanoff, tenía que existir otra familia que actuara como la señera de nuestro pueblo.

—Esa figura señera ha de ser capaz de detentar todos los conocimientos y el poder —pasado y presente— de nuestro pueblo. Debe unir a todos los carpatianos por medios telepáticos y físicos a través de su mente —sentenció Mikhail—. No conozco a otras familias que puedan hacer eso.

Nicolas dejó escapar un suspiro.

—Para nosotros era razonable pensar que si podíamos lograr lo mismo que los Daratrazanoff, tendría que haber una familia que pudiera ocupar el trono. Sabíamos que en tu familia había una historia de locuras y desvaríos, además de una necesidad de controlar al sexo opuesto, y creíamos que encontraríamos otro líder más digno.

—Fue entonces que ideasteis una manera de destruirnos. —En la voz del príncipe se adivinaba una serena aceptación.

—Sí —dijo Nicolas, con toda honestidad, y sin vacilar—. Con

los hermanos Malinov. Y ahora ellos quieren llevar a cabo ese plan, que han estado madurando durante cientos de años. Primero como carpatianos y, ahora, como vampiros.

Mikhail dio unos cuantos pasos alejándose de Nicolas y volvió.

—Convocaré a nuestros guerreros —dijo.

Nicolas quiso conectar con Lara y la encontró flotando plácidamente en la piscina. Miró a Mikhail y asintió con un gesto de la cabeza.

—Creo que no tenemos otra alternativa.

Guerreros, os convoco a reuniros en consejo. Mikhail transmitió su llamada sin tardar.

Los dos carpatianos intercambiaron una larga mirada, dieron unos pasos a la carrera y alzaron el vuelo, al tiempo que adoptaban la forma de sendas lechuzas. Volaron por debajo de las nubes cargadas de nieve hasta la antigua caverna del consejo. Las dos aves de presa bajaron en picado y, en vuelo raso, cruzaron la entrada y siguieron velozmente por un largo pasillo hasta llegar a la sala.

Nicolas no había pisado aquel lugar en siglos, pero, una vez dentro, volvió a tener esa misma sensación de orgullo, honor y camaradería de los viejos tiempos. La sala sagrada del consejo era un espacio amplio y circular con una chimenea natural y estrecha en el centro. En sus paredes estaba grabado el código de los guerreros en la lengua antigua, un código que había regido su quehacer durante siglos en cuestiones de honor, integridad y lealtad. Aquel código era, sin más, lo que dictaba su modo de vida.

Las paredes de la caverna eran de un color azul marino, casi como un cielo oscuro, y del suelo brotaban en semicírculo unas enormes estalagmitas que llegaban hasta la bóveda, de donde nacían unas estalactitas que bajaban en espiral y refulgían con los vivos colores de los depósitos minerales. En las paredes, unas incrustaciones de cristales de diversas formas geométricas descomponían la luz y proyectaban prismas gigantescos en el suelo. Una vez en el interior, sintieron el fuerte calor que emanaba de las cámaras subterráneas de magma, y tuvieron que regular su temperatura corporal.

En épocas pretéritas, la caverna había sido inundada por aguas termales ricas en minerales, y los depósitos habían perdurado hasta formar aquellos cristales relucientes. Eran cristales que ayudaban a los guerreros a concentrarse en las batallas que les esperaban, en las estrategias y en la solución de problemas, y también a cumplir con el riguroso entrenamiento mental y físico que todos los guerreros carpatianos habían jurado respetar.

La primera sala daba a un segundo espacio, mucho más pequeño, completamente cerrado cuyas paredes rocosas eran antiguas formaciones de lava. Unas volutas de vaho purificador brotaban en espiral del interior de la segunda sala, como llamándolos.

Una multitud de machos solteros abarrotaba la caverna, hombres morenos de gran estatura y mirada fría y distante. Gracias a sus emociones recién recuperadas, Nicolas vio la aflicción en sus semblantes. Eran guerreros sin esperanza, que vivían sólo del sentido del honor y luchaban no sólo contra el vampiro sino, peor aún, contra la llamada del vampiro. Nicolas respiró hondo y se entregó a la magia de la caverna.

Permaneció en el centro de aquel espacio cristalino, en el mismo lugar donde habían comparecido muchos guerreros legendarios antes que él.

—No me será fácil presentarme ante mis hermanos después de que la deshonra mancillara por primera vez el nombre de nuestra familia.

Mikhail le respondió con una mirada de exasperación.

—Resulta algo arrogante avergonzarse de cosas que sucedieron hace cientos de años, Nicolas, como si fueras el único que comete errores. Tú y tus hermanos habéis demostrado vuestra lealtad en numerosas ocasiones. Manolito me salvó la vida, y luego la vida de Shea y del hijo que llevaba en el vientre. ¿Acaso debería yo inclinar la cabeza y avergonzarme de los errores de juicio cometidos a lo largo del tiempo? Si eso hiciera, jamás vería el cielo.

Nicolas se encogió de hombros, y una sonrisa breve y desabrida asomó en su rostro.

—Elaboramos un plan para destronar a tu padre, que equivalía a acabar con el reinado de la familia Dubrinsky. Al comienzo, Mikhail, la trama de nuestros planes se basaba en conversaciones nimias, fruto de la irritación. Pero cuando nos reuníamos en torno a la fogata del campamento para elaborar los detalles de un plan de batalla a largo plazo, cometimos una traición contra ti y nuestro pueblo. Eso es una deshonra.

Mikhail frunció el ceño.

—Si hubierais destruido el linaje de los Dubrinsky, ¿quién crees que habría asumido el poder y guardado los conocimientos de nuestro pueblo?

—Nosotros nos veíamos capaces de cumplir con los deberes de la familia Daratrazanoff, y como estábamos seguros de que esa familia existía y, nos habíamos propuesto encontrarla. Desde luego, más tarde renunciamos al plan, de modo que ninguno de nosotros investigó los demás linajes para cerciorarse de que podían presentarse como la nueva casa reinante.

—¿Y teníais alguna idea de algún otro linaje que fuera capaz de esa tarea?

—Me lo preguntas como si estuvieras dispuesto a renunciar ahora mismo.

—En un abrir y cerrar de ojos —replicó Mikhail, y luego suspiró y sacudió la cabeza—. No hay una única manera correcta, Nicolas, y el solo hecho de que mi familia deba portar el estandarte del liderazgo no significa que tengamos todas las respuestas. Yo soy tan falible como cualquier carpatiano. Cada vez que perdemos a un niño, o cada vez que una de nuestras mujeres sufre un aborto o una criatura muere, considero que es un fracaso y una vergüenza para mí no haber encontrado una manera de salvar a nuestra raza en extinción. Yo permanezco cómodamente protegido en mi casa mientras mis guerreros salen a combatir el mal y, a lo largo del camino, pierden una parte de sí mismos. Son hombres buenos, mejores que yo, y se interponen entre el peligro y mi persona en cada momento. Si me preguntas si acaso me apartaría para dejar que otro asuma el mando, te diría que lo haría en un abrir y cerrar de ojos, sobre todo si el otro fuera más inteligente que yo.

Nicolas sacudió la cabeza.

—Nosotros estábamos equivocados, Mikhail, como lo estás tú ahora al pensar de esa manera.

El príncipe lo miró con una sonrisa ligeramente torcida.

—Pensé en poner fin a mis días. Antes de encontrar a Raven, mi compañera eterna, pensé en poner fin a mis días para no tener que asistir a la total extinción de nuestra especie. Tú y los demás guerreros que servían a mi padre sois mucho mayores, lleváis mucho más tiempo cazando vampiros y habéis sufrido más, pero yo no podía seguir viviendo bajo el peso de mis fracasos. ¿Acaso no era eso mucho peor? ¿Acaso no habría sido un acto de cobardía?

Nicolas negó con un gesto de la cabeza.

—Creo que fue un acto de desesperación. Yo mismo me he paseado esta noche por las calles mientras esperaba para ir al encuentro del alba y, aún así, no confiaba en que pudiera durar esta última noche. Es lo que les ocurre a los nuestros, Mikhail. Todos los guerreros nos enfrentamos a ese momento, aunque no carguemos con el peso añadido de tener sobre nuestros hombros la suerte de toda una especie.

Mikhail le dio unas palmadas en el hombro.

—Somos hombres imperfectos, mi querido amigo. Todos y cada uno de nosotros. Pecamos y nuestras mujeres nos redimen.

—Es la pura verdad —respondió Nicolas, con una sonrisa amarga.

—Háblame de tu compañera eterna. ¿De dónde viene? Al parecer, la sangre de los cazadores de dragones en ella es muy pura.

Esta vez la sonrisa verdadera de Nicolas dejó ver sus dientes blancos, una sonrisa que le iluminó la mirada.

—Es hija de Razvan, y es asombrosa. No puedo ni siquiera describir lo que siento. Apenas la conozco, pero ya deseo estar con ella a todas horas. Sencillamente ha salido de la nada en el momento perfecto, y me ha salvado la vida y la cordura; me ha salvado el alma. Miro a mi alrededor y no sé cómo he sobrevivido todos estos siglos sin ella. El mundo vuelve a estar vivo para mí, que había olvidado las cosas bellas de la naturaleza. La verdad es que hasta había olvidado el amor que siento por mis hermanos.

Mikhail dejó escapar un suspiro.

—Será muy bienvenido otro niño que porte la sangre de los cazadores de dragones. En cuanto a la alegría de tener una compañera, yo llevo muchos años junto a Raven y, sin embargo, cada vez que despierto en las entrañas de la tierra, vuelvo a sentirme conmovido por todo lo que me ha dado.

Nicolas carraspeó.

—No estoy seguro de que mi compañera eterna vea una razón para estar conmigo.

—No hay motivo para que nuestras mujeres estén con nosotros más allá de nuestra capacidad de establecer vínculos con ellas. Son la luz que disipa nuestra oscuridad y, cuanto más oscura sea nuestra alma, más fuertes deben ser ellas. Cuida bien de tu compañera eterna, Nicolas. Es un tesoro que no tiene precio.

Nicolas reflexionó sobre aquellas palabras del príncipe. No había motivo para que las mujeres los aceptaran si no habían sido pronunciadas las palabras que unían las almas para siempre. Su influencia en Lara era sumamente frágil. Necesitaba tiempo para crear el vínculo, para establecer algún tipo de confianza entre los dos aunque, si tenía que ser sincero, creía que ella debería obedecer a su liderazgo sin rechistar.

Miró a su alrededor y percibió aquella fuerza que fluía sutilmente, la concentración de la energía en los cristales y la caverna, con el magma que se desplazaba muy por debajo y la nieve que coronaba las cimas de los montes. Al final, alzó los brazos.

—Y este lugar, donde se palpa esta energía. Había olvidado la belleza de esta caverna. Y la claridad que hay en nosotros cuando estamos en su interior.

Mikhail asintió con un gesto de la cabeza.

—No hay otro lugar como éste en la Tierra, donde se encuentran el hielo y el fuego. La pasión y el control. La Tierra siempre tiene la respuesta para nuestra especie —dijo, mirando el maravilloso cuadro de la naturaleza a su alrededor—. Es de esperar que, cuando esta noche llegue a su fin, nos encontremos más cerca de las respuestas.

Capítulo 5

Mientras Mikhail hablaba, llegaron los cuatro hermanos Dara-trazanoff. Eran todos hombres altos, de un aspecto llamativo, de largo pelo negro sujeto con una tira de cuero. Rostros cincelados según el mismo molde clásico. Hombros anchos, pechos poderosos, cinturas estrechas, la postura erguida de los guerreros y unos movimientos sutiles y elegantes.

Darius, el más joven, era un hombre tan fogueado en la batalla como el mayor. Inteligente, astuto, un hombre capaz de lo imposible. Tenía los ojos oscuros de los carpatianos y el rictus amargo en la boca que nacía de un conocimiento demasiado cercano de la muerte. A su lado estaban Lucian y Gabriel, los dos gemelos legendarios que habían cazado vampiros y combatido en defensa del pueblo carpatiano. Gabriel estrechó los brazos de Nicolas, a la manera de los guerreros, con una leve sonrisa. Lucian y Darius permanecieron impasibles, aunque en sus ojos brillaba una auténtica calidez cuando saludaron a su príncipe.

La mujer pequeña junto a Lucian era Jaxon, su compañera eterna. Tenía un rostro pequeño, pelo corto color platino y ojos oscuros con una mirada inteligente. Había sido policía, quizá todavía lo fuera, aunque ahora acompañaba a su compañero en la caza del vampiro. Nicolas se oponía rotundamente a la idea moderna de permitir que las mujeres, aunque estuviesen bien entrenadas para luchar, se expusieran al peligro, pero Jaxon no era su mujer. Pertenecía a Lucian, el guerrero más legendario, y aquello no era obstáculo para que luchara junto a él. Quizá fuera pura arrogancia del guerrero, que se creía capaz de proteger a su compañera eterna en cualquier circunstancia, pero Nicolas era de la opinión de que deberían mantener a las mujeres apartadas de aquellos seres horribles que eran las criaturas inertes.

Las mujeres debían ser protegidas y atesoradas, y no exponerse a los riesgos del campo de batalla. Cuando un cazador luchaba contra los vampiros, no debería tener que preocuparse de la suerte de su compañera eterna. En los viejos tiempos, la mayoría de las parejas, una vez unidas, renunciaban para siempre a la caza del vampiro en lugar de arriesgarse a sucumbir los dos. Aquello era uno de los graves contenciosos entre los hermanos De La Cruz y los Malinov por un lado, y Vladimir Dubrinsky por el otro. Ya en aquella época había empezado a disminuir la tasa de natalidad. Ninguno de ellos creía que se debiera permitir la participación de las mujeres en la batalla puesto que carecían de la ventaja que tenían los hombres, a saber, no la fuerza sino la oscuridad misma.

Nicolas ocultó sus verdaderos sentimientos tras un rostro sereno cuando saludó a Gregori, el cuarto hermano Daratrazanoff. Como lugarteniente de Dubrinsky, aquel hombre no tenía piedad cuando se trataba de los enemigos del príncipe. Era un guardián feroz, pero también era conocido en todas partes como el carpatiano mejor dotado para sanar. En lugar de los ojos color obsidiana de sus hermanos, los suyos eran de un deslumbrante color plateado, unos ojos que sabían sopesar y juzgar el valor de un hombre. Tenía un aspecto fuerte y sano, y no había ni rastro de cansancio en su rostro a pesar de haber pasado horas luchando para salvar a un ser humano de los parásitos.

—Gracias por lo que has hecho esta noche por el amigo de Lara —dijo Nicolas—. ¿Cómo se encuentra?

Un ceño ensombreció la expresión de Gregori por un momento y enseguida desapareció. En él, aquello era toda una demostración de emociones.

—He hecho todo lo posible por salvarlo de los parásitos, pero no puedo decir cuánto daño ha sufrido. Espero que se recupere del todo, aunque tengo mis dudas. Su amigo está con él, y Slavica, la dueña de la posada, lo visitará constantemente. Si tuviera necesidad de nosotros, nos lo hará saber. —Gregori paseó la mirada por la caverna y un dejo de calidez asomó en sus ojos claros—. Hacía mucho tiempo que no había venido a este lugar. Demasiado tiempo.

Sus hermanos asintieron para demostrar que pensaban lo mismo.

La conversación se prolongó con la llegada de Jacques Dubrinsky, el hermano del príncipe. Jacques tenía el pelo color negro azabache y ojos oscuros. En el cuello, llevaba la marca de una delgada cicatriz blanca, otras en la mandíbula y la mejilla y, según se decía, una horrible cicatriz en el pecho. Los carpatianos rara vez tenían cicatrices, lo cual significaba que las heridas de Jacques tenían que haber sido muy graves. Las torturas habían estado a punto de hacerle perder la cordura. Incluso ahora, Jacques era un hombre que prefería la soledad.

Nicolas dio un paso adelante para saludarlo y se cogieron firmemente los brazos.

—*Bur tule ekämet kuntamak* —dijo Jacques—. Me alegro de verte hermano. Ha pasado mucho tiempo desde la última vez. ¿Cómo está Manolito?

—Manolito está muy bien y ha encontrado a su compañera eterna. Se llama MaryAnn Delaney. Creo que la conoces. ¿Y tu mujer? ¿Y tu hijo?

—Shea se encuentra perfectamente y de aquí a unos días celebraremos la ceremonia del nombre. Nuestro hijo crece y se hace fuerte.

—Son buenas noticias —dijo Nicolas—. Las mejores noticias que podíamos esperar todos.

El ruido del batir de unas alas anunció la llegada de otros dos carpatianos. Vikirnoff Von Shrieder y su compañera eterna, Natalya, aparecieron juntos. Nicolas estrechó a Vikirnoff por los brazos, y se mostró algo sorprendido al ver que Natalya también había respondido a la llamada del consejo de guerreros. Jamás se le habría ocurrido que Vikirnoff, un antiguo guerrero al que se atribuían grandes proezas, permitiría que su mujer se enfrentara a aquellos peligros.

Nicolas la miró de reojo. Aquella mujer tenía un pelo de color rojo vivo y ojos que viraban de un verde brillante al azul. La marca de los cazadores de dragones era muy visible en ella, con su estampa clásica, la luminosidad de la piel y las estrías de colores en el pelo. Natalya era conocida como guerrera y, además, era hermana de Razvan, el padre de Lara. Nicolas se apartó de Vikirnoff, sospechando que no podría guardar silencio a propósito del tema de las mujeres en el campo de batalla, porque si Xavier llegaba a capturarla, esa mujer sería todo un trofeo de guerra para él.

Nicolas sacudió la cabeza y luego se percató de que Gregori lo escrutaba con su penetrante mirada plateada. Sabía exactamente en qué pensaba Nicolas.

—Y yo estoy de acuerdo —dijo Gregori, y pasó junto a Nicolas para situarse junto a Mikhail.

—¿De acuerdo en qué? —inquirió Mikhail, que dejó de hablar con Darius y giró la cabeza—. ¿Y con quién? No ocurre muy a menudo que estés de acuerdo con algo.

—Creo que uno de los temas que debemos discutir es el del bienestar de nuestras mujeres e hijos, y me refiero a todas, incluyendo a las mujeres que creen que es necesario que ellas luchen contra los vampiros.

Mikhail enseñó sus blancos dientes.

—*O jelä peje terád*. Que el sol te queme, Gregori, no me pondrás en conflicto con mi compañera eterna y mi hija. No pienso ocuparme de tus trabajos sucios... —sentenció, incluyendo a Nicolas con su mirada irritada—. De ninguno de los dos.

Gregori se encogió de hombros.

—Puedes maldecir todo lo que quieras, pero es un tema que tendrás que tratar tarde o temprano.

—¿Yo? Ni mucho menos. Me niego a abordar este tema tan candente. Si queréis tratarlo, todos tenéis que dar vuestra opinión, y que se os oiga alto y claro. Las mujeres se sublevarían como en la peor de mis pesadillas.

—Hablo en serio —insistió Gregori—. Si vamos a convocar a todos los miembros del consejo, deberíamos abordar todos los temas.

Mikhail asintió con un gesto de la cabeza.

—Sé que debemos discutirlo, Gregori, pero tú y yo sabemos que las antiguas costumbres cayeron hace tiempo en desuso. Incluso en los viejos tiempos ya había unas cuantas mujeres guerreras.

—No eran compañeras eternas de nadie —terció Nicolas—. Nunca eran mujeres que podían ser madres de nuestros hijos, ni mujeres que, al morir, arrastrarían a la muerte a sus compañeros.

Mikhail se encogió de hombros.

—En los tiempos antiguos había muy pocas compañeras eternas que fueran guerreras. Pero los tiempos han cambiado. Nuestra especie se halla al borde de la extinción.

—Razón de más para proteger a las pocas mujeres que nos quedan —dijo Nicolas—. A veces, las viejas usanzas nos convienen, Mikhail. Nuestras mujeres no han cogido las armas sólo para demostrar que podían hacerlo.

—Estas mujeres no se criaron como carpatianas. Nuestra especie *parece* humana, y cuando nos unimos con una mujer humana, aunque la convirtamos a través de la sangre, piensa como un ser humano. A lo largo de los siglos, las mujeres han tenido que luchar por sus derechos...

—Ése es un argumento muy débil —intervino Gregori—. ¿Qué hacemos aquí en esta sala? Juramos lealtad a nuestro pueblo. Juramos defenderlo, cualquiera que sea el sacrificio necesario. Nuestras compañeras eternas nunca han hecho eso. No entienden que para salvar de la extinción a nuestra especie, ellas también tienen que sacrificarse. No tenemos más que un puñado de parejas, menos de treinta, Mikhail. Nuestros hijos no alcanzan la madurez antes de los cincuenta años. ¿De verdad crees que podemos permitirnos perder a una sola mujer? ¿O a una pareja?

—No, pero también sé que libramos una guerra contra un enemigo que nos rodea por doquier. Tampoco podemos permitirnos estar divididos.

—No estamos divididos —dijo Gregori—. Ningún hombre quiere que su compañera eterna luche.

Mikhail sacudió la cabeza, y una leve sonrisa asomó en su rostro.

—¿De modo que crees que deberíamos decir a nuestras mujeres que callen y nos permitan tomar decisiones en su nombre? No serán los hombres quienes estén divididos, sino las mujeres. Se apartarán de nosotros. ¿Y el libre albedrío? ¿Habéis olvidado ese pequeño detalle? Les quitamos el libre albedrío cuando las unimos a nosotros. ¿Acaso seguimos haciéndolo una vez que son nuestras compañeras eternas? Supongo que podemos reducirlas a poco más que marionetas que hagan según nuestra voluntad, pero sé que tanto Raven como Savannah irían al encuentro del alba antes que someterse a esa esclavitud.

—*O jelä peje teräd*. Que el sol te queme a ti, Mikhail —gruñó Gregori—. Resulta que en tu vejez te has vuelto moderno y tolerante.

Nicolas le dio la espalda al príncipe cuando vio entrar a otra pareja. Eran Nicolae, el hermano de Vikirnoff, y Destiny, su compañera eterna, que hicieron su entrada deprisa. Nicolas quería observar detenidamente a esa mujer que había sido capturada por un vampiro cuando sólo era una niña. Durante años, Destiny había tenido que soportar las torturas de la sangre del vampiro, infectada con unos parásitos que consumían las células. Era una mujer de estatura media, de curvas muy sugerentes y cuerpo atlético y musculoso. Tenía una cabellera espesa y negra y unos enormes ojos verdiazules, y se movía con la gracia y la agilidad de una luchadora fogueada. Nicolas observó que su mirada era inquieta y que la paseaba por toda la caverna, como fijándose en todos los detalles, en las entradas y salidas, en la chimenea y el laberinto de túneles.

Destiny era una gran amiga de MaryAnn, la compañera eterna de Manolito. Miró a cada uno de los presentes en la habitación, como calibrándolos, y su mirada se detuvo en Nicolas algo más que en los otros. Nicolae, su compañero eterno, se situó entre ella y los hombres en la sala que no tenían compañeras eternas. Nicolas observó que estaba muy conectado con ella, y eso era algo que aprobaba. Como la mayoría de los carpatianos, Nicolae era alto y musculoso, tenía el pelo negro y ojos oscuros y serenos.

—Eres Nicolas, el hermano de Manolito —lo saludó Destiny, y fue hacia él, obligando a su compañero eterno a seguirla para protegerla.

Era un error habitual entre las mujeres, que olvidaban que cualquiera podía representar un peligro, incluso allí, en ese lugar sagrado del poder. Nicolas suspiró y sacudió la cabeza. Su propia mujer tendría que aprender cuál era su lugar y todas las medidas de seguridad que él pudiera imaginar.

—¿Cómo está MaryAnn? —preguntó.

—Está muy contenta —respondió Nicolas—. Tengo noticias que compartir con vosotros, pero quiero esperar a que todos estéis reunidos. Te he traído una carta de MaryAnn —dijo, y se llevó la mano al interior de la camisa.

Destiny entrecerró los ojos y adoptó una actitud alerta y observadora. Giró levemente sobre los talones, un movimiento sutil, para situarse en una buena posición para defenderse y atacar, si era necesario. Como en una coreografía, su compañero giró en la misma dirección, dejando sólo unos metros entre los dos, dándoles espacio suficiente. Hasta Nicolas, a pesar de sus radicales opiniones sobre el tema de las mujeres que cazaban vampiros, vio que los dos estaban en perfecta comunicación. Aún así, no le parecía correcto.

Sacó la carta del interior de la camisa y se la entregó a Nicolae como gesto de deferencia. De un guerrero a otro guerrero. Éste hizo girar la carta en sus manos, sin duda haciendo un barrido de su contenido antes de entregársela a su compañera eterna.

—Gracias —dijo ésta a Nicolas—. Te agradezco que me la hayas traído personalmente.

Al principio, Nicolas creyó que se trataba de un sarcasmo por habérsela entregado a su compañero eterno, pero enseguida se dio cuenta de que aquella pareja se comunicaba en perfecta armonía. Ella no parecía molesta por su protección sino, más bien, la aceptaba como su deber.

Llegó otro macho carpatiano. Era Dominic, del clan de los cazadores de dragones, tío abuelo de Razvan y tío bisabuelo de Lara, aunque los carpatianos rara vez hacían distinciones. Al igual que con sus tías, Lara hablaría de Dominic como su «tío».

Nicolas escrutó su rostro severo. Los cazadores de dragones era uno de los linajes más poderosos de la comunidad de carpatianos. Dominic era un hombre alto, de hombros anchos y vivos ojos verde metálicos, signo de su herencia, ojos de vidente que cambiaban de color según el ánimo o según las circunstancias en el combate. En la última batalla para salvar a Mikhail y a los suyos, Dominic había sufrido graves quemaduras en un hombro que bajaban por el brazo y subían por el cuello hasta un lado de la cara. Si uno miraba detenidamente, podía ver las cicatrices, leves huellas de unas quemaduras horribles. Curiosamente, las cicatrices realzaban el aspecto peligroso de su figura. Con sus ojos verdes, lanzó una breve mirada a Natalya.

Dominic se acercó a Mikhail. Gregori se movió para interceptarlo, recordándole así a Nicolas que Dominic era uno de los antiguos que no había jurado fidelidad a Mikhail. Aunque había sido súbdito de Vlad mucho antes, sólo había regresado recientemente. Había luchado junto al príncipe, y hasta había ofrecido su vida para salvarlo, pero no había prestado juramento alguno. Jacques ocupó su posición al otro lado de su hermano para asegurar su protección. Nicolas se dio cuenta de que él mismo se había adelantado hacia un espacio donde pudiera luchar, por si acaso. No podían correr riesgos con el príncipe, así como no podían correr riesgos con la vida de las mujeres.

Dominic se inclinó ligeramente.

—*Én jutta félet és ekämet.* Saludo a un amigo y hermano —dijo, y estrechó a Mikhail por los antebrazos.

—*Veri olen piros.* Que la sangre sea roja, Dominic —respondió formalmente Mikhail. Era una frase literal, y significaba que Mikhail esperaba que algún día Dominic pudiera ver el mundo en color.

Dominic se encogió de hombros con un gesto elocuente. No había encontrado a su compañera eterna en todos los siglos de su existencia, y ya no esperaba gran cosa.

Julian Savage, un hombre alto y musculoso, de ojos dorados y pelo curiosamente rubio para un carpatiano, entró junto a Barack.

—Te pido disculpas en nombre de mi hermano Aidan —saludó Julian—. Él y Alexandria han regresado a Estados Unidos. Aidan habría acudido si la llamada hubiera llegado hasta él. Dayan está en camino. Ahora mismo vigila los cielos buscando rastros de las criaturas inertes.

Enseguida entró Falcon, flanqueado por otros dos carpatianos altos que nadie conocía. Uno de ellos tenía un aire familiar, un antiguo con que Nicolas creía haberse cruzado a lo largo de los años, y el otro le era del todo desconocido. Había vivido gran parte de su vida en América del Sur, lejos de su tierra natal y sin contacto con los carpatianos. Se notaba en él la emoción por el hecho de encontrarse entre los grandes hombres de su tiempo, juntos una vez más, hombro con hombro, como antaño.

Dayan, el guitarrista de los Trovadores Oscuros, y padre de una de las pocas niñas carpatianas, llegó con Traian y su compañera eterna, Joie. Nicolas se cruzó de brazos y tuvo que tragarse su desaprobación. Vio que otros hombres miraban a las mujeres y sacudían la cabeza. No era el único que pensaba que los compañeros eternos de las mujeres debían tomar una decisión e insistir en la seguridad antes que en cualquier otra cosa.

Llegaron otros, algunos emparejados, otros no. Nicolas reconoció a unos cuantos, pero la mayoría le eran desconocidos. Los montes Cárpatos ya no eran su hogar, aunque su tierra natal todavía lo reclamaba con sus suelos fértiles y acogedores. Había añorado profundamente aquel lugar sagrado y la llamada que reunía a todos los hermanos en consejo.

El último en llegar fue un hombre alto con una cara que parecía esculpida en piedra. Entró silenciosamente y se quedó algo apartado de los demás. Nicolas reconoció la actitud distante de un hombre que había protagonizado innumerables batallas y que sabía que volvería a luchar en el futuro. Un hombre sin compañera eterna, abandonado al arbitrio de la oscuridad que se diseminaba por su alma. Era Dimitri, guardián de los lobos; se mantenía muy erguido y miraba a los demás hombres a los ojos, aunque permanecía solo.

Los carpatianos se reunieron en un amplio círculo. Con un gesto de la mano, Gregori encendió las velas colgadas de las paredes curvas de la caverna. Enseguida los gigantescos cristales brotaron a la vida y proyectaron sus colores. Aquel era el único lugar sagrado donde acudían los duros guerreros que se movían en la frontera entre la cordura y la locura y, aún así, podían disfrutar de una semblanza de paz. Quizá fueran alucinaciones provocadas por la proximidad de los cristales y el calor intenso que emitían, pero una vez que las velas estuvieron encendidas y comenzaron los rituales sagrados, los cazadores que estaban a punto de sucumbir a la oscuridad se sintieron revigorizados durante un rato.

Algunos guerreros sostenían que el mundo frío y desierto del exterior era más difícil de soportar después de aquellos breves interludios, pero Nicolas siempre había encontrado que la caverna de los guerreros era un mundo reconfortante que cobraba sentido en medio de la locura en que vivían. A lo largo de siglos, los rituales les procuraban seguridad y las viejas tradiciones les devolvían la confianza en sí mismos.

—Tenemos muchas cosas que tratar —dijo Mikhail—. Os agradezco a todos que hayáis venido. Nicolas nos ha traído noticias que nos ayudarán a entender los designios de nuestros enemigos.

Nicolas sintió que el calor de la caverna empezaba a afectarle, a pesar de su capacidad para regular la temperatura. Ya sentía el efecto de los cristales, sanándole las pequeñas heridas del cuerpo y transmitiéndole claridad. Todo se volvió más nítido y el sentimiento de camaradería se hizo más intenso, y pensó que estaba dispuesto a escuchar las opiniones de todos los guerreros y hacerlo con una mente abierta.

Mikhail se desplazó hasta el centro del círculo de cristal y se detuvo junto a una gran columna cuyos cristales la teñían de un color rojo como la sangre. La columna brotaba del suelo y llegaba a la altura de los hombros del príncipe. Era una de las columnas más bajas de la nave y la parte superior apuntaba aguda y afilada como una navaja. Mikhail posó la mano sobre la punta del cristal y todos los presentes guardaron silencio, sin siquiera respirar, expectantes. Cuando Mikhail habló, lo hizo en la lengua antigua de sus ancestros, una lengua que todavía hablaban todos los suyos.

—Sangre de nuestros padres, sangre de nuestros hermanos, te invocamos para que nos des tu sabiduría y tu consejo. Únete a tus hermanos guerreros y bríndanos tu orientación a través del vínculo de sangre. Juramos eterna lealtad a nuestro pueblo y te pedimos sabiduría ante las adversidades, así como respuestas rápidas y letales, compasión con aquellos que sufren, fuerza y perseverancia a través de los siglos y, por encima de todo, saber vivir con honor. Nuestra sangre nos une.

Mikhail dejó caer la mano sobre la punta del cristal, que le perforó limpiamente la mano. Una sangre roja y espesa se derramó enseguida sobre la cima de la columna.

—Nuestra sangre se mezcla y te llama. Escucha nuestra invocación y únete a nosotros.

Cuando la sangre del príncipe se mezcló con la de los guerreros que lo habían precedido, los cristales se iluminaron y proyectaron luces y rayos de color como los de la aurora. Unos tonos rojos iluminaron la nave y unas ondas de color verde esmeralda tiñeron las paredes. Aquel cuadro siempre cambiante latió con el pulso de la vida como reconocimiento del príncipe del pueblo carpatiano.

Un murmullo sordo se alzó hasta convertirse en un sonoro cántico cuando los carpatianos reunidos dieron comienzo a su milenario ritual.

—*Veri isäakank, veri ekäakank. Veri olen elid. Andak veri-elidet, Karpaiiakank, és wäke-sarna ku meke arwa-arvo, irgalom, hän ku agba, és wäke kutni, ku manaak verival. Veri isäakank, veri ekäakank. Verink sokta; verink kaηa terád. Akasz énak ku kaηa és juttasz kuntatak it.* Sangre de nuestros padres y hermanos. La sangre es vida. Ofrecemos esa vida a nuestro pueblo con nuestro juramento sellado con la sangre en aras del honor, la compasión, la integridad y la perseverancia. Sangre de nuestros padres, sangre de nuestros hermanos, mezclamos nuestra propia sangre para invocaros. Escuchad nuestra invocación y uníos a nosotros.

Gregori se situó frente a Mikhail y se hincó de rodillas.

—Ofrezco mi vida por mi pueblo y juro lealtad ante él a través de nuestro vínculo de sangre. —Dejó caer la mano sobre la punta de cristal, y su sangre se mezcló con la de Mikhail y con la de todos los ancestros que se habían prosternado antes que él. Acto seguido, le tendió la mano a Mikhail.

—Como enseña de nuestro pueblo, acepto tu sacrificio. —Mikhail respondió solemnemente al juramento y aceptó la sangre ofrecida para que pudiera encontrar a Gregori donde quiera que estuviese y en cualquier momento. Aquello volvía vulnerable al cazador. Si algún día quisiera renunciar a su alma y convertirse en vampiro, se le podía encontrar más fácilmente. Numerosos guerreros, conociendo las consecuencias que entrañaba, decidían no participar en el ritual. Gregori había pedido a Mikhail en varias ocasiones que hiciera de ello una obligación, pero el príncipe creía en el libre albedrío.

Gregori se incorporó y Lucian se acercó para imitarlo en su juramento. Posó la mano sobre el cristal, mezcló su sangre con la de los antepasados y, de rodillas ante el príncipe, pronunció el juramento de la alianza y dio su sangre al príncipe como símbolo de su vulnerabilidad.

Nicolas aguantó la respiración cuando Jaxon, la compañera

eterna de Lucian, lo siguió hasta la columna ritual. Aquello era el rito más sagrado de los guerreros. De las tres mujeres cazadoras, ella era la que tenía menos experiencia. Si el cristal la rechazaba, su argumento para mantener a las mujeres protegidas y apartadas del campo de batalla sería mucho más convincente.

Un coro de voces masculinas llenó el espacio de aquella nave parecida a una catedral. La música de los cristales se armonizaba con el cántico y producía una melodía bella y cautivadora. Cuando Jaxon se acercó a la columna de color rojo oscuro, flotó en el aire una ola de vaho. Junto a la ancha columna de antiquísimo cristal, parecía pequeña y frágil. Sin vacilar, posó la mano sobre la punta afilada. El zumbido del cristal cambió sutilmente, aunque siguió igual de audible, sólo que ahora con un matiz más suave y femenino. Cuando Jaxon se arrodilló frente a Mikhail para jurar lealtad, su piel adquirió un brillo luminoso.

Nicolas fue el siguiente. Había llevado a cabo aquel ritual muchas veces en el pasado, pero sus recuerdos se habían vuelto borrosos a lo largo de los siglos, razón por la que no se creía preparado para la intensidad de los sentimientos que lo embargaban. En cuanto su sangre se mezcló con la sangre de los antepasados, su alma llamó al alma de los guerreros que lo habían precedido. Y ellos respondieron, transmitiéndole fuerza y despejándole la mente hasta que todos los detalles se mostraron claros y vívidos.

Su corazón latía con un ritmo diferente, y ahora oía el flujo y reflujo de la sangre que corría por las venas como el ir y venir eterno de las mareas. Sintió la energía que brotaba de los cristales para sanar y arrojar claridad sobre las cosas. Por debajo de ese bosque de cristal, cientos de metros por debajo de la sala, sintió el calor del magma que templaba la caverna. El calor y el fuego alimentaban las necesidades de su organismo al tiempo que aumentaba la añoranza de su compañera eterna. Los guerreros ancianos le hablaron murmurando en la lengua de su pueblo. *Eläsz jeläbam ainaak. Kulkesz arwa-arvoval, ekäm. Arwa-arvo olen gœidnod ekäm.* Que vivas mucho tiempo en la luz. Camina con honor, hermano. Que el honor guíe tus pasos, hermano. Las voces seguían, alentándolo a emprender el camino del guerrero, tal como ellos habían hecho antes que él.

Mikhail aceptó su sangre y él sintió enseguida la conexión con el pueblo carpatiano, mujeres y hombres por igual, su sentido de unidad en la fuerza y en los objetivos que perseguía. Nicolas volvió a su lugar en el amplio círculo, sintiéndose más fuerte y mucho más cerca que nunca de los demás carpatianos.

Uno tras otro, los guerreros y las mujeres que quedaban llevaron a cabo el mismo juramento, hasta que sólo quedó un guerrero.

Gregori miró más allá de su príncipe, hacia el hombre que seguía de pie, con los brazos cruzados, de espaldas a la pared y cerca de la entrada. Su mirada encontró el verde metálico propio de los ojos de los cazadores de dragones que brillaba en Dominic. Un murmullo sordo recorrió la caverna. El zumbido de los cristales se hizo más sonoro, más insistente, como si llamara al último guerrero.

—No se debería obligar a ningún hombre a jurar lealtad, Gregori —dijo Mikhail, en son de gentil reprimenda—. Dominic, siempre has servido a nuestro pueblo y lo has hecho con sentido de la lealtad. Nadie, y yo el que menos, cuestiona tu honor. Con haber prestado un juramento de sangre ante mi padre basta.

Antes de que Gregori pudiera responder, Dominic sacudió la cabeza y se acercó con pasos seguros y calculados.

—Vivimos tiempos difíciles y no podemos distinguir entre amigos y enemigos. Gregori no merecería su posición si no fuera capaz de protegerte adecuadamente. Durante años he buscado a mi hermana perdida, pero sé que ha muerto, que ha dejado este mundo hace tiempo, y sé que no puedo salvarla. A ella tampoco le gustaría que la llamara para que vuelva del mundo de las sombras. Por fin se ha encontrado con su compañero eterno y espero por la luna que esté en paz. Ha llegado el momento, una vez más, de entregarme a los deberes que me exige mi pueblo.

Dejó caer la mano sobre el cristal y su sangre se derramó entre las demás, una sangre oscura entre los diferentes tonos. El aura que flotaba en la sala también cambió de color. El manto de vaho giró y algunos cristales gigantescos brillaron con una tenue luz blanca, como si la luna misma hubiera penetrado en la caverna y brillara por encima de Dominic en señal de agradecimiento.

—Ofrezco mi vida por mi pueblo y le juro lealtad a través de nuestro vínculo de sangre —declaró, y le tendió la mano a Mikhail.

Éste la aceptó y tomó la sangre que se le ofrecía.

—Como enseña de nuestro pueblo, acepto tu sacrificio.

Dominic se incorporó y habló nuevamente.

—Alguien deberá adentrarse en territorio del enemigo y averiguar qué planean. Nuestras mujeres y niños corren un grave riesgo y no podemos ignorar el hecho de que contamos con menos de treinta mujeres para perpetuar nuestra especie. Nuestras compañeras deben asumir su responsabilidad ante nuestro pueblo —dijo, mirando primero a Natalya y luego a las demás mujeres en la sala—. No pueden poner en peligro sus preciadas vidas por el sólo hecho de hacerlo. Quiero presentarme como voluntario para adentrarme en el campo enemigo y recoger información.

Mikhail negó con un gesto de la cabeza.

—Ellos saben quiénes son los suyos a través del vínculo de la sangre. Los parásitos que inyectan en sus organismos se reconocen unos a otros. Lo hemos descubierto gracias a la información de Destiny.

—Gregori tiene esa sangre y puede inyectármela.

Destiny quedó boquiabierta, y se llevó una mano al cuello.

—No puedes hacer eso. Son unos parásitos que te comen vivo, y no se detienen.

—No tienes ningún tipo de protección —añadió Gregori—. Has caminado demasiados siglos por senderos oscuros y los parásitos acabarían con tu resistencia. Si no tienes una compañera eterna que te oriente en el camino de vuelta, sería un suicidio. Más que un suicidio, probablemente sucumbirías a la llamada de las criaturas inertes.

—Por eso quiero que tú, tus hermanos, Nicolas y Dmitri, toméis de mi sangre. Creo que gracias a la herencia de los cazadores de dragones, tengo más probabilidades de resistir más tiempo, puede que incluso un año, antes de sucumbir. Si no puedo ir al encuentro del alba, habrá seis cazadores experimentados que podrán seguirme la pista.

Mikhail volvió a negar con un gesto.

—No podemos permitirnos la pérdida de tu linaje, Dominic.

—Tú tienes a Natalya y a Colby. Y, posiblemente, a la joven Skyler. Y ahora, esta mujer recién llegada, Lara, la compañera eterna de Nicolas. La descendencia de los cazadores de dragones está asegurada. Yo no he encontrado a mi compañera eterna en todos estos siglos, y estoy cansado. Permíteme rendirle este último servicio a nuestro pueblo. Haré todo lo que esté en mi poder para caminar con honor y para ir al encuentro del alba antes de que cazarme se convierta en un imperativo. En caso contrario, ya se habrán tomado las medidas necesarias. Permitiré que estos cazadores tengan acceso a mis recuerdos para que sepan perfectamente cómo me desenvuelvo en tanto que combatiente. Es de esperar que eso les dé una cierta ventaja.

En toda la sala se escuchó el murmullo de la protesta. Los cristales zumbaron más sonoramente y brotó de ellos todo el espectro del arco iris. Mikhail apoyó la mano en la columna de color rojo sangre, respiró hondo y espiró.

—Quizá debiéramos aplazar esta conversación hasta que Nicolas nos cuente lo que tiene que decir.

—Lo siento, Mikhail, pero no puedes permitir que yo escuche lo que Nicolas ni nadie más tiene que decir. Si me marcho, no puedo conocer vuestros planes, así como no puedo saber ni una palabra de vuestra estrategia. Estamos en guerra, y se juega la existencia misma de nuestra especie. Las decisiones serán difíciles. —Paseó la mirada por los presentes hasta encontrar a las tres mujeres, Natalya, Jaxon y Destiny—. Difíciles para todos. Tenemos que hacer sacrificios y saber cuál es el mejor uso que podemos darle a cada uno de nuestros recursos. Las decisiones no serán fáciles, ni populares, pero hay que tomarlas. Yo no soy indispensable. La sangre que corre por mis venas me permitirá resistir a la llamada de la oscuridad durante más tiempo que otros. Mi linaje no ha heredado el mismo peso que lastra a otras familias. —Desvió la mirada brevemente hacia Nicolas y lo saludó con la ligera reverencia de respeto de los guerreros.

Nicolas sacudió la cabeza, sintiendo un repentino nudo en la garganta. Dominic era una leyenda viva, como lo eran Lucian y Gabriel. Conocía y comprendía la maldición oscura que pesaba sobre los hermanos De La Cruz. Ellos se esforzaban por conservar el honor y siempre lo habían hecho ante aquella mancha maligna que se extendía. Ahora que debía presentarse ante el consejo y reconocer que él y sus hermanos habían participado en la conspiración para la destrucción de los carpatianos, Dominic reconocía el terrible peso con que habían cargado los hermanos De La Cruz a lo largo de los siglos.

—Nadie es dispensable —sentenció Gregori—. Ni un solo guerrero y, desde luego, nadie que posea tu experiencia y sabiduría.

Nicolas guardó silencio mientras todos los guerreros y las mujeres expresaban su opinión. En la nave sagrada, con su sangre mezclándose con la de los ancestros, con aquel vaho purificador y los cristales que les ayudaban a concentrarse y a aclararse las ideas, el consejo escuchó a todos con sumo respeto. Pero Nicolas sabía que Dominic se inyectaría la sangre, aunque tuviera que reconocer, por triste que fuera, que aquella era la decisión correcta, la única decisión que podían tomar cuando toda la especie se encontraba a las puertas de la extinción.

Dominic tenía razón. Los carpatianos tenían que saber qué planeaban Xavier y sus aliados vampiros y hombres jaguar. Necesitaban un espía en el campo enemigo. Los hermanos Malinov no resistirían a la tentación de tener a Dominic entre los suyos, y era probable que Xavier lo viera como un inmenso logro. La conversión del hermano de Rhiannon sería para él toda una victoria.

Su mirada encontró la de Mikhail. El dolor descarnado que sentía se reflejaba en su propia mirada. Mikhail también lo sabía.

Dominic oiría a todos los miembros del consejo pero, al final, nada le haría cambiar de parecer. Alguien tenía que ir, y él era la opción más lógica.

Durante un rato, las arrugas en el rostro del príncipe parecieron muy profundas. Tenía la boca cerrada con un gesto seco y su aspecto era el de un hombre más viejo, más cansado y exhausto con el peso que cargaba sobre los hombros.

Todo en la sala quedó en silencio. Mikhail se irguió cuan alto era y en sus ojos brilló un vivo fulgor rojo. Su rostro cambió por completo, y adoptó un aire majestuoso que lo convertía en el líder indiscutible entre los guerreros ahí reunidos para tomar decisiones de la máxima importancia. El vapor se arremolinó y varios cristales matizaron su color hasta dar la impresión de que la luna brillaba allí, en el interior de la caverna, concentrada en la figura de su líder. Los colores del aura parecieron revivir y en aquel mar de tonalidades diferentes asomaron unas volutas de color rojo sangre.

—Honras a tu pueblo con tu valor, Dominic —dijo, y su voz resonó en toda la caverna—. Así se hará. El pueblo carpatiano nunca olvidará tu sacrificio.

Dominic se miró el puño cerrado y luego extendió los dedos uno a uno. Una uña se alargó y él se abrió un ligero corte en la muñeca. Acto seguido, le tendió el brazo a Gregori. Éste permaneció quieto y con expresión impasible. Mikhail alzó una mano como si dictara una orden, un decreto. El primero en acercarse fue Gregori, seguido de Lucian, Gabriel y Darius, y todos tomaron de la sangre de Dominic, quedando así sellada la unión. Luego vino el turno de Dmitri y de Nicolas, que se situó junto al guerrero que consideraba el más grande de todos los tiempos.

El príncipe, en aras del bien de todos los carpatianos, relegaba así a Dominic a una existencia peor de lo que cualquier carpatiano pudiera concebir. El linaje de los De La Cruz cargaba con la maldición oscura, pero también había recibido el don de la fuerza en la resistencia y del honor. En el pasado, ningún cazador de dragones había sucumbido jamás a esos susurros que aumentaban a medida que el cazador vivía más tiempo sumido en una desesperanza cada vez mayor y carente de emociones. Por lo tanto, aquella era la última generación de guerreros, un hombre enviado a espiar al enemigo, con la sangre venenosa del vampiro royéndolo por dentro.

Nicolas cruzó una mirada con Dominic, una mirada firme y genuina, negándose a apartar los ojos de aquella grandeza. No podía salvarlo, pero podía despedirlo con honores y demostrarle el respeto que le era debido. Dominic le dio su sangre y luego le estrechó los antebrazos a la manera de los guerreros.

—*Arwa-arvod mäne me ködak.* Que tu honor te defienda de la oscuridad —dijo Nicolas, con voz queda—. Lucha encarnizadamente.

—*Kulkesz arwaval.* Que la gloria te acompañe —dijo Gregori—. *Joŋesz arwa arvoval.* Que regreses con honores.

Mikhail se acercó.

—*Joŋesz arwa arvoval.* Que regreses con honores. —Estrechó a Dominic por los antebrazos y se tocaron los pies.

—Es lo correcto —aseguró Dominic con voz grave, mientras le estrechaba los brazos a su príncipe—. Sólo te pediré una cosa. Dame un par de semanas y luego empieza a difundir el rumor de que me he convertido. Asegúrate de hacerlo sutilmente. Será toda una noticia: el primer cazador de dragones que sucumbe a la oscuridad. La gente hablará, pero la noticia no debe provenir en ningún caso de tu círculo cercano. Ya les llegará el rumor a los hermanos Malinov, y me buscarán para reclutarme.

Gregori sacó el valioso frasco de sangre de una caja pequeña y se la entregó a Dominic, que le quitó la tapa y se la bebió sin vacilar. En la sala se hizo un silencio total, y hasta los cristales dejaron de zumbar. Nadie se movió ni dijo palabra, hasta que Dominic los saludó con una ligera reverencia y salió solo.

Destiny sintió un nudo en la garganta. Se giró y ocultó la cara en el pecho de su compañero.

—Es como si una daga te cortara por dentro —murmuró. Sus recuerdos eran todavía vívidos y nítidos.

Nicolae la abrazó y la apretó contra su pecho, al tiempo que le hablaba suavemente, con voz grave pero consoladora.

Un sentimiento de ternura se despertó en Nicolas mientras los observaba. La actitud de Nicolae no era sólo protectora, sino también amorosa. Y cuando ella alzó la cabeza hacia él, Nicolas vio el amor que brillaba asimismo en sus ojos. Él no tenía eso. Él ni siquiera tenía el respeto de Lara, y mucho menos su amor. Nicolae tenía un tesoro, un regalo muy valioso (una compañera eterna era un bien que desafiaba todo entendimiento) pero, precisamente al tener tal regalo, nunca debería ser tan insensato como para exponerla al riesgo.

Mikhail se volvió hacia sus guerreros.

—Tenemos mucho de que hablar antes de que acabe la noche. Nicolas nos ha traído noticias de nuestros enemigos y de sus planes. Nos hablará de ello esta noche. Una mujer joven ha llegado a nuestro pueblo. Es la compañera eterna de Nicolas. Él la ha reclamado y la ha unido a él, aunque el ritual no se ha completado —anunció, y posó la mirada en Natalya—. Creemos que su compañera eterna, Lara, es la hija de Razvan.

Natalaya exhaló un único y breve sonido inarticulado. Había perdido a su hermano gemelo hacía muchos años. Creía haberle dado muerte en una batalla reciente, pero Razvan había vuelto, oculto bajo la apariencia de una anciana, para atacar a Shea y a su hijo aún no nacido.

—Hay motivos para creer que Razvan ha sido usado en experimentos, que posiblemente haya sufrido la prisión durante un tiempo antes de sucumbir —añadió Nicolas.

—Quiero hablar con ella —dijo Natalya.

—No hemos completado el ritual —contestó Nicolas, negando con un gesto de la cabeza—. No confía en nosotros y guarda recuerdos horribles de su padre. No la quiero ver presa de la aflicción y la desesperanza. Necesita un tiempo.

Los ojos de Natalya viraron de un color verde a un tono azul gélido.

—Conmigo sí querrá hablar.

Nicolas se encogió de hombros, y al flexionar los músculos del pecho provocó una reacción por parte de Vikirnoff, que se situó ligeramente por delante de su compañera eterna.

—A estas alturas me importa poco. Ella no sabe de tu existencia y no pienso contarle nada hasta que hayamos encauzado nuestras vidas. En este momento tengo una leve ascendencia sobre ella, sólo a través del vínculo de nuestras almas, y no estoy dispuesto a arriesgarlo.

Natalya iba a abrir la boca para protestar, pero Mikhail de pronto se giró y toda su actitud cambió. Con expresión dura y acongojada, miró por una fracción de segundo a Gregori y luego a su hermano. Sin decir palabra, su figura onduló en el aire y dio un salto al tiempo que mutaba de forma.

Gregori palideció.

—Hablaremos de los asuntos por los que nos hemos reunido lo antes posible. Es de esperar que podamos volver a reunirnos la próxima noche. Ahora debo acompañar a Mikhail a ver a Raven. —Y, acto seguido, desapareció tan rápidamente como el príncipe.

Lucian y Gabriel dieron un paso adelante y miraron a los demás guerreros.

—Que el honor os acompañe. Nos reuniremos cuando el príncipe nos convoque.

Nicolas no esperó a que Natalya o Vikirnoff lo cercaran con sus preguntas. Mutó y enseguida se encarnó en el cuerpo de una lechuza que alzó el vuelo rumbo a casa, y a Lara.

Capítulo 6

Lara abrió los ojos mientras disfrutaba del calor y de las relajantes sales minerales de la piscina. Se había quedado dormida mientras flotaba en el agua cálida que le lamía todo el cuerpo. Era una sensación como de lenguas que le rozaban los pechos y el cuello. De pronto, se sonrojó. Ella no solía tener fantasías sexuales, no correspondía a su naturaleza pero, en ese momento, lo único en que atinaba a pensar era en los hombros anchos de Nicolas, en su pelo negro y sedoso en contacto con su piel. Su aliento era cálido y la atraía con la fuerza de un imán. Ahora se sintió... desconcertada... inquieta... agitada. Algo en su cuerpo, ahora tenso, había dejado de serle familiar.

Si eso era lo que Nicolas provocaba en ella, bien podía mantenerse apartado. Pero nada más pensarlo, algo en ella protestó. A pesar del ruido relajante del agua que se derramaba en la piscina y de la calidez que la bañaba de pies a cabeza, supo que rechazaba de plano la idea de nunca volver a verlo, ni de buscarlo, ni de acudir corriendo a sus brazos. Nicolas llevaba un buen rato ausente y una parte de ella, por extraño que pareciera, había sucumbido a un sentimiento cada vez más intenso, un sentimiento de añoranza de su persona.

Respiró hondo, pensando que lo que necesitaba era... *Nicolas*. Buscó la conexión con él antes de darse cuenta de lo que hacía.

Estoy aquí.

El alivio de esa presencia fue inmediato. Ella no quería sentir esa necesidad de asegurarse de que estaba ahí, de que podían contactar mentalmente.

Si esto es lo que provocas en mí, no quiero tener nada que ver con ello.

Lara había aprendido a estar sola. A no mostrarse nunca diferente. A mezclarse y a no destacar entre los demás. Y a no necesitar a nadie, *nunca.*

Es la atracción entre compañeros eternos, Lara. Es algo natural. Cuando tus tías te contaron la historia, ¿acaso no te hablaron de la ardiente necesidad que existe entre macho y hembra después de haberse unido?

Ella no pudo evitar una risa por lo bajo, sobre todo por el alivio que experimentó al oír su voz.

Es probable que pensarán que era demasiado pequeña para ese tipo de revelaciones.

En eso tienes razón. Sin embargo, tendrías que considerar que los carpatianos somos prácticamente inmortales. Si no tuviésemos esa necesidad del uno por el otro, la vida sería muy aburrida.

Esta vez su sonrisa fue genuina. Dudaba que la vida pudiera ser aburrida junto a alguien como Nicolas aunque, ahora que él los había unido de esa manera, no tenía ni la más remota idea de cómo se las arreglarían. Aquello no era un problema suyo, tuvo que recordarse, sino de Nicolas. Era él quien había pronunciado las palabras del ritual de unión.

La historia de amor entre carpatianos que le habían contado sus tías sólo era información acerca de cómo funcionaban las relaciones. Por aquel entonces, aquello había sido un cuento de hadas. Ahora le parecía que se encontraba en el corazón de una pesadilla.

¿Qué sabes de tu madre?

Cuando Nicolas hizo aquella pregunta, Lara buscó la respuesta. Pero sólo encontró un espacio vacío en sus recuerdos.

No la recuerdo.

Él se movió en su interior. Lara sintió su presencia, compartiendo su mente, no sólo los pensamientos aislados. Hizo una mueca y levantó una defensa.

Me siento incómoda si haces eso.

¿Por qué?

Había auténtica curiosidad en su voz, pero ni pizca de remordimiento. Nada de humildad. Y, desde luego, ninguna garantía de que no volvería a hacerlo. El miedo que sintió la hizo estremecerse. ¿Qué sabía ella de ese hombre? ¿Y por qué lo aceptaba con tanta docilidad?

Te he alarmado.

Un poco. No confío en las personas con demasiada facilidad.

Su respuesta le transmitió una sensación de calidez.

Eso está bien. No me gustaría que ocurriera lo contrario.

Lara se echó el pelo hacia atrás y volvió a zambullirse en el agua, y luego salió para nadar hacia la orilla de las rocas planas, donde podía sentarse. Aquella caverna era muy bella, con sus gemas y cristales que refulgían en medio de las luces parpadeantes. El agua lamía las rocas con un movimiento suave y repetitivo, y el murmullo que producía casi tenía el efecto de una canción de cuna. Entonces pensó que era la primera vez en su vida que se sentía en paz.

Cuéntame algo acerca de ti mismo. Cruzó los brazos por debajo de los pechos y echó la cabeza hacia atrás para contemplar el baile de luces que proyectaban las velas.

Tengo cuatro hermanos. He vivido casi toda mi vida en la selva amazónica. Te gustaría. Es un lugar bello y de naturaleza virgen. Tengo muchas ganas de volver para verlo todo en colores. Y tengo muchas ganas de volver a ver a mis hermanos y sentir, por primera vez, el amor que me inspiran, y no sólo con la cabeza sino con el corazón.

Lara percibía el sentimiento de amor hacia su familia. Tuvo un atisbo de cuatro hombres, bellos pero de aspecto muy intimidante, con ese mismo aire peligroso de Nicolas.

¿Cuatro hermanos? ¿Creciste con ellos? No había manera de disimular ese tono triste y melancólico en su voz.

Lara había vivido suficiente tiempo en el mundo como para saber qué era una familia, en teoría, y añoraba tener la suya propia. Quizá fuera la explicación de por qué se mostraba tan sensible a las palabras de Nicolas. La soledad le dolía. Siempre había necesitado el interior frío de las cavernas para ocultar el hecho de que no toleraba demasiado bien la luz del día, y por eso tenía escaso contacto con los demás. Si tenía que trabajar a horas tempranas o hacia el final de la tarde, lo remediaba usando bloqueadores solares y mangas largas, pero rara vez se ponía a trabajar antes de que cayera la noche. A sus colegas les decía que era alérgica a la luz del sol. Durante la tarde, a duras penas conseguía trabajar, así que descubrió en la investigación de las cuevas una solución perfecta a sus problemas. Además, en las profundidades de las cavernas, no tenía que ser testigo de cómo los demás se relacionaban con sus familias.

Crecer con mis hermanos siempre fue interesante. Todos creíamos que éramos más inteligentes y más rápidos, y teníamos que demostrárnoslo los unos a los otros. Hacíamos muchas locuras.

Lara captó unas imágenes de varios chicos cayendo desde alturas alarmantes a velocidades igualmente alarmantes, en las que cada uno procuraba mutar de forma en el último momento antes de llegar al suelo. Cada chico intentaba batir la marca del que lo había precedido, y esa competencia daba lugar a escenas escalofriantes.

Tu pobre madre. Cinco hijos locos. Nunca he pensado cómo sería criar a un carpatiano, sobre todo si es un varón.

Lo que Lara encontró más interesante era que el chico mayor en aquel recuerdo tenía los años de un ser humano maduro. Por los recuerdos de Nicolas, veía que seguían siendo niños amantes de la diversión, pero con aspecto de hombres.

Volar es la sensación más maravillosa del mundo, volar por las alturas, dejándose llevar por las corrientes térmicas, y lanzarse de cabeza hacia las nubes. Había olvidado esa sana alegría de la infancia hasta que tú apareciste en mi vida. Si quieres, te llevaré a volar la próxima noche.

Ella percibió una nota de felicidad en su voz, sintió toda la emoción que lo embargaba y pudo compartir algo de eso que Nicolas vivía. Jamás se había sentido de esa manera. Su recuerdo más temprano era el de sus tías que le susurraban, intentando consolarla, voces sin cuerpos que, durante mucho tiempo, ella creyó que vivían sólo en su cabeza.

Sería muy divertido. ¿A quién no le gustaría salir a volar?

Lara indagó más profundamente en su mente y se quedó ahí un rato, como acurrucada, disfrutando con él de esos momentos olvidados hacía tanto tiempo. También tuvo atisbos de otras cosas. Algo oscuro y grotesco que salía de los árboles y se acercaba velozmente a Nicolas. Vio a Zacarías, su hermano mayor, que lo alertaba y le daba instrucciones mientras corría a situarse entre él y aquel ser monstruoso que emergía de la selva.

Entonces se quedó sin aliento y retrocedió.

¿Qué ha sido eso?

Un vampiro. Nicolas le respondió con voz suave. Todavía estaba lejos de ella y tenía que encontrar de qué alimentarse antes del alba. *Fue el primer vampiro que maté. Enseñábamos a Riordan, mi hermano menor, a mutar en movimiento, y la criatura inerte me atacó. Me encontraba a cierta distancia de mis hermanos. Al parecer, el vampiro creía que yo había detectado su presencia, pero, por el contrario, fue toda una sorpresa para mí. Logré salvarme a duras penas, y gracias a Zacarías, que me daba instrucciones mientras yo luchaba contra él, conseguí derrotarlo antes de que mi hermano llegara. Si me hubieras visto aquel día habrías creído que yo era el único cazador en todo el mundo. Estaba muy ufano y me creía muy importante.* En las últimas palabras se adivinaba un toque de humor.

Nicolas tuvo la impresión de que Lara estaba... asustada. O quizás estuviera irritada, pero él no conseguía entender qué había provocado esa repentina inhibición. La breve imagen del vampiro, desde luego, había removido algo en su mente. No le gustaba la idea de que estuviera sola en la caverna y de pronto la asaltara uno de sus recuerdos de infancia. Algo (y él estaba casi seguro de que eran los parásitos) había despertado recuerdos sepultados por el paso del tiempo. Ahora que habían caído las defensas, barruntaba Nicolas, ella podría recordar fragmentos de su pasado.

Llegaré pronto. No quería que se volviera a sentir sola. Nunca más.

Vio que, allá abajo, un campesino cruzaba un pequeño prado en dirección a un granero destartalado. Nicolas modificó el vuelo de la lechuza en que había mutado, voló un par de veces en círculo para cerciorarse de que el hombre estaba solo y de que no había peligro. Antes de comenzar el descenso, barrió visualmente los alrededores para detectar rastros que señalaran la posible presencia del vampiro.

Lara volvió a zambullirse, desconcertada por su irritación, a pesar de que hacía sólo un momento se había sentido segura y acogida en aquel mundo cálido y de aromáticas fragancias. Aquella caverna era muy diferente de la caverna de hielo. Le vinieron a la cabeza breves atisbos del pasado, como viñetas secretas, de una niña que temblaba, aterrorizada, atenta al crujido agorero del hielo que soportaba enormes presiones. Todo lo que habitaba en sus recuerdos era frío, desolado e inhóspito. En esta otra cueva se sentía protegida y segura, en un mundo deslumbrante de piedras preciosas y luces tamizadas y, sin embargo...

Nicolas la atraía con sus palabras, con su voz grave y sensual y, ay, tan autoritaria. Su belleza física, intensamente masculina, aquel brillo posesivo en sus ojos negros, la fuerza de su personalidad totalmente concentrada en ella, todo era un poco abrumador y emocionante a la vez. En sus bellos recuerdos de infancia había visto la risa, la camaradería, todo lo que ella había deseado. En todos esos chicos brillaba una luz.

Sintió un escalofrío en la espalda. *Hasta que el vampiro había surgido de la espesura y había atacado a Nicolas.* Volvió a incorporarse en la piscina de aguas claras, con los brazos cruzados sobre los pechos y el corazón latiéndole demasiado deprisa. La oscuridad en Nicolas se había erguido para enfrentarse al vampiro. No había percibido nada brillante en él en ese momento. Era una mancha oscura que crecía y se expandía, consumiéndolo hasta que ella no pudo distinguir entre el cazador y la criatura inerte. Como si estuviera viva, o como si fuera una entidad en sí misma, la oscuridad en él había surgido, se había lanzado con avidez a matar. No había percibido ni la más mínima vacilación por parte de Nicolas. Ya cuando era un jovenzuelo brillante se había entregado a esa creciente oscuridad y se había perdido en ella al lanzarse a luchar contra el vampiro.

Lara se apretó la curiosa marca de nacimiento de la ingle con la punta de los dedos. Aquel dragón le avisaba de la presencia de los vampiros. Antes, la primera vez que se había encontrado con Nicolas, el dragón la había quemado y luego enfriado. Era Nicolas, que había activado la alarma debido a la oscuridad que latía en él. Entonces se tragó el nudo que tenía en la garganta y el corazón empezó a latirle con tal fuerza que vio sus pechos bajar y subir, hasta que sintió nuevamente un nudo alojado en la garganta. Recordó el momento fugaz en que había sentido lo caliente y lo frío, señales encontradas que la asustaban tanto o más que una quemazón en toda regla. Su padre también había despertado en ella esa misma respuesta rara y contradictoria cada vez que se le acercaba.

El pulso le rugía como un trueno en los oídos, y el corazón le latía con tal fuerza que apenas oía el ruido del agua brotando de las rocas. ¿Qué ocurría? Sintió un retortijón en el estómago y se tambaleó, sintiendo que la muñeca, el cuello y la garganta le quemaban dolorosamente. Nicolas parecía un hombre encantador, pero ¿qué sabía ella realmente de él? No había discutido con ella. Incluso se había mostrado muy correcto después de que ella le enterrara un puñal en las costillas, pero, en realidad, poco sabía de él.

Un sentimiento de terror se apoderó de ella. Había vivido con seres humanos, gente de buen carácter, sin complicaciones, en su mayoría personas agradables. No, ellos no habían entendido a esa niña perdida y la habían pasado de familia en familia, siempre desplazándose, pero se habían ocupado de sus necesidades básicas y nadie se había servido de ella para lucrarse. Casi había olvidado el mundo del engaño y la traición, un mundo donde uno mataba o lo mataban.

Volvió a buscar tímidamente un contacto, muy ligeramente, a buscarlo a él. Sintió enseguida que la consumía el hambre y la acuciosa necesidad de sangre. Oyó el flujo y reflujo de la vida, como una ola, latiendo. Un campesino ayudaba a una vaca a parir un ternero. Oyó el latido del corazón, claro y fuerte, percibió su saludable condición física, un hombre fornido que secaba al animal recién parido mientras murmuraba palabras de consuelo a la madre. Se acercó un poco más, con el olor de la sangre del parto en las fosas nasales, lo cual no hizo más que aumentar su apetito, un hambre que ya hacía estragos, que se apoderaba de ella y la orientaba. Se pasó la lengua por los dientes y sintió que los incisivos se le alargaban y afilaban. Su pulso cardiaco aumentó y se acompasó con el del confiado campesino inclinado sobre la vaca.

Al conectar con Nicolas, fue como encarnarse en un animal que acechaba a su presa con pasos suaves y sigilosos. Un perro quiso ladrar, pero Nicolas, es decir, ella, lo detuvo con un movimiento rápido y seco de la mano. Un torrente de adrenalina penetró en su organismo y la mareó como el efecto de una droga. La sangre le rugía en el pulso y en los oídos. Y luego ya había dado el paso, un breve instante de reconocimiento del campesino y el corazón que se le disparaba, su mente que se resistía, apenas una fracción de segundo antes de que Nicolas, es decir, ella, se apoderara de él.

Era el poder en su expresión más sublime. La vida o la muerte. Los dientes se hincaron profundamente y ella sintió el rico sabor de la sangre que revitalizaba los órganos y tejidos, les daba su fuerza y devolvía su energía. Lara boqueó, sin aliento y se retiró mentalmente. Dio unos pasos vacilantes en el agua hasta llegar a la orilla, donde pudo recuperarse.

La sed y el hambre se habían despertado en su propio cuerpo con una intensidad que la abrumaba. Se resistió, aún sabiendo que, una vez que se sentía esa sed, sólo la sangre podía saciarla. Aquella escena había despertado en ella precisamente lo que había intentado reprimir toda su vida.

Nicolas tomaba la sangre de un ser humano. Utilizaba a ese campesino como si fuera ganado. Peor aún, controlaba la mente de su víctima, y lo hacía sin recurrir a hechizos ni pociones, tal era su poder.

La muñeca le dolía y le quemaba. Bajó la mirada y vio sus carnes abiertas, como si hubieran sido mordisqueadas, desgarradas por unos dientes ávidos. Un chorro de sangre salpicó las piedras y tiñó el agua de la piscina. Le dolía el cuello, ahí donde Nicolas le había hundido los dientes, y se tapó los diminutos orificios con una mano. Al retirarla, la vio manchada de sangre. Era una ilusión tan real, que se quedó mirando la mano, horrorizada, antes de darse cuenta de que no era más que eso, una ilusión.

Paseó una lenta mirada por la caverna. ¿Cómo había dejado que eso ocurriera? Por muy acogedora y bella que fuera una prisión, seguía siendo una prisión. Y un predador seguía siendo un predador. Que la había hipnotizado. Ella había reconocido el peligro en el desde el primer momento, pero, de alguna manera, él había borrado esa alarma de su mente. ¿Acaso la controlaba? ¿Manipulaba su mente?

Temblando, salió de la piscina tambaleándose, buscando algo con que secarse. ¿Dónde había pensado que dormiría? ¿En las entrañas de la tierra, con él? ¿En la cama con él? ¿Con él? ¿Por qué ni siquiera se había detenido a pensar en ello? Lara no tenía ni un pelo de tonta, pero lo había seguido hasta allí sin preguntar ni resistirse. ¿Qué tipo de mujer era la que se iba con un desconocido a pasar una noche donde nadie supiera de su paradero? Nicolas De La Cruz era un hombre que exudaba sexo por todos los poros. Su manera de caminar, de mover los hombros, sus ojos oscuros que quemaban tan intensamente, todo lo convertía en un hombre dotado de una fuerte carga sexual, y ella ahora tenía la certeza de que jamás se acostaría con una mujer sin poseerla.

Se puso rápidamente la ropa, sin importarle que se le pegara al cuerpo todavía mojado. Tuvo un arrebato de pánico, y se giró, decidida a encontrar la salida. Él le había dejado un mapa mental. ¿Era de verdad?

No seas insensata, Lara. Ha empezado a salir el sol. Yo llegaré pronto y podremos hablar tranquilamente de todo esto. Lo que tienes no es más que un ataque de pánico y no tiene razón de ser.

Aquella voz tranquila la puso de los nervios. Nicolas era un hombre arrogante y condescendiente, y ella tenía todos los motivos del mundo para sentir ese pánico. Cualquier mujer en su sano juicio ya lo habría sentido hacía rato. Sirviéndose del mapa que guardaba en su mente, salió corriendo de la cámara hacia un pasillo largo.

Te prohíbo que pongas en peligro tu seguridad. Espérame.

Esa vez aquella pátina de actitud civilizada se resquebrajó y Lara percibió la irritación en su voz. Sintió un nudo en el estómago. Le faltaba el aliento, pero se forzó todavía más, aumentó su velocidad, utilizando su visión nocturna en la oscuridad de la caverna. No podía pensar a qué profundidad se encontraba ni en el laberinto de túneles que recorrían kilómetros bajo la montaña. El único objetivo era salir de ahí lo más rápido posible. Giró en una esquina y vio que el pasillo se bifurcaba.

El aire dentro de la caverna es pesado y difícil de respirar. Tampoco se puede correr rápido. Cada paso se vuelve más difícil. Te hundes en la arena y tus piernas te pesan. Estás muy cansada, Lara. ¿Por qué no te sientas a descansar? Estás confundida y empiezas a olvidarte del mapa para salir.

Era una voz grave e insidiosa, y le llenaba la cabeza, como si fuera una orden que le entumeciera el cuerpo. Trastabilló, confundida, y luego se detuvo, se giró en una dirección y después en la contraria.

Se vuelve más difícil de ver en la oscuridad. Deberías quedarte quieta.

¡Para!

—¡Para! —exclamó en voz alta.

El eco de su voz reverberó en la caverna y ahuyentó a unos murciélagos. Las criaturas alzaron el vuelo, aleteando y dando vueltas en círculos. Eran miles y llenaron el espacio a su alrededor. Le costaba respirar y le era imposible moverse. Se quedó ahí, temblando, esperando, pendiente de aquella voz que la hipnotizaba. Sintió la ola de energía en la caverna que anunciaba su llegada, y los murciélagos reanudaron sus piruetas acrobáticas.

Lara se obligó a darse un respiro. Tenía que resistirse a él. Ella podía ver en la oscuridad y no tenía miedo de los murciélagos. La mole de tierra por encima de su cabeza no le molestaba y, aún así, se quedó quieta, encogida por el miedo, sintiendo que el cuerpo le pesaba y la lastraba.

Soy maga. Pertenezco al linaje de los cazadores de dragones. Tendrás que hacer algo más que engañarme con tu voz, carpatiano. Se sintió barrida por una ira tan intensa que las cadenas de aquel estado hipnótico quedaron achicharradas, convertidas en cenizas.

Puedo ser mucho peor. No incites al demonio que hay en mí, Lara. Afuera ya es de día, el sol ha salido.

Estaba cerca, ella lo percibía. Alzó el mentón, como invocando la energía. Levantó los brazos y se aclaró la cabeza, aceptando el poder de esa energía hasta que su pelo chisporroteó y una luz tenue iluminó la caverna, volviendo a espantar a los murciélagos.

Seres que vuelan en el cielo nublado, protegedme ahora con vuestro vuelo alado. Reuníos todos en el mismo saliente, e iros ya con el sol naciente.

Los murciélagos giraron en círculo, rápidos y compactos, reunidos en una sombra que creció cuando obedecieron sus órdenes. Se elevaron y se dirigieron hacia una grieta en la oscura caverna. Lara golpeó con fuerza a Nicolas, sintiendo su flaqueza debido al sol que salía, y contraatacó con un segundo hechizo.

Voz que susurra en mi cabeza, no te temo a ti ni a tu telaraña gruesa. Voz que seduce, susurra y ata, devuelvo el hechizo que tu mente acata. Que mis palabras detengan y se lleven lejos todo lo que estorba en el camino que dejo.

En cuanto pronunció mentalmente la última palabra, ya volvía a ponerse en marcha, corriendo a todo meter, levantando barreras y defensas en su mente para impedirle el acceso a Nicolas. Éste derribaba los obstáculos con facilidad, y echaba abajo las defensas a la misma velocidad que ella las urdía. Cada vez que lograba penetrar en su mente, le enviaba una orden para que aminorara la marcha o para orientarla en la dirección equivocada, confundiéndola, haciéndola pensar que estaba desorientada, y entonces ella respondía con nuevos hechizos para neutralizar los suyos.

Lara se resistía a cada paso, aún sabiendo el enorme poder que poseía Nicolas, sabiendo que se retenía a pesar de que podría haber aplastado cualquier resistencia suya. En lugar de transmitirle confianza, su moderación no hacía sino aumentar sus temores. ¿Qué quería de ella? ¿Su sangre de cazadora de dragones? Lara sabía que esa sangre corría por sus venas, rica y llena de energía y poder e inmortalidad. Su padre le había contado muchas veces lo valiosa y única que era la fuerza de su sangre. Su bisabuelo la había acosado siempre, arrastrándose con su cuerpo grotesco lleno de gusanos, con sus colgajos de carnes putrefactas, persiguiéndola con el fin de reclamar su sangre para él.

En ese momento, en el interior de la caverna, sintió que el mismo terror afloraba mientras corría, con el corazón golpeándole con fuerza en el pecho, y volvió a oler el hedor de la carne descompuesta. Tuvo una arcada y estuvo a punto de ponerse a sollozar cuando miró hacia atrás para ver si el anciano la perseguía.

Unas sombras se movieron. Una mano se estiró, cada vez más cerca. Lara sintió un aliento caliente en el cuello. Los dos orificios diminutos latieron. ¿Acaso era Nicolas quien creaba esa ilusión y retorcía aquellos recuerdos ya sepultados? ¿Era lo bastante despreciable como para hacer algo así? ¿O era Xavier el que la perseguía por esos pasillos subterráneos?

Xavier no está ahí. Es tu mente que te juega una mala pasada porque te has rendido al pánico. Yo jamás usaría tus recuerdos contra ti. Xavier no está ahí. Nicolas no dejaría que se aterrara de esa manera, presa de recuerdos de monstruos que la perseguían en las cavernas de hielo.

Ella no sabía qué era verdad y qué no lo era, ni tampoco le importaba ya. Tenía que salir, y redobló sus esfuerzos. Quería creer que podía salir al sol de las primeras horas del alba sin graves consecuencias. Una insolación, unas cuantas heridas leves. Se le quemarían los ojos y le molestarían durante unos días, pero seguro que un carpatiano tan antiguo y con un alma tan oscura como la de Nicolas tendría que buscar refugio antes que ella. Tendría que encontrar la salida y buscar una manera de volver al pueblo.

Un poco más adelante divisó un punto de luz tenue, y el corazón le dio un vuelco. Lo conseguiría. Respiró hondo y se obligó a acelerar el paso. Los pulmones le quemaban, le dolía la garganta y tenía calambres en las piernas, además de un dolor en el costado. Se apretó donde le dolía con la palma de la mano y se obligó a seguir. La entrada era ancha y redonda y la luz penetraba unos metros por la abertura de la galería e iluminaba el túnel que se estrechaba.

Avanzó hacia la luz, a sólo unos metros de la entrada. Una sombra se cernió sobre ella. Un hombre alto de hombros anchos tapaba la entrada y le cerraba el paso. Era Nicolas, inmóvil y con los brazos cruzados sobre el pecho. Tenía la mandíbula apretada y una expresión cruel, ojos más negros que la noche ardiendo con una especie de fuego interior que amenazaba con consumirla.

Lara se detuvo bruscamente a unos metros de él, sintiendo el rugido en los oídos y el corazón como atenazado por un tornillo. Tuvo un amago de sentimiento de culpa, pero se negó a aceptarlo.

—Quiero irme. Apártate de mi camino.

—¿Adónde irías ahora que el sol ya ha salido? —preguntó él, con voz queda, aunque en sus palabras se disimulaba la fuerza de un latigazo.

Nicolas estaba furioso. Lara sentía la ira que irradiaba, a pesar de que conservaba una expresión impasible y su voz era serena.

—Tengo una habitación en la posada —dijo ella, alzando el mentón.

—Que en este momento está ocupada. Sería peligroso que te presentaras ahí ahora, y lo sabes muy bien. Además, la posada está muy lejos de aquí, y la luz del sol te quemaría. No puedes mutar sin mi ayuda y arriesgar tu vida para abandonar esta montaña es absurdo, pues no hay motivo para ello.

—Quiero irme de aquí.

—Nos iremos juntos por la noche, cuando sea seguro. Por ahora, te he traído algo de comer y de beber.

—He dicho que me quiero ir —dijo Lara, y se llevó una mano temblorosa al cuello, como protegiendo los dos orificios diminutos. Sintió su boca, su aliento cálido, no, más bien caliente, y el roce de sus labios en su piel, suaves y sensuales.

—Es evidente que no estás pensando con claridad, Lara —respondió Nicolas—. Es peligroso que salgas ahora. No puedo permitir que te expongas a algo que puede hacerte daño.

—Eso no lo decides tú —le espetó ella. Detestaba que él hablara como un ser racional mientras ella se portaba como una histérica. Aquello era una locura y, sin embargo, él estaba ahí, una figura real y decidido a no dejarla salir de la caverna, tal como se lo habían impedido de pequeña. Se obligó a reprimir el pánico y se propuso actuar razonablemente en una situación irrazonable.

—No sólo es mi decisión y mi derecho, sino también mi deber, como tu compañero eterno —replicó Nicolas.

Ella trabó contacto mentalmente con él, no porque lo quisiera sino porque no pudo evitarlo. Como antes, él se mostró igual de abierto con ella, permitiéndole que viera tanto al predador como al hombre. Nicolas estaba irritado con su desafío, como si tuviera la certeza de que tenía razón y no estuviera nada acostumbrado a que cuestionaran su autoridad. Él era un macho dominante y llevaba siglos en este mundo; era un cazador sumamente experimentado. Y se tomaba como una afrenta a su orgullo que su compañera eterna cuestionara no sólo su capacidad para protegerla y cuidar de ella, sino que, además, temiera que él fuera a hacerle daño.

A Nicolas no le agradaba que nadie desafiara sus órdenes, y menos su mujer, y no tenía intención alguna de dejar que Lara abandonara la caverna en circunstancias que él consideraba peligrosas. Y por lo que podía juzgar, la actitud de Lara era ligeramente histérica e irracional.

Lara reprimió su pánico y respiró hondo. No percibió en Nicolas ningún asomo de señal de que intentara controlar su mente. Sintió cierto alivio, aunque estaba bastante segura, a menos de que ella pudiera convencerlo de lo contrario, de que no tenía intención de dejarla partir.

—Creo que no nos entendemos. Te agradezco que intentes cuidarme, pero hace ya bastante tiempo que me cuido sola. Ni necesito ni quiero que me digas lo que me conviene.

—Eso no es cierto, o no estaríamos aquí en la entrada de la caverna a plena luz del día. —Nicolas dio un paso, luego otro, se giró y alzó los brazos.

Lara sintió la oleada de energía, vio sus brazos alzados y supo que estaba sellando y protegiendo la caverna, lo cual significaba que nadie podría entrar ni salir. El pánico que sintió la hizo dar un salto hacia la luz que se derramaba sobre la entrada de la cueva. Alcanzó a ver su cara, su rostro anguloso y perfectamente moldeado, un rostro muy masculino, realzado por la luz que daba un duro relieve a los detalles y que destacaba la rabia feroz que brillaba en sus ojos oscuros.

Aquello la alarmó, pero no importaba. Nada importaba excepto salir de la caverna antes de que él la sellara. Se lanzó velozmente hacia la salida, a una velocidad sorprendente de la que ni siquiera ella misma se creía capaz. Desesperada, pasó junto a Nicolas. Éste estiró el brazo a tal velocidad que ella no lo vio moverse, la cogió por el brazo y la hizo girarse y retroceder hasta dejarla firmemente apretada contra él.

Ella opuso instintivamente resistencia e intentó liberarse, pero la fuerza de Nicolas era sorprendente, y su cuerpo duro como un roble. La luz se apagó cuando la entrada quedó sellada y todo quedó a oscuras. Al igual que la luz, el aire pareció volverse más escaso. Lara quiso volver a intentarlo y empezó a golpearlo en el pecho hasta que se sintió cansada y magullada.

Él la apretó con más fuerza, procurando no herirla. Pero ella estaba hecha una fiera, le daba puñetazos e intentaba valerse de la magia. Él sintió la energía que había en ella, una energía que deseaba liberarse. La abrazó con un gesto suave y la estrechó, a la vez que le transmitía seguridad.

—Lara, déjalo —dijo, con un silbido de voz—. Sólo conseguirás hacerte daño a ti misma.

Ella quería herirlo, conmoverlo, hacerle entender lo que entrañaba su actitud. La energía chisporroteó en el aire, y en su pelo aparecieron franjas de un color rojo brillante, vibrante y cargado de electricidad. El suelo se sacudió y onduló bajo sus pies. La montaña crujió y retumbó. De las paredes se levantó un polvo mineral y cayeron varias piedras pequeñas que rodaron por el suelo.

Nicolas la estrechó en sus brazos para protegerla, usando su propio cuerpo como escudo.

—Respira conmigo —dijo.

Su voz era serena. Odiaba que él demostrara tal serenidad cuando a ella la embargaba el pánico y una sensación de caos. Sintió su aliento, cálido, junto a su mejilla cuando él inclinó la cabeza hacia la suya.

—Tenemos que salir de aquí antes de que la montaña se nos caiga encima —dijo, sin entender por qué él no sentía el mismo pánico, a pesar de que a su alrededor la montaña crujía y temblaba y las piedras caían—. Es un terremoto.

—No es un fenómeno natural —advirtió él—. Eres tú quien lo provoca —dijo Nicolas—. Mírame, Lara.

Ella no pudo evitar obedecerle, y levantó la cabeza. Su mirada chocó con la suya y quedó fija, trabada en sus ojos.

—Ha cambiado el color de tus ojos. Estás generando una poderosa corriente eléctrica. Hasta tu pelo tiene un color diferente, lo cual da una idea de la energía. Tienes que calmarte.

—Abre la entrada. *Porque soy capaz de hacer que la montaña entera se derrumbe sobre nuestras cabezas. Prefiero eso a ser tu prisionera.*

Él sacudió la cabeza.

—No me obligues a protegerte de ti misma. *Soy perfectamente capaz de hacer lo que sea necesario para evitar que sufras daño alguno.*

Nicolas sonaba tan implacable como su mirada. No estaba dispuesto a ceder ni a compadecerse. Se veía en sus ojos, en la expresión de su rostro y, desde luego, en su mente. La obligaría a obedecer sin pensárselo dos veces. Lara había jurado que nunca volvería a sentirse impotente o vulnerable, como cuando era una niña, pero no tenía sentido oponer su fuerza física a la de Nicolas ni desafiarlo con sus poderes.

—¿De verdad crees que tienes el derecho a decirme lo que tengo que hacer?

—No —dijo él, sacudiendo la cabeza—, pero tengo el derecho de protegerte. No te estoy amenazando. Eres tú quien nos ha puesto en peligro, y es mi deber protegerte. Tus temores no tienen fundamento. Has buscado en mi mente y no has encontrado nada que pueda alarmarte...

Ella respondió con un bufido de desprecio e intentó nuevamente liberarse. Él la sujetó por los brazos, estrechándola para impedir que la golpeara alguna de las rocas que seguían cayendo.

—Tengo motivos de sobras para alarmarme. Eres exactamente igual de oscuro que un vampiro.

Esperaba que Nicolas negara esa acusación (quería que la negara), pero él se limitó a sacudir la cabeza, mientras su mirada seguía manteniéndola cautiva.

—Así es. Todos los carpatianos que cazan acaban por ser tan oscuros como un vampiro. ¿Cómo habría de ser de otra manera si nos vemos obligados a acabar con la vida de amigos y familiares? ¿Cuándo somos juez, jurado y brazo ejecutor a la vez? ¿Crees que no pagamos un precio por lo que hacemos? Siempre hay un precio, Lara, y lo aceptamos cuando asumimos la tarea.

Ella dejó escapar lentamente el aire que aguantaba y se obligó a recuperar la posesión de su propia mente.

—Por favor, suéltame. —Respiró hondo y consiguió poner fin al flujo de energía que emanaba de ella y dominó las ondas que provocaban esas alteraciones en el interior de la caverna.

—Puedo llevarte de vuelta a la cámara mucho más rápido.

—Preferiría caminar —replicó ella, y se echó hacia atrás, queriendo poner cierta distancia con el calor que irradiaba Nicolas. Él era demasiado grande, demasiado sólido y masculino y, sobre todo, era demasiado poderoso: la llenaba con su confianza sin límites.

Él la soltó en cuanto la tierra y las paredes de la caverna dejaron de sacudirse y cayó la última piedra.

Lara volvió a respirar hondo y miró hacia la oscura galería.

—Quisiera que entiendas que no creo que pueda quedarme aquí todo el día. —Le costó pronunciar aquellas palabras, intentar razonar con lo irrazonable.

—Entiendo que los recuerdos te han alterado, pero yo te ayudaré a superarlo.

Su arrogancia le hizo rechinar los dientes. Como si él pudiera solucionar sus absurdos problemas cuando ni ella misma podía. Lara pasó a su lado y echó a andar por el estrecho pasillo. Enseguida se encendieron las velas que colgaban de las paredes por encima de sus cabezas, proyectando sombras hacia el interior del túnel, pero la luz no disipó sus temores. Era una prisionera, lo mirara como lo mirara, a pesar de haberse prometido a sí misma que eso nunca volvería a ocurrir. Y no ocurriría.

El estrecho pasillo se volvía más ancho unos metros después de una cortina de estalactitas, delgadas dagas oscuras, marrones y doradas. Y de un filo letal. Aquellas lanzas colgantes relucían con los colores de la tierra, tan largas y gruesas que pensó que el pasillo se cerraba y se volvía impenetrable, pero enseguida vio otras galerías, un laberinto de caminos que conducían a diferentes puntos por debajo de la montaña. Nicolas podría haber hecho que se perdiera, pero había sido fiel a su palabra. Le había dado las orientaciones para salir, aunque no tuviera intención de dejarla ir.

—En la historia de los compañeros eternos que mis tías me contaron, la pareja estaba muy enamorada. En realidad, no veo que eso ocurra entre nosotros —dijo Lara, con los hombros y la espalda rígidos—. ¿Y tú?

—Claro que sí. —Había un tono de absoluta confianza en su respuesta.

Nicolas iba unos pasos por detrás de ella, tan cerca que Lara sentía el calor que emanaba su cuerpo. Lo miró frunciendo ligeramente el ceño. Ahora respiraba junto a su oreja y le había puesto la mano en el nacimiento de la espalda. Ella intentaba no hacer caso de la atracción que se despertaba entre los dos, esa química que perduraba, pasara lo que pasara. Quizá se sintiera atraída por el mismo peligro en él que tanto criticaba, pero, fuera lo que fuera, cuando estaba tan cerca de ella, le costaba pensar con claridad.

—Sólo era una historia que mis tías me contaban. Puede que ni siquiera sea verdadera.

—Es verdadera. No podría habernos unido si las palabras no estuvieran grabadas en mí antes de mi nacimiento. Nos «casamos» con nuestras mujeres inmediatamente para proteger a nuestra especie de la extinción.

—Qué agradable para la mujer —dijo ella, con un tono cargado de sarcasmo. Cuando miró hacia atrás por encima del hombro, vio una ligerísima sonrisa en su rostro. No se contagió a sus ojos, pero bastó para enfurecerla—. ¿No te parece injusto que puedas decir unas cuantas palabras y cambiarle la vida a una mujer, lo quiera o no?

—No. ¿Por qué querría una mujer estar con un hombre como yo? Es la única manera de proteger a nuestra especie de una extinción casi segura. Si no estuvieras unida a mí, no habrías venido tan fácilmente conmigo.

—Dije que no sería una prisionera —soltó ella, y aceleró el paso.

Nicolas no tuvo problemas en seguirla.

—Y no lo eres.

—Ni siquiera hablamos la misma lengua —añadió ella, sacudiendo la cabeza.

Era imposible no respirar su presencia. Estaba demasiado cerca. Nicolas caminaba tan silenciosamente que ella se giraba una y otra vez para ver si la seguía, y entonces lo contemplaba. Un hombre de verdad, un hombre fuerte. Daba miedo, pero era fascinante, muy masculino. Y terriblemente guapo. Era casi demasiado guapo para ser real. Sin embargo, su mirada lo delataba. Ojos hambrientos y astutos, inteligentes. Un cazador al acecho. Sintió que se le aceleraba el pulso. Todas las alarmas se habían activado. Nicolas la volvía consciente de su condición de macho y de su propia condición de hembra. Y le hacía perder la claridad mental. Lara no sabía bien cómo tratarlo, pero estaba absolutamente segura de que no permitiría que la convirtiera en la marioneta que su padre había deseado.

Él le rozó la espalda y le deslizó la mano por la columna.

—Creo que nos entenderemos muy bien, Lara. Sólo tienes que darte tiempo.

Capítulo 7

La cámara era aún más bella de lo que Lara recordaba, un despliegue deslumbrante de gemas y cristales de diversos colores. El agua lanzaba destellos al brotar de las rocas hacia la piscina, y las gotas eran como miles de diamantes que caían del cielo. Sin embargo, la calidez y la belleza de la caverna ya no le procuraban la misma sensación de seguridad y confort. Una celda seguía siendo una celda, y no importaba el aspecto que tuviera. Ella prefería las cavernas de paredes azules como los glaciares, frías y desoladas, porque sabía exactamente qué esperar de ellas.

Se humedeció los labios y se serenó. Sí, era verdad que por su venas corría la sangre de los carpatianos y el sol le quemaba hasta los huesos (aquello era la suerte del ADN) pero, aún así, ella no era plenamente carpatiana, como Nicolas. Ella no había vivido siglos como cazadora ni había matado a nadie. Y no estaba tan cerca de convertirse en vampiro como él. Aquello significaba que tenía que esperar el momento propicio. No le preocupaban las defensas de la entrada. Gracias a su condición de maga talentosa, había observado atentamente cómo Nicolas urdía aquellas defensas.

Tenía que encontrar un tema de conversación, cualquier cosa que le impidiera a él contactar mentalmente con ella y descubrir su plan.

—¿Has visto al príncipe? ¿Te ha contado cómo se encontraba Terry?

—He hablado con Gregori, nuestro sanador, y ha dicho que hay muchas probabilidades de que tu amigo viva. No lo diría si no fuera verdad.

—Gregori tiene menos pinta de sanador que cualquiera que yo conozca.

—Supongo que así es. Es evidente que tú ya conocías los parásitos.

Ella había compartido con él ese recuerdo, y no tenía otra alternativa que reconocerlo. Asintió con un gesto de la cabeza.

—Xavier llevaba a cabo experimentos a menudo con la intención de encontrar una manera de fortalecer su habilidad para obligar a otros a cumplir su voluntad —dijo, sin poder controlar el temblor que se había apoderado de ella—. Sus criaturas eran voraces y a menudo desobedecían sus órdenes. Comían carne humana.

—¿A tu madre? —inquirió él, con voz queda.

Ella tragó el nudo que sintió de repente en la garganta. Hacía años que no pensaba en su madre. Nunca había podido invocar mentalmente una imagen suya, ni siquiera la brizna de un recuerdo. Ni el color de su pelo, ni su olor. No había sabido que tenía una madre hasta que los parásitos y los ojos plateados de Gregori despertaron en ella recuerdos sepultados hacía tiempo.

—Sí, pero no me había acordado de ella hasta ahora.

—Ella era maga —dijo él, afirmando más que preguntando.

Lara frunció el ceño. Ahora que lo había dicho en voz alta, recordó que sus tías se referían a su madre como maga. ¿Por qué no lo había recordado antes? ¿Por qué no recordaba que su madre tenía el pelo rizado? Se tocó su propia cabellera. Ella había nacido con el pelo blanco, pero muy temprano habían aparecido unas mechas rojas, y su cabeza se había llenado de pequeños tirabuzones, gruesos y elásticos, imposibles de controlar. Su madre tenía el mismo pelo.

—Sí, lo era —dijo—. Recuerdo vagamente que le tiraba del pelo rizado.

El recuerdo de su madre tendida sobre el suelo helado mientras los parásitos se cebaban con su cuerpo inerte le hizo sentir náuseas. Se llevó una mano a la boca, se dio cuenta de que temblaba y se acercó a la piscina de aguas cálidas. El ruido del agua que caía la serenó y ella respiró hondo mientras pensaba en cambiar de tema. No quería recordar a nadie.

—¿Has estado ausente mucho tiempo? ¿Qué has hecho esta noche? *¿Cuando no te dedicabas a controlar la mente de las personas y a alimentarte de su sangre sin su consentimiento?* —Fue un pensamiento que le vino a la mente sin que se lo propusiera, y se giró para que él no viera su expresión. No confiaba para nada en sí misma. Él estaba acostumbrado a ver por donde discurría el pensamiento de sus rivales y, en ese momento, lo supiera o no, estaban enzarzados en una batalla de por vida.

—Esta noche hemos celebrado un consejo de guerreros. Los vampiros se han aliado y tienen la intención de destruir a nuestra especie. Los humanos podrían oponer escasa resistencia. El sólo hecho de hacerles creer que los vampiros existen sería casi imposible.

Lara sintió que el corazón le daba un vuelco y se giró para mirarlo a los ojos a pesar de lo que se había propuesto.

—Los vampiros son demasiado vanidosos y egoístas como para unirse —dijo—. Sólo cazan juntos cuando uno se ha convertido en marioneta de otro. Sé que eso es verdad. Mis tías me enseñaron exactamente lo que tengo que hacer si me cruzo con uno de ellos, y me contaron que los vampiros desprecian a todos y a cualquiera, incluyendo a los de su propia especie. Es por eso que los guerreros carpatianos siempre tendrán una ventaja cuando luchen contra ellos.

—Eso ha sido verdad a lo largo de los siglos —convino Nicolas—. Pero ha dejado de ser así. Alguien ha encontrado una manera de unirlos y estamos al borde de una guerra de supervivencia larga y cruenta.

Ella no se preguntó por qué Nicolas fijaba su oscura mirada en las aguas de la piscina que lamían suavemente las rocas.

—¿Es Xavier? ¿Crees que sigue vivo? Era muy viejo, hace

veinte años, pero se las ingeniaba para tener la sangre carpatiana necesaria para seguir viviendo.

—Creemos que es posible que todavía viva y que haya creado una alianza con cinco hermanos, poderosos carpatianos que, según sabemos, se han convertido en vampiros.

—Si Xavier todavía esta vivo, puede que mis tías también lo estén. Tengo que entrar en esa caverna.

El alzó la cabeza con un gesto brusco, y sus ojos oscuros lanzaron destellos al mirarla.

—Esa caverna es peligrosa. Entrar sería una insensatez. Si tus tías estuvieran vivas, lo sabríamos. Tendrían la capacidad de llamar a los nuestros pidiendo ayuda.

—Si eso fuera verdad —respondió ella, con un tono inconfundible de sarcasmo en la voz—, lo habrían hecho cuando yo era una niña. Las mantenían vivas, pero débiles y enfermas.

—Los que entraron en la caverna vieron dos dragones encerrados en un bloque de hielo. Estaban muertos.

A Lara le quemó el estómago y se llevó una mano al vientre.

—Xavier las mantenía encerradas en hielo. Congelaba su fuente de sangre. Muy listo, ¿no te parece? ¿Sabes el dolor que siente una persona cuando se recupera lentamente de un estado de congelación?

—Lara, iré yo mismo a la caverna de hielo y lo verificaré —dijo Nicolas, con voz pausada—, pero será mejor que te mantengas alejada de aquel lugar. Xavier ha montado defensas, algunas muy peligrosas, entre ellas los guerreros de las sombras. Sería un suicidio si intentaras entrar.

Lara apretó los labios con fuerza. ¿Qué sentido tenía discutir con él si de todas maneras pensaba huir? Desde luego que iría. ¿Cómo no ir? Sus tías jamás habrían renunciado a buscarla a ella, ni permitirían que el peligro fuera un obstáculo para encontrar el único lugar donde podrían estar los cuerpos y alguna pista.

Pensó en algo que decir, cualquier cosa. Vio una esquina de la cama en la habitación contigua, una cama enorme con la cabecera y los pies tallados. No quería ir a esa habitación, ni reconocer que existía. Ya empezaba a sentir que aumentaba la tensión en la caverna.

Lo miró a través de sus frondosas pestañas y se separó ligeramente de él. Era como si Nicolas llenara el espacio de la cámara, a pesar de su amplitud y sus techos altos. Era imposible no sentir la atracción sexual. Era demasiado atractivo, demasiado sensual, y esa manera suya de moverse (desde la más absoluta inmovilidad a convertirse en un rayo cuando pasaba a la acción) era muy sexy. La energía se adivinaba en su manera de fluir con todo el cuerpo y en cada rasgo de su rostro. Sus ojos oscuros podían hacerla derretirse y, cuando se volvía hacia ella con toda esa intensidad palpitante, concentrado sólo en ella, su cuerpo dejaba de pertenecerle y lo buscaba.

Procuraba no pensar en las consecuencias que tendría la decisión de Nicolas de reclamarla como compañera eterna. Quizás algo en algún lugar recóndito en ella no creía verdaderamente que con pronunciar unas cuantas palabras él pudiera cambiar su vida para siempre. Pero sentía la conexión y, en el plano sexual, era francamente espantoso. Pasar de un estado en que ni siquiera le interesaban los hombres que conocía o tenía por amigos a otro en que su cuerpo se descontrolaba ante un hombre por el que no sentía nada, era horroroso.

De pequeña, había sido una criatura indefensa y se había jurado no volver a serlo nunca más. Había pasado años de su vida controlándolo todo a su alrededor, para no volver a sufrir esa sensación de vulnerabilidad e impotencia. Miró las paredes de la caverna a su alrededor. Habían pasado veinte años y ahí estaba ella, en el mismo punto de partida salvo que, en este caso, la traicionaba su propio cuerpo.

—Deja de tenerme tanto miedo, *päläfertiil*. No tomaré nada que no quieras darme.

A la luz parpadeante de la vela, Nicolas tenía un aspecto vagamente lupino. Lara se cruzó de brazos, deseando no sentir ganas de bajar la mirada y pasearla por ese cuerpo fuerte y masculino, y que él no tuviera esa expresión de saberlo todo. Nicolas era carpatiano, tenía unos sentidos agudos y sabría enseguida si ella estaba excitada. Peor aún, era probable que oliera sus temores.

Alzó el mentón. Si podía oler su miedo, qué sentido tenía negarlo.

—Has unido nuestras vidas sin mi consentimiento. Eso me dice que sencillamente tomas lo que quieres y que, en realidad, te importa un rábano lo que yo quiera o sienta.

—¿Eso te dice?

Lara no pudo evitar lanzar esa breve mirada hacia la salida que conducía a la libertad. Sólo estaba a unos metros, pero bien podrían haber sido kilómetros.

—No tienes que ser tan condescendiente conmigo. ¿De verdad crees que las cosas son iguales ahora que cuando naciste? ¿Cuánto tiempo ha pasado?, ¿quinientos años?

Él enseñó su dentadura blanca en un gesto que podría haberse interpretado como una sonrisa, pero que era, más bien, una amenaza.

—Te equivocas en unos cuantos siglos, pero entiendo lo que quieres decir. Tenemos derecho a reclamar a nuestra compañera eterna. Si dejas de resistirte ante lo inevitable, la transición será mucho más fácil y suave.

Ella frunció el ceño.

—¿Ah, sí? ¿Para quién? Yo debería tener derecho a decir algo en una situación como ésta. Seguro que puedo contar con alguien que me aconseje. El príncipe, por ejemplo.

La tensión en la caverna aumentó unos grados. Nicolas no cambió de expresión, pero un diminuto brillo rojizo asomó en el fondo de sus ojos.

—Si quieres saber algo, sólo tienes que preguntármelo. Los compañeros eternos no se engañan unos a otros.

—Has dicho que no me convertirías en una prisionera y, sin embargo, es lo que has hecho. Me enseñaste el camino para salir, pero luego te negaste a que me marchara.

Él se removió, y su quietud se transformó en un movimiento imperceptible de los músculos bajo su delgada camisa, como si un felino enorme se estirara y enseñara las garras. A Lara le faltó el aire y dio un paso atrás, aunque él no se había movido.

—El sol te quemará la piel. No puedes esperar que yo te deje hacerte daño a ti misma sólo por un temor sin fundamento. Eso iría contra mi naturaleza.

—Creo que no entiendes una idea tan fundamental como es la libertad, Nicolas —dijo Lara—. Eres grande y fuerte y posees un poder enorme. ¿Cuándo te ha dicho alguien lo que tenías que hacer? No creo que en tu vida haya habido muchas personas que te dieran órdenes.

—No es lo mismo —dijo él con un ligero suspiro—. Nunca he tenido que hacer esto antes, y no disfruto con ello.

—¿Ese «ello» significa alguien que no está de acuerdo contigo?

—Significa discutir sin motivo alguno. No puedo permitir que te quemes sólo por desafiarme. ¿En qué tipo de compañero eterno me convertiría entonces? ¿De verdad preferirías a alguien a quien no le importara tu salud ni tu seguridad?

—Has dicho que los compañeros eternos no se mienten unos a otros. ¿De verdad puedes decir que no dejaste que me marchara porque te preocupaba que me quemara la piel o fue más bien porque me atrevía a desafiar tus órdenes?

Él se apartó con un movimiento suave y fluido que la hizo estremecerse de miedo. Nicolas parecía una bestia de la selva enjaulada, feroz e impaciente, y demasiado peligrosa.

—Me niego a contestar a esa pregunta. He dejado mi mente abierta a ti y te he permitido verlo todo, incluyendo mis motivaciones. No tengo más que decir sobre el tema.

Ella respiró hondo, intuyendo esa ira que bullía en él, pero no tuvo el ánimo de pedir perdón, ni siquiera quiso calmarlo y dejar que pensara que aceptaba su destino con humildad.

Nicolas fue el primero en romper el silencio.

—No has comido.

—En realidad, no tengo hambre. Ha sido una noche muy larga —dijo Lara, e hizo una mueca en cuanto pronunció esas palabras. No quería que él pensara que sugería que se acostaran.

—Sé que necesitas sangre, Lara. Hay demasiada sangre de los cazadores de dragones en tus venas como para que puedas sobrevivir sin ella. Si la idea de tomar sangre de un ser humano representa un problema para ti, ¿qué haces? La sangre animal no sirve para saciarnos lo suficiente.

Lara se encogió de hombros.

—Hay bancos de sangre. No tengo que controlar a las personas como si fueran marionetas —dijo. Le lanzó una mirada cargada de intención y dio unos pasos por la cámara para distanciarse de él.

Nicolas parecía estar en todas partes, y su presencia empequeñecía el resto de las cosas. Cuando no se movía, permanecía totalmente quieto. Ella veía al cazador que había en él. Paciente. Inmóvil. Esperando. Y era capaz de esperar una eternidad. Entonces, cuando sintió que iba a sucumbir al pánico, lo reprimió. No, Nicolas sólo *parecía* invencible, así como Razvan y Xavier le habían parecido invencibles cuando ella era sólo una niña. Había escapado de ellos a pesar de que lo creía imposible. También escaparía de este hombre. Sólo tenía que seguir pensando.

Nicolas se cruzó de brazos.

—Sin sangre, moriríamos. ¿Acaso no es preferible tomar lo que necesitamos sin asustar a la persona y luego borrarle el recuerdo de lo que ha vivido en lugar de aterrorizarlo cuando es del todo innecesario?

Nicolas vio que Lara se giraba bruscamente y que su pelo chisporroteaba, electrizado. Sus ojos habían adquirido un color acuamarino.

—Yo sentí el miedo de ese campesino antes de que tú te apoderaras de su mente. Y antes, en la calle, cuando te conocí, no hiciste nada para impedir que yo supiera qué ocurría cuando tomaste mi sangre. —Lara deslizó la mano hasta el cinturón, donde tenía el puñal, la única arma con que contaba si él volvía a atacarla. El sólo contacto con la empuñadura era reconfortante.

—No puedes tener las dos cosas, Lara. O quieres que controle su mente para que no tenga miedo o quieres que sencillamente me alimente, sin que importe lo que sienta el donante.

—¿Por qué no recurrir a un banco de sangre?

Él se sentó en el borde de una roca junto a la piscina.

—Tú ya sabes la respuesta a esa pregunta. La sangre no sirve en nuestro caso. Podemos sobrevivir, pero no podemos prosperar. Yo lucho contra vampiros. Tengo que estar en plena posesión de mis fuerzas en todo momento. ¿Qué preferirías que haga?

Lara se mesó el cabello con ambas manos, agitada.

—No lo sé. Alguna otra cosa. Algo que sea más respetuoso. A la gente no se la debería usar como si fuera un mero alimento. Tienen sentimientos, no son marionetas sin cerebro.

—Tú no eres humana.

Ella alzó el mentón.

—Puede que por mis venas corra una mezcla de sangres, como sucede con la mayoría de los seres humanos, por cierto. Pero no cabe duda de que pienso como un humano. Conozco la experiencia de vivir encerrada, arrastrada fuera cada cierto tiempo para que alguien me abra las carnes de un corte y beba mi sangre. No les importaba que tuviera miedo, o asco. Les daba igual lo que pensara o sintiera. No les importaba a ellos más de lo que ese campesino te importaba a ti.

Él paseó sus ojos oscuros por el rostro de Lara. Asimilando hasta el último detalle.

—¿Acaso nuestra especie debería renunciar a la vida porque no podemos tomar la sangre de otros sin su consentimiento? Tenemos cuidado y somos respetuosos.

—A mí no me pareció demasiado respetuoso. —Nada más decir eso, Lara se arrepintió. Se suponía que tenía que engañarlo, seguirle el juego. Tenía que distraerlo con su conversación banal, con una voz edulcorada, incluso con un toque de humor, recursos que había tenido por muy valiosos de joven. Con una conversación siempre se podía despistar al otro.

El enfrentamiento hacía que éste se irritara y le advertía que trataba con una figura de poder. Su cuerpo reaccionaba a sus estados de ánimo. Las familias con las que había vivido acababan por sentirse inquietas con una niña cuyos ojos y pelo cambiaban de color cuando se molestaba. Ella no les reprochaba que la vieran como una hija del demonio. Era gente supersticiosa y, para decirlo sinceramente, de hecho, lo era. O de algo que se le parecía mucho, y seguro que también era la bisnieta del demonio.

Nicolas quiso cogerle la mano. Deslizó la palma de la mano por la suya, y las pieles se tocaron. Lara sintió las mariposas en el estómago. Nicolas entrelazó los dedos con los suyos y a Lara se le desbocó el corazón. Respiró hondo y levantó la cabeza para mirarlo. Se sintió inmediatamente atrapada, cautivada por la intensidad de sus ojos. Él le hizo girar la mano y se la llevó al pecho.

—He vivido siglos, Lara. La oscuridad ya estaba en mis entrañas cuando nací y he luchado contra ella en cada momento de mi existencia, sin otra arma que el honor. No quiero justificarme, sólo pretendo que me entiendas. Esta noche he estado demasiado cerca de sucumbir, y tú me has salvado. Nos hemos unido el uno con el otro, pero no hemos completado el ritual. Puede que haya sido más rudo de lo necesario con el campesino, pero si no lo calmé antes de que se diera cuenta, no fue intencionadamente.

Ella se humedeció los labios resecos. En lo más profundo, donde latía el instinto de autoconservación, se oyó a sí misma gritar.

—¡No, calla! No te metas. —Pero ya era demasiado tarde porque ya se había largado a hablar—. Es verdad que sentiste como una ola cuando lo cogiste, sentí cómo la ola te cogía. Eres adicto a ello. Es asombroso tener un poder absoluto sobre otra persona y, cuando llega el momento, tener una vida en tus manos y elegir por ellos. —Lo miró inclinando el mentón y retiró la mano—. Puede que eso sea lo que te ha mantenido vivo todo este tiempo, no el honor.

Nicolas dio un paso atrás, barrido por su propia ira. Conectó mentalmente con ella y se apartó, tan horrorizado que retrocedió unos pasos, más allá del alcance de sus brazos, a pesar de que quería cogerla y sacudirla. ¿Cómo se atrevía a despachar sin más los siglos de servicio que había prestado, su lucha contra la oscuridad, que se despertaba como un monstruo cada día de su vida? Peor aún, ¿qué tipo de compañera eterna haría de su hombre un ser vulnerable y completamente indefenso debido a convicciones egoístas que no tenían nada de lógico ni de razonable? Ahora veía sus planes claros como el día, a saber: esperar que él sucumbiera al sueño de los suyos para dejarlo solo y sin barreras protectoras.

Hacía siglos que Nicolas no sentía rabia, y ahora sintió que ésta se acumulaba en él como un oscuro muro de ira desatada. Nadie impugnaba su autoridad y jamás habían cuestionado su integridad. Ella había hecho ambas cosas en sólo un momento. Sus ojos negros brillaron, encendidos de ira, y su respiración se convirtió en una especie de silbido.

—¿Pensabas abandonarme cuando yo me entregase al sueño de los míos? ¿Harías eso? ¿Me dejarías desprotegido y sin defensas, sabiendo que yo nada podría hacer si me encontraban? Sabes lo que me harían si me encontraran y, aún así, estarías dispuesta a traicionarme.

Las sucesivas olas de ira que se desprendían de él la barrieron y la hicieron trastabillar al retroceder. Nicolas tenía todo el aspecto de un lobo, enseñando sus blancos colmillos y la boca torcida en una mueca. No había piedad en él ante sus enemigos, y en cuanto había visto que ella estaba dispuesta a exponerlo al peligro, Lara se convirtió en una de ellos.

Ella quiso gritar, pero se reprimió. Se giró sobre los talones y echó a correr. ¿Hacia dónde ir? No lo sabía. Sólo sabía que si se quedaba, caería sobre ella todo el peso de su ira. Tenía la impresión de que sería capaz de matarla.

Él la alcanzó enseguida, como un león que cae sobre su presa con facilidad. La detuvo bruscamente y la hizo girarse para que lo mirara a la cara. Ella levantó un brazo para protegerse de golpes que no vendrían. Nicolas la cogió por los brazos y la sacudió con fuerza.

—No pego a las mujeres, aunque si hay una mujer que está pidiendo a gritos que haga una excepción, ésa eres tú.

Sin soltarla, la arrastró por la caverna hasta la sala del dormitorio, donde la cama destacaba muy visiblemente. El ruido de su corazón latiendo retumbaba en los oídos de los dos. Nicolas la lanzó sobre la cama y se pasó una mano por la espesa cabellera.

—Ni te atrevas a tocarme —dijo ella, reptando hacia el lado de la cabecera, lo más lejos posible.

Él se movió a tal velocidad que parecía una mancha, y se plantó junto a ella, imponente, demostrándole que no podía escapar.

—¿Crees que no podría hacer que me quisieras? Eres mi compañera. Tu cuerpo responde al mío, y no importa lo que diga tu lengua absurda. —Aquel brillo ardiente en sus ojos se convirtió en una mirada especulativa—. ¿Quieres medir tus fuerzas conmigo? Podría conseguir que me desearas sin mayor esfuerzo, y ansiarías tenerme a tu lado día y noche. Quizás eso simplifique nuestras vidas.

Lara sintió enseguida el cosquilleo, como si hasta la última terminación nerviosa lo buscara, y aquello la aterró. Estaba toda ella encendida con la sola intensidad de su mirada y con aquel tono de voz grave y seductor, como si Nicolas ya la estuviera acariciando con su mano cálida y con la yema de los dedos. No tenía duda de que podía convertirla en una esclava sexual y que entonces ella no sería más que una marioneta en las manos de ese hombre. Era el mismo monstruo, la misma crueldad, salvo que con diferente aspecto.

Palpar la hoja del cuchillo que llevaba en la cadera le daba seguridad. Si no era él, sería ella. Buscó una manera de desarmarlo, de mitigar la tensión entre los dos. Su plan seguía siendo eficaz, si podía mantenerlo calmado una hora o más. El sol tenía que haber salido hacía rato y ella misma se sentía un poco adormecida. Por muy poderoso que fuera, Nicolas no se podía mantener despierto eternamente. Tendría que retirarse a las entrañas de la tierra y dormir.

—No pensaba dejarte sin defensas.

—Tus defensas deben conocerlas todos los magos y vampiros de aquí al sol, ida y vuelta. Y no intentes mentirme. No he visto en ti la intención de cuidar de mí mientras mi espíritu descansa. Ni siquiera has pensado en ello.

Ella quiso refutar su acusación, pero la verdad era que sólo había pensado en escapar. Antes de que pudiera evitarlo, tuvo un arrebato de ira.

—¿Dónde se ha visto una víctima que vele por su carcelero? ¿Ahora quién es el que dice cosas absurdas? O una cosa o la otra.

—En su pelo aparecieron unas franjas de color y sintió un retortijón de impotencia en las tripas.

Nicolas la miró con ojos agoreros y con un movimiento rápido, como el de una serpiente que ataca, la cogió por la muñeca y tiró de ella hacia él. El movimiento hizo caer la capa que Lara llevaba puesta, dejando a la vista la funda del puñal. Él rasgó el cinturón, se lo arrancó y lo lanzó con fuerza hacia la piscina, en cuyas aguas calientes se hundió.

Lara tuvo una reacción muy extraña. Una parte de ella quería encogerse en la posición fetal, y otra luchar con garras y dientes. Pero también tuvo otra reacción, un estremecimiento de expectación que le apretó el bajo vientre y le hizo sentir mariposas en el estómago.

—¿Eso es para que no te lo clave en el corazón mientras duermes? —Quiso alimentar su ira porque no se fiaba de ese tono sedoso y seductor de su voz. Temía su propia reacción ante él y, más que nunca, temía convertirse en esclava de su voluntad.

En la sonrisa de Nicolas no había ni asomo de humor, ni tampoco en sus ojos, sólo unos dientes blancos, perfectos, que brillaban. Ella tuvo un sobresalto al reparar en el ligero aumento del tamaño de los caninos. Era una diferencia sutil, pero la veía. Intentó hacerse más pequeña cuando él se sentó en la cama a su lado. Con una de sus enormes manos, le cogió la cara y la obligó a mirarlo fijo a esos ojos que la hipnotizaban.

—Ya intentaste herirme con el puñal una vez. Elegiste la vida para los dos, y espero que cumplas tu palabra. —Mientras hablaba, le rozaba el labio inferior con el pulgar, yendo de un lado a otro.

Ella apartó bruscamente la cabeza.

—Pretendes intimidarme.

Un gesto de impaciencia asomó en el rostro de Nicolas.

—No creo que eso demande mayor esfuerzo. He abierto mi mente para ti, te he brindado acceso sin condiciones, te he confiado todo lo que soy. Y tú, como respuesta, te has cerrado mentalmente a mí, me has acusado de crímenes odiosos y has desconfiado de mi persona desde el comienzo. Me estoy cansando de esta discusión.

Ella esperaba que eso fuera verdad. Esperaba que estuviera tan cansado que se retirara a las entrañas de la tierra y entonces, así, ella podría escapar. Guardó silencio. Él se acercó tanto que Lara tuvo la impresión de que la rodeaba. Le volvió a coger la mano y estiró la que le quedaba libre hacia fuera. Unas vetas minerales aparecieron en las paredes de la cámara y refulgieron, como si estuvieran al rojo vivo. Ella parpadeó al ver todas esas luces. Sintió que él le tiraba del brazo y algo pesado y tibio se cerró alrededor de su muñeca. Abrió los ojos y vio que Nicolas le había puesto unas cadenas para tenerla atada a él.

Lara palideció y retiró el brazo con un movimiento brusco.

—¿Qué haces? —Con la mano libre, intentó quitarse el grillete de hierro, pero estaba demasiado apretado.

Él no le prestó atención, y murmuró algo por lo bajo. Ella sintió la ola de energía y supo que Nicolas estaba armando unas defensas, cargando las cadenas con magia, de modo que le sería imposible quitárselas si no actuaba con celeridad.

Reprimiendo un sollozo, Lara quiso neutralizar su magia. *Hierro que somete y con fuerza aprieta, quiero abrir aquello que me ata y sujeta. Al mineral invoco, con la luz forja una llave, de mi desgracia libérame, que nada me trabe.* Surgió un haz de energía cuando los minerales en bruto de la tierra se mezclaron con la luz para crear una llave.

Nicolas se giró rápidamente, la empujó hacia la cama, sujetándole los brazos para que no pudiera mover las manos y dirigir la energía e impedirle que se hiciera con la llave. Acto seguido, lanzó su propio hechizo.

Que esta acción cese, que procura liberar, de tu energía me apodero, para mí la hago vibrar.

La llave se esfumó en medio de un destello. Ella supo enseguida que él la había vencido. Él había vivido siglos y ella perdido la práctica. Había olvidado que en los primeros tiempos, cuando Nicolas era joven, los magos y los carpatianos compartían sus secretos. Y ahora estaba indefensa en su poder, totalmente sometida a él, prisionera e incapaz de huir. Lo miró y parpadeó. Tuvo ganas de darle un puñetazo en la cara, pero le aterraban las consecuencias. Él se inclinó para acercarse a ella, y se acercó tanto, que pudo verle las largas pestañas por encima de sus ojos ardientes. Nicolas apenas le rozó la boca con sus labios.

—Pareces una gatita atrapada, a punto de gruñir y escupir fuego. Duérmete. Hablaremos de esto cuando se ponga el sol.

Y, con esas palabras, Nicolas se tendió y la arrastró con ella. Se giró de lado y cerró los ojos, como si la despachara. Lara aguantó la respiración y esperó, sin saber qué debía esperar. No tardó demasiado. Nicolas respiró una sola vez y se quedó completamente inmóvil. Estaba encadenada a un hombre muerto.

El temblor empezó en algún punto de la pierna y le subió con tal fuerza que Lara temió que le darían convulsiones. Se quedó mirando el techo, con el corazón latiéndole demasiado deprisa, demasiado ruidoso. Le dolía el pecho, los pulmones le quemaban por falta de aire y algo chillaba en su cabeza. Era una prisionera despojada de todo control, sin poderes, sin nada que decir acerca de su propia existencia. Sólo era cuestión de tiempo antes de que él exigiera tener relaciones sexuales y ella sucumbiera a sus deseos porque sería incapaz de impedir que lo añorara con todo su cuerpo.

Lara se estremeció. Después, él tomaría su sangre. Estaba en la naturaleza de los carpatianos beber sangre, y ella había sentido en más de una ocasión el deseo de Nicolas de tomar la suya. Prefería estar muerta que vivir esclavizada. No podía vivir si no tenía su propia vida en sus manos, si no podía decidir su propia suerte. Y no podía permitir que la utilizaran como sustento o, como se lo temía, como objeto sexual y como sustento.

Pensó en su pasado, en los pocos recuerdos que guardaba de la infancia, y sabía que jamás soportaría volver a vivir esos episodios en su edad adulta. Permaneció despierta cuando el sol alcanzó su cénit. El cuerpo le pesaba tanto que apenas podía moverse. Cuando el sol empezó su descenso, quiso urdir diversos hechizos para librarse de las cadenas de hierro que la ataban a Nicolas, pero, por mucho que lo intentara, no conseguía desmontar sus defensas.

Se quedó mirando el techo con incrustaciones de joyas sin verlo, con los ojos bañados en lágrimas. Había tantas cosas que no había alcanzado a hacer y que se había prometido a sí misma, pero ya era demasiado tarde. Su primera promesa era para consigo misma y se negaba siquiera a pensar en otra cosa. Sólo necesitaba hacer acopio de valor para escapar de la única manera que le quedaba.

Nicolas se despertó, dejó un rato vagar su pensamiento, respirando muy superficialmente, permitiendo que su mente y su espíritu encontraran paz en el silencio del crepúsculo carpatiano, no del todo ausente, pero no lejos de la superficie. Lara lo había herido y no podía recordar la última vez que alguien hubiera hecho algo así. Ignoraba que alguien pudiera herirlo. Sabía que debía despertarse del todo y enfrentarse a ella, pero también tenía que dilucidar aquellas emociones tan poco familiares. Desde luego, ella había herido su orgullo al acusarlo de ser adicto a la embriaguez que le proporcionaba su poder. El honor y no la adicción era lo que lo había mantenido entero durante aquellos largos siglos, y lo único que podía ofrecerle a ella. Lara lo había despojado incluso de aquel orgullo con su acusación irresponsable.

Había tenido ganas de estrangularla y, sin embargo, al mismo tiempo, también, de besarla y de dominarla con todo su cuerpo, que se había despertado como un demonio horrible convertido en dueño de sus pensamientos. Ella debería haberse mostrado agradecida por su comportamiento honroso. Sin él, habría acabado desnuda y retorciéndose bajo su peso. Lara le debía deferencia y respeto. Era una mujer muy joven y falta de experiencia en todas las cosas de la vida y, por eso, debería confiar en su sabiduría y en él, que no había hecho otra cosa que intentar protegerla, mientras ella persistía en comportarse como tantas mujeres, pidiendo cosas absurdas y peligrosas sin pensar verdaderamente en ello.

Sentía un peso en el pecho, una sensación extraña porque su estado tendría que ser el de la ingravidez. La muñeca le dolía y le escocía. De pronto, experimentó una aprehensión que subió como un ligero temblor por su columna y el pensamiento se hizo consciente. Reaccionó con un movimiento brusco y tomó posesión de su cuerpo, hasta despertarse del todo.

Oyó una respiración ronca y débil y llegó hasta su olfato un olor a... muerte. Se giró y tocó a Lara, que yacía a su lado fría como el hielo. Se giró y vio su cara, con los ojos totalmente abiertos, inertes, fijos en el techo. Un movimiento de la mano le bastó para deshacerse de las cadenas, lo cual le permitió girarse del todo y ponerse de rodillas a su lado, buscando su brazo fláccido. Sintió que el corazón se le paralizaba, y luego un fuerte y rápido bandazo en el pecho. Lara tenía la muñeca abierta, sin duda en un intento de acabar con su vida. Se había abierto las carnes con sus propios dientes hasta rasgar la vena y dejar que la sangre se derramara junto a la cama.

Veriak ot en Karpatiiak. Köd alte hän. Por la sangre del príncipe. Que la oscuridad lo maldiga. ¿Qué ha hecho?

Soltó una imprecación y se llevó el brazo a la boca y utilizó su lengua y su saliva curativa para sellar la vena y cerrar la herida.

¡Lara! Ven a mí. Era una orden. Y Nicolas se enfureció al darse cuenta cabalmente de lo que había hecho.

¿En qué estaría pensando? ¿Acaso no sabía lo que ocurriría? *¡Lara!* Sintió un amago de desesperación. Lara había actuado como un lobo en una trampa, dispuesto a morderse la pata encadenada o a poner fin a su vida para no sufrir cautiverio. Él se había tendido a su lado, enfadado, sintiéndose superior, mientras ella obraba en silencio para poner fin a sus días.

La cogió en brazos y la meció suavemente, al tiempo que se desprendía de su propio cuerpo para entrar en ella. Necesitaba sangre. Enseguida, ¡ya! Su cuerpo estaba en las últimas y su mente ya se había cerrado para impedir que sufriera daños cerebrales. Si hubiera sido maga y humana, sin sangre carpatiana, ya habría muerto.

Encontró su espíritu, que se inhibió ante su luz, ante él.

Ven a mí, o jelä sielamak. Luz de mi alma, quédate conmigo.

Era su arrogancia la que la había llevado hasta allí. Él no había sabido verla como una persona, sólo como algo *suyo*. Su salvadora, su posesión, suya para hacer según su voluntad. Se sentía tan seguro de sí mismo, de su superioridad. Él, Nicolas De La Cruz, que dictaba a sus hermanos cómo debían tratar a sus compañeras eternas, tan seguro de sí mismo que creía saberlo todo mejor que nadie. Al fin y al cabo, él era el más rápido y el más listo y había vivido tanto más que ellos. Y, sin embargo, su propia compañera eterna, la mujer que había jurado proteger y hacer feliz, había tomado la decisión de acabar con su propia vida antes que someterse a él.

Empezó a entonar una canción, buscándola, calmándola mientras pedía a su espíritu que se acercara a él para impedir que se alejara demasiado, porque una vez cruzado un punto, ya no podría traerla de vuelta. Sin aflojar su asidero en ella, volvió a su propio cuerpo.

Había deseado que ella reconociera quién mandaba. Necesitaba establecer el alcance de su dominación como un guerrero conquistador, para demostrarle que cuando él decía algo ella debía escuchar porque él era el que sabía. Ése había sido su error. No se había dado tiempo para conocerla, para entenderla, ni siquiera para reconocerle que había cumplido su palabra. Ella había elegido la vida para los dos y se había puesto en sus manos para toda la eternidad, confiando en él. Y al desperdiciar esa confianza, había acabado con ambos.

No la había visto como alguien distinta, con sus propias ideas y sentimientos. Su familia había heredado la maldición de «demasiado». Demasiado inteligente. Demasiado rápida. Demasiado segura de sí misma. Demasiado oscura. Ahí, en la oscuridad de la caverna, en las entrañas de la tierra, sosteniendo el cuerpo helado de su compañera eterna, reconoció aquella verdad ante sí mismo.

Con una uña afilada, se abrió un corte en el pecho hasta llegar a la vena. Ni siquiera podía prometerle que no volvería a cometer errores, porque quizá la oscuridad, aún estando presente en él desde el principio, había aumentado a lo largo de los años. A pesar de la cercanía de su compañera eterna, sentía esa oscuridad en su interior como un ente vivo, que respiraba y exigía que quienes lo rodeaban hicieran según su voluntad. *Lucharé contra mi naturaleza todo lo que pueda, Lara*, le murmuró con voz suave, al tiempo que le acercaba la boca a la herida junto a su corazón. *Seré todo para ti. Vuelve a mí y déjame demostrarte que puedo ser lo que necesitas.* Sólo había pensado en cuánto debía cambiar ella para ser lo que él quería. ¿Cómo podía ser tan necio?

Ella no respondió. Ni al olor de su sangre ni a sus gentiles palabras. Al final, Nicolas tuvo que recurrir a una orden, y lo hizo con una mueca. ¿Cómo iba Lara a tomar la decisión de vivir con alguien como él? ¿Cómo podía protegerla él de sí mismo? Incluso en ese momento, cuando ella había escogido el camino de la muerte antes que vivir con él, le imponía su voluntad.

Juosz és olen ainaak sielamet jutta. Bebe y conviértete en una conmigo. Vive conmigo. Nunca seré perfecto pero haré todo lo que esté en mi poder para hacerte feliz. Bebe y vive. Era una orden, un mandato, y Nicolas invirtió toda su energía en ello porque era incapaz de dejarla ir. Él escogía la vida por ella y pasaría el resto de la vida que les quedaba intentando convencerla de que había hecho lo correcto.

Ella movió la boca contra su pecho desnudo. Él no estaba preparado para la curiosa reacción de su organismo, para el calor que estalló dentro de él como una hoguera, ni para la sensación de plenitud en la entrepierna y la quemazón del deseo en las venas. Lanzó hacia atrás la cabeza y absorbió la sensación, la llevó a lo más profundo de sí y no la soltó. Era la llamada de la compañera eterna. Él la había llamado con el alma y ella había respondido. Las mentes se buscaban una a otra, necesitadas de la constante cercanía. Ahora era él quien llamaba, decidido a despertarla. ¿Dónde estaba su corazón? ¿Acaso tenía un corazón? ¿No sería una más de las maldiciones de la familia De La Cruz? Quizá ni tuvieran corazón, o quizá fuera sólo él. Aunque en ese momento, él tenía la sensación de que el suyo se le desgarraba por los cuatro costados. Sufría por los dos juntos.

Su fuerza vital se derramó en ella y en su organismo hambriento, regando órganos, tejidos y cerebro, que buscaron instintivamente el alimento... la vida. Nicolas se aseguró de darle no sólo lo suficiente para reemplazar la sangre que había perdido, sino que también convirtió aquello en un intercambio formal de sangre. Era su primer verdadero intercambio, y era muy necesario. Él tenía que encontrar una manera de controlarse para luchar contra la oscuridad que tanto había aumentado en los últimos siglos. Su mayor temor era convertirse en vampiro, en la más repugnante de las criaturas malignas. Pero ahora, con su compañera eterna y su luz que disipaba las tinieblas, debería sentirse ajeno a toda preocupación. Sin el intercambio formal de sangre, y a pesar de haber consumado el ritual de unión, hasta que no se unieran en cuerpo, alma y mente, era un peligro para todos, pero sobre todo para ella.

La cogió en sus brazos y la acunó cerca de su pecho, sin parar de mecerla. El sol se había puesto hacía rato y la noche había caído. Él ignoraba en qué momento ella había conseguido hacerse daño, ni cuánto tiempo había permanecido despierta pensando en hacerse daño, pero su espíritu estaba muy lejos de su cuerpo.

—*O jelä sielamak*. Luz de mi alma, vuelve a mí.

Ella se debatió y, al principio, él creyó que era para alejarse de él, pero enseguida se dio cuenta de que su espíritu estaba atrapado en otro lugar. Lara se había dejado ir en un mar de sangre y donde fuera que hubiera viajado su espíritu, pasado o presente, o hacia el mundo de las tinieblas, estaba atrapada en una trampa de la que no conseguía escapar.

Sin vacilar, él conectó mentalmente con ella y remontó el camino para encontrarla y traerla de vuelta al mundo de los vivos.

Capítulo 8

Nicolas temblaba de frío. Por primera vez en su vida, al intentar regular la temperatura de su cuerpo, le fue imposible. Era un frío que lo atontaba. Y en el ambiente flotaba un miedo horrible, olas y olas de miedo que llegaban hasta él y lo dejaban aterido. El miedo no le era una emoción familiar, y aquellas olas lo abrumaban y mareaban, le revolvían el estómago y le hacían latir ruidosamente el corazón. No se preguntó por qué tenía —o escuchaba— su corazón, mientras carecía de un cuerpo. Sencillamente aceptó todo lo que ocurría y siguió buscando a Lara.

Se encontró a sí mismo en el cuerpo de una niña. Era una niña muy pequeña, y tenía el corazón desbocado. El terror (de ella) se introdujo en su mente y llenó hasta el último pliegue, hasta el último compartimento, hasta que él la respiraba y espiraba, hasta que vivía en el corazón mismo de su alma. Miró y vio, horrorizado, a un hombre encadenado a un muro de hielo. Una mujer joven estaba sentada a su lado y sollozaba mientras intentaba secarle las gotas de sudor de la cara.

Razvan/*padre*.

Nicolas respiró a través del terror e intentó concentrarse en aquel cuadro. Razvan estaba casi exangüe, desangrado y débil, apenas capaz de hablar coherentemente, y farfullaba algo con voz ronca y temblorosa. La mujer acercó el oído a sus labios para escucharlo.

—Shauna, sácala de aquí antes de que sea demasiado tarde. Tienes que dejarla ir.

La madre de Lara sacudió la cabeza, y unas lágrimas le bañaron el rostro.

—Es demasiado pequeña, Razvan. Nunca lo conseguirá sola.

—Será preferible que muera a dejar que caiga en sus manos.

—No puedo soportarlo. No puedo soportar la idea de perderte a ti y a ella. Tiene que haber otra solución.

—Necesitaré sangre, y tú ya me has dado mucha.

—Ella detesta dar sangre. Es demasiado pequeña para entenderlo —dijo Shauna, pero ya había levantado a la pequeña de pelo rojo y tintes cobrizos y la había acurrucado en su regazo.

En lugar de sentirse tranquilo, Nicolas también sintió el miedo de Shauna. Vivo en el cuerpo de la pequeña Lara, se resistió contra los brazos que la sostenían con fuerza, peleó, lanzó patadas y mordió mientras Shauna tendía el brazo de la pequeña hacia el hombre pálido y deteriorado. Sentía el corazón a punto de estallar. Intentó mutar de forma, evitar esos dientes que se acercaban a su brazo desnudo. Él siempre había sido rápido y fuerte, y había aprendido a manejar sus poderes a una edad en que pocos niños sabían mutar. Sin embargo, ahora se encontraba totalmente indefenso. Sólo podía esperar, viendo cómo esos dientes se acercaban más y más a su brazo.

Todo su cuerpo se encogió ante el aliento caliente. Oyó unos gemidos y sintió el espíritu de Lara luchando desesperadamente para liberarse. El pequeño brazo estaba cubierto de cicatrices. Aquella no era la primera vez ni sería la última. No había manera de escapar de esos dientes agudos que le rasgarían la piel para llegar hasta sus delgadas venitas.

Nicolas empujó a Lara para dejarla a sus espaldas, y la protegió cuando los dientes se hundieron en la muñeca. Afloró una punzada de dolor, tan intenso que lo dejó sin aliento, como un golpe en el bajo vientre. Se le nubló la vista y todo se volvió borroso. Era incapaz de minimizar el dolor como siempre había hecho; tenía que encajar su terrible golpe, tenía que aceptarlo para no desfallecer. Incluso de niño había sido capaz de controlar el dolor debido a los numerosos accidentes de la mutación, a veces por mutar demasiado cerca del suelo, otras por estrellarse contra un árbol en pleno vuelo. Aun siendo hombre, estaba profundamente unido a Lara al revivir esos años de la infancia, y se sentía tan impotente como ella lo había estado. Ahora se encontraba tan profundamente unido a ella que había dejado de ser carpatiano y perdido su capacidad de mantener a raya el dolor. Tenía que sufrirlo como ella lo había sufrido, en carne propia.

Sintió cada uno de esos dientes, sintió la piel rasgándose, los tejidos y los músculos, el colmillo hincándose en la vena y, después, la vida que se le iba del cuerpo. Su espíritu se encogió hasta sentirse pequeño y vulnerable, incluso más pequeño de lo que su imaginación podría concebir. No se había sentido tan indefenso ni en los peores momentos de su vida. Los labios que chupaban la sangre de sus venas eran ávidos y voraces. Su cuerpo se convirtió en un peso muerto, y el corazón apenas conseguía latir, mientras los pulmones buscaban desesperadamente aire.

—¡Para! Para, Razvan —gritó Shauna, y empujó la boca que seguía aferrada al pequeño brazo—. Vas a matarla.

Razvan se retiró bruscamente con el rostro bañado en lágrimas.

—Lo siento, Lara. Shauna. Esto ya no es seguro. No puedo parar, me estoy volviendo como él.

—No, eso no es verdad —dijo Shauna, con mirada feroz—. No eres como él. Nunca serás como él —le espetó, y meció a la niñita intentando calmarla.

Razvan se inclinó y cerró la herida con la lengua. Nicolas sabía que esa saliva curativa no era del todo pura, que no podía adormecer el tejido ni sanar adecuadamente, y por eso el brazo diminuto estaba lleno de cicatrices. También explicaba por qué Lara sentía el dolor de cada mordisco como si un cuchillo le abriera las carnes.

—Date prisa. Ahora debe irse. Él llegará en cualquier momento.

Razvan se movió a un lado y apareció un agujero en el suelo. Ahí dónde el hielo había sido blanco o azulino, ahora era rojo y de bordes rosáceos. Razvan había cavado en la pared de hielo sirviéndose de su sangre caliente para tallar una salida.

Shauna abrazó a la pequeña y la estrechó con fuerza, sin dejar de sollozar. De pronto, introdujo bruscamente a la niña por el estrecho canal y la empujó.

—Vete. Date prisa. Sigue el camino del agua hacia fuera.

El hielo comprimió aquel cuerpecito y le hirió la piel. Él sintió los rasguños y las lágrimas mientras Lara avanzaba. No había vuelta atrás. Cuando quiso volver sobre sus pasos en lugar de adentrarse por aquel laberinto estrecho y oscuro, con el olor de la sangre en sus fosas nasales, sólo consiguió avanzar aún más. Empezó a ceder al pánico. Nicolas quiso mutar de forma, convertirse en algo más pequeño, cualquier cosa que le permitiera salir del túnel. El hielo encima de él le pesaba. Por encima y alrededor suyo, el hielo crujía, conjurando lo peor, y las paredes cambiaban constantemente debido a la presión.

Nicolas no conseguía llenar de aire los pulmones, y la cabeza le daba vueltas por la falta de oxígeno. Sintió que se asfixiaba. Sabía que Lara experimentaba lo mismo, aunque nada podía hacer para ayudarla. Sintió una ternura inmensa por ella, que había sufrido aquello de niña, y luego sintió rabia y violencia por su propia incapacidad de evitar que ella lo reviviera. Intentó golpear el hielo, valiéndose del puro deseo de liberarla, pero no había manera de salir de ese espacio cerrado. Sólo consiguió ensangrentarse los puños.

Por primera vez en su vida, sintió claustrofobia, atrapado sin posibilidades de salida. Su enorme fuerza no servía de nada. Ningún hechizo mágico podría salvarlo. Tampoco podía urdir la energía ni utilizarla. Por mucho que intentara abrir una grieta en el hielo a fuerza de golpes, se encontraba atrapado en el cuerpo de una niña de tres años que carecía de sus poderes. Era imposible.

El espíritu de Lara se agitó. Conectados tan profundamente

como estaban, era imposible saber dónde terminaba uno y empezaba el otro. Sus almas estaban unidas indisolublemente. *Vete*. Le llegó una voz débil. *No es necesario que vivas esto conmigo. Ya he sobrevivido antes, y volveré a sobrevivir ahora.*

Él no estaba seguro de que eso fuera verdad. Lara estaba apenas viva y, en cualquier caso, no era cuestión de abandonar a su compañera eterna y dejar que volviera a vivir las experiencias que fueran necesarias para volver a él. Él la había lanzado hacia el pasado, y ahora debía protegerla de lo peor de sus recuerdos con toda la energía que poseía. Costara lo que costara, la protegería. *Descansa, o jelä sielamak. Luz de mi alma, no te abandonaré aquí.* La ternura en su voz sorprendió a Lara, y también la sorprendió el dolor que le agarrotó el corazón.

Algo agudo le mordió el tobillo y se le hundió profundamente hasta el hueso. Nicolas quiso retroceder bruscamente. El hielo le rasgó la piel de hombros, caderas y brazos. Intentó liberarse con una patada de aquello que se le había clavado en el tobillo, pero al precio de un dolor insoportable. De pronto fue rápidamente tirado por el túnel hacia arriba y, al subir en sentido contrario hacia la cámara helada, el hielo le abrió heridas en todo el cuerpo.

Cayó sobre el duro suelo de la nave, y quedó horrorizado ante la presencia de la criatura más monstruosa jamás vista. Era Xavier. Shauna yacía en el suelo con la boca y la nariz sangrando, y ya empezaban a asomar unos oscuros moretones en su piel. Quiso recuperar a su pequeña, pero Xavier le propinó una patada y cogió a Nicolas/Lara por los rizos. Lanzó a la niña contra la pared de la caverna con un gesto indolente, y ésta se estrelló contra el hielo sin que él siquiera se inmutara.

Xavier era una masa de carne descompuesta, dientes negros y rotos y unos ojos despiadados de color argénteo. Nicolas observó, horrorizado, cuando aquel ser monstruoso y demoníaco empezó a patear a la mujer en las costillas hasta rompérselas, siguió con la cara y las piernas.

Razvan se retorció intentando liberarse de sus cadenas, hasta que éstas le cortaron la carne e hicieron brotar la sangre, que se derramó sobre el hielo. Lanzó un grito ronco de impotencia y las lágrimas le bañaron el rostro.

—He sido yo. No la toques. Haré lo que quieras. Por favor. Por favor —imploró, y se desplomó sin dejar de golpear el suelo helado con los puños hasta que éstos también empezaron a sangrar.

Xavier lo ignoró y siguió pateando el cuerpo inerte de Shauna.

—Mira lo que me has obligado a hacer —le gritó a Lara—. ¡Mírala! Tu madre, sufriendo tus castigos. Tú te mereces este trato. Tú has hecho esto. Tú la has hecho sufrir. —Se inclinó, cogió a la niña por el pelo y la arrastró por el suelo y la lanzó boca abajo junto a su madre—. Ya puedes robarle el último aliento, niña desagradecida. No sirves para otra cosa que para alimentarnos. Has matado a tu propia madre.

Escupió sobre el cuerpo y hurgó en el bolsillo de su larga túnica. Sacó un frasco lleno de parásitos blancos que se retorcían.

—Mis amigos limpiarán con gusto tu estropicio, aunque tardarán unos cuantos días. Ahí tenéis vuestro festín —dijo, y vació los bichos sobre el cuerpo de Shauna. Aquellos gusanos grotescos se derramaron por todas partes.

Xavier se inclinó y cogió a Lara. Sus ojos plateados refulgían con un brillo asesino. Riendo, le rodeó la cintura con una cadena y la ató a las cadenas de su padre antes de alejarse renqueando. Lara tenía poco espacio, y se vio obligada a sentarse junto al cadáver de su madre, mientras su padre se mecía y gemía viendo los parásitos consumir a su esposa lentamente.

Quizá pasaron horas, o días, mientras Nicolas permaneció sentado, traumatizado por la brutalidad del peor enemigo de los carpatianos. Creía haber llegado a conocer íntimamente el mal a lo largo de sus siglos cazando vampiros, pero aquello era peor, indescriptiblemente peor. Xavier había matado a la mujer de su nieto ante sus ojos y ante su hija. Peor aún, los obligaba a ser testigos del lento deterioro del cuerpo a medida que los voraces parásitos lo consumían. No tenía nada de raro que Lara hubiera recordado todo aquello al ver los ojos plateados de Gregori. Tampoco costaba entender por qué sus tías y su padre habían sepultado aquellos recuerdos en algún recóndito pliegue de su memoria.

Estamos contigo, Lara, susurró una voz suave. *No temas, estamos cerca. No mires el cuerpo en el suelo. Ella ya no es tu madre. Se ha marchado a un lugar seguro donde el monstruo no podrá hacerle daño.*

Nicolas se concentró en las voces mientras le susurraban su consuelo, le contaban historias y le ayudaban a la pobre niña a lidiar con lo incomprensible. Sin sus tías abuelas, Lara se habría desmoronado o habría enloquecido. Nicolas se dio cuenta de que él también se aferraba a esas voces, buscando su consuelo, en el umbral de un nuevo episodio de la infancia de Lara.

Entonces observó que el ciclo del miedo era siempre el primero. Su espíritu remontó el camino de su infancia, dejando el pasado rumbo hacia la superficie, hacia él. Consiguió avanzar unos cuantos años antes de que aquella maraña de horror volviera a atraparla, manteniéndola prisionera de sus propios recuerdos.

A los seis años, Lara era una niña delgada y pequeña, desnutrida y casi siempre sola. Su espacio era un cubículo diminuto, dormía en el suelo helado, con sólo una ligera manta y aguantaba gracias a su incipiente capacidad de regular su temperatura corporal. Le costaba mantener el calor y el constante temblor le impedía subir de peso. Las tías eran el único consuelo que la mantenía cuerda, y le hablaban día y noche de lugares lejanos, le enseñaban todo lo que una niña podía entender, además de implantar en su memoria lecciones y consejos para los tiempos venideros. Cuando creciera, ya entendería ese acervo de conocimientos y lo usaría para forjar su poder.

Nicolas entendió que las tías estaban atrapadas en el frío del hielo, al igual que Razvan, y que sufrían horriblemente cada vez que las descongelaban. Lara sentía cada segundo de su agonía y sufría con ellas y con su padre torturado. Sólo sus voces le impedían entregarse a la locura.

Nicolas la siguió en su camino a la superficie, acunándola espiritualmente, respirando su calidez para consolarla, intentando reconectar con ella. Necesitaba ganarse su confianza, él, que lo había estropeado todo de la peor manera. Ahora lo entendía, y entendía cómo era sentirse pequeña y desvalida y... desesperanzada. Comprendía con claridad por qué Lara había elegido el único camino que le quedaba y que él era el responsable de que hubiera vuelto a padecer esa impotencia.

Cuando el miedo se apoderaba de ella y la barría como un tsunami, él sabía que volvía a estar atrapada en un momento crucial de su vida. Ella se daba cuenta cuando él volvía a situarse por delante de su espíritu para protegerla, y dejaba que las olas de terror lo arrasaran a él.

No lo hagas. Huye, sal de aquí mientras puedas. Puede que no consigamos salir nunca de aquí.

No me iré sin ti, Lara. Son mis pecados, mis errores los que te han traído de vuelta aquí. No te dejaré. Si nos quedamos, nos quedamos juntos.

Lo dijo sin vacilar. Abrazó aquel cuerpecito de niña cuando ella se sentó en el suelo con las piernas plegadas y dibujó un dragón en la pared de hielo. Para una niña de su edad, Lara era capaz de reproducir asombrosos detalles. Con sus manitas, se servía del diente de un tenedor y tallaba meticulosamente cada una de las escamas del cuerpo y la cola del dragón. Se tomaba su tiempo, y canturreaba para sí misma, perdida en su arte.

Un ligero ruido la alertó. Entonces se puso tensa, bajó lentamente la mano con que dibujaba y miró por encima del hombro. Los enormes hombros de Razvan tapaban toda la entrada. Tenía los ojos oscurecidos por el dolor, el rostro avinagrado. De repente parecía un hombre atractivo que había visto demasiado dolor y, al momento siguiente, se encorvaba como bajo el peso de un horrible fardo. Tenía el rostro contorsionado y la mirada en blanco, como si luchara contra un enemigo invisible.

—Lara, vete de aquí. Huye, pequeña, vete de aquí. Está en mí. Se ha apoderado de mi cuerpo y no puedo expulsarlo. Huye.

Mientras le advertía del peligro, su voz cambiaba una y otra vez, una voz que iba de la angustia a la risa aguda. A pesar de que el hombre en la entrada tenía la apariencia de Razvan, Lara olió a Xavier, el cuerpo podrido de un hombre que se negaba a morir. Nicolas la vio quedarse paralizada, oyó el latido desbocado de su corazón y entendió que el terror se había apoderado de su mente. Dio un paso atrás, tropezó y quedó a cuatro patas acurrucada/o junto a la pared.

—¿Qué es esto? —preguntó Xavier/Razvan, que se había detenido ante el dibujo.

Lara/Nicolas guardó silencio, y mantuvo las manos ocultas a la espalda, con el miedo pintado en su expresión. Nicolas la empujó para protegerla justo en el momento en que Xavier se giró y le propinó un golpe poderoso que la/lo lanzó por el aire.

—Contéstame —exigió Xavier/Razvan, con un silbido de irritación.

Lara/Nicolas se incorporó.

—Mi mejor amigo.

El rostro de Razvan volvió a desfigurarse, como si nuevamente se resistiera. Se sacudió de arriba abajo y una lágrima de sangre asomó en su ojo y rodó por su mejilla. Por un momento, tendió la mano, pero cerró los dedos bruscamente hasta que fueron dos puños apretados.

—¿Amigo? —se burló Razvan—. ¿Crees que esos dragones son tus amigos? ¿Por qué una criatura tan poderosa habría de convertirse en tu amigo? Eres una pobre niña, y no vales nada.

Lanzó una risa aguda que le heló los huesos a Nicolas. Ahora era sólo la voz de Xavier en el cuerpo de Razvan. Nicolas volvió a sentir esa vulnerabilidad abrumadora, consciente de que no podía parar a aquel hombre. No era más que una niña de seis años, anémica, frágil, sola, sin posibilidad de escapar. Mientras miraba, el dragón de la pared empezó a cobrar vida y a separarse, primero una pata que se estiraba con sus garras y luego las curvaba, unas garras afiladas. Emergió la cabeza y parpadeó un par de veces antes de que sus ojos brillaran con un fulgor rojizo. Con un golpe de cola, el dragón se liberó del hielo y aterrizó a sólo unos metros de Lara.

Nicolas volvió a empujarla detrás para protegerla, acorraló su espíritu y se plantó como escudo al sentir que Lara se encogía de miedo. Aquello no prometía nada bueno. Sabía que no se trataba únicamente de una lucha física, sino, sobre todo, psicológica, en un intento deliberado de aniquilar toda esperanza, sirviéndose de un amigo imaginario de la niña que cobraba la forma de sus tías, que tanto la consolaban, para hacerle daño. Para ello, se había adueñado del cuerpo de su padre, queriendo infligirle el mayor daño de todos, traicionando toda confianza y asegurándose de que no tuviera nada más de qué prenderse. No podía ni imaginar lo que sufría Razvan, que a todas luces conservaba un grado de conciencia y sabía que era utilizado para atormentar a su hija.

El dragón movió la cabeza de un lado a otro, paseando la mirada hasta fijarla en la niña. Se lanzó contra Lara/Nicolas con un chasquido sibilino y echando baba por la boca. En el último momento, Lara/Nicolas se giró y las garras se hundieron en su espalda, dejando profundos surcos. La niña se desplomó y adoptó una posición fetal mientras el dragón le mordía las piernas y le lanzaba latigazos con la cola.

Razvan, poseído por Xavier, reía y daba patadas al dragón, alentándolo a escupir llamas hasta que Lara gritó y Nicolas gritó con ella.

No te resistas. Deja que tome lo que quiera de ti. Las dos voces femeninas hablaron al unísono, y Nicolas se percató enseguida de que Lara intentaba defenderse lanzando patadas, no al dragón sino a su padre.

El dragón volvió a atacar, desquiciado, con garras y dientes. Nicolas sintió cada desgarro de la carne, las heridas en la espalda, con los músculos heridos por las garras afiladas. Las mordeduras eran dolorosas, pero poco profundas. Lo peor era el fuego por encima de su cabeza, achicharrándole la delicada piel y provocándole llagas que se inflamaban enseguida.

De pronto, con un gesto de impaciencia, Razvan/Xavier hizo derretirse el dragón a sus pies. Se inclinó y, de un tirón enérgico, obligó a levantarse a Lara/Nicolas. Con los dientes, le abrió la muñeca y se la llevó vorazmente a la boca para chupar la rica sangre. Nicolas reprimió un gruñido de dolor, sintiendo que el brazo le latía y quemaba. Sintió el estómago revuelto y los márgenes de su visión se volvieron nuevamente borrosos.

De pronto, Lara quiso resistirse. Con un movimiento circular y rápido, le hundió a Razvan el diente del tenedor en el cuello. Xavier lanzó un grito y la apartó de un golpe, al tiempo que se tapaba la herida en el cuello con una mano. Lara se pasó la lengua por la muñeca y retrocedió lentamente.

Nicolas quiso cogerla en sus brazos para arroparla. A pesar del dolor y de lo desesperado de su situación, Lara luchaba y se resistía, negándose a que el monstruo la aniquilara espiritualmente.

Una rabia ciega se apoderó de Xavier. Con la boca chorreando baba, la despojó de su ropa y urdió un complicado dibujo con las manos. El agua cayó del cielo, Lara fue levantada del suelo y lanzada nuevamente contra el hielo. La pared se abrió para recibirla, se amoldó a su espalda, nalgas y piernas, y le congeló la piel hasta dejarla convertida en una figura de hielo.

Sólo entonces Xavier dio muestras de calmarse. Colocó un plato de comida y agua a cierta distancia de ella.

—Si quieres comer o beber, tendrás que descubrir cómo salir de ese muro. Si no, te dejaré ahí para que te pudras y enviaré a mis amiguitos a comer lo que quede de tu cuerpo.

Nicolas lo vio salir arrastrando los pies, abandonando a la niña en medio de un dolor insoportable, con la espalda lacerada y la sangre corriéndole por las piernas. Quería llorar, destrozar algo, cogerla y estrecharla en sus brazos y protegerla siempre. Y, más que nada en el mundo, deseaba matar a Xavier.

El tiempo volvió a perder todo sentido. Nicolas viajó por un mar de dolores hasta que volvieron a escucharse voces. Suaves, pero insistentes y alentadoras, cantando su esperanza y susurrando su cariño. Eran unas voces a las que aferrarse que lo salvaban de la desesperación absoluta.

Se vio a sí mismo ascendiendo una vez más hacia la superficie junto al espíritu de Lara. Su luz era algo más brillante, pero Lara se sentía abatida y herida, como él. Nicolas quiso darse prisa, ansioso por no tener que vivir otro episodio de su vida. Ya había vivido y visto lo suficiente, sufrido lo suficiente. No quería volver a sentir jamás esa vulnerabilidad. Quería acompañar a Lara y le dio su calor y su confianza, percibiendo sus reticencias a medida que avanzaban hacia la libertad.

Lara le tenía más miedo a él que a su propio pasado. Ya había vivido su infancia y había sobrevivido. Él era el demonio que ella no conocía y, en su relación, era quien poseía todo el poder.

Soy todo lo que crees que soy, pero puedo aprender. Y aprenderé. Peco de muchas cosas, päläfertiil, de las cuales la arrogancia no es la menor, pero sé reconocer mis errores. Ven conmigo. Vuelve conmigo y dame otra oportunidad.

Él había aceptado, desde el momento en que oyó su voz y supo que ella lo había salvado, que estaba bajo su cuidado. Él se había propuesto hacer todo lo que podía por ella, cuidar de hasta el último detalle de su bienestar físico. No había esperado resistencia ni desconfianza de su parte, pero, en realidad, tampoco le había importado. No tenía el corazón en ello y sabía sin la sombra de una duda que las cosas se harían a su manera. Incluso creía que tenía todo el derecho. De alguna manera, él sabía que las cosas estaban cambiando aquella noche. Aquella piedra endurecida que tenía en el pecho empezó lentamente a latir al mismo ritmo que ella. Era consciente de que se volvía más protector y que la ternura que sentía hacia ella era cada vez más intensa.

Algo cogió a Lara y apartó bruscamente su espíritu de él, deteniendo el proceso de recuperación. Pensó, angustiado, que quizá la había encontrado demasiado tarde y que Lara había regresado a un punto muy lejano, o que había sucumbido a la locura para escapar a aquella demencia que la rodeaba. Corrió tras ella, siguiéndola hasta una maraña donde su espíritu permanecía preso de trozos de recuerdos que la rodeaban y mantenían cautiva.

Lara era más o menos un año mayor, y su pelo brillaba bajo las luces parpadeantes. Nicolas observó los primeros indicios de la herencia de los cazadores de dragones en el color de su pelo, en el brillo rojizo y en las mechas, ahora más rubias. Sus ojos eran de un intenso color verde océano y, a ratos, de un azul brillante. Se encontraba en un rincón de la enorme nave con sus techos de catedral, oculta detrás de una columna, encogida, intentando a todas luces que Xavier y Razvan, parados uno frente al otro, no la vieran.

Lara. Eran las voces que le susurraban. *Xavier nunca debe saber que tú sabes lo que le hace a tu padre. Te mataría. No se lo puedes decir a tu padre, ni siquiera para consolarlo, porque cuando Xavier posea su cuerpo o cuando Razvan esté a sus órdenes, revelará todos tus secretos.*

Si le digo a mi padre que sé que no quiere hacerme daño, quizá le dé fuerzas para resistir. En aquella vocecita de niña latía una esperanza, y hasta cierto desafío.

Te traicionará. No será su intención, pero será incapaz de callarse.

Vosotras habéis sido prisioneras mucho más tiempo. Ahora Lara sonaba irritada, incrédula. *Y Xavier no os puede controlar.*

A Razvan lo han torturado, Lara. Han llevado a cabo experimentos con él, uno tras otro. Ya no tiene ni salud ni fuerzas. Xavier te utiliza a ti contra él, pero todavía no entiende el poder que llevas en la sangre. Una vez que lo haya descubierto, no habrá posibilidad alguna de escapar.

Nicolas percibió aquella vena obstinada de Lara. Ella no contestó a sus tías porque no quería engañarlas ni mentirles, pero estaba decidida a llegar hasta su padre y confesarle que sabía que Xavier lo manipulaba contra ella.

Como si intuyeran esa testarudez, las tías volvieron a intentarlo, hablando al unísono con voces suaves y melodiosas. Nicolas reconoció las hebras del mandato oculto en aquel tono. Las dos mujeres eran débiles, y aquel influjo no tendría consecuencias en una mente más fuerte. Sin embargo, Lara no estaba sana, y espiritualmente se hallaba abatida.

Lara, no puedes darle ninguna información a tu padre que Xavier pudiera utilizar contra él. Razvan no lo querría así. Ha sus-

tentado a Xavier todos estos largos años y ha luchado contra él porque su sangre de cazador de dragones es fuerte. Xavier sabe que pronto estará acabado y que necesitará algo que lo remplace. Si ahora, en su momento más débil, le das información que Xavier pueda utilizar para hacerte daño, pensará que ha perdido todo honor.

Lara cerró los ojos con fuerza, sin entender todo lo que le decían sus tías, pero sabía que no le podía contar a su padre que ella sabía que Xavier poseía su cuerpo o que lo obligaba a obedecer sus órdenes con una mezcla de pociones y magia.

Nicolas sintió que Lara se alejaba aún más y que la desesperanza que sentía era más intensa que nunca. Se quedó mirando a su padre con expresión triste. Él tenía unas ganas enormes de cogerla en sus brazos y estrecharla, pero no tenía un cuerpo de verdad y ella todavía no confiaba en él. Ahora entendía el por qué, así como entendía su necesidad de mantenerlo todo bajo control y sus ansias de libertad. También entendía su total repugnancia ante la idea de que alguien bebiera de su sangre.

Razvan parecía agotado. Su rostro, antaño bello, estaba devastado por el dolor y el sufrimiento. Unas arrugas profundas le surcaban la cara y las cadenas que le colgaban de piernas y brazos, bañadas en sangre de vampiro, le habían dejado unas quemaduras vivas. Se apoyaba a duras penas en una columna, y ni siquiera luchaba para alejarse de Xavier, que había sacado un pequeño frasco del bolsillo de su túnica. Nicolas sintió que Lara se tensaba y que su pequeño espíritu se encogía.

Dio un paso para situarse por delante de ella, preparado para encajar lo peor que le hubiera ocurrido a los siete años. Era evidente que Xavier llevaba a cabo experimentos con Razvan, y Nicolas supo que aquello era información relevante acerca de su compañera eterna y que también sería útil para los carpatianos. Nicolas deseó haber detenido a Dominic para que no siguiera adelante con sus planes. Si Xavier se había visto obligado a utilizar a Razvan para sus experimentos porque por sus venas corría la sangre de los cazadores de dragones, era evidente que Dominic sería un trofeo formidable. La mayoría de los experimentos se centraban en cómo controlar a los carpatianos o en encontrar una manera de mantenerlos prisioneros, pero vivos.

Es por la sangre. Era Lara que le susurraba con su voz adulta, no con la de la niña. *Él desea vuestra sangre de la misma manera que vosotros la deseáis de vuestras fuentes. Te hará prisionero y te exprimirá hasta la última gota. Para él no serías más que una fuente de alimentación.*

Él suavizó su voz hasta llenarla de ternura, buscándola con el corazón. *Lara, no deseo tu sangre. Vuelve a mí. ¿De verdad que yo soy peor que este lugar de tu pasado?*

Por un momento, creyó que había ganado esa primera batalla, pero entonces Xavier se movió y la niña volvió a aparecer, temblando como su padre. Se encogió detrás de la columna mientras Xavier se arrastraba a paso lento por el suelo de la caverna, sosteniendo el pequeño frasco entre sus dedos huesudos.

—Deberías haberme dado lo que te pedí. Darme a tu hermana fue muy poca cosa a cambio de tu vida y de la vida de tus hijos —dijo el anciano, haciendo chasquear la lengua a modo de reprimenda—. Y tantos niños. Traicionaste a tu pobre mujer muerta con tu propio cuerpo. Todas esas mujeres jóvenes y bellas tan dispuestas a yacer contigo y darte hijos para que tú pudieras chuparles la sangre.

Razvan se removió.

—Tú les chupaste hasta el último soplo de vida y me obligaste a traicionar a mi mujer. Ella sabía la verdad, sabía que utilizabas mi cuerpo. Déjame morir, viejo. Te he servido demasiado tiempo y ya no te sirvo para nada.

Lara se estremeció, como si quisiera resistirse a la verdad. La niña negó vigorosamente con la cabeza y sus rizos dorados y rojos se sacudieron de un lado a otro.

No me dejes, padre. No podría soportarlo.

Seguirá vivo por ti, Lara, respondieron las tías a la vez. *Tú eres la única razón por la que sigue adelante con su existencia.*

A Nicolas aquellas dos voces femeninas le parecían una fuente de consuelo. Sin ellas, Lara (y muy probablemente su padre) se habrían vuelto locos hacía muchos años. Las dos mujeres prisioneras mantenían viva la esperanza. ¿Cómo era posible, a pesar de que vivían prisioneras y Xavier las utilizaba como alimento desde que eran pequeñas? La sangre de los cazadores de dragones debía de ser muy poderosa en ellas.

Razvan alzó la cabeza y lanzó una mirada furtiva por la sala, buscando a la niña que seguramente era testigo del enfrentamiento entre él y su abuelo. Lara quedó paralizada y se apretó todo lo que pudo contra la columna para que no la vieran.

Xavier respiró con un largo y lento silbido.

—Creo que todavía podemos sacarte unos cuantos hijos antes de que acabe contigo. Gracias a ti, mis ejércitos ahora se pueden reconocer unos a otros, e incluso pueden ocultarse a los ojos de los estúpidos carpatianos. Y yo puedo mantener prisionero al más fuerte y alimentarme de la sangre de los inmortales más poderosos, también gracias a ti. No me daré prisa para deshacerme de un instrumento tan útil. Puede que tú no tengas la sangre pura que necesito, pero se la das a tus hijos.

Nicolas recordó que, siglos atrás, Xavier siempre había querido ser el centro de las miradas. Se creía brillante y poderoso y quería que todos los que lo rodeaban lo supieran. Le fascinaba jactarse, y Nicolas siempre había pensado que no era más que un narcisista. Xavier creía que el mundo le debía fidelidad y respeto, que tenía derecho a cualquier mujer que quisiera tener. Mucho antes de que desapareciera Rhiannon, muchas mujeres habían vivido para satisfacer todas sus necesidades y caprichos. Xavier solía contarles a los hombres relatos de sus proezas sexuales, sin darse cuenta del poco respeto que éstos le tenían por el hecho de no saber tener a sus mujeres en alta estima.

Ahora, después de haberse escondido durante siglos, Xavier ya no tenía ante quien jactarse, excepto aquellos a los que tenía prisioneros. Era evidente que disfrutaba del dolor de Razvan, y Nicolas estaba seguro de que lo odiaba porque por sus venas corría la sangre de los cazadores de dragones. Xavier era mago. Quería ser inmortal y quería que los demás lo temieran y lo admiraran, pero se creía muy superior a los carpatianos. Por su fuerza inagotable y su código de conducta, Razvan estaba demasiado cerca de los carpatianos. Había protegido a su hermana y había intentado desesperadamente proteger a sus hijos, mientras a él lo torturaban y lo usaban de conejillo de Indias. Sí, Xavier lo despreciaría, porque no había podido quebrarlo, y esa resistencia permanente habría de costarle a su nieto lo suyo.

—Podrías haber escapado cuando quedaste libre hace tantos años —señaló Xavier—, pero, como un perro que vuelve a su amo, tú volviste a mí.

Razvan sacudió la cabeza.

—Has cambiado la versión de la historia para que se adapte a tus caprichos. Recuerdo muy bien que te seguí a Estados Unidos porque pensabas raptar a una niña y traerla aquí. Al parecer, no tuviste éxito.

Xavier estalló en un arrebato de ira y le dio a Razvan con un látigo de cola fina, una y otra vez, hasta que éste ya no pudo resistir más y se quedó colgando de las cadenas.

Nicolas sintió la ira de la impotencia. No soportaba ver a Razvan tan indefenso, golpeado por un monstruo por intentar salvar a una niña. Las ganas de devolver esos golpes lo hicieron temblar, desesperado por su impotencia, odiándose por no poder salvar a Razvan. Era una emoción tan fuerte que tardó un buen rato en darse cuenta de que sentía la misma necesidad desesperada de la niña de ayudar a su padre como si fuera un sentimiento propio.

Lara salió de su escondite detrás de la columna y corrió deprisa sobre el hielo. Nicolas apenas tuvo tiempo de situarse por delante cuando ella le propinó una fuerte patada a Xavier detrás de la rodilla. El anciano se tambaleó peligrosamente y luego se derrumbó sobre el suelo de la caverna, aullando de dolor. Lara intentó quitarle las cadenas a su padre y la sangre del vampiro le quemó los dedos. Nicolas sintió el dolor que le llegaba hasta los huesos como una cuchillada, y se quedó sin aliento. Lara se giró hacia el hombre, que intentaba levantarse del suelo, se agachó y buscó en los bolsillos de su túnica, esperando encontrar la llave de las cadenas.

Xavier la golpeó con fuerza y la lanzó lejos. Nicolas sintió que la sangre de los cazadores de dragones que corría por sus venas le ayudaba a Lara en sus movimientos felinos. Era evidente que la pequeña no era consciente de cómo había aterrizado, una niña de apenas siete años, sin entrenamiento y, aún así, capaz de moverse realizando proezas físicas. Volvió a lanzarse contra el viejo.

Esta vez, Xavier la esperaba. La hizo caer y le dio con el látigo hasta dejarle estrías rojas por todo el cuerpo. Ella rodó y se protegió la cabeza mientras él seguía dándole encarnizadamente.

—¿Lo quieres ver libre? ¿Es eso lo que quieres, niña? Olerá la sangre y vendrá a olisquearte como un perro hambriento. Hace días que no se ha alimentado, y te destrozará. —El viejo la pateó y se acercó a su padre arrastrando los pies.

Razvan tiraba de las cadenas, amenazaba a Xavier y le gritaba a Lara que huyera. Nicolas no podía levantarse. El dolor de los latigazos, las quemaduras y, según sospechaba, una costilla rota, era demasiado para el pequeño cuerpo que ocupaba. Sólo podía quedarse allí, indefenso, protegiendo el espíritu de Lara, haciendo lo posible para servirle de escudo mientras Xavier le hundía una jeringa a Razvan en el cuello y le inyectaba un líquido amarillento.

Xavier dio un paso atrás para separarse de su nieto y lo observó con ojos alegres.

—Ella te quiere ver libre, Razvan, y yo le concederé su deseo.

¡Tatijana! ¡Branislava! Venid a ayudarla. Por favor, os ruego que la apartéis de mí. Bloquead su mente. Bloquead la mía. No soportaría volver a hacerle daño. Es demasiado, incluso para mí.

Nicolas oyó la plegaria en su voz y la pequeña Lara intentó incorporarse. Vio que a Razvan se le contorsionaban las facciones del rostro y que Xavier se apartaba de él con una mirada ladina y perversa. A Razvan le brillaron los ojos con un fulgor rojizo y se le alargaron los dientes.

El miedo tenía a Nicolas paralizado por dentro y por fuera. Se arrastró con Lara e intentó hacer un agujero en el hielo para escapar, pero sólo logró resbalar. Razvan alzó la cabeza y olisqueó el aire. Olió la sangre, tal como Xavier había dicho que ocurriría. Giró la cabeza lentamente hasta que su mirada quedó fija en Lara.

Ella gimió y trató de arrastrarse. Con un gruñido, él ya estaba a su lado, lamiendo las gotas de sangre que brotaban de las heridas del látigo. Ella se resistió e intentó empujarlo, pero él la cogió y le hundió los colmillos en la muñeca. Ella gritó, horrorizada.

Nicolas sintió que aquello le cortaba las carnes, le desgarraba músculos y tejidos y lo quemaba al morderle la vena. Más que una agonía física, era la agonía de la impotencia. Por mucho que luchara y por muchos golpes que lanzara, no había cómo escapar de esos dientes que le quemaban la piel y bebían su sangre.

A cada minuto que pasaba, se iba sintiendo más débil, hasta que sintió que ya no podía levantar los brazos para defenderse de una muerte inevitable. La muerte era casi bienvenida, era preferible a encontrarse tan desvalido. De pronto, el corazón le dio un vuelco, alarmado. Eso era lo que le había hecho sentir a Lara. Sin esperanza y desvalida, débil y vulnerable, en lugar de hacerla sentirse poderosa y apreciada. Era el pecado que llevaría consigo toda la vida.

Xavier apartó a Razvan de un empujón y se llevó el brazo de Lara a la boca. El dolor de sus dientes fue peor que los de Razvan. El nieto se resistió, arañó a Lara y empezó a gruñir mientras los dos hombres reñían y se disputaban el premio. Lara empezó a llorar suavemente, hasta que su cuerpo estuvo demasiado debilitado incluso para eso. Quedó respirando a duras penas, intentando hacer llegar aire a los pulmones. Xavier había controlado a Razvan por medio de la magia y lo había atrapado en un campo de energía y lo llevaba de vuelta a sus cadenas.

El viejo se giró para ver a la niña en el suelo, y su rostro se convirtió en una máscara enfurecida.

—¿Te atreves a tocarme? ¿A golpearme? Yo te alimento, te doy la vida misma. Pequeño monstruo ingrato. —Se inclinó y cogió a Lara por los pelos.

La energía chisporroteó y la luz restalló en torno a su palma abierta. De los dedos brotaron unas tijeras, agudo y maligno instrumento. Sin avisar, empezó a cortarle el cabello y los rizos sedosos cayeron al suelo de la caverna de hielo. Lara gritó y se retorció, intentando liberarse desesperadamente. Xavier la cogió firmemente y siguió cortando sin dejar de canturrear.

Horrorizado, Nicolas apartó a Lara, sabiendo que Xavier la humillaba a propósito cortándole el pelo lo más cerca posible del cuero cabelludo. Largos mechones de pelo negro empezaron a caer sobre la cabeza de Lara, hasta que las largas mechas negras y sedosas cubrieron el último rizo pelirrojo.

El pelo de los carpatianos crecía rápido, largo, espeso y exuberante, casi como la piel de un animal, y eran muy pocos los que se lo cortaban. Era una tradición sagrada en su cultura y los antiguos tenían especial aversión por una cabeza rapada. Nicolas no era ninguna excepción. A medida que caía el pelo, se sentía desfallecer.

El espíritu de Lara reaccionó. Le gustara o no, ella era su compañera eterna y sus aflicciones pesaban sobre él, así como las suyas le pesaban a ella. Lara buscó más profundamente en su mente, permitiendo que él la rescatara de sus recuerdos de infancia. Nicolas no vaciló, e interpretó su repentina capitulación como un regalo. Envolvió a su espíritu y los transportó rápidamente del pasado al presente, entendiendo perfectamente por qué sus tías y su padre le habían bloqueado ciertos recuerdos. Él los había vivido junto a ella y ahora temblaba y se sentía enfermo.

Nicolas estrechó a Lara en sus brazos y la miró a la cara, respirando por los dos, llamándola suavemente por su nombre.

—Vuelve a mí, *o jelä sielamak*. Luz de mi vida, Lara. Ven conmigo.

Ella lo miró parpadeando, con los ojos bañados en lágrimas y el agotamiento pintado en la cara. Le temblaba la boca y no podía ni siquiera levantar los dedos para cogerse de él. Alzó la mano y miró, horrorizada, la sangre que la manchaba.

Capítulo 9

Nicolas miró a Lara a los ojos, que se habían vuelto opacos y vidriosos. Ojos que no veían. Había obligado a su espíritu a volver hacia la superficie, y la seguía envolviendo y protegiendo. Se negaba a dejarla ir, pero ella aún no se había comprometido con la vida. Se negaba a comprometerse con él.

No te lo puedo reprochar, Lara, pero te ruego que me des una segunda oportunidad. Vuelve a mí.

Ella se estremeció. Primero fue su espíritu y, luego, su cuerpo físico. Ella lo veía como un enemigo, como el hombre que la encerraría y se alimentaría de su sangre. Que reclamaría y necesitaría su sangre y se saciaría con ella. Aquel pensamiento penetró en la mente de Nicolas y, aunque estaban mentalmente conectados y él insistía en mostrarse con toda honestidad, no pudo negarlo. Era verdad que él ansiaría tomar su sangre. Ella era su compañera eterna y parte de su unión (y una parte muy importante cuando hicieran el amor) era el intercambio de sangre. Era una confirmación del amor y el compromiso mutuo, no sólo del corazón, la mente y el alma sino de la vida física.

Apoyó la cabeza en la frente de Lara.

Encontraremos una manera de satisfacer nuestras necesidades. Sólo tenemos que comprometernos con esa decisión.

Él siempre había sido un hombre seguro de cada uno de sus

movimientos, seguro de lo que debía hacer bajo cualquier circunstancia. Sin embargo, ahora se encontraba de pronto en una situación incierta, sin saber qué decir ni cómo responder. Jamás en su vida, ni siquiera de niño, se había sentido tan desvalido o vulnerable. Por eso, había sido incapaz de entender a Lara ni de darse cuenta del trauma que había vivido.

Podía estrecharla como hacía en ese momento, mecerla una y otra vez, sintiéndose perdido. *No tengo palabras para enmendar lo que he hecho.*

Ella estaba quieta, demasiado quieta, y él estaba al borde de la desesperación.

Mi vida era tan diferente de la tuya. Tenía unos padres que me querían, y cuatro hermanos que siempre me protegían. Siempre he sido muy fuerte en cuerpo y alma. Mis habilidades eran superiores a las de muchos otros y creo que desde muy tierna edad cultivé una arrogancia poco conveniente. Siempre conseguía lo que quería, fuera lo que fuera.

Nicolas le rozó los párpados con los labios y los sintió aletear, un movimiento como un susurro, muy parecido al suave aleteo de una mariposa. ¿Acaso lo oía? ¿Tendría alguna posibilidad de traerla de vuelta? ¿O quedaría eternamente atrapada en un mundo intermedio dónde él no podría alcanzarla?

Yo estaba contigo esta vez, Lara. He aprendido lo que significa estar solo e indefenso, sentirse pequeño y lleno de desesperanza.

Siguió un breve silencio. Nicolas se dio cuenta de que aguantaba la respiración. Ella era consciente de su presencia, y estaba cerca, tan cerca que su primer impulso fue cogerla y arrastrarla el resto del camino hacia el mundo de los vivos, pero se resistió a esa parte dominante de su naturaleza y esperó con la paciencia de un cazador.

Algo se agitó levemente en su pensamiento.

Yo no quería eso para ti. Lara hizo aletear las pestañas y luego abrió los ojos. Había en ellos una mezcla de dolor y miedo. Paseó la mirada por su cara y su pelo. De pronto, se sacudió como si la hubieran golpeado.

Nicolas se miró a sí mismo. Tenía todo el cuerpo cubierto de sangre de las heridas del látigo y le dolían las costillas a causa de las patadas. Tenía heridas en las muñecas y pinchazos y laceraciones por todas partes. Sin soltarla, se pasó una mano temblorosa por la cabeza. Su cabellera había desaparecido, y sólo quedaban unas manchas de pelo.

Sintió que el corazón le daba un vuelco, y dejó escapar un suspiro.

—Lara, *fél ku kuuluaak sívam belsö*. Amada mía, debes volver plenamente a este mundo.

Ella siguió paseando la mirada por su rostro, con los ojos verdiazules bañados en lágrimas, derritiendo ese punto pétreo y frío en lo más profundo de él, algo que nunca había conseguido expresar cabalmente.

No soy amada.

Él le cogió la mano y la besó en los nudillos.

—Me has devuelto mi alma, *päläfertiilm*, y ahora me has sanado el corazón —dijo, y se llevó la mano de ella al pecho—. Mi corazón vuelve a latir, y late por ti.

Nicolas conservaba las marcas recientes de los latigazos, que ya empezaban a desdibujarse, pero tenía que ver con sus propios ojos las cicatrices que Lara guardaba de aquellos años de infancia. Lara no era totalmente carpatiana y Nicolas dudaba que sus heridas hubieran sanado como las suyas. Ella había sufrido años y años de abusos. ¿Cómo era posible que él no hubiera reparado en ello antes?

Nicolas le giró el brazo para examinarle la muñeca. Era como una multitud de cicatrices sobrepuestas. Los cortes, pinchazos y estrías de las heridas formaban un brazalete. Las lágrimas que ahora lloraba se debían a su intento de escapar a la oscuridad que había en él rasgándose las muñecas con sus propios dientes, y sintió un nudo en el estómago al verlas. Aquel tejido que cicatrizaba después de los continuos abusos durante la infancia le habían salvado la vida, pero, así como un lobo era capaz de arrancarse la pata para salvarse de una trampa, ella se había mostrado más que dispuesta a hacer lo mismo.

Aquellas marcas lo avergonzaban más que cualquier otra cosa. Sólo había vivido breves episodios de su vida y había salido de la experiencia sacudido y asqueado. Ella lo había soportado durante años. Nicolas le cogió la mano y le besó la muñeca. Ella se sacudió entera y gimió levemente. Cerró los ojos y las lágrimas le bañaron las mejillas.

Confía en mí, o jëlä sielamak. Luz de mi alma.

—Confía en mí, Lara —dijo, con una voz apenas audible, cautivadora, pero no hipnótica. Sopló con su aliento tibio la accidentada franja de cicatrices y le besó la muñeca. Le pasó la lengua, le acarició la piel dura, rozándole con los labios con un movimiento calmante. Le susurró un cántico curativo que sonó rítmico y bello a los oídos de Lara. Eran palabras antiguas dichas con una voz melodiosa.

Ella dejó de resistirse, pero él la sintió muy rígida, como si esperara la traición de un momento a otro. Nicolas la contempló y su corazón lloró por ella, por aquella niña pequeña obligada a sentirse tan indefensa, y por la mujer adulta cuyo compañero eterno le había hecho sentirse exactamente de la misma manera.

Le cogió el otro brazo y realizó el mismo ritual, un cálido baño de su piel con la sustancia curativa de su saliva, sin dejar de mirarla a los ojos, atento a cualquier señal de que Lara se alejaba. No había movimiento alguno, nada que delatara una cosa o la otra. Lara se quedó totalmente inmóvil, demasiado asustada para siquiera abrir los ojos y mirarlo, como un animal salvaje que ha caído en una trampa.

—No te haré daño —le aseguró él, sin alzar la voz, decidido a traerla de vuelta a la superficie. Ella rondaba en alguna parte, preparada para volver al horror de la infancia antes que entregarse al cautiverio siendo una mujer adulta—. Quédate conmigo, Lara. Déjame mostrarte cómo un macho carpatiano puede adorar a su mujer.

Nicolas le apartó la larga y lustrosa cabellera para examinarle las marcas en el cuello. Las suyas estaban ahí, dos diminutos orificios y un pequeña mancha. Acercó la boca y le pasó la lengua para sanar completamente aquella señal de su posesión. Antes le había parecido importante que el mundo supiera que Lara le pertenecía, y ahora le parecía más importante que quedara libre de cualquier reminiscencia de la infancia. Ella se estremeció, a pesar de su rigidez, pero su espíritu seguía planeando por encima de ellos, esperando.

No te alarmes, Lara. Tengo que examinarte la espalda. Prefería usar esa forma de comunicación más íntima, de una mente a otra, para que ella entendiera claramente sus propósitos. *Tengo que examinarte la espalda y las piernas.*

El impulso de ver con sus propios ojos era una necesidad, se había convertido en una obsesión horrible a la que no se podía resistir. Su propio cuerpo estaba cubierto de estrías blancas y delgadas, que ya sanaban, y eso significaba que ella conservaba cicatrices por todo el cuerpo, recordatorios eternos de haberse encontrado desvalida y haber sido humillada. Él la hizo girarse suavemente en las mantas que había urdido para ella. Su piel brillante quedó expuesta bajo la luz parpadeante de la vela. Lara estaba tan tensa que temblaba, pero, una vez más, permaneció quieta bajo la caricia de sus delicadas manos.

Tenía la espalda surcada por depresiones y rayas blanquecinas que bajaban por las nalgas y seguían por las piernas. La mayoría eran poco profundas, pero en otras se habían formado cicatrices. Nicolas sabía, por el ardor que sentía en la espalda y las piernas, que él tenía las mismas marcas, aunque dentro de una hora habrían desaparecido de su cuerpo como si jamás hubiesen existido.

Tuvo que cerrar los ojos un momento, porque le quemaban. Se despreció a sí mismo por no haberlo sabido antes, por no haberse tomado el tiempo para ver hasta el último trozo de piel de su compañera eterna, conocer cada episodio de su pasado para asegurar la felicidad del futuro. Había jurado adorarla, colocar su felicidad por encima de todo, y aunque no hubiera existido el vínculo de los compañeros eternos, el honor lo habría obligado a mantener la misma actitud. Pero se había consumido en su propia importancia, en sus propios deseos y en la idea de que él siempre tenía razón y que los demás le debían obediencia.

Se inclinó y acercó los labios a una profunda cicatriz. *Perdóname päläfertiilm. No te puedo ofrecer excusa alguna, ni pretendo hacerlo. Sólo con mis actos, y no con palabras, podré reparar el daño que te he hecho.*

Pasó la lengua por las marcas de los latigazos y luego siguió con cada uno de los cortes más profundos. En su mente, fundido profundamente con ella, entonó el cántico curativo de su pueblo, con sus palabras cargadas de energía. Mientras cantaba, hizo un gesto con la mano y la sala se llenó de la esencia suave y saludable de las velas aromáticas. En la piscina de aguas minerales flotaban unos manojos de hierbas que liberaban una fragancia que se sumaba a aquel ambiente terapéutico.

Nicolas se pasó una mano por el pelo, se palpó los tijeretazos irregulares, con una sensación revulsiva en el estómago, una protesta por aquel ultraje. Se liberó de aquella sensación desagradable de ira e impotencia, se inclinó sobre la espalda de Lara y dio comienzo a la ardua tarea de seguir con la lengua el curso de cada cicatriz y cada latigazo. Dudaba que las marcas desaparecieran, después de haber pasado tanto tiempo, pero se irían borrando hasta que al final sería difícil distinguirlas. Era lo que él deseaba para ella.

No era tan iluso como para pensar que, habiendo hecho desaparecer las marcas del maltrato físico, desaparecería el trauma de sus recuerdos. Los dos vivirían con el daño que le habían infligido, pero... *no cometeré errores.* Su voz se tiñó de un ligero tono de humor. *En todo caso, no los mismos errores.*

Lara ahogó un sollozo y tembló de pies a cabeza.

Lara. Murmuró su nombre como una leve súplica. *No me temas. Sé que me he equivocado.*

Tú, no. Yo me había equivocado. Mis tías siempre me decían que donde hay vida hay esperanza. Fue un acto cobarde de mi parte retroceder. No pensé en lo que tú harías ni en lo que te ocurriría. Sinceramente, no sabía que fueras a seguirme para intentar traerme de vuelta. Lara volvió a sacudirse con un sollozo.

Él le besó dos pequeñas marcas blanquecinas y con la lengua siguió las estrías de los latigazos para borrárselas.

Si no lo hubieras hecho, yo jamás habría sabido cómo era sentirse tan desvalido. Habría dicho que entendía, pero ¿cómo podía entender de verdad? Puede que me mostrara compasivo y sintiera simpatía, pero nunca entendería verdaderamente. No, päläfertiilm, tenía que ser de esta manera para que pudiera convertirme en un fiel compañero eterno de mi otra mitad.

Lara quería creer esas palabras dichas con una voz grave y cautivadora, pero no había recobrado todo su coraje. Le aterraba pensar en una vida futura junto a ese hombre. En ese momento, le recorría todo el cuerpo con sus manos y su boca, despertándola a un dolor físico parecido a una tortura, a pesar de que estaba tan asustada que no sabía cómo reaccionar ni a quien recurrir. Nicolas ejercía un poder sobre ella, quisiéralo o no. Daba la impresión de que había entendido, porque sus palabras eran una promesa seductora y sus manos y su boca una mezcla hipnótica de seducción y agradable calidez.

Permaneció boca abajo, con los ojos cerrados, absorta en la sensación que despertaban las manos de él moviéndose sobre su cuerpo. Era una experiencia muy sensual sentir que la lamía aquí y allá con lentas y largas caricias que la hacían estremecerse. No era la intención de Nicolas acariciarla sensualmente, era su manera natural de tocar, con el roce íntimo de su lengua. O quizá fuera la atracción entre los compañeros eternos. Sabía que tampoco era su intención excitarla porque estaba firmemente anclada en su pensamiento, y adivinaba su intención de sanarla, de borrar las huellas de los abusos.

Nicolas siguió la curva de sus caderas, bajó por las nalgas, apenas con la punta de los dedos, mientras seguía las delgadas rayas blancas. Sintió su pelo, porque había desaparecido la imagen de la cabeza rapada, y la larga melena era como el roce de la seda sobre su piel desnuda. Ella tensó la entrepierna y movió, inquieta, las caderas.

Él parecía totalmente concentrado en ella, en su cuerpo y su piel. Sus manos siguieron por el lado de los pechos, las costillas, el contorno de las caderas, y se deslizaron suavemente por las nalgas y siguieron hacia los muslos. Era una exploración pausada y delicada, y seguía lamiéndole las cicatrices con la lengua. Lara sintió el roce de sus labios dejando un reguero de besos al bajar por su columna, hasta llegar al nacimiento de la espalda. Ahora vibraba al sentir ese contacto, como si hasta la última terminación nerviosa estuviera pendiente de él.

De pronto emitió un ruido gutural, una mezcla de gemido y un lento silbido de deseo. Se apretó contra la almohada con las lágrimas ardiéndole en los ojos. ¿Cómo era posible que lo deseara de esa manera cuando él la había despojado de su dignidad y su independencia, recuperadas a tan alto precio después de una infancia plagada de abusos? Sin embargo, su cuerpo ardía por él. Cada roce de su mano y de su lengua, incluso de su pelo, despertaban en su piel unas flamas que bailaban sobre su cuerpo y aumentaban el deseo que empezaba a aflorar en ella.

Casi he terminado, o jelä sielamak. Luz de mi alma, no te muevas. Porque si se movía, él se inflamaría. Había empezado aquella operación pensando sólo en sanarla de las heridas, pero ahora tenía la entrepierna llena y doliente, apretada con fuerza contra el muslo de Lara mientras seguía.

Nicolas intentó que las sensaciones ante su piel de terciopelo y las curvas de su cuerpo no le afectaran, pero era imposible. Lara temblaba, movía las piernas sin cesar y él olió la llamada de la pareja. Pero entonces ella apenas sollozó, un sollozo ahogado y reprimido. Él permaneció íntimamente unido a ella, consciente de su aflicción.

Está bien desear a tu compañero eterno, Lara. Disfruta de la sensación, no temas. El solo hecho de que nos deseemos mutuamente no significa que tengamos que responder a ese deseo. Estás a salvo conmigo. Sólo quiero sanarte, no aumentar tus temores.

Siguió un breve silencio, y él aguantó la respiración, esperando su respuesta.

No estoy preparada. Lo dijo con una mezcla de culpa y arrepentimiento.

¿Cómo ibas a estarlo? Tienes que confiar antes de entregarte a mí. No hay por qué sentir malestar porque te deseo. Eres mi compañera eterna. Con la lengua, le rozó la parte posterior del muslo, un movimiento lento e íntimo hasta tocar una depresión blanquecina. *Se supone que yo te deseo a ti de la misma manera que tú me deseas a mí.*

Lara frotó la cara contra la almohada, sintiendo la excitación en los muslos. *Supongo que eso es lo único de lo que no debemos preocuparnos.* Cada caricia de su lengua aumentaba su deseo, aunque ahora estaba confundida, desgarrada por el miedo, temerosa de entregarse a él. Sin embargo, su cuerpo la traicionaba, húmedo, sollozando de deseo, con los pechos más sensibles y su hendidura femenina inflamada y deseosa.

Él se tomó su tiempo en la parte posterior de las pantorrillas, sin darse prisa, a pesar de que su propio deseo aumentaba cada vez que las pieles se rozaban.

No se trata de sexo, Lara. Se trata de sanar. Cuando haga el amor contigo, no habrá duda de lo que estoy haciendo. Pero tú no estarás confundida y temerosa, y vendrás a mí por tu propia voluntad o no vendrás.

Ése era el problema. Ella estaba dispuesta, al menos su cuerpo lo estaba, y aquello lo vivía como una traición de sí misma. Había permitido que Nicolas la trajera de vuelta y, en el fondo, eso significaba que decidía volver a unir su vida a la de él. Pero, al parecer, él todavía tenía todo el poder.

—El verdadero poder está en ti —objetó Nicolas, que había captado fácilmente sus reparos. Se incorporó y se sentó. Con un gesto, la cubrió con una tela suave para que no se sintiera tan expuesta y vulnerable. La volvió a coger en sus brazos y la estrechó—. Una mujer es el tesoro más grande que puede tener un hombre. —Nicolas la sintió temblar y ella alzó la mirada hacia él a través de sus gruesas pestañas—. En realidad, estás demasiado débil para llevarte a la posada, pero si te hace sentir mejor, puedo hacerlo. Sin embargo, temo que si nos atacan, allí seremos mucho más vulnerables.

Nicolas necesitaba sangre. Y ella también. Lara estaba tan débil que él calculaba que no pasarían más de unas horas antes de que se viera obligado a llevar a cabo otro intercambio. No sabía demasiado bien cómo abordar el tema.

—No me da miedo estar aquí.

Nicolas sabía que aquello no era el problema. Había captado su deseo (que Lara había reprimido enseguida) de encontrarse a cielo abierto donde pudiera sentirse libre. No quería moverla, al menos hasta que hubiera recuperado suficientes fuerzas.

Nicolas se acomodó de espaldas a la cabecera, con Lara en los brazos. Dejó descansar el mentón sobre su sedosa cabellera y la sostuvo cerca de su pecho. Ella tenía la oreja contra su pecho, justo donde estaba el corazón, latiendo con su ritmo regular para que ella se sintiera segura. Lara deseaba estar al aire libre. Una ligera sonrisa le torció los labios y concentró su atención en el enorme techo de la caverna.

De pronto, la luz parpadeante de las velas se apagó y quedaron sumidos en una oscuridad total. Enseguida tuvieron la sensación de que el espacio en la sala crecía y se expandía, y en la oscuridad aparecieron miles de estrellas. Lara se quedó boquiabierta y alzó la mirada hacia las relucientes constelaciones desplegadas en la bóveda del techo. El cielo se tiñó de un color oscuro, en perfecto contraste con las estrellas titilantes. Una brisa suave penetró en la caverna, trayendo consigo el aroma de flores silvestres y de hierba recién segada. Lara parpadeó y observó que las estalagmitas, enormes columnas de minerales depositados por el hilo de agua que goteaba desde hacía siglos, se habían convertido en gruesos troncos de árboles cuyas ramas se extendían por el suelo entrelazándose hasta formar un bosque. La brisa mecía el follaje y producía un ligero susurro.

Ella se reclinó y miró hacia lo alto, embelesada.

—Es muy bello.

Nicolas no podía apartar la mirada de la expresión de rapto en sus ojos. Por primera vez, desde que la conocía, había hecho algo bien.

—¿Ves esa constelación, allá en lo alto? —le preguntó, señalando hacia un cúmulo de estrellas—. Observa.

Al principio, las estrellas permanecieron quietas en el cielo, y a Lara le costaba entender cuál era esa constelación que señalaba, pero de pronto se dibujó una línea, dos dragones gemelos que lentamente cobraron forma a medida que las estrellas se volvían más luminosas y delineaban las figuras, con su larga cola y su cabeza. Uno de los dragones se estiró y levantó una pata con un movimiento elegante. El segundo dragón echó la cabeza hacia atrás y exhaló una densa corriente de vaho blanco. Mientras observaba, los gases empezaron a girar, condensándose como atraídos por la gravedad, hasta formar un tubo largo y opaco.

El dragón agitó las alas y las estrellas incandescentes moldearon su perfil. Su gemelo se alzó sobre las patas traseras y abanicó el firmamento, lanzando estrellas en todas direcciones.

En la cara de Lara asomó una sonrisa tímida, al tiempo que se recostaba contra el pecho de Nicolas. Ya había quedado exhausta, y era incapaz de permanecer sentada de lo débil que estaba. Él le acomodó la cabeza en las almohadas y se tendió a su lado, apoyándose en un codo, sin dejar de proyectar aquel cielo y la ilusión de que se encontraban fuera de la caverna.

Los cristales en la habitación comenzaron a vibrar, y las hojas bailaron y de los árboles se desprendió un murmullo. Las flores cubrieron el suelo por todas partes, dibujando un camino que iba desde la cama, pasando por la arcada, hasta la piscina de aguas minerales. El arco entre los dos espacios se cubrió de enredaderas que se entrelazaban unas con otras y trepaban por las paredes.

Lara mantenía la mirada fija en las estrellas. Los dragones brincaban en el cielo, jugando despreocupadamente, y sus gracias la hicieron reír.

—Inténtalo tú —dijo él.

—Yo no puedo hacer eso —afirmó ella, negando con un gesto de la cabeza.

—Desde luego que puedes. —Nicolas le cogió la mano y entrelazó los dedos. Señaló hacia un grupo de estrellas justo por encima de las cabezas de los dragones—. Elige una constelación que te recuerde algún animal.

Ella tragó con dificultad, y Nicolas la sintió vibrar con la tensión. Lara trazó mentalmente el dragón que había dibujado en la pared de hielo. Aquella criatura había cobrado vida y la había atacado despiadadamente. La solución al problema entre ellos quizá fuera sencilla en teoría, pero exigiría tiempo y paciencia. Él debía conseguir que ella sintiera el poder que corría por sus venas y en su mente. Ella pertenecía a la legendaria estirpe de los cazadores de dragones, una de las más veneradas. En su mente se había vaciado un acervo de conocimientos, no sólo de las costumbres y habilidades de los carpatianos sino, también, de los magos. Su potencial era enorme, y él tenía que enseñárselo.

Pero quizá quiera dejarme. Fue un pensamiento inesperado, y Nicolas sintió que la oscuridad en él se despertaba para morder el anzuelo, a tal extremo que sus dientes ya se alargaban. Ahora que también intervenían sus emociones, era más peligroso que nunca. Se resistió a esa necesidad de dominar y se inclinó más cerca de ella. Acercó los labios a su oreja hasta rozarle apenas el lóbulo aterciopelado.

—Tienes todas las habilidades, las de tus tías, de tu padre y las mías, en tu cabeza. Sólo tienes que encontrar la información correcta y utilizarla. Tu mente se ha fundido en una sola con la mía. Si sigues los mismos pasos que yo, tendrás absoluto control de la ilusión. No hay nada más que eso.

Lara se estremeció, y en sus ojos asomó un matiz verde. Su pelo se tiñó de rojo vivo.

—Pero parece tan real. Si lo tocara, creo que palparía las escamas.

—Desde luego. Si no, no lo habría hecho bien.

Lara alzó una mano hacia el cielo. Las estrellas parecían muy reales, como el resto del paisaje que los rodeaba, con su bosque, su prado y sus flores. Volvió a lanzar una mirada furtiva y nerviosa a Nicolas, y él volvió a pensar en un animal feroz que ha sido acorralado y teme por su vida. Lara estaba preparada para defenderse, si era necesario y Nicolas percibió algo en su mente que ya se aprestaba a un enfrentamiento.

—Inténtalo con ese grupo de estrellas de la izquierda. A mi par de dragones les gustaría tener un pequeño con quien jugar.

—En una ocasión, perdí el control de la criatura que había dibujado —reconoció ella, con voz queda.

Él sintió las mordeduras en brazos y piernas, como si esos colmillos afilados volvieran a abrirle las carnes. Le cogió el brazo y le besó las pequeñas cicatrices desdibujadas.

—Esta vez no perderás el control, y si eso ocurriera, yo estoy aquí para ayudarte.

Ella se lo quedó mirando un buen rato y luego centró su atención en un grupo de brillantes estrellas que, en su imaginación, conformaban un perro. Se concentró, dibujando con su imaginación, escogiendo las estrellas para dibujar el perfil de un joven dragón. Más delgado, pequeño y compacto, pero con las alas extendidas y una larga cola acabada en punta. Prestó mucho más atención a los detalles que Nicolas, y eso lo fascinó. Lara había vivido su infancia con sus tías prisioneras en el cuerpo de un dragón, y era evidente que los había estudiado en detalle.

Su dragón tenía una hilera de afilados dientes, pero su mirada era amable. Tenía la boca ligeramente abierta, dejando que una densa corriente de vaho se derramara sobre el firmamento oscuro, dejando un reguero de nuevas estrellas. Movió la cabeza y sacudió la cola. Lara sonrió, pero seguía tensa.

—Tu dragón es asombroso, tiene muchos más detalles que los míos —reconoció Nicolas.

El más pequeño de los dos dragones agitó las alas e inclinó la cabeza en forma de cuña hacia la criatura de Lara. Las dos criaturas se tocaron los morros y el más pequeño trastabilló y cayó hacia atrás. La risa apagada de Lara llenó la habitación. Y le llenó el corazón a Nicolas. Se le tensaron los músculos del vientre y su miembro se hinchó, pletórico de sangre caliente, se endureció en un arranque de emoción.

—Necesitamos algo más —dijo Nicolas—. Veamos qué puedo hacer.

Eligió una constelación más alargada y utilizó las estrellas para dibujar el perfil de una mujer vestida con leotardos y una falda.

—Me estás dibujando a mí —dijo Lara—. No olvides el pelo.

Él frotó el mentón contra su hombro y tiñó su tono y su pensamiento con un toque de humor.

—Un poco de paciencia.

Ella lo miró con una sonrisa tímida pero, al fin y al cabo, era una sonrisa. Nicolas dibujó a propósito un pelo hirsuto, dejando un lado más corto que el otro.

Lara le dio un codazo y rió con ganas.

—Tú no tienes pasta de artista.

—Lo mío es la música —dijo él—. Tú haz el pelo.

Ella cogió varias estrellas brillantes y las conectó como finos mechones de pelo que soplaban en el viento junto a su cara en forma de corazón.

Él le cogió el mentón y le movió la cabeza de un lado a otro, como estudiando los huesos de su cara.

—No tienes un mentón tan pronunciado.

—Puede que no, pero esa estrella está ahí, perfectamente alineada.

Él hizo un gesto con la mano que creó una segunda estrella paralela a la primera.

—Eso es hacer trampas.

Él la besó en la cabeza.

—Pero se te parece mucho más. Tienes esa hendidura diminuta, justo ahí —dijo, y le rozó el mentón con la yema del pulgar—... que me fascina. —Se inclinó para rozarle la comisura de los labios y el mentón.

Lara sintió que el corazón le daba un bandazo en el pecho, pero él sólo se estiró perezosamente y dejó la cama para mirar el bosque. Alzó una mano y empezó la música. Primero, el sordo latido de un tambor, seguido de las prístinas notas de una guitarra, un piano y varios instrumentos de viento.

Lara cerró los ojos y se dejó llevar por la melodía. Era una pieza muy bella y, sin duda, original. Había algo más en Nicolas que el cazador agresivo que había visto al principio. El agua que brotaba de la pared rocosa y se derramaba en la piscina era un acompañamiento a la melodía relajante del bosque y la música. Sintió que Nicolas se tendía a su lado.

—Tengo que ausentarme un rato, Lara —avisó—. Tengo que alimentarme —dijo, y le acarició el pelo—. No haría algo así, sabiendo que podría molestarte, pero estás muy débil y tengo que conseguir que te repongas totalmente.

Ella se humedeció los labios, se concentró en fragmentos de la melodía, pero con el pulso acelerado por lo que acababa de oír. Sabía que Nicolas decía la verdad porque a duras penas conseguía levantar un brazo. Si se proponía encontrar los cuerpos de sus tías, o al menos encontrar una respuesta acerca de su paradero, tenía que recuperar fuerzas. Y ahora, además, estaba el enigma de su padre. La niña no se había percatado de la verdad de su horrible existencia, pero la mujer sí lo sabía. Tenía que encontrar el mismo tipo de respuestas respecto a su suerte. Si existía alguna posibilidad de que estuviera vivo, ella tenía que encontrarlo y liberarlo.

—¿Lara? —Nicolas se le acercó y le acarició el cabello—. ¿Entiendes lo que te digo?

Ella se obligó a abrir los ojos y a mirarlo. Ahora o nunca, era el momento de saber si de verdad había cambiado. Se incorporó hasta quedar sentada. Él estuvo enseguida a su lado y, con sus brazos fuertes, le ayudó a sentarse y le acomodó unas almohadas hasta que vio que estaba cómoda.

Lara se obligó a decirlo en voz alta, sin apartar la mirada de él.

—Quieres darme sangre.

Él no desvió la mirada y siguió firmemente conectado con ella.

—Necesito darte sangre —corrigió, para que Lara viera la verdad, que sintiera el hambre que tenía de ella, de saborearla, por la emoción de sentirla cerca de él, percibiendo el fuerte vínculo de los compañeros eternos. Más que sus ansias personales de intercambiar sangre con ella, había una necesidad aún más intensa de restablecer su salud.

Ella se humedeció los labios.

—Tengo que volver a la caverna de hielo —farfulló—. Es el motivo por el que vine, para empezar. Yo tengo que volver. Tú, no. Los demás carpatianos tampoco. Yo sí. Mis tías me mantuvieron con vida, no, hicieron algo más que eso. Me mantuvieron cuerda, y sospecho que hicieron lo mismo con mi padre todo el tiempo que pudieron. Se lo debo, y tengo que encontrarlas. Vivas o muertas, aunque descubra lo peor, no importa, tengo que hacerlo.

Siguió mentalmente conectada con él, percibiendo sus reacciones, decidida a no inhibirse del demonio dominante y muy poderoso que quiso erguirse para protestar, como impulsado por una fuerza oscura de la naturaleza. Era su maldición, había dicho. Ahora lo veía todo muy claro. Nicolas nunca sería otra cosa que lo que era: una fuerza poderosa que confiaba en sus propias decisiones. Siempre pensaría primero en protegerla a ella, en mantenerla a salvo, pero también se esforzaba por darle sensación de confianza. La veía como su igual, pero una igual que debía ser cuidada y gobernada. Nicolas estaba decidido a ir más allá. Ella se daba cuenta de su lucha para mitigar esa primera reacción. La protesta en él afloraba con fuerza, incluso con violencia.

—Por lo visto, no me lo piensas poner fácil, ¿no? —preguntó, con un ligero suspiro.

—Tengo que ir a la caverna. Espero que lo puedas entender.

—Eso te lo puedo asegurar. Lo entiendo. La verdad es que *yo* tengo que volver a la caverna. Estuve ahí contigo y compartí los horrores durante un tiempo breve, y sus voces te ayudaron no sólo a ti sino también a mí. Eres mi compañera eterna, un regalo de los dioses, y ellas te mantuvieron viva y a salvo para mí. Entiendo tu necesidad de averiguar la suerte que corrieron. Si están muertas, recuperaré sus cuerpos y las traeré a casa. Si por algún milagro todavía están vivas, y encuentro pruebas, no pararé hasta encontrarlas.

Por primera vez, ella lo buscó, le cogió las dos manos sin dejar de mirarlo a los ojos.

—Yo tengo que ir, Nicolas —dijo, y repitió la frase pronunciando cada palabra enfáticamente, atenta a cómo él se lo tomaba y a su reacción instintiva.

Nicolas parecía tan increíblemente guapo y peligroso, con aquellos ojos oscuros y brillantes, con su rostro de rasgos sensuales y provocadores. El pelo ya le había vuelto a crecer y se lo había recogido y atado con una tira de cuero. Por un momento, Lara se preguntó si Nicolas no le habría rozado deliberadamente la piel desnuda con su cabello. La sola idea la hizo sonrojarse.

—Lee mis pensamientos, si tienes que hacerlo. Verás por qué es tan importante para mí. El sólo hecho de ser mujer no significa que no tengo los mismos impulsos que tú de proteger a mis seres amados. Mis tías fueron el único verdadero apoyo que tuve de pequeña. No tenía ningún recuerdo de mi padre hasta que visité la caverna de hielo.

—*Köd alte hän.* Que la oscuridad la maldiga —masculló Nicolas, entre dientes. El problema era que él sí entendía. ¿Cómo entender? Pero no quería entenderlo, porque la mera idea de ver a Lara en el interior de la caverna lo desquiciaba. Era demasiado peligroso. ¿Y qué tipo de compañero eterno sería él si no la protegiera? Toda su vida se había quejado de la facilidad con que los hombres se dejaban dominar por las mujeres, que los manejaban con el dedo meñique... *O jelä peje terád.* Que el sol la queme. Pensaba convocar el consejo de guerreros y pedirle a Mikhail que prohibiera a las mujeres dedicarse a la caza del vampiro. Si permitía que esos ojos verdiazules lo hicieran errar la senda que tenía por correcta...

—No me hagas esto, Lara —pidió, con un gruñido de voz.

—Sé que te costará. Si algo he aprendido de ti mientras estábamos conectados mentalmente, es que esto significa pedirte algo muy importante: que renuncies a tu necesidad de mantenerme siempre a salvo. Pero aún así debo pedírtelo. A cambio... —dijo, y se humedeció los labios repentinamente resecos. Tembló de arriba abajo y levantó el mentón—. No espero que seas el único que haga sacrificios... A cambio, intentaré aceptar tu necesidad de mi sangre.

La oferta ya estaba sobre la mesa. El compañero eterno aulló de pura felicidad. El demonio se despertó, hambriento, insaciable, golpeándolo con un deseo feroz y posesivo. La sangre le latió con fuerza en las venas y las pulsaciones llegaron hasta su entrepierna. Si ella lo decía y él aceptaba, ella no debería... no podría incumplir la palabra dada.

El demonio, el cazador arrogante y dominante se regocijaba. El compañero eterno dio un paso atrás y evaluó la situación. Lara estaba pálida, temblaba y se retorcía las manos. El precio era demasiado alto para los dos, pero por fin él podía retribuirle con algo.

Respiró hondo y dejó escapar lentamente el aire. Le cogió la cara con las dos manos y sacudió la cabeza.

—Así, no. No quiero un trato entre los dos cuando a ti te provoca repulsión y te atemoriza sólo pensar en ello. Cuando tome tu sangre, Lara, será una expresión de amor, un ritual entre hombre y mujer tan viejo como el tiempo. Si no consigo que te sientas lo bastante cómoda para confiar en mí y aceptar el vínculo voluntariamente, entonces no te merezco como compañera eterna. —Enseguida alzó una mano para impedir que ella contestara—. Eso no quiere decir que no insistiré en que aceptes mi sangre y, si es necesario un intercambio, te lo diré. Tendrás la opción de que yo te controle durante esos momentos para que no tengas miedo.

Lara cerró la mano alrededor de su muñeca.

—¿Y qué pasará si yo no puedo hacerlo?

—Tendré que ayudarte.

—¿Y la caverna?

Aquél era su regalo para ella, lo único que podía darle. Todo lo que había en él se rebeló, y unos nudos duros se le retorcieron en el estómago.

—Te llevaré.

Siguió un breve silencio mientras ella lo miraba a los ojos, buscando la verdad. Él la sintió moverse en su mente. La música seguía, la brisa soplaba entre los árboles y los dragones de estrellas bailaban en el cielo.

—¿Lo dices en serio?

—Soy tu compañero eterno. Busca tu respuesta en mi mente.

Ella inclinó la cabeza a un lado, y no le quitó los ojos de encima. Así como él había vivido una parte de su infancia y había por fin entendido cómo era sentirse indefenso, vulnerable y humillado, ella se había fundido con él y empezaba a entender que él había vivido siglos protegiendo a todos a su alrededor porque era algo inherente a su persona. Y permitir que ella se expusiera al peligro era una concesión enorme, peor aún, iba en contra de todas sus creencias y de todo lo que él representaba.

—Eres un hombre asombroso, Nicolas.

—No me llames asombroso hasta que te haya sacado de esa caverna de una sola pieza. Planificaremos minuciosamente todas las posibles emergencias. Y tú harás lo que yo te diga. Llevo mucho tiempo cazando a nuestros enemigos y, aunque tú conozcas las cavernas y hayas visto lo inhóspitas que son, nunca has luchado contra ellos.

Ella asintió con un gesto de la cabeza.

—No tengo otra intención que ésa —le aseguró. Se dejó ir contra las almohadas, demasiado cansada para permanecer sentada—. Hazlo ahora, mientras escuchamos la música y yo puedo mirar las estrellas. Si no lo haces, me desmayaré.

Nicolas casi había esperado que perdiera el sentido, o que al menos volviera a ese estado de ensoñación. No quería que ella tuviera miedo de él, no ahora que había conseguido un pequeño progreso. Ella comenzaba a confiar en él, a buscarlo, quizás incluso estuviera dispuesta a dar unos cuantos pasos para encontrarse con él a mitad de camino.

El problema que veía Nicolas era que para él no había mitad de camino. No sabía cómo llegar a acuerdos. Sólo podía esperar que su deseo de entenderla y hacerla feliz le ayudaría a superar su necesidad de dominio absoluto. Entendió por qué las palabras rituales le eran impuestas al macho de la especie. Lara no prometía poner su felicidad por encima de todas las cosas; él ya había empezado a adueñarse de su vida, que había cambiado su curso para toda la eternidad. El macho tenía que sacrificarse para que la unión tuviera éxito. Al fin y al cabo, él era el que más se beneficiaba de ello.

Se le acercó sin más preámbulo y la atrajo hacia él; a pesar de lo tensa que seguía estando, la sentó sobre sus piernas y la acunó contra el pecho.

—Escucha el viento soplando entre los árboles, *päläfertiilm*. Escucha la música de mi alma que te llama. —Le acarició el pelo sedoso y le giró la cabeza hacia su pecho. Su camisa se esfumó, dejando sus poderosos músculos a la vista.

—Cuando tomas sangre de tu compañero eterno, es una ofrenda, un regalo. No me hieres, sino todo lo contrario. Siento un gran placer físico y emocional en ese intercambio. Dar la propia sangre es una ofrenda de vida, mi vida por la tuya, compartiendo la misma piel, como lo hacemos físicamente al hacer el amor, o cuando nos conectamos mentalmente. Una verdadera ofrenda es una experiencia erótica con el compañero eterno. Entre guerreros, es literalmente un regalo de vida. La verdad de un intercambio de sangre es muy diferente del giro corrupto que le daba Xavier.

Lara cerró los ojos para concentrarse en su voz aterciopelada. A pesar de que Nicolas había utilizado la palabra «intercambio», ella sabía que él no tenía intención de tomar su sangre, aunque sentía el deseo acuciante de hacerlo. Al ver que él procuraba encontrar un puente entre ellos, Lara quería sucumbir del todo a esa voz, a su compañero eterno, retribuirle con algo. Si él podía hacerle un regalo de esas proporciones, ella podría encontrar en sí misma un gesto igual de valiente.

En realidad, no era tan difícil. Nicolas tenía el cuerpo caliente y duro. Sus brazos eran enormemente fuertes. Su corazón latía a un ritmo regular y el de ella lo imitaba. Lara se sentía ligera y femenina, y le dolía todo el cuerpo; tenía los músculos cada vez más tensos, y la excitación le despertaba un agradable cosquilleo en los muslos y en su hendidura femenina. Sus pechos llenos, dolientes, demandaban sus caricias.

Se dejó llevar por esa marea del deseo que iba en aumento. Acercó la cara al pecho desnudo de Nicolas y abrió las pestañas para alzar la mirada hacia él, hacia sus ojos. Quedó asombrada por el deseo en estado puro que vio en ellos, por la pura intensidad de su hambre. Lo buscó mentalmente y lo encontró, sintiendo que el pulso se le aceleraba y la sangre fluía, caliente, por sus venas. La ola de calor sensual la pilló desprevenida. Sintió que se le alargaban los dientes y que la invadía cierto desasosiego. Los latidos de Nicolas retumbaban en sus oídos, y esa corriente de vida que lo recorría en toda su plenitud la excitó aún más.

Por un momento, sintió el rechazo de su propia naturaleza. Aumentó en ella la necesidad de tomar de él la esencia de la vida, pero su mirada era tan caliente y hambrienta que seguía alimentando su propio deseo. Cerró los ojos y frotó la cara contra su pecho, rozándole la piel desnuda con los labios, como saboreándola. Realizó una sensual excursión con la lengua con un movimiento rápido sobre los músculos. Él se sacudió. Ella sintió su miembro contra las nalgas, duro como el acero, grueso y rígido, apretado, buscándola.

De su boca escapó un suave gruñido. Se movió contra él, sin poder estarse quieta, disfrutando de su masculinidad y su fuerza, sintiéndolo como si fuera su otra mitad. Ahora ardía de excitación, sentía que afloraba en ella una añoranza desconocida, un deseo irreprimible de saborear hasta el último rincón de su cuerpo. Se sintió barrida por ese tsunami de deseo, y se dejó llevar. Le lamió la piel caliente, una vez, dos veces, y se le alargaron aún más los dientes, expectantes, y la boca se le llenó de un sabor picante.

Lo mordisqueó apenas, un mordisco leve para probar. Nicolas respondió con un estremecimiento y cerró los brazos con gesto posesivo, con el miembro vibrando, endurecido. Ella volvió a abrir los ojos y, al encontrar su mirada, perdida en el mar de su deseo, hundió los dientes profundamente. Nicolas echó atrás la cabeza y gimió con un dejo sensual.

El sabor adictivo de él le llenó los sentidos. Era su poder, su energía. Lara se sacudió entera con aquella ola de lujuria. Él no hizo más que estrecharla más cerca y le cogió la cabeza para que permaneciera ahí. Lara se empapó de aquella energía que inundaba sus órganos internos y su tejido, se derramaba chisporroteando en sus venas y arterias hasta llegar al centro mismo de su feminidad, que latió con un deseo irrefrenable.

Todo en él era más vívido, ahora que sus sentidos se habían agudizado. Al respirar, devoraba su esencia en el aire que llegaba a sus pulmones. Oyó el latido de su corazón que la llamaba, y el ritmo del suyo se acompasó al suyo.

Él le susurró algo mentalmente, con una voz ligeramente ronca, tan cargada de sensualidad que despertó en ella imágenes eróticas que pasaron de su mente a la de Nicolas.

Éste volvió a gemir, luchando por recuperar el control. Había querido que ella viviera una experiencia sensual, pero Lara ahora llamaba a las puertas de una abstinencia que había durado siglos.

Lara. O jelä sielamak. Luz de mi alma, tienes que parar antes de que sea demasiado tarde y no haya vuelta atrás.

Nicolas no quería que parara. Le deslizó la mano hacia arriba hasta cogerle un pecho en el cuenco de la mano. Bastaría un solo pensamiento para que su ropa desapareciera. Él podría poseerla, penetrar en el santuario de su cuerpo y transportarlos a los dos a los dominios del paraíso.

Ella movió las caderas y se apretó contra él, dejando que su miembro se deslizara entre sus nalgas. Aquel contacto sacudió a Nicolas con un estremecimiento de placer. Un minuto más, y la decisión ya no le pertenecería, habría escapado a su control. En ese instante, en medio del éxtasis de tomar la sangre de su compañero eterno, Lara se consumía en una llama de deseo, y lo acogía gustosamente. Sin embargo, no estaba preparada para ese último paso y él se negaba a aprovecharse de la situación, si conseguía controlarse.

Muy a pesar de sí mismo se separó de la calidez de sus pechos. Deslizó la mano entre la boca de ella y su propio pecho.

Suficiente, fél ku kuuluaak sívam belsó. Amada mía, tienes que ayudarme.

Ella le pasó la lengua por los dos orificios diminutos, y en su mirada asomó una mezcla de sensualidad y pereza que sólo consiguió aumentar la excitación de él. Lara le acarició el cuello y lo obligó a bajar la cabeza para besarlo.

El corazón dejó de latirle cuando ella le rozó apenas los labios, de un lado a otro, un contacto lento y ligero que a él le quitó el aire de los pulmones.

—En verdad, eres un hombre asombroso, Nicolas.

Hasta en su voz había seducción, pensó Nicolas, que ignoraba cómo saldría de aquel trance. Los pulmones le quemaban, y el dolor que palpitaba en su entrepierna le apretaba los músculos y aumentaba todavía más la tensión sexual.

Nicolas tuvo que apartarla a regañadientes y la tendió en la cama. Tardó un momento en recuperar la agilidad que le era característica, hasta que pudo incorporarse para apartarse de ella unos pasos y darse un respiro. Tenía que salir al aire de la noche y recuperar el control.

—Tengo que irme, Lara. Tú, descansa hasta que vuelva. —Era una cobardía echar marcha atrás, y vio en la expresión de Lara que la idea no le agradaba. Sin embargo, era el único camino seguro que quedaba abierto.

Capítulo 10

Piensas dejarme aquí? ¿No quieres hablar de lo que acaba de ocurrir entre nosotros? —preguntó Lara, apartándose el pelo de la cara con mano temblorosa.

Nicolas era presa de una intensa excitación sexual. El hambre que sentía era irreprimible, y con sólo oler a Lara ya creía enloquecer. Casi podía saborearla, y el demonio que había en él había despertado con un rugido.

Se apartó de la cama y giró la cabeza para que ella no viera esas flamas rojas que asomaban en sus ojos. Se hincó las uñas afiladas en la palma de la mano, sus dientes se volvieron más agudos y, cuando habló, su voz habitualmente grave sonó como una especie de gruñido.

—No es el momento para hablar de sexo conmigo, Lara. No soy ningún santo.

Ella quiso mirarlo a la cara, que él mantenía oculta. Su mirada siguió hacia abajo y reparó en el impresionante bulto que le deformaba la entrepierna. Sintió un poder embriagador al darse cuenta de que podía hacerle perder el control de esa manera, aunque ella no estuviera preparada para afrontar las consecuencias. Nicolas intentaba desesperadamente darle un poco de tiempo y, en verdad, ella lo necesitaba. Lara respiró hondo y se apartó del borde del precipicio al que se sentía tentada a saltar.

—No quiero que me dejes sola —dijo—. No otra vez, aunque hayas creado esta caverna tan bella. Necesito salir al aire libre contigo.

Nicolas se mesó el pelo y empezó a caminar de un lado a otro a grandes zancadas, algo que a ella le hizo pensar en un felino salvaje enjaulado. Bajo su fina camisa, se percibía el movimiento de los músculos, y en cada paso que daba había una especie de sutil elegancia. De pronto, volvió a la cama, se detuvo, imponente, junto a ella, y se agachó.

—*Fél ku kuuluaak sívam belsó.* Amada mía, necesito sangre desesperadamente. Había pensado en cesar nuestra conexión mental, y así no tendrías que sentirlo. No puedo llevarte conmigo y obligarte a presenciar algo que te disgusta, por muy necesario que sea.

Ella se incorporó, sorprendida de que, a pesar de haber tomado su sangre, seguía sintiéndose un poco débil y mareada. Sin embargo, no le prestó mayor importancia y se obligó a ponerse de pie.

—Entonces, llévame a la posada. Podré ver a Terry y a Gerald. Quisiera ver si Terry se ha puesto mejor. Me siento responsable. Nunca debería haberlos llevado conmigo.

Él no quería que estuviera cerca de ningún hombre, sobre todo sin antes cerciorarse de que los parásitos habían desaparecido totalmente del organismo de Terry. No quería compartirla con nadie, no en ese momento, hasta que su vínculo hubiera terminado de consolidarse. Lara necesitaba tener la certeza de que no provenía de un linaje corrupto. Y él cometía un error al querer mantenerla apartada de su familia sólo porque deseaba ser su único apoyo.

Respiró hondo y soltó un ruidoso bufido, decidido a hacer lo correcto al precio que fuera, porque aquel estado de bienestar no duraría. Nicolas se conocía a sí mismo lo suficiente, y sabía que la oscuridad era tan natural en él como respirar.

—Puedo averiguar cómo están tus dos amigos. En realidad, creo que puedes hacer algo mejor que eso, si estás en condiciones.

—¿Qué?

Él quiso cogerle la mano, esperó a que ella tendiera el brazo y se llevó la mano al pecho, justo sobre los orificios diminutos junto al corazón.

—Razvan tiene una hermana gemela y está viva.

Lara lo miró y pestañeó. Él sintió enseguida una ola de energía, y la música que flotaba en la caverna enmudeció. El pelo de Lara chisporroteó y cambió de color. Aquellos ojos que lo miraban viraron del intenso verde esmeralda a un tono azul glaciar.

—¿Hace cuánto tiempo que sabes esto?

Él se miró las manos y luego la miró a ella.

—No te lo conté enseguida porque quería que tuviéramos una oportunidad para encontrarnos como compañeros eternos. Tienes que confiar en alguien y quería que ese alguien fuera yo.

Ella guardó silencio un momento y lo miró fijamente con sus ojos azules. Después, dejó escapar un suspiro.

—De verdad te agrada tener el control, ¿no?

Él se encogió de hombros.

—Sí.

—No vuelvas a hacer eso. No vuelvas a ocultarme información por una tontería como ésa. ¿De verdad crees que confiaría en la hermana gemela de mi padre tan fácilmente después de haber visto de qué son capaces mi padre y mi bisabuelo?

—No la conozco, pero he oído decir que es una gran guerrera. Lucha contra los vampiros junto a su compañero eterno.

Lara se pasó la mano por el pelo.

—¿Estás seguro de que es la hermana de Razvan?

—No hay ninguna duda. Puedo llevarte a verla. Es una buena persona, Lara. Y en cuanto a tu padre, sea lo que sea actualmente, diría que se le ha juzgado mal. Al parecer, fue un hombre bueno en algún momento de su vida. Natalya, que así se llama, podrá contarte más cosas acerca de él.

Lara alzó la vista hacia él y Nicolas tuvo la sensación de que algo se le derretía cerca del corazón. Estaba pálida y parecía muy vulnerable, con sus enormes ojos. Nicolas reparó en sus profundas ojeras. La cogió en sus brazos y la estrechó con fuerza para consolarla. Le sorprendió lo bien que se sentía con ella en sus brazos.

Le frotó la cabeza con el mentón y la meció suavemente.

—Si es demasiado pronto para ti, Lara, podemos esperar antes de que hables con ella.

Ella no se dejó ir del todo a ese abrazo, pero le rodeó la cintura con un brazo.

—No sé qué quiero hacer.

—Ella ha estado en la caverna.

Lara se separó de él y dio un paso atrás.

—¿Cuándo? ¿Hace poco?

—No sé mucho más aparte de lo que me han contado mis hermanos —dijo él, asintiendo con un gesto de la cabeza—. Manolito, mi hermano, luchó junto a ella en una batalla reciente —dijo, y respiró hondo—. Creíamos que Natalya había matado a Razvan con su espada, pero éste volvió a aparecer, se encarnó en el cuerpo de una anciana y lanzó el ataque que mandó a Manolito al mundo de las sombras.

Lara se giró para sustraerse a su mirada atenta. Desde luego que tenía que ir a visitar a la hermana de su padre. Sin embargo, no sabía si se sentía lo bastante fuerte como para tener noticias de él. Le resultaba mucho más fácil pensar en él como un monstruo que como un hombre torturado más allá de cualquier resistencia. No podía imaginarse sufrir esa tortura psicológica de saber que el propio cuerpo estaba siendo usado para hacer daño a otros. Aquello debía ser peor que la tortura física.

—Si fuera verdad —murmuró—, yo lo abandoné allí. —Alzó la mirada afligida hacia Nicolas—. Es por eso que contribuyó a borrar mis recuerdos de él, ¿no? Y las tías consintieron porque no querían que supiera que abandonaba a mi padre cuando él sólo intentaba protegerme. Jamás habría escapado si hubiera pensado que era prisionero de Xavier, y que sufría torturas y abusos.

Lara se frotó la muñeca. Nicolas había conseguido sanar las huellas de la cicatriz, pero aún quedaban rastros de la herida. Ella se pasó la yema del pulgar de arriba abajo, como si se aplicara un bálsamo, sin darse cuenta de lo que hacía hasta que vio a Nicolas mirándola. Con un gesto inhibido, ocultó el brazo detrás de la espalda.

—¿Te duele?

Aquella voz serena y amable le dejó un nudo en la garganta.

—Creo que es un hábito —dijo, sacudiendo la cabeza. Sin embargo, durante años le había dolido, a veces hasta quemarle, y le dolía sin motivo alguno.

—Tú no lo abandonaste, Lara. Eras una niña de ocho años. Piensa en ello desde su perspectiva. Si Razvan era inocente e intentaba protegerte, piensa en el enorme alivio que debió sentir al saber que Xavier ya no podría servirse de él contra ti. Si te hubieras quedado, su sufrimiento habría sido mucho peor.

—Eso tú no lo sabes.

Una leve sonrisa asomó en la comisura de sus labios.

—Él pertenece a la estirpe de los cazadores de dragones. Todos sus instintos le decían que tenía que proteger a su familia, sobre todo a su mujer y a sus hijos. Si de verdad Xavier se servía de su cuerpo para inseminar a las mujeres, si de verdad asesinó a tu madre delante de él como, al parecer, ocurrió, y si lo controlaba y lo obligaba a tomar de tu sangre, tu padre ha sufrido durante siglos las torturas de un condenado. Para un carpatiano no hay sufrimiento peor que ése. Razvan tiene que haberse alegrado mucho de haberte podido sacar de ahí y puesto lejos del alcance de Xavier.

Ella apretó los labios. Percibía el hambre de Nicolas y, sin embargo, él seguía ahí, paciente, intentando convencerla de que abandonar a su padre para que fuera torturado y, quizá, asesinado, había sido una buena decisión.

—Vamos, Nicolas, quiero conocer a mi tía.

—¿Quieres ver si puedes mutar? ¿Quizás una lechuza?

A Lara le brillaron los ojos como dos gemas. Nicolas le había dicho que era capaz de mutar con su ayuda, y quería creer que aquello era verdad. Desde luego, estaba dispuesta a intentarlo.

—En un dragón.

Él asintió con un gesto de la cabeza.

—Desde luego, ¿qué otra cosa ibas a escoger? —dijo, y le sonrió, como una invitación a divertirse. Ella nunca lo había visto sonreír así, y vio que la sonrisa lo rejuvenecía—. Ya estás familiarizada con el cuerpo del dragón. Lo más importante de la mutación... —dijo, y le tendió la mano para caminar con ella por el laberinto de túneles de la caverna. A medida que avanzaban, se encendían las velas en las paredes—. Lo más importante es que debes recordar mantener la imagen en tu cabeza en todo momento. Tiene que convertirse en algo reflejo, de modo que lo hagas sin pensarlo, y eso requiere práctica. Quiero que te mantengas mentalmente conectada conmigo en todo momento. Una vez que hayas mutado, te embarga la emoción y la alegría, un sentimiento difícil de describir, y no cuesta demasiado perder la concentración. Por eso, te pido que mantengas tu mente firmemente anclada en la mía, de modo que pueda ayudarte si lo necesitas.

Ella le sonrió.

—No te preocupes, no tengo ninguna intención de precipitarme a tierra.

Él rió por lo bajo y se sorprendió de sí mismo. La risa no era algo que le viniera fácilmente, si es que le venía. Empezaba a descubrir poco a poco que, con su compañía, Lara también imprimía alegría a las cosas de la vida cotidiana. Le apretó con más fuerza la mano y la mantuvo cerca mientras se movían rápidamente por el túnel.

—No me había dado cuenta de que tienes la costumbre de inspeccionar los alrededores para detectar la presencia de vampiros. Es muy necesario para la supervivencia convertirlo en un hábito.

—¿No te parece un sistema más bien defectuoso?

Él frunció el entrecejo.

—Has absorbido la información que guardo en mi mente. —Nicolas se sentía feliz con ella. Con todo lo que estaba ocurriendo, no había pensado que mientras estuviera conectada con él, Lara buscaría toda la información que le fuera posible para que le ayudara en su propia supervivencia.

—Desde luego. Al parecer, tienes una gran experiencia cazando vampiros.

La historia de su infancia intrigaba a Lara. Había intentado adentrarse en ella, al principio para ver si Nicolas siempre se entregaba a la lucha contra las criaturas inertes. ¿Acaso experimentaba algún tipo de exaltación al luchar? ¿Al matar? Había encontrado la respuesta y le preocupaba. Sin embargo, también le fascinaba ver que Nicolas no sintiera miedo, absolutamente ningún miedo, cuando se lanzaba a la lucha. Ella había tenido miedo toda la vida, siempre mirando atrás por encima del hombro, aterrada de que otros descubrieran sus diferencias y la condenaran, aterrada ante la posibilidad de que Xavier volviera a encontrarla. Quería ser como Nicolas, y afrontar los peores trances sin temor.

—No a todos los carpatianos se les crió para ser cazadores. En los viejos tiempos, teníamos una comunidad, y muchos hombres eran artesanos. Trabajaban la madera y las piedras preciosas. Elaboraban pociones con hierbas y fabricaban velas para cultivar nuestros poderes curativos. Algunos eran herreros, y forjaban espadas, armas únicas y muy bellas. En mi familia, todos eran guerreros, y llevamos en nuestra sangre las habilidades de nuestros ancestros. De modo que si perteneces a un linaje de guerreros, tienes ciertas habilidades y reflejos que te son inherentes. En otras palabras, ya tienes una ventaja incluso antes de empezar el adiestramiento como guerrero. Si bien uno que forja espadas o que trabaja con piedras preciosas posee otras habilidades inherentes, éstas no sirven para el combate.

Un pequeño cauce de agua cruzaba de un lado a otro de la galería. Sin detenerse, Nicolas cogió a Lara por la cintura, la levantó en vilo y siguió caminando como si nada los hubiera interrumpido.

Una vez repuesta de su leve y secreta emoción al sentirse levantada en sus brazos, Lara volvió a cogerle la mano.

—¿Y la oscuridad que hay en ti? ¿Cómo, exactamente, se manifiesta?

—¿Te da miedo? —inquirió él, y le apretó la mano.

Ella lo miró furtivamente a los ojos, y luego vio las rocas que cerraban la entrada del túnel. Empezaba a aumentar su emoción ante la perspectiva de mutar.

—Un poco —reconoció ella.

Él alzó una ceja. Lara se encogió de hombros.

—Vale, quizá mucho. Eres un hombre muy seguro de tí mismo.

—He vivido mucho tiempo —dijo él, y se llevó su mano a los labios—. Sin embargo, todo esto es nuevo para mí, y he descubierto que aprendo a medida que avanzamos. Debes sentirte con toda la libertad para decírmelo cuando cometo algún error.

—De eso no te preocupes —dijo Lara. Tiró de su mano y lo hizo detenerse antes de que él pudiera evitar sus preguntas valiéndose de defensas—. Es verdad que quiero entenderte mejor, pero no podré lograrlo si estoy constantemente preocupada de que te conviertas en vampiro.

—Eso ya no será posible, Lara —le aseguró él—. Tú eres la otra mitad de mi alma, la luz de mi oscuridad. Una vez encontrada, tu luz me guía y me protege. No tengo duda de que siempre seré un hombre difícil, pero no me convertiré en vampiro. —Señaló con el mentón hacia las rocas y frunció el entrecejo al lanzarle una mirada de desafío—. ¿Crees que puedes levantar las barreras?

Ella respondió con una leve sonrisa.

—Una prueba. Quieres ponerme a prueba.

—También calcularé el tiempo que tardas.

Le tocaba a ella fruncir el entrecejo. Se giró hacia la entrada y alzó las dos manos. Cada uno de los puntos urdidos por él había quedado grabado en su mente. Sus tías le habían dejado como una impronta el reflejo de observar hasta el más pequeño movimiento, un dedo, un pequeño matiz que marcaba la diferencia cuando se trataba de entenderlo bien a la primera y sobrevivir.

Ahora sentía a Nicolas con la mirada fija en ella y la intensidad de su mirada le provocó un cosquilleo que le recorrió la columna. Tenía que concentrarse de verdad para bloquearlo, para realizar aquellos movimientos elegantes y otros más breves y sutiles que acompañaban a las palabras que murmuraba. En realidad, era un cántico sencillo que ella había inventado y repetido muchas veces de pequeña para aprender a urdir y deshacer hechizos y conjuros, moviendo las manos con rapidez y elegancia, siguiendo cada hebra de luz invisible, buscando cada nudo y verificando los hilos en el tejido del hechizo.

Araña, araña, teje tu tela, deshaz la hebra que sin ser vista, vela. Araña, araña, tu hilo lanza, quita las ataduras con tu danza. Araña, araña, despeja el camino, protege la entrada, es tu destino.

Las rocas se movieron de un lado a otro, oscilaron y desaparecieron. Lara se giró y le sonrió. Él estaba ahí, demasiado cerca, justo a su lado. Ella no lo había sentido ni había visto en qué momento se movía, pero cuando se giró, ya estaba en sus brazos, mirándolo a la cara. Las miradas quedaron trabadas. Ella sintió que un temblor de reconocimiento y excitación la recorría desde los pechos hasta los muslos.

Él la cogió por la nuca y le deslizó el pulgar por la mejilla cuando se inclinó hacia ella. Le deslizó la otra mano hacia el nacimiento de la espalda para acercarla más. Lara no se separó, pero tampoco se dejó ir hacia él, nerviosa e insegura de sí misma y de él.

No tengas miedo, Lara. Es sólo un beso. Sólo te pido que en esto no tengas miedo de mí. Le rozó la mejilla con el pulgar, sin dejar de mirarla con sus ojos oscuros. *No quiero que jamás temas que te quite algo que no quieras darme.*

Sus palabras le rozaban la piel, flotaban en su aliento cálido. Se fijó en sus pestañas largas, el perfil de su boca sensual. Él le dio tiempo para echarse hacia atrás y bajó lentamente la cabeza, pulgada a pulgada, hasta rozarle los labios con los suyos, suaves como el terciopelo. Lara sintió un nudo en la garganta y el corazón empezó a latirle a toda prisa.

No soy una cobarde. Susurró las palabras en su mente y se le acercó, encajando perfectamente los dos cuerpos.

No, no lo eres.

Nicolas la besó en la comisura de los labios, tiró del labio inferior con los dientes hasta que ella tuvo ganas de gemir de placer. Él hizo bailar la lengua junto a sus labios, y luego la lamió, como si quisiera saborearla. Aumentó la presión sobre la espalda y toda ella se volvió suave y dúctil, amoldándose a él hasta que fue como si compartieran la misma piel. Él le abrió su mente y ella percibió una avalancha de emociones.

Lara se sintió inmediatamente barrida por una ola de deseo. Caliente. Apasionada. Sin embargo, al mismo tiempo experimentó una ternura tan intensa que se le llenaron los ojos de lágrimas. Se dio cuenta de la emoción de Nicolas por haberla encontrado a mitad del camino, de su intensa necesidad de protegerla, de su determinación de ser un buen compañero eterno, hacerla feliz y procurarle seguridad.

También se percató de esa oscuridad que se agitaba cerca de la superficie, del demonio que se alzaba para reclamarla. Él se reprimió sin contemplaciones para mantener a raya esa naturaleza animal. Empezaba a tener necesidad de ella, y no era el carpatiano que necesitaba una compañera eterna ni el demonio que rugía para reclamarla. Era Nicolas, el hombre, que añoraba su sonrisa y deseaba compartir un momento de felicidad con ella, un beso. Y eso era, en sí mismo, una seducción.

Ella también lo mordisqueó, agradeciendo que él mantuviera a raya y muy vigilado aquel lado salvaje y dominante, deseando sentir su boca besándola. Él se humedeció los labios y ella abrió la boca para capturar aquel sabor exótico que era sólo suyo. Todavía conservaba ese sabor picante de la sangre en la boca, y deseó secretamente volver a probarlo. Tuvo vergüenza de ese hambre secreto y lo ocultó detrás de una barrera a la que, esperaba, él no se asomara.

En cuanto ella abrió la boca para acogerlo, él introdujo la lengua para reclamarla. Para provocarla. Nicolas era más suave de lo que ella hubiera querido, y tan tierno que no pudo oponer resistencia, y más caliente de lo que habría imaginado. Su boca era como un refugio de secretos eróticos, caliente y húmedo y lleno de promesas aterciopeladas.

Un reguero de pequeñas llamas le lamieron la piel y mil mariposas aletearon en su vientre. Se le tensó el útero y los músculos se le endurecieron. Él la barrió con una ola de placer y, para anclarse a él, ella le rodeó el cuello con ambos brazos, dejando que sus dedos se perdieran en su espesa melena. Nicolas sabía a afrodisíaco, algo a lo que ella se podía volver adicta fácilmente, todo masculino, calor y deseo, un mundo de placeres sensuales en el que tuvo ganas de sumergirse.

Nicolas fue el primero en apartarse, y acercó la cabeza a la frente de Lara, aspirándola hasta tenerla en los pulmones.

—Ya no puedo pensar y necesito tener la cabeza despejada cuando volemos juntos.

—¿Acaso insinúas que te nublo el pensamiento?

Él volvió a besarla hasta llegar a su boca y le mordió aquel labio inferior que encontraba tan intrigante.

—Es exactamente lo que digo.

Ella rió.

—Me gusta. A tu cabeza le iría bien nublarse un poco.

Él la volvió a mordisquear, y esta vez le causó un ligero dolor. Pasó enseguida la lengua, eliminando el dolor con la misma rapidez con que lo había provocado.

—¡Auch! —Lara se separó, sin querer reconocer ante sí misma que el mordisco la había excitado todavía más. Necesitaba poner cierta distancia entre los dos.

—Quiero volar —dijo, y fue a toda prisa hacia la entrada de la caverna, como si ese impulso pudiera distraerla de la excitación que la consumía de arriba abajo.

Él cerró la mano y, al cogerla por la muñeca, la hizo detenerse bruscamente.

—La primera lección es siempre hacer un barrido del lugar antes de salir. Debes estar atenta a los espacios vacíos.

—Creía que los vampiros se habían vuelto más hábiles para ocultarse. —Irritada consigo misma por no haberlo recordado, se frotó la marca de nacimiento por encima de la ingle, confiando en que le avisaría del peligro.

—Por muy hábiles que se vuelvan, usamos todas las herramientas que podemos para darnos una ventaja. Sé que tienes muchas ganas de hacer esto, pero siempre hay que protegerse.

Lara asintió con un gesto de la cabeza. Se había dejado distraer demasiado por él, no por la promesa de volar.

—Lo siento, ha sido un descuido por mi parte. —Deseó, aunque sólo fuera por una vez, que él pudiera distraerse tanto con ella que olvidara todo lo demás.

—Busca con tus sentidos y siente la noche. Conecta conmigo si tienes que hacerlo y verás cómo se percibe el espacio. Al cabo de un rato, sentirás cierto desasosiego, y tu mente y tu piel se irritarán al intuir la presencia de las criaturas inertes. Son como una toxina para nuestro entorno y nosotros somos sensibles a todas las cosas de la Tierra.

Ella sondeó el entorno, siguiendo sus instrucciones, dejando que sus sentidos se expandieran. Fue necesario experimentar, pero se sintió triunfante cuando lo consiguió. Intuyó la presencia de animales y personas, mientras el viento le susurraba al oído secretos de la noche.

—Creo que ya podemos irnos.

Él asintió con un gesto de la cabeza. Le soltó la muñeca y le cogió la mano. Caminó con ella desde la caverna hasta el borde del precipicio.

Lara se estremeció de emoción. El cielo estaba cubierto de grandes nubes grises, cargadas de nieve, pero todo brillaba, tanto en el cielo como en la tierra, allá abajo, como si estuvieran rodeados por una atmósfera diamantina.

—Nunca había visto la noche así. Siempre creí que debería desear salir a la luz del día, pero al ver la noche de esta manera, no puedo ni imaginar en qué estaba pensando.

—¿Por qué querrías salir si la luz del día te daña los ojos y el sol te quema la piel? —preguntó Nicolas. Había verdadera curiosidad en sus palabras—. La noche nos pertenece. Es nuestro mundo, y es lo mejor. ¿Quién querría el sol cuando puede tener esto? —dijo, y extendió los brazos para abarcar el paisaje nocturno—. Quizá desee no ser tan vulnerable cuando sale el sol, pero nunca renunciaría a esto por la posibilidad de salir a la luz del día.

Lara frunció el ceño.

—Supongo que haber crecido en un lugar donde la piel me quemaba y todos podían jugar y nadar mientras yo tenía que refugiarme, me hizo añorar algo que no podía tener.

Nicolas la cogió por la cintura y la acercó a él para besarla en los labios que comenzaban a hacer un puchero.

—Deja que te muestre por qué la noche es tanto mejor. Aparte las ventajas evidentes, que nos favorecen cuando debemos alimentarnos... —dijo, y en su voz se adivinaba un tono sugerente. Sonrió cuando ella le lanzó una mirada furtiva—, la noche es sencillamente divertida. ¿Alguna vez te has divertido de esa manera?

Lara miró hacia el valle que se extendía allá abajo. Divisó los pantanos y su superficie brillante de cristales de hielo, los prados cubiertos por un manto blanco. El mundo tenía un brillo nocturno en el que nunca había reparado.

—Respira hondo.

Lara le obedeció y sus pulmones se llenaron del aire frío de la noche.

—¿Sientes la energía? Está en todas las cosas vivas. Sintoniza con ella, la energía que alimenta tu poder, de modo que puedas usarlo para crear lo que quieras.

—Los carpatianos utilizan la energía de un modo diferente a los magos —explicó Lara—. A mí me han transmitido las enseñanzas de los magos, no sé cómo controlarla a través de mi cuerpo.

Nicolas sacudió la cabeza.

—Lo has sabido siempre, cuando algo te molesta. En la posada, nos diste un gran susto. Recogiste energía y la usaste contra nosotros. Por ahora, tienes que sentir la fuerza, darte cuenta de cómo te alimenta sutilmente.

Nicolas alzó los brazos hacia el cielo. En la distancia, un lobo aulló. Otro le respondió. Uno tras otro, varios lobos se unieron al coro de voces solitarias.

—¿Has oído eso?

—¿Los lobos?

—Uno de ellos. Uno que sonaba diferente. Esta noche, hay un carpatiano que anda con nuestros hermanos. Tienes que escuchar de verdad, no sólo oírlo. Tienes las habilidades. Ahora sólo necesitas la práctica.

Lara miró hacia abajo, hacia el oscuro interior del bosque.

—¿Los carpatianos corren con los lobos?

—Desde luego. Asumimos la forma de un lobo, elegimos una manada y somos aceptados en ella si así lo deseamos. Lo haremos, si quieres, pero antes necesitas unas lecciones de vuelo.

Lara apoyaba el peso del cuerpo en un pie, luego en otro, mientras él explicaba, con tediosos detalles, cómo debía conservar la imagen en su mente en todo momento o, si no, caería a tierra en picado.

—Ya está —dijo, cuando él quiso repetir las instrucciones—. Ya lo he entendido a la primera.

Su mirada oscura se volvió ardiente.

—No te confíes demasiado.

Ella le devolvió una sonrisa provocadora.

—No me dejarás caer —dijo.

Cerró los ojos y construyó la imagen del dragón en su mente. Habían pasado años desde la última vez que viera a sus tías atrapadas en el cuerpo de un dragón, pero recordaba cada detalle de sus enormes cuerpos recubiertos de escamas. Conservó aquella forma en su mente, la cabeza en forma de cuña y los enormes ojos brillantes como gemas. De la nada nació una corriente de energía que sintió en todo el cuerpo y que le transmitió calor. Sus músculos se contrajeron y se distendieron. Sintió que su cuerpo se curvaba y empezaba a adoptar una nueva forma. Se apartó del borde, espantada, y tan sorprendida que casi perdió la imagen.

Nicolas estuvo enseguida junto a ella, tal como ella esperaba, profundamente conectado y conservando la imagen en su lugar. Lara sintió el roce de las escamas en su brazo cuando el cuerpo de él cambió. Esperó un momento y luego se entregó al cambio, se dejó llevar, porque no quería que Nicolas cambiara de parecer. Quería volar. Y de pronto estaba agazapada en el borde del precipicio, mirando hacia el valle con una visión nueva. Abrió las enormes alas, erguida sobre las patas traseras, batiendo las alas y creando una corriente de aire que se desvaneció hacia lo alto.

Cuidado, advirtió Nicolas. *Me das miedo, Lara. Presta atención.*

Hablas como una gallina clueca. Sólo lo estoy probando, es muy divertido.

Nicolas estaba a punto de sufrir un infarto. En realidad, se sentía como una gallina intentando cuidar a su polluelo. Se suponía que él era el gallo, y que cuando cacareaba todos le obedecían enseguida. Si en ese momento asumiera su forma habitual, estaría sudando, y los carpatianos no sudaban fácilmente.

¿Qué debo hacer? ¿Saltar por el borde y agitar las alas?

El corazón le dio un vuelco a Nicolas cuando la hembra de dragón se acercó a la orilla como si fuera a lanzarse. De un salto, se plantó delante de ella y la empujó hacia atrás.

Deja que el dragón decida. Sigues pensando como si fueras tú. Si quieres volar como un dragón, tienes que convertirte en dragón.

¿Cómo se hace eso? Sigo siendo yo.

Sí y no. Estás ahí dentro, pero sólo queda tu espíritu. Conecta con tu dragón y déjalo que haga según le parezca. Una vez que hayas sentido la sensación de volar y tu dragón pueda ver y pensar, podrás dejar que tu espíritu asome un poco. Recuerda, debes acordarte siempre de conservar esa imagen en tu mente, ocurra lo que ocurra a tu alrededor.

El dragón de Lara asintió con un gesto de su cabeza en forma de cuña.

Retrocede y déjame intentarlo.

Encarnado en el otro dragón, Nicolas se dio cuenta de que la demanda que asomaba en las palabras de Lara lo hacía sonreír a pesar de sí mismo. Algo en ese tono de crispación le agradaba. Retrocedió del borde, pero firmemente anclado en la mente de ella. Sintió la tensión en todo el cuerpo cuando sus pies perdieron contacto con el borde batiendo frenéticamente las alas.

Deja que tu dragón asuma el control. Pensaba darle unos cuantos segundos. Si Lara no podía abandonarse lo suficiente para dejar que el dragón asumiera completamente el control, él tendría que adueñarse de su mente y ponerse al mando.

No te atrevas. Ya le cogeré el truco. Deja de distraerme.

Nicolas sintió un amago de pánico al ver a la hembra de dragón, más pequeña, cayendo en una espiral descontrolada. Todos sus instintos le dijeron que se adueñara de la mente de ella y cambiara el curso de la caída, pero aguantó, dejándola colgar apenas de un hilo para darle un poco más de tiempo. Y se lanzó en picado detrás de su compañera eterna.

En el interior del cuerpo de su dragón, Nicolas gruñó al ver que Lara no deseaba renunciar al control. Debería haberlo previsto y haber tomado las debidas precauciones. Le quedaban sólo segundos antes de que se hiciera realidad la ilusión de darle el control del vuelo al dragón o, si no, a Nicolas no le quedaría otra opción que adueñarse de la situación. El suelo ascendía hacia ellos a velocidad vertiginosa cuando él se lanzó en su busca, empeñado en concederle esos preciosos segundos que le quedaban.

Y, de pronto, Lara respiró hondo y se dejó ir y permitió que el dragón tomara el control. La hembra cesó de aletear frenéticamente y plegó las alas junto al cuerpo, poniendo fin a la caída en barreno. Un instante después, desplegó las alas y, con un golpe poderoso y certero, las batió hasta elevarse elegantemente por los aires.

Una risa infantil resonó en los oídos de Nicolas. Aquella voz joven y alegre fue como un tornillo que se cerraba y le apretaba el corazón. Lara no había tenido infancia, no había podido jugar ni reír, ni sentir la libertad del viento en la cara, ni mirar las copas de los árboles y los prados relucientes desde el aire, ni dar volteretas en el vacío para divertirse. Ahora, la emoción en estado puro la hizo volar y cantar. El viento le daba en la cara, frío y cortante, y Nicolas percibió la alegría que la embargaba.

¡Nicolas! Es... asombroso.

Sí, lo es. Ella era asombrosa, provocaba algo en él que no se había esperado y que lo sacudía con la sencilla alegría que experimentaba en aquel momento. En cierto sentido, Nicolas revivía su propia primera experiencia de vuelo pero, de alguna manera, disfrutaba más de la experiencia que vivía ella. Lara todavía no había gozado de la verdadera libertad y, al observar ese primer contacto suyo con la belleza de su mundo, quiso que ella gozara de hasta el último momento y viera la noche como él la veía.

Nicolas empezaba a descubrir con cierto asombro que necesitaba a Lara para algo más que calmar sus demonios o disipar las tinieblas con su luz. Ahora también quería oír su risa, ver el goce infantil en sus brillantes ojos de dragón. Se dio cuenta de que admiraba su valor. Lara había resurgido de entre las cenizas de la crueldad y el horror y, sin embargo, conservaba una dulzura y esperanza que él nunca había creído posible en circunstancias como ésas.

Mientras surcaba los cielos nocturnos con ella, de pronto se le ocurrió que quizá Lara era mejor persona que él. El sentido del deber y el honor eran inherentes en él y se sentía superior a quienes protegía, pero Lara se preocupaba de verdad. Le preocupaba la suerte de sus dos amigos y de sus tías, y ahora empezaba a preocuparse por un padre al que siempre había considerado un monstruo. Él podía ofrecerle protección. ¿Y qué más?

Había creído que encontrar a su compañera eterna significaba que tenía derecho a ella, y que ella veneraría el suelo que él pisaba, que *debería* adorarlo. Sin embargo, no se había parado a pensar que él pudiera perder el corazón por ella, una posibilidad que no se le había pasado por la cabeza en ningún momento. Se suponía que ella debía entregarle su corazón, pero que él seguiría siendo el mismo. Ahora todo empezaba a cambiar en su fuero interno y sentía que se remecían sus cimientos, que se volvía vulnerable. No quería perderla, y no porque ella fuera la otra mitad de su alma y pudiera salvarlo. Sencillamente no quería perderla, y esa emoción que lo agitaba lo aterraba.

Venga, Nicolas, volemos hacia esa enorme nube gris.

Él la dejó coger una ligera ventaja y ralentizó el vuelo de su dragón alado hasta que ella se alejó unos metros. Lara ya volaba a una velocidad considerable, y la hembra de dragón relucía con tonos rojo metálicos y dorados, con sus escamas que brillaban cuando la luna aparecía por encima de una nube y la iluminaba en su carrera por el cielo. De pronto, Lara emitió un aura de luz brillante, un antiguo reclamo, viejo como el tiempo, de la hembra de dragón que llamaba al macho.

Nicolas quedó tan asombrado que casi perdió su imagen del dragón. Lara, la hembra de dragón, llamaba a su macho y, en su inocencia, pensando todavía en aquel beso, estimulaba sin proponérselo la atracción de la hembra hacia el macho. Empezaba a desatar una ola de deseo tan intenso que despertó en Nicolas una reacción instintiva, la reacción del demonio que se agitaba en él.

¡No! Intentó retener al macho, pero el dragón rugió, liberándose del control de Nicolas. Se lanzó tras la hembra, dejando una poderosa estela de corrientes con el aleteo de sus alas poderosas. La risa de Lara llegó hasta él y lo sacudió por dentro, y las dos mentes se tocaron íntimamente en medio del arrebato de emoción de Lara. Era una emoción inocente que ignoraba del todo que en ese momento estaba excitando la pasión del macho... y de él.

El suelo más abajo parecía lejos cuando los dos dragones se elevaron bruscamente, bailando, como era propio de los dragones, en una especie de ballet aéreo. Lara volaba libre, rápida y ligera, y su confianza aumentaba al sentir la fuerza del dragón. Aquellas criaturas poseían poderes y obraban con magia y Lara se sentía profundamente identificada con ellas. Giró sobre sí misma unas cuantas veces y luego planeó unos segundos y dio una voltereta en una elegante muestra de acrobacia.

Nicolas intuyó que su dragón se aprestaba, esperando y observando antes de decidir el momento en que la capturaría en pleno vuelo. No había manera de parar al macho, a menos que los devolviera a los dos a la tierra. Él estaba casi tan cautivado como su dragón, y contaba el aleteo de las alas a medida que el macho aumentaba la velocidad y volaba dibujando un círculo hasta encontrarse justo por debajo de ella. Sintió la sangre caliente en las venas, llenándole el miembro, alimentando una lujuria poderosa y ciega. La hembra extendió las alas y el macho se lanzó, giró sobre sí mismo acercándosele por debajo, vientre con vientre. La abrazó con sus alas poderosas y entrelazó las garras con ella cuando tomó posesión de su cuerpo y se hundió profundamente en ella.

Nicolas percibió la repentina excitación de los dos dragones cayendo en espiral hacia la tierra, con las cabezas juntas, las alas trabadas y las garras entrelazadas, mientras el macho penetraba a la hembra una y otra vez. Lara y Nicolas eran entes separados de los dragones, y sólo sus espíritus habitaban sus cuerpos, aunque los dos sentían los ardientes embates y el amor de dos compañeros eternos que se expresaba en un acto embriagador en medio del aire. Nicolas deseaba a Lara con esa misma intensidad que el dragón sentía por la hembra, y la pasión del dragón no hacía sino aumentar su propia excitación. Se adentró en la mente de Lara, apenas un roce suave e íntimo que le expresaba lo que sentía en un lenguaje sin palabras.

Sin previo aviso, una bola de fuego cruzó el cielo como una espada y ensartó a ambos dragones. Se hundió en el lomo del dragón macho, le perforó el vientre y asomó por el lomo de la hembra. El macho lanzó un rugido y la hembra gritó, la sangre brotó en pleno vuelo y se derramó sobre la nube y se mezcló con la nieve que empezaba a caer.

El macho intentó sujetar a la hembra con sus garras, a pesar de que sus fuerzas disminuían por la gran pérdida de sangre. Se acercaban velozmente al suelo.

Nicolas se adueñó del espíritu de Lara y la arrancó a la hembra de dragón. Mutó y se convirtió en un hilo de bruma, al tiempo que abandonaba a los dragones mortalmente heridos.

No podemos dejarlos. Lara estaba horrorizada. Y luego tosió. Las gotas de sangre volvieron a salpicar las nubes y cayeron como lluvia hasta teñir de rojo el paisaje blanco.

No tenemos otra alternativa. La mantuvo a su lado con una determinación implacable, y lo bloqueó mentalmente todo excepto el peligro que corrían. *Son en parte reales y en parte una ilusión. Nosotros dos somos totalmente reales, y tenemos que encontrar un lugar seguro.* Él también estaba herido. Después de haber alimentado dos veces a Lara, no podía seguir perdiendo sangre y luchar contra las criaturas inertes.

Un trueno restalló y el rugido hizo temblar el suelo, al tiempo que un rayo nacía de la tierra y se descargaba sobre el cielo, a punto de darles de lleno. La onda expansiva los separó y lanzó a Lara contra las rocas más abajo.

Nicolas invirtió la dirección de su vuelo, ocultó la sangre de ella y cambió la dirección del aire para amortiguar su caída y dejarla suavemente en el suelo, mientras él quedaba expuesto al fuego del vampiro. Éste no tardó en llegar. Al intuir que tenía una ventaja, la criatura inerte se hizo visible y voló a toda velocidad para zanjar la distancia que lo separaba del cazador herido.

Lara aterrizó suavemente en el monte nevado, y alzó las manos como si quisiera asegurarse de que había vuelto a ser ella misma. En cuanto se movió, sintió un dolor agudo y vio que tenía el vientre empapado de sangre. Estaba tendida desnuda en la nieve y los hilillos rojos de sangre ensuciaban la prístina blancura a su alrededor.

Al mirar hacia arriba, vio a Nicolas, que había recuperado su forma original y que ahora chocaba tan violentamente contra el vampiro que los dos salían despedidos por el cielo. El corazón dejó de latirle y luego empezó a bombear con tanta fuerza que la sangre volvió a salpicar el suelo. Tenía que hacer algo. Se levantó temblando penosamente y alzó los brazos. No podía detener al vampiro, pero podía darle a Nicolas un momento de respiro.

Cuerdas de seda, fuertes como el hierro, venid ahora, tejed un encierro, ocho patas veloces la red tejiendo, no aflojéis seguid urdiendo, tejedora de la red, aguanta los embates, para poder levantarnos y volver al combate.

Unas arañas cayeron del cielo como una lluvia sobre el vampiro. Éste quedó enredado en sus telas brillantes y gruesas, como las telas de araña ponzoñosas que Lara había aprendido a tejer en la caverna, cuando creía que podía detener a Xavier.

Cuanto más luchaba el vampiro contra las pegajosas cuerdas de seda, más rápido tejían sus telas las arañas para envolverlo. La maniobra le dio tiempo a Nicolas para aterrizar, agazapado, coger un puñado de rica tierra bajo la nieve y restañar la hemorragia en el vientre y la espalda.

Utiliza la tierra, Lara. Eres carpatiana y podrás conseguir que te sane. Mézclala con tu saliva y aplícala a las heridas.

Era verdad que tenía que parar la hemorragia y tejer algo de ropa para calentar su cuerpo que temblaba de frío. No podía caer en estado de *shock* si Nicolas la necesitaba. Cayó de rodillas y hundió las manos en la nieve hasta encontrar la tierra. Tardó un momento en obligarse a mezclar la saliva con la tierra y taparse las heridas, pero lo consiguió, al tiempo que veía al vampiro aterrizar a unos cuantos cientos de metros.

Rugiendo de ira y con los ojos rojos encendidos, aquella cara era una máscara de ira desquiciada. Giró hacia ella las cuencas vacías y enseñó los colmillos salvajemente afilados.

Sal de ahí, Lara. Vete, ahora mismo. Huye a la aldea.

¿Dejarlo? ¿Cómo podría abandonarlo? Alzó los brazos al cielo. Necesitaba algo de ropa para tener al menos la sensación de que se revestía de algún tipo de armadura contra aquella criatura demoniaca que rasgaba la tela de araña. Una vez más, se volvió hacia las arañas del hielo y las invocó para que tejieran con su hilo algo para darle calor.

Tejed, tejedoras, cubridme con la tela fina, hilad y urdid con la luz cristalina. Abrigadme con ropa la piel desnuda, para que a mí de nuevo el calor acuda.

Corrió a toda velocidad para huir del vampiro, en dirección a la aldea. Al llegar a la línea de árboles, se detuvo para ponerse la ropa.

Capítulo *11*

Lara dio media vuelta y giró en círculos, intentando encontrar a Nicolas y al vampiro. Un momento antes estaban ahí y ahora no podía ver a ninguno de los dos. Soltó una imprecación y volvió sobre sus pasos. La tierra había parado lo peor de la hemorragia, pero no le aliviaba el dolor de la carne desgarrada. Apenas podía respirar del dolor, pero logró apartarlo de su mente ante la ansiedad que sentía por la suerte de Nicolas.

¡Nicolas! En cuanto lo llamó temió haberlo distraído en el peor momento posible.

A varios metros de ahí, más allá de un promontorio, vio un chorro de nieve que se alzaba en el aire. Corrió, o al menos lo intentó, y se hundió hasta el tobillo en la nieve. Necesitaba raquetas de nieve o al menos algo que le permitiera correr sobre la superficie. Con un gesto elegante de las manos urdió un dibujo en el aire, y dio un salto como una liebre de las nieves.

Fibras, tendones, del hueso más fino, plegaos, moldead un cuerpo blanquecino. Tejed y poned en estos pies míos, las patas ligeras de una liebre del frío.

Tuvo la sensación de algo que se estiraba, como un cosquilleo, en los pies cuando volvió a aterrizar sobre la nieve y corrió por el prado hasta el promontorio. El dolor en la espalda y el vientre aumentaba con cada paso, pero se obligó a seguir, temiendo por la vida de Nicolas, que había encajado la peor parte del ataque. Ahora oía al vampiro gruñendo y rugiendo, y los ruidos eran horrorosos. Nicolas guardaba un silencio absoluto, y a Lara le latía el pulso con fuerza, atenazada por el miedo.

Quiso instintivamente conectar con Nicolas. Y encontró a un... asesino. No quedaba ni rastro de su encantador compañero eterno, tan dispuesto a cortejarla. No había en él ni piedad, ni asomo de gentileza, nada más que una máquina de matar hecha de tendones y músculos, afinada por siglos de combates y una mente forjada para la lucha.

Se detuvo bruscamente y se deslizó por la nieve. Se tapó la boca con la mano. ¿De verdad quería verlo bajo ese trance? ¿Conocerlo de esa manera? El asesino formaba parte de él, tanto como aquel hombre dulce y encantador que la había besado hasta hacerla perder el sentido y la había acompañado en el paseo más apasionante de su vida. Ahora luchaba por su vida, por los dos.

Lara sabía reconocer el mal cuando lo veía, y el vampiro tenía el mismo olor peculiar que los engendros de Xavier, los parásitos. Reprimió la bilis que sentía en la boca con sólo oler aquella materia putrefacta, y se obligó a seguir. No podía abandonarlo solo y herido y dejarlo luchar contra un ser tan demoniaco si podía encontrar una manera de ayudarlo.

Se tendió sobre la nieve y, arrastrándose el resto del camino, trepó hasta un sitio desde donde mirar hacia abajo. Vio las huellas de color rojo que manchaban la nieve reluciente, como si alguien hubiera lanzado pinceladas a uno y otro lado. Un árbol solitario, combado por el peso de la nieve, era el único centinela que observaba aquella batalla, vieja como el tiempo, entre el vampiro y el cazador.

Nicolas se encontraba a cierta distancia de ella, alto y erguido, y el viento le agitaba el pelo. Sus ojos encendidos eran dos manchas fulgurantes. A pesar de las heridas, ahora abiertas allí donde el vampiro le había hundido las garras, en el pecho y el vientre, y arrancado los emplastos de tierra, Nicolas se desplazaba con movimientos fluidos, a una velocidad que ella no alcanzaba a comprender. Se movió sobre la nieve a la velocidad del rayo y le hundió el puño en el pecho al vampiro.

Éste chilló y le lanzó zarpazos a la cara, pero el cazador ya se había apartado gracias a su prodigiosa velocidad. No era su primer ataque, porque Lara observó tres grandes heridas en la criatura inerte. Los dos combatientes se movían dibujando un círculo.

—Tu mujer será pasto para los animales. Comerán sus despojos y beberán la sangre que yo les deje.

Nicolas no participaba de la conversación, y conservaba la mirada fija en el vampiro. Respiraba pausada y tranquilamente, aunque Lara se imaginaba la agonía que debía padecer debido a las graves heridas. Había algo especial en él, y ella no pudo sino admirar al cazador solitario que se enfrentaba al enemigo con tanta confianza y sin pensar en otra cosa que en la victoria total.

Ella quería ser como Nicolas. Quería esa confianza para sí misma, saber que podía manejar cualquier situación a solas si fuera necesario. No quería tener miedo. Entendía que Nicolas había llegado a ser lo que era gracias a su seguridad y su arrogancia, y era evidente que creía en su propia capacidad o jamás habría sobrevivido.

El vampiro escupió sangre por la boca y el odio le desfiguró los rasgos de la cara. En dos ocasiones, su mirada se volvió hacia el cielo y en ambos casos Nicolas fingió hacer un movimiento, obligándolo a concentrar su atención en él. La tercera vez, Nicolas volvió a moverse con la misma velocidad, como una mancha borrosa. El vampiro giró la cabeza en el último instante y reaccionó al ataque con un chillido. Mutó de forma para evitar que esa fuerza enorme perforara la masa de huesos y tendones para llegar a lo más vulnerable, a su corazón ennegrecido.

Nicolas le dio a la criatura inerte mientras intentaba mutar, mitad vampiro y mitad lobo. La bestia de hocico alargado y colmillos afilados se lanzó contra su cara. Lara reprimió un grito de terror y se tapó la suya con las manos. Empezó a temblar tan violentamente que incluso los dientes le castañeteaban. ¿Cómo era capaz Nicolas de enfrentarse a aquello? Ni siquiera se había inmutado. Lara entreabrió los dedos y le vio la cara ensangrentada y luego el brazo que se hundía en el pecho del vampiro lobo.

Aquella criatura medía casi dos metros, y cogió a Nicolas con sus manos provistas de garras, y lo lanzó hacia atrás. Lanzó un chillido cuando él no aflojó su asidero en el corazón. El vampiro lo sacudió y empezó a golpearlo en el pecho intentando que Nicolas aflojara su presa. Eran unos ojos diabólicamente astutos, y Lara observó que fijaba esa mirada en el cuello de su compañero. El corazón le dio un vuelco, pero alzó las manos al cielo y urdió a toda prisa una defensa.

Mineral de la tierra, por el fuego forjado, por tanto deseo y necesidad ligado, dale al metal la forma de antaño, que el escudo sea de duro titanio.

En el aire apareció un brillo incandescente que enseguida se enfrió, formando un círculo protector en torno al cuello de Nicolas en el momento en que el vampiro lanzaba la cabeza hacia la parte más expuesta de la garganta. Chorreando sangre y saliva, el hocico quedó abierto y luego se cerró con un ruido horrible cuando Nicolas retiró bruscamente el brazo. Un ruido horripilante de succión le revolvió a Lara el estómago, pero reprimió las ganas de vomitar. El vampiro lobo cerró los colmillos con fuerza y dio contra el collar de titanio. Lanzó un aullido de dolor cuando los dientes saltaron hechos añicos, justo cuando Nicolas le arrancaba el corazón de su cavidad podrida. Dio unos pasos titubeantes hacia él, que retrocedió y lanzó el órgano ennegrecido sobre la nieve, al tiempo que descargaba un rayo contra su cuerpo.

Retumbó un trueno y un rayo de energía incandescente se descargó sobre el corazón y lo incineró, y enseguida rebotó hacia el vampiro. Éste refulgió en la oscuridad, se convirtió en una llamarada roja y ámbar y luego en un humo venenoso que llenó el aire. Quedó convertido en un montón de cenizas y Nicolas volvió a dirigir el rayo para que lo quemara todo hasta hacerlo desaparecer. Sólo entonces se permitió un respiro y quedó como hundido, mientras dejaba que la energía le limpiara las manchas de sangre ácida de los brazos y el pecho.

Se giró hacia ella con expresión sombría y la mirada oscurecida, una mirada que ocultaba sus pensamientos. Dio un paso hacia donde estaba, se tambaleó y enseguida se recuperó. Lara se incorporó lentamente, toda ella temblando de pies a cabeza. Había sangre por todas partes, y Nicolas tenía heridas en la cara, el pecho, el vientre y la espalda. Lara no alcanzaba a comprender cómo se podía tener de pie.

Él levantó la mirada y de un salto se plantó junto a ella, cubriéndola, mientras miraba hacia unas volutas de bruma que nacían de la nieve que empezaba a caer lentamente. La bruma empezó a ondular y un hombre alto, con una cabellera que le llegaba casi a la cintura, emergió a grandes zancadas de la nieve.

—¿Nicolas?

Aquellos ojos oscuros se posaron sobre las heridas y en Lara, que Nicolas empujó para que quedara detrás de él. Después, la mirada se detuvo en su cabellera pelirroja y dorada y luego en sus ojos, cuyo color viraba del verde al azul.

—No reconocí al vampiro, Vikirnoff —dijo Nicolas—. Era relativamente joven, no más de trescientos o cuatrocientos años. ¿Cómo es posible que ahora sean tan jóvenes?

Natalya se había acercado rápidamente a Vikirnoff. Siempre estaba cerca de su compañero eterno, sobre todo si había vampiros en los alrededores. Nicolas habría preferido que la pareja no se hubiera presentado en ese momento. Era mezquino de su parte y lo hacía avergonzarse y sentirse como un necio, aunque él sólo deseaba estar más tiempo a solas con Lara. Siempre había sido un hombre muy seguro de sí mismo, pero ahora temía perderla, temía que ella lo dejara, o que se quedara con él porque la obligaba el vínculo de compañeros eternos, pero sin que el amor llegara jamás a anidar en su corazón.

Daba lástima pensar que él quería que ella lo amara. Toda su vida había sido autosuficiente y le irritaba pensar que la necesitaba. Y, aún así, ahora temía que Lara fuera a buscar refugio entre los suyos.

Nicolas se giró hacia Lara y le tendió la mano.

—Déjame mirarte las heridas. —La atrajo hacia él y le levantó el borde del jersey.

Lara le cogió la mano y miró hacia los recién llegados, a todas luces incómoda.

—La lanza de fuego cauterizó la mayoría de las heridas. He sangrado un poco, pero nada de qué preocuparse, sobre todo después de haber aplicado la tierra. Pero tú estás hecho un desastre —dijo, y le tocó la cara con un gesto cariñoso.

Fél ku kuuluaak sívam belső. Amada mía, déjame ver. Debo sanarte a ti antes de ocuparme de mis propias heridas.

Dame un minuto. Lara buscó su mano, entrelazó los dedos y no lo soltó.

Nicolas procuró no sentirse demasiado feliz al ver que ella lo buscaba. Le rozó la frente con los labios antes de hacer una presentación formal.

—Lara, te presento a Vikirnoff y a su compañera eterna, Natalya. Natalya, Lara es pariente tuya.

Nicolas se reprochó a sí mismo por ser tan mezquino y regocijarse de que Lara experimentara esa aflicción ante la hermana de su padre, pero no pudo evitar ese sentimiento de satisfacción. Tampoco podía ignorar la necesidad de sanarle las heridas sin tardar. Le dolía verla herida. Se giró para mirarla y deslizó la palma debajo de su jersey para apoyar la mano en la herida. El calor se transmitió enseguida de su mano a ella. Sorprendida, Lara lo miró con sus enormes ojos verdes y él sintió que se mareaba, que se ahogaba.

Aquella situación de desequilibrio era una sensación curiosa, y no le gustaba. Nicolas retiró la mano con la misma rapidez y se apartó un poco para abrazarla por el hombro. Luego le deslizó la mano por la espalda para aventurarse por debajo del jersey y encontrar la herida.

Natalya se quedó mirando a la hija de su hermano gemelo con los ojos llenos de lágrimas.

—Te pareces a él..., a mí... a los dos —dijo, reclinándose contra Vikirnoff—. Soy Natalya, la hermana de Razvan.

Lara se tragó el nudo de miedo que le bloqueaba la garganta, y se tensó para no trastabillar hacia atrás y apartarse, que era lo que en realidad deseaba hacer. Buscó a sus espaldas hasta encontrar el brazo de Nicolas para afirmarse.

—No me parezco en nada a él —negó. Consciente de que hablaba como una niña (incluso su voz era de un timbre más agudo), respiró hondo y volvió a intentarlo—. Él tenía el pelo entrecano, sobre todo canas. Y tiene el rostro marcado por unas arrugas muy profundas. Es un hombre delgado. Y pálido.

Los carpatianos no llegan a tener canas a menos que sean torturados más allá de toda resistencia. Es necesario haber ido muy lejos... mucho... para tener canas, ser delgado y tener arrugas marcadas.

Tú tienes arrugas marcadas.

Yo he estado en incontables batallas y he matado muchas veces. Estoy cada vez más convencida de que tu padre ha luchado contra Xavier para salvar no sólo a su familia sino a todos los carpatianos.

Nosotras no somos carpatianas.

La sangre de los cazadores de dragones es fuerte. Sois carpatianas.

Natalya emitió un sonido gutural de aflicción antes de que pudiera reprimirlo. Se rozó los labios con la lengua en un esfuerzo visible para recuperarse de las noticias acerca de su hermano.

—Tenemos que ayudar a tu compañero eterno. Hay que curarle las heridas y darle sangre rápidamente. ¿Quieres acompañarnos a nuestra casa?

Lara hincó las uñas en la mano de Nicolas. Él se llevó su mano a la boca y le mordisqueó los nudillos para distraerla.

—Íbamos a haceros una visita cuando fuimos atacados. Gracias por la invitación. *¿Sí o no?*

Ella lo miró, y asintió con un gesto casi imperceptible.

—Gracias, iremos.

Vikirnoff se llevó la mano a la boca, se abrió el antebrazo de un corte y le tendió el brazo a Nicolas. Varias gotas rojas salpicaron el suelo. Aquella visión fue como un golpe para Lara, que cerró los ojos, incapaz de mirar mientras Nicolas se acercaba la boca al brazo.

De pronto, Nicolas vaciló.

—Si quieres, Natalya puede llevarte a la casa —ofreció.

Lara mantuvo los ojos cerrados, intentando no respirar el olor de la sangre. Sintió el estómago revuelto, pero negó con un gesto de la cabeza.

—Te esperaré. *Pero date prisa.*

Nicolas cerró sobriamente el corte abierto en el brazo de Vikirnoff.

—Gracias —dijo—, pero puedo esperar a que hayamos salido de aquí.

Vikirnoff quiso responder, pero su mirada encontró a Lara, vio su rostro pálido y se encogió de hombros.

—Entonces será mejor que nos demos prisa.

Natalya miró brevemente a Lara y luego vio las graves heridas de Nicolas. Apretó los labios, pero no pronunció la más mínima protesta. Sin embargo, Lara se dio cuenta de que quería hablar, y esa breve mirada la avergonzó. Nicolas había luchado para salvarle la vida sin detenerse a dudarlo un solo instante. Tenía heridas por todas partes, pero sólo estaba preocupado por las heridas de ella, que en comparación con las suyas eran leves. Sin embargo, ella se mostraba incapaz de verlo tomar la sangre necesaria para recuperar la fuerza y aliviarle el dolor de las heridas.

Sólo es asunto nuestro el por qué de las decisiones que cada uno toma. Nicolas lanzó a Natalya una dura mirada de advertencia que no pasó desapercibida para Vikirnoff, que se irritó.

Natalya lo detuvo poniéndole una mano en el brazo. Luego osciló brevemente hasta convertirse en un hilo de bruma y enseguida se elevó en el aire. Vikirnoff la siguió.

—Lo siento. —Lara pestañeó y unas lágrimas asomaron en sus ojos—. Me siento muy avergonzada.

—No hay de qué avergonzarse. Puede que gracias a tu rápida intervención me hayas salvado la vida. —Nicolas se tocó el cuello, ahí donde el collar de titanio había impedido que el vampiro le hundiera los colmillos y lo desgarrara. En realidad, la mordedura no lo habría matado, y él se había preparado para el dolor y el estado de *shock* que seguiría, no sin antes arrancarle el corazón al vampiro. Sin embargo, Lara había acortado la batalla y le había dado esos valiosos segundos de ventaja para reaccionar—. Fue una decisión rápida y oportuna, y muy ingeniosa.

Ante aquel elogio, ella se sonrojó.

—¿Puedo ayudarte a sanar? No soy una sanadora experta, pero tengo ciertas habilidades. —Lara no tenía ni idea de cómo sanar sus heridas, pero Nicolas mostraba un aspecto desamparado y ella detestaba ser la causa. Quería demostrarle su solidaridad, si bien su incapacidad de verlo tomar sangre retrasaba su curación. Se sentía rara al preguntar, pero no podía dejarlo—. Conozco los cánticos curativos de los carpatianos. Mis tías los aprendieron de su madre y me los enseñaron, pero en realidad no sé demasiado bien cómo curar las heridas. Quizá puedas enseñarme, en caso de que vuelva a ocurrir algo parecido a esto.

Él le sonrió y la miró con expresión de ternura.

—Volverá a ocurrir. Tenemos que recoger la tierra más fértil que encontremos y mezclarla con tu saliva.

—El agente curativo de tu saliva probablemente es más eficaz que el mío.

Lara eligió un trozo de tierra directamente bajo los árboles. Quería un lugar donde las flores crecieran en abundancia. Las plantas aún estaban durmientes, pero la tierra bajo la nieve era oscura y rica en minerales. Lara la mezcló con saliva y preparó un emplasto para las heridas.

Tierra que sana, flor profunda y curativa, entrelazad vuestras esencias, tapad estas heridas, danos la salud con tu dulce ciencia.

Lara respiró sobre la mezcla mientras entonaba suavemente el cántico carpatiano, sin darse cuenta de lo que hacía. Añadió su propia mezcla especial para ayudar a sanarlo.

Este hombre no es sino sombra de la luz, ayudadlo a sanar, libradlo de su cruz.

De pronto vaciló, temiendo que le haría daño, pero luego siguió aplicándole con cuidado los emplastos a la herida del pecho y el abdomen con sus dedos sensibles. Trabajó sumida en un largo silencio, asegurándose de cubrir hasta el último rasguño. Le costaba respirar sintiendo el contacto de su piel y el calor de su cuerpo tan cerca. Nicolas se quedó muy quieto, casi aguantando la respiración, pero Lara acompasó el ritmo de su corazón al suyo hasta que quedaron totalmente sincronizados.

—¿Cuánto tiempo tienes que dejarte puesto el emplasto? Me estoy acostumbrando a aplicar tierra en las heridas —dijo, con voz ligeramente temblorosa.

—Debería poder quitármelo al cabo de unos minutos —respondió él. Le cogió el mentón y le hizo levantar la cara. Deslizó la yema del pulgar sobre su labio inferior en una leve caricia.

Lara mantuvo la mirada clavada en él y aguantó la respiración. Un susurro de excitación le recorrió la espalda. En los ojos oscuros de Nicolas vio el hambre en estado puro, un deseo que parecía igualar el calor repentino que ella sintió en la boca del estómago, un calor que le bañaba muslos y pechos.

Nicolas inclinó hacia ella su cabeza oscura. Le rozó apenas los labios, como una pluma, como una pregunta, una demanda, una suave súplica y una firme insistencia. Ella respondió acogiéndolo en el refugio cálido de su boca.

Me alegro mucho de que te hayas salvado, dijo, con voz tímida.

Nicolas cerró los ojos y bloqueó todas las sensaciones excepto aquel calor húmedo y aterciopelado de su boca. Podría perderse en ella, adueñarse de ella, embeberse de ella. Las venas se le llenaron de una lava ardiente, espesa y caliente, que alimentaba su deseo.

Nicolas ahondó en el beso, como si tomara el mando, y la apretó levemente para ver si Lara respondía. Le resultaba cada vez más difícil mantener las manos apartadas de ella, con aquellos demonios que rugían en su interior y todo él endurecido hasta el dolor. Todo cuanto había en él sabía que Lara era su otra mitad, la guardiana de su corazón. Pero temía que ella nunca sintiera lo mismo.

Lara le hundió las manos en los cabellos, pero con un gesto algo tímido, no tan arrebatada como él quisiera. Hasta que Nicolas decidió dejarlo. No era ni el momento ni el lugar adecuado y ella no estaba del todo preparada para dar ese paso con él. Tendría que darse por satisfecho de ver que ella lo buscaba, que incluso iba a su encuentro a medio camino.

Le acarició la cara con manos suaves. Le fascinaba aquella mirada cargada de sensualidad, ligeramente deslumbrada.

—¿Puedes volver a mutar?

Ella parpadeó varias veces y se mordió el labio inferior. Al final, asintió con un gesto de la cabeza.

Él la miró con un amago de sonrisa que le suavizó los duros rasgos de la cara.

—Sigue la imagen que verás en mi mente y consérvala. Con cada nueva experiencia, verás que te vuelves cada vez más ducha. Cuando lleguemos a casa de Vikirnoff, sólo tardaremos unos minutos en sanar.

Lara sabía que eso significaba tomar la sangre de Vikirnoff. Observó que Nicolas se tambaleaba un poco, y que las arrugas de su cara eran más profundas. No percibió en él ningún reproche, ningún gesto de menosprecio porque ella no soportara verlo tomar la sangre de otro. Se dio cuenta de que su genuina manera de aceptarla lo honraba, y que quizá tuviera beneficios curativos. Ahora respiraba más tranquila.

—Entonces, vamos. No quiero que tengas que esperar más de lo que ya has esperado.

Dio un paso a la derecha, teniendo la bruma presente en su mente y en la de ella. Lara sintió el cambio casi enseguida. Aquella ola de adrenalina estuvo a punto de detener su transmutación, pero se dejó ir y abandonó su cuerpo físico. Le resultó mucho más fácil esta vez entregarse al cambio, y sintió cierta emoción y orgullo al ver que era capaz de transmutar, convertirse en bruma y surcar el cielo con Nicolas. Sabía que era él quien fabricaba la imagen para ella, pero no le importaba. Había hecho lo imposible y tenía la sensación de haber dado un gran paso.

He aprendido muchas cosas esta noche, Nicolas. Gracias.

Él respondió con una calidez íntima que se derramó sobre ella como la miel tibia y le enterneció el corazón. Nicolas buscaba el camino para llegar a ella aunque tuviera que derribar todas las barreras que Lara había construido desde la infancia. La ternura era algo tan inesperado en él, un hombre tan peligroso y arrogante, que Lara se sintió como si fuera la persona más importante de su vida. A él no le importaba que Lara no estuviera contenta consigo misma. La consideraba suficiente para él tal como era, y esa aceptación suya le transmitía a ella una gran confianza en sí misma.

La casa estaba construida en la ladera de una montaña, y tan perfectamente camuflada que era casi imposible verla hasta que la tuvieron ante sus ojos. Lara y Nicolas volvieron a sus propios cuerpos en las escaleras de piedra que conducían a un porche fresco y umbrío, todo tallado en la misma piedra. A Lara le agradó la sensación de penetrar en una caverna. Aquella fachada le daba el aspecto de un bello hogar, con ventanas y una puerta, pero cavada en la roca de la montaña. El interior estaba bien iluminado, con sus brillantes lámparas colgantes, sus suelos de mármol y la madera bien pulida y reluciente en todos los rincones.

—Habéis decidido quedaros a vivir aquí —dijo Nicolas, mirando a su alrededor.

—A diferencia de ti y de tu familia —dijo Vikirnoff—, mi hermano y yo sólo compartimos los últimos años cazando juntos, y nunca en el mismo lugar. Antes de eso, nos movíamos de una región a otra, ocupando un lugar ahí donde no había ningún antiguo. Será una experiencia agradable disfrutar de un hogar después de tanto tiempo. Nicolae y Destiny también se instalarán en los alrededores. Podremos contribuir a la protección del príncipe, así como de las mujeres y los niños, con la esperanza de ver renacer a nuestro pueblo.

Lara agradecía que Nicolas la cogiera levemente por la espalda y los mantuviera conectados. También estaba presente en su pensamiento, lo cual le daba cierta serenidad para enfrentarse a Natalya, que en realidad se le parecía mucho. Puede que Razvan se le hubiera parecido en algún momento, pero ahora ya no. Aún así, por su semblanza, Natalya podría haber sido su madre o su hermana.

Natalya la invitó a sentarse en una silla amplia que parecía muy cómoda.

—Por favor, siéntate. Es asombroso conocerte, por fin.

Nicolas la cogió de la mano cuando ella se hundió en los mullidos cojines, y le acarició suavemente la palma con el pulgar. *¿Estarás bien un rato sin mí?*

Ella sintió un nudo en el estómago. ¿En qué momento se había vuelto tan cobarde? ¿Acaso le había impactado tanto el olor y la visión de los parásitos, o de aquellos ojos plateados, que se había vuelto incapaz de desenvolverse sola? Quizá fuera la muerte que había visto en esos ojos y el olor a descomposición. Cualquiera que fuera el trauma de infancia que había resurgido, se negaba a desvanecerse. La puerta apenas se había abierto, y ahora tenía que lidiar con ello.

Alzó la mirada hacia Nicolas. Parecía muy tranquilo y sereno, dueño de una profunda certeza, mientras ella se debatía en la duda. Él también tenía que enfrentarse a su pasado.

Eso lo haremos juntos. Nicolas volvió a transmitirle su calidez, y ella tuvo la impresión de que, al compartirlo con él, ya no se sentía tan sola.

Así lo haremos. Y yo estaré bien. No te preocupes por mí.

Nicolas se inclinó para besarla en la cabeza. *Búscame, si me necesitas. De otra manera, nos mantendré separados.*

Ella se humedeció los labios. Era evidente que él dejaría de estar en su mente para impedir que ella «viera» o sintiera lo que ocurría cuando él se alimentara de la sangre. Con un gesto de la cabeza le dio a entender que comprendía, y consiguió lanzarle una leve sonrisa para darle confianza.

Natalya esperó a que Nicolas saliera de la sala con Vikirnoff.

—¿Es bueno contigo? —le preguntó de pronto—. La familia De La Cruz tiene cierta reputación, y se dice que viven según sus propias reglas.

La pregunta sorprendió a Lara, que no sabía demasiado bien cómo contestar.

—Acabamos de conocernos —dijo.

Natalya asintió con un gesto de la cabeza.

—Y él os ha unido, aunque el ritual no está del todo acabado. ¿Sabes lo que le ocurre al hombre cuando el ritual se lleva a cabo?

—Sólo sé lo que me contaron mis tías con sus relatos —respondió Lara, sacudiendo la cabeza—. Yo era una niña y los recuerdos que guardo son vagos, así que creo que mis conocimientos tampoco son demasiado precisos. A menudo no sé distinguir entre la realidad, los recuerdos que ellas plantaron en mi memoria y mi imaginación.

—Debe ser todo una gran confusión para ti.

—Sí, pero estoy aprendiendo muchas cosas.

—Lo lamento si te hago sentirte incómoda. Me alegro mucho de conocerte, al fin y al cabo eres mi sobrina. Colby, la compañera eterna de Rafael, es tu hermanastra. Razvan también era su padre.

La tensión le agarrotó los músculos y le irritó los nervios. Natalya había insertado deliberadamente esa información en la conversación para observar su reacción, pero Lara conservó una expresión imperturbable.

—He tenido ciertos recuerdos que me hacen creer que Xavier se servía del cuerpo de Razvan para seducir a las mujeres y dejarlas embarazadas para alimentarse de la sangre de los descendientes de los cazadores de dragones.

Natalya la miró con una mueca de dolor.

—Quería utilizarme a mí de la misma manera —dijo—. Razvan lo convenció de que la sangre de los cazadores de dragones en mí no era lo bastante fuerte para serle útil. Me protegió durante toda la infancia y en los años que siguieron. No me había dado cuenta de lo que le ocurría hasta hace poco, y entonces creí que, de alguna manera, se había convertido en vampiro o estaba aliado con ellos. —Se inclinó hacia adelante, y sus ojos verdiazules encontraron la mirada de Lara—. ¿Sabes si eso es verdad? ¿Sabes si todavía está vivo?

Lara se mordió el labio inferior. ¿Qué sabía de verdad acerca de Razvan? Sus recuerdos de la infancia eran defectuosos. Recordaba poca cosa, hasta que la visión de los parásitos reavivó en ella la experiencia del trauma. ¿Razvan se había convertido en demonio? ¿Acaso seguía vivo? Habían surgido tantos fragmentos de recuerdos contradictorios que ahora ya no sabía la verdad.

—No puedo ayudarte tanto como me gustaría —dijo—. No tengo respuestas. Veo cosas que me hacen pensar que Xavier no sólo poseyó el cuerpo de Razvan sino que también le inyectó algo que le arrebató la voluntad, no la totalidad de su mente, porque Razvan intentó resistir. Sin embargo, al final, Xavier lo obligaba a hacer cosas horribles y Razvan era incapaz de sustraerse a la mezcla de pociones y hechizos del viejo.

Vikirnoff y Nicolas volvieron al salón, y oyeron la última parte de la conversación. Nicolas ya no parecía tan demacrado. Se sentó en el brazo de la silla de Lara, justo a su lado, con actitud protectora.

—La gran habilidad de Xavier consistía en poseer las mentes y apoderarse de ellas, y convertir a las personas en marionetas. Nadie poseía sus habilidades, que él iba afinando a lo largo del tiempo, y esa práctica era uno de sus grandes contenciosos con nuestro príncipe. Hay ciertas cosas que es preferible no hacer —dijo Nicolas, y enredó los dedos en la melena de Lara—. Xavier opinaba que puesto que los carpatianos usaban el control mental para conseguir lo que querían, él tenía todo el derecho de hacer lo mismo. Era difícil contrariar esa lógica.

—Porque había verdad en ella —acotó Lara.

Nicolas asintió con un gesto de la cabeza.

—En aquella época, creía que utilizábamos nuestro control mental en aras del bien, y que Xavier sólo pretendía utilizarlo para conseguir sus propósitos. Sin embargo, he aprendido hace poco que yo también lo utilizo para mis propios fines egoístas. Es mucho más fácil y más rápido cuando quiero que la persona colabore, así que lo hago sin siquiera pensar.

Vikirnoff emitió un sonido de disconformidad.

—Ayudarle a alguien a luchar contra su miedo es muy diferente a obligarlos a hacer cosas que normalmente no harían —señaló.

—¿Cómo, por ejemplo, dar su sangre? —aventuró Lara.

Vikirnoff se giró hacia ella con gesto agresivo. Natalya le tocó el brazo para calmarlo.

—Tienes cicatrices en los brazos, Lara. He encontrado un puñal ceremonial que pertenecía a Xavier y, cuando conseguí penetrar en los recuerdos, tuve la visión de un niña pequeña que Razvan usaba para alimentarse. De pronto llegó Xavier y quiso beber de su sangre también, y ella logró escapar de la caverna con la ayuda de dos dragones.

Nicolas le acarició el cuello a Lara.

—Era Lara. Sus tías estaban atrapadas en sendos dragones y demasiado débiles para escapar. Hemos decidido volver a la caverna para averiguar qué ocurrió con ellas y, a la vez, intentar saber qué pasó con Razvan.

Vikirnoff se irguió en su asiento.

—Aquella caverna es una enorme trampa. Nosotros escapamos y salvamos la vida a duras penas. Xavier ha dejado guardianes y vimos indicios de que todavía utilizan aquellas dependencias. Lo hemos vigilado estrechamente, pero nadie entra allí, es demasiado arriesgado.

Nicolas empezó a masajearle el cuello a Lara con sus manos fuertes de dedos largos.

—Somos muy conscientes del peligro, Vikirnoff, pero no podríamos vivir tranquilos sin antes encontrar las respuestas a nuestras preguntas. Las tías lo arriesgaron todo para salvar a Lara. Y sabemos que Razvan ha sufrido torturas durante siglos. Y no digo años, sino siglos. Él es un cazador de dragones, lo cual implica que hay una posibilidad de que se haya salvado.

—Lo vimos atacar a Natalya —señaló Vikirnoff—. Estaba dentro de su pensamiento, y la seguía, intentaba atraerla hacia él, usarla contra nosotros.

—Pero ¿acaso Razvan era dueño de sí mismo? ¿O era Xavier quien lo poseía y controlaba? Lara y yo tenemos que encontrar la respuesta a esa pregunta. Además, sus tías han permanecido cautivas demasiado tiempo. Vivas o muertas, y no creemos demasiado en la posibilidad de que estén vivas, tenemos que encontrarlas y traerlas a casa.

Vikirnoff le cogió la mano a Natalya.

—Tú conocías a Razvan mejor que nadie. ¿Es posible que esto haya ocurrido, que Xavier controlara a tu hermano?

Ella cerró brevemente los ojos y sacudió la cabeza.

—No lo sé, Vikirnoff, de verdad que no lo sé. Él sólo venía a verme en sueños. ¿Cómo podía Xavier apoderarse de los sueños?

—¿Cómo es posible que Xavier haya encontrado una manera de encerrar a una de las carpatianas más poderosas e impedir que se suicide? El compañero eterno de Rhiannon fue asesinado y, sin embargo, a pesar de ello, Xavier consiguió obligarla a que tuviera trillizos con él —señaló Nicolas—. Yo conocí a Rhiannon y a su compañero eterno. De haber podido, ella lo habría seguido.

Lara carraspeó.

—Mis tías hablaban de ella a menudo. Xavier la mantuvo prisionera y, una vez que tuvo los trillizos, se conservó con vida para protegerlos y para enseñarles todo lo que podía acerca de la cultura de los magos y de los carpatianos. Les enseñaba todo lo más rápidamente posible porque sabía que, eventualmente, Xavier la mataría. Y eso fue lo que hizo.

No me habías contado eso. Era la voz de Nicolas que penetraba suavemente en su conciencia.

Ahora comienzo a recuperar retazos de recuerdos que me vienen solos. Lara no sabía si debía alegrarse o no de ello.

A Nicolas no le agradaba verla tan confundida. Lara ya se sentía algo crispada por la proximidad de Natalya. Sabía disimularlo, pero se sentía incómoda porque sus recuerdos todavía eran demasiado recientes. Se frotó dos veces las muñecas, a pesar de que sabía que lo hacía más por una costumbre que por el dolor. Sin embargo, era un gesto que le recordaba su infancia traumática.

—Quiero ir con vosotros —dijo Natalya—. A la caverna. *Tengo* que ir.

—Natalya —advirtió Vikirnoff.

—No. Se trata de Razvan. Tengo que ver si existe alguna posibilidad de que nos hayamos equivocado. Puede que encontremos algo, una pista sobre lo que ha ocurrido.

Vikirnoff farfulló algo por lo bajo.

—Esa caverna es una trampa mortal. Tú ya estuviste, Natalya, y lo sabes.

—Él me mantuvo lejos de Xavier —dijo ella—. Puede que sea yo la que tuvo una infancia de pesadilla. Puede que sea yo la persona con quien experimentó y de la que se alimentó. Razvan me salvó, Vikirnoff. Amo a mi hermano y si al menos puedo limpiar su nombre para que sus hijos piensen bien de él, es lo menos que le debo.

Vikirnoff sacudió la cabeza.

—Es una locura volver allá.

Nicolas entendía cómo se sentía Vikirnoff. Lo último que él mismo quería hacer era llevar a Lara de vuelta a aquel laberinto subterráneo que Xavier había creado. *Tengo que ir, Nicolas. Si se tratara de tu familia, tú irías.*

El problema era que, una vez que uno se involucraba con todo el corazón, desaparecía todo vestigio de lógica. Poco importaba que Nicolas supiera que era peligroso, pero ahora entendía las necesidades de Lara y por eso no era tan fácil tomar las decisiones como cuando no tenía emociones. Cruzó una mirada con Vikirnoff y entendió por primera vez las dificultades que entrañaba mantener a las mujeres a salvo.

—El método del hombre de las cavernas tenía cierto valor —declaró Vikirnoff.

—Estoy de acuerdo —replicó Nicolas, y suspiró para sus adentros. *Dije que te llevaría, y no suelo faltar a mi palabra.*

—Entonces ¿iremos mañana por la noche? —preguntó Natalya.

—La siguiente —corrigió Vikirnoff—. Antes de ir, quiero llevar a cabo una inspección de reconocimiento y, además, tenemos que asistir al consejo de guerreros. El bebé de Jacques recibirá su nombre en el círculo de los guerreros. Es importante que todos asistamos para apoyar a Jacques y a Shea. Si algo llegara a sucederle a Shea, Jacques no sobreviviría. Su hijo nos necesitaría a todos los de la comunidad.

El consejo de guerreros... donde él había intentado apoyar la propuesta de Gregori de mantener a las mujeres alejadas de los escenarios de combate. Le dieron ganas de soltar un gruñido.

—¿Habéis tenido noticias de la compañera eterna del príncipe? Supongo que ha vuelto a tener problemas.

Natalya miró a su compañero con un dejo indeleble de tristeza.

—No sólo tiene problemas Raven, sino también Savannah. No promete nada bueno. Gregori trabaja para ayudarlas a las dos, y Syndil ha hecho emplastos con la tierra de los alrededores, pero las dos mujeres sangran, como si sus cuerpos rechazaran a los bebés.

Un dolor agudo en las sienes obligó a Lara a soltarle la mano a Nicolas para tocarse la cabeza. Por un momento, fue como si se le partiera en dos y una puerta se abriera. Tuvo una breve visión de una mujer que sollozaba, de sangre en el suelo y de montones de tierra su alrededor. Xavier se alzaba por encima de ella con una sonrisa de satisfacción.

—A veces debemos hacer pequeños sacrificios para un bien mayor, querida. Un niño perdido para asegurar que continúe la muerte de muchos no es un precio demasiado alto que pagar.

Al sentir la bilis en la garganta, Lara se incorporó rápidamente. Apartó de su camino a Nicolas y salió de la casa a toda prisa para respirar el aire fresco del exterior. Nicolas se le acercó por detrás y posó suavemente las manos sobre sus hombros.

Ella se lo sacudió de encima y dio un paso adelante. Respiraba aceleradamente.

—No. No digas nada, todavía. —Él había visto ese pequeño episodio de su pasado. Ella lo había sentido presente con la primera descarga de dolor, antes de que ninguno de los dos se diera cuenta de lo que ocurría.

—No puedes pensar por nada del mundo que eres responsable de lo que ha hecho Xavier. Él deseaba la inmortalidad y estaba enfadado y amargado por no tener ese don, mientras que los carpatianos sí lo tenían. Quería todos los poderes que tenía nuestra especie, además de los propios. Cuando el compañero eterno de Rhiannon fue asesinado y desapareció, supimos que Xavier llevaba años conspirando contra nosotros. Desde luego, no teníamos cómo saber el alcance de los daños o qué había hecho. Es un mago maestro, e indudablemente poderoso. Las semillas del odio y su descenso a la locura empezó siglos antes de que tú nacieras.

—Su sangre corre por mis venas —dijo ella, y señaló la casa con un gesto—. Y por las venas de ella. Xavier se propuso destruir toda una especie de la manera más aborrecible que pudo concebir. —Lara lo miró, entristecida, avergonzada—. Ya sabes lo que vimos. Más experimentos. Ha hecho algo, algo que ha hecho siempre, conseguir que las mujeres pierdan a los bebés y que los niños mueran —dijo, e inclinó la cabeza, desafiante—. Tú no lo conoces como yo. No puedes matarlo, ni puedes detenerlo. Es la criatura más despreciable y maligna que existe sobre la faz de la Tierra.

Nicolas sabía de qué hablaba. Xavier había asesinado a su propio hijo. Había raptado, violado y obligado a Rhiannon a darle hijos y, después de sangrarla durante años, la había asesinado. Había encerrado a su nieto y lo había utilizado en experimentos, lo había torturado y luego usado a sus hijos como fuente de alimento. Había asesinado a la mujer maga de su nieto. No había nada que pudiera salvar a Xavier, en su opinión. Él nunca lo había apreciado en el pasado, cuando los carpatianos y los magos estaban unidos por una fuerte alianza.

—No sucede con todos los magos —dijo ella, con voz queda—. Mi madre era maga.

—*Fél ku kuuluaak sívam belső* —murmuró él.

Amada. ¿Acaso era amada? ¿Era posible que alguien tan fuerte como Nicolas pudiera de verdad entender, aceptar y amar a alguien tan malograda como ella?

La boca de Nicolas se curvó con una sonrisa al besarla. *Los dos sabemos que yo no soy perfecto, aunque me gustaría fingir que no es así. Esta noche tienes que comer. Iremos a la posada.*

—De todas maneras, quisiera ver cómo se encuentran mis amigos —dijo ella, asintiendo con un gesto de la cabeza—. Vamos.

Nicolas lanzó una última mirada a la casa.

Lara necesita un poco de tiempo. La llevaré a la posada para que coma algo. Podemos encontrarnos después del consejo de guerreros y verificar la caverna antes de ir con las mujeres.

Se oyó una voz femenina que emitía un bufido desdeñoso. *¿Las mujeres?*

Lara se hizo eco de su tía.

Ya estás otra vez con tu tema de las mujeres. Creo que hay unas cuantas cosas pendientes de tratar contigo, Nicolas.

No tienes ni idea. En ese momento, Lara se sentía benevolente con él, pero, después del consejo de guerreros, ya no estaría tan feliz.

Capítulo *12*

La posada bullía de actividad cuando Nicolas y Lara llegaron. Siempre era necesario que en la aldea se guardaran las apariencias de un villorio humano. Muchos carpatianos acudían al restaurante como si fueran clientes. Nicolas no tuvo dificultades para cambiar de indumentaria y se presentó con ropa limpia. En cuanto a Lara, la tocó con un primoroso vestido largo y ondulante, muy a la moda, que le llegaba a los tobillos.

Lara se palpó el peinado y se sorprendió al ver que su espesa melena le caía libremente, como una cascada de seda roja y dorada. Alzó la mirada hacia el hombre alto y atractivo que la hacía sentirse tan bella. Le llamó la atención su belleza masculina, una mezcla de peligro, naturaleza animal y pura sensualidad masculina. Reprimió una excitación incipiente y consiguió sonreír.

—¿También te has acordado del maquillaje?

Él le cogió la mano, entrelazó los dedos con ella y se llevó su mano al pecho con un gesto posesivo cuando entraron en el área del vestíbulo, donde también los habitantes de la aldea se reunían a tomar una copa.

—Desde luego.

Al estar tan cerca de él, Lara observó enseguida la diferencia que se operaba en Nicolas, que dejaba su actitud caballerosa para convertirse en un macho ferozmente primitivo. Sucedió en un abrir y cerrar de ojos. Incluso su olor era diferente, una combinación de almizcle, especias y olor a naturaleza salvaje. Su boca conservaba su dejo sensual, aunque ahora con una insinuación de crueldad que era toda una advertencia. Sus ojos de párpados caídos le daban un aire pensativo, y se pasearon entre la concurrencia como si marcara a cada uno de los hombres presentes. El gesto de tenerla sujeta con una mano en el nacimiento de la espalda era a todas luces posesivo. Incluso se mantenía apenas un palmo más cerca de ella, de modo que parecía estar en todas partes y dominar todo su espacio.

O quizá la diferencia estuviera en ella. Lara era muy consciente de la presencia de aquel hombre oscuramente atractivo que se mantenía al acecho a su lado, todo él rebosante de sexualidad y poderío. Las mujeres se giraban y lo miraban con ojos deseosos. A ella la seguían con una mezcla de desprecio y no poca envidia, y ella estaba segura de que, mirándola, se dirían que no parecía una mujer capaz de domeñar esa naturaleza tan cargadamente sexual que latía en Nicolas.

Nada más pensar en eso, él le rozó todo el cuerpo con una esencia cálida, como si hubiera sentido su aliento sobre la piel desnuda. A Lara se le endurecieron los pezones y una ola de calor le corrió por las venas. Alzó la mirada hacia él y reparó en ese apetito descarnado en sus ojos negros cada vez que su mirada se posaba en ella. Se humedeció el labio inferior con la lengua y la mirada se le quedó fija en su boca.

—Tienes que parar —murmuró ella, sintiendo que el sonrojo le nacía en el cuello y le subía hasta la cara y la hacía enrojecer—. Me estás haciendo... —dijo, y calló, porque apenas podía respirar. Jamás en su vida se había sentido de esa manera, excitada, sensual, deseada. Era asombroso y prácticamente inexplicable que ella pudiera suscitar esa atención reconcentrada y sin reservas en un hombre como Nicolas De La Cruz. Ella no era ninguna aventurera. No era una mujer bella. Desde luego, no tenía nada de sexy, aunque él la hiciera sentirse así, y el efecto era un poco embriagador.

También era muy consciente de esa mano extendida sobre el

nacimiento de su espalda. Mientras cruzaban el bar hacia el comedor, sentía el calor difuminándose a partir de cada punto de contacto. En el bar, unas cuantas parejas bailaban al son de una melodía, aunque el baile no era más que un pretexto para permanecer abrazados. A unos metros del arco de la entrada, Nicolas se detuvo bruscamente, la cogió por la muñeca y la hizo girarse hasta tenerla frente a él.

Ella se quedó sin aliento cuando él la estrechó en sus brazos. Encajaba perfectamente en su cuerpo, y toda ella se había vuelto tan dúctil que tuvo la sensación de amoldarse a él como metal fundido, tan cerca que casi compartían la misma piel. Sintió que Nicolas flexionaba sus poderosos músculos, tensos, un roce caliente y seductor que le despertó un temblor en la columna y un incipiente dolor en los pechos. Sintió el bulto duro apretado contra su vientre, la prueba gruesa y desvergonzada de su deseo de ella. La boca se le secó, al tiempo que un nudo se le instalaba en la boca del estómago.

Nicolas inclinó la cabeza y con los labios le rozó la parte expuesta del cuello, donde su pulso latía frenéticamente al compás de la música.

—Relájate —dijo él, con una voz ronca, mezcla de seducción y lujuria, y Lara no supo si estaba bailando o haciendo el amor con ella.

Aquella voz despertó en su bajo vientre un cosquilleo de alas de mariposa. La entrepierna se le humedeció y una corriente eléctrica le recorrió todo el cuerpo como una espiral. Era la primera verdadera experiencia que tenía de una reacción sexual tan abrumadora, y se sentía incapaz de dominar sus emociones. Hasta su última terminación nerviosa se había encendido y despertado a la vida, y hasta la última célula de su organismo era consciente de los movimientos de Nicolas, tan cerca de ella.

—No sé cómo... Yo nunca... —Ya no sabía si le decía que nunca había bailado y que no tenía idea de lo que estaba haciendo, o si intentaba decirle que nunca había tenido relaciones sexuales y que no tenía ni la menor idea de cómo seducir a un hombre.

Nicolas la clavó con su abrazo, sosteniéndola apretada contra él mientras realizaban una serie de pasos intrincados a lo ancho de la pista de baile. Lara creía flotar sobre una nube, ligera y aérea y perfectamente sincronizada con él.

—Eres la tentación en persona —susurró él, y le rozó el lóbulo de la oreja con los labios.

La mordisqueó apenas, un ligero roce de los dientes, y ella quedó sin aliento. La excitación le recorrió los pechos y los muslos y se demoró en su entrepierna como un cosquilleo. Nicolas había iniciado una maniobra de seducción en la pista de baile y ella ni siquiera quería resistirse. Se tocó el labio inferior con la lengua, como reprimiendo los nervios, decidida a llegar al fondo de las cosas esa noche.

Lo deseaba, y deseaba pertenecer a él, a pesar de su arrogancia y sus modales dominantes. Cuando estaba mentalmente conectada con él, percibía su determinación de aprender, de hacerla feliz, de ser el hombre que ella necesitaba. ¿Cómo no desearlo? Aparte de eso, lo consideraba el hombre más sexy que jamás había conocido.

Él la hizo girar y luego volver al refugio de su cuerpo. Esa manera de ejecutar el movimiento, tan dominante, fuerte y protectora a la vez, fue como otra descarga de calor que la recorrió de arriba abajo y se derramó en sus venas. Su aroma la envolvió, aquel aroma picante y masculino que era únicamente suyo y que se confundía con el olor almizclado de la excitación masculina para formar una combinación muy potente. Al deslizar las manos, le acarició el nacimiento de los pechos, las costillas y su menuda cintura, antes de acomodarse en sus caderas y estrecharla con más fuerza.

Su entrepierna volvió a humedecerse. Le dolían los pechos, endurecidos y deseosos. Tenía todos los músculos tensos, a punto de ceder. Cuando ya no podía pensar, se dejó llevar por la música vibrante como montada sobre una ola de deseo, en una nebulosa de embelesamiento sexual.

Él volvió a inclinar la cabeza, esta vez para acercar la boca a su cuello y llegar a tocar con la lengua aquel pulso que latía, desbocado. Normalmente, se habría inhibido enseguida, pero aquella serie de breves lengüetazos, seguida del roce incitante de sus dientes la dejó ardiendo por dentro y por fuera. Unas llamas bailaron sobre su piel, centradas en la entrepierna, llenando cualquier vacío, hasta que quiso más. Los labios de Nicolas eran increíblemente cálidos y firmes, y los dientes, un tormento, la sacudían y le infundían esa añoranza. A duras penas podía respirar, y el corazón le latía tan estruendosamente que los dos podían oírlo.

Nicolas reconocía el peligro en cuanto sus pasos con Lara lo acercaban a otros hombres. El ritual del vínculo aún no estaba consumado, y ella todavía podía escapársele. La llamada del demonio emergió como un rugido tremendo. Por eso controlaba el movimiento de las miradas, las de los hombres que la miraban mientras los dos se movían perfectamente sincronizados por la pista de baile. También captaba el muy perceptible aumento de la tensión sexual.

Lara no se daba cuenta de su propio atractivo, una mezcla de inocencia y fantasía. Su piel refulgía, y sus ojos estaban teñidos por la excitación, grandes, suaves y cautivadores. Un hombre podría ahogarse en esos ojos, y él se estaba ahogando. Y la presencia de otros hombres en ese espacio tan reducido había despertado a la bestia. Él la sentía arañándole las entrañas, demandándole que reclamara a su compañera eterna, que la hiciera irrevocablemente suya. Más que eso, sus propios temores de perderla agudizaban sus instintos animales, esa naturaleza primitiva que le exigía adueñarse de lo que le pertenecía. Caminaba por una delgada línea, procurando cortejarla como ella se lo merecía y, al mismo tiempo, conservar la calma cuando su compañera eterna estaba justo fuera de su alcance. Nunca era fácil para un hombre conciliar un comportamiento civilizado con su naturaleza de predador. Por eso, la visita a la posada se había convertido en una situación explosiva en la que no se había parado a pensar.

Respiró hondo y olió a... Lara. Aquel reclamo femenino desató un torrente de sangre caliente en sus venas que le llegó a la entrepierna. La sensación de sus suaves pechos apretados contra su torso estaba a punto de desquiciarlo. Estaba desesperado por estrecharla, por tocarla, acariciar su piel de satén. A cada momento que pasaba se hacía más imperiosa su necesidad de ella. Al principio, el apetito se había insinuado lentamente, y su deseo de cortejarla no le había dejado darse cuenta de que el fuego en él se había expandido hasta convertirse en una tormenta que desafiaba su control.

El miembro le latía, casi retumbando con la sangre que bombeaba el corazón. Su necesidad se había vuelto brutal, una demanda incesante y poderosa que se insinuaba como despiadada. Su erección no pensaba en menguar, ni aunque hubiera tenido la oportunidad de hundirse profundamente en el santuario de su cuerpo. Y, durante todo ese rato, cada vez que la miraba, cada vez que la tímida mirada de Lara encontraba la suya, una extraña sensación se apoderaba de su corazón.

Deseaba ser tan tierno como violento. Quería que ella lo deseara con todas las células de su cuerpo, con la misma desesperación con la que él la necesitaba a ella. Hasta entonces, su idea de la compañera eterna había sido muy errada, o quizá sólo era diferente con Lara. Nicolas había pensado que ella lo salvaría de la oscuridad y que la química sería ideal, que tendrían varias vidas para encontrar una manera de amarse mutuamente. No había esperado que ella lo tocara en ciertos puntos que él creía permanecían tan fríos como las piedras. No se había esperado que esas emociones tan tiernas y protectoras surgieran tan rápido y fueran tan demoledoras, pero ella era de verdad la luz que disipaba sus tinieblas en todos los sentidos que había esperado.

Sus labios vagaron por encima de su pulso, mientras inhalaba el aroma que despedía su cuerpo. El pelo largo y sedoso de Lara se derramó sobre su cara y unas cuantas mechas quedaron adheridas a su barbilla sin afeitar. Él la estrechó a la altura de las caderas y la masajeó para aliviar ese dolor terrible que se negaba a desaparecer. Tocarla no era suficiente. Empezó a sentir que los dientes se le alargaban y afilaban, que todo su cuerpo le exigía que saciara el hambre que aumentaba en proporción directa a su apetito sexual. Estaba a punto de perder el control.

En sus ojos brillaron dos flamas rojizas. Con los dientes, le buscó el pulso y rascó arriba y abajo, con un ritmo hipnotizante. Estaba muy cerca, a punto de coger lo que le pertenecía, de hacerla suya, aunque enseguida recordó que ella se había mostrado dispuesta a escapar a través de la muerte antes que verse forzada.

Nicolas jamás había experimentado una lujuria en estado tan puro, tan primitivo. Se acumulaba tan febrilmente, y era tan aguda y brutal que a duras penas conseguía pensar con claridad. Su alma había sido herida una y otra vez hasta que en ella sólo habitaba la oscuridad, negra y horrible y abocada a la muerte. Pero ella había derramado una luz pura sobre esa alma y, de alguna manera, gracias a algún milagro, él había vuelto a sentir esperanza. Y su corazón, que había dejado el mundo siglos atrás, hacía incluso más tiempo que su alma, había vuelto a sentir gracias a ella y a volverse acogedor interiormente, aún cuando no estaba seguro de haber experimentado jamás algo similar.

Dejó escapar un breve gruñido e hizo un esfuerzo, hasta que obligó al demonio a calmarse, a mostrarse paciente y esperar, sabiendo que merecía la pena esperar a Lara. Al fin y al cabo, lo que de verdad deseaba era que ella se entregara a él, que lo deseara, que ella misma diera el paso porque albergaba sentimientos genuinos hacia él. Sus dientes recuperaron su tamaño normal y el fulgor rojizo desapareció de sus ojos, a medida que la música se desvanecía.

Lara seguía moviéndose, haciendo ondular el cuerpo apretado contra el suyo. Nicolas oía su corazón latiendo exactamente al mismo ritmo que el suyo. Entonces levantó la cabeza, reacio a soltarla.

—Tienes que comer algo —dijo. Era un comentario banal, sin duda, pero distaba tanto de lo que realmente quería hacer que a duras penas consiguió pronunciar esas pocas palabras más allá del deseo que le atenazaba la garganta.

Ella asintió con un gesto de la cabeza, pero no se movió. Estaba muy cerca de él, con su cuerpo suave y dúctil amoldado al suyo, más duro. Alzó apenas la cabeza para mirarlo. Su mirada era tímida, pero brillaba con una luz interior que lo volvió muy consciente de su sexualidad. Su piel estaba luminosa, sus ojos brillaban, y su cuerpo parecía de seda, tibio, bajo sus dedos errantes.

—¿Lara?

Ella le acarició la cara con un gesto amable, incluso tierno.

—Quiero recordar este momento para siempre. No tengo demasiados grandes recuerdos, pero bailar contigo es una experiencia increíblemente bella y quiero disfrutar de esta noche.

Al conectar mentalmente con ella, veía la verdad. Lara quería hacerse con ese instante, guardarlo para poder recuperarlo algún día y volver a verlo, momento a momento, sin que importara lo que ocurriera en el futuro. Esa respuesta suya abrió las espuertas de un torrente de sangre caliente que casi acabó con el control que tan difícilmente había conservado, y su corazón respondió con un dolor tan agudo, que lo hizo añorar el amor de esa mujer.

Le deslizó la mano hasta el nacimiento de la espalda para conducirla al comedor. Se aclaró la garganta.

—Espero que juntos podamos crear muchos recuerdos como éste. Disfrutaré de todos y cada uno de ellos.

—Antes que nada, tengo que ir a ver cómo está Terry y saludar a Gerald —le avisó ella.

Nicolas sintió la reacción animal instintiva que le roía las entrañas al pensar en Lara sola en una habitación pequeña con sus dos amigos hombres. Asintió con un gesto de la cabeza y se obligó a sonreír.

—¿Por qué no los llamas por el teléfono de la habitación antes? Y te aseguras de que están en condiciones de recibir visitas.

El duro nudo que tenía en el estómago se relajó cuando Gerald le dijo que acababa de poner a Terry a dormir y que se iba a la cama. Después de asegurarse de que todo iba bien, Lara prometió que pasaría al anochecer del día siguiente.

Nicolas se sirvió descaradamente de su influencia para conseguir una mesa en el rincón más oscuro y recluido de la sala. Una solitaria vela iluminaba la mesa con un fulgor suave, un fulgor que él también disminuyó, además de volver borrosas sus figuras para que nadie los molestara durante el rato que pasaran juntos. Cogió una silla para que Lara se sentara y luego eligió la que estaba más cerca de ella, con lo cual tapaba la vista a cualquier ojo intruso que hubiera conseguido superar la delgada nebulosa que había creado.

Lara se sentía acogida por la calidez de Nicolas, como atrapada en una red de sexualidad que no paraba de volverse más intensa, mientras él llamaba a la camarera.

—¿A ti qué te apetece? —preguntó, acariciándole los brazos desnudos con la yema de los dedos, casi como si no se diera cuenta de lo que hacía.

Con sólo escuchar el timbre de su voz, Lara se sintió envuelta en una ola de calor. Habría jurado que, al contacto de sus dedos, nacían unas pequeñas flamas que le lamían la piel.

Ella también carraspeó.

—Algo ligero. —Tenía ganas de salir de ahí, de estar a solas con él. Quería desesperadamente explorar la sensación de esos dedos que le acariciaban los brazos, sentirlos por todo el cuerpo, dentro de su cuerpo. El deseo se apoderó de ella con tanta urgencia que sintió las paredes de su hendidura más íntima tensarse con un calor húmedo y ardiente—. En realidad, no tengo demasiada hambre.

Él le murmuró algo a la camarera que ella no entendió, ni le importaba. Sólo tenía ojos para él, con aquella lujuria que hacía estragos en su rostro demasiado atractivo y se reflejaba en el hambre oscuro de la profundidad de sus ojos. Saber que ese brillo se debía a ella, que él no hacía más que estar pendiente de su persona, aumentaba su excitación. Sintió que los pezones se le endurecían al contacto con la tela del vestido, frotándose con el más leve movimiento.

Nicolas se inclinó hacia ella y creó una corriente de aire tibio que le bañó los pechos a través del vestido. Lara sintió la punta de su lengua bailando en torno a los pezones. Se echó hacia atrás, boquiabierta, y se sonrojó al ver que había una pequeña mancha de humedad justo sobre el pezón endurecido.

—Nadie puede vernos —murmuró él—. Me gusta verte así, deseándome.

—Creo que ya has conseguido que eso ocurra. —Incluso su voz había cambiado, una voz ronca, cargada de sexualidad, una verdadera invitación. No podía quitarle los ojos de encima, cautivada por esa mirada de añoranza suya, abierta y desnuda. Jamás, bajo ningún tipo de circunstancia, se había imaginado a un hombre mirándola de esa manera, y menos a un hombre como Nicolas De La Cruz—. Tu manera de comportarte me hace sentir que estás tan pendiente de mí que no tienes ojos para otras mujeres.

—¿Por qué querría mirar a otras mujeres? Tú eres la única que me importa. —Nicolas siguió acariciándole los brazos, rozándola con la punta de los dedos, absorbiendo la textura cálida y sedosa de su piel—. Eres mi mujer.

Con su tono suave al hablar, como terciopelo oscuro frotándole los brazos desnudos, Nicolas había conseguido que su entrepierna se tensara y luego se humedeciera, caliente. Lara retorció los dedos, que mantenía ocultos en el regazo por debajo de la mesa y, de pronto, se sintió sacudida por un estremecimiento de la cabeza a los pies. Era como si la música brotara de su cabeza, o quizá fuera el rugido de su propia sangre, que se acompasaba con el pulso de él.

Anonadada, se quedó sin habla ante esa sacudida de todo su cuerpo que expresaba su necesidad de él.

Nicolas tiró de su brazo hasta que ella lo dejó cogerle una mano. Con sus dedos largos, le acarició las cicatrices de la muñeca, ahora mucho menos visibles que antes.

—Prométeme que si alguna vez llego a hacer que te sientas tan desesperada, o si alguien o alguna cosa surte el mismo efecto, me lo dirás. —Se llevó su mano al pecho, sobre el corazón, sin dejar de acariciarla suavemente—. Sé que no soy un hombre fácil de aceptar, ni lo seré nunca, pero sólo procuro cerciorarme de que estés protegida y seas feliz.

Ella consiguió asentir con un gesto de la cabeza.

—Lo prometo.

Él se inclinó más hacia ella y los labios de los dos se rozaron.

—Y quiero sentir tu cuerpo bajo el mío y oírte gritar de placer. Pienso tomarme mi tiempo y tenerte toda la noche, poseerte una y otra vez hasta que ninguno de los dos pueda ponerse de pie, hasta que no puedas pensar, sólo sentir. Quiero darte todas las experiencias sexuales que pueda —dijo, y llevó su mano a los labios—. He esperado muchas vidas para encontrarte, Lara.

Nicolas le hablaba con una voz suave, ronca y muy sensual, su mirada oscura casi oculta, aunque no había nada de suave en esos ojos. Unos ojos turbulentos, donde una violenta tormenta hacía estragos. Había en ellos un deseo tan intenso y salvaje que le pareció dispuesto a tenderla sobre la mesa y arrancarle el vestido de un tirón. Aquella idea alimentó el fuego que seguía aumentando en su interior. Tenía la entrepierna tan caliente que por un momento creyó que le quemaba. Él todavía no la había tocado, pero ella lo deseaba más que cualquier cosa imaginable. Las arrugas en el rostro de Nicolas daban a entender su capacidad de control, pendiente de un hilo, y una parte de ella quería hacer añicos ese control, saber qué se sentía al ser tendida sobre una mesa y poseída por un hombre que sentía un apetito insaciable de ella.

Se sonrojó y bajó rápidamente la mirada cuando la camarera se acercó.

Ella no te puede ver con claridad. Su voz fue un roce íntimo en las paredes de su mente, y sintió un cosquilleo que la excitó aún más. Tenía ganas de salir de la posada y encontrarse en su cama. Ese deseo que la barría con cada ola apenas la dejaba respirar.

La camarera dejó el cuenco de sopa de verduras ante ella y se marchó sin decir palabra. Nicolas no le soltó la mano. Lara introdujo la cuchara, la sacó y empezó a hacer pequeñas olas en el plato.

—¿Tienes miedo de mí?

Ella lo miró a los ojos.

—No de ti. Nunca he tenido relaciones sexuales. Al parecer, tú tienes mucha experiencia.

Una sonrisa lenta le curvó la comisura de los labios.

—He tenido muchos siglos para aprender técnicas y especular con lo que haría con mi compañera eterna, si un día tenía la suerte de encontrarla. Nuestros machos pueden volverse muy obsesivos con la idea del sexo, pero, por regla general, no tiene nada de satisfactorio si no es con la compañera eterna. Puede que sea una garantía para nuestras mujeres así como para las demás mujeres que nos rodean. Mi apetito sexual se ha desbocado, y si cualquiera pudiera saciarlo, no sé cuánto tiempo podría mantener el control. No somos humanos, Lara, y puede que parezcamos domesticados y civilizados, pero no lo somos.

A ella no le parecía ni domesticado ni civilizado. Le parecía más bien poderoso y peligroso, y demasiado sexy para una mujer con nula experiencia como ella. Pero lo deseaba hasta la última fibra de su cuerpo.

—Tienes que comer para que podamos salir de aquí —le recordó él.

Si era el precio que había que pagar, que así fuera. Lara llenó la cuchara con un poco de caldo y se quedó mirando el cuenco de sopa. Sintió un repentino retortijón en el estómago.

—Creo que no tengo tanta hambre como había imaginado.

Nicolas frunció el ceño. Había permitido que tuviera lugar un intercambio de sangre, y le había dado de su sangre a ella en dos ocasiones. Lara ya era lo bastante carpatiana como para sentir que la comida normal no le sentaría bien, pero necesitaba alimentarse. Entonces vio que no paraba de agitar el contenido del cuenco, así que se lo cogió tranquilamente de las manos y llevó el caldo hasta su boca.

Lara sacudió la cabeza.

—Siempre me ha costado comer. Normalmente, puedo tomar sopa, siempre que sea de verduras, pero ahora el olor me está revolviendo el estómago. Francamente, no creo que pueda.

Nicolas estiró la mano libre y la introdujo por debajo de su cabellera sedosa para acariciarle la nuca.

—Tienes que comer, Lara. Has tenido un intercambio de sangre y has tomado dos veces de la mía. No puedes mantenerte sin alimentarte. Te ayudaré a retenerlo.

Era lo último que ella quería hacer, pero él la miraba con esos ojos increíbles. Hasta que, sin darse cuenta, asintió. En su estado superior de conciencia, el roce de la mente de Nicolas con la suya era casi sexual, como una caricia, muy parecido al roce de sus dedos. Su respiración se volvió irregular. Había muchas fantasías eróticas que deambulaban por la mente de Nicolas, cada una más impactante que la anterior.

Era evidente que él tenía ganas de tirar todo lo que había sobre la mesa y tenderla a ella encima, y despojarla de su vestido centímetro a centímetro, hasta ver su piel sedosa y caliente. Lara se humedeció los labios con la punta de la lengua, esforzándose en respirar cuando sus pulmones dejaban de funcionar. Él mantenía su mirada cautiva, sin parpadear, sin apartarla, hasta que ella se sintió consumida por él.

Creo que con eso basta. Ya no puedo esperar ni un momento más. ¿Puedes salir de aquí?

Ella pestañeó y miró el plato de sopa vacío. Mientras ella contemplaba las imágenes mentales, él la había alimentado, pero en cuanto había mirado y fantaseado consigo misma, su deseo, que estaba yendo en aumento, lo había afectado a él, eso era evidente. Le sonrió y esta vez la timidez casi había desaparecido del todo.

Puedo llegar hasta la puerta si tú puedes.

Él le tendió la mano. Ella le dio la suya. Con sus ojos negros, le sostuvo la mirada un momento. *En cuanto te saque de aquí, te arrancaré hasta la última tira de la ropa. Quiero sentirte y verte, no sólo en mi imaginación, sino en la versión real.*

En su voz había una advertencia y una promesa. Había vuelto a ser el predador peligroso, y esta vez ella era su presa. Aquella constatación debería haberla asustado, pero, muy al contrario, reaccionó con una excitación inesperada. Junto con ese estremecimiento de expectación que le recorrió la espalda, la caricia de la voz ronca de Nicolas desató en ella un arrebato de calentura.

Él abrió la puerta de golpe y los dos salieron a la noche, él cogiéndola por el nacimiento de la espalda. Con sus dedos largos, le acarició la curva de las nalgas bajo la delgada tela del vestido que había confeccionado para ella. Lara sentía que la tela le pesaba y le quemaba la piel sensible. Bajaron de prisa las escaleras hacia la calle, donde los copos de nieve que caían se derretían al contacto con el calor de sus cuerpos.

Impaciente como estaba por tocarla, Nicolas no esperó. La cogió en brazos, la estrechó contra su pecho y ni siquiera se cuidó de ocultar su presencia cuando dio dos saltos y emprendió el vuelo.

Lara alzó la mirada hacia él, hacia su rostro salvajemente bello, con sus arrugas sensuales y los ojos negros y posesivos. Sus brazos eran enormemente fuertes; su cuerpo, caliente y duro. Él acercó la cara a su cuello, como si no pudiera esperar a que estuvieran a salvo en su refugio subterráneo. Le rascó la piel con los dientes, la frotó con la levedad de una pluma, y luego incursionó con la lengua. Cada vez que la tocaba, ella creía enloquecer.

La respiración de Nicolas se hizo más pesada y sus ojos oscuros reflejaron el tormento y la sombra cuando le buscó la boca. La besó como un hombre que desfallece de hambre, como si Lara se hubiera convertido en un objeto del deseo que ya no podía resistir y que tenía que poseer desesperadamente. Las lenguas bailaron con aquel beso de bocas deseosas en que ella se iba perdiendo. Aquel sabor caliente y dulce de Nicolas era adictivo, y Lara le echó los brazos al cuello y hundió los dedos en su espesa melena.

La noche estaba llena de estrellas. Allá arriba, la luna brillaba como una bola plateada a través de las nubes esponjosas. Caían los copos de nieve, pequeños diamantes blancos que flotaban perezosamente hasta llegar a la tierra. Por debajo de ellos se extendía una alfombra blanca de cristales relucientes, tendida sobre los campos y desplegada sobre el follaje de los árboles. Hasta las sombras habían adquirido una pátina argéntea.

Lara entornó los ojos hacia la noche. Siempre se había sentido fuera de lugar, excepto cuando estudiaba las cuevas, ocultándose de día para que la luz del sol no le dañara la piel y procurando que los demás no se dieran cuenta. Ahora, en los montes, arropada por la noche, se sentía viva por primera vez. Giró la cabeza para recibir otro beso, fundiéndose en Nicolas, apretándose contra él todo lo posible.

Los campos de heno y los pantanos cristalizados desfilaban allá abajo mientras ellos volaban y flotaban entre las nubes. Los copos de nieve le rozaban el pelo y la piel, y Lara levantó la cabeza para atrapar unos copos con la lengua. Rió suavemente, feliz y emocionada. Toda ella latía con el calor que le producía el lento roce de los dientes y la lengua de Nicolas, que la estaban volviendo loca de deseo.

Me fascina esta sensación. Y era verdad. Lara no tenía ni una pizca de miedo cuando él la depositó sobre la roca que señalaba la entrada a su refugio.

Nicolas respiraba a duras penas, presa de un deseo incontenible. Despojó a Lara de su vestido antes incluso de entrar en la caverna, incapaz de esperar un momento más para sentir el roce con su piel desnuda. Ella quedó de pie en la entrada mientras la nieve caía a su alrededor y la luna entraba y salía de las nubes plomizas y le iluminaba la piel de satén.

A Nicolas le quemaban los pulmones. En su vientre se despertó un fuego que le llegó a la entrepierna.

—Levanta los brazos por encima de la cabeza y date la vuelta —dijo, con voz ronca.

En aquel momento, Lara sintió el poder de ser no sólo una compañera eterna sino también una mujer. Alzó los brazos por encima de la cabeza, en un movimiento lento y grácil que le elevó los pechos. Lo oyó gruñir, un sonido sordo que no hizo sino aumentar aquel calor húmedo entre las piernas. El pelo le enmarcaba la cara y le caía por la espalda, un contacto sedoso y sensual que se añadía a aquella excitación imparable.

Él tenía la mirada ardiente fija en ella, con lo cual redoblaba el dulce dolor que Lara experimentaba. Empezó a girarse lentamente, presa de cierta timidez, observando la tensión en el rostro de Nicolas, que miraba, con los músculos tensos y endurecidos. Cuando dio un paso hacia ella, a Lara se le secó la boca.

—Tu belleza me deslumbra, Lara.

Nicolas la hacía sentirse bella, aunque no lo fuera. La hacía sentirse sexy, como si fuera la única mujer viva que pudiera encenderlo de esa manera. Él la hizo retroceder hasta la entrada de la caverna, con cierto aire agresivo. Ella levantó las manos para apoyarlas en su pecho. Él la cogió por los brazos y la hizo deslizar las palmas hacia abajo. Con ese gesto, desapareció su ropa y Nicolas quedó expuesto en toda su desnuda calentura. Bajo la palma de sus manos, los músculos del vientre se le endurecieron, expectantes.

A Lara le faltaba el aliento, y quedó boquiabierta ante el calor que emanaba. Paseó la mirada por su cuerpo endurecido.

—Mírame.

Ante esa orden descarnada, ella volvió a mirarlo a los ojos. La oscura excitación que vio en ellos la mantuvo clavada mientras él siguió deslizando las manos hasta tocar su palpitante erección. A Lara le quemó el aire en los pulmones cuando él la hizo cerrar la mano sobre su miembro grueso y duro, latiendo lleno de vida y deseo. La lujuria no disimulada que vio en la profundidad oscura de sus ojos la hizo estremecerse, como bajo el golpe de un impacto. Sintió su propia respuesta, aquella calentura húmeda que provocaba la contracción y los espasmos de sus músculos internos, desesperada por tenerlo.

—¿Sabes lo que quiero de ti?

Ella negó sacudiendo la cabeza, incapaz de apartar la mirada de sus ojos exigentes.

—Rendición total, *fél ku kuuluaak sívam belsó*. Amada mía, ni más ni menos. Quiero todo lo que eres. Ése soy yo.

Ella ya sabía que él querría eso. Le acarició lentamente el miembro endurecido. Era como tocar un hierro envuelto en terciopelo, tan duro, nervioso y latiendo compulsivamente, entregado a esa exploración. Ella siguió cada vena con la punta de los dedos, pensando en todo lo que deseaba.

—Tomar mi sangre forma parte del amor entre los carpatianos.

Nicolas la seguía teniendo cautiva con su mirada oscura y exigente.

—Aquí no puede haber medias tintas, Lara. Para ninguno de los dos. Tienes que confiar en mí, confiarme tu cuerpo, o podemos esperar hasta que puedas hacerlo.

De pronto, Lara tuvo miedo. Temblaba de deseo, y todo su cuerpo pedía una liberación. Ansiaba tenerlo, y ansiaba vivir las experiencias que prometía esa mirada oscura y ardiente. Él no aceptaría nada más que la rendición total, que ella se pusiera en sus manos y confiara en que él no haría nada con que ella no pudiera lidiar. Él mantenía su mente abierta para ella, lo cual le permitía ver todas esas imágenes eróticas, todo lo que él deseaba de ella. Lara sintió que se sonrojaba, primero el cuello y luego la cara, pero no apartó la mirada. Deseaba cualquier cosa que él quisiera darle, pero, además de los besos ardientes y la posesión que se consumaría, Lara veía también con claridad que Nicolas pensaba seducirla hasta que aceptara que él tomara su sangre.

—¿Y si no puedo?

Él inclinó la cabeza hacia ella y mantuvo cautiva su mirada.

—Entonces sin duda nos divertiremos en los prolegómenos.

Ella no se apartó. Al contrario, alzó la cabeza hacia él. La boca de Nicolas era dura y caliente y exigente, y la arrastraba hacia una tormenta de deseo que la hizo temblar con cada uno de sus besos. Nicolas le rozó la cara con los labios, siguiendo cada detalle, sus pómulos, la suave línea de la mandíbula, el pequeño hoyuelo en el mentón, y luego volvió a apoderarse de su boca.

Volvió a cogerla en brazos, esta vez sin interrumpir el beso. Ella le echó los brazos al cuello y se apretó contra él todo lo que pudo, mientras los cuerpos se frotaban uno con otro, desesperada por liberar aquella presión que se acumulaba en ella. Estaba húmeda, caliente y desesperada por tenerlo.

Nicolas recorrió velozmente los túneles con ella en brazos hasta llegar a la cámara donde los esperaba el ancho tálamo. Cuando la depositó sobre el lecho, encendió dos velas con un gesto de la mano, deseoso de verle la cara, de ver el hambre que se pintaba en su rostro. Ella lo buscó y él le cogió las manos y las clavó contra la cama.

—No te muevas. —La orden fue pronunciada con un silbido de voz.

Nicolas se inclinó sobre ella y paseó la mirada sobre su cuerpo desnudo, estirado sobre la cama, abierto a su exploración. De pronto, tembló de arriba abajo, preso de aquella lujuria alojada en el vientre que ahora se derramaba hacia su entrepierna. Se arrodilló sobre la cama, manteniéndole las muñecas inmovilizadas a cada lado. Muy lentamente inclinó la cabeza, haciendo acopio de paciencia, para saborear lentamente la textura de su piel.

Con pequeños mordiscos, bajó por el cuello hasta la curva de los pechos. Ella se retorció bajo él, agitó las caderas y se sonrojó de pies a cabeza.

—Soy muy sensible.

Él sonrió mientras hacía bailar la lengua sobre un pezón.

—Se supone que así debe ser.

Lara tragó aire, incapaz de comprender nada más que las sensaciones y el deseo que la consumía. El contacto de su lengua mordiéndole el pezón desató en ella una corriente eléctrica que iba del vientre a los muslos y quedaba chisporroteando en el fondo de su íntima femineidad.

Él le cogió el pezón con toda la boca, chupó con fuerza y la mordisqueó deliberadamente. Ella dejó escapar un grito, arqueó la espalda, incapaz de mantenerse quieta como él había ordenado. Aquella combinación de dolor y placer le recorrió todo el cuerpo como un temblor. La boca de Nicolas era implacable, no paraba y la estaba volviendo loca. Él se tomó su tiempo entre los dos pechos, haciendo bailar la lengua con movimientos rápidos y duros, y luego lamiendo con movimientos largos y lentos, como saboreando cada poro.

Le deslizó las manos por los brazos hasta llegar a los pechos, que cogió en el cuenco de las manos. Tiró levemente hasta que ella se arqueó sobre la cama con leves gemidos desesperados e implorantes.

Lara no se resistía para nada. Permaneció abierta a él, en cuerpo, corazón y alma, como una lección de humildad. Le confiaba su cuerpo, y esa confianza no tenía precio, era un regalo irresistible. Después de todo lo que Nicolas había hecho, ella se entregaba a él por completo, confiando en que sabría qué podía y no podía hacer, creyendo que él ampliaría los límites sin ir demasiado lejos. Más que cualquier otra cosa, Nicolas deseaba ser digno de esa confianza.

Siguió rozándole la piel con la boca, bajó por su vientre plano hasta llegar al ombligo y quedarse ahí, hundiendo la lengua y jugando. Siempre había sabido que cuando encontrara a su compañera eterna, querría... no, tendría que gobernarla hasta que llegara el alba, pero jamás se le había ocurrido que sentiría la intensidad del amor. Aquello lo sacudió más que cualquier cosa, y sintió la necesidad de adorarla y demostrarle lo que sentía con su propio cuerpo, no con palabras.

Ya no era tanto la lujuria la que dictaba su necesidad, ni se trataba tanto de saciar su apetito de ella, como de amarla con cada contacto de su mano y cada roce de su lengua. Con cada embestida de su cuerpo. Nicolas no era un hombre delicado. No tenía manera de expresarle con bellas palabras cuánto se había equivocado. Sólo tenía su cuerpo y ese amor poderoso que lo sacudía más que cualquier experiencia que hubiera vivido.

La piel de Lara era cálida como la seda, tan suave que él quería hundirse en ella. El sabor de Lara era como la noche, limpio y perfecto, y tan redomadamente bello que a él llegaba a dolerle el corazón. Le cogió los muslos, los separó y se detuvo un instante para contemplarla.

Lara se había sonrojado, y sacudía la cabeza de un lado a otro sobre la almohada, con los pechos subiendo y bajando agitadamente, moviendo las caderas. No intentaba disimular su reacción cuando él la tocaba y el deseo en estado puro que Nicolas sentía lo hacía desearla aún más.

Lara lo miró. Y cuando él se acomodó entre sus piernas, esa mirada se volvió casi salvaje. A Nicolas le brillaron los ojos negros, y quizás una flama refulgió en ellos. Ella ya había experimentado el roce de sus dientes sobre la piel, en cada punto donde había una pulsación. El corazón se le había disparado, alarmado, pero él no le abrió ninguna herida ni se aprovechó de la desesperación frenética en que había caído ella. Ahora parecía un conquistador, con el largo pelo color azabache que le enmarcaba la cara, con sus arrugas profundas y su boca sensual definida por dos líneas duras e implacables. Inclinó lentamente la cabeza y Lara dejó de respirar.

Él se apoderó de su entrepierna y penetró profundamente con la lengua, hasta que ella oyó su propio gemido deseoso. La lamió como si fuera un tigre, casi atacando, muy diferente de los lengüetazos tiernos de un gatito, con lametazos largos y ásperos que le arrebataron toda voluntad. Él la volvió a clavar en la cama cuando ella quiso bajar mientras se retorcía en medio de imágenes de estrellas de oscuro perfil que estallaban en su mente. Sintió que él la rascaba con el filo de los dientes, la mordisqueaba, buscando el latido desbocado de su pulso, en lo más profundo de su ser y, de alguna manera, aquel temor aumentó su placer.

Lara se estremeció. La tormenta de fuego en el centro de su cuerpo arreció hasta quedar fuera de todo control. No podía pensar. No podía respirar. No podía detener la pulsión. Se retorció bajo su boca errante, su lengua malvada y sus malignos mordiscos que la llevaban a alturas cada vez más sublimes. Y entonces él introdujo los dedos en su hendidura y ella sacudió las caderas y tensó dolorosamente todos los músculos. Él incursionó con la lengua en su punto más íntimo y sensible.

Lara gritó su nombre y cerró las manos sobre su espesa cabellera, lo apretó contra ella mientras el cuerpo se le descoyuntaba de arriba abajo y unas llamas la quemaban desde dentro hacia fuera, al rojo vivo, derramándose como una tormenta desde su centro mismo hasta los pechos y los muslos.

Antes de que pudiera recuperar el aliento, Nicolas se arrodilló entre sus muslos y le levantó las piernas por encima de sus brazos, mientras conservaba la gruesa punta de su erección firmemente apretada contra su hendidura. Estaba duro y caliente, pero envuelto en una funda de terciopelo, lo cual se sumaba al infierno interior. Lara aguantó el aliento y lo miró a la cara, marcada por estrías de sensualidad cuando empezó a penetrarla. Nicolas se hundió poco a poco, centímetro a centímetro, estirando sus músculos apretados, abriéndose camino entre paredes calientes y húmedas, hasta que ella sintió la descarga de un rayo como un latigazo en todo el cuerpo.

Se quedó jadeando cuando él se detuvo al llegar a la barrera donde acababa la inocencia.

—Respira por mí, *hän ku kuulua sívamet*. Respira y relájate.

Celadora de mi corazón. Las palabras en su lengua materna eran bellas en su boca, cargadas de suavidad y ternura, y Lara las sentía como una caricia en el corazón. Se obligó a relajarse. Nicolas empujó, y la punzada de dolor aumentó hasta tal punto su sensibilidad que le hincó las uñas en los hombros mientras intentaba anclarse a él.

Él empezó a moverse, con golpes largos y duros que desataron en ella espirales de calor que le quemaron los muslos y el vientre. Lara apretó los músculos, cogiéndose a él mientras la penetraba cada vez más adentro, adoptando una posición para que el roce con su punto más sensible se volviera caliente e incesante. Sintió que la presión se acumulaba hasta que llegó a temer que perdería toda cordura.

Él cogió el ritmo y la penetró en un movimiento de pistón, hasta que en la caverna sólo resonaba el golpe de la carne contra la carne. Ella seguía jadeando mientras el fuego ardía con fuerza incontenible, arrastrándola más allá de todo control. Entre un jadeo y otro, sólo atinaba a implorar una liberación. Si Nicolas no paraba, ardería desde dentro hacia fuera, se convertiría en una llama viva o moriría del puro placer.

Oía el corazón de él como un trueno en los oídos. Su boca se llenó de su sabor y se le alargaron los dientes y le presionaron los labios. Antes de que pudiera pensar en ello, o antes de que temiera su propia reacción, él reculó y enseguida dio comienzo a un ritmo más duro, bombeando en ella hasta que Lara no tuvo otra cosa en mente que el placer. Se estaba quemando viva y gritaba, sacudiéndose al borde de la convulsión, aferrada a él para apretarlo y arrancarle su leche.

Él soltó un grito ronco y se derramó en ella, inclinándose por encima, con los ojos encendidos por las llamas y los dientes asomando. No quiso ocultar nada a su mirada asombrada. Lara no podía respirar ni moverse mientras seguía temblando de placer. Una parte de ella gritaba, alarmada, en su interior. Y otra parte deseaba sentir sus dientes hundiéndosele en el cuello.

Él le rozó la vena con la lengua. Ella sintió el ir y venir de los dientes, pero Nicolas no le desgarró la piel. Le dejó un reguero de besos desde el cuello hasta la comisura de los labios y, cuando le sonrió, sus dientes habían recuperado su tamaño normal. Seguía profundamente hundido en ella, pero cuando se movió, Lara volvió a sentir una descarga eléctrica que la recorrió entera.

—No puedo moverme.

—No tienes que moverte. Será una noche larga y llena de placeres, *päläfertiilm*—, prometió él, con voz queda.

Capítulo 13

Lara se encontraba ante la ancha entrada de la caverna escuchando la suave melodía que venía del interior. Eran voces de mujeres. Aquellas notas lejanas despertaron en ella recuerdos de sus tías cantándole cuando estaba sola y afligida, en lo profundo del laberinto de cuevas bajo una montaña de hielo. Por un momento, se detuvo a escuchar.

—Conozco esa canción. Es una canción de cuna —dijo—. Suena muy bien en lengua carpatiana. Yo solía cantarla a los niños en los campamentos donde viví. Cuando me di cuenta de que nadie entendía la lengua, cambié a la versión en inglés. Nunca supe con certeza qué significaba el último verso, pero la melodía y la letra siempre me reconfortaban, y lo mismo les ocurría a los niños cuando se la cantaba.

—Es una canción que cantan las madres antes de que nazca su bebé —explicó él—. Mientras la madre espera la noche en que pueda tener al bebé en sus brazos.

Nicolas cantó con voz melodiosa, una voz que, además de reconfortarla, le transmitió calidez. *Tumtesz o wäke ku pitasz belső. Hiszasz sívadet. Én olenam gœidnod. Sas csecsemõm, kuñasz. Rauho joŋe ted. Tumtesz o sívdobbanás ku olen lamtɛad belső. Gomkumpadek ku kim te. Pesänak te, aisti o jüti, kidüsz.*

Ésta vez fue ella quien cantó.

—Siente la fuerza que hay en ti. Confía en tu corazón. Seré tu guía. Calla, hijo mío, cierra los ojos. Tendrás paz, sentirás el ritmo en lo más profundo. Te cuidan y protegen las olas del amor, hasta la noche, cuando vuelvas al mundo. —Se detuvo y miró a Nicolas—. ¿Qué significa ese último verso?

—Muchas mujeres perdían a su bebé —explicó Nicolas—. Por eso les dicen que el amor los protegerá hasta que estén preparados para nacer y ver la noche.

—Es muy bella.

Todo lo que tenía que ver con la noche era bello. Nicolas había pasado horas y horas haciéndole el amor, como si fuera insaciable. Se habían dado un pequeño respiro para entrar en la cálida piscina de aguas termales, aunque también allí habían hecho el amor. Nicolas conocía hasta el último secreto de su cuerpo y el deseo en sus ojos la hacía sonrojarse como si, con sólo un pequeño estímulo, él quizá la poseyera ahí mismo, en la entrada de la caverna de las mujeres.

—No me siento como si realmente perteneciera a este mundo, Nicolas —dijo, jugando con los dedos entrelazados—. No conozco a nadie. ¿Vendrá Natalya?

No sentía la timidez de siempre, pero la abrumaba un poco la idea de reunirse con las mujeres carpatianas en un momento tan emotivo, cuando ella ya se sentía desnuda en su propia emotividad.

—Raven ha pedido que vinieran todas las mujeres, y no suele pedir grandes favores a nuestro pueblo.

—No creo que haya pensado en mí. Ni siquiera me conoce.

—Todos te conocen, Lara. Vivimos en una comunidad muy pequeña, y compartimos una vía de comunicación entre todos. Cuando pidió que vinieran todas las mujeres, es evidente que también se refería a ti. Yo iría contigo, pero es una ceremonia para las mujeres.

—Natalya es mujer —dijo ella, obstinada—. Y no vendrá.

Nicolas le cogió la cara con ambas manos.

—Sé que pido mucho de ti, Lara, pero se trata de una ceremonia muy antigua, y cualquier pequeño detalle podría ayudarte a recordar con más precisión lo que viste en la caverna de hielo. Nuestros hijos rara vez sobreviven, y mucho menos después de haber nacido. No pueden bajar a las entrañas de la tierra como deberían para que los padres los protejan. Nuestras mujeres ni siquiera pueden alimentarlos. Tenemos que averiguar por qué ocurren estas cosas y puede que tú tengas valiosas pistas que darnos. Podría ser el momento más importante para nuestro pueblo.

Lara se humedeció los labios con la punta de la lengua.

—No sé cómo conseguir que los recuerdos vuelvan. Cuando busco demasiado, todo es sencillamente una imagen en blanco.

—Es para protegerte —dijo Nicolas—. Pero tus tías no le ocultarían estas cosas a nuestro pueblo. Si así fuera, habrían borrado tus recuerdos, no los habrían conservado.

—¿Nicolas? —Una mujer se materializó muy cerca de ellos—. ¿Ésta es Lara? —Sonrió al verla, con un rostro despejado y sereno, a pesar de las tensiones que seguramente vivía en ese momento. Tenía el pelo de color rojo vivo recogido en una larga trenza gruesa y muy elaborada que le colgaba por la espalda—. Soy Shea Dubrinsky. Jacques es mi compañero eterno. Te estamos muy agradecidos por haber venido. Nicolas nos ha dicho que quizá puedas darnos unas cuantas piezas del rompecabezas para ayudarnos a encontrar respuestas.

Lara respiró hondo, miró a Nicolas y luego de nuevo a Shea.

—No puedo evocar los recuerdos cuando quiero, pero de vez en cuando tengo atisbos. Si eso os puede ayudar, me alegraré de contároslos.

—Nuestro plan es entrar en la caverna de hielo mañana por la noche —añadió Nicolas—. Si puedes darnos ese tiempo que queda ayudando a Savannah y a Raven a aguantar un poco más, cabe la posibilidad de que encontremos más pistas.

Shea lo miró y frunció el ceño.

—Llevo un buen tiempo investigando este problema. A estas alturas sabemos que nos enfrentamos a una combinación de cosas, entre ellas, la toxicidad del suelo. Para que el suelo nos rejuvenezca y nos sane, absorbemos los minerales necesarios a través de la piel. Cada región tiene diferentes minerales y diferentes niveles de riqueza, pero también encontramos cada vez más toxinas. Nuestra especie está unida a la tierra y no podemos sobrevivir sin ella. Si descubrimos qué ha introducido Xavier en los suelos, ya sea un compuesto o un parásito que a lo largo de los siglos ha matado lentamente a nuestra especie, creo que tendremos una posibilidad de combatirlo.

Shea estudió medicina y trabajaba en la investigación antes de que Jacques la reclamara como compañera eterna.

—Tengo un recuerdo de Xavier cuando tenía siete u ocho años —dijo Lara—, y es apenas una breve visión de una mujer que seguramente acababa de perder a su bebé. Había tierra en la habitación donde estaba. Xavier estaba muy contento al saber que había perdido el hijo.

Unas arrugas finas asomaron en la frente de Shea, que frunció el ceño.

—Ha tenido varios siglos para perfeccionar sus ataques.

—O para introducir algo que se fuera manifestando con el tiempo —sugirió Nicolas—. Tengo que despedirme —dijo, haciendo una reverencia de respeto a Shea. —Esta noche se celebra un consejo de guerreros.

Ella lo miró con una mueca.

—¿El consejo de los señores importantes que dejan a sus mujeres en casa y preñadas? Sí, diría que tenéis que tomar unas cuantas decisiones. Quizá debiera quedarme en casa y olvidarme de mis investigaciones, dejárselo a Gregori y a Gary. La verdad es que tengo un bebé y debo ocuparme de él.

—No te entiendo —dijo Lara, frunciendo el ceño.

—¿Nicolas no te lo ha contado? Esta noche los hombres tienen una reunión para discutir si a las mujeres se les debería permitir... he dicho bien, *permitir*, luchar contra los vampiros, o si sería mejor que nos quedásemos en casa para tener bebés.

—Creo que sería una buena idea que me marche —dijo Nicolas. Le cogió la cara a Lara con ambas manos y se inclinó para besarla, ahí mismo, delante de Shea.

Lara se sonrojó, pero lo besó con los ojos iluminados. Antes de que pudiera protestar o hacer alguna pregunta, él comenzó a transmutar. No pensaba discutir con Shea Dubrinsky si las mujeres deberían sumarse o no a la lucha contra los vampiros. Ya esperaba que la discusión entre los hombres fuera lo bastante acalorada. No era una decisión que fueran a tomarse a la ligera, pero algo tenían que hacer si se trataba de salvar a la especie. Después de transmitirle a Lara un cálido saludo, desapareció en la noche.

Lara se quedó mirando, incapaz de creer que la había abandonado en medio de un grupo de desconocidas. Además, pensó, frunciendo el ceño, había huido como un cobarde y partido antes de que ella pudiera dar su opinión sobre el hecho de que los hombres discutieran si permitirían o no cualquier actividad de las mujeres.

Desde luego que escucharé tu opinión.

El tono íntimo de su voz la hizo volver a sonrojarse.

No me dejes demasiado tiempo.

Volveré lo más pronto posible.

Ella percibió la seguridad en sus palabras y sonrió al mirar por el túnel que conducía a la cámara más profunda en el interior de la caverna.

—¿Han venido muchas mujeres? —preguntó.

—En este momento, tenemos más o menos una docena, así que nos alegramos mucho de que hayas venido. No somos tantas aquí en las montañas. Hemos tenido que mandar delegadas al consejo de guerreros para que nos representen y nos informen al volver. Por desgracia, es posible que los hombres tengan un argumento legítimo y, si es así, todas queremos saberlo para tener una posibilidad de mostrar nuestro acuerdo o desacuerdo.

Era evidente que Shea intentaba mostrarse abierta, pero Lara observó que el tema la irritaba. Según Nicolas, Shea era una mujer moderna que había estudiado medicina, tenía una reputación de valiosa investigadora y creía que los hombres estaban consiguiendo que las mujeres retrocedieran en lugar de avanzar, si bien intentaba ser imparcial y esperar a escuchar todos los argumentos. Lara le cobró simpatía enseguida.

Shea señaló hacia el interior con la mano.

—Te presentaré a las demás mujeres.

Lara la siguió por el túnel estrecho y serpenteante que conducía a las entrañas del monte. Al igual que la caverna que ocupaba Nicolas, y a diferencia del resto de las cavernas de hielo bajo el glaciar, en ésta reinaba un ambiente templado. Y, a medida que bajaban, la temperatura aumentaba. Unos candelabros con velas iluminaban el camino, pequeñas luces parpadeantes que parecían brillar en lugar de bailar como las llamas. Las luces satinadas se reflejaban en las excrecencias de cristal en las paredes del túnel. Eran luces de diferentes colores y formas y creaban efectos deslumbrantes en las paredes, que parecían casi irreales. En aquel estado de ensoñación, Lara casi se sentía como si se internara hacia atrás en el tiempo, hacia el calor y la seguridad de la matriz.

Cuando entró en la gran sala donde las mujeres se reunían, la ilusión se volvió más intensa. Dos mujeres, Raven y Savannah, estaban tendidas en el centro, cubiertas por una tierra rica en minerales. A su alrededor, en un semicírculo holgado, las mujeres se habían reunido para cantar la canción de cuna en voz baja, oscilando a uno y otro lado, como si mecieran a un bebé.

Otras dos mujeres, una alta y elegante, la otra, delgada, joven y de aspecto muy frágil, se encontraban en los bordes exteriores del montón de tierra, con las manos en alto. Las dos cantaban con un ritmo melodioso al tiempo que movían los pies siguiendo una intrincada coreografía.

—Syndil y Skyler —murmuró Shea—. Rejuvenecen la tierra. Invocan a los minerales y a las propiedades curativas para que actúen y nos ayuden a salvar a nuestros hijos. Las dos han hecho un valioso trabajo para liberar la tierra de toxinas. Skyler trabaja como aprendiz de Syndil, y ya es capaz de hacer grandes cosas.

Era una escena muy bella, donde las dos mujeres llevaban a cabo un antiguo ritual para limpiar la tierra y llamando a la Madre Naturaleza para que les ayudara a salvar a los recién nacidos. Lara escuchaba las explicaciones, pero mantenía la vista fija en la ceremonia con el corazón palpitante de emoción, a la vez que registraba todos los gráciles movimientos de manos y pies. De pronto cayó en la cuenta de que conocía esa ceremonia y que guardaba un recuerdo en algún rincón recóndito de la memoria. Las frases, los ritmos y movimientos le eran familiares, como si mucho antes de nacer hubiera recibido los instrumentos para sanar la tierra de los elementos nocivos.

Sintió el fuerte impulso de unirse a las dos mujeres. Mientras observaba, movió las manos y luego las alzó para dibujar un arco en el aire. Sintió el pulso de la tierra bajo sus pies. Empezó a cambiar el ritmo de su corazón para acompasarse a la canción y su cadencia. Ahí estaban las palabras, antiguas y bellas y desbordantes del poder de las mujeres.

Oh, Madre Naturaleza, somos tus hijas bienamadas. Lara se inclinó en un gesto de reverencia y sus pies se movieron solos para integrarse a la elegante danza de Syndil y Skyler, situadas en dos de las cuatro esquinas en torno a Savannah y Raven. Lara ocupó intuitivamente la tercera esquina.

Bailamos para sanar a la Tierra. Cantamos para sanar a la Tierra y nos unimos a ti. Nuestro corazón, nuestra mente y nuestro espíritu son un solo elemento.

La música ya estaba en su alma. Pero necesitaban a una cuarta mujer. Las demás mujeres bailaban y cantaban, elevando un cántico cada vez más potente, pero necesitaban una cuarta voz. De otra manera, no tendrían la fuerza suficiente. Lara miró a Syndil frunciendo levemente el ceño. Tenían que sincronizar sus pasos.

¿Lo sientes?

Un suave murmullo rodeó a las mujeres. Una energía vibrante latió entre las paredes de la acogedora caverna. Lara tendría que haber sentido vergüenza por tener todos los ojos fijos en ella. Nunca había hecho algo así en su vida. No estaba segura de hacerlo correctamente, pero percibía que algo estaba fuera de lugar. Miró a Syndil y percibió la energía que emanaba y que vibraba en el aire a su alrededor. También vio latir su aura.

Syndil también frunció el ceño.

—Hay un desequilibrio en la danza, pero no podemos hacer nada —dijo, y miró a Skyler—. ¿Qué crees tú?

—Funciona, pero no es del todo exacto —contestó la adolescente, y se encogió de hombros—. Sólo podemos hacerlo lo mejor posible. Necesitamos cuatro, y sólo somos tres.

Syndil asintió con un gesto de la cabeza.

—Modifico la danza y las notas de la canción a partir de la cantidad de toxinas que percibo a través de los pies. Tenemos que tener un cuidado especial con esta tierra porque está destinada a los bebés.

Lara asintió con un gesto mudo, sin dejar de fruncir el ceño. Alzó una mano para sentir la energía que vibraba en la sala.

—Algunas urdimbres están un poco desfasadas. Necesitamos una cuarta tejedora.

—No hay nadie más. Las demás pueden contribuir a crear energía, pero no pueden cantar la melodía curativa de la tierra.

—¿No hay nadie más de tu linaje? —preguntó a Syndil.

Ésta negó con un gesto de la cabeza.

—No que yo sepa. Sospechamos que Skyler pertenece al linaje de los cazadores de dragones, pero no lo sabemos con certeza. Dice que oyó gritar a la tierra, de modo que aunque no pertenezca a ese linaje, siente una empatía hacia la madre Tierra, como yo.

—Tiene los ojos de los cazadores de dragones.

Los ojos de Skyler parecían demasiado viejos en su joven rostro. Lara percibió en ella las huellas de Razvan. Era probablemente una de las niñas que Xavier había obligado a Razvan a procrear con el fin de alimentarse de su sangre. De alguna manera, aquella niña había acabado viviendo entre los carpatianos. Era una idea que la inquietaba y, por un momento, deseó el abrazo reconfortante de Nicolas. Sin pensarlo, conectó con él y enseguida supo que él la había sentido.

¿Me necesitas?

Se sintió ridícula. Ella no estaba a punto de perder a un bebé, pero temblaba porque aquella adolescente tenía los ojos de su padre.

No, no, todo va perfectamente.

Sólo tienes que buscar mi mente, Lara, y estaré contigo.

Sus palabras le transmitieron seguridad y le dieron consuelo. Por primera vez en su vida, sintió que pertenecía a una comunidad.

Estoy bien. Esta vez lo dijo con convicción. Se giró y le habló directamente a Raven y vio su mirada afligida.

—Necesitamos a Natalya.

Todas las mujeres se miraron unas a otras.

—Natalya es una guerrera. Dice que no puede sentir los latidos de la Tierra —dijo Shea—. No tiene la sensibilidad necesaria.

Lara la miró alzando las cejas.

—¿Ah, sí? ¿Es eso lo que dice?

Shea y Raven intercambiaron una larga mirada y Raven frunció el ceño.

—Mikhail me ha dicho que Natalya no podía sanar la Tierra como el resto de su familia. ¿Acaso no es verdad?

Lara frunció los labios.

—En Natalya he sentido el pulso de la energía. Me extrañaría mucho que no pudiera.

—Dile que venga a nosotras —dijo Raven.

—Se encuentra en el consejo de guerreros para hablar en nuestro nombre —le recordó Shea.

—Llámala —repitió Raven, y esta vez fue dicho como una orden—. Si hay alguna esperanza de salvar a nuestros hijos, es mucho más importante que la discusión de los hombres. Al final, Mikhail tomará una decisión y fallará si las mujeres podrán luchar o no junto a los hombres, y todas obedeceremos.

Nadie pensaba señalar que el motivo por el que necesitaban a Natalya en la reunión era que querían tener la seguridad de que su voz sería escuchada. Raven utilizaba rara vez la ascendencia que le procuraba ser la compañera eterna de Mikhail, pero era evidente que quería que Natalya fuera *convocada*.

A Raven le corrían las lágrimas y su angustia pesaba gravemente sobre las demás mujeres. Ya había sobrevivido a una pérdida, y ahora estaba a punto de ver a otro hijo perderse en la nada. A su lado, Savannah estaba pálida y demacrada. Tenía los ojos cerrados y sólo se concentraba en no perder a su bebé.

Las dos mujeres podían comunicarse con su hijo aún no nacido, lo cual hacía la pérdida todavía más traumática. Los bebes eran seres de carne y hueso, y ya tenían una incipiente personalidad.

—Llámala, ya, Shea —insistió Raven.

Ésta buscó a la hermana gemela de Razvan.

—¿Por qué Shea tiene tantos reparos en conectar con ella? —preguntó Lara a Syndil con un hilo de voz.

—Natalya es diferente —respondió Syndil—. Es la mujer viva más anciana entre las descendientes de los cazadores de dragones y, como tal, su sangre es sumamente poderosa. Además, en cualquier otro terreno es una rival formidable, y camina por su propia senda. Creo que con el tiempo la necesidad de esconderse de Xavier la convirtió en una solitaria. Siempre es agradable y respetuosa, pero tiene la tendencia a permanecer sola. Rara vez la vemos sin Vikirnoff.

A Lara no le sorprendió saber que Natalya era una solitaria. Había observado que tenía el aspecto de una mujer muy segura de sí misma, pero era la hermana de Razvan y nieta de uno de los seres más diabólicos jamás venidos a este mundo. Era muy probable que hubiera vivido los primeros años de su vida mirando hacia atrás por encima del hombro, y que no se atreviera a confiar en nadie. Ella no estaba segura de poder superar sus propios traumas de la infancia para dedicarse sólo a Nicolas. Por eso, no le costaba demasiado entender los reparos de su tía.

Natalya hizo su aparición con su elegancia y gracia habituales. En sus ojos verdiazules se leía la pregunta.

—¿Me necesitáis, Raven?

Ésta asintió con un gesto de la cabeza.

—Lara y Syndil creen que eres la única que puede ayudarnos y yo estoy... estamos... desesperadas por salvar a nuestros hijos.

Natalya paseó la mirada por la caverna y se detuvo en Lara.

—No tengo ninguna experiencia en rituales curativos, pero si me decís qué debo hacer, haré todo lo que esté en mis manos.

—Gracias, Natalya —dijo Raven, con un suspiro de alivio.

Savannah alzó sus largas pestañas. Tenía los ojos bañados en lágrimas.

—Mis hijas también te lo agradecen. Intentan aguantar, pero mi cuerpo las rechaza. —Se llevó las manos al vientre y lo meció con suavidad—. Yo les digo que quiero que se queden conmigo, pero ellas sienten que mi cuerpo las agrede.

Raven asintió con un gesto de la cabeza.

—Yo no soportaría perder otro hijo.

Lara percibió la crudeza del dolor latente en sus palabras y sintió que se le desgarraba el corazón. Una mujer alta, elegante, con una espesa cabellera negra que le llegaba a la cintura, se arrodilló enseguida entre las dos mujeres embarazadas y posó una mano sobre cada una.

—Francesca —explicó Natalya—. Es la compañera eterna de Gabriel, sanador, y madre adoptiva de Skyler. Es una mujer asombrosa. Ahora, dime qué quieres que haga.

Lara se alegraba de que estuviera allí. No conocía a ninguna de las mujeres, y ver a Skyler era como verse a sí misma cuando era joven. Un poco perdida. Muy sola. Traumatizada. Aquella adolescente la hacía sentirse desnuda. En cuanto a Natalya, era evidente que para las mujeres era una figura misteriosa, pero también se notaba la admiración que le profesaban.

—Se trata de sanar la Tierra, antes que nada —explicó Syndil—. Hemos encontrado la tierra más rica posible y le hemos añadido minerales, pero ahora tenemos que limpiarla de todas las toxinas.

—Y de los parásitos —masculló Lara, por lo bajo.

Shea se giró como un resorte.

—¿Qué has dicho?

Lara deseó no haber hablado, pero todas la miraban, expectantes. Se llevó la mano a la sien, que de pronto había empezado a dolerle.

—Lo siento, estaba pensando en voz alta.

—No, tengo que saber qué decías —insistió Shea.

Lara se encogió de hombros. No quería hablar de su infancia, ni siquiera pensar en ella.

—Xavier siempre experimentaba con parásitos. Nunca estaba satisfecho con sus efectos y buscaba diferentes maneras de usarlos. En una ocasión, dijo que le habían sido más útiles que cualquiera de sus magos más hábiles. No me lo imagino haciendo algo sin que pensara en utilizarlos. Xavier podía producir toxinas que introducía en la tierra, pero ¿que pasaría si hubiera un parásito que penetrara en el cuerpo anfitrión y provocara los abortos?

Francesca se incorporó lentamente y, por encima de Raven y Savannah, cruzó una mirada con Shea.

—Hemos analizado la presencia de cuerpos extraños. Siempre hacemos un barrido de los organismos de las mujeres —dijo Shea—. Gregori jamás pasaría por alto algo así.

—Quizá —dijo Lara—, pero Xavier es un experto en la creación de amebas microscópicas. Y cuando queréis sanar la tierra con vuestra danza, sólo buscáis las toxinas presentes en el mundo moderno.

Shea frunció el ceño.

—¿Tienes alguna idea de la cantidad de toxinas que hemos encontrado en el cordón umbilical de un recién nacido, o en la leche materna? La tierra es nuestra anfitriona, es lo que nos rejuvenece, pero nuestros hijos no pueden bajar a las entrañas de la tierra con nosotros ni ser alimentados con la leche más nutritiva que puede dar la naturaleza. Podría nombrarte todos los productos químicos que hemos encontrado en el suelo, la mayoría de los cuales producen cáncer, y...

Raven posó una mano en el brazo de su hermana de sangre.

—Lara, nuestras reservas de agua y nuestra tierra se alimentan de la más pura de las fuentes, el glaciar. Aún así, Syndil tiene que sanar la tierra.

—Sólo digo que quizás el glaciar no es la más pura de las fuentes. Xavier es dueño de las cavernas de hielo. La caverna se adentra kilómetros y kilómetros en el corazón de la montaña, en realidad, es toda una ciudad. Su montaña domina vuestros hogares desde las alturas, y su glaciar alimenta vuestras reservas de agua y se filtra en vuestros suelos. Lo habéis descartado porque creéis que ha muerto. Pues yo os digo que no ha muerto. Nadie podrá matarlo. Y Xavier odia al pueblo carpatiano. Si hubiera podido, habría encontrado una manera de introducir algo en vuestro organismo para que vuestros cuerpos rechazaran el embarazo.

Dicho eso, Lara se mesó los cabellos.

—No quiero decir que no haya toxinas que tengan su origen en el mundo moderno. Sólo quiero decir que quizá también tendríais que mirar un poco en vuestro pasado para encontrar una respuesta.

A Lara le costaba creer que estuviera allí, hablando ante todas esas mujeres. Al haber crecido fuera de las cavernas de hielo, había escapado a los radares manteniendo un perfil lo más tranquilo y humilde posible. Había aprendido que si quería permanecer con una familia o formar parte de un campamento, tenía que evitar que la gente se fijara en ella. Desde luego, el color cambiante de su pelo y de sus ojos no era un elemento a favor. Los gitanos con que había vivido habían sido buenos con ella, pero eran gente supersticiosa y su apariencia, además de sus habilidades psíquicas, a menudo hacían de ella una niña no del todo bien acogida.

—No te sientas incómoda —sugirió Francesca—. Necesitamos todas las ideas novedosas posibles.

—En mi opinión, Xavier no es una mera posibilidad. Creo que ha hecho algo para provocar esto. Puede que introduzca toxinas en la tierra y en el agua, pero me jugaría el cuello a que también ha hecho ingerir algo a las mujeres carpatianas para que su organismo rechace al bebé que llevan dentro.

—Hemos analizado a las mujeres exhaustivamente —dijo Francesca—. Y no todas tienen ese problema.

—Volvamos a empezar —dijo Syndil—. Raven y Savannah necesitan una tierra fértil que les ayude a fortalecer sus organismos.

—¡Dios mío! —Shea se giró con los ojos desmesuradamente abiertos, hasta que encontró la mirada de Francesca—. Hemos analizado a las mujeres, pero los hombres determinan el sexo de la criatura que va a nacer, tanto en los humanos como en los carpatianos. No nos hemos ocupado de analizar a los hombres. Nuestros problemas empezaron cuando vimos que nacía una proporción exagerada de varones.

Era evidente que Francesca intentaba disimular su emoción, y que optaba por la cautela, después de tantas desilusiones.

—Puede ser. Parece lógico, pero tenemos que seguir explorando todas las posibilidades.

Shea asintió varias veces con un gesto de la cabeza, pero le apretó la mano a Raven.

—Vamos a ayudar a Syndil y a las demás a convertir esta tierra en la mejor que podáis tener tú y Savannah —dijo—. Y luego volveré a mi laboratorio para pensar en todo esto. Lo único que tienes que hacer es aguantar un poco más.

Raven asintió con un gesto de la cabeza, aunque en su boca ya habían aparecido aquellas arrugas blanquecinas y en sus ojos había un dejo de desesperanza. Lara tuvo que apartar la mirada de su aguda expresión de dolor.

Algunas mujeres presentes quizá vieran la expresión de Raven. Volvieron a formar un semicírculo. En un rincón, ardía una marmita grande. Francesca introdujo en el agua varias piedras de gran tamaño y de diversa composición, junto a ramos de unas flores azules pequeñas y a unas raíces de mandrágora. Mientras añadía otras hierbas e ingredientes, otras mujeres encendieron velas aromáticas y, al cabo de un rato, la esencia de lavanda y jazmín llenaban el ambiente. Las mujeres empezaron a cantar la canción de cuna en lengua carpatiana.

Al cabo de un rato, Lara se dio cuenta de que cantaba con ellas, que alzaba la voz al tiempo que la embargaba un sentimiento de amor por los niños aún no nacidos, y que luego los llamaba para que permanecieran en el útero, que esperaran hasta el momento del nacimiento, cuando por fin podrían ser acogidos por unos brazos amorosos.

La energía se diseminó por toda la sala y la diferencia era sutil pero perceptible. La energía femenina era igual de potente que la masculina, pero, además, sus raíces estaban ancladas en la nutrición y la compasión. Debido en parte a su condición de maga, Lara era muy sensible a las diferencias, y por eso pudo pasar más allá de las manifestaciones individuales y descubrió que las capas tejidas en torno a Savannah y Raven estaban hechas de auténtico amor y de armonía absoluta. Las mujeres se habían reunido con un solo fin, a saber: salvar a los bebés y, sin que importaran las diferencias entre unas y otras, cada una con su propio pasado, sus mentes y sus corazones albergaban el mismo propósito y compartían la misma intención.

La fuerza generada por el grupo de mujeres era impresionante. Lara se sintió impulsada y estimulada, no sólo para formar parte de esa hermandad, sino para sentirse equilibrada y tener confianza en sí misma y en todas las demás como grupo.

Paseó la mirada por la caverna y se empapó de aquella visión de las mujeres, poseída por un sentimiento de unidad. La energía latía en todas y cada una de ellas, como ocurría con todos los seres vivos, y ellas concentraban esa energía positiva y la utilizaban para el fin más loable de todos: salvar vidas.

Sumó su voz al coro, una plegaria suave y melodiosa, un consuelo balsámico para las criaturas a punto de nacer. Las mujeres estaban conectadas unas con otras y se sentían mutuamente, comunicadas a través de la fuerza mental. También sentían a Savannah y a Raven y, a través de ellas, a los bebés.

Las dos hijas de Savannah estaban acurrucadas una junto a la otra, escuchando atentamente e intentando ignorar los espasmos que ocasionalmente sufría su madre. El bebé de Raven era un niño y, muy a su pesar, el organismo de la madre lo rechazaba y se empeñaba desesperadamente en librarse del intruso. Aquel bebé sufría una aflicción enorme, desgarrado entre la lucha por permanecer en la matriz y el descanso que se insinuaba si abandonaba esa lucha. Raven le cantaba y lo mecía suavemente y, a pesar de tener los brazos vacíos, los mantenía en una postura como si ya lo acunara.

Syndil le hizo una señal a Skyler para que ocupara una de las esquinas del enorme lecho de tierra preparado para las dos mujeres encintas. Natalya y Lara se situaron en las esquinas inferiores. Un silencio sepulcral flotó en la caverna, interrumpido sólo por la respiración pesada de Raven.

Syndil alzó los brazos y las otras tres mujeres la imitaron. Comenzó una intrincada danza y su cuerpo onduló con movimientos gráciles, moviendo las manos como si dibujaran líneas en el aire. Skyler esperó unos segundos y empezó a entonar la melodía en perfecta armonía con Syndil, hasta que sus pies imitaron la danza y, cogiendo el ritmo, empezó a cantar dos versos por detrás de Syndil. Lara, a su vez, siguió a Skyler después de esperar instintivamente su entrada. De pronto, empezó a mover los pies y las manos como si éstos tuvieran vida propia. Sintió que la canción de la sanación brotaba en ella y pugnaba por salir al exterior. El aire vibró con la energía. Y en ese momento se integró Natalya.

Sus voces se unieron en un coro mientras bailaban con pasos intrincados, llevadas sólo por el ritmo de sus pies descalzos que golpeaban suavemente sobre el montón de tierra como si la música les viniera del centro mismo de ella. Lara sentía la canción y el baile a través de las plantas de los pies, sabía con antelación cada paso que debía dar, cada movimiento de las manos y del cuerpo. La canción resonaba nítidamente en su cabeza, en perfecta armonía con las otras tres mujeres, que bailaban en perfecta sincronización con las notas que despedía la propia tierra.

Oh, madre naturaleza, somos tus hijas bienamadas. Bailamos para sanar la tierra. Cantamos para sanar la tierra. Ahora nos unimos a ti y nuestros corazones, mentes y espíritus se unen en una sola voz.

Mientras cantaban, esta vez como debía ser, las mujeres iban confluyendo para unirse a la tierra, sintonizadas con el cielo por encima de sus cabezas y con el núcleo candente por debajo de sus pies.

Oh, madre naturaleza, somos tus hijas bienamadas. Rendimos homenaje a nuestra Madre e invocamos el Norte...

Syndil se inclinó y dibujó un círculo. *El Sur.* Skyler repitió el movimiento perfectamente sincronizado con Syndil. *El Este.* Lara hizo una reverencia, una muestra de respeto, y giró con las otras dos mujeres, seguida de Natalya. *El Oeste.* Las cuatro mujeres se inclinaron y giraron al unísono. *Por arriba y por abajo y también por dentro.*

Un flujo de energía pura y viva inundó la cámara, una energía visible cuyos hilos unían a todas las mujeres en la sala, que aportaban su propia energía.

Nuestro amor por la Tierra sana a quien padece necesidad. Ahora nos unimos a ti, de la tierra a la tierra. El ciclo de la vida se ha cerrado.

Bajo sus pies, la tierra se calentó. Raven y Savannah quedaron asombradas ante la ola de calor que las bañó. El color de la tierra se oscureció aún más hasta adquirir un tono oscuro y fértil que brillaba con sus elementos minerales.

Lara percibió la alegría de la Tierra a través de las plantas de los pies, un calor que le subió por las piernas y que transmitió fuerza y bienestar a todo su cuerpo. Como un eslabón de un todo cósmico, se sintió parte de aquella unidad con las mujeres y con el universo, presa de un sentimiento de seguridad y de confluencia. Durante ese instante no tuvo temores ni se sintió vulnerable, sólo parte de un todo más poderoso. La invadió un sentimiento casi eufórico de bienestar, sólo superado por la energía y la paz que la rodeaba.

Las mujeres pusieron fin a la danza y todas hundieron las manos en la tierra fértil y curativa, algo mucho más valioso para ellas que la mina del mejor oro de ley. Todas deberían haberse sentido vacías y extenuadas, pero la tierra les había transmitido toda su energía.

La expresión de Syndil reflejaba la alegría que sentía Lara, y sus ojos brillaban, embebidos de un sentimiento de lo maravilloso.

—Esto es lo que nuestra tierra debería ser para nuestras mujeres —dijo Syndil—. Y si ahora somos cuatro, podemos conseguir mucho más.

—Yo ya siento una diferencia —dijo Savannah, aliviada—. Tengo menos calambres.

Raven se mordió el labio y sacudió la cabeza.

—A mí no me alivia. Las contracciones ahora son más fuertes —dijo, con voz afligida.

Al mismo tiempo que las demás mujeres, Lara buscó una conexión con el bebé. Sintió que el miedo se apoderaba de ella y, después, vino el dolor. Tuvo la sensación de que algo la arrancaba de su bello santuario, y reprimió un grito desgarrado. El bebé era consciente de lo que le ocurría y no paraba de buscar a su madre.

Raven intentó protegerlo del dolor y de las constantes convulsiones que sufría su cuerpo diminuto. Más que un asalto físico contra él, Lara sintió el flujo sutil de otra cosa. Frunció el ceño y miró a Natalya, y luego a las demás, para cerciorarse de que habían sentido lo mismo. Las cuatro mujeres estaban atrapadas en el mismo miedo y el mismo dolor que significaba perder al niño.

Lara se humedeció los labios resecos y buscó instintivamente a Nicolas. Enseguida lo sintió presente, dándole seguridad con su calidez. Más tranquila, aspiró una bocanada de aire y espiró, intentando remontar el flujo de energía oscura que atentaba contra la madre y su criatura. Antes de que encontrara la fuente, el niño siguió deslizándose hacia la nada.

Raven empezó a llorar, un llanto que le venía de las entrañas y que a Lara le desgarró el corazón.

—No puedo perder otro hijo. Es demasiado diminuto para irse al otro mundo sin su madre. Debo irme con él.

Una sorpresa colectiva dominó toda la sala y las mujeres palidecieron visiblemente.

—No puedes hacer eso —dijo Shea—. De ninguna manera.

—Madre —protestó Savannah.

—Raven. —La voz de Savannah era reconfortante—. Si decides seguir a tu hijo, Mikhail te seguirá a ti al otro mundo. Nuestro pueblo os necesita a los dos. Estás afligida, y no piensas con claridad.

Raven siguió sollozando. Shea se arrodilló en la tierra junto a ella y la abrazó. Savannah le cogió una mano.

—No entiendo qué significa eso, que Mikhail la seguirá —susurró Lara a Natalya.

—Los compañeros eternos no pueden vivir el uno sin el otro. Si Raven decide pasar al otro mundo con su hijo, Mikhail no tendrá otra alternativa que seguirla, o se convertirá en vampiro. Raven no puede contemplar esa posibilidad, sobre todo tratándose de Mikhail, que es nuestro príncipe. A menos que Savannah tomara su lugar, nuestros enemigos habrían vencido y nuestra especie se extinguiría.

Lara se quedó muy quieta, y sintió un temblor que le recorría la espina dorsal. Era el miedo. Nicolas podría haberse convertido en vampiro. Ella había abandonado el mundo por voluntad propia, sin saber las consecuencias que aquello implicaría para él o para quienes lo rodeaban. Y él no le había dicho nada, no había pronunciado ni una palabra de recriminación. Nicolas era un cazador experimentado. Si hubiera llegado a convertirse en vampiro, habría matado a muchos carpatianos antes de que acabaran con él.

Cogió un puñado de aquella fértil tierra y miró a Raven, que la observaba con el rostro bañado en lágrimas.

—No puedes arriesgarte a eso si la vida de tu compañero eterno está en juego —dijo. Como había hecho ella, egoístamente, sin pensar en las consecuencias que aquel acto tendría para otros.

Miró por la caverna y vio a las mujeres ahí reunidas para sanar la tierra y salvar la vida de los tres bebés. Entendió que cada persona era valiosa a su manera, y que cada cual contribuía a crear un bien mayor. Ella formaba parte del ciclo de la vida, al igual que Nicolas, Raven y las criaturas aún no nacidas. Cada uno de ellos era especial e importante y cada cual contribuía con lo suyo al bienestar general. Quizá ninguno de ellos supiera en qué consistía, pero tenían que inclinarse ante la vida, luchar por ella, y darle a cada individuo su importancia.

—Raven, aquí somos muchas las que te necesitamos —murmuró. Hasta ese momento, Lara no había entendido que el todo estaba constituido por individuos—. Todas quedaríamos disminuidas por tu ausencia.

—Te necesito —dijo Savannah, cogiéndole el brazo a su madre—. Te necesito junto a mí. Soy tu hija. Si sólo me tienes a mí, ¿acaso no merezco que permanezcas por mí? —Su expresión era de pánico, y su rostro pálido contrastaba con la tierra oscura—. Mamá, no puedes dejarme.

—Lo sé, lo sé —dijo Raven, y abrazó a su hija—. No soporto la idea de perder otro hijo. Es tan pequeñito y quiere vivir. Está muy lejos.

Francesca la cogió por los brazos y la sacudió ligeramente.

—Raven, mírame —dijo, y esperó a que Raven fijara sus ojos en ella—. Te ha entrado el pánico. Tienes que mantenerte serena para que el bebé haga lo mismo. Tienes que creer que podemos salvarlo, para que él también lo crea.

—Le duele, y se encuentra en estado de *shock* —protestó Raven.

—Lo sé, cariño. Y tú sientes su dolor y su miedo, y eso redobla tu propio dolor y miedo, pero eso no lo ayudará en nada. Nosotras sí podemos. Todas juntas. Mira a tu alrededor. Estamos todas contigo. Te ayudaremos.

Savannah asintió con un gesto de la cabeza.

—Yo también ayudaré, y lo mismo las gemelas.

Lara volvió a buscar el hilo.

—Aquí hay artes oscuras, lo percibo cuando conecto contigo y el niño. Algo influye en ti y en tu hijo para que abandonéis toda esperanza. Pero tienes que contraatacar, Raven. No dejes que Xavier se apodere de este niño. No dejes que te lleve a ti junto con él. Dame un poco de tiempo.

Francesca y Shea se giraron bruscamente hacia ella con expresión de angustia.

—¿Estás segura? —inquirió Francesca—. ¿Del todo segura?

—Es muy sutil, pero lo percibo. Creedme, puedo reconocer la mano de Xavier ahí donde la encuentre, por muy ligera que sea.

—Tengo que sentir lo que sientes tú —dijo Francesca—. Natalya, ¿tú lo sientes?

Natalya se quedó muy quieta, y asintió con un gesto lento.

—Sí, tiene razón, y es el mismo efecto que tiene en Savannah. Todavía no es tan fuerte, porque las gemelas han unido sus fuerzas, pero esas artes oscuras también se ciernen sobre ellas. No podrán aguantar si continúa, al menos no podrán hasta que estén preparadas para nacer.

Savannah se llevó las dos manos al vientre con gesto protector.

—¿Qué podemos hacer?

—Tenemos que destruir aquello que las está matando —dijo Francesca.

—¿Debo llamar a Gregori?

—¿Y a Mikhail? —preguntó Raven con voz temblorosa.

Lara frunció el ceño.

—No podemos correr el riesgo de que retrocedan si sienten una presencia masculina —dijo—. Los machos carpatianos son los protectores y guardianes. A nosotras no nos percibe como una amenaza.

—¿Puedes remontarte a la fuente? —inquirió Natalya—. Porque si me das un blanco, yo puedo destruirlo —dijo, con absoluta seguridad en sí misma.

—Puedo seguirlo —dijo Lara.

—¿Raven? —dijo Francesca—. Tenéis que decidir vosotras. Tú y Savannah. Si creéis que deberíamos llamar a Mikhail y a Gregori para lidiar con este intento de asesinar a vuestros hijos, los llamaremos sin tardar.

Raven y Savannah intercambiaron una larga mirada. El silencio se hizo en toda la caverna. El agua en la enorme marmita seguía hirviendo y el aroma balsámico de la lavanda y el jazmín permeaba el aire. Raven miró a su alrededor y vio a las mujeres que esperaban su respuesta, todas aquellas mujeres que habían acudido con un solo objetivo, salvar a sus hijos.

Raven alzó el mentón, se inclinó y besó a su hija. Enseguida su mirada encontró los ojos verdiazules de Lara.

—Encuentra aquella cosa y destruyámosla.

Capítulo 14

El zumbido de los cristales saludó a Nicolas al entrar en la profundidad de las cavernas. Aquellas gigantescas formaciones de cristal siempre lo habían asombrado e impresionado. Sólo la naturaleza podía haber creado tanta belleza a partir de aquellos ricos minerales. El sulfato de calcio, bastante común en otras regiones, no era demasiado conocido en los montes Cárpatos. A quinientos metros bajo tierra, muy por encima del magma candente, la suave pared calcárea había sido abierta por la acción de las aguas termales que subían, bullentes, a la superficie. Impulsadas desde lo profundo de las cámaras de magma, habían llenado aquellas cavernas antes de drenarse y dejado a su paso un tupido bosque de columnas de selenita, algunas hasta más de treinta metros de altura y unos buenos dos metros de diámetro.

En Estados Unidos, Nicolas había visto los bosques de enormes secoyas y había quedado impresionado por su grandiosidad, pero ni siquiera eso podía compararse con aquel magnífico bosque de cristales. Sabía que las columnas de cristales de yeso eran muy raras en el mundo porque se encontraban a grandes profundidades, a altas temperaturas y bañadas en un ciento por ciento de humedad. Ese solo detalle convertía a estas grutas en lugares de muy difícil acceso, incluso para el más experto de los geólogos. Sin embargo, los carpatianos se adaptaban bien a aquel ambiente subterráneo.

Nicolas paseó la mirada por el laberinto de cámaras, todas interconectadas, asombrado por las formas y destellos de los enormes cristales. Se detuvo un momento a admirar la belleza, a empaparse de ella, deseando que Lara estuviera con él para compartir ese momento. Experimentó una paz profunda, como si se encontrara en la más bella de las catedrales, como si aquel lugar fuera un regalo del cielo del que sólo disfrutaba su especie. Ningún otro ser habría soportado las altas temperaturas y la humedad tanto tiempo sin quedar achicharrado, a diferencia de lo que ocurría con los suyos. Junto a una gigantesca columna de cristales, se sentía muy cerca de cualquier divinidad que pudiera protegerlo.

A medida que se internó en las profundidades de las cámaras interiores, las vibraciones aumentaron hasta que sintió que su cuerpo vibraba con ellas. Mientras atravesaba las distintas naves para llegar a la sala del consejo de guerreros, tuvo la sensación de que las paredes, abundantes en cristales, ondulaban, como impulsadas por una ola rítmica tan sutil como el ir y venir de las mareas. Aquel movimiento continuo aumentaba la sensación de pertenencia a la tierra, de vínculo con el planeta y de amor a las montañas tan ricas en los elementos que necesitaba el pueblo de los carpatianos.

Al menos durante los primeros siglos, aquellas montañas les habían servido de refugio, pero Nicolas sospechaba que Xavier se había propuesto cambiar ese estado de cosas. Pensaba hablar de esa sospecha suya y declarar su necesidad de volver a entrar en el laberinto de cavernas del mago oscuro. Aquella red se extendía a lo largo de kilómetros bajo la montaña y se desplegaba a la manera de una aldea. No había manera de saber si en algunas partes seguía ocupada. Al retirarse, Xavier había levantado portentosas defensas que constituían auténticas trampas mortales.

Él y Vikirnoff tenían la intención de encontrar un camino alternativo que condujera a los dominios del mago oscuro después de la reunión del consejo. La entrada que habían utilizado antes ahora estaba cerrada, y los parásitos venenosos en las fauces de los guardianes eran un poderoso argumento de disuasión para quienes intentaban penetrar por una puerta que había sido concebida para matar.

Había un buen número de carpatianos ya reunidos y, por una cuestión de respeto, Nicolas los saludó a todos a la vieja usanza, estrechándoles los antebrazos. Debido a aquel mundo de emociones que le era tan nuevo, la camaradería que sintió era más bien abrumadora. Él siempre se había mostrado distante y, en general, a diferencia de sus hermanos, como un solitario. En aquel amplio espacio del consejo de guerreros, sintió el poder de los carpatianos, la sabiduría de los antiguos y, por encima de todo, la conexión que todos compartían a través de su príncipe.

Una vez dentro de la cámara, cayó en la cuenta de que reinaba un aire de gravedad en el ambiente, entre los hombres y las tres mujeres que también esperaban. Alzó una ceja cuando saludó a Vikirnoff.

—Raven ha empeorado. Gregori ha convocado a la mayoría de las mujeres y quiere que lleven a cabo su magia femenina, como todos la llamábamos en tiempos antiguos. Desconoce la causa del mal, pero espera que Syndil y las demás puedan evitar que pierda a la criatura.

—¿Y Savannah?

—Gregori no ha permitido que se levante, excepto para ocuparse de Raven. Se le ve muy grave, así que temo que tampoco hay muchas probabilidades de que pueda salvar a las gemelas.

Nicolas miró a las tres mujeres presentes en el consejo de guerreros. Estaban Natalya, Jaxon y Destiny.

—¿No deberían estar junto a Raven?

—Las mujeres saben que trataremos el asunto de las guerreras y les han pedido formalmente a las tres que hablen en nombre de las demás.

Nicolas sacudió la cabeza, contrariado.

—Podríamos tener una trifulca en ciernes.

Vikirnoff se encogió de hombros.

—Al final, el príncipe tendrá que tomar una decisión. Natalya ha sido cazadora de vampiros y hace ya mucho tiempo que es una mujer independiente. Destiny ha sido cazadora toda la vida, y ni siquiera estoy seguro de que esté dispuesta a renunciar a ello. Fue la esclava de un vampiro y sufrió graves torturas.

—Conozco muy bien los argumentos —dijo Nicolas—. Y he descubierto que no es tan fácil decir no cuando tu compañera eterna insiste en hacer algo peligroso. Tengo serios reparos para acompañar a Lara de vuelta a la caverna de Xavier, pero ella es probablemente la única que puede desmontar las defensas. Puede que reconozca claves que nosotros ignoramos, y quizás el viaje le refresque aún más la memoria y le haga recordar cosas que necesitamos para salvar a las mujeres del problema al que se enfrentan.

—No había pensado en eso —confesó Vikirnoff—. La verdad es que había sencillamente decidido que iríamos esta noche, si logramos dar con una entrada adecuada, y dejar a las mujeres.

—¿Tu mujer no te seguiría?

—Desde luego que pensaría en seguirme si lo supiera —dijo Vikirnoff, y miró a Natalaya con profunda devoción—. Ella no conoce el significado de «abandonar». Por otro lado, tengo más experiencia que ella y, si fuera necesario, podría despistarla por unas horas para llevar a cabo la exploración. Después se enfadaría conmigo, pero prefiero eso si así logro mantenerla a salvo.

—¿Y si le dices que sus días de cazadora se han acabado?

—Si ella decide que dejar de cazar vampiros es lo correcto, lo dejará, pero ésa es la única manera. Podría decirle lo que debe hacer hasta el final de los tiempos, pero ella toma sus propias decisiones y yo, no sé por qué, me enorgullezco de que así sea.

—Tú no serás de gran ayuda —sentenció Nicolas.

Vikirnoff frunció el ceño.

—Siempre he aprendido con rapidez y, cuando se trata de discutir con las mujeres, he descubierto que es mucho más fácil evitar los enfrentamientos.

—Es necesario que Mikhail zanje la discusión.

—Yo uniré mi voz a la tuya y a la de Gregori. Creo que si no actuamos pronto, será demasiado tarde. Tenemos que esperar lo mejor de nuestros hombres. Y tenemos que encontrar una manera de engendrar más hijos, además de buscar a nuestras compañeras eternas en todo el mundo. La única verdadera esperanza que nos queda es que nuestras mujeres paran más hijos.

Dayan, de los Trovadores Oscuros, se acercó a ellos a grandes zancadas. Era evidente que los había oído.

—Quizá debiéramos imitar a nuestros enemigos y abrir un centro de diagnóstico de personas con habilidades psíquicas donde pudiéramos entrevistar a las mujeres sin que ellas se dieran cuenta.

Gregori se paseaba por el gigantesco bosque de cristales, y Mikhail caminaba a su lado. Los dos parecían tensos y cansados. De pronto se hizo el silencio en la sala del consejo.

—¿Hay alguna noticia? —preguntó Lucian a su hermano menor.

Gregori se mesó la espesa melena negra con gesto cansado.

—Poca cosa podemos hacer ahora. Intento que los pequeños permanezcan en el vientre de su madre. Quieren vivir. Eso ya es algo.

—¿Y Raven? —inquirió Lucian.

Mikhail sacudió la cabeza.

—Intenta aguantar. Jacques y yo mantenemos al bebé en su vientre, pero los dos se están debilitando. Pronto no me quedará más remedio que dejar que el bebé se vaya. No me atrevo a poner en peligro la vida de Raven. Ella dice que no, pero no puedo arriesgarme a perderla.

—Si podemos ayudarte de alguna manera —ofreció Lucian—, estamos más que dispuestos.

—Las mujeres están reunidas ahora —avisó Mikhail—. Hay mucha magia oculta en las antiguas costumbres. Syndil le proporciona la tierra más fértil y Shea ha inventado una poción que les da fuerzas y les ayuda a recuperar los nutrientes de los que, al parecer, carecen.

—Hay motivos para pensar que Xavier tiene algo que ver con todo esto —dijo Nicolas, alzando la voz para que todos lo oyeran. Acto seguido, les contó lo de aquellos pequeños atisbos en los recuerdos de Lara—. Creemos que le vendrán más recuerdos cuando vayamos a la caverna de hielo. Puede que encontremos una pieza del rompecabezas a tiempo para ayudar en algo.

—Los dominios de Xavier son peligrosos —advirtió Lucian—. Si todavía está vivo, no los habrá abandonado. Tenía demasiados secretos guardados entre sus paredes —dijo, y miró a su hermano—. Como sanador, Gregori, ¿qué tipo de cosas habrá hecho, hace ya siglos, que pudieran provocar estos problemas en el embarazo de nuestras mujeres?

—El hecho de que los problemas hayan cambiado con el tiempo me hace creer que aquello que Lara observó es verdad. Primero, nos dimos cuenta de la disminución de nacimientos de hembras —dijo Gregori—. Esto ocurrió durante un largo periodo. Porque, como regla, nuestras hembras paren aproximadamente cada cincuenta años, y nadie se dio cuenta de que la proporción de varones aumentaba en relación con las hembras.

—¿Fue su primer intento? —aventuró Lucian.

—Quizá —musitó Mikhail—. Tendríamos que hablar con Shea acerca de cómo podría haber influido en el sexo de los recién nacidos, pero muchos de los nuestros asistían a su escuela. En aquellos días, Xavier era un amigo en quien confiábamos. Construía nuestras defensas, urdía las hebras mágicas con energía natural para proteger los lugares en que descansábamos. Nadie jamás pensó que su envidia por nuestra longevidad lo llevaría a cometer las atrocidades que ha perpetrado a lo largo de los siglos.

Gregori encogió sus anchos hombros.

—Sus celos lo han hecho despeñarse por los abismos de la locura —dijo.

—Ahora es un ser totalmente maligno —declaró Nicolas—. Si es que no lo era antes.

Natalya se incorporó bruscamente y le tocó suavemente el brazo a su compañero eterno.

—Lo siento, pero Raven me ha llamado. Debo ir a estar con ella.

Mikhail la miró con rostro demacrado y cansado.

—Te agradezco todo lo que puedas hacer por nosotros, Natalya —dijo, y se llevó las manos a las sienes—. Me ha pedido que no intervengamos en lo que están haciendo.

Gregori también había palidecido.

—Necesitan a Natalya en seguida.

Ésta asintió con un gesto de la cabeza.

—Sí, me llaman y, desde luego, debo partir. Cueste lo que cueste, todos estamos contigo.

Vikirnoff estampó un beso en su cabeza, apenas un roce, y le apretó la mano al despedirse.

—Natalya no siempre se siente cómoda en los grandes grupos.

—Nadie se siente cómodo en este momento —dijo Mikhail—. Es una situación triste para todos. Si Raven y Savannah no pueden conservar a estos hijos, ¿crees que las mujeres que están encintas pensarán que tienen alguna posibilidad de llegar a término? ¿Y crees que las que no lo están se arriesgarán a ese sufrimiento?

—No tendrán alternativa, Mikhail, si nuestra especie quiere sobrevivir —señaló Lucian—. A todos nos entristece perder a nuestros hijos, pero no podemos renunciar ni rendirnos ante esa tristeza.

Mikhail alzó las cejas.

—No sabía que tú y tu compañera eterna habíais sufrido la pérdida de un hijo, Lucian.

—Cualquier pérdida nos debilita a todos.

Las palabras sirven de escaso consuelo cuando sufrimos la pérdida de un hijo que no sólo es parte de lo mejor que hay en nosotros sino también de nuestra compañera eterna —convino Mikhail—. Pero nosotros hablamos con nuestro hijo. Lo animamos, lo amamos, sentimos el dolor cuando a él le duele porque el cuerpo de Raven lo rechaza. Es tan real para nosotros como si pudiéramos cogerlo en brazos. Raven ya perdió un hijo. Ahora hay otro y lo está perdiendo ante un enemigo que no podemos ver ni combatir. Cada noche que pasa, se aleja más de nosotros, poco a poco, y no podemos ayudarle. ¿Crees que le deseo esto a mi compañera eterna? ¿O a la tuya?

Siguió un breve silencio, y Gregori se removió.

—Queremos que todos participen en estos asuntos porque si no encontramos una respuesta pronto nuestra especie no se recuperará.

—Tú eres un sanador, Gregori —dijo Destiny—. ¿Crees que nuestras mujeres deberían intentar tener hijos a pesar de que no hayamos podido solucionar estos problemas? ¿No sería más sensato esperar hasta que sepamos qué es lo que falla antes de exponer nuestros corazones, nuestras mentes y nuestros cuerpos a tanto dolor?

—Nuestro problema es muy sencillo, Destiny —respondó Gregori—. Si no tenemos hijos, nos extinguiremos. Cada hora que esperamos a tener hijas, perdemos más machos. Sí, es una tragedia y es horrible que nuestras mujeres tengan que arriesgarse a perder su bebé, pero nuestros hombres no tienen esperanza. Nadie puede seguir adelante sin esperanza.

—Parece un sacrificio sin sentido, quedarse encinta sabiendo que tu hijo morirá, sólo para darle a los hombres una falsa esperanza. Al final, de todas maneras no tendrán nada —señaló Jaxon—. Si no podemos tener hijos con seguridad, quizá sea conveniente investigar en otras direcciones. ¿Por qué no crear una base de datos de mujeres con habilidades psíquicas, como mencionó Dayan? Podríamos encontrar una manera de descubrirlas, grabar sus voces para que nuestros hombres las escuchen y ver si de esa manera hay alguna posibilidad de que encuentren a su compañera eterna.

Destiny negó con un gesto de la cabeza.

—No utilizamos tecnologías modernas en nuestras investigaciones.

—Si creamos una base de datos, nuestros enemigos tendrán sus blancos bien identificados y será para ellos una fiesta —objetó Lucian—. ¿No os dais cuenta de que en cuanto se sepa que tenemos guardados los nombres y datos de nuestras compañeras eternas, que es lo que seguramente ocurrirá, nuestros enemigos entrarán en acción lo más rápido posible?

Nicolas frunció el ceño.

—Tiene que haber una manera de proteger la base de datos. No parece mala idea.

—Nuestro enemigo ha pensado en ello antes que nosotros —dijo Destiny—. En Estados Unidos tienen un centro de investigación llamado Centro Morrison. Seguro que han creado estos centros por todas partes. Las mujeres acuden a ellos y son identificadas como blancos de futuros asesinatos. Esa base de datos ya existe.

Varios hombres sin compañera eterna cruzaron miradas en las que se percibía una comprensión total. Uno de ellos dio un paso adelante. Nicolas lo había visto hacía muchos años, pero sólo porque había cruzado la selva amazónica a la caza de un vampiro. Como la mayoría de hombres que carecían de emociones y no veían los colores, Nicolas había visto en él a un solitario más bien parco en palabras. Se llamaba André. Nicolas lo había seguido y luego descubierto que había sufrido heridas en la batalla que siguió al encuentro, pero André había abandonado hacía ya tiempo las tierras de la familia De La Cruz.

El hombre hizo una brusca reverencia hacia las dos mujeres antes de dirigirse a los demás. Era un carpatiano alto y se mantenía muy erguido. Su rostro parecía tallado en piedra y tenía los ojos hundidos en sus cuencas.

—Si ya existe una base de datos de potenciales compañeras eternas, propongo que nos apoderemos de ella. Todos hemos acumulado una fortuna a lo largo de los siglos y podemos comprarla legalmente, o entrar en su sistema informático, o sencillamente entrar en aquel lugar y someter a los que la manejan mediante el control mental. Una vez que tengamos el control de las instalaciones, la convertiremos en una fortaleza.

—Es un riesgo calculado —dijo Lucian—. Cuanto más nos expongamos, más aumentan las posibilidades de que nos descubran. El mundo de los ordenadores y de la tecnología moderna, con cámaras en los teléfonos móviles y en prácticamente cada lugar público en las ciudades fuera de estas montañas, aumenta los peligros para todos.

—Yo estoy más que dispuesto a correr el riesgo si con eso aumentan las probabilidades de que uno de nosotros encuentre a su compañera eterna. No podemos permitirnos el lujo de esperar para dar nuestra protección a esas mujeres —declaró André.

Había algo en su voz que le decía a Nicolas que estaba solicitando una autorización, pero que lo más probable es que intentara hacerse con esa base de datos, con o sin autorización. A juzgar por la actitud de los demás machos sin compañera eterna, André contaría con abundante ayuda.

Gregori empezó a decir algo, pero Mikhail lo interrumpió al dar unos pasos hacia el centro del círculo. Paseó la mirada por la sala llena de hombres solteros, hombres que habían sacrificado su vida para proteger a una especie que moría.

—Se trata de una oportunidad demasiado importante y no podemos descartarla, por arriesgado que sea. En cualquier caso, si esas mujeres están en peligro, sean o no nuestras compañeras eternas, necesitan nuestra protección. Me reuniré con vosotros al crepúsculo siguiente para hablar de este tema y trazar un plan de acción.

André volvió a inclinarse con un gesto seco ante las mujeres y retrocedió hasta la parte posterior de la sala, donde a todas luces se sentía más cómodo y estaba menos expuesto.

Mikhail, muchos de nuestros hombres están desesperados. Podrían aprovecharse de esta situación y, si no procedemos con cuidado, convertirse en acosadores de estas mujeres. Y entonces todo esto se convertiría en un problema grave. Era Gregori quien le lanzaba la advertencia.

Soy consciente de ello, pero es una buena idea y, ya que la hemos tratado, no podemos pasarla por alto. Es verdad que estos hombres están desesperados, y que llegarán hasta donde sea para adquirir esa lista de potenciales compañeras eternas. Pero si controlamos la lista, podremos proteger a las mujeres.

Que así sea.

—Una vez que adquiramos esta información, de la manera que sea, tenemos que asegurarnos de que su custodio se enfrentará a cualquiera y a todos los que quisieran obligarlo a entregarla. —Mikhail paseó una lenta mirada por la sala para asegurarse de que todos le habían entendido—. Esas mujeres han sido señaladas para morir asesinadas, y no queremos exponerlas a más peligros de los que ya penden sobre ellas.

—Todo forma parte del plan maestro para acabar con nuestra especie —dijo Nicolas—. Si nuestros enemigos consiguen eliminar a nuestras mujeres e hijos, además de todas las potenciales compañeras eternas, se habrá perdido toda esperanza y una buena parte de nuestros machos se unirán a sus filas.

—¿No deberíamos replegarnos y protegernos llamando a todos los nuestros para que vuelvan a los montes Cárpatos? —preguntó Gregori—. Tenemos más probabilidades de protegernos si nos concentramos. Las filas de nuestros enemigos han crecido y ahora merodean en pandillas —dijo, y señaló a Nicolas—. Hemos tenido noticias alarmantes que todos vosotros deberíais conocer, incluyendo informes sobre vampiros que intentan crear una salida del mundo de las sombras para que sus muertos puedan volver a luchar contra nosotros.

Nicolas les reveló la trama que su hermano Manolito había descubierto cuando se había despertado parcialmente en el mundo de las sombras, después del ataque contra Shea.

—Los hermanos Malinov han firmado una alianza con Xavier. No sabemos si Razvan forma parte de la conspiración o si a estas alturas es sólo un prisionero. Con los parásitos que Xavier ha desarrollado, al parecer los vampiros pueden reconocerse unos a otros y, sin embargo, ocultarse a nuestros ojos. Ya no podemos seguir creyendo que podemos detectar fácilmente a nuestros enemigos.

Gregori asintió con un gesto de la cabeza.

—El enemigo ha corrompido a muchos hombres jaguares. Le pediremos a Zacarías y a sus hermanos que actúen como emisarios para que procuren traer a nuestro lado aquellos que todavía no están perdidos.

El silencio en la sala sólo quedaba roto por el zumbido de los cristales. No eran buenas noticias. Al final, Mikhail se incorporó.

—Muchos de vosotros habréis oído que Manolito ha encontrado a su compañera eterna. Es licántropa. Es una especie que siempre ha optado por seguir su propio camino, pero tienen grandes poderes y serían un aliado formidable. Tenemos que encontrarlos y mandar a alguien que los convenza para que se unan a nosotros.

Brotó un leve murmullo de conversaciones mientras los hombres discutían acerca de la posibilidad de encontrar a la especie de los licántropos, perdida hacía tiempo.

—¿Y los humanos? —preguntó Jaxon.

Siguió un largo silencio. Mikhail suspiró.

—Se trata de un debate antiguo. La mayoría piensa que todavía no ha llegado el momento propicio para que nos acepten.

—Quizá deberíamos ampliar nuestro círculo de confianza. Desde luego, Cullen, Gary y Jubal han demostrado ser más que fiables —dijo Jacques, nombrando a sus tres amigos humanos—. Sin Gary no habríamos llegado tan lejos en nuestras investigaciones. Trabaja mucho y se ha adaptado a nuestros horarios. También cuida de los niños que no pueden bajar a las entrañas de la tierra. Mikhail tiene varios amigos en la aldea que se han mostrado dignos de confianza en muchas ocasiones.

—¿Hemos pensado en alinearnos con la comunidad de los magos? No todos siguieron a Xavier, y muchos fueron torturados y sufrieron vejaciones bajo su mando —añadió Nicolas.

Aquella sugerencia despertó enseguida acaloradas discusiones. Mikhail no dijo palabra, dejó que los hombres discutieran entre sí la posibilidad de pedir ayuda a otras comunidades, a las que habían protegido en el pasado, aunque siempre cuidándose de no revelarles quiénes eran.

Mikhail se sentó tranquilamente, con los sentidos alerta para conectar con la energía que brotaba del bosque de cristales. Cada geodo emitía una nota diferente y, mientras escuchaba, atento a las llamadas, escuchó las voces quedas de los antiguos guerreros que ya habían pasado a mejor vida. Cada uno hablaba de los viejos tiempos, cuando todas las especies convivían en armonía. El licántropo era evasivo, y tan poderoso como los carpatianos, a su manera. Con su talante impulsivo, los machos eran tan protectores de sus hembras como los carpatianos, lo cual creaba una situación explosiva cuando tantos machos carpatianos no encontraban una compañera entre los de su propia especie. ¿Acaso acogerían de buen talante a un emisario que lograra encontrarlos? ¿O lo matarían para proteger a la sociedad de los licántropos? Cualquiera que enviaran en calidad de mensajero correría un riesgo.

El liderazgo no consistía en saber hacer lo correcto sino en tomar decisiones y estar dispuesto a aceptar la responsabilidad que entrañaban los errores inevitables. Si permitía que sus hombres buscaran a las demás especies, era posible que estuviera exponiendo a su pueblo a un riesgo enorme. A lo largo de los años, los mitos de vampiros habían aumentado y se habían convertido en leyendas. Eran pocos los que sabían distinguir entre un carpatiano y un vampiro. Los jaguares se habían vuelto contra sus mujeres.

Mikhail se frotó los ojos con gesto cansado. Su mundo parecía estar en guerra desde hacía demasiado tiempo. Tenía muchos problemas intentando mantener viva a su especie moribunda y, sin embargo, en ese momento, rodeado por sus compañeros guerreros, no paraba de buscar mentalmente a su compañera eterna para enterarse de cómo evolucionaba su hijo.

Cuando tuvo la impresión de que aquella discusión simplemente acalorada amenazaba con convertirse en un caos en toda regla, intervino.

—Los magos y los jaguares se han mezclado con los humanos y supongo que los hombres lobo han hecho lo mismo a lo largo de los últimos siglos. Muchos de lo que podían transmutar han diluido su sangre. Portan el gen pero son incapaces de mutar de estado. Shea tenía una madre humana y un padre carpatiano. No sabemos si Razvan inseminó a las mujeres humanas voluntariamente o si fue obligado a hacerlo, pero sabemos que los hijos portan la sangre carpatiana. Nuestra especie no está tan lejos de ninguna otra. Ahora necesitamos aliados y tenemos que encontrarlos.

Mikhail hablaba con voz pausada, pero con todo el peso de su autoridad absoluta.

—No podemos abandonar a otras especies y dejar que luchen solas contra el vampiro. Tenemos que cambiar con los tiempos y volvernos más abiertos a la amistad y las alianzas.

—Cuanto más numerosos sean los que admitimos en nuestro círculo, más difícil será proteger a nuestras mujeres e hijos —señaló Gregori—. Estamos rodeados de enemigos, y a estas alturas no podemos distinguir entre amigos y rivales.

—Entonces todos tenemos que entrenarnos para destruir a los vampiros —sugirió Jaxon—. Debería ser obligatorio, de manera que sin importar dónde nos encontremos, tengamos una posibilidad de salir con vida.

—Ahora entrenamos a los varones a partir del momento en que nacen —dijo Mikhail, con voz queda—. Yo ya le he transmitido parte de mis conocimientos a mi hijo, que vive en las entrañas de Raven.

—¿Y qué hay de tus nietas, Mikhail? —inquirió Jaxon—. ¿Alguien les ha enseñado algo?

Gregori le lanzó una mirada furiosa, y en sus ojos brilló algo parecido a una advertencia.

—A mi hija y mi compañera eterna jamás les permitiré exponerse a una situación tan peligrosa.

Destiny alzó las cejas.

—Eso no lo puedes saber. Imposible. Nadie, ni siquiera tú, tiene ese tipo de control a lo largo de una vida, sobre todo de una vida tan larga como la nuestra. Creo que todas las mujeres, además de los niños, deberían tener entrenamiento para saber cómo matar a un vampiro —dijo—. Tiene mucho sentido.

Jaxon asintió con un gesto de la cabeza.

—¿Por qué entrenar sólo a los niños varones? Aunque una mujer nunca tenga que hacer uso de esos conocimientos, debería tenerlos. Nadie sabe en qué momento podrían atacarnos, y los machos no siempre están con nosotras.

—¿Por qué no? —preguntó Nicolas—. Tu compañero eterno y cualquier otro macho, tenga o no una compañera eterna, debería acompañar a nuestras mujeres cuando éstas vayan donde sea. Todas y cada una de vosotras, y especialmente nuestros hijos, deberían tener un guardaespaldas. Ivory murió porque abandonó la seguridad de su familia. Perdimos a Rhiannon por el mismo motivo. En cuanto Xavier cerró su escuela para varones y empezó a aceptar sólo mujeres, deberíamos haberles negado la autorización de asistir a sus clases.

Un murmullo de aprobación recorrió la sala y varios guerreros asintieron con gesto afirmativo. Destiny miró a su compañero eterno, y era evidente que le preguntaba algo. Cuando él contestó, ella lo miró, furiosa.

—Hablas de algo que ocurrió hace siglos, Nicolas. Los tiempos han cambiado, y el mundo también. No puedes seguir viviendo en el pasado.

—No, pero podemos aprender de él —respondió Nicolas—. Lo hemos perdido todo por no proteger a nuestras mujeres. *Todo*. No nos quedan más de treinta mujeres, más o menos, entre las que quizás haya una o dos compañeras eternas para nuestros hombres, si conseguimos descubrir por qué mueren nuestros hijos. No podemos permitirnos pensar como los humanos o como cualquier otra especie que cuenta con grandes contingentes. Si ellos deciden olvidarse de sus mujeres y sus hijos, es su problema, pero nosotros no podemos imitarlos, y por eso tenemos que hacer todo lo que esté en nuestras manos para proteger a los pocos miembros que nos quedan.

—No puedes encerrar a las mujeres, Nicolas —dijo Lucian—, por mucho que lo deseemos.

—Podríamos intentarlo —dijo por lo bajo Dimitri, uno de los hombres solteros.

Jaxon lo miró con hostilidad no disimulada.

—Puedes intentarlo, pero no creo que sea posible.

Gregori se removió en su sitio y todas las miradas se fijaron en él.

—Destiny tiene razón cuando dice que deberíamos enseñar a nuestras mujeres e hijos a defenderse. Pero estoy de acuerdo con Nicolas cuando dice que ni las mujeres ni los niños deberían andar sin una escolta. Tenemos demasiados enemigos y, si ya no podemos detectarlos, podrían entrar y pasearse por nuestra aldea sin que percibamos jamás el peligro.

Jaxon frunció el ceño.

—¿De verdad crees que una mujer adulta se quedará esperando que venga un escolta cuando tiene cosas que hacer?

—Todos debemos hacer sacrificios en tiempos de necesidad —dijo Gregori.

Jaxon entornó la mirada.

—Entonces, ¿por qué no esperáis vosotros en casa hasta que una de las mujeres venga a escoltaros? Intentadlo durante un tiempo y ya me diréis qué os parece. —Se giró y vio el semblante gélido de su compañero eterno—. Si tengo ganas de salir a visitar a una amiga o pariente, no vacilaré en ello.

—Ahora hablas como una niña enfurruñada que malinterpreta deliberadamente lo que digo —advirtió Gregori—. Nadie te quiere dictar lo que debes hacer. La realidad es bastante sencilla. Necesitamos niños, no combatientes, y las mujeres paren bebés, no hombres. Tenemos un exceso de combatientes y muy pocas mujeres, de modo que la tarea de parir los hijos corresponde a las mujeres.

—¿Ah, sí? —dijo Destiny, alzando las cejas—. Si interpreto bien tus palabras, dices que a Nicolae se le debería permitir luchar contra el vampiro, pero a mí no porque, si me matan, habréis perdido a una yegua de cría.

—Yo no he dicho eso —protestó Gregori.

—A mí es lo que me ha parecido oír —dijo Jaxon—. Y si ella se queda en casa como una buena mujer encinta y obediente, y a Nicolae lo mataran, ¿qué crees que ocurriría de todas maneras? Toda esta discusión es ridícula. Puede que queráis encontrar alguna señal que diga que deberíamos saber cuál es nuestro lugar y no movernos, pero nosotras no nacimos carpatianas ni fuimos criadas como tales. Tenemos nuestra propia experiencia, que es propia de cada individuo, y algunas sentimos la necesidad de pasar a la acción. Otras quieren quedarse en casa y otras prefieren sanar o investigar o dedicarse al trabajo que más les interesa. Y eso, amigo mío, es un derecho que tenemos.

—No estoy de acuerdo —dijo Gregori. Hablaba con voz queda pero se le oía en toda la caverna—. Eres carpatiana y, como tal, nuestra especie es diferente en sentidos que no podemos ignorar. Tu primer deber no es para contigo misma sino para con el conjunto de tu pueblo. Hacemos lo que es mejor para todos, no sólo para algunos individuos. Por ejemplo, nuestro primer deber es obedecer al príncipe de nuestro pueblo. Sin él, no podemos existir, de modo que su protección debe ser la máxima prioridad. Se debería enseñar eso a todos los hombres, mujeres y niños, y todos deberían respetarlo y practicarlo sin condiciones.

—Creo que todas las mujeres hemos demostrado que estamos dispuestas a servir al pueblo carpatiano —dijo Jaxon—. Pero no queremos volver a la edad media, cuando los hombres mandaban a las mujeres.

Un gesto de repentina impaciencia asomó en el semblante de Gregori.

—¿De verdad crees que se trata de una cuestión de hombres contra mujeres? Se trata de salvar una especie, no de los derechos de las mujeres.

—¿Y en que puedo contribuir a salvar a la especie si dejo que mi compañero eterno se ausente para luchar contra el vampiro y me deje sola para que me dedique a preocuparme si volverá o no a casa? Si él muere, morimos los dos. En cualquiera de los dos casos, el riesgo es alto. En un mundo perfecto, ninguno de los dos tendría que luchar contra los vampiros, pero el mundo no es tan perfecto, ¿no, Gregori? Si yo siento la necesidad de estar junto a mi compañero eterno y ayudar a que vuelva a casa sano y salvo, ya te puedo asegurar que eso tiene que ver con mis derechos.

Gregori se inclinó hacia delante y miró a Jaxon con sus fulgurantes ojos plateados.

—¿Cómo puedes pensar, aunque fuera por un instante, que tu presencia no pondrá en peligro la capacidad de combate de tu compañero eterno? Él es nuestro guerrero más fuerte, y nadie puede igualar sus dotes en la batalla. Ha combatido más de mil años, posee más experiencia que cualquiera y, aún así, he aquí que tú, una mujer, que antiguamente fue humana, tan joven que en nuestra especie serías considerada una niña, cree que las capacidades de su compañero eterno no menguarían en el combate si tú estuvieras presente. ¿Qué te hace pensar eso? Ciertamente, los riesgos se duplicarían, porque tendría que mantener un ojo vigilante sobre ti en todo momento. Tiene que mantener su contacto mental contigo para cerciorarse de tu seguridad. Aunque te dirija, su atención está dividida porque no está totalmente concentrado en el combate.

—Gregori —advirtió Lucian, con una mirada seca y fría.

Jaxon alzó una mano.

—No, por eso estamos aquí, ¿no? Para oír los dos argumentos en pugna. Quisiera escuchar los motivos que llevan a Gregori y a muchos otros a oponerse a que las mujeres luchen contra los vampiros. Si no entiendo por qué se opone, nunca tendré la posibilidad de estar de acuerdo con él.

Entonces ten mucho cuidado, hermanito, cuando te dirijas a mi compañera eterna.

Le digo la verdad y tú lo sabes. Corres un riesgo mil veces mayor si ella está contigo. Tiene que entenderlo.

Lucian le lanzó a su hermano una mirada gélida.

Puede que sí, pero es un riesgo que debo asumir yo.

No estoy de acuerdo. No podemos permitirnos que tú sucumbas, ni tú ni tu compañera eterna. Has vivido demasiado tiempo en un mundo solitario, a tu manera, y has tomado tus decisiones basándote no en el principio de salvar a una especie en extinción sino en las órdenes de Vlad de buscar al vampiro y destruirlo. Tenemos un nuevo príncipe, y nos enfrentamos a una nueva amenaza.

Estás pidiendo que te dé de patadas en el culo, hermanito.

Jaxon reparó en la mirada fría de su compañero eterno y luego en la de Gregori, cortante como una navaja.

—Ya sé que los dos estáis discutiendo acerca de esto, pero de verdad quiero oír lo que Gregori tiene que decir. Te lo ruego, Lucian.

Dicho esto, tocó a Lucian en el brazo con un gesto cariñoso que hizo desviar la mirada a Nicolas, que en ese momento añoraba la cercanía de Lara y su contacto. Volvió a intentar conectar con ella, pero sólo percibió la melodía de una canción de cuna carpatiana muy antigua. Volvió a concentrarse en la acalorada discusión en la sala, pero esta vez le costó desprenderse de la sensación de que algo no iba bien.

Lucian cogió a Jaxon por la cintura y, con un gesto de la cabeza, le dijo a Gregori que siguiera.

Éste cruzó los brazos sobre el pecho y miró a Jaxon.

—Mira a tu compañero eterno en este momento. Ninguna amenaza se cierne sobre ti y, sin embargo, él se muestra protector, y está dispuesto a enfrentarse conmigo si te digo una sola palabra hiriente. El instinto de proteger a nuestra compañera eterna está en nuestra naturaleza, es algo inherente a los carpatianos incluso antes de nacer. Las palabras y las circunstancias no pueden cambiar esa realidad, ni tampoco queremos que cambie. ¿Crees que ese instinto desaparece en la batalla? Antes de que tú estuvieras, él sólo debía preocuparse de la estrategia y de su propia vida, pero ahora debe dividir su atención y ocuparse también de ti. A pesar de los conocimientos que comparte contigo en las batallas, a pesar de esa vasta experiencia suya de la que te puedes servir, no puedes ni por mucho ser lo bastante rápida.

—Todos los guerreros tienen que empezar con algo para foguearse —alegó Destiny—. Vuestros jóvenes machos deben pasar por esa práctica. Nosotras podemos hacer lo mismo.

—¿Por qué querríais hacer algo así? —preguntó Nicolas—. ¿Por qué querríais enfrentaros a un monstruo y arriesgar vuestra vida, un bien tan valioso para todos?

—No puedo evitarlo —dijo Destiny, y hablaba sinceramente—. Quizá si Nicolae dejará la caza del vampiro, yo también lo dejaría. Pero la verdad es que no estoy segura de que pueda hacerlo.

Jaxon se encogió de hombros.

—Yo me he pasado toda la vida cazando monstruos. No sé qué otra cosa podría hacer.

—¿Si tuvieras un hijo? —Mikhail volvía a hablar con voz queda, aunque se le oía en toda la sala.

Los cristales emitieron un zumbido grave, más melódico, como si quisieran infundir paz en el alma de las dos mujeres.

André y otro carpatiano, un guerrero alto, volvieron a abrirse paso entre los presentes. Nicolas reconoció al guerrero solitario, un hombre llamado Tariq Asenguard, junto a André. Hacía siglos que Vlad lo había mandado a combatir. Incluso en aquel entonces, era un hombre solitario que había perdido rápidamente su capacidad de sentir y ver los colores después de perder a toda su familia. Su madre había perdido a varios hijos y, al final, los padres habían decidido seguir a sus retoños al mundo del más allá. Nicolas nunca lo había visto sonreír desde entonces. Vlad lo había enviado a tierras de América del Norte, y se rumoreaba que durante un tiempo había vivido en estado salvaje. Ahora se le veía muy civilizado y habría pasado desapercibido en cualquier comunidad.

Los dos carpatianos se inclinaron ante las mujeres. André volvió a tomar la palabra.

—Si una de nuestras mujeres decide combatir, y su compañero eterno se lo permite... —dijo, y en su voz había un ligero toque de desprecio—, desde luego, es una decisión suya. Pero, sabiendo que ahora ocurre esto, después de haber pasado una vida entera luchando contra los vampiros, teniendo más experiencia y dispuestos a dar nuestra vida para que aunque no fuera más una sola mujer pueda vivir y darnos una hija, no nos queda otra alternativa que unirnos y proteger a esas guerreras. Cuando os lancéis a la batalla, mirad a vuestras espaldas, porque habrá una legión de guerreros para defenderos.

Jaxon frunció el ceño.

—Muchas gracias, pero no. No quiero que nadie me defienda. Tengo un compañero, y trabajamos juntos. No quiero que nadie arriesgue su vida por mí.

—Si elegís la batalla y creéis que es vuestro derecho —dijo Tariq—, nuestros machos que sobreviven y que os miran con esperanza a vosotras y a todas las mujeres, tienen el derecho de protegeros cuando vuestro compañero eterno decida no hacerlo.

Se desató un caos enorme. Toda la sala vibró con el aumento de la energía y los cristales zumbaron, rabiosos, cuando los machos que tenían compañera eterna se volvieron contra los solteros.

—¡Basta! —La voz de Mikhail resonó como un latigazo en toda la cámara. Se produjo inmediatamente un silencio total—. ¿Qué creíais que pensarían nuestros hombres a propósito de este tema? —preguntó a los guerreros sin compañera eterna—. Incluso entre vosotros las opiniones están divididas. Muchos tienen ideas muy claras acerca de la posibilidad de que nuestras mujeres pongan sus vidas en peligro. Nuestros hombres solteros tienen mucho que decir en esta discusión y sus voces tienen tanto peso como la de cualquier otro. Se han sacrificado durante siglos, y son sus vidas... y sus propias almas, lo que está en juego.

Lucian asintió con un gesto de la cabeza.

—Así es. —Era lo más parecido a una disculpa que estaban dispuestos a pronunciar—. Pero nadie amenazará o le dirá a mi compañera eterna lo que tiene que hacer. Lo que hacemos es decisión nuestra.

—Entonces, ¿estás dispuesto a dividir a nuestro pueblo? —inquirió Gregori—. ¿Estás dispuesto a pronunciarte en contra de una decisión adoptada por nuestro príncipe? —preguntó, como si le lanzara el desafío a la cara a su hermano, sin importarle que Lucian fuera una leyenda en la comunidad.

Antes de que Lucian pudiera responder, Jaxon alzó las manos y se las puso frente a la cara.

—Dime la verdad, Lucian. Cuando salgo contigo en una expedición de caza, ¿te ves obligado a dividir tu atención, como sostiene Gregori? ¿El riesgo que corres es mayor? —preguntó. No dejó que Lucian desviara la mirada, y lo clavó con la suya.

—Es un riesgo que estoy dispuesto a asumir.

Jaxon respiró hondo y espiró.

—Deberías habérmelo dicho.

—¿Para qué? No puedes quedarte en casa sentada. Si pudieras, te lo habría ordenado hace tiempo, pero tu naturaleza te exige luchar activamente por la justicia. —La estrechó y la arropó con gesto posesivo—. Tengo plena confianza en mi capacidad para protegernos a ambos, o jamás permitiría que corrieras ese riesgo —dijo, mirando a su hermano con un gesto gélido y cortante—. No había necesidad de herirte con lo que otros consideran su verdad.

—La verdad es la verdad, Lucian —dijo Jaxon.

Mikhail observaba a la pareja.

—Sientes la necesidad de la acción y deseas ayudar a los hombres a librarnos de los monstruos que nos acechan. Necesito a mujeres que estén dispuestas a que les enseñen, a aprender a luchar y luego a enseñar a nuestras mujeres e hijas. Necesitamos a mujeres que velen por otras mujeres y que sean la primera línea de defensa si la guerra llega a nuestras puertas. Quizás estéis dispuestas a considerarlo. Si no... —dijo, y miró a André y a Tariq—, creo que ya no volveréis a enfrentaros solos al vampiro en la batalla... Nunca más.

Capítulo 15

Las mujeres se movían rápidamente pero con gestos pausados mientras preparaban la cámara para la nueva ceremonia, el ritual más importante que jamás llevarían a cabo. Varias mujeres cogieron unos manojos de salvia, los encendieron y empezaron a pasear de un lado a otro de la sala, a lo largo de la pared, entonando un leve cántico, rogando que la energía positiva limpiara y bendijera el ambiente, y luego volviendo a cruzar la cámara en diagonal mientras repetían el cántico. El humo se paseó por la caverna y, cuando acabaron, depositaron los manojos de salvia sobre las piedras calientes que recubrían la pared posterior.

Cuatro mujeres carpatianas tejieron unas briznas de hierba empapadas en agua y fabricaron unas cuerdas largas en las que trenzaban sus propias intenciones, cantándolas suavemente para atraer la energía que ayudaría a Lara en su viaje shamánico.

Francesca ya había preparado una potente poción a la luz de la luna llena y se la dio a beber a Savannah y a Raven. Había lavado varias piedras de cuarzo rosado bajo el agua que fluía y luego las había colocado a la luz de la luna en un cuenco de agua tapado con una estopilla. El cuarzo rosado era la piedra madre y se solía usar para producir cambios y abrir el corazón.

Del morral cogió las piedras más lisas de cuarzo rosado y de ametrina y se las entregó a Raven y a Savannah para que las sostuvieran en las manos y las frotaran mientras se llevaba a cabo la ceremonia. A continuación, cogió unos collares de conchas de cauri y se los colgó al cuello a las dos mujeres para aumentar la energía. Esparció unos pétalos de rosa sobre el suelo de la tierra fértil y añadió pepitas de granada para facilitar la ceremonia de renovación de la vida.

Cuando Francesca hubo preparado a Savannah y a Raven, cogió un pequeño tambor cuya superficie pintada a mano reproducía un mapa del mundo de las tinieblas y diversos animales que representaban el poder y la sabiduría. Con un pequeño mazo, empezó a tocar un ritmo monótono que se acompasó con el latido del corazón de las mujeres.

Lara se sentó junto a Raven y Savannah, formando un triángulo mientras, a su alrededor, las demás mujeres se reunieron en un círculo estrecho. Añadieron las trenzas de hierba y la resina de copal a la salvia fumante en las rocas calientes, además de otras hierbas, hasta que la sala se impregnó de olores de la naturaleza. Lara inhaló los vapores para que la fragancia le calmara los nervios.

Era la tarea más importante que quizá jamás llevaría a cabo, se decía, mientras pensaba que había estado a punto de poner fin a su propia vida. ¿Cuántos niños se habrían perdido si lo hubiera conseguido? Tuvo la sensación de que había venido a la tierra para ese momento, para llevar a cabo ese viaje y salvar a los tres bebés. Xavier había destruido muchas vidas, y Lara estaba decidida a no permitir que se llevara a los niños y a sus madres como había hecho con tantas otras.

Mientras frotaba un diáfano cristal de cuarzo para aumentar su claridad y concentración, apartó todo pensamiento de su cabeza y permitió que sus ondas mentales oscilaran de aquí allá hasta que se calmaron y su mente se convirtió en una tranquila superficie de agua que lamía sus bordes sin cesar, presta a expandirse.

En aquel estado de paz, buscó entre sus recuerdos, olvidados hacía tiempo, y encontró la leve huella de la magia. Siguió aquel sendero hasta encontrar la puerta que buscaba. Quizá la sangre de los cazadores de dragones corriera por sus venas, pero ella era maga, una naturaleza heredada directamente de su madre. La fuerza mística en ella era poderosa y todo lo que sus tías le habían enseñado estaba allí, preparado para inspirarla en su intuición en caso de que necesitara ayuda. Aquella cámara subterránea que las mujeres habían escogido para sus rituales era un lugar lleno de energía donde el mundo físico se encontraba con el mundo espiritual. Sintió la energía que fluía hacia ella, oyó el rítmico sonido del tambor y las voces femeninas entonando su cántico en la distancia. Aquellas notas melódicas la transportaron más profundamente hacia otra esfera.

El humo le nubló la visión. Nubes cargadas de bruma y niebla se mezclaron con él. Lara inhaló profundamente y llenó sus pulmones de aire y humo, y sintió que su alma se liberaba para emprender su viaje. Se vio de pronto en la frontera entre dos mundos, y la caverna donde se encontraba, un lugar tranquilo y sereno, era la primera etapa de su migración.

Cuando se aclaró su visión, se encontró ante un árbol grande afirmado en un laberinto de raíces y un enorme entramado de largas ramas que formaban una espesura. Brumas de diferentes colores giraban como remolinos entre las ramas. Las hojas, de un color verde que viraba al plateado, se agitaban como si hubieran cobrado vida, mecidas por la suave brisa. El viento era justo lo bastante fuerte para agitar la bruma, pero no para llevársela. Lara tuvo un atisbo del grueso y retorcido tronco que se encumbraba hacia el cielo y se hundía en la tierra.

Entonces se concentró en el árbol, cuyo tronco, de color grisáceo, le pareció viejo. Unos cuantos nudos oscuros asomaban en el tronco y las ramas, y en ciertas partes se advertía la pérdida de alguna rama que habría caído con el tiempo, pero el árbol parecía sano. Siguió avanzando hacia él por aquel prado que no paraba de extenderse, rozando la hierba tierna con los pies descalzos. Mientras avanzaba por aquel campo, las flores brotaban al contacto de sus pies con la tierra, como si esparciera semillas por el suelo fértil. Cuanto más se acercaba al árbol, mejor veía que faltaban más ramas. Y, por debajo del árbol, atrapadas entre la red de raíces, vio aquellas viejas extremidades caídas como cuerpos rotos en una fosa común.

A medida que se acercaba al árbol de la vida, oyó voces que gritaban y sollozaban y, al mirar hacia arriba, sintió que le caían unas gotas sobre la cara. Eran lágrimas que le bañaban la cara, lágrimas de mujeres que habían vivido hacía tiempo y que habían perdido un hijo tras otro a manos del asesino desconocido. Las lágrimas cayeron al suelo y formaron un arroyo, y todas se fueron mezclando hasta conformar un río.

Lara vadeó las aguas que crecían y se acercó al tronco ancho y robusto para mirarlo más de cerca. Observó que destacaban unas marcas leves y superficiales en el tronco que ascendía hacia las ramas donde latía una nueva vida. Eran el hijo de Raven y las dos hijas de Savannah. Sus almas colgaban de las ramas que se mecían suavemente muy por encima de ella. Lara vio que las dos ramas estaban quemadas, huecas y retorcidas por alguna enfermedad. Por encima de ellas otras almas nuevas colgaban de ramas relativamente sanas, aunque observó que ya había señales de aquella enfermedad desconocida que también roía sus ramas. Eran los embarazos más recientes de mujeres carpatianas. El asesino se había cebado primero con el bebé de Raven y, después, con las gemelas de Savannah, pero aquellos otros niños también corrían peligro.

Aquella cosa maligna tenía un tinte particular. Xavier había utilizado artes oscuras contra los carpatianos, y corrompía así sus dones, torciéndolos para sus propios fines. Lara no sólo vio aquellas leves marcas, sino también olió la malevolencia en la huella de la alquimia oscura. La huella conducía a las ramas de más arriba, pero también bajaba por el tronco hasta el laberinto de raíces en lo profundo de la tierra. Entonces bajó por el tronco y siguió las raíces en busca de la fuente.

Bajó por el largo tronco siguiendo las huellas y valiéndose del olfato y la vista. En medio de la maraña de raíces, el camino se volvía mucho más difícil, ya que las huellas estaban por todas partes. Unas sombras la asaltaron y unas garras grandes y ávidas se estiraron hacia ella. A su alrededor se oían gemidos y lamentos, mientras el río de lágrimas seguía aumentando su caudal.

Apretó la superficie suave del cristal que tenía en la mano y esperó pacientemente. El canto de una rana la distrajo. La pequeña criatura flotó hasta ella sobre una hoja de nenúfar, saltó del río al tronco de un árbol y la miró con sus ojos grandes y expresivos.

Lara sonrió y saludó a la criatura formal y respetuosamente. Era su guía espiritual en aquel reino subterráneo. Las ranas eran unos animales asombrosos y mágicos y portadoras de una gran energía, tanto en el agua como en la tierra. Para Lara, la rana simbolizaba todo aquello por lo que luchaban las mujeres carpatianas, la transformación, el volver a nacer, el vínculo entre madre e hijo y entre la Madre Tierra y sus hijas. Lo que pretendía era precisamente desbloquear la energía y crear un flujo más suave para que la sanación tuviera éxito y eliminara todas las toxinas de la tierra y el agua. Y el simbolismo iba más allá. Cuando las poblaciones de ranas aumentaban, el ecosistema había alcanzado un equilibrio y se restablecía la armonía. Había elegido el camino correcto.

Siguió adelante, sintiéndose más confiada. La rana saltaba con facilidad entre las raíces, desplazándose de una a otra hasta que encontró una raíz larga y torcida que parecía alejarse del resto. Se hundía profundamente en la tierra y, cuanto más se alejaba, más oscura y retorcida se volvía. Unos agujeros habían horadado la raíz y los tallos lloraban lágrimas negras.

Lara siguió aquella huella deleble del mal y descendió en espiral por la larga raíz. La sensación de odio y desesperación era cada vez más intensa, hasta que se sintió atrapada en su flujo y percibió la maligna influencia que presionaba el vientre de la madre para rechazar al pequeño intruso que anidaba en su matriz. Aquella ilusión de la madre que odiaba al niño era muy intensa, deseando que se marchara, que saliera de ella, como si aquella *cosa* en su interior fuera un monstruo y no un hijo bienamado.

Se resistió al impulso de consolar al bebé. Ésa no era su tarea. A lo lejos, escuchó unas voces melódicas que entonaban suavemente una canción de cuna. Se concentró en los latidos del corazón, en el cristal que tenía en la mano y que la mantenía concentrada en su viaje.

Las sombras se volvieron más densas y oscuras. Lara se sintió bañada por una ola de abatimiento y, en medio de aquella desolación, distinguió corrientes de odio y rabia. En aquel lugar se percibía una red de potente energía, aunque contenida y sutil. Ella conocía ese ambiente, lo había experimentado con demasiada frecuencia de niña. Xavier la había humillado, la había hecho sentirse débil e indefensa, una niña que nadie quería ni nadie amaba. La había hecho creer que las personas que la habían traído a este mundo la rechazaban y despreciaban. Aquello era obra de Xavier, su impronta estaba en todas partes. Cualquiera que fuera el microbio que había creado para llevar a cabo su astuta conspiración, estaba muy cerca. Lara se acercaba a la cuna del asesino.

Buscó en la mente de Natalya. No podía dejar que la detectaran si ella no estaba preparada para golpear, y no se atrevía a continuar hasta que Natalya siguiera su huella y se uniera a ella espiritualmente. Aquella era la parte más peligrosa. Lara era ligera y aérea. Flotaba por aquellos dominios y no tenía cómo alertar a otros de su presencia. Natalya era una guerrera, diestra en el arte de matar, y a pesar de que había sido maga en el pasado, ahora era plenamente carpatiana. No había perdido ninguna de sus habilidades de maga, pero era posible que la entidad maligna interpretara su presencia como una amenaza. Así que se quedó muy quieta hasta que sintió que el espíritu de Natalya llegaba hasta ella.

Siguió adelante, ahora acompañada por el espíritu de Natalya. La entidad se había hundido en la tierra, y su energía negativa aumentaba la toxicidad del suelo de tal manera que le entraron ganas de echarse a llorar. Apretó el claro cristal que tenía en la mano y siguió, concentrada sólo en su misión. Acostumbrada a las cavernas de hielo y a los extremófilos que allí había encontrado, divisó al asesino, que se aferraba a un trozo de hongo. No le sorprendió que Xavier hubiera escogido ese organismo para asestar su golpe mortal.

Los extremófilos debían su nombre al hecho de que podían

sobrevivir y reproducirse en todo tipo de condiciones extremas, en el frío o el calor, la oscuridad o la luz, incluso en ambientes salobres. Aquel microbio era el asesino perfecto. Desde luego, Xavier lo había hecho mutar para que sirviera a sus fines. Era un diminuto organismo camaleónico capaz de introducirse en las células y asumir la apariencia de cualquier organismo que quisiera imitar. Se dio cuenta cuando el microbio se percató de su presencia y del peligro que implicaba.

Cundió la sensación de alarma. Lara percibió una onda sonora que la envolvía y saltó a un lado cuando el microbio escupió un producto químico hacia ella. Unas gotas de ácido chamuscaron el tallo de la raíz y el árbol se agitó bajo aquella agresión. Lara sabía que los extremófilos escupían una solución química contra otros microbios para defenderse y proteger su territorio. Estaba preparada hasta cierto punto, pero la repentina agresión la sorprendió. El microbio continuó su ataque regando su ácido sobre la raíz principal para deshacerse de la amenaza.

Lara tenía que llevar a aquella cosa hasta la superficie para que Natalya pudiera exterminarla, y tenía que hacerlo ya. Un ataque de esa naturaleza podía acabar con la fuerza que le quedaba al bebé. *El bebé.* Aquel extremófilo estaba programado para matar a los pequeños. Un bebé jamás podría plantarle cara por sí sólo. Y conociendo a Xavier, era probable que le hubiera dado a su asesino una muestra de olor de la sangre de Dubrinsky y de los cazadores de dragones.

Por primera vez, Lara vaciló. Tendría que volver a su infancia y enfrentarse a sus demonios una vez más. Nicolas no estaría para interponerse entre ella y sus traumáticos recuerdos, pero ella no podía fallarle al bebé.

Estoy aquí, confirmó Natalya.

El eco de las voces femeninas la rodeaba y, con su ofrenda de hermandad, le levantó el ánimo y le dio seguridad.

Miró a su guía espiritual. Sin vacilar, la pequeña rana, que había nacido en el agua y había pasado a la tierra, comenzó su andanza por otra raíz. Lara sintió que el tiempo se replegaba sobre sí mismo y supo que la rana la transportaba hacia atrás para que apareciera como una niña a los ojos del asesino.

Enseguida dejó de llover ácido, pero el ataque se convirtió en algo diferente, agudo y concentrado, y muy complejo. Comenzó como un sentimiento de pavor que se abrió camino hasta su pensamiento. Una voz le susurró algo en lengua carpatiana, un mensaje lleno de odio que se repetía una y otra vez. Aquel tono insidioso era un veneno, y se introdujo en su mente, aunque ella supiera que ya no era una niña. El asco que sintió le recordó su infancia.

Se obligó a continuar por la raíz principal, a sabiendas de que el microbio la seguía, intuyendo su presencia mientras le murmuraba cosas horrorosas. Nadie la quería. En su vida no había nada que valiera. El cuerpo que le servía de vehículo la rechazaba e intentaba deshacerse de aquel horrible parásito. ¡Vete! ¡Vete! Abandona el cuerpo anfitrión. Detestaba tener que ser portadora de esa criatura débil, patética y extraña. No una persona sino un objeto.

De pronto, sin previo aviso, sintió como una puñalada, un hierro candente y maligno que le traspasó la coraza externa hasta llegarle al alma. El microbio se había acercado lo bastante para clavarle un aguijón retráctil. Lara vio cómo el aguijón volvía a enfundarse en el camaleónico extremófilo y enseguida sintió un dolor insoportable que la hizo tambalearse. Unas puntas agudas le arañaron el tobillo. Sintió un amago de pánico, aterrorizada ante la idea de que le inyectara una descarga de parásitos. Lo único que la mantenía anclada en ese estado infantil era el cristal en su mano y el cántico melodioso de unas voces femeninas.

Se movió con rapidez, aunque su llanto de bebé a todas luces estimulaba al microbio a persistir en su perversa incursión. El murmullo de la voz seguía ahí, sugiriéndole sin cesar que abandonara, que huyera, que el cuerpo en que se había encarnado la rechazaba. Ese sentimiento de desesperación estaba siempre presente, pero ahora percibió que también el ambiente se volvía hostil. Los ataques se sucedieron como la reacción de un ejército de anticuerpos. Eran como pequeñas cadenas que la azotaban y golpeaban, intentando que se diera a la fuga. Lara cayó en la cuenta de que el aguijón la había señalado con su marca y ahora las cadenas de proteínas le lanzaban verdaderos latigazos y la herían por todas partes.

Aquello era lo que vivían las gemelas de Savannah y el hijo de Raven.

Espoleada por un sentimiento de indignación, Lara presionó hacia arriba, buscando la entrada de los viajeros, donde los dos mundos se encontraban. Costara lo que costara, estaba decidida a actuar como cebo y llevar a ese horrible bicho asesino hasta la superficie, donde Natalya lo esperaba.

Al desplazarse hacia arriba, sintió que algo la quemaba, no en su coraza externa sino en lo más profundo, como si su sangre hubiera empezado a hervir. Aquel aguijón no le había inyectado un parásito sino un elemento incompatible con la sangre de su cuerpo anfitrión. Las células ya empezaban a desintegrarse, dando lugar a hemorragias. Y durante todo ese rato, la voz no paraba de decirle lo insignificante que era y le hablaba del rechazo que despertaba en el cuerpo anfitrión. Aquello provocaba en ella sucesivas oleadas de desesperanza.

Un ruido empezó a ahogar las voces femeninas a medida que la presión en torno a ella aumentaba, apretándola, mientras el ruido tronaba en sus oídos y se le aceleraba el corazón. El ruido reconfortante del ir y venir del flujo vital se convirtió en un galope convulsivo y rápido que rugió en sus oídos como el estruendo de un tren de mercancías que venía hacia ella desde todos los ángulos.

Lara se encaramó por el árbol, aferrándose a la melodía de la canción de cuna, obligándose a palpar el cristal para conservar una semblanza de realidad. Empezó a sollozar, lo cual estimuló al microbio y lo agitó con su llanto de bebé hasta el frenesí, de modo que el organismo no se dio cuenta de que ella sólo quería huir. Intuyendo la victoria, el asesino aumentó sus ataques, sembrando en ella el abatimiento mientras multiplicaba sus acometidas.

Aterrorizada, Lara fijó la vista en el humo y la bruma que giraban en un remolino lejos de su alcance. El tiempo se ralentizó hasta que tuvo la impresión de que avanzaba por arenas movedizas. El entorno se volvió cada vez menos estable, y siguieron unas sacudidas como breves temblores de tierra que la hicieron perder el equilibrio, la empujaron hacia abajo y la aplastaron por los lados mientras un fluido la rodeaba por doquier hasta que empezó a sentir que se ahogaba. Una seguidilla de temblores sacudió al árbol desde las ramas hasta las profundas raíces hundidas en la tierra.

Y cuando pensaba que no lo conseguiría, ahí estaba la pequeña rana, nadando junto a ella, orientándola entre las paredes que se derrumbaban con las violentas ondas que la sacudían y atacaban. A su alrededor se abrieron fisuras a medida que la estabilidad disminuía. Hizo un último y desesperado esfuerzo para volver a la superficie y encontrar el punto por donde había entrado.

Jadeando, inhaló la salvia y el dulzor de la hierba.

—¡Ahora, Natalya! ¡Ahora! —Se desplomó sobre el suelo de la cámara, sobre la tierra oscura y fértil, agarrotada por la extenuación y con el eco de sus pesadillas infantiles resonando en su mente.

Natalya se arrodilló junto a Raven, toda ella quieta como una tigresa, inmóvil, con los sentidos alerta, acechando la presa, esperando... esperando. Asestó un golpe rápido al detectar una leve huella de magia y de artes oscuras. Su arma era un huevo. Lo amasó suavemente en torno a la herida de Raven y atrajo el microbio hacia la yema.

Lara no podía hablar, pero alertó a Natalya sirviéndose de la vía común a todos los carpatianos que sus tías le habían enseñado a usar.

Ten cuidado, es un bicho perverso. No dejes que te clave el aguijón.

El huevo ya había empezado a moverse y oscurecerse, mientras el microbio se agitaba y producía ondas de odio y desesperación que inundaron toda la cámara. Una mezcla del hedor de la carne putrefacta y de huevos podridos llegó hasta Lara, lo cual no hizo sino aumentar la sensación de que se encontraba de vuelta en la caverna de hielo. A pesar del calor que emanaba de las cámaras subterráneas, tiritaba de frío, sacudida por aquellos dedos gélidos que le recorrían la espalda.

El humo y el incienso no tardaron en absorber las energías negativas. Natalya, muy atenta al aguijón, sacó al nuevo anfitrión de la cámara. Invocó la fuerza de una tormenta eléctrica y, por un momento, el cielo se encendió cuando el rayo que descargó incineró al microbio preso dentro del huevo.

Lara quedó tendida en el suelo, mirando el techo. Unas manos amables le tocaron la cara y el resto del cuerpo. Eran las mujeres que querían cerciorarse de que no estaba herida. A ella no le quedaba suficiente energía para decirles que no era su cuerpo el que necesitaba los cuidados, sino su mente. Abrió los ojos y vio a Francesca examinando a Raven.

—¿*Lo hemos conseguido? ¿El bebé se encuentra bien?* —murmuró. No le quedaba energía para hablar en voz alta.

Natalya volvió a entrar a grandes zancadas y se fue directamente hacia Lara. Le cogió la mano.

Raven cerró los ojos y trabó contacto mental con su bebé. Sus manos aletearon sobre el vientre y lo acariciaron suavemente.

—Está tranquilo, por fin. Y yo también me siento diferente. Creo que mi cuerpo ha dejado de rechazarlo.

Francesca se desprendió al instante de su cuerpo para buscar en el de Raven. Una sonrisa de alegría le iluminó el rostro.

—Es un milagro. Shea, tiene la presión arterial perfecta, ya no hay contracciones y ha dejado de sangrar. Su cuerpo ya no ve al bebé como un organismo invasor ni intenta desprenderse de él.

Lara cerró los ojos y se llevó las dos manos a las sienes. Quería llorar y reír a la vez. Se alegraba de haber dado con el microbio, pero ahora los recuerdos de la infancia la asediaban, imágenes de sangre y torturas y gritos de hombres y mujeres. Más que eso, era el sentimiento de absoluta desesperanza, una semilla plantada hacía mucho tiempo que le costaba superar. Su autoestima se había venido abajo, y los hilos perversos de la magia negra la acechaban en su pensamiento.

No quería que Raven supiera el precio que había pagado por

aquel viaje, pero se sentía enferma y mareada hasta las entrañas. Se habían abierto demasiadas compuertas en el camino, y recordar no era una buena cosa. Sus tías habían erigido esas defensas por un motivo, pero ahora estaban hechas añicos. Necesitaba quedarse a solas, lejos de las demás, donde pudiera recomponer su mente fragmentada. El problema era que estaba demasiado débil para levantarse.

A su alrededor, aumentó la emoción de las voces. Shea y Francesca se consultaron en voz baja y con un vivo lenguaje corporal. El hijo de Raven estaba a salvo y habían encontrado al culpable. Las otras mujeres se regocijaban y Raven lloraba de felicidad.

—¿Y qué pasará con mis hijas? —Ante la pregunta temblorosa de Savannah, se hizo el silencio—. ¿Yo también tengo una de esas cosas que atacan a mis hijas? ¿Es por eso que sangro y tengo contracciones?

¡Gregori, te necesito! Su grito le venía del fondo del alma, la necesidad instintiva de una madre que protege a sus hijos.

Lara se quedó quieta, y el corazón comenzó a latirle con fuerza. Sabía lo que se avecinaba, pero *no podía*. No había manera, con su mente fragmentada de esa manera, de que pudiera volver y enfrentarse a su infancia por segunda vez. Sin pensarlo conscientemente, de manera instintiva, buscó a Nicolas.

Nicolas. Ven, date prisa. Temo que estoy perdida.

—¿Lara? —preguntó Raven—. ¿Savannah tiene un parásito en su cuerpo que ataca a sus hijas?

Por un instante, permaneció como paralizada, con la mente congelada, negándose a procesar la información. Seguía siendo esa niña en la caverna, con Xavier a su lado diciéndole que no valía nada y que había matado a su propia madre.

—¡Quitádmelo! ¡Quitádselo a los bebés! —gritó Savannah—. ¡Sacádmelo del cuerpo, ahora!

Lara se oyó a sí misma gritando en silencio, en lo profundo de sí misma, donde nadie podía oírla.

Te escucho. Estoy contigo. La voz de Nicolas era suave y acogedora y, a la vez, le transmitía absoluta seguridad. *Aguanta, hän ku kuulua sívamet, casi he llegado.*

Ya venía hacia ella, y la había llamado «celadora de mi corazón». Lara intentó aferrarse a esa frase, temblando de frío, consciente de poca cosa más que de los susurros de su pasado.

Natalya se arrodilló junto a Lara.

—Necesitas sangre —dijo. Se abrió la muñeca de un corte y le tendió el brazo a Lara.

Ésta contempló, horrorizada, aquellos colmillos alargados y luego su mirada quedó fija en las gotas de sangre que brotaban del corte. El delgado hilo carmesí le revolvió el estómago. Empezó a arrastrarse hacia atrás para apartarse de Natalya, como un cangrejo que se siente atrapado.

Todos los ojos parecían fijos en ella y, por un momento, las expresiones le parecieron egoístas y desdeñosas. La muñeca empezó a dolerle, luego a quemarle. Se frotó las cicatrices mientras miraba hacia la entrada de la cámara, calculando la distancia que tendría que recorrer para escapar.

Criatura inútil y patética. Mataste a tu madre. No me extraña que tu padre quiera verte muerta. Debería dejar que te chupe hasta dejarte seca.

Unos hombros anchos aparecieron en el umbral y unos ojos plateados brillaron, la barrieron con su mirada. El grito resonó en su mente como un eco, aumentó sin cesar hasta convertirse en un tsunami gigantesco que brotaba de ella, creciendo y expandiéndose con la energía que explotaba hacia fuera.

Nicolas apartó a Gregori y encajó lo más duro de la embestida. Las poderosas olas de energía lo golpearon y lo lanzaron hacia atrás y al suelo. Él y Gregori se convirtieron en hilos de bruma al tiempo que se movían. La fuerza del impacto sacudió las paredes de la cámara e hizo estallar varios candelabros, lanzando por toda la caverna una lluvia de cera ardiente y fuego. Gregori se materializó y con su propio cuerpo formó un escudo para proteger a Raven y a Savannah de los fragmentos que caían.

Lara consiguió ponerse de pie y, tambaleándose, se fue hacia

Nicolas. Sus remordimientos se sumaron a su sentimiento de humillación y de desprecio de sí misma. Él estuvo enseguida a su lado, la cogió en sus brazos, lanzando una mirada de desprecio hacia las mujeres. Ella hundió la cabeza en su pecho, aferrada a él, queriendo desaparecer. Se sentía fracturada, frágil, desnuda y expuesta.

—Os la había confiado a vuestros cuidados —dijo Nicolas, con una mirada que quemaba y sintiendo que se estremecía de arriba abajo, presa de la rabia. Sabía que las emociones de Lara lo despojaban del control de sí mismo, pero eso no importaba. Lara había llegado en un estado de fragilidad y, en lugar de ser animada por las mujeres, la habían dejado exangüe. Le entraron ganas de aniquilarlas a todas. Para mantenerse sereno, retrocedió hacia la entrada.

Gregori extendió los brazos en un gesto de desafío. A través de su semblante normalmente impasible, se vio asomar una ira profunda.

—Toma tu mujer y vete. Nacida maga, hija de Razvan, bisnieta de Xavier, ¿qué sabemos de ella? Ya es bastante grave que haya puesto en peligro la vida de nuestro príncipe con su descontrol, pero ahora también ha puesto en peligro la vida de todas las mujeres en esta sala.

Nicolas respiraba aceleradamente, y la rabia que se le acumulaba en la boca del estómago estaba a punto de hervir.

—¿Te atreves a insinuar que es una espía entre los nuestros?

La energía vibró en toda la caverna y las paredes se ondularon. El suelo bajo sus pies retumbó.

—¡Basta! —exclamó Raven.

—Gregori, no has entendido nada —dijo Francesca.

—¿Qué ocurre? —Era Mikhail, que había aparecido entre los dos machos carpatianos—. Estáis en un lugar sagrado.

—Nos ha hecho un precioso favor, Gregori —explicó Francesca—. Ha encontrado y ha traído hasta la superficie el parásito que amenazaba con provocar el aborto de Raven. Creíamos que habíamos perdido al bebé. Lara está exhausta y necesita sangre.

Era más grave que eso. Conectado con Lara, Nicolas había percibido la marca de los tormentos infligidos por Xavier. Se giró, con Lara todavía en los brazos y dio un par de pasos. Pero en ese momento se oyó gritar a Savannah, que se había abierto camino a empellones entre todos hasta llegar a la entrada y bloquearla.

—No puede irse. No puede —dijo, con lágrimas en los ojos—. Lamento las palabras de Gregori, pero *tiene* que quitarme esta cosa de adentro. Intenta matar a mis hijas.

Gregori le puso una mano suavemente en el hombro e ignoró a Nicolas, que seguía temblando de ira.

—Yo puedo librarte de aquello, Savannah, ahora que sé qué debo buscar.

Savannah negó con un gesto de la cabeza.

—Se oculta a los hombres. Xavier ha sido muy listo. Sabe que todos los carpatianos hacen un barrido del organismo de la compañera eterna para asegurarse de que gozan de buena salud. Lara lo detectó porque vivió años con Xavier y sus perversiones. Fue capaz de emprender un viaje del alma y lo encontró alojado en el cuerpo de Raven. Se utilizó a sí misma como cebo y atrajo al microbio a la superficie para que Natalya lo destruyera.

Lara apretó los brazos alrededor del cuello de Nicolas y ocultó la cara en el hueco de su hombro. Nicolas le acarició la cabeza con el mentón y luego miró a Gregori con la ira oscura todavía brillando en sus ojos.

—Es una lástima que hayas condenado a mi compañera eterna y la hayas tratado de espía para el bando enemigo.

Pasó junto a Savannah pero se encontró con Gregori, que con su envergadura le cerró el camino.

—No condenarás a mis hijas a morir porque estás enfadado conmigo. —Todo su cuerpo chisporroteaba de energía y de descargas que dejaban pequeñas chispas.

—Apártate de mi camino, maldita sea —dijo Nicolas, con tono seco, sin sentirse intimidado en lo más mínimo.

Cuando Gregori no se movió, Nicolas dejó suavemente a Lara en el suelo, apartada de la posible zona de combate y dio un paso adelante hasta quedar tocando a Gregori pecho con pecho. Lo miró a los ojos, y los dos se mostraron como grandes predadores midiendo fuerzas, dispuestos a no ceder ni un centímetro.

—¿De verdad quieres enfrentarte a mí? —preguntó. La ira había desaparecido de sus ojos, que se volvieron planos y fríos. Donde antes había un hombre ahora no quedaba más que un asesino.

—Si me veo obligado a hacerlo —respondió Gregori.

En toda la caverna se sintió la expectación, porque nadie respiraba. Mikhail suspiró e hizo un gesto hacia los dos hombres. El campo de energía en torno a Gregori se apagó con un súbito chispazo y los dos se encontraron en el suelo, sentados uno al lado del otro en la tierra oscura y fértil.

—Basta. Podéis iros, los dos, si insistís en mantener ese talante. —Mikhail ignoró a los dos hombres y se arrodilló junto a Lara. La miró a los ojos—. Necesita algo más que sangre, Francesca. Ven a mirarla.

—Apártate de ella —gruñó Nicolas, que sólo pretendía llegar junto a su compañera eterna. Pero las mujeres rodearon estrechamente a los dos hombres y los atraparon dentro de un círculo protector.

Con el rostro bañado en lágrimas, Savannah le cogió la mano a Lara.

—Lo siento. Por favor. Haré lo que sea. Cualquier cosa. No dejes que mis bebés mueran.

Lara se sacudió de arriba abajo. Ya había oído esas palabras en alguna ocasión. Era la voz de un hombre que llamaba desesperadamente. *Xavier se volvía para mirar a Razvan, con los ojos plateados brillando con una mezcla de desprecio y triunfo.* A Lara le faltó el aire y buscó a Nicolas con la mirada, el único anclaje con que contaba cuando la verdad la desgarraba, la abría en canal.

Nicolas, él lo hizo por mí. Permitió que Xavier se apoderara de él para que yo pudiera vivir.

Sin proponérselo, Razvan le había abierto su corazón a Xavier al intentar salvar la vida de su hija. Había desnudado su alma y Xavier se había apoderado de ella y, después, pudo controlar los movimientos de su nieto y apoderarse de él sin tener que gastar energías tomando posesión de su cuerpo. Lo había hecho por ella, para salvarla. Razvan había pagado el precio más alto, no la muerte, sino la destrucción del alma.

—¡Nicolas! —Lara lo llamó y se tapó la cara con las manos. Empezaba a rodar mentalmente hacia el pasado.

—Estoy aquí, *fél ku kuuluaak sívam belsó*, y no pienso marcharme.

—Ha vuelto demasiado rápido —dijo Francesca. Apartó a Mikhail y se arrodilló junto a Lara. La estrechó en sus brazos—. Está helada. Gregori, necesito ayuda.

—Ha vuelto a la caverna de hielo —anunció Nicolas. Ya estaba a su lado, y la cogió en brazos y la estrechó, al tiempo que conectaba mentalmente con ella para mantenerla estable. Le canturreó dulcemente, meciéndola—. Nunca se debería haber internado en esos parajes sin mí —repetía.

—A mí me tiene miedo —dijo Gregori, bruscamente—. Tienes que conseguir que vaya conmigo para recuperar lo que se ha perdido.

Nicolas escrutó el rostro de Gregori un largo rato y luego asintió con un gesto de la cabeza.

Gregori se arrodilló muy cerca de Lara y la miró a los ojos. Asintió a lo que fuera que había encontrado y le murmuró sus instrucciones a Francesca, que volvió a su puesto en los tambores.

—Necesita sentirse segura y amada, Nicolas —dijo Gregori—. Tráela hasta el centro del círculo y sostenla para que sienta tu presencia. Mantente conectado con ella. Una parte suya está tan tensa por las dolorosas revelaciones de su pasado que es incapaz de volver a enfrentarse a sus recuerdos. Tenemos que invitar a esa parte a regresar, y ella tiene que sentirlo como algo seguro.

—¿Invitar? —preguntó Nicolas.

Gregori se encogió de hombros.

—No te preocupes. Yo recuperaré lo que ha perdido. No debemos dejar ni un fragmento de su alma en el mundo inferior. Si Xavier está vivo, sentirá su presencia y, al igual que Lara rastrea su espíritu maligno, él podrá apoderarse de una parte de ella.

Volvieron a poner hierba y salvia sobre las rocas. Las mujeres entonaron el canto curativo, esta vez en su versión más larga, usada a menudo para recuperar el alma de alguien que ha muerto. Nicolas tenía todos los músculos tensos, el estómago apretado y convertido en un nudo por la aprehensión. Preferiría enfrentarse a una docena de vampiros en lugar de tener que depender de otra persona para ayudar a Lara.

Soy un sanador y no puedo ayudar a mis hijas ni a mi compañera eterna.

Nicolas aceptó aquella breve declaración como lo más parecido a una disculpa por parte de Gregori. Y entendió que la impotencia, el desaliento y la incapacidad de defender lo que le pertenecía podían llevar a un hombre a ese estado de ira.

Se inclinó y le dejó a Lara un reguero de besos en su frente fría. Ésta no paraba de temblar de frío, pero era consciente de su presencia. Su mirada se aferraba a él y había en ella confianza. Él le agradeció que hubiera por lo menos eso.

Gregori no perdió demasiado tiempo. Se desprendió de su cuerpo y se introdujo, primero en Lara y luego para guiarlos a los dos sin vacilar hasta el árbol de la vida. Se veía que tenía experiencia, pensó Nicolas. Se movía con toda seguridad, se cruzaba con animales en el camino, demostraba respeto en sus pesquisas, siguiendo la huella de lo que Lara había dejado atrás en su prisa por sacar al microbio asesino del cuerpo de Raven.

Los modales de Gregori a lo largo del viaje fueron impecables, incluso cuando encontraba algo perdido, invitándolo con palabras gentiles a volver a casa, persuadiendo al fragmento extraviado de que volviera a un lugar seguro. El cántico curativo potenciaba la voz convincente del sanador y, al final, el fragmento volvió a Lara sin demasiados problemas.

Gregori se tambaleó ligeramente debido a la pérdida de energía.

—Necesita sangre y descanso. —Gregori había visto la avalancha de recuerdos de infancia que se volcaba en la mente de Lara.

—La llevaré a casa —avisó Nicolas.

—¡No! —exclamó Savannah, y se llevó ambas manos al vientre—. Siento que aquella cosa ataca a mis hijas y les hace daño. Las hace sentirse no deseadas. No puedo esperar hasta el siguiente crepúsculo —dijo, y tendió la mano hacia Lara con gesto suplicante—. Te lo juro, esperaría si pudiera. Sé lo que te cuesta a ti, pero ellas sufren —añadió, y unas lágrimas le corrieron por las mejillas. Se volvió hacia Gregori.

Él estuvo junto a ella enseguida, y le cogió la cabeza y la estrechó contra su pecho. No dijo palabra, sólo esperó.

Lara se volvió, vacilando, con las piernas temblando. Sentía el estómago hecho un nudo sólo de pensar en lo que le esperaba, pero Savannah tenía razón. No podían permitir que los bebés sufrieran más de lo necesario.

—De ninguna manera —dijo Nicolas—. Te lo prohíbo, Lara —intervino, haciendo caso omiso de su expresión obstinada—. Apenas has salido entera la última vez. Si hay que hacerlo, lo haré yo.

—¿Cómo? Si los hombres pudieran hacerlo, el sanador ya lo habría hecho. Tiene que ser una mujer y esa mujer tiene que saber reconocer la huella de Xavier. Es una huella muy leve y es muy difícil de detectar.

—Natalya puede ir —dijo Nicolas. Empezaba a sentirse desesperado, tenía todos los músculos tensos y sentía una fuerte presión en la cabeza.

—No puede, y creo que lo sabes. No hay nadie más —dijo Lara. Se percibía el abatimiento en su voz y Nicolas se sintió desamparado.

El silencio reinaba en la cámara, pero él sentía todos los ojos fijos en su persona. Tenía la mirada clavada en Lara. Ella no quería emprender ese viaje y una parte suya incluso deseaba que él la detuviera, pero los dos sabían que no había una verdadera alternativa. ¿Cómo podría vivir consigo misma si permitía que dos niñas aún no nacidas sufrieran lo que había sufrido ella, sabiendo los efectos perdurables que aquello tendría? ¿Cuándo sabía que el asesino redoblaría sus esfuerzos para privar al mundo de los nietos del príncipe?

Nicolas.

Lara murmuró su nombre y, por primera vez, él percibió el amor. El corazón le dio un vuelco. Aquello, entonces, era el amor. Aquel dolor agudo por dentro, un dolor que no paraba. Y la necesidad terrible de arreglar el mundo de Lara.

Sívamet... mi corazón. Y lo decía con todo el alma.

Necesitaré sangre para llevar a cabo este viaje.

Él reprimió su protesta. Ella tenía que partir, y él tenía que dejarla.

Gregori dio un paso adelante y los obligó a mirarlos. Le tendió el brazo a Lara.

—Ofrezco libremente mi vida por tu vida —dijo.

Siguió un breve silencio. Lara se obligó a devolverle una sonrisa tímida.

—Lo lamento, pero siento aversión ante la sangre. Estoy empezando a aprender a tomar lo que me da mi compañero eterno.

Gregori inclinó la cabeza.

—Ya entiendo —dijo—. Y te ofrezco mis más sinceras disculpas por mi conducta.

—No hay por qué.

Lara se giró en brazos de Nicolas y con la yema de los dedos buscó su piel tibia bajo la camisa. Ella necesitaba y él proveía. Era así de complejo... y así de sencillo. Nicolas retrocedió hacia la sombra y volvió borrosa la imagen de los dos para ocultar su reacción. Poco importaba que ella necesitara la sangre para sobrevivir, porque aquel intercambio seguía teniendo para él una intimidad erótica que siempre despertaría en su ser un hambre física. Se le endureció todo el cuerpo al sentir el roce de sus dientes, sus labios y, después, el dolor agudo del mordisco que se convirtió enseguida en fuente de placer. Le acarició el pelo mientras le daba su fortaleza. Siguió estrechándola en sus brazos incluso cuando Lara dejó de beber y cerró los dos diminutos orificios con un lengüetazo. No quería dejarla ir.

¿Estás segura?

Ella abrió los ojos y lo miró. Fue como un choque entre su mirada verdiazul y la de él. Por un instante, no había nadie en aquel espacio excepto ellos dos y, por debajo de esas largas pestañas, un amor... para él... brillaba, sólido y perdurable. Él sintió el impacto como un duro golpe en la boca del estómago.

Estoy segura. Pero tú no te marches de aquí a ningún sitio.

Él no tenía intención alguna de marcharse de allí sin ella.

El microbio empeñado en matar a las hijas de Savannah y Gregori resultó ser más rápido y vicioso que el de Raven. Sólo gracias a la fuerza de los padres, además del hecho de que el bicho debía actuar en los dos bebés simultáneamente, les dio la fuerza y la resistencia necesaria para no abandonar.

Lara llevó al extremófilo hasta la superficie y éste fue destruido, pero no sin que Lara pagara un alto precio por ello. Sin Nicolas, sabía que nunca habría podido sobrevivir. Él le dio su sangre y protegió su mente fragmentada para impedir que los traumas de la infancia la destruyeran. Lara no se dio cuenta cuando él la llevó finalmente a la caverna.

Capítulo 16

Lara se despertó en medio de un tumulto de sensaciones eróticas. Nicolas estaba tendido de lado, caliente y duro. Se apretaba contra ella y le sostenía el pecho en el cuenco de la mano mientras se lo chupaba, tirando con fuerza, rascando con los dientes y haciendo bailar la lengua sobre el pezón. Le cogió el otro pecho y lo chupó y excitó hasta endurecerle el pezón. Su boca era dura y posesiva y la reclamaba entera; la marcaba como suya para siempre.

Con otra incursión de la boca, despertó en ella una excitación que la barrió como una ola caliente de pies a cabeza. Lara sentía sus brazos, fuertes y protectores, un amparo seguro cuando su boca le pedía más. Tenía el muslo apretado entre sus piernas, buscando el acceso a aquel refugio acogedor de la ingle. Deslizó la mano por su vientre para acariciar los pliegues húmedos.

Quisiera despertarme siempre así, como estamos ahora.

La voz de Nicolas se deslizaba por su mente, envolviéndola, como una suave embestida, muy parecida al movimiento de sus caderas, aplastando la pesada erección contra su muslo. Lara sintió la incursión de sus dedos, abriéndose camino y deslizándose, creando un calor húmedo que desataba olas de placer que la hacían sacudirse. Y su boca, que no paraba de lamerle el brote compacto de su pezón.

Añoraba el contacto de su boca y sus manos, de su cuerpo duro que se apoderaba de ella como una droga. La suavidad dio paso a la agresividad mientras él se refocilaba con ella, reclamando su pecho con dientes, boca y lengua. Sus dedos no paraban de acariciarla y penetrarla, una incursión superficial, luego profunda, hasta que, lujuriosamente encendida, empezó a empujar para encontrar su mano.

Él se deslizó hacia abajo por su cuerpo. Ella era *suya*, su propio terreno de juego personal. Su piel era suave y cálida como el satén; su entrepierna seda que había cobrado vida propia, y él deseaba conocer hasta el último pliegue de su cuerpo. La besó y lamió y mordisqueó hasta llegar a los muslos, y entonces le separó las piernas para revelar el tesoro más sublime. Lara ya estaba mojada e hinchada de deseo, demasiado bella para resistirse. Nicolas se tendió entre sus muslos y, cogiéndole las nalgas con ambas manos, tiró de ella hasta su boca.

Le lamió los pliegues y se demoró sobre su humedad. Endureció la lengua y la hundió profundamente en ella y, con los dientes, frotó su pequeño brote sensible. Ella dejó escapar un grito y se retorció, hincó los talones en la cama y se apoyó en ellos para intentar apartarse de él, pero Nicolas la clavó en su lugar y siguió adelante con su festín. El sabor de Lara era como los prados en la primavera bajo la luna llena y lo quería todo.

Con sus anchas manos le acarició las nalgas, y con la punta de los dedos esparció la crema tibia y la masajeó con ella, explorando hasta la última sombra y el último pliegue mientras la lamía como un enorme felino. Su lengua iba y venía con movimientos largos y profundos, y luego volvía a endurecerla y a hundirla en ella, hasta que empezó a jadear, a retorcerse y a pedir su liberación. Él la observaba con los ojos semiocultos, oscurecidos por la lujuria y suavizados por el amor, prestando atención a cada detalle de sus reacciones, cuándo ella dejaba de respirar, cuándo se arqueaba hacia arriba y sacudía las caderas. Sintió que Lara contraía los músculos y los apretaba a la altura del vientre, y percibió la ola de excitación que le llegó hasta la entrepierna.

Los cuerpos estaban igual de ardientes, los dos a punto de inflamarse. A Nicolas le fascinaba esa expresión de aturdimiento en su cara, el tono verdiazul de sus ojos que se volvía opaco, el rubor que se apoderaba de su cuerpo y sus pezones duros y apretados. Le fascinaba cada jadeo y cada gemido. Todo alimentaba su deseo en estado puro.

Le clavó un pezón con la punta de la lengua endurecida, que hizo bailar con un roce provocador antes de usar el filo de los dientes. Ella dejó escapar un grito apagado, se sacudió y le cogió el pelo en un puño. Él respondió chupándola y luego comenzó un movimiento circular con la lengua. Cuando le introdujo dos dedos, ella se quedó sin aliento, dejándose llevar por su orgasmo y dándole a él un poco más de su miel caliente.

Lara quedó tendida, sin fuerzas, jadeando, mirándolo con expresión desorientada. Nicolas sonrió y se tendió sobre ella, frotando sus testículos apretados y el grueso de su miembro contra su vientre y sus pechos, dejando un reguero de gotas que parecían perlas.

Se puso de rodillas sobre ella, con las piernas a los lados de sus hombros, se inclinó hacia delante y se apoyó en una mano. Guió su miembro hasta la boca de ella, con la mirada concentrada en sus labios cuando sacó la lengua; entonces le rozó la punta aterciopelada y le lamió las gotas como un gatito lame la leche. Nicolas hizo frotar la punta contra sus labios. Ella hizo aletear los párpados y sintió sus pechos que subían y bajaban.

—Abre la boca.

Lara estaba segura de que era demasiado grande para engullirlo, pero él no le dio la oportunidad de protestar. En cuanto separó los labios, él se deslizó dentro y lanzó la cabeza hacia atrás con los ojos cerrados, preso del éxtasis. Aquella era la expresión de rapto que a ella le daban ganas de aprender, de seguir las imágenes e instrucciones que proyectaba su mente. Lara deseaba aquello para él, deseaba su calentura y su fuego, quería verlo perder el control, y quería ser ella la que se lo daba.

Experimentó con diferentes técnicas, y se fue acostumbrando a su textura y su tamaño, a su aroma almizclado. Pasó la lengua de arriba abajo por su miembro, se demoró en la parte inferior de la punta hinchada. Cuando él dejó ir el aire que tenía en los pulmones, ella supo que estaba progresando. Hizo bailar la lengua tal como él había hecho hasta que él se sacudió dentro de su boca. Probó con una leve succión y fue recompensada por un gemido de placer.

¿Te gusta?

Él soltó una imprecación en su lengua materna. *Lo necesito. Más fuerte. Más adentro.* Nicolas apenas podía creer que fuera él quien hablaba así, porque sus órdenes no eran más que sonidos guturales.

Lara le obedeció y lo envolvió con los labios, cogiéndolo más adentro hasta que él quedó envuelto en un terciopelo caliente y húmedo. Sacudió las caderas y le hundió una mano en la cabellera, la enredó en su pelo de seda rojizo y rubio mientras ella le tenía cogidos los testículos en el cuenco de la mano y, con la otra, la base gruesa del miembro. Entonces parpadeó y frunció los labios ligeramente al engullirlo y luego aplanó la lengua para hacerlo salir.

Su respiración se volvió entrecortada y él sintió la calidez de su aliento al hundirse más profundamente en su boca, caliente y húmeda deslizándose sobre su miembro, consumiéndolo. No dejó que ella retrocediera, y volvió a forzarla, empujando con más fuerza, respirando por los dos.

Quiero sentir tu garganta envolviéndome por completo. Tómame más adentro.

No puedo. Sin embargo, lo deseaba. Estaba desesperada por acogerlo más adentro. Sintió cada una de las olas de placer que lo bañaban, disfrutó de su habilidad para darle el placer que él le daba a ella. Sólo se sentía algo intimidada por su tamaño.

Lo harás porque, si no, no viviré más de dos minutos. Nicolas penetró más y más, sintió su garganta que se apoderaba de él, apretada y mojada y tan maravillosa que estuvo a punto de perder la cordura. Lara deslizó la boca arriba y abajo, y alcanzó a lamerle el escroto antes de volver a engullirlo.

Cuando la garganta se cerró en torno a él, Nicolas tomó el control. Se alzó ligeramente, y cambió el ángulo para poder empujar, robándole el aliento, viendo cómo ella abría los ojos desmesuradamente. Ni siquiera la aflicción de Lara impidió que se deslizara más adentro y sintiera que unas llamas le encendían el vientre.

No puedo.

Lo harás. Relájate. Respira. Siénteme, Lara. Siente lo que me haces.

Abrió su mente para ella, compartió con ella el placer de deslizarse en su garganta caliente, el roce de su lengua contra su piel sensible. Se echó hacia atrás, utilizando el pelo sedoso de ella y sus rodillas para clavarla mientras él empezaba a moverse.

Ella siguió las instrucciones que él mascullaba entre dientes. Cuanto más lo chupaba y usaba la parte aplanada de la lengua y el filo de los dientes, más salvaje y agresivo se volvía él. Pero ella no podía parar, no quería, a pesar de sus nervios. Sintió que se volvía más grueso e intentó retroceder. Él la mantuvo donde estaba, y un susurro seductor despertó en su mente, diciéndole exactamente lo que necesitaba de ella.

Nicolas de pronto se retiró y se apartó de ella. Lara lanzó un grito y quiso volver a engullirlo. Él la hizo girarse y, con un brazo fuerte en torno a la cintura, volvió a levantarla, la puso de rodillas y apretó con fuerza su miembro contra la curva de sus nalgas. La lamió columna abajo, acariciándole las nalgas firmes, saboreando el calor y su regusto a especia hasta llegar a su centro. Ella quedó sin aire, sin saber bien qué pretendía, pero él la mantuvo sumisamente en esa posición, obligándola a esperar mientras se tomaba su tiempo, explorando su cuerpo, el cuerpo que era suyo para amar, venerar y jugar.

Mantuvo una mano fija sobre su nuca y la hizo inclinarse y apoyó la gruesa punta de su erección en su entrada húmeda y suave. Ella se quedó sin aliento y reculó. Él la sostuvo firmemente en su lugar cuando ella quiso empalarse. Esperó hasta que Lara se quedó quieta y empujó con más fuerza entre los pliegues apretados, centímetro a centímetro, llenándola y estirándola, mientras el corazón de ella latía a la par con el suyo y el aire entraba y salía de sus pulmones al mismo ritmo.

Lara tenía los músculos apretados y calientes, un verdadero infierno rodeándolo con una tela de terciopelo. Él la cogió por las caderas y empujó con fuerza. Se hundió tan profundamente que sus testículos chocaron contra las nalgas de ella y ese contacto de las carnes estuvo a punto de arrancarle un aullido de placer. Empezó a cabalgarla, una cabalgata dura y ruda, llegando cada vez hasta el fondo, hundiéndose en ella deliberadamente con toda firmeza en cada embestida, dejándola sin aliento, sin darle tiempo a hacer otra cosa que recular y respirar entre jadeos.

A Lara los pechos se le movían arriba y abajo con cada una de esas duras embestidas. Nicolas se inclinó hacia adelante para tener un ángulo diferente y entrar más profundamente. Ella apretó los músculos con más fuerza y, de pronto, él se sintió barrido por el fuego cuando ella se sacudió con su primer orgasmo. Pero no disminuyó el ritmo ni la dejó coger aire y la volvió a llevar hasta la cima con toda la rapidez y fuerza posibles.

Otra vez. Era una demanda, un sordo gruñido que salía de su boca. La cogió por el pelo y tiró de ella hacia atrás al tiempo que le crecían los colmillos y se inclinaba hacia sus hombros. Entretanto, no paraba de embestirla con una especie de urgencia, empujándola cada vez más hacia arriba, aumentando la tensión hasta que ella gritó. De pronto, un rayo nació de su entrepierna y refulgió en el vientre y los pechos de Lara, la sacudió de arriba abajo como una enorme ola.

Él volvía a moverse, y la hizo girarse, la levantó, le envolvió las piernas en torno a su cintura para sentir el roce de sus pechos contra el torso y apoderarse de su boca y luego deslizarla sobre su miembro rígido y endurecido hasta que Lara chilló de placer.

Tet vigyázam. Te amo. Nicolas no consiguió pronunciar las palabras en voz alta. Las palabras no parecían suficientes para expresar lo que sentía por dentro.

Aminoró el ritmo y saboreó su hendidura apretada, el calor húmedo que lo rodeaba, la entrega completa a la que se abandonaba Lara. La hizo caer hacia atrás sobre la cama y él quedó de rodillas, empujando con las caderas, deseando que aquello no acabara nunca. Lara tenía los ojos vidriosos cuando él la cogió por las caderas y volvió a penetrarla desesperadamente una y otra vez.

Empezó a dolerle la mandíbula y se le alargaron los dientes. Era tan poderosa su erección que Nicolas temió que fuera a reventar, pero era incapaz de parar, ya había ido más allá de un punto sin retorno. Le dolían los dientes. Le dolía todo el cuerpo y hasta la última célula de su cuerpo le pedía tomar su sangre. Nicolas no podía apagar aquel rugido en su cabeza ni el trueno en sus oídos. Se inclinó suavemente sobre ella, procurando que Lara se acostumbrara a quedar clavada por su cuerpo más grande y pesado. No podía detener ese movimiento desenfrenado de sus caderas, disfrutando del movimiento con que Lara le sacaba todo el jugo a su miembro palpitante.

La miró a los ojos para que ella adivinara sus intenciones. Le besó los pechos, jugó con sus pezones y percibió el calor que brotaba en ella. Los latidos de su corazón se acompasaron con los de ella y Nicolas sintió el pulso que lo llamaba y seducía. Saboreó su piel suave hasta que el contacto con el cálido satén se volvió tan adictivo como su aroma. La mordió muy suavemente en el pecho, apenas un leve mordisco, y sintió que el corazón se le aceleraba. Lara lo acogió en su entrepierna y lo apretó con fuerza y él sintió el río caliente y cremoso que lo bañaba con su deseo.

Volvió a morderla, un poco más fuerte, esta vez abriendo la piel. Cuando el sabor de ella llegó hasta su lengua y lo bañó, su erección se volvió más pesada y dura. Ella reaccionó y se apretó en torno a él como un tornillo.

Di que sí, Lara. Dime que sí.

Nicolas le lamió la pequeña mordedura. Volvió a entrar en ella con un movimiento largo y lento, penetrando con fuerza, presionándole su punto más sensible de manera que al frotarlo ella se estremeció de placer y se arqueó hacia él.

Él nunca preguntó si podía poseerla, y volvió a tomarla una y otra vez a su antojo, llevándola al corazón de la dicha con su apetito insaciable. Sin embargo, pidió permiso para hacer aquello que le era más natural, hasta que ella sintió la intensidad del deseo que se apoderaba de él.

Nicolas apenas la rozó con los labios, buscando su pulso, hincándole los dientes más profundamente. Ella gritó, se arqueó entera y arremetió con un movimiento de caderas que la sacudió y le hizo apretar todavía más a su compañero entre las piernas. Tenía todo el cuerpo caliente y unas flamas bailaron sobre su piel.

Por favor, murmuró.

Él embistió con un movimiento largo que la llevó hasta el borde, pero de pronto se detuvo cuando ella cerró sus músculos en torno a él y lanzó un grito de deseo.

¿Por favor qué?

Hazlo ahora que estoy deseándolo, estoy desesperada. Porque todo aquello era parte del placer erótico y ella estaba de verdad desesperada. Era un placer que le dolía, que ansiaba esa conexión, ese estado de completitud entre los dos.

Nicolas hundió profundamente los dientes y al mismo tiempo la penetró en cuerpo y alma, compartiendo con ella su alegría y alimentando su placer, dándole todo lo que era y todo lo que sería. El sabor de ella estalló en él como fuegos de artificio, un sabor caliente y adictivo y tan perfecto que supo que jamás podría saciarse de su sangre o de su cuerpo. Se cuidó de mantenerla sumida en un estado febril, sin dejar que su mente albergara otro pensamiento que el placer, y lo hizo sin cejar, a pesar de que empezaba a desearlo.

Tomó todo lo que requería un verdadero intercambio de sangre, y luego deslizó la lengua sobre la curva de su pecho para sellar los orificios, a la vez que se giraba y le envolvía las caderas con un brazo y empezaba otra salvaje cabalgata. Embistió con más fuerza, más rápido, y observó el rostro de Lara, viendo cómo se le ponían blancos los ojos, con aquella expresión de placer atontado y esa manera de fruncir los labios, hasta que lanzó un grito ronco cuando el orgasmo la sacudió de arriba abajo. Lara apretó con fuerza los músculos con que lo envolvía, estrujándolo y arrancándole la leche de su orgasmo. Él derramó en ella su semilla y su grito ronco se confundió con el de ella.

Nicolas la cogió mientras todavía se estremecía, se tendió con ella y dejó que su cabeza descansara en el hueco de su brazo. *Ahora, Lara, acábalo tú*. No era una pregunta sino una orden, oscura, lujuriosa y dicha con un apetito desenfrenado.

Lara no se podría haber resistido ni aunque lo quisiera. Se dejó mecer por las sucesivas oleadas de placer, que la recorrían desde los pechos hasta la entrepierna, pasando por el vientre. La llamada de la sangre de Nicolas le retumbaba en los oídos, y el sabor de su esencia ya empezaba a quemarle la garganta. Le pasó la lengua por el pulso y le hundió profundamente los dientes en el pecho.

Él la embistió violentamente hasta levantarla, estimulado por aquel dolor. Ella cerró los ojos y bebió de él, lo tomó en sus venas, en su corazón y en cada célula de su cuerpo mientras él seguía entrando y saliendo de su apretada hendidura. El sabor de Nicolas era tan primario como su persona, una mezcla de dominación y calentura, algo masculino y nocturno. A partir de ese momento, siempre lo desearía. Fue necesaria una buena dosis de autocontrol para sellar los orificios, pero su recompensa fue inmediata.

El orgasmo la golpeó con fuerza, le quitó el aliento, le hizo contraer todos los músculos y apretarlo con más fuerza. Él rugió, con las manos asiéndole las caderas mientras ella se cerraba sobre su miembro y lo envolvía, arrancándole chorros de semen caliente. El orgasmo seguía, una liberación ardiente y brutal que a él le desgarró todo el cuerpo, pero sin dejar de embestirla una y otra vez, inundándola con su semilla.

Cuando pudo moverse, Nicolas se tendió con ella para que apoyara la cabeza sobre su pecho. Con un brazo, la envolvió posesivamente y le cogió un pecho en el cuenco de la mano. Pasaron unos cuantos minutos antes de que volviera a entrar aire en sus pulmones, que todavía le quemaban.

—Quiero quedarme aquí contigo para siempre, Lara.

Ella consiguió esbozar una sonrisa.

—Puede que nos veamos obligados a hacerlo.

Él le acarició, arriba y abajo, el suave nacimiento de un pecho.

—Me fascina tu piel.

Ella le acarició el pecho y el vientre.

—Y a mí me fascina la tuya —le contestó, y estiró el cuello y le mordisqueó la barbilla.

—Gracias.

Ella dejó de mirarlo.

—Sabes lo que tengo que hacer, ¿no?

Nicolas supo que ella quería evitar que hablaran del intercambio de sangre. Vaciló, sin saber si forzar la conversación, pero decidió seguirle la corriente. Ella necesitaba aclararse a su manera. El hecho de que hubiera conseguido dejarlo tomar su sangre esa vez no significaba que fuera a resultar fácil la próxima vez, ni que ella lo permitiría. Nicolas aceptaba esa verdad, así como aceptaba sus propias rarezas, forjadas a lo largo de toda una vida de experiencias.

—Tenemos que hacerlo juntos —corrigió Nicolas—. Tú has traído a esa entidad, a falta de una palabra más adecuada, hasta la superficie y Natalya consiguió extraerla de Savannah, pero fue mucho más fácil conmigo presente, ¿no te parece? Tienes que reconocerlo.

Lara frotó el mentón contra su pecho.

—Sí, no me importa reconocerlo. Parece una tarea abrumadora verificar a cada mujer por separado, y Francesca dijo que habría que hacerlo. Quiere emprender el viaje conmigo para aprender a detectar la presencia de Xavier y así ayudarnos.

Él le acarició el torso delgado, disfrutando del contacto de aquella piel suave, con un movimiento inconsciente más que voluntario.

—No entiendo cómo esos bichos penetraron en las mujeres. ¿Hay más de uno?

Ella frunció el ceño.

—Al parecer, no, al menos no en Raven ni en Savannah. Los extremófilos pueden ser muy agresivos cuando se trata de defender su territorio y así se comportan esos microbios después de sufrir la mutación.

—¿De modo que cuando desaparecen todo vuelve a la normalidad? Parece demasiado fácil.

—Yo no creo que sea demasiado fácil. Para empezar, ¿cómo ha conseguido penetrar ese organismo? Cualquiera sea la fuente de donde proviene, no la hemos encontrado. He oído a Shea hablando con Francesca justo antes de partir. Pensaba que hay una buena probabilidad de que se transmitiera de macho a hembra y de que esos microbios vivan primero en la tierra.

—Se equivoca acerca de los machos —dijo Nicolas, y dejó quieta la mano sobre uno de sus pechos—. Y espero que no piensen que emprenderás un viaje por cada uno de los machos.

El cuerpo de Lara era cálido y encajaba a la perfección en él. Cuando reía, ese sonido suave y melódico le provocaba los sentidos y lo hacía sentirse feliz, relajado, completo. Pero aunque Nicolas siempre se había sabido poseedor de una gran inteligencia y dotado del instinto natural del cazador, descubrir a Lara lo había convertido en una persona mejor.

—¿Y qué pasa contigo? Si tú estuvieras infectado, yo también lo estaría.

Él lanzó una imprecación por lo bajo. *O köd belső*, que las tinieblas se lo lleven. El timbre ronco y masculino con que pronunció esas palabras hizo sonreír a Lara, que se levantó ligeramente para besarle la mandíbula.

Él le cogió un pecho y le deslizó el pulgar sobre el pezón.

—Ni siquiera había pensado en eso.

—Creo que todos los carpatianos deberían pensar en ello.

Siguió un breve silencio.

—¿Estarías dispuesta a verificarlo?

Ella frunció el ceño y se giró. Apretó los pechos suaves contra el torso de él, que reaccionó con un estremecimiento, excitado.

—Si un solo microbio penetra en el cuerpo de un macho, que luego lo pasa a la hembra, convertiría el cuerpo del macho en un anfitrión para un segundo microbio. Mientras uno resida en la mujer, el otro quedará en el hombre. Pero si Raven o Savannah, que ahora han quedado libres de microbios, tienen relaciones sexuales con su compañero, y si Gregori y Mikhail están infectados, ellas volverán a infectarse. Podría convertirse en un círculo muy vicioso, Nicolas. —Sobre todo si ella era la única capaz de detectar los extremófilos.

Nicolas se sentó en la cama y ella con él. Lara estaba pálida y tenía unas ojeras grandes y oscuras. Había dejado de comer, ni siquiera era capaz de retener el caldo. Y él podía leerle el pensamiento. ¿Qué pasaría si Lara no podía detectar los microbios cuando fuera del todo carpatiana? Al parecer, Natalya no podía hacerlo sola, a pesar de que antaño había sido en parte maga. Eso haría recaer todo el peso de la supervivencia de una especie en los hombros de Lara.

—No entiendo cómo ha ocurrido esto, Nicolas. Resulta que una noche me desperté y decidí que los montes Cárpatos sería la próxima región donde buscaría la cueva, sobre todo cuando observé que en el recuerdo de aquellas personas con quienes hablaba de las cavernas de hielo había ciertas lagunas. Ahora te tengo a ti y esta enorme responsabilidad, que jamás imaginé. Pero temo por nosotros. Me da miedo mirar en mi interior y descubrir un microbio. Me da miedo mirar en tu interior.

Le cogió la cara a Nicolas con las dos manos y se arrodilló junto a él.

—Quiero tener hijos, pero no quiero que sufran de esa manera, y menos que lleguen a creer que no los queremos.

Él se inclinó y se apoderó de su boca. Fue un beso ligero, un beso en que Nicolas puso toda la seguridad que podía darle.

—Sabrán que son queridos, *fél ku kuuluaak sívam belsó*.

A ella le fascinaba oírle pronunciar la palabra «amada». Aquella frase dicha en lengua carpatiana tenía un aire musical, una ternura que la sacudía cada vez que él la decía. Siempre era algo más que la simple palabra; también era su verdadero y profundo significado. La emoción que él sentía ante ella. Y le creía.

Porque Nicolas le había hecho ver que un hombre como él podía amarla y aceptarla, aunque cargara con aquellos traumas de su infancia. Y ella encontraba la fuerza para cazar el microbio, para ver con sus propios ojos si alguno de los dos estaba infectado. Ella lo estaba. El que vivía dentro de ella databa de hacía poco y no había tenido tiempo de forjarse un nicho. Su cuerpo todavía lo trataba como un intruso. Por lo tanto, eso significaba que o los hombres no estaban infectados y que la teoría de Shea era errónea o, dado que ella había tenido relaciones con Nicolas recientemente, él le había pasado el microbio a ella y todavía no se había visto expuesto a una segunda infección.

—Tú no has dormido en la tierra, Nicolas. Te has quedado en la cama conmigo.

—Tenemos que hablar con Francesca y Gregori acerca de esto —le dijo él.

Ella nunca se sentiría cómoda con Gregori y sus ojos plateados, pero asintió con un gesto de la cabeza. Esa noche, tendría que emprender un viaje por el cuerpo de todas las otras mujeres encinta. Era de esperar que Francesca sería capaz de seguir la leve huella del asesino para ayudarle a eliminar los microbios en todas las demás mujeres. Además, Lara quería deshacerse del suyo esa misma noche.

Estaba al borde de sus fuerzas cuando abandonó la caverna de las curaciones con Nicolas a su lado. Había ayudado a otras dos mujeres embarazadas y también había conducido hasta la superficie al microbio que ella misma albergaba para que Natalya lo destruyera. Habían hecho un experimento, y realizado la incursión con Natalya y Francesca pero, por mucho que lo intentara, ésta última no había podido detectar la leve huella. En el caso de Natalya, algo en ella actuaba como un aviso para el extremófilo, que se ocultaba hasta hacerse invisible a sus ojos, por lo cual se descartaba la posibilidad de que pudiera seguirles la pista.

Encontraron un microbio en Mikhail y en Gregori. Shea estaba ilusionada con la posibilidad de haber encontrado por fin una pista para solucionar el problema de los abortos. Ella, Gregori y Gary, un hombre que Lara no conocía, se reunieron para discutir ideas sobre cómo acabar con él.

Nicolas cruzó el pueblo caminando con ella. Lara quería visitar a Gerald y ver cómo evolucionaba Terry mientras él y Vikirnoff buscaban otra entrada a la caverna de hielo.

—No estaré ausente mucho tiempo —le aseguró él.

—Y no entrarás sin mí —agregó ella, con una rápida mirada de advertencia.

Al pie de las escaleras que conducían a la posada, él la abrazó y la estrechó.

—No, ya te he dicho que no lo haría. Sin embargo, tú estás pálida. Si puedes tomar algo de caldo, hazlo. Si no, no podemos esperar mucho más a convertirte, Lara.

Ella se humedeció los labios.

—Creo que trato de evadirme de los problemas. Cuando no quiero pensar en algo, sencillamente lo borro de mi mente y no le hago caso. Me gusta ser maga, y dependo de mis habilidades como tal.

—La sangre de los magos nos ayuda a urdir hechizos y a aprender, pero la sangre carpatiana también. Nuestras dos especies estuvieron relacionadas durante siglos, Lara. Xavier creó las defensas, pero con el tiempo los carpatianos las perfeccionaron. Los magos gozaban de la longevidad, al igual que los hombres lobo, pero a veces los carpatianos podían sanar incluso de las heridas mortales, lo cual hizo creer a otros que nuestra especie es inmortal. Sin embargo, se nos puede matar.

Ella inclinó la cabeza, enfrentada a su peor temor.

—De eso tratan los experimentos de Razvan, ¿no? Es la razón por la que Xavier lo ha mantenido vivo. Intenta encontrar una manera de matar a los carpatianos.

—Me temo que sí —dijo Nicolas, y la estrechó en sus brazos.

—Entonces, si existe una posibilidad de que esté vivo, Nicolas, tenemos que encontrar las pruebas en las cavernas de hielo. Le debo al menos eso.

Él le hizo levantar la cabeza y la besó dulcemente.

—Sólo estaré ausente unas horas. Quédate en la posada con la posadera y espérame.

Lara asintió con un gesto de la cabeza y, a pesar de sus reparos, lo dejó y empezó a subir las escaleras. Se quedó mirando en la oscuridad mientras él se alejaba, contemplando a aquel hombre alto y atractivo caminando calle abajo, con su abrigo ancho revoloteando entre las piernas y con su larga cabellera al viento. Su corazón le latía al ritmo del amor.

Él refulgió un momento, su enorme físico se hizo casi transparente, y desapareció, tragado por la oscuridad. Ella se quedó ahí parada, escuchando la noche, oyendo tantas cosas que no había oído antes. Veía las cosas de otra manera, y la noche había cobrado una belleza especial. Disfrutó con sólo estar ahí, embebiéndose de la soledad, de la paz y de los murmullos de la vida detrás del escenario visible.

Unos minutos más tarde, cruzaba la puerta de la posada. El interior era cálido y acogedor, y el techo con sus vigas a la vista daban amplitud a aquel espacio, así como la chimenea le otorgaba asimismo la sensación de acogedora calidez. Slavica, la dueña, la saludó con una sonrisa.

—Esperaba verte. ¿Cómo estás?

Lara sabía que eran muy pocos los habitantes del pueblo que estaban enterados de la presencia de los carpatianos. Desde luego, había rumores, antiguas leyendas contadas junto al hogar por la noche, pero muy pocos creían en esos viejos cuentos. Ella había oído decir que Mikhail y los carpatianos se remontaban a siglos atrás, pero no quería cometer el error de atraer demasiado la atención. Sonrió y asintió con un gesto de la cabeza.

—Quería ver a mis amigos. ¿Han bajado en algún momento?

Slavica negó con un gesto de la cabeza.

—Los llamé para saber si querían que les llevara comida, pero ellos dijeron que no, así que no los he vuelto a molestar.

—¿*Ninguno* de los dos ha bajado a comer? ¿Ni siquiera Gerald? —Lara frunció el ceño. Sus dos amigos solían tener muy buen apetito—. ¿Gregori ha venido a verlos?

—Anoche temprano vino tu amigo Nicolas y Gregori pasó mucho más tarde. Llamó a la puerta, pero ya estaban dormidos. Me dijo que volvería en algún momento esta noche.

—¿Les has preguntado si querían algo de comer?

—Cada vez que les hemos preguntado, han dicho que no.

A Lara le inquietó la respuesta de Slavica. Quizá Terry no tuviera demasiado apetito, pero Gerald debía estar muerto de hambre.

—Voy a verlos —dijo. Fue hacia la escalera y empezó a subir, con Slavica siguiéndole los pasos.

—¿Quieres que vaya contigo?

Lara se mordió el labio. Por algún motivo, su aprehensión iba en aumento. *Nicolas, estoy aquí en la posada, pero cuando le he preguntado a Slavica por Terry y Gerald, ha dicho...* ¿Qué podía decir? Se habían negado a comer en un par de ocasiones. Era posible que Gerald dijera que no a una comida, pero ¿tres veces?

Espérame. No estoy lejos; ahora voy.

Lara se sentía ridícula en lo alto de las escaleras, frente al pasillo con la dueña mirándola como si fuera una mujer de pocas luces.

—¿Qué ocurre? —preguntó Slavica.

—Nada. Creo que me he olvidado la llave —dijo, y se sonrojó con aquella mentira absurda. Se frotó el costado izquierdo, a la altura de la ingle. Aquella mancha le quemaba levemente.

—¿No crees que te dejarán entrar si llamas a la puerta? —preguntó Slavica, y avanzó decididamente por el pasillo hacia la habitación.

Lara arrastraba los pies.

—Puede que espere a Nicolas. Pensaba pasar esta noche, y Terry y Gerald querrán verlo.

Slavica iba a volverse hacia ella, pero se detuvo bruscamente y frunció la nariz.

—¿Qué es ese olor tan horrible?

Lara sintió un dedo gélido que le recorría la espalda.

—Slavica, aléjate de ahí —dijo, en voz baja. La mancha le quemaba más intensamente; aquel dragón que le avisaba de la presencia de lo maligno. Estiró la mano y bajó aún más la voz—. Date prisa. Ahora mismo.

Slavica reaccionó ante la urgencia de su voz. No se detuvo a hacer preguntas y volvió rápidamente junto a Lara. Ésta la cogió por el brazo y tiró de ella, un gesto primario e instintivo que casi hizo caer a la dueña de la posada junto a las escaleras. Aquel gesto le salvó la vida.

La puerta se rasgó de arriba abajo y hacia fuera, lanzando dardos de astillas hacia el pasillo donde Slavica había estado hacía un instante. Apareció Gerald, con la cara contorsionada en una máscara grotesca. La sangre le brotaba de los ojos y le chorreaba de la boca y la nariz. Se arañaba el pecho con las uñas, arrancándose trozos de piel en medio de su locura.

Horrorizada, Lara se situó delante de Slavica.

—¡Baja enseguida! No dejes que suban los demás clientes. Está infectado.

Gerald había perdido el juicio, lo decía la mirada de locura en sus ojos. Miró a su alrededor con un gesto como ausente hasta que las vio. Hasta que vio a Lara. Al comienzo, ella creyó que la había reconocido, pero entonces él olfateó el aire como un perro.

Lara se llevó la mano al cinturón y palpó la empuñadura de su puñal con dedos temblorosos.

—Vete, Slavica. No sé si podré detenerlo.

Gerald gruñó y emitió una especie de silbido. En sus ojos brillaba un fulgor candente. Se giró hacia ella, trastabilló y dejó las marcas de sus garras en la pared y arrancó enormes trozos de madera de la superficie lisa y pulida. A Lara le dio un vuelco el corazón.

Nicolas, sería un momento perfecto para que hicieras tu aparición. Ya sabes, toda esa historia de las mujeres que luchan contra vampiros. Yo estoy de tu lado.

Gerald era su amigo, y no quería verlo muerto, sino vivo y sano. Cuando Terry se había librado de la cabeza de la serpiente, la sangre había salpicado todo el coche. Era probable que Gerald tuviera alguna herida abierta y que los parásitos hubieran penetrado en su organismo. Ella no había pensado en pedirle al sanador que lo mirara, en parte debido a lo desorientada que había quedado con ese olor putrefacto, olvidado hacía tanto tiempo. Era un olor que se había apoderado de Gerald. La infección se había extendido rápidamente o...

Lara sintió un nudo que se le retorcía en el estómago. Se humedeció los labios y preguntó:

—¿Gerald, dónde está Terry?

Gerald avanzó pesadamente hacia ella a paso vacilante y con movimientos bruscos. Inclinó la cabeza a un lado y una expresión astuta y animal asomó en su cara.

—Un traidor que no valía nada —masculló, con un silbido de voz.

Al hablar, escupía saliva sobre el suelo del pasillo. Cuando ella siguió el rastro que dejaba, temió que los diminutos parásitos quedaran esparcidos por todo el suelo y acabaran infectando toda la posada. Tuvo la visión de un ejército de zombis destruyendo las paredes y devorando a las personas.

Slavica la cogió por el brazo y tiró de ella al tiempo que retrocedía escalera abajo. Lara no quería encontrarse en la escalera, pero no disponía de demasiado espacio para luchar.

Gerald frunció la nariz y volvió a olisquear el aire. Emitió unos gruñidos, como un desafío. A Lara le quemó aún más la marca del dragón. Echó mano de su cuchillo.

—¡Gerald! —dijo, con voz urgente, intentando comunicar con el hombre en el interior de la bestia.

Él pestañeó rápidamente e inclinó la cabeza a un lado, tenso. Ella apretó el cuchillo con fuerza y se apoyó en la punta de los pies. No podía dejarlo bajar a donde los clientes de Slavica estaban cenando o tomando una copa.

De pronto, Gerald se movió, rápido como un rayo, apenas una mancha en el espacio que le dio un miedo de muerte. Lara saltó a un lado por encima de la barandilla y aterrizó más abajo, escapando por muy poco a las afiladas garras. Slavica estuvo a punto de caer de espaldas por las escaleras, trastabilló, pero alcanzó a cogerse, y empezó a retroceder lo más rápido posible para quedar fuera de su alcance.

Abajo se desató un griterío cuando los clientes vieron a un hombre greñudo y de aspecto salvaje, todo manchado de sangre, que se abalanzaba sobre las dos mujeres. Dos hombres subieron corriendo por la escalera para socorrerlas.

—¡Atrás! —gritó Lara, aterrada ante la idea de que alguien resultara infectado—. Gerald, ¿quién soy? Intenta recordar quién soy y quién eres tú.

Habían sido colegas y amigos durante años, habían explorado juntos las cuevas en algunos de los lugares más peligrosos del mundo, siempre ayudándose mutuamente y formando una especie de familia.

—Gerald. —Quizá si repetía su nombre bastantes veces, le refrescaría la memoria.

Ya no tiene memoria. Salid de ahí. Los parásitos le han consumido el cerebro. Lo digo en serio, Lara, apartaos de él.

Nicolas subió las escaleras intentando calmar al grupo de abajo con un gesto de la mano, volviendo borrosa la escena para que nadie viera lo que estaba ocurriendo. Había hecho un barrido de Terry y Gerald nada más entrar en la posada. Terry estaba muerto y Gerald ya era un muerto viviente.

—No lo mates —rogó Lara—. Tiene que haber una manera de salvarlo.

Nicolas la cogió por la cintura y la empujó para que quedara detrás de él.

—Ya está muerto, Lara, y está programado para encontrarte y matarte.

Gerald volvió a husmear el aire, confundido ahora por la presencia de Nicolas que la escudaba.

—Es mi amigo. Eso tú no lo puedes saber.

—Ya no es tu amigo. Ahora vete. Espérame afuera.

—Pero... —No podía sencillamente dar media vuelta y marcharse—. Es culpa mía. Debería haberme ocupado de ellos.

Sintió unas manos en los hombros. Sorprendida, se giró con el puñal en la mano. Gregori sacudió la cabeza y le cogió el arma.

—Deja que nos ocupemos de esto, hermanita. No ha sido culpa tuya. Yo debería haber venido a verlo.

Lara retrocedió escaleras abajo. A los carpatianos les costaba detectar los parásitos, pero ella debería haber olido la mancha de Xavier. Debería haberla intuido, pero había estado demasiado ocupada compadeciéndose de sí misma. Se limpió las lágrimas que le bañaban el rostro. No había logrado ninguno de sus objetivos desde su llegada, y sólo había conseguido que sus amigos perecieran. No había recuperado a sus tías, cuyos cuerpos seguían atrapados en el laberinto del horror donde reinaba Xavier.

No podía irse, no podía apartar la mirada. Se lo debía a Gerald, acompañarlo, quedarse mientras ellos destruían aquella masa de parásitos que lo consumían por dentro. Nicolas se giró ligeramente para mirarla por encima del hombro. Ella vio su pelo largo que se agitaba y luego... nada. Habían desaparecido.

Se quedó mirando escalera arriba, tapándose la boca con una mano, intentando reprimir los sollozos que se anunciaban. Había perdido a su amigo. Los había perdido a los dos. Retrocedió hasta el vestíbulo. Gregori y Nicolas se ocuparían de los recuerdos de los clientes de Slavica. Ella tenía que respirar. Ahora sabía que llevaría a cabo la exploración de las cavernas con o sin Nicolas. Tenía la firme intención de encontrar los cuerpos de sus tías y traerlos a casa.

El aire frío le dio en toda la cara y sólo entonces se dio cuenta de que estaba afuera y que Slavica se encontraba junto a ella, con una mirada de honda preocupación en sus ojos oscuros.

—Lo siento por lo de tu amigo.

Lara hundió la cabeza entre los hombros.

—Ninguno de nosotros tenía familia, así que estábamos bastante unidos. Y compartíamos la pasión por la espeleología. No puedo creer que esto haya ocurrido. *Nicolas, ¿Terry ha muerto?*

Lo siento, fél ku kuuluaak sívam belső. Gerald lo ha matado. Tenemos que asegurarnos de que sean eliminados todos los parásitos.

Un rayo iluminó el cielo y encendió las nubes en un despliegue de fuego antes de descargarse sobre la tierra. Durante una fracción de segundo, la posada se iluminó y luego todo quedó a oscuras. Lara permaneció quieta junto a Slavica. Unos cuantos copos de nieve caían del cielo.

—Al parecer, no estás aterrada por todo esto —le dijo a la dueña de la posada.

Ésta se encogió de hombros.

—La vida puede ser aterradora si una reflexiona sobre aquello que no puede controlar. Yo opto por no tener miedo, si puedo. Mikhail se ocupará de que mis invitados estén a salvo, o al menos todo lo seguros que puedan estar si las criaturas inertes rondan en la oscuridad. La mayoría de los extranjeros piensan que somos unos supersticiosos cuando se lo advertimos, pero los de aquí saben que esas criaturas están entre nosotros.

—Me habría gustado ser más cautelosa. Debería haber sido más cautelosa.

No se dio cuenta de que lloraba hasta que Nicolas la hizo girarse y la acogió en sus brazos. Ella alcanzó a ver a Gregori antes de cerrar los ojos y rompió a llorar por la muerte de sus dos compañeros.

—La posada ya no está contaminada y no queda ni huella de los destrozos, Slavica —dijo Gregori—. Tus invitados no recordarán lo que ha ocurrido.

Slavica asintió con un gesto de la cabeza y volvió al interior, dejando a Lara en brazos de Nicolas.

Éste le acarició el pelo.

—Lo siento, Lara, debería haber venido a ver a tu amigo.

Gregori también pronunció sus disculpas.

Lara alzó la cabeza y miró a Nicolas.

—Puedo encontrar una segunda entrada para entrar en la caverna. Quiero ir ahora, esta noche. Necesito ir, Nicolas.

—Entonces iremos esta noche —convino él.

—No puedes —dijo Gregori—. Tienes una misión más importante.

Ella alzó el mentón hacia él.

—Yo he venido aquí con un solo objetivo, que es encontrar a mis tías, y voy a acometerlo, con o sin ayuda. He intentado enseñarle a Francesca a reconocer las huellas de Xavier...

—Pero es incapaz de hacerlo —interrumpió Gregori.

Nicolas abrazó a Lara por los hombros.

—Ella necesita hacer esto, y ya ha cumplido con creces con su deber hacia nuestro pueblo, Gregori. En cualquier caso, lo que encontremos allí podría tener un gran valor. Si Lara es capaz de reconocer la fuente, quizá podamos evitar todos los abortos de nuestras mujeres en el futuro.

—En eso tienes razón —dijo Gregori, con un suspiro.

—Lara se marcha —dijo Nicolas.

Capítulo 17

Nicolas escudriñó las montañas cubiertas de nieve que se alzaban abruptamente por encima de ellos. Aquellas cumbres estaban coronadas por un manto torbellinesco de niebla y transmitían una imagen apacible de gélida belleza, si bien él oía el murmullo incesante de suaves voces. También percibía un flujo permanente de energía, como un campo de fuerza que enviaba sutilmente señales sintonizadas con las ondas cerebrales. *Manteneos apartados de aquí. Temed este lugar. Olvidaos de estos parajes.*

Incluso los habitantes de la región evitaban la montaña. Aquellas cumbres no tenían nada de acogedor, y nada crecía en ellas excepto unas cuantas plantas dispersas entre las rocas, más allá de las cuales se extendía el glaciar. Los aventureros incautos que desafiaban lo desconocido a menudo eran víctimas de rocas que se desprendían desde lo alto o de avalanchas devastadoras. La montaña temblaba y retumbaba en cuanto alguien osaba internarse en ella.

Nicolas recorrió la base del monte, estudiándolo desde todos los ángulos, atento a cualquier accidente que sugiriera la existencia de una entrada. Natalya, Vikirnoff y Lara, separados por intervalos de varios metros, llevaban a cabo la misma inspección, y todos permanecían muy atentos a la existencia de trampas o alarmas que pudieran desatar la agresiva respuesta de la montaña.

—¿Qué piensas, Lara? —inquirió.

Un latigazo de viento se llevó sus palabras lejos de la montaña y un golpe de aire neutralizó su voz y se la hizo tragar violentamente. Era una reacción de ataque muy agresiva, y Nicolas no estaba preparado para ello. Todavía no habían penetrado en la montaña. Intercambió una larga mirada con Lara.

Ella asintió con un gesto de la cabeza y se le acercó. Nicolas hizo una señal a Vikirnoff y Natalya para que permanecieran atentos a lo que ocurría por encima de sus cabezas y bajo sus pies, en el suelo mismo. Lara avanzaba cautelosamente, sin dejar de barrer visualmente el terreno cubierto de nieve, atenta al más mínimo movimiento.

Si activamos alguna alarma significará que nos encontramos cerca de una entrada. Será en un punto cualquiera, algo que pasemos fácilmente por alto.

Nicolas descubrió una grieta que corría a lo largo del saliente en la base de la montaña. Era una hendidura estrecha, en realidad diminuta, de no más de dos centímetros de ancho, justo por debajo del saliente, casi oculta entre las sombras de los riscos de piedra caliza. La estudió a lo largo, centímetro a centímetro, pero sin encontrar una abertura.

Desde el aire, Nicolas había divisado el dibujo formado por las rocas que, con su corona de hielo, parecía un mar ondulante de azul bajo el glaciar, un indicio seguro de que allá abajo, al derretirse, el agua había tallado cañones y formado enormes cavernas de hielo por debajo de la superficie. Puede que existiera un laberinto de cámaras por debajo de la montaña, pero encontrar la entrada sería un asunto difícil.

Es aquí. Lara hablaba con toda seguridad. *Estamos muy cerca.*

Ahora que sabía que estaba en el lugar correcto, tenía claro qué debía buscar. En realidad, buscar no era la palabra. «Sentir.» Oler. Xavier había sellado las entradas, pero éstas existían. Ella no debería buscar visualmente sino seguir la mancha del mal, tal como había hecho en su incursión por el organismo de las mujeres en busca de los extremófilos.

A escasa distancia de donde se encontraban, unos ciervos asomaron en el prado, pero ninguno de ellos se acercó a la hierba más alta, a sólo unos metros de donde estaba ella. Lara trabó contacto con sus mentes. Eran criaturas sencillas en busca de alimento. Unos cuantos daban leves patadas en la nieve para descubrir brotes de hierba. Ninguno de los animales miraba ni olía la abundante hierba que sobresalía de la capa de nieve.

Cerró los ojos y respiró el aire de la noche, a la vez que asimilaba la información que ofrecía aquel paraje. Era una noche seca y fría. Había parado de nevar pero el olor seguía en el ambiente; el aire sólo estaba limpio superficialmente. Más allá, Lara captó el olor de las artes de magia y frunció la nariz. Con los ojos todavía cerrados, se giró hacia donde le parecía más intenso. Estaba frente a la hierba alta que asomaba por encima de la nieve y que, al parecer, no tentaba a los hambrientos venados.

Dio unos pasos hacia la mancha verde, ahora agitada por el viento, aunque ella no sintió la brisa en la cara. Aquella agitación aumentó, hasta que la hierba onduló como traída y llevada por las aguas. Algo se movió en aquella espesura verde, algo que se arrastraba sigilosamente y que su ojo captó enseguida. De pronto salió un murciélago, sirviéndose de sus alas para abrirse camino entre los tallos y acercarse silenciosamente a los ciervos que pastaban. Aparecieron un segundo y un tercer murciélago y pronto el suelo pareció totalmente cubierto por aquellas criaturas, un ejército sigiloso y de piel oscura que rodeó a una de las hembras y la aisló del resto de la manada.

Lara le apretó el brazo a Nicolas cuando vio a los animales ir y venir como una ola, apoyándose en la punta de las alas para caminar y cerrar la trampa que se cernía sobre el animal. *Los murciélagos sólo chupan una pequeña cantidad de sangre, y no se comportan de esa manera.* Como si acecharan al venado con fines más oscuros y siniestros.

Antes de que Nicolas pudiera responder, los murciélagos se abalanzaron sobre el venado batiendo las alas y formando un círculo cerrado. Lara tuvo un atisbo de unos dientes enormes, no propios de los murciélagos sino más bien parecidos a los de un tiburón, afilados como navajas, dispuestos en hileras que ocupaban todo el morro. El mero peso de aquellos animalillos hizo caer al venado, primero sobre las patas delanteras, y luego tumbándolo del todo. La sangre tiñó la nieve. El resto de la manada se giró y huyó al galope alejándose de aquel prado en dirección al bosque.

Los murciélagos se abalanzaron sobre el venado, que apenas conseguía respirar, y sus balidos de aflicción le rompieron el corazón a Lara. Cuando estaba a punto de moverse, Nicolas la detuvo.

Ya nada puedes hacer por ella. Mira lo que están haciendo.

Los murciélagos arrancaban grandes trozos de carne del venado, buscando un camino a las entrañas y, mientras unos se alimentaban, otros ya arrastraban la carcasa por el prado hacia la hierba más alta. Varios murciélagos se detenían a lamer la sangre caída antes de acudir, presurosos, para ayudar a arrastrar al animal.

¿Alguna vez has visto algo semejante?, le preguntó Lara. Miró de reojo a Vikirnoff y a Natalya, y vio que estaban igual de desconcertados.

Nicolas sacudió la cabeza.

No son murciélagos.

Lara vio el esqueleto desaparecer en la hierba alta. La tierra y la nieve hirvieron y surgió un chorro como un pequeño géiser. La hierba se agitó. Bajó aquel enjambre de bichos alados, el venado rodó hasta quedar con las patas hacia arriba, y luego se hundió en la tierra. El terreno volvió a quedar tan quieto como antes.

Creo que acabamos de conocer a los guardianes de la entrada, dijo Lara. *Y no estarán solos.*

—¿Habéis visto los colmillos de esas cosas? —preguntó Vikirnoff.

—Quizá deberíamos intentarlo por otro lugar —sugirió Natalya.

Nicolas observaba atentamente a Lara, que circundó la mancha de hierba verde en un sentido y otro, contando por lo bajo, con una mano extendida y la palma vuelta hacia el suelo.

—¿Qué hace? —preguntó Vikirnoff.

—Mide la solidez de sus defensas —dijo Natalya—. El arte de los magos está relacionado con los elementos y la energía. Desde luego, es sumamente sensible a las marcas que ha dejado Xavier. Todos los magos dejan una especie de firma, y cuando uno trabaja con ellos, aprende a reconocer las huellas digitales.

—¿Es por eso que puede detectar el microbio en las mujeres? —inquirió Vikirnoff—. Eres maga. Y, de hecho, eres la nieta de Xavier. Ella es la bisnieta. Tú también lo conocías.

Natalya negó con un gesto de la cabeza.

—No como Lara. Yo me mantuve lejos de él. Yo dominaba los hechizos mágicos, pero Razvan no. Yo era más maga, y creía que Razvan no era ni mago ni pertenecía a la estirpe de los cazadores de dragón, pero me equivocaba. Me equivocaba en muchos sentidos.

Vikirnoff le acarició la larga cabellera con un gesto lento.

—Él quería que te equivocaras. Razvan engañaba a todo el mundo a propósito para protegeros.

—Al parecer, lo hacía siempre —dijo Nicolas.

Se mantenía lo bastante cerca de Lara para protegerla, pero lo bastante apartado para permitirle saber dónde estaban las trampas que Xavier dejaba para proteger su refugio. Observó que el pelo se le teñía, y que el rojo oscurecía sus mechas rubias. Unas chispas eléctricas diminutas chisporrotearon a su alrededor y Nicolas sintió la energía acumulándose en ella. Lara alzó los brazos hacia el cielo.

Aire, fuego y tierra, escuchad mi llamada. Mirad a vuestra hija...

El aire se volvió espeso, con una combinación de elementos que se mezclaban y giraban hasta formar un solo campo de energía.

Aire invisible, busca lo que es inaccesible. Tierra que conoce la abertura, abre la juntura. Fuego que quema, elimina el daño para que no tema, agua que fluye, esta puerta abre y destruye.

Mientras hablaba, el suelo bajo sus pies empezó a temblar. La montaña retumbó de arriba abajo. Desde la cumbre cayeron rocas con la nieve, como si alguien las lanzara desde arriba, en una auténtica lluvia alrededor de Lara, pero ella no se movió, confiando en que Nicolas la protegería.

Él movió las manos por encima de ella para formar un escudo, cuidándose de dejarle espacio para moverse. Lara movió las manos con un gesto elegante, y Nicolas reconoció algunos de aquellos movimientos. Lara estaba deshaciendo la tupida urdimbre de las defensas, invirtiendo el hechizo para encontrar una entrada.

El viento ululó con fuerza. La tierra se estremeció y luego se sacudió. Justo por encima de aquel espacio verde, al pie de la montaña, aparecieron unas arañas de fuego. Como si se desplazara por unas grietas invisibles, cayó una lluvia de fuego sobre el trozo verde. Detrás de aquellas hebras sedosas de llamas rojizas y ámbar cayó una tromba de agua sobre las llamas que fluyó hasta la entrada de la caverna y erosionó las últimas defensas.

Lara seguía moviendo las manos con elegancia. *Elementos que hacéis tanto daño, dadnos una alarma, libradnos del huraño.* Una fina red brotó en el aire. *Arañas del hielo y fuego bien urdido, atended a mi llamada, girad sin hacer ruido. Cread una tela del más fino hilo, protégenos del daño, mantenedlo en vilo.* Aquella red ardió intensamente en el aire por un momento breve, y enseguida desapareció.

Las rocas crujieron y gimieron como si se frotaran unas con otras. La nieve cayó de la montaña como un largo manto blanco. El trozo de hierba verde se hundió y la tierra, la nieve y la vegetación se replegaron sobre sí mismas y revelaron el profundo túnel que se adentraba en la tierra.

Nicolas cogió a Lara y la situó detrás de él al tiempo que él mismo y Vikirnoff examinaban la entrada. Mientras observaban, una fina capa de hielo se extendió y la cubrió, y fue como si mirara a través de una ventana hacia el interior oscuro. Las paredes de hielo estaban salpicadas de barro, hierba y una mancha oscura que sólo podía ser sangre. Como contraste, el resto de la pared era prístina y bella, como una enorme escultura de hielo, gruesa y tallada en un tubo redondo de hielo brillante.

Lara cogió a Nicolas por la cintura y se asomó al enorme agujero. Reparó en unas manchas más oscuras que cubrían el tubo a lo largo de los primeros sesenta metros. Aquellas manchas de hierba y sangre formaban una huella visible. Parecían sólidos pero, al mirar más de cerca, se veía que la misma fina capa de hielo que formaba la ventana cubría los agujeros.

Ella lo señaló con el mentón.

—Ahí es donde viven los guardianes.

—Son unos murciélagos con enormes dientes. Se arrastran fuera de sus cuevas y nos morderán en la cabeza a medida que descendamos —dijo Natalya—. Estupendo. Alguien tendría que rodar una película.

Vikirnoff la miró y sonrió.

—Tú y tus películas —contestó—. Tiene un gusto horrible en materia de cine.

Natalya le sopló un beso.

—Sólo por decir eso, te dejaré pasar primero.

Lara sacudió la cabeza.

—Dejadme quitar la cubierta de hielo y urdir un hechizo para mantenerla abierta. Deberíamos pasar sin mayores problemas —avisó, y le sonrió tímidamente a Nicolas—. Y preferiría que alguien me protegiera desde arriba.

Dio un paso hacia el agujero y Nicolas la cogió por el brazo.

—Pronuncia tu hechizo, pero no darás ni un paso más si vas sola. Vikirnoff puede ir a la cabeza para cerciorarse de que aterrizaremos sin sufrir demasiado daño, y yo iré por detrás para protegerte de lo que haya por encima nuestro.

Lara se llevó una mano al corazón y miró a su tía sonriendo.

—Me fascina cuando se porta así.

Nicolas entornó los ojos.

—Él, hombre, y ella, Ra.

Nicolas frunció el ceño.

—¿Quién?

Vikirnoff gruñó.

—Nunca cometas el error de preguntar —dijo. Miró a su alrededor y respiró hondo—. ¿Las defensas han caído?

Lara asintió con un gesto de la cabeza.

—En teoría, deberías poder pasar por la fina capa de hielo y deslizarte por el tubo sin alertar a los guardianes. Una vez que llegues al tubo de lava, evita tocar cualquier cosa que desate una respuesta.

—Estupendo, gracias —dijo Vikirnoff. Se convirtió en una voluta de niebla y se deslizó a través de la capa de hielo que tapaba la entrada. Natalya lo siguió.

—Yo conservaré la imagen en mi mente para ti —le aseguró Nicolas.

Ahora que tenía cierta experiencia en transmutar, Lara ya sabía qué esperar. La sensación de su cuerpo que se desintegraba y convertía en vapor no la alarmó, y sencillamente dejó que ocurriera. A menudo, cuando exploraba las cavernas de hielo, las cuerdas que usaba acumulaban una fina capa de hielo. Siempre existía el peligro de que los carámbanos cayeran y se desprendieran grandes trozos de las paredes debido a la tremenda presión del peso. Pero convertida en bruma era mucho más fácil.

Aquel mundo del subsuelo, dentro de la caverna, le pareció a Lara de una belleza rara y magnífica. Mientras se internaba en aquel reino húmedo, un profundo pozo, susurró un hechizo breve, pidiendo que una luz tenue se derramara sobre las paredes y el suelo por donde avanzaban. Sirviéndose de sus arañas de la infancia, las únicas amigas que tenía para iluminar el camino, empezó a canturrear por lo bajo.

Arañas, arañas de cristal y hielo, tejed vuestra red, iluminad el suelo. Las diminutas arañas asomaron enseguida en las paredes de hielo. Giraron ejecutando una danza para tejer una fina tela de seda luminiscente que cubría las paredes y avanzaba por delante de ellos en el suelo. *Girad y bailad, rodeadnos con vuestra figura, que podamos ver y evitar toda conjura.*

El tubo cobró enseguida un tinte azul y surgió un mundo irreal de hielo. El agua que caía desde arriba sin cesar había provocado una avalancha de bolas de hielo de diversos tamaños que caían en cascada por las paredes, de manera que parecía que una lluvia de hielo azul se derramaba sobre ellos. En realidad, las bolas de hielo estaban suspendidas sin moverse, adheridas a las gruesas paredes que los rodeaban. Lara estaba acostumbrada al ruido del hielo que se resquebrajaba, seguido del estruendo cuando la enorme presión hacía saltar enormes trozos de las paredes que se estrellaban contra el lado opuesto y luego se precipitaban al suelo.

A medida que pasaba junto a los agujeros más oscuros, vio que las entradas formaban un laberinto de moradas talladas en el hielo para albergar al enjambre de murciélagos. A través de la gruesa ventana de hielo, vio huesos y trozos de pelo y sangre de carcasas desechadas. Los habitantes de la caverna se entregaban al festín, vivían durante un tiempo de los despojos y, de vez en cuando, salían en tropel hacia la superficie para arrastrar una nueva víctima a la madriguera. Cualquiera, hombre o animal, que se aventurara demasiado cerca en el momento inoportuno se convertía en una víctima potencial.

Pasaron flotando junto a un saliente, no demasiado ancho, alrededor de todo el tubo. De la parte inferior colgaban largos carámbanos con puntas afiladas.

Tenemos que romperlos, dijo a Nicolas. *Los usará contra nosotros, y no nos conviene quedar atrapados allá abajo cuando nos caigan encima.*

Enseguida se oyeron ruidos que recorrieron el túnel, una nota aguda que hizo remecerse los carámbanos. Algunos se resquebrajaron. Otros se soltaron y cayeron hacia el suelo, cientos de metros más abajo. El ruido fue muy fuerte —demasiado—, y demasiado abrupto. Los murciélagos se asomaron a las entradas de sus nichos. Fue una visión escalofriante, pero las defensas de Lara aguantaron el embate de los cuerpos alados. Unas arañas diminutas se deslizaron por las paredes, valiéndose de sus redes de seda llameantes. Y cuando los murciélagos salieron de sus agujeros, utilizando las alas como brazos para asomarse a la pared, las redes de llamas cayeron sobre ellos y los consumieron hasta las cenizas.

Un olor venenoso inundó el túnel. A pesar de no ser más que una bruma insustancial, Lara se sintió enferma.

Nicolas volvió a adoptar su forma humana en una fracción de segundo, agitó los brazos para crear una brisa y, antes de que pudieran caerle encima los trozos, volvió a ser bruma.

Gracias.

Daba la impresión de que pensaba en todo lo necesario para su comodidad y ella se lo agradecía porque aquel lugar le traía demasiados recuerdos horrorosos. Tenía que hacerse a la idea de que encontraría a sus tías muertas y las llevaría a casa. No quería que sus cuerpos siguieran atrapados en la jaula de hielo donde habían permanecido encerradas en vida.

El suelo de la caverna estaba justo por debajo de ella. Lara flotó en círculos por encima, estudiando el lugar. La cámara se ensanchaba y se bifurcaba en un laberinto de galerías. Se tomó su tiempo porque no quería pasar por alto ni la más mínima señal de magia negra que les avisaría de un ataque. Estaban en los dominios de Xavier. Reconoció los techos altos y la red de galerías de lava que conducían a diversas cámaras donde Xavier llevaba a cabo sus experimentos perversos.

Hemos tenido suerte. Estamos en los dominios de Xavier. Toda la montaña es un laberinto de túneles y cámaras y hemos tenido la suerte o hemos sido lo bastante locos para encontrar sus dependencias privadas.

La voz le temblaba, y Lara retrocedió para controlar sus emociones. No había pensado en lo que sentiría al verse rodeada por Xavier. Estaba por todas partes y su impronta era visible. Su olor le infundía un pavor absoluto, y notó que había estado allí hacía poco. Dijeran lo que dijeran, el olor del tabaco de su pipa mezclado con el penetrante olor a sangre era demasiado reciente. Y pasara el tiempo que pasara, nunca podría olvidar la diferencia entre la sangre vieja y la joven y cómo se mezclaba con el olor del tabaco. Le vinieron arcadas.

Lara, si en cualquier momento tienes que salir de aquí, dijo Nicolas, *dímelo y yo te sacaré. Y luego volveré a buscar a tus tías.* Nicolas tenía ganas de estrecharla, envolverla y consolarla y hacerla sentirse bella y protegida. Nadie jamás entendería cuánto le costaba a Lara volver a ese lugar y verse sometida a los tormentos de aquella niña pequeña.

Gracias, dijo ella, y le respondió con un sentimiento de calidez. *Ha estado aquí, Nicolas. Hace muy poco. Y si todavía utiliza estas cámaras, jamás las dejaría sin activar sus trampas mortales. El suelo está recubierto de hechizos. Creo que toda la sala es una trampa.*

Nicolas siguió hablándole por la vía común de los carpatianos. *No toques nada. Deberíamos pasar a la sala contigua.*

Lara intentó recordar dónde había visto a la mujer perder su bebé.

Sigue por el pasillo izquierdo y avanza lentamente. Hasta la más mínima perturbación del aire podría desatar una alarma.

Los cuatro avanzaron con toda la cautela posible por los meandros del túnel hacia abajo hasta que llegaron a una serie de cámaras más pequeñas. Lara aguantó la respiración cuando los olores llegaron hasta ella y le dieron como un puñetazo en el estómago. El agua se escurrió por las paredes, goteó del suelo y se derramó por todas partes, hasta que ella oyó un eco incesante que aumentaba cada vez más hasta que resonó en sus oídos y le nubló el pensamiento.

Recordó aquel ruido de los tiempos de su infancia. Sonaba como una alarma, rugiendo por las cavernas o apenas susurrando, pero advirtiéndole de la presencia de monstruos que acechaban en todas partes. El corazón le latía con fuerza y apenas conseguía llenar los pulmones de aire, pero siguió avanzando, llevando a Nicolas hacia aquellos espacios horribles donde los gritos de las víctimas ahogaban el ruido incesante del agua.

Lara se detuvo justo en el interior de la sala donde Razvan había sido encadenado. Los recuerdos afloraron junto con la bilis y no pudo conservar la forma que había adoptado, a pesar de que Nicolas la ayudaba. Se dejó caer de rodillas en el suelo helado y bajó la cabeza para no desmayarse.

Nicolas le puso una mano en el hombro.

—No estás obligada a hacer esto.

Ella respiró hondo y asintió con un gesto de la cabeza.

—Sí que estoy obligada. Debo hacerlo.

Pero no tenía las agallas para mirar ese espacio donde su padre había permanecido encadenado la mayor parte del tiempo. Donde a ella la habían golpeado y pateado, donde le habían arrancado la carne de los brazos para que esos dientes agudos y ávidos se hundieran en ella y la vaciaran hasta que se mareaba y le faltaba el aire. Recordó haberse arrastrado por el suelo, padeciendo el frío penetrante en las rodillas, los brazos y el vientre, como un perro (decía Xavier), demasiado débil para levantarse.

—Aquí hay sangre fresca —dijo Natalya—. Está por todas partes. —Tocó unos grillos, se manchó los dedos de sangre y se los olió. Enseguida palideció—. Razvan. Es la sangre de mi hermano. Ha tenido que estar aquí hace una o dos noches. —La sangre era pegajosa y estaba congelada, pero no se había secado.

Vikirnoff examinó las cadenas.

—Es sangre de vampiro. Para que se queme mientras permanezca encadenado.

Lara se estremeció.

—Hay mucha sangre y hay muescas de un puñal en el hielo. Mira esto —dijo, y señaló la pared—. Se diría que lo apuñalaron y que el instrumento lo atravesó y salió por el otro lado.

Natalya pasó la mano por la pared sin tocar las manchas de sangre. Lara oía cómo le latía el corazón, y el ritmo se acompasaba con el ruido del agua que brotaba de las paredes. Natalya tembló mientras sostenía la mano por encima de la sangre de su hermano gemelo.

—Aquí hay algo.

Lara extendió la mano para percibir la onda de energía. Era muy leve, como un zumbido, y muy viva.

—No parece una energía oscura.

—Es Razvan —dijo Natalya, sacudiendo la cabeza—. Ha dejado algo aquí. Cuando éramos niños, solíamos dejarnos mensajes sin que Xavier se diera cuenta. —Frunció el ceño y se paseó a lo largo de la prisión de su hermano, con las palmas de las manos por delante, como palpando el aire.

Lara intentó no ser aquella niña pequeña, indefensa y sola en la caverna donde sólo tenía por amigas a las arañas. Detestaba sentirse tan horriblemente celosa de que Natalya guardara buenos recuerdos de su padre. Se frotó las muñecas.

Nicolas se acercó, le cogió la mano y se la llevó al pecho.

Te amo, sívamet.

Lara sintió aquel aleteo en el corazón. Ya no era esa niña solitaria que vivía aterrorizada, sintiéndose inútil y rechazada. Alzó la mirada hacia él, a su hermoso rostro, tan masculino y fuerte. Vio que el amor brillaba en esos ojos, y que había ternura en su manera de acariciarle la palma de la mano con el ir y venir de la yema del pulgar. Aquel hombre grande y peligroso la amaba. La *amaba*. Con todos sus defectos, incluso con su aversión a la idea de que alguien tomara su sangre, él la amaba, y eso era todo para ella.

Nicolas le giró la muñeca y le rozó las leves cicatrices con los labios. *Me siento muy agradecido por haberte encontrado.*

Ella le devolvió una ligera y provocadora sonrisa.

En realidad, yo te encontré a ti.

De pronto, Natalya se quedó boquiabierta.

—Lo he encontrado. Ha dejado un mensaje. —Natalya se inclinó sobre el saliente de hielo, y realizó un elegante movimiento con las manos mientras murmuraba.

Aquello que se oculta a toda vista, creado entre gemelos para que en la lucha asista, sangre de la sangre, hermano y rama, dime cuál es el secreto de la trama.

El hielo se iluminó por dentro y apareció una imagen indefinida, el holograma de un hombre desfigurado por el tiempo y las torturas. Estaba encadenado a la pared, descamisado y con los pantalones hecho jirones. Unas arrugas profundas le surcaban la cara y tenía el pelo entrecano hecho unas greñas. Pero lo que más honda impresión causó en Lara fueron sus ojos, teñidos por la pena y el dolor.

El holograma empezó a brillar y el hombre habló, aunque sus palabras eran una jerigonza ininteligible, un parloteo que los dos gemelos habían ideado y complicado. Natalya movió las manos y tejió suavemente otro hechizo. Logró reordenar las notas de su voz, procurando desvelar el mensaje dejado hacía mucho tiempo y destinado sólo a sus ojos y oídos. Lentamente, empezó a comprender el quid del lenguaje y lo descifró hasta que tuvo sentido.

—Natalya, hermana bienamada. Espero que encuentres este mensaje que he ocultado a costa de grandes esfuerzos. Ni me atrevo a dejar que Xavier te toque jamás a ti ni a mi Lara. Es un ser más maligno de lo que nadie podría imaginar. Yo ya no tengo fuerzas para luchar contra él, aunque creo haber librado una batalla digna. Xavier me utiliza para producir niños de los que puede alimentarse y, a pesar de que he intentado detenerlo, no lo he conseguido. —Se estremeció y una mueca de dolor asomó en su expresión—. Utiliza los conocimientos que poseo para causarles daño a otros, a aquellos que quiero, y eso es peor que cualquier tormento físico que jamás haya inventado.

Natalya dejó escapar un grito apagado de aflicción. Vikirnoff le rodeó la cintura con un brazo.

—Cuando he podido, he ayudado a sus madres a escapar y llevarse a sus hijos lejos de aquí, pero ya ni siquiera me queda esa habilidad. He abierto mi alma en un momento de debilidad y ahora él es dueño de ella y me maneja para sus designios perversos y, a pesar de que hasta cierto punto soy consciente, no puedo resistirme a sus órdenes. Creo que eso lo divierte tanto que quiere mantenerme vivo. A estas alturas, pocas cosas lo divierten.

—Razvan. —Natalya susurró el nombre de su hermano y miró a Vikirnoff con el rostro bañado en lágrimas—. Mira lo que le ha hecho Xavier.

Razvan tenía unas horribles cicatrices en el cuello, en los brazos y el pecho, en las muñecas, e incluso en las piernas. Los eslabones de la cadena, bañados en sangre de vampiro, habían grabado a fuego vivo aquellas imágenes en su piel. Los carpatianos nunca conservaban las huellas de las cicatrices.

Natalya reprimió un sollozo.

—Es un cazador de dragones. Jamás se convertirá. Debería haberlo sabido y haber creído en él. Al contrario, intenté matarlo.

El holograma siguió.

—Te ruego que encuentres a mi hija. Se te parece mucho. Tatijana y Branislava se han puesto de acuerdo para facilitarle la huida. Las he convencido para que no me cuenten sus planes. Xavier todavía se sirve de mi cuerpo y lo posee y temo que si vuelve a hacerlo descubra los planes, y entonces no podremos sacarla de aquí. No me atrevo a dejar que Lara sepa demasiado porque si Xavier sospecha algo, la torturaría hasta que se lo contara todo.

Razvan siguió ahí, mientras las cadenas le laceraban las carnes, con el pelo enmarañado que le colgaba por la espalda y le caía sobre los hombros. Estaba dolorosamente delgado. Incluso hablar lo agotaba, además de la energía invertida en grabar aquel mensaje a su hermana. Se humedeció los labios partidos.

—Nos mantiene a todos con el mínimo de sangre necesario para vivir, debilitados. Me utiliza a mí para encontrar una manera de matar a los carpatianos. Cualquier cosa, desde venenos hasta parásitos. Hay que detenerlo. Encuentra al príncipe y dile que hay que detener a Xavier. Pero, antes, encuentra a mi hija. Su madre no era mi compañera eterna, pero el mago que hay en mí la amaba profundamente. Era la luz del sol en un mundo enloquecido. Encuentra a Lara por nosotros y ámala, Natalya. Es lo último que te pido.

De pronto, miró a su izquierda. Empezó a temblar y su tez cobró un color ceniciento.

—Viene por mí. Aguantaré todo lo que pueda hasta que Lara esté lejos de su alcance. Entonces idearé una manera de obligarlo a matarme. Natalya, no vuelvas nunca aquí, y no me busques. Encuentra a Lara, y con eso bastará. —Giró la cabeza y clavó la mirada en ellos.

Lara sintió la penetrante mirada de su padre como si le llegara al alma. La angustia que Razvan sufría era mucho peor que cualquier tortura física que Xavier pudiera concebir. Ni siquiera se dio cuenta de que sollozaba hasta que Nicolas la hizo girarse y la estrechó en sus brazos.

—Lo he odiado durante años. Pensaba en él como si fuera un

monstruo —susurró—. Él quería que pensara en él de esa manera para que pudiera protegerme.

—Está vivo —dijo Natalya—. Está vivo y sigue prisionero de Xavier.

—Eso no lo sabemos —intervino Vikirnoff—. Hay tanta sangre aquí, *sívamet*, y es su sangre. Si sobreviviera a esto, sería un milagro —dijo, y la abrazó—. Sé qué estás pensando, pero él no quiere que intentes encontrarlo. Ninguna de las dos. —Miró a Lara antes de volver a mirar a su compañera eterna—. ¿Acaso no lo ves? Tú y Lara sois las únicas dos personas que más quería, y ha conseguido protegeros. Tenemos que reconocérselo. Es lo único que tiene que lo mantiene cuerdo. Este hombre ha renunciado a su vida, a su alma, a todo lo que es o algún día pudo ser para asegurarse de que tú y Lara tengáis una vida. No puedes quitarle eso.

—Puedo encontrarlo.

—¿Qué crees que le haría eso si caes en manos de Xavier después de todos sus sacrificios?

Natalya sacudió la cabeza y se negó a responder.

Lara sabía que Natalya nunca declararía que renunciaba a buscar a su hermano. Ella misma tampoco lo haría, aunque Nicolas se lo pidiera. Respiró hondo, espiró y miró a su alrededor con gesto de cautela. Los demás, siempre tan confiados de sus poderes y habilidades, no se sentían tan nerviosos como ella por haber penetrado en los dominios de Xavier. Y su confianza iba aumentando a medida que avanzaban sin que nada los atacara, pero esa ausencia de resistencia la volvía aún más recelosa.

Se quedó muy quieta y observó la caverna mientras los demás se separaban en un intento de encontrar otras pistas. Natalya utilizó su conexión con su hermano, esperando encontrar más mensajes, mientras Vikirnoff y Nicolas examinaban los objetos expuestos en el hielo donde Razvan permanecía encadenado a la pared. Era evidente que los instrumentos habían sido puestos allí para que él los viera y pensara en las torturas que vendrían.

—Xavier es un sádico *hän ku tuulmahl elidet* —sentenció Nicolas.

Un ladrón de vidas, tradujo Lara, y pensó que la expresión era bastante apropiada. Xavier era, decididamente, un ladrón de vidas. Las robaba de donde fuera, de su familia, de la especie, de todo aquel que estuviera a su alcance, y el significado de la expresión carpatiana era mucho más, no sólo en las palabras sino en la inflexión del tono de voz, en la oscuridad que acompañaba a las palabras.

Vikirnoff se inclinó para examinar las muescas en el hielo.

—¿Qué es esto, Nicolas?

Lara siguió su mirada y vio que los dos hombres se agachaban junto a lo que parecían ser huellas de garras a lo largo del suelo de hielo. El corazón le dio un vuelco. ¿Serían las tías encarnadas en dragones? ¿Acaso era posible? Las marcas eran recientes. ¿Acaso habían estado allí? Sintió el nacimiento de una leve esperanza, aunque sabía que aquello era imposible. Las dos estaban muy enfermas cuando ella las había dejado, hacía ya muchos años.

Nicolas y Vikirnoff pasaron los dedos por las estrías, intentando imaginar qué criatura había dejado esas marcas. Con el corazón galopando, Lara se inclinó junto a ellos.

Nicolas se giró para mirarla cuando ella le rozó los hombros y su aroma lo envolvió. A pesar de que se había recogido el pelo en una trenza, unas mechas sueltas le enmarcaban el rostro, y a él le dieron ganas de apartárselas sólo por el placer de sentir su piel de satén y la textura sedosa de su pelo. Él había vivido muchos años, había luchado muchas y cruentas batallas, había conocido lugares muy bellos, pero nada de eso, ni un solo recuerdo de aquellas cosas podía compararse con el tesoro que le había sido dado. El regalo. Lara. Susurró su nombre mentalmente, deseoso de aliviarla de su ansiedad.

Las miradas se cruzaron y él sintió que el corazón le saltaba en el pecho. Enseguida notó el nudo en el estómago que respondía a la intensidad del amor que le inspiraba. Era una emoción que crecía noche tras noche y lo llenaba tan avasalladoramente que casi ni se reconocía a sí mismo. Había en Lara una ternura por la que se sentía atraído, quizá porque se percibía tan carente de esa cualidad.

Quizás ella hiciera renacer en él lo mejor que tenía y lo convertía en un hombre mejor. Fuera lo que fuera, él seguía doliéndose interiormente por su compañera. Pensaba en ella, observaba hasta la más mínima expresión de su rostro. No sabía exactamente en qué momento le había ocurrido, ese amor y esa necesidad de Lara que no hacía sino aumentar. Sin embargo, él sabía que se volvería todavía más intenso.

—¿Qué? —preguntó ella, y una pequeña sonrisa hizo desvanecerse las ojeras en su cara.

Él le sonrió.

—Sólo te estaba mirando.

Ella se sonrojó y fijó la mirada en las huellas de las garras, deslizando la palma sobre aquel trozo para tener una idea acerca del origen de esas huellas. Enseguida intuyó la presencia de la oscuridad. Se quedó sin aire y se apartó bruscamente.

—Es una trampa. No las toquéis. Apartaos.

Nicolas le cogió la mano y la ayudó a incorporarse. Vikirnoff y Natalya se volvieron espalda con espalda, mirando hacia el frente en busca de posibles enemigos.

Unos carámbanos enormes se despeñaron sobre sus cabezas desde el techo. Otros salieron disparados desde las paredes. Los hombres levantaron sendos escudos para no resultar heridos, o incluso no caer mortalmente tocados por aquellas formaciones pesadas y afiladas como dagas.

La caverna de hielo retumbó y se sacudió. De una pared por encima de ellos brotó un chorro de agua que se derramó con un estruendo. El hielo se astilló y una tela de finos hilos se descolgó desde el techo hasta el suelo. El agua brotó de entre las hendiduras, luego corrió en un hilillo y finalmente irrumpió con fuerza, ensanchándolas hasta convertirlas en hondas grietas. El hielo tembló y luego empezó a deshacerse y a caer al suelo en trozos enormes. Aumentaron los ruidos del hielo que se partía y crujía, como si las paredes se estrecharan.

—Esta caverna está mutando. Tenemos que salir, enseguida —advirtió Lara.

—¿Son capaces de mutar? —preguntó Nicolas, que ya corría hacia la derecha, donde nacía un túnel largo y estrecho que parecía más inofensivo.

—Ésta sí —dijo Lara, y corrió tras él, seguida de cerca por Natalya y Vikirnoff.

A medida que el agua llenaba la cámara y empezaba a filtrarse en el túnel, Lara se giró y murmuró su propio hechizo. Que Xavier se ocupara de una pared de hielo de varios metros de espesor en medio de su cámara de torturas.

Agua que corres, cambias y cedes, levántate ahora y anega estas paredes. El agua comenzó a formar una capa tras otra, construyendo rápidamente un bloque de hielo del tamaño de una torre.

Al ver con satisfacción que el agua se había detenido en la entrada del túnel y volvía a congelarse, Lara se giró para alcanzar a los otros. Mientras corría, volvió a oír el ruido del agua, el mismo ritmo monótono de antes, hasta que percibió cómo cada gota caía a un charco, y un escalofrío le recorrió la espalda.

Algo malo está ocurriendo, Nicolas. Las cavernas de Xavier saben que somos intrusos y tendremos que luchar. Tenéis que estar atentos a cualquier cosa, aunque sea una minucia. Es especialidad de Xavier sorprenderte con algo sutil, que te acecha por detrás antes de que te hayas dado cuenta.

Al salir del estrecho túnel desembocaron en una nave mucho más amplia, un lugar bello, con esculturas de hielo, prismas y múltiples esferas. Lara se detuvo, con el corazón martilleándole en el pecho. Había estado muchas veces en aquella nave. Miró los enormes pilares, aterrada al pensar que vería a Xavier mirándola con la grotesca máscara de su cara, sus ojos feroces y sus labios torcidos en una eterna y perversa mueca.

Unas sombras se movieron y alargaron, y ella se quedó sin aliento y retrocedió.

—¿Qué ocurre, Lara? —preguntó Natalya—. ¿Qué sientes?

Lara sacudió la cabeza, se volvió y giró en círculo para observarlo todo... en todas partes.

—Fantasmas. Sombras. No deberíamos estar aquí. Hacia allá

—dijo, señalando hacia otro estrecho túnel— está su laboratorio.

—Tenemos que ir a echar una mirada —dijo Vikirnoff, avanzando hacia la entrada.

—¡Para! —Era una orden desesperada—. No des ni un paso más. No respires demasiado fuerte.

Los demás miraron con cautela a su alrededor. El agua seguía cayendo, un goteo incesante en el charco en la base de la pared junto a una columna de grandes dimensiones. Lara se giró hacia la fuente del ruido. Otra gota cayó en un segundo charco, éste más cerca de ella, justo cerca del pilar más alto. Lara miró el agua mientras las ondas se propagaban hacia las orillas del pequeño charco.

—Los elementos. El agua. Está por todas partes, en todas las cosas.

Nicolas la miró, alarmado por sus divagaciones.

—¡Lara! —Pronunció su nombre bruscamente para sacarla de su estado de ensimismamiento—. No está aquí.

—No lo entiendes —dijo ella—. Está aquí. Es capaz de introducirse en las cosas, en los elementos. Puede viajar de esa manera. No lo conoces.

Nicolas se acercó con pasos cautos para abrazarla. Estaba preocupado por ella, y se le notaba en la expresión.

—Lara, los monstruos siempre parecen más grandes y más indestructibles cuando eres niño. Puede que haya estado aquí hace poco...

—Huelo su tabaco.

Natalya inhaló, sacudió la cabeza y se encogió de hombros.

—Si está ahora, se oculta de nosotros, Lara.

Los hombres se mostraron cautos mientras avanzaban por el suelo abierto. Natalya y Lara los seguían, y las dos miraban por encima de sus cabezas y hacia los lados. El agua seguía goteando monótonamente. Cuando se acercaron a la entrada que conducía a la próxima serie de cavernas abiertas, sólo vieron los primeros metros del interior. El agua caía desde el techo y se acumulaba en diversas tinajas. Cada tinaja estaba más abajo que la anterior, y todas eran de colores diferentes.

Croaron unas ranas diminutas, y su canto sonó lúgubre. Una mancha rojiza oscura goteó del techo y cayó en una de las tinajas, tiñendo enseguida su contenido de un intenso carmesí. Varias ranas se quedaron junto a la pared, y con sus lenguas alargadas lamieron la sangre que caía. A pesar de que no corría brisa alguna, el agua de las tinajas ondulaba ligeramente, como si algo vivo la agitara. En el aire flotaba un fuerte olor a sangre y a fluidos corporales.

—Aquí está —dijo Lara—. Esto es lo que has estado buscando, Nicolas. Aquí los hace mutar. Lleva a cabo experimentos con extremófilos y es aquí donde los prueba y los corrompe para sus propios fines. Hemos encontrado su laboratorio.

Capítulo 18

Mientras permanecía en la entrada del laboratorio, observando la ligera lluvia de agua gélida que caía del techo y alimentaba los charcos, Nicolas sintió un nudo en las entrañas. Si Lara estaba en lo cierto, y Xavier experimentaba con microbios, era el mago quien había llevado a los carpatianos al borde de la extinción y, en todos esos siglos, ninguno de ellos había sospechado el alcance de su traición. Como si se percatara de su necesidad, Lara le cogió la mano. Él cerró los dedos con fuerza y respiró profunda y estremecedoramente.

—Sin ti, Lara, Xavier podría haberse salido con la suya.

Vikirnoff miró por encima de sus hombros.

—¿Esa lluvia es natural?

Un manto de vapor flotaba sobre varias tinajas, como si el líquido que éstas contenían estuviera caliente y creara una condensación brumosa con la fina lluvia de agua gélida. Las gotas de agua se congelaban en las paredes y adoptaban una forma gelatinosa en el rastro de sangre.

—Así parece —dijo Lara— pero en estas cavernas no puedes confiar en las apariencias. —Estiró las manos con las palmas hacia arriba. La lluvia era tan fina que se asemejaba a la niebla—. Es hielo —dijo—, diminutas partículas de hielo.

—Tiene que deberse a algo —agregó Natalya, que también había extendido las manos para probar la sensación de la lluvia—. ¿Sientes algo?

Lara frunció el ceño.

—Sí. Intuyo la mano de Xavier en todo esto. Al parecer, hay una sutil influencia que actúa sobre la lluvia, pero todavía no sé qué es. ¿Por qué no podéis sentirlo?

—Lo he percibido en las cavernas exteriores, pero no ha sido fácil —dijo Natalya—. En cambio, ahora ni siquiera podría haberte dicho que Xavier ha pasado por esta nave —añadió, mirando a su alrededor—. Y debo decir que me parece un poco escalofriante, como en esas viejas películas de miedo donde el científico loco crea sus zombis mutantes. En este caso, son unas tinajas asquerosas con ese caldo mugriento que burbujea.

Nicolas entró en la nave, esperó a que la fina lluvia le cayera en la cara y los brazos antes de hacerles una señal a los demás para que entraran.

—Está fría, pero eso era de esperar.

—La nave no está fría —señaló Lara—. De hecho, esa tinaja de ahí está hirviendo. Seguro que la alimenta una fuente subterránea. Xavier ha encontrado una fuente de calor.

—¿Eso no mataría a cualquier cosa que tratara de crecer aquí dentro? —inquirió Natalya.

—A los extremófilos se les ha dado ese nombre precisamente porque viven en condiciones extremas —dijo Lara, mirando por la sala—. Y me da la impresión de que está experimentando con todas las condiciones. Caliente, frío, ácido, sangre, sales y minerales. Cualquier cosa imaginable, aquí lo tiene. Éste es su programa de cultivo.

—¿Y por qué todas esas ranas? —preguntó Vikirnoff.

Lara no hizo caso de Nicolas, que quiso impedírselo, y se acercó a las pequeñas criaturas. Volvió a poner la mano a unos centímetros por encima de ellas.

—Son todo machos.

Nicolas apretó la mandíbula.

—Entonces, aquí es donde todo ha empezado. Xavier ha encontrado un método para que los microbios permitan el nacimiento de machos y supriman a las hembras.

Lara señaló la primera tinaja.

—¿Veis esos tubos con la masa gelatinosa, con esas diminutas manchas negras que se mueven en el interior? Seguro que son todos machos. Veo que procura perfeccionar su método.

Siempre se pueden mejorar las cosas.

Era aquella voz tan odiada que le murmuraba al oído. Lara se giró bruscamente, con los ojos desorbitados por el terror, creyendo que vería al mago a sus espaldas con su expresión de engreído y sus ojos plateados llenos de odio.

Respiró hondo y se llevó una mano al corazón galopante. Xavier siempre había pronunciado esas palabras cuando le inyectaba algo a Razvan. El recuerdo le vino de pronto, acompañado de una imagen nítida y penetrante. Razvan que se resistía y sudaba sangre, su madre llorando mientras él se retorcía en el suelo helado, preso de convulsiones. Sintió la bilis que le subía a la boca y creyó que iba a vomitar.

Nicolas le apoyó una mano en el vientre y se conectó mentalmente con ella. *Estoy aquí. No te puede hacer daño, Lara. Ya no eres la niña pequeña e indefensa.* Al transmitirle esas palabras, virtió en ellas su fuerza y su amor.

—Lo siento. Puedo hacerlo. Podemos. Quiero encontrar a mis tías. —Lara alzó el mentón y consiguió esbozar una ligera sonrisa—. Tenéis que tener cuidado, no me fío de nada de lo que hay aquí dentro. —Sentía un peso en el pecho y se lo presionó con fuerza con una mano mientras volvía a mirar a su alrededor. Él estaba ahí. Quizá no físicamente, pero su espíritu estaba en todas partes en la sala, como si su naturaleza maligna estuviera alojada permanentemente entre las capas de hielo.

Volvió a respirar hondo para serenarse y se obligó a acercarse a las tinajas. Una estaba llena de fluidos, y cuando se inclinó a olerlos se apartó, horrorizada.

—Creo que esto es líquido amniótico. ¿Dónde puede haberlo conseguido? —La tinaja contigua era sangre. La sangre que goteaba del techo iba a parar incesantemente a la tinaja. En ambas tinajas flotaban núcleos de organismos.

—¿De dónde viene esa sangre?

Nicolas se acercó y la olisqueó.

—Ésta es del venado que los murciélagos abatieron hace un rato, pero mira las otras huellas, Lara. Ésta de aquí se bifurca en dos. Son más antiguas, pero la sangre es carpatiana.

Natalya les hizo un gesto para que se acercaran a la pared.

—Ésta es sangre de Razvan. No es tan antigua como aquella y también se vacía en la tinaja.

—¿Qué antigüedad crees que tiene la sangre de Razvan, Natalya? —inquirió Vikirnoff.

Ella sacudió la cabeza.

—No demasiado antigua. Uno o dos días. Como en la otra cámara, la sangre está en estado gelatinoso, incluso congelada, pero no es antigua.

—Entonces significa que ha estado aquí recientemente, lo cual significa que Xavier también ha estado. Delante de nuestras narices —dijo Nicolas—. Ha llevado a cabo experimentos y ha armado a un ejército de microbios contra nosotros durante todo este tiempo. ¿Cómo ha podido esconderse?

—Ha tenido siglos para perfeccionar sus métodos y, por lo visto, los ha compartido con los vampiros —señaló Vikirnoff.

Siguió un breve silencio. El hielo que los rodeaba parecía vivo, y no paraba de crujir y gruñir. Lara echó una mirada a su alrededor.

—Cuanto más profunda la caverna, más inestable es el hielo, a menos que esté protegido por magia. Las cavernas de hielo nunca son eternas, no como ésta. Puede filtrarse el agua desde las capas superiores, hasta crear una cascada muy poderosa. Al cabo de unos días, cuando vuelve a estar fría, se hiela de nuevo completamente. Y puede moverse. Las paredes se estrechan. Hay que medirlas para cerciorarse de que no se estrechan. Este hielo es muy estable, a pesar de que hemos descendido cientos de metros. Las paredes se mueven cuando él quiere que se muevan. Xavier ha estado aquí.

Le quemaban los pulmones, y se dio cuenta de que respiraba entrecortadamente. Odiaba aquel lugar, y tenía ganas de salir.

—Lara —dijo Nicolas—. ¿Estos otros dos rastros de sangre podrían ser los de tus tías? No los reconozco por el olor, pero sé que pertenecen a la estirpe de los cazadores de dragones.

Natalya se acercó de prisa, llevándose las dos manos al pecho.

—No las conocía. Creí que habían muerto hace tiempo.

Lara se sentía lenta, como si no quisiera moverse.

—Si es su sangre, deberíamos ser capaces de seguirla hasta encontrarlas. Xavier las mantenía débiles y enfermas porque las temía, pero quería su sangre, y a menudo las sangraba.

Nicolas se giró bruscamente hacia ella.

—¡Lara! ¿Qué te ocurre? —Miró a los otros dos—. Algo está ocurriendo. Ninguno de nosotros está respirando bien.

Lara intentó despejarse la cabeza.

—Un peligro natural. Xavier utilizaría los elementos, y sería sencillo. —Alzó la cabeza y, al mirar el techo, una lluvia fina se descargó sobre ella—. Nicolas, tenemos que salir de aquí. Calentad vuestros pulmones. Xavier nos está congelando los pulmones con los cristales de hielo. Las partículas son tan diminutas que las aspiramos.

Nicolas la sacó del laboratorio de un tirón y la llevó a la cámara contigua, donde no caía la lluvia helada. Vikirnoff y Natalya los siguieron. Nicolas se volvió hacia ella y le pasó las manos por ambos lados del cuerpo, difundiendo el calor por sus pulmones y el pecho. Lara sentía el cosquilleo de la congelación en la piel, pero aquella presión terrible había desaparecido.

—Hemos tenido suerte —dijo—. Las partículas de hielo en los pulmones te pueden liquidar muy rápido. Y morir ahogado es una pobre manera de acabar. —Le frotó el brazo a Nicolas—. ¿Puedes seguir la huella de la sangre de mis tías?

—Se encuentran por encima y hacia la izquierda. Vamos hacia allí.

Nicolas fue por delante. Se internaron por un túnel más amplio que ascendía. En las paredes de hielo había unas delgadas estrías blancas y azules. El crujido y los ruidos subterráneos del hielo, así como el goteo permanente del agua los acompañaron en su camino. El peso de las rocas y el hielo pendía sobre sus cabezas. A medida que avanzaban el suelo se fue volviendo cada vez más accidentado, como si la tierra hubiera empujado trozos de hielo hacia arriba. Siguieron su camino por el aire, flotando por encima de la superficie y siguiendo los meandros del túnel.

Encontraron salidas a varias galerías pero, aparte de echar una rápida mirada, siguieron ascendiendo. Llevaban bastante tiempo en el interior de los dominios de Xavier. Tenían que encontrar a Tatijana y Branislava y salir de ahí. La lluvia de hielo era constante, y algunos trozos se desprendían súbitamente del techo, de modo que necesitaron protegerse con un escudo. A medida que el suelo ascendía, los carámbanos empezaron a vibrar. El goteo del agua se volvió más intenso. Una de las paredes comenzó a resquebrajarse y apareció una red de pequeñas grietas, entre las cuales empezó a brotar agua.

—Detesto este lugar —dijo Vikirnoff—. Deberíamos salir de aquí, sin más.

Natalya le lanzó una mirada furibunda.

—No pienso irme sin antes encontrar los cuerpos de mis tías. Ya has visto la sangre. ¿Y si todavía están vivas?

Nicolas soltó un improperio por lo bajo.

—No están vivas. Después de tanto tiempo, sería imposible. Esto no tiene sentido, y conseguirás que nos maten a todos.

Vikirnoff se giró como impulsado por un resorte y enseñó los dientes.

—Esto no ha sido idea de Natalya. Fue tu compañera eterna la que nos trajo.

Nicolas respondió agresivamente, con los ojos encendidos por unas flamas rojizas, como deseando pasar a la acción.

—No uses ese tono cuando hables de mi compañera eterna —advirtió.

Lara se interpuso entre los dos hombres y frunció el ceño. Las telas de araña tejían sus hilos luminiscentes para iluminar el camino, y las hebras de seda proyectaban sombras no sólo en las estrías blanquiazules del hielo sino sobre los rostros de los dos hombres. Los dos carpatianos oscuros tenían un aspecto siniestro bajo aquel fulgor. A lo largo de la pared, las sombras parecían moverse por voluntad propia, creciendo y alargándose, asumiendo nuevas formas con cada movimiento dentro del túnel.

Lara alzó las manos con las palmas hacia arriba y les cantó a sus arañas.

Arañitas de la red helada y cristalina, tejed el hilo que nos ilumina, lanzad las hebras de tan fino tejido, penetrando aquello que tanto hemos temido. Entrad en el hielo, buscad sin cesar, reveladme a mí los hechizos del lugar.

Unas estrías oscuras aparecieron en las paredes y se prolongaron por todo el túnel. Lara aguantó la respiración.

—Él controla las emociones. Es Xavier. No habléis. No penséis. Mantened la mente en blanco mientras encuentro una manera de deshacer esto.

Volvió a alzar las manos y pronunció el hechizo contrario.

Aquel hechizo que oculta y controla, deshecho será por el canto de una joven sola.

Dentro de las gélidas paredes empezó a perfilarse el rostro de una joven y, a continuación, emergió la escultura perfectamente formada de todo su cuerpo. Daba la impresión de que buscaba en el hielo. Cuando se inclinó, empezó a cantar y las notas sonaron como un viento frío que sopló sobre las paredes y ascendió por el túnel, cubriendo las estrías oscuras con hilos de hielo, hasta que todas quedaron congeladas. Las notas se fueron haciendo más y más agudas, hasta que la frecuencia hizo estallar los hilos de hielo, que cayeron, ya inofensivos, al suelo. La joven volvió a introducirse en la pared de hielo y desapareció.

Nicolas miró a Vikirnoff con una sonrisa en los labios.

—Ésa es mi mujer —dijo.

Natalya le sonrió a Lara con un dejo de orgullo.

—Vaya, ya veo que conoces bien tu arte.

—Mis tías me enseñaron todo lo que sé. Son ellas. —En realidad, eran sus tías abuelas, pero Lara nunca las llamaba de otra manera—. Tengo que encontrarlas —dijo.

—Las encontraremos, *sívamet*, todos las queremos encontrar y llevarlas a casa —le aseguró Nicolas.

Las sombras en la pared seguían creciendo y alargándose. Los dos carpatianos situaron a las mujeres detrás de ellos y miraron con una mueca feroz pintada en la cara. El peligro en el túnel era palpable. Las sombras bailaron en las paredes blanquiazules y presionaron a través de las capas de hielo hasta que empezó a brotar humo.

Natalya se quedó sin aliento y enseguida cogió a Lara por el brazo.

—Sé qué es eso.

Las dos se miraron con el horror pintado en el rostro.

—Guerreros de las sombras —susurraron al unísono.

Nicolas aguantó la respiración y miró en ambas direcciones del túnel. Ellos se encontraban en la mitad y, a lo largo de las paredes, por delante y por detrás, el humo empezó a brotar a través de las grietas.

—Ni siquiera el cazador más fogueado puede tener la esperanza de escapar con vida de los guerreros de las sombras —avisó—. Tenemos que llegar a la próxima cámara antes de que salgan de las paredes. Si nos atrapan aquí en medio, estamos perdidos.

—El movimiento los atrae —dijo Lara.

—Debo decir que ya saben que estamos aquí —respondió Nicolas.

—Si pudiéramos llegar a un lugar más seguro y darle tiempo a Natalya —dijo Vikirnoff—, quizá pudiera lidiar con ellos, pero tardará.

—Creo que podría hacerlo porque la sangre de los magos corre por mis venas —contestó ella—. Pero no estoy segura de poder controlarlos ahora.

—En mí también hay sangre de los magos —dijo Lara.

—¡Hablad después y corred ahora! —gritó Nicolas, y cogió a Lara por el brazo y, sin esperar a que comenzara una discusión, se lanzó a correr a una velocidad sobrenatural.

Vikirnoff y Natalya les pisaban los talones, y los cuatro se convirtieron en una mancha borrosa. Sin embargo, aquel movimiento provocó una reacción entre las agitadas sombras. El humo negro empezó a brotar del hielo a mayor velocidad y empezaron a cobrar forma, en tamaño real, unos fantasmas hechos de remolinos de humo, a la vez sombra y sustancia.

Lograron a duras penas llegar a la entrada de la próxima cámara antes de que los guerreros de las sombras se lanzaran en su persecución, deslizándose silenciosamente por el laberíntico túnel con las espadas en alto. El humo giraba como un torbellino y dejaba verlos vestidos con armaduras, con el rostro totalmente oscurecido pero esgrimiendo espadas relucientes.

Nicolas siguió su carrera hacia el otro extremo de la cámara, buscando la entrada de la izquierda. Sin embargo, varios guerreros se desplegaron rápidamente por la nave y bloquearon la ruta de escape. La única oportunidad que tenían era un estrecho túnel a la derecha que conducía hacia la superficie, pero que se alejaba de la dirección que ellos querían seguir.

Los guerreros de las sombras estaban hechos de cualquier elemento disponible, moléculas y agua. Antaño habían sido los guerreros más diestros y venerados, pero, una vez despojados de su espíritu, se habían visto obligados a servir al mago de las tinieblas. Ya estaban muertos, eran criaturas sin sustancia, y casi imposible vencerlos en la batalla.

Los guerreros de las sombras se desplegaron y los carpatianos retrocedieron por el túnel de hielo más estrecho. Los dos hombres mantenían a las mujeres cerca de ellos y retrocedían de cara a los enemigos.

—Tendrán que lidiar con nosotros uno por uno —dijo Nicolas, con cierto aire de satisfacción.

Natalya intentó detener el flujo de sombras hacia el interior de la nave. Se paró en seco y alzó los brazos.

Escuchadme todos, criaturas oscuras, arrancadas de vuestro lugar de descanso. Invoco la tierra, el viento, el fuego, el agua y los espíritus.

Los guerreros de las sombras deberían haber depuesto sus armas y esperado una orden, pero, por el contrario, se abalanzaron sobre las dos mujeres, a la vez que el humo gris se volvía negro.

—Parece que tener la sangre de los magos no sirve para gran cosa —dijo Natalya—. ¡Corred!

Los carpatianos giraron sobre sus talones y volvieron a correr a velocidad sobrenatural. A Lara le costaba seguir, aunque Nicolas la llevaba consigo y ella no alcanzaba a tocar el suelo. Además, se olvidaba de regular su temperatura corporal, y hacía mucho frío, un frío que le dolía y la hacía temblar sin parar. Sentía las piernas y los brazos tiesos y el pecho le presionaba. Mientras seguían por el estrecho pasillo, el aire cambió y se volvió algo más cálido, lo que le produjo cierto alivio. Pero temía que si la temperatura subía unos pocos grados más, el hielo se derritiera.

Miró por encima del hombro y vio que los guerreros de las sombras finalmente se habían detenido. Quizás el hechizo urdido por Natalya por fin había surtido efecto, o quizá fueran guardianes de un sector limitado y no pudieran ir más allá.

—Ya no nos siguen —avisó.

Los otros se detuvieron a mirar. Los guerreros se habían detenido en la entrada del pasillo y observaban, rodeados por torbellinos de humo y con las espadas en alto.

—No os paréis —dijo Nicolas, cogiendo a Lara por el nacimiento de la espalda—. ¿Quién nos dice que no volverán a atacar? Sigamos, pero busquemos un túnel que vaya hacia la izquierda. Lo seguiremos y volveremos a buscar las huellas de tus tías.

Lara miró el hielo que los rodeaba. Con sólo unos grados más de temperatura, podrían desprenderse grandes trozos del techo o de las paredes. Aquel túnel era más estrecho que los otros, y el suelo estaba sembrado de carámbanos de punta afilada, alineados en hileras y afilados como dagas. Tenían extraños colores, tonos marrones, algo nada habitual en una caverna de hielo. El suelo estaba cubierto de unas vainas redondas de hielo, algo que tampoco era habitual. Aquellas ligeras protuberancias estaban por todas partes, como si alguna extraña bacteria creciera ahí abajo.

A medida que avanzaban, se volvió más oscuro. Lara se percató de que las arañas de hielo ya no salían de las paredes para iluminarles el camino con su tela luminiscente. El suelo se curvaba hacia arriba y, con cada paso, aumentaban las vainas y también la temperatura.

—Deteneos. —Lara escrutó los alrededores con cautela.

Tenía una buena visión nocturna, pero los carpatianos podían ver en la oscuridad sin ayuda de la luz. Tenía la impresión de que si daban unos pasos más entrarían en la oscuridad total. Antes de que no pudiera ver y tuviera que depender de los demás, quería comprobar la estabilidad del hielo. Reparó en dos carámbanos especialmente afilados y curvos, uno a cada lado de la entrada, que goteaban. Las gotas tenían un color amarillento y formaban un pequeño charco antes de seguir hacia la base de los carámbanos en el suelo. El líquido llenó las vainas de hielo y éstas se tiñeron de un ligero color ámbar. Al volverse de ese color, Lara percibió un movimiento, pequeños microbios que se agitaban dentro de aquellos recipientes naturales.

Dejó escapar una imprecación por lo bajo.

—Esto no promete nada bueno.

Nicolas había seguido avanzando para dejar atrás la luz y permitir que se activara su visión nocturna. Al final de la ascensión, miró hacia el túnel oscuro.

—Los ruidos son diferentes —dijo Natalya—. Esto no me gusta.

Vikirnoff se acercó a Nicolas y escrutó la única salida que les quedaba.

—¿Qué piensas? —le preguntó. Los dos miraban sin parar a su alrededor.

—Hay algo ahí abajo esperándonos —le contestó éste—. No sé qué es, pero siento que algo se mueve. Creo que los guerreros de las sombras nos han traído deliberadamente hasta aquí por algún motivo, y que ese motivo nos espera, agazapado en la oscuridad.

Vikirnoff miró por encima del hombro. Los guerreros de las sombras no se habían desvanecido. Mantenían sus posiciones, esperando que algo ocurriera.

Lara se agachó junto a las vainas para observarlas atentamente. Cuidándose de no pisarlas, examinó la doble hilera de carámbanos marrones. Pasó la palma de la mano por encima, sin tocarlas.

—Estos carámbanos están llenos de bacterias, pero no es por eso por lo que tienen ese color tan raro. —Se acercó más y olió delicadamente—. Es sangre diluida. O al menos eso creo.

—Lo que sea que nos espera ahí abajo está subiendo —avisó Nicolas.

Por primera vez desde que habían entrado en la cueva se sentía verdaderamente atrapado. Fuera lo que fuera lo que se estaba acercando a ellos en la oscuridad sonaba a sus oídos como si no estuviera solo. Su visión se aclaró cuando aquella cosa se acercó. Al principio creyó que eran varias serpientes de gran tamaño, gruesas como anacondas. Tenían unas cabezas enormes y la boca abierta, con la lengua bífida sintiendo el aire y oliendo la presa. Las cabezas se parecían mucho a la que le habían quitado a Terry de la pierna.

—¿Cuántas son? —preguntó Vikirnoff—. Yo he contado seis, pero escucho otras, más atrás.

—Sólo es una —corrigió Nicolas—. Tiene tentáculos. Creo que su intención es arrastrarnos a sus fauces.

—Ya estamos en sus fauces —advirtió Lara.

Siguió un breve silencio mientras todos miraban por el tubo. La doble hilera de carámbanos manchados de sangre eran dientes. Los dos dientes curvos contenían veneno. Aquella cavidad era terreno de cultivo de bacterias, todo tipo de variedades, muchas de ellas letales. Las protuberancias a lo largo de la lengua eran vainas de cultivo. Y los tentáculos que los buscaban los arrastrarían hacia donde pudieran ser digeridos.

—Vikirnoff y yo mantendremos a raya a los tentáculos, pero tenemos que salir de aquí. Encuentra una salida entre los guerreros de las sombras, Lara. Tú eres la maga.

Ella entornó los ojos.

—¿Qué ha pasado con tu campaña para no permitir que luchen las mujeres?

—Ya ves —dijo Natalya—, sólo tenemos que luchar contra una legión de guerreros de las sombras. No es gran cosa.

—Ya lo has hecho antes —dijo Vikirnoff—. Creo que puedes ocuparte de ello.

—¿Estás seguro de que no me quieres fecundar y luego mandarme a casa mientras tú juegas a Supermán? Yo estaría de acuerdo —dijo Natalya.

—Las cabezas de serpiente han dejado de olisquear y vienen por nosotros —dijo Nicolas—. Más vale que te ocupes de los guerreros de las sombras ya.

—Como diría mi héroe favorito en *Abyss*, que no se te caigan los pantalones —dijo Natalya, indignada.

—Venga, Lara. Vamos a enseñarles cómo se combate contra los guerreros de las sombras.

Lara siguió a su tía a regañadientes hacia la doble hilera de dientes.

—Ten cuidado de no pisar las vainas. Creo que es el terreno de cultivo de los parásitos, no de los microbios. Estoy casi segura de que el laboratorio era para los extremófilos. Xavier los coge del hielo y los pone a prueba en las primeras tinajas, los hace mutar y luego los envía a la sangre y a los líquidos amnióticos para que aprendan a sobrevivir en esas condiciones. Y luego deja que los glaciares lo transporten hasta las entrañas de la tierra donde descansan los carpatianos. Esta cosa, sea lo que sea, cultiva sus parásitos. Míralos cómo se agitan dentro de las vainas. —Lara sospechaba que el veneno amarillo que alimentaba a las vainas era el mismo que le inyectaban a Razvan.

—Ay, dios —dijo Natalya, con un hilo de voz—. Mucho me temo que nos encontramos en el interior de Mamá Grande.

Aquellos pequeños gusanos se excitaron y se agitaron cuando se acercaron a las vainas.

A sus espaldas, se produjo el primer ataque. Nicolas y Vikirnoff se armaron con espadas de hielo y se separaron para darse espacio. Flotaban a sólo unos centímetros por encima del suelo para no pisar las vainas que cubrían toda la superficie de lo que debía ser la lengua de la criatura. Las enormes cabezas se sacudían y se hundían, lanzando latigazos a un lado y a otro. Era un ataque bien coordinado, y las cabezas se movían en un ir y venir hipnotizante, como una cobra hipnotiza a su presa.

Las dos mujeres se serenaron y avanzaron entre las protuberancias hasta quedar justo detrás de los dientes infestados de bacteria. Se vieron unos destellos de luz, siguieron imprecaciones, y la sangre salpicó las paredes, lo cual provocó un frenesí entre los gusanos. El suelo bajo sus pies se sacudió. El veneno siguió fluyendo de los colmillos y se esparció por el suelo.

—Recuérdame invocar al rayo para cerciorarme de que estamos limpios antes de volver al pueblo —dijo Natalya.

Lara se alegró al oír que Nicolas albergaba la esperanza de salir con vida de la caverna de hielo.

—¡Cuidado, Vikirnoff! —gritó Nicolas. Había decapitado a una de las serpientes y la sangre llena de parásitos salpicó las paredes y el suelo—. No dejes que te toquen. Lara, Natalya, apartaos de ellos.

Lara le lanzó una mirada furiosa.

—Estamos concentradas. ¿Crees que esto es fácil?

—No podemos matarlos, ya están muertos —dijo Natalya, pensando en voz alta—. No podemos congelarlos, han salido del hielo.

—Deberíamos atraer su atención y arrebatarle el mando a Xavier. El lo hace todo sencillamente. Les arranca el alma y asume el mando, como hizo con mi padre —dijo Lara—. Aquí no hay lealtad que valga. Están esclavizados contra su voluntad.

—¡Lara! —llamó Nicolas—. Le ha crecido otra cabeza. ¿Qué hacéis allá arriba?

—Estamos jugando a vestir muñecas —respondió Lara, con un dejo de crispación en la voz—. No es nada fácil, Nicolas. Tengo que concentrarme.

—Puedes conseguirlo —le dijo Natalya para darle ánimos—. Puedes intuirlo y he observado que el hielo responde a tus mandatos.

Lara no había pensado en eso. Se sentía en casa en las cavernas de hielo. Las sentía como algo natural y los hechizos del mago afloraban en su mente, y cuanto más los usaba, más rápido los elaboraba. Las tías la habían preparado para afrontar todo tipo de problemas, y estaba más decidida que nunca a recuperarlas para llevarlas de vuelta a casa. Puede que en vida hubiesen sido prisioneras, pero no ocurriría lo mismo en la muerte.

—Mantén el veneno y los parásitos lejos de mí, Natalya —le pidió.

—Ya está hecho.

Lara respiró hondo y espiró. Alzó las manos y tejió un dibujo en el aire apuntando a los guerreros de las sombras.

Antiguos guerreros del pasado, habéis resistido con honor y no flaqueado. Ahora controlados por lo oscuro e invisible, os llamo ahora... escuchadme. Sometidos a la oscuridad, donde no existe el honor, invoco vuestro espíritu para que volváis a luchar como guerreros. Os transmito la fuerza y os doy la capacidad de pensar. Os presto ayuda y libero vuestras almas, seréis uno solo, estáis congelados.

Los guerreros de las sombras quedaron congelados y dejaron caer sus espadas, que se clavaron en el suelo helado. A través de los torbellinos de humo, Lara alcanzó a tener un atisbo de las cuencas rojizas hundidas en unas máscaras oscuras, ahí donde tenían que haber estado sus caras. Los guerreros permanecieron de cara a la pared de hielo, mirando sin ver aquello que reflejaba su alma vacía. Se entristeció al pensar que aquellos hombres que habían vivido toda una vida rigiéndose por el código del honor pudieran haber sucumbido a las órdenes de alguien tan perverso como Xavier.

Lara volvió a alzar las manos y empezó a dibujar una trama invisible, ésta aún más intrincada y detallada que la anterior. Esta vez, cuando entonó su cántico mágico, en su voz se adivinaba el respeto.

Aquellos que habéis sufrido, víctimas del mal, y habéis luchado con fuerza señorial, mirad en el hielo para contemplar lo que ahora os toca reclamar.

Aguantó la respiración, esperó mientras cada uno de los guerreros empezaba a moverse, despertándose como de un largo sueño. Estiraron los brazos hacia el espejo de hielo.

Lara siguió con su cántico.

Guerreros de la fuerza, del tiempo y el valor, recuperad lo que es vuestro y ascended con honor.

El hielo empezó a formarse y aparecieron unas luces flotantes, cada una de diferente color y forma. A medida que las luces subieron, los guerreros se incorporaron a ellas y brillaron un instante. Después, se inclinaron hacia Lara y desaparecieron.

En cuanto se desvaneció el último guerrero de las sombras, Lara llamó a Nicolas.

—El camino está despejado. Tenemos que salir de aquí. No piséis las vainas.

Vikirnoff y Nicolas se reunieron con sus compañeras eternas, pasando por entre los colmillos asesinos para salir de la matriz de los parásitos.

—Lo has hecho muy bien, Lara —dijo Nicolas, saludando con un leve gesto a los guerreros—. Les has rendido honores, y se lo merecían.

—¿Qué vamos a hacer con eso? —preguntó Vikirnoff cuando la criatura intentó hincarles los dientes. Era incapaz de moverse, congelada como estaba, y su cuerpo se había convertido en parte de la caverna de hielo.

—Destrúyela, Lara —dijo Nicolas—. No puedo llamar al rayo desde aquí abajo, pero tú sí puedes acabar con esta monstruosa máquina de cultivos. Sólo está ahí para que las víctimas alimenten a sus criaturas. Tú tienes el poder sobre los elementos.

—Tú también —dijo ella. Echó atrás la cabeza y lo miró fijamente. Nicolas quería que ella se sintiera poderosa y dueña de la situación. Quería que supiera que era capaz de matar al monstruo que amenazaba a su pueblo. Al final, asintió con un gesto de la cabeza—. Desearía haber tenido tiempo para idear una manera de destruir su laboratorio.

En la sonrisa de Nicolas no había ni pizca de humor, sólo enseñó los dientes con un gesto lupino.

—Estoy pensando en ello. Tendríamos que descubrir por dónde filtra los microbios a la tierra.

—Tiene que usar la fuerza del glaciar para introducirlos en el agua o en la tierra —dijo Lara—. Yo diría que es en la tierra porque, por lo visto, los habitantes del pueblo no están infectados.

—Lo encontraremos, ahora que sabemos qué buscar —dijo Nicolas, seguro de sí mismo—. Pero, entretanto, destruye a esa criatura.

Lara miró hacia el monstruo del hielo con sus dientes manchados de sangre y su viscoso veneno. Xavier había creado la madre perfecta para sus parásitos. Lara necesitaba fuego, y aire para alimentarlo. Alzó las manos y se enfrentó al monstruo mientras los demás se apartaban. Sabía que Nicolas le había dado la oportunidad perfecta para torcer los designios de Xavier. Si destruía la cuna de sus parásitos, sería un grave inconveniente para él.

—Esto es por Razvan, por Gerald y Terry —murmuró, con voz suave, al tiempo que alzaba los brazos. Sus manos dibujaron una trama en el aire.

Invoco a los poderes del oeste, aire, escucha mi llamada. Invoco a los poderes del este, fuego, ven a mí.

Se oyó el susurro del viento y aparecieron unas partículas diminutas que, reunidas, empezaron a girar, cada vez con más fuerza, hasta crear un túnel de viento. Cuánto más rápido giraban, más poderosas se volvían las llamas, aglutinando cada vez más partículas, hasta convertirse en un gigantesco cilindro de fuego vivo. Con un leve gesto de la mano, Lara descargó aquella ojiva de fuego con fuerza contra el monstruo que alimentaba a los siniestros gusanos parásitos y lo envolvió por todas partes.

Aquello que es matriz y sujeto a atadura, que el fuego lo consuma si el parásito perdura.

Las enormes mandíbulas se abrieron en un chillido mudo y el fuego sibilante midió sus fuerzas con el hielo. Era una llama al rojo vivo que incineró y derritió velozmente a la criatura.

Nicolas le lanzó un beso a Lara.

—Así me gusta —dijo—. Venga, salgamos de aquí.

Las cavernas de hielo de Xavier ya habían advertido la presencia de extraños y empezaban a defenderse ferozmente. El sol no tardaría en salir, y debían marcharse. Tenían que encontrar los cuerpos de las tías y abandonar aquel lugar antes de que quedaran atrapados por su propia debilidad.

Se movieron a una velocidad sobrenatural, sin siquiera tocar el suelo, avanzando por el laberinto de túneles, a veces muy estrechos, siempre yendo hacia la izquierda y hacia arriba.

A Lara se le aceleró el corazón.

Es aquí. Éste es el lugar donde las vi por última vez y donde me ayudaron a escapar.

Nicolas se detuvo en seco. Natalya y Vikirnoff lo imitaron y miraron a su alrededor.

Lara reconoció las bóvedas, altas como catedrales, y las dos hileras de enormes e intrincados pilares tallados en hielo y cristal que recorrían la nave de un lado a otro. En unos nichos fabricados en las columnas, vio unas esferas de diversos colores. Alrededor de la enorme cámara, se distribuían unas esculturas de tamaño natural de criaturas míticas, y su aspecto era el de implacables guardianes. Aquellas esculturas la habían asustado de niña, sobre todo cuando las había visto cobrar vida, respondiendo a los caprichos de Xavier, y acechar su paso ahí por donde caminaba. En el interior de unos arcos tallados en el hielo, vio unas formas piramidales de color rojo sangre que brillaban con un fulgor maligno.

—No miréis las esferas, sobre todo las más borrosas. Pueden cobrar vida y atraparos. —Lara buscó la mano de Nicolas porque necesitaba ese contacto.

—Natalya y yo hemos estado aquí antes —dijo Vikirnoff—. Yo empujé el hielo hacia la entrada para obstruirla e impedir que el príncipe viniera a rescatarnos. Xavier había montado una trampa a Mikhail y se había servido de los vampiros. Nos vimos obligados a cerrar la entrada para protegerlo y Natalya y yo conseguimos escapar a duras penas.

—Escapamos por el subsuelo —añadió—. Xavier tiene puertas falsas en el hielo en caso de que se vea obligado a huir.

Por debajo del suelo vieron una curiosa forma, mezcla de estrella, cuadrado y pirámide, que recorría toda la nave a lo largo. En el centro de cada forma había un jeroglífico, y cada símbolo estaba profundamente labrado en las diversas formas.

—Y vi a los dragones atrapados en el hielo —dijo Natalya—. Era una capa de hielo de varios metros. Parecían acuarelas. Al principio, no nos dimos cuenta de que eran dos.

Lara asintió con un gesto de la cabeza y señaló hacia la derecha.

—Hay una sala justo al otro lado. —Ahora le costaba respirar. ¿Era posible que los cuerpos estuviesen todavía ahí? Y si así fuera, ¿de dónde venía la sangre? Era imposible que estuviesen vivas.

—¿Quieres que eche una mirada en tu lugar? —preguntó Nicolas.

Ella sacudió la cabeza. Aquella era su búsqueda, su promesa, y la llevaría a cabo sola. Le apretó la mano y la dejó ir. Se enderezó y se obligó a dar un paso adelante. Vikirnoff, Natalya y Nicolas se desplegaron para protegerla, observando la nave con mirada cauta para prevenir un ataque que les parecía inminente.

Lara cruzó los cuadrados de hielo, decidida a ignorar los recuerdos horribles que afloraban a su memoria consciente. Buscó deliberadamente los recuerdos buenos, (porque conservaba algunos), gracias únicamente a las dos mujeres. Nunca había visto su aspecto humano, sólo el de los dragones, pero sus voces le habían ayudado a conservar la cordura, la habían hecho sentirse amada, le habían enseñado todo lo que sabían, que no era poco. Estas mujeres habían sido su única familia verdadera y quería traerlas de vuelta a casa a cualquier precio. Xavier no podía seguir manteniéndolas prisioneras.

Por favor. Por favor. Sentía la garganta hinchada. El corazón le latía ruidosamente, sentía el pecho apretado y le ardían los ojos. *Por favor.* Era una letanía. No estaba segura de que pudiera conformarse con no saber. Sus tías lo habían dado todo por ella, la habían mantenido cuerda, le habían transmitido sus valores y le habían enseñado a distinguir entre el bien y el mal y, al enviarla al mundo con todos los conocimientos que podían darle, le habían brindado la oportunidad de vivir. La habían amado y, gracias a ellas, sabía qué era el amor.

Estoy contigo, le aseguró Nicolas.

Lara supo que estaba conectado con ella, y que le transmitía su fuerza y su amor. Esa percepción la animó a seguir. Se aferró a él un momento y luego fue hacia la entrada de la sala, respirando pesadamente y con las mejillas bañadas en lágrimas. Vio a la tía Bronnie, con un ojo esmeralda mirándola a través de la gruesa capa de hielo. Las escamas le cubrían el cuello serpentino y le llegaban hasta la cabeza en forma de cuña. Tenía una garra estirada, y era evidente que había pretendido romper el hielo antes de congelarse. Detrás de ella, y como siempre con Branislava como escudo protector, estaba Tatijana, apenas visible.

Todavía están aquí, Nicolas. Si consigo sacar sus cuerpos del hielo, ¿podrás hacerlas flotar? Son enormes, y sería imposible cargar con ellas.

Haré lo que sea necesario.

Nicolas no le diría cuánta energía estaba perdiendo mientras la mantenía templada, a la vez que barría sin cesar los espacios, alerta ante el enemigo. Nunca se lo diría y ella lo sabía. También sabía que se acercaba el alba y que tenían que salir de allí.

Lara se alejó de la pared y alzó las manos. Sería el hechizo más importante que jamás había pronunciado en su vida. Tenía que ordenarles a sus arañas que horadaran el hielo y cortaran trozos lo bastante grandes como para liberar a los dragones, pero también tenía que estabilizar el hielo para que no se derrumbara sobre sus cabezas.

El hielo no paraba de crujir, lo cual le recordaba precisamente su inestabilidad. Antes que nada, tenía que saber si las paredes se estaban moviendo, porque estaba bastante segura de que sí se movían. Respiró hondo. Debía tejer una red que fuera de una pared a otra para advertirle si el paso se estrechaba.

Pequeñas arañas de hielo cristalino, urdid y tejed con hilo fino, lanzad vuestra seda de pared a pared, que el carámbano no caiga ni nos tenga a su merced. Hilad vuestro dibujo con la firme tela, atrapad al enemigo en el hielo con cautela.

Las arañas emergieron del hielo a la carrera, se desparramaron sobre las gruesas paredes y empezaron a tejer con sus hilos luminiscentes hasta que toda la brillante y refulgente telaraña quedó tendida de pared a pared, mediante una intrincada estructura. Satisfecha, Lara tejió una figura en el aire, con movimientos elegantes y tiernos, trazando cada nudo con esmero. Con la voz ronca de emoción, ordenó a las arañas que horadaran el hielo en torno a los dragones, como un gigantesco recorte.

Arañas, arañas, una línea tirad, con vuestra destreza, cortad, horadad y sujetad.

Las arañas se derramaron sobre la pared que encerraba a los dragones hasta cubrirla. Tardaron un buen rato en penetrar un metro en torno a una superficie enorme.

—Date prisa, Lara. Las esferas aquí dentro han empezado a cambiar de color, y se agitan con algo que parece sangre en cada una —avisó Natalya—. Tenemos que salir de aquí.

Lara se negó a darse prisa con el hechizo siguiente. Era demasiado importante. No se arriesgaría a perder a sus tías estando tan cerca de liberarlas. Añadió un hechizo para sujetar la estructura, sabiendo que no duraría demasiado debido a la enorme presión del glaciar, además de la ira de Xavier, que ya empezaba a reverberar en el hielo.

Te invoco agua, en gélida forma, no cejes ni aflojes, cíñete a la norma. Partículas de agua y hielo, ajustad y acoplad desde arriba hasta el suelo.

Aquellos crujidos y estruendos agoreros se calmaron hasta que todo quedó en silencio, si bien el ruido del agua seguía presente y los rodeaba por todas partes.

Había llegado el momento. Lara volvió a respirar hondo y con toda la esperanza, amor y conocimiento que poseía, urdió su próximo hechizo para abrir el bloque de hielo que las arañas, respondiendo a sus órdenes, habían horadado.

Tres veces en torno a este hielo, que el mal quede sepultado en el suelo. Pequeñas arañas de hielo cristalino, tejed vuestra tela con hilo fino. Que el hielo rodeen y protejan, y así llegaré a las que en su sueño no cejan.

Las arañas tejieron su red de fuego a través de cada agujero perforado y tensaron con fuerza los hilos, serrando el hielo hasta que los trozos se desprendieron. Siguieron trabajando hasta dejar expuestos a los dragones, y luego perforaron en torno a los cuerpos hasta que los dragones quedaron libres.

Las carcasas de aquellos nobles animales se deslizaron de su prisión helada, todavía congeladas, y cayeron al suelo con un sordo crujido.

Capítulo 19

Lara se agachó junto a los dragones, sollozando. Puso una mano en cada uno de los cuellos helados, inclinó la cabeza y murmuró:

—Os dejaré libres, así como vosotras me liberasteis a mí. Xavier ya no os tendrá en su poder. —Quizás eso no les importara a sus tías, que estaban muertas, pero sí le importaba a ella. Jamás permitiría que Xavier fuera dueño de ella, en ningún sentido.

—¡Lara! Observa la red —dijo Natalya, bruscamente. Se asomó a la entrada de la sala y quedó sin aliento. La red que habían tejido y tensado se había combado unos cuantos centímetros en el centro, y ahora se agrandaba a ojos vista. Las grietas y el ruido del hielo resquebrajándose aumentaron hasta convertirse en un estruendo casi furioso.

Nicolas apareció enseguida en la entrada de la sala y se detuvo tan bruscamente que Vikirnoff, que lo seguía, chocó contra él.

—Las has recuperado —dijo éste—. Las has encontrado y las has liberado.

Nicolas frunció el ceño y dio unos pasos alrededor de los dos cuerpos. Miró a Vikirnoff.

—De verdad son dragones.

—Sabías que lo eran —dijo Lara—. Yo misma te lo dije. Y estabas junto a mí... —añadió, y calló, mirando a Vikirnoff y Natalya, que también se habían acercado y caminaban alrededor de los dragones. Lara acarició con expresión de ternura las escamas, que antiguamente habían brillado con sus colores iridiscentes, pero que ahora estaban apagadas y opacas.

—Si son en parte magas, ¿cómo pueden transmutar? —murmuró Nicolas.

—Tú me dijiste que yo podía —señaló Lara.

—Siempre y cuando yo proyecte la imagen para ti. En ti la sangre de los cazadores de dragones es fuerte, pero... —dijo, y no acabó la frase. Se quedó mirando a Vikirnoff.

Éste se arrodilló junto a las dos mujeres.

—Natalya, intenta conectar con ellas.

—No te entiendo.

—Lara debería hacerlo. Ha hablado con ellas muchas veces por telepatía —señaló Nicolas—. Lara, busca en las profundidades de aquella vía que teníais para comunicaros. Llámalas.

—No pensarás que existe una posibilidad de que estén vivas. Míralas. Están totalmente congeladas. Están delgadas y apagadas.

—No son magas —dijo él—. Son carpatianas, plenamente carpatianas. No tengo ni idea de cómo ha podido ocurrir, pero no podrían haber sobrevivido después de todos estos años encerradas en el hielo si no fueran carpatianas. Tú misma me contaste que permanecían encerradas en el hielo cuando eras niña. Si fueran magas, morirían. No sé por qué no lo he sabido antes, ninguno de nosotros lo ha sabido. ¿Cómo podían estar atrapadas en el cuerpo de un dragón?

—¿Insinúas que todavía están vivas?

—Sí, es una posibilidad —aseveró Nicolas.

El hielo seguía protestando, resquebrajándose y soltando una lluvia de carámbanos. Grandes trozos se partían y caían al suelo. El ruido del goteo del agua aumentó.

Lara despejó su mente y buscó. Conocía muy bien el camino; se había aferrado a él de pequeña, pues había sido su única estabilidad en un mundo de absoluta demencia. Buscó, inspirada por una mezcla de amor y esperanza.

Tía Bronnie, tía Tatijana, ¿podéis oírme?

Percibió una leve agitación en su pensamiento. Lara palideció y dejó escapar un grito ahogado.

—Las he sentido. Están ahí. Las he sentido.

Nicolas lanzó una mirada grave a Vikirnoff y luego observó la red tejida por las arañas, que ahora había cedido medio metro.

—Voy a pedir ayuda. Salgamos de aquí ahora mismo.

¡Escuchad, guerreros! Necesitamos ayuda. Hemos encontrado a dos mujeres nuestras en las cavernas de hielo y alguien nos ataca.

Nicolas transmitió enseguida su llamada de socorro e hizo levitar a los dos dragones.

—Salgamos de aquí, Vikirnoff. Tú ve por delante y yo me ocuparé de la retaguardia.

Vikirnoff lo miró y entendió enseguida. Se giró y echó a correr. Aquella mirada que cruzaron los dos guerreros hablaba por sí sola. Nicolas le confiaba la otra mitad de su alma a Vikirnoff. Le decía que no le cubriera las espaldas sino que llevara a las mujeres a lugar seguro, sin importar lo que ocurriera por detrás. Vikirnoff aceptó la responsabilidad de las dos mujeres y las consecuencias que traería consigo la muerte de Nicolas en la caverna de hielo mientras los protegía en su huida.

Natalya cogió a Lara por el brazo y tiró de ella para que corrieran siguiendo a Vikirnoff. A sus espaldas, los cuerpos de los dos dragones asomaron por el túnel, arrancando trozos de hielo de las paredes.

Nicolas corría detrás con todos los sentidos alerta ante cualquier movimiento, cualquier peligro. Había confiado a Vikirnoff la responsabilidad de sacar a las mujeres de la caverna. Un ejército de machos carpatianos estaba a punto de llegar y primero defenderían a las mujeres. La tarea de Vikirnoff consistía en llevarlas hasta un punto de encuentro lo más rápidamente posible. Al no verse obligado a proteger a las mujeres, Nicolas tenía por delante una sola tarea. Lucharía contra cualquier enemigo que los atacara y se cercioraría de que Vikirnoff tuviera tiempo suficiente para encontrarse con las fuerzas de apoyo.

Los crujidos y gruñidos del hielo se convirtieron en murmullos de descontento, y el ruido sordo en un rugido furioso. La caverna de hielo cobró vida, enfurecida al ver que escapaban con los tesoros más preciados de Xavier. Retumbó el trueno y el eco recorrió las cámaras subterráneas y sacudió las paredes. La presión del glaciar y el peso del hielo, sumado a la ira de Xavier, arrancó de los muros enormes trozos de cuadrados y rectángulos helados de varios metros de espesor. Aquellos trozos salieron despedidos con fuerza hacia la cámara y destrozaron todo lo que encontraron a su paso.

Vikirnoff condujo a las mujeres por el túnel que recorría las galerías y cámaras, llevándolas hacia la entrada por donde habían encontrado el acceso a la caverna. Caían trozos descomunales de hielo y las cavernas se derrumbaban ahí por donde pasaban. Nicolas agitó la mano y aguantó el enorme peso, mantuvo en vilo los trozos de hielo para que las mujeres pudieran pasar tirando de los dragones. Y enseguida se apresuró para aguantar el trozo siguiente. Aquello le exigía un esfuerzo tremendo y una gran coordinación para mantenerse a la cabeza del grupo mientras él mismo debía seguir avanzando.

El agua dejó de gotear y empezó a correr a raudales, y la corriente que se escurría desde todas las paredes y el techo empezó a anegar el túnel por donde escapaban.

Esto sólo tardará unos minutos antes de convertirse en una catarata, avisó Lara. *La mera fuerza del agua puede matarnos. Está pensada para arrastrar de vuelta a su madriguera a cualquiera que se salve.*

¡Corred!

Nicolas ya había intuido cuál sería el próximo ataque. Empezaba a conocer a su enemigo. Xavier era mago y los magos, al igual que los carpatianos, se servían de los elementos y de lo que fuera más sencillo y tuvieran a su alcance. Xavier era un maestro de la sencillez. El flujo del agua se volvía torrencial y, desde lo alto en diversos lugares abruptos, caía rugiendo al suelo.

Del agua brotó una lluvia fina y helada, hecha de partículas diminutas como las que Xavier tenía en su laboratorio. El peligro que los amenazaba era inhalarlas porque se les congelarían los pulmones. Nicolas advirtió a Vikirnoff y, para eso, tuvo que aislarse de Lara y concentrarse únicamente en mantenerlos vivos.

Que todos se cubran la cara.

Vikirnoff respondió y, sin preguntar, fabricó y puso a cada cual una máscara mientras corrían. Natalya miró hacia atrás en dos ocasiones, como si quisiera retrasarse para ayudar a proteger el flanco, pero Vikirnoff dijo algo con voz cortante y Natalya redobló sus esfuerzos para arrastrar a Lara por el túnel y, con ella, a los dos dragones.

El agua irrumpió a través de todas las paredes y del techo. Nicolas se escudó con los enormes trozos de hielo y construyó a toda prisa unos diques de hielo de varios metros, impidiendo que el agua inundara el túnel. El agua de las cascadas estaba fría, de modo que el dique de hielo sufrió más por el efecto de los impactos que de la temperatura.

Vikirnoff se adentró por una serie de cámaras. En cuanto salieron del túnel, Nicolas lo selló. Era una defensa provisional, pero él sólo necesitaba unos minutos de respiro. Entonces, mientras corría hacia las mujeres y Vikirnoff, notó el cambio en su percepción del entorno. Llevó a cabo un barrido rápido de las cámaras que quedaban por delante, pero no captó ninguna forma de vida.

Es posible que volváis a encontraros con los guerreros de las sombras. Antes de entrar en la cámara que lleva a la entrada, dejadme ir por delante. Si puedo distraerlos, te dará tiempo de pasar con las mujeres.

Nicolas se percató de que los dragones empezaban a descongelarse junto con la caverna. Se había vuelto más difícil manipular los cuerpos. Tendría que dejarlos totalmente al cuidado de Vikirnoff.

Se están despertando y será necesario apaciguarlos. Tú, Natalya y Lara tendréis que ocuparos de ello, Vikirnoff.

Lanzó una mirada a los dragones al tiempo que aceleraba y pasaba a la cabeza. En cuanto Vikirnoff detuvo su avance, los dos cuerpos quedaron tendidos en el suelo. Cuando la sangre comenzó a descongelarse, los músculos se trabaron y contorsionaron. Era difícil imaginar el dolor que debían estar padeciendo.

Lara se arrodilló junto a sus tías y les murmuró suaves palabras de consuelo, intentando conectar con sus mentes y hacerles saber lo que estaba ocurriendo. Bronnie la miró y sus enormes ojos color esmeralda parpadearon hasta que brotaron unas lágrimas.

Tía Bronnie. Soy Lara. He venido a buscaros.

El dragón giró la cabeza y se estiró para tapar a su hermana con la cara. Su contacto era suave cuando su cuerpo se volvió rígido, se contorsionó y volvió a relajarse. *Hambrienta.* Pronunció esa única palabra como un graznido.

¿Puedes adoptar una forma humana? Natalya te puede abrigar y podemos darte sangre. La sola idea le provocó un retortijón en el estómago, pero para salvar a sus tías estaba dispuesta a hacer cualquier cosa.

Los enormes ojos de color esmeralda parpadearon y se volvieron para mirar a Natalya. Se quedó mirando a su sobrina durante un momento largo y cargado de emotividad. *No tengo fuerzas.*

Proyecta las imágenes que necesitas en la mente de Natalya y ella las conservará para ti. Vikirnoff ayudará a transmitirte su fuerza. Disponemos de poco tiempo. Xavier enviará a sus esbirros contra nosotros.

Natalya y Vikirnoff conservaron las imágenes que Branislava les transmitió y los dragones desaparecieron. Quedaron dos mujeres tendidas en el suelo de la caverna. Natalya les proporcionó ropa, unas medias gruesas y jerseys, para ayudarles a recuperar el calor. El pelo largo y enmarañado les llegaba hasta más abajo de la cintura y, con un movimiento de la mano, Natalya les hizo una trenza a toda prisa y luego les dio unas gorras gruesas para impedir que el pelo se les helara.

Lara les sostuvo la cabeza en su regazo mientras Natalya le ofrecía rápidamente su muñeca abierta a Tatijana. No hubo vacilación alguna. Natalya le sonrió a su tía y pronunció la ofrenda ritual con un murmullo de voz.

—Ofrezco libremente mi vida por la tuya.

Lara respiró hondo y le tendió la mano a Branislava.

—Ofrezco libremente mi vida por la tuya —dijo. El corazón le retumbaba en los oídos y la boca se le secó. Sintió verdadero pavor, pero lo reprimió sin contemplaciones. Se trataba de su tía bienamada, que lo había sacrificado todo por ella. Ella la salvaría y lo haría de todo corazón, poniendo toda su voluntad en su ofrenda. Les debía la vida a Tatijana y Branislava, les debía hasta el alma misma. A Razvan le había robado el alma un demente que también podría haberse fácilmente aprovechado de ella. Sus tías habían pagado un alto precio por salvarla.

Los dientes se hincaron en su brazo. Sintió una sacudida pero aguantó, respirando, ignorando su malestar, agradeciendo que su tía estuviera demasiado débil para darse cuenta. Tardó un momento en percatarse de que no le hacía daño. Los dientes no le habían desgarrado la carne sino simplemente perforado en dos pequeños puntos. No experimentó aquella sensación erótica que había tenido con Nicolas, fue más bien como una ofrenda, algo que compartían, un acto de amor y camaradería que le transmitió una conexión aún más profunda.

El cuerpo de su tía entró en calor más rápidamente con el flujo de la sangre, pero eso no era suficiente para sus tejidos y órganos marchitos. En cuanto Branislava le pasó la lengua por los diminutos orificios para cerrar la herida, Vikirnoff se arrodilló junto a ella.

Branislava negó con un gesto de la cabeza.

Necesitas tu fuerza para sacarnos de aquí. Incluso aquel pequeño esfuerzo la dejó exhausta.

El ruido constante del agua se volvía cada vez más fuerte, lo cual captó la atención de Lara. Cogió a Natalya por la muñeca y le hizo un gesto silencioso con el mentón porque no quería alarmar a sus tías. El agua goteaba y, al llegar al suelo, se deslizó por una grieta, formando un tubo largo y estrecho. Al cabo de un momento después de caer al suelo, volvió a congelarse y cobró el aspecto de una larga serpiente. En cuanto una se formaba y se alejaba reptando, otra ocupaba su lugar, hasta que una buena parte del suelo quedó cubierta por serpientes que emitían unos silbidos viciosos.

Tatijana se volvió hacia ellas, a pesar de que estaba demasiado débil para levantar el cuello y mirar. *No dejes que nos coja. Matadnos si tenéis que hacerlo.*

Lara las abrazó a las dos.

—Jamás volverá a acercarse a vosotras —prometió con gesto de feroz determinación.

—Yo me ocuparé de las serpientes —avisó Natalya. Alzó los brazos e invocó la fuerza. Estaba cansada de la persecución implacable de Xavier y se alegró de encontrar un blanco—. Los personajes de *Serpientes en el avión* deberían haber probado esto.

Aquello que repta, muerde y clama, siente la ira del hielo cuando es llama. Os invoco, frío convertido en fuego, posaros en mi mano y acabad con esta plaga, os ruego. A medida que Natalya fue reuniendo la energía y convirtiéndola en fuego, la dirigió contra las serpientes de hielo.

Éstas se trizaron en miles de fragmentos y los cristales de hielo se derritieron y fueron absorbidos por el suelo. Natalya miró con un dejo de grave satisfacción.

—Tenemos que salir de aquí, rápido. Oigo el agua golpeando contra el dique que ha construido Nicolas, y si nos quedamos atrapadas aquí dentro...

—Nicolas encontrará una manera de salir —dijo Lara. Lo decía con absoluta convicción porque creía en él. Alzó la cabeza, intentando ver qué ocurría en la cámara que conducía al pasillo por donde escaparían.

Nicolas entró en la caverna con todos los sentidos alerta ante cualquier dificultad que Xavier hubiera dejado como última línea de defensa para no perder a sus hijas. El mago oscuro había mantenido a Tatijana y Branislava prisioneras durante siglos, y no las dejaría escapar tan fácilmente. Nicolas vio unas sombras que se desplazaban en la oscuridad de la cámara, y también que eran más de las que podía contar. No eran guerreros de las sombras. A pesar de que parecían insustanciales, no se movían rodeadas de remolinos de humo ni con la misma elegancia. No, aquello era diferente.

Sintió la emoción que traía consigo la batalla, un sentimiento que conocía bien y al que se entregaba. Sabía qué sensaciones despertaban en él los sentidos alertas, y la fuerza que fluía por todo su cuerpo. *Venid a mí*, pensó, mirando hacia aquel espacio a oscuras. *Venid a mí y morid.*

Al desplazarse hacia el centro de la cámara, el primer ataque vino cuando una sombra se abalanzó contra él. Nicolas dio un salto en el aire, al tiempo que con sus garras afiladas como navajas le asestaba un golpe a su agresor y le rasgaba el cuello. Pero la garra surcó el aire sin encontrar nada sólido. Aterrizó agazapado y reconoció a sus rivales. No eran guerreros de las sombras, hombres que habían vivido con sentido del honor y cuyas almas eran arrancadas de su lugar de descanso, sino esclavos de la muerte, mercenarios que juraban lealtad después de la muerte con el fin de violar y saquear con la complicidad de las artes oscuras, que los protegían en vida. Ya estaban muertos, y eran casi tan perversos como los vampiros.

Fueron tres los que se abalanzaron encima suyo y él giró como un torbellino a través y alrededor de ellos, extrayendo energía de todo lo que lo rodeaba hasta que fabricó una espada de luz deslumbrante que, según sabía, los espantaría. Si la luz brillaba demasiado rato, ellos se acostumbrarían, a pesar de sus ojos sensibles, así que decidió lanzar destellos intermitentes. Los colores latían a través de la luz, creando un efecto estroboscópico, pero cada vez que la luz se les acercaba, los esclavos de la muerte retrocedían.

Llévatelos ahora, Vikirnoff. Los esclavos de la muerte custodian la salida. Date prisa.

Vikirnoff no esperó. Envió a Natalya por delante con Lara y alcanzó a las otras dos mujeres, esperando que Natalya consiguiera pasar con Lara. *Más rápido*, ordenó.

Natalya farfulló algo que resonó en su mente como «cerdo machista», pero él lo percibió más como una caricia que como un insulto.

Los esclavos de la muerte lanzaron un grito escalofriante y, al percatarse de la presencia de las mujeres, atacaron a pesar de la luz.

Nicolas los embistió y abrió una brecha, blandiendo su espada de luz entre sus filas. Dos esclavos lograron golpearlo a pesar de su velocidad, puesto que lo superaban holgadamente en número. Uno de ellos le abrió un corte en el brazo y otro en el costado. Nicolas selló las dos heridas mientras entraba y salía de sus filas lanzando golpes a diestra y siniestra con su espada de luz.

Al igual que los guerreros de las sombras, los esclavos de la muerte ya estaban muertos y, por lo tanto, carecían de sustancia. Sin embargo, la luz era un enemigo temible y podía acabar con ellos si era lo bastante poderosa y si Nicolas conseguía asestarles un golpe en el corazón. En la oscuridad, rodeado de enemigos, era casi imposible elegir su blanco con precisión debido a la velocidad con que necesitaba moverse para sobrevivir.

Natalya y Lara se detuvieron para mirar atrás a pesar de la orden de no detenerse que Vikirnoff había pronunciado con voz bronca. Vieron a Nicolas moviéndose entre los esclavos de la muerte con elegancia y a una velocidad asombrosa. Parecía una máquina que flotaba por encima del suelo y permanecía impasible incluso cuando la punta de una daga o una espada le abría una herida.

Lara tuvo un gesto de vacilación, pero Natalya la cogió por el brazo.

—Míralo —susurró Lara—. Ha nacido para esto.

De pronto, una horda de guerreros carpatianos irrumpió a través de las paredes del tubo y cogieron a las mujeres para sacarlas de en medio y ponerlas a salvo sin hacer caso de su resistencia. Vikirnoff se tranquilizó, pero no abandonó su tarea.

¿Qué necesitas, Nicolas? Era Lucian el que preguntaba.

Gregori, situado a la cabeza de un gran contingente, se lanzó a la refriega para aliviar la presión sobre Nicolas.

El sol, contestó Nicolas, tomándose su tiempo gracias a los refuerzos, y acto seguido hundió su espada en el corazón que se encontraba más cerca. El esclavo de la muerte explotó, se desintegró en miles de moléculas que cayeron como una lluvia al suelo helado.

Aquel grito escalofriante volvió a resonar entre las paredes, señal de que uno de ellos había pasado definitivamente a la tierra de las tinieblas.

Veré qué puedo hacer, dijo Lucian.

Natalya alcanzó a tener un atisbo de la escena alzándose por encima de un carpatiano de rostro severo, ancho y sólido como un parapeto. Lara la imitó. Por primera vez, Natalya vio la diferencia en los movimientos coordinados de los guerreros. Al no verse obligados a proteger a las mujeres, se movían al doble de la velocidad, gráciles y precisos, sin dar ni muestras de miedo, y sus embestidas estaban bien orquestadas por una mano invisible.

La primera ola de carpatianos cargó contra el centro de la masa de esclavos de la muerte. Nicolas saltó por encima de la primera línea enemiga, obligándolos a perseguirlo y dar la espalda a los carpatianos o luchar contra los que se le abalanzaban sobre ellos. A los esclavos de la muerte no les quedó otra alternativa que defenderse de los recién llegados, lo cual le brindó a Nicolas la holgura que necesitaba para batirse contra los tres que tenía enfrente.

Era evidente que, de parte de los carpatianos, la batalla estaba perfectamente coordinada. Cada uno de ellos sabía cómo se desenvolvían los demás, y ni siquiera debían preocuparse de ver si alguien les guardaba las espaldas. Fluían todos al unísono con la precisión de una coreografía, y juntos rompieron las filas de los guardianes de Xavier.

La caverna de hielo se expandía y contraía a medida que acudían más esclavos de la muerte desde todas partes. Era probable que, debido al fragor de la batalla, aquellos que custodiaban otras entradas hubieran acudido en tropel. Penetraban en la cámara en grandes contingentes, armados de espadas letales, y atacaban a los carpatianos con una furia alimentada por la desesperación. Xavier castigaba a cualquiera que le fallaba, y hasta los muertos se cuidaban de no cruzarse en su camino.

Lucian esperó a que la batalla hubiera alcanzado su punto álgido y la cámara estuviera a rebosar de energía. En ese momento, empezó a recoger aquella energía en una especie de bola, extrayendo la fuerza de cualquier fuente imaginable. La bola se hizo más luminosa y caliente, hasta el punto de tener que envolverla para no cegarse a sí mismo. Pero siguió atrayendo la energía, recogiendo hasta la última partícula, sin por eso quitársela a sus compañeros. Entonces, cuando empezó a latir y amenazaba con detonarse sola, llamó a Nicolas.

Tu sol está listo.

Bruma. Nicolas dio la orden por la vía que todos compartían, y mutó su aspecto.

Los demás carpatianos mutaron en el momento preciso y al unísono.

Lucian liberó aquel torbellino de energía, y una luz blanca y destellante giró entre las paredes de la cámara. La caverna de hielo se iluminó como la luz del día, e incluso más, como si hubiera estallado una bomba, y liberó una luz tan intensa como el mismo sol.

Los esclavos de la muerte lanzaron un chillido colectivo de desesperación, una sola nota que hizo resquebrajarse los muros de hielo. Las grietas se abrieron camino rápidamente por las paredes y la bóveda. Los cuerpos de los esclavos de la muerte adquirieron un fulgor intenso y estallaron en millones de moléculas que quedaron esparcidas por el suelo.

¡Salid de aquí! Nicolas ya se había lanzado a toda carrera por el túnel.

Vikirnoff y los demás salieron a cielo abierto. Branislava y Tatijana lanzaron un grito y se cubrieron los ojos. Ninguna de las dos había salido jamás de la caverna de hielo y aquel espacio abierto tuvo en ellas un efecto aterrador. Los machos carpatianos cerraron filas para cubrirlas y ocultarlas a la luz del comienzo del alba y, reunidos en ese grupo compacto, les procuraron seguridad.

Lara no miró atrás cuando emprendieron el camino a la morada del príncipe. No quería volver a ver jamás las cavernas de hielo. Buscó el cobijo de Nicolas y cogió a Tatijana con fuerza cuando él alzó el vuelo con las dos rumbo a la espesura del bosque.

Francesca ya estaba al corriente de lo ocurrido y, alerta, esperaba junto a Mikhail para acoger a las hijas de Rhiannon. Las dos mujeres estaban delgadas y debilitadas, con los rostros desencajados por el dolor que les provocaban unos calambres incesantes. Lara permaneció sentada entre las dos, cogiéndoles las manos mientras los dos sanadores se ocupaban de ellas. Mikhail les ofreció su sangre y Gregori lo imitó mientras, afuera, los carpatianos formaban un círculo cerrado para protegerlas.

—¿Cómo es posible que seáis plenamente carpatianas? —inquirió Lara, con cierto sentimiento de culpa por hacer preguntas cuando las dos estaban tan débiles y necesitaban retirarse a las entrañas de la tierra para rejuvenecer.

—Nuestra madre —explicó Tatijana—. Fue la única solución que pudo idear para que pudiésemos resistir. Y nosotros hicimos lo mismo por tu padre, Razvan, después de que Xavier matara a nuestro hermano.

Nicolas se arrodilló junto a ellas.

—Soy Nicolas, el compañero eterno de Lara. Para Lara y para mí sería un honor llevaros a casa y velar por vuestro sueño hasta que estéis recuperadas del todo, pero os llevaremos donde os sintáis más cómodas.

—Desde luego, nos quedaremos con Lara —dijo Branislava. Con gesto débil, tocó a Lara en el brazo y la miró con un amor profundo—. Jamás imaginamos que volverías a buscarnos.

—Gracias, Lara —añadió Tatijana—. Habíamos perdido toda esperanza.

—¿Tenéis noticias de mi hermano? —preguntó Natalya—. Creíamos que se había convertido.

—Xavier lo atormenta con la idea de que tú crees que él te traicionó, que todos los carpatianos lo aborrecen y que su propia hija lo considera un monstruo.

—Eso era lo que creía —reconoció Lara, y se frotó la muñeca, que le dolía y le quemaba.

Nicolas le cogió enseguida la mano y le giró el brazo para dejarle un reguero de ligeros besos. *Tenías razón. No te sientas cul-*

pable ahora que acabas de salvar a tus tías. Nadie más las habría
liberado. Sin ti, habrían permanecido prisioneras una eternidad, y
todos seguirían pensando que Razvan ha seguido la senda de Xa-
vier.

—Hacía ya varios años que no podíamos salir de nuestra prisión —explicó Tatijana—. Estábamos congeladas y dormidas la
mayor parte del tiempo, desde que tú escapaste, y Xavier sólo nos
despertaba cuando quería nuestra sangre. Lo lamento, pero sólo
podemos dar noticias del pasado.

Branislava parpadeó nerviosa.

—Quisiera estar con vosotros, con los dos, con todos vosotros, y agradeceros por habernos rescatado, pero estoy demasiado
débil y desorientada. Nicolas, ¿podrías llevarnos a casa?

—Será lo más indicado —convino Gregori—, porque necesitan la tierra, algo que se les ha negado toda la vida. Cuando des-
pierten, les daremos más sangre y más lentamente y, con el tiempo,
volverán a ser fuertes.

—La tierra podría estar contaminada —señaló Lara.

—Es lo más probable —dijo Gregori—, pero es lo único que
tenemos por ahora. Sólo podemos hacer una cosa a la vez. Si tus
tías se sienten bien en tu morada, es allí donde deberán ir para sanar. Ya nos ocuparemos de lo demás en su debido momento.

Lara asintió con un gesto de la cabeza, aunque aborrecía la idea
de que sus tías acabaran infectadas.

—Lo más probable es que el primer infectado sea el hombre
—añadió Gregori, procurando transmitirle serenidad.

Un tumulto de emociones sacudió a la comunidad de carpatianos cuando se supo que habían recuperado a dos mujeres de la estirpe del cazador de dragones. Acompañado de Vikirnoff, Nicolas se
dirigió a los machos solteros que custodiaban la morada del príncipe. Ahora que se sospechaba que Dominic albergaba los parásitos
en su sangre, Nicolas y Vikirnoff, los dos machos emparentados, se
habían convertido en los protectores oficiales de las dos mujeres.

La luz comenzaba a adueñarse del cielo, y Nicolas hizo una
mueca. Amaba la noche, e incluso bajo las primeras luces del alba,

sintió que la piel le quemaba, si bien tuvo que reconocer que se trataba sobre todo de un efecto psicológico. Sabía que algunos carpatianos disfrutaban paseando por la aldea en las primeras horas de la mañana, pero él no era uno de ellos.

Agradeció a los hombres que habían acudido en su ayuda, les contó a todos lo que habían encontrado y confirmó que Tatijana y Branislava eran hijas de Rhiannon. Con mucho tacto, les dijo que estaban débiles y que descansarían un tiempo antes de ser presentadas a la comunidad de los carpatianos, algo que no podían hacer inmediatamente. Lo que en realidad intentaba decirles era que dejaran en paz a las dos mujeres, que ya habían vivido experiencias lo bastante traumáticas y que no necesitaban a los hombres rondándolas como una jauría de lobos. Mientras hablaba, percibió la diversión de Lara. No podía verla porque estaba dentro de la morada del príncipe, pero sabía que se reía de él.

¿Qué te causa tanta risa?

Prefieres decirle a todo el mundo lo que tiene que hacer.

Nicolas se tensó al percibir su ánimo provocador. Se había olvidado de la diversión, sumido como estaba en las cuestiones del deber. *Quiero irme a casa.* Le dieron ganas de estrecharla en sus brazos. *Y sólo quiero decirte a ti lo que tienes que hacer.*

Aquella respuesta hizo reír a Lara.

Si pudieras salirte con la tuya, le dirías al mundo entero lo que tiene que hacer.

Puede que sea verdad, pero sólo porque siempre tengo razón.

Dejó que fuera Mikhail quien advirtiera a los demás que debían dejar en paz a Branislava y Tatijana hasta que hubieran sanado del todo, pero dejó claro que las dos mujeres estaban bajo su protección.

Lara lo miró como si entornara los ojos y él respondió encogiéndose de hombros. *Siempre es preferible estar a salvo, sobre todo cuando uno guarda nuestros tesoros.*

Llevaron a Tatijana y Branislava a su morada. Lara se ocupó de que estuvieran cómodas, e insistió en comprobar el suelo para encontrar la tierra más rica y fértil dentro de la caverna. Acostumbradas al frío del hielo, la calidez de aquel lugar era para ellas tan desconcertante como los espacios abiertos.

—Nos acostumbraremos —le aseguró Branislava—. Toda la vida hemos soñado con la libertad. Razvan intentaba mantenernos al corriente de lo que ocurría en el mundo exterior. Compartía todo lo posible sus conocimientos con nosotras.

Tatijana extendió los brazos.

—He querido hacer esto durante tantos años —dijo. Se inclinó y besó a Lara en la frente—. No podía ni siquiera hacer algo tan sencillo como estirarme.

Nicolas abrió la tierra para ellas.

—Descansaremos justo por encima de vosotras. Vuestra protección es de la mayor importancia no sólo para Lara y para mí sino para todo el pueblo carpatiano. Si teméis cualquier cosa, lo que sea, sólo tenéis que llamarnos.

—Pero estaremos cerca —les aseguró Lara. Le costaba separarse de sus tías.

Nicolas la rodeó con un brazo y la sostuvo así mientras la tierra se abría para acoger a las dos mujeres.

De pronto, Lara lo miró.

—Tienes heridas por todas partes.

—¿Sí? —preguntó él. Se miró y le sorprendió ver la multitud de cicatrices—. Ninguna de ellas es demasiado grave y, desde luego, nada que justifique tu ceño fruncido. —Le acarició los labios con la yema del pulgar, que luego deslizó hasta la pequeña hendidura en su mentón.

Ella lo cogió por la camisa y tiró de ella hasta quitársela.

—Ya te puedes meter en la piscina y luego me cercioraré de que ninguna de tus heridas es grave.

Nicolas acabó pensando que le gustaba aquel tono mandón. Se tomó su tiempo para desnudarse, sobre todo porque ella miraba como si estuviera quitando la envoltura de un regalo. Aquella mirada de ternura y preocupación lo reblandeció interiormente, como si en cierto sentido lo debilitara y, en otro, le diera una enorme fuerza.

—Ahora, te toca a ti.

Ella lo miró con una sonrisa lenta y sensual.

—¿Me toca qué?

—Ahora te toca quitarte la ropa. —Nicolas ya empezaba a endurecerse y a sentir aquel hambre insaciable al ver cómo Lara lo miraba.

Ella bajó la mirada hasta posarla sobre su erección. Él se cogió por la base y deslizó la mano a lo largo de su miembro ya grueso y duro, viendo cómo a ella se le oscurecían los ojos y luego se humedecía rápidamente los labios con la lengua.

—Se supone que soy yo la que cuida de ti.

Él sonrió con ganas.

—Esto es cuidar de mí. —Nicolas siguió con esas caricias lentas mientras ella se quitaba la parte de arriba y la lanzaba a un lado—. Te puedes ocupar de cuidar esta parte mía —dijo, y ella se fijó en el miembro grueso y largo, que a Nicolas ya le dolía. Ella parecía como hipnotizada por el movimiento de sus manos y por la gota de líquido, brillante como una perla, que brotó de la punta ancha y lisa. Cuando Lara se lamió los labios, a él se le sacudió de arriba abajo, expectante.

Los pezones bajo el sujetador de encaje ya estaban duros, y se perfilaban bajo el tejido. Nicolas no pudo resistir a la tentación de acercar la boca a uno de sus pechos, e hizo bailar la lengua por encima del encaje. Lo chupó y jugó con él, utilizándolo para frotarle el pezón, hasta que ella se arqueó hacia su boca y emitió ese jadeo apagado que él encontraba muy estimulante.

Nicolas alzó la cabeza y dio un paso atrás para verla mientras se quitaba los pantalones con una especie de danza. Lara llevaba unas bragas cortas que le llegaban justo a las caderas y le redondeaban la curva de las nalgas. El encaje se estiraba sobre su piel cremosa, lo cual aumentaba el deseo de Nicolas de verla en cueros. Se quedó sin aire al ver cómo se quitaba el sujetador y dejaba sus pechos al descubierto, con sus suaves curvas incitantes y la piel brillando bajo la suave luz de la vela. Acto seguido, se quitó las bragas, dejando que se deslizaran solas. La sola idea de tocarla le provocó a Nicolas un dolor agudo.

Con un gesto, la invitó a ser la primera en entrar en la piscina, sólo por el placer de verla moverse. Ella era consciente de su mirada, brindándole esa seducción añadida, atrayéndolo con sus movimientos sensuales. Con el agua burbujeante hasta la cintura, la atrajo de espaldas hacia él, le cogió los pechos en el cuenco de las manos e inclinó la cabeza hacia su cuello, apretándose contra ella por detrás, sirviéndose de su altura y peso para apenas inclinarse sobre ella y empujar con más fuerza.

Con un brazo le rodeó la cintura para mantenerla clavada mientras deslizaba la otra mano por la piel satinada de su muslo hasta encontrar el vello rojizo y dorado, acariciando sus pliegues secretos, buscando su hendidura húmeda y apretada. Ella gimió y apretó a su vez el trasero contra él, le frotó el miembro, ya doliente de ganas, y fue como si le clavara algo que lo hizo estremecerse de placer. Él hundió más profundamente los dedos en ella, sintiendo cómo sus músculos lo apretaban, lo chupaban y lo mantenían en su lugar. Su miembro se sacudió y lloró una pequeña lágrima, impaciente por sentir ese abrazo deseoso de su entrepierna.

Nicolas le acarició el cuello y bajó hacia la curva de sus pechos, apenas rascándole con los dientes a la altura del cuello. El suave gemido con que ella respondió fue como una descarga de calentura que le apretó el vientre. Curvó los dedos y los hundió profundamente en ella, y Lara respondió sacudiendo las caderas y presionando contra su mano mientras deslizaba sus nalgas firmes tentadoramente a lo largo de su erección.

La hizo girarse y encontró su boca. Su beso fue duro, un poco rudo y muy posesivo. Nicolas hizo bailar la lengua, la tentó y buscó para que le diera todo lo que le pidiera. Con un susurro de voz, le transmitió sugerencias calientes y muy gráficas que la dejaron a ella aún más caliente y un poco asombrada.

Lara le devolvió el beso, sonrojándose, toda ella encendida y humedecida.

—Primero tengo que ocuparme de esto —susurró—. Deja de hacerme temblar las rodillas.

Acercó la boca a la cicatriz en su brazo, y deslizó la lengua en pequeñas caricias, sanando la herida con sus besos. Después se deslizó hacia la herida en su costado, un poco más profunda, dejando que su pelo sedoso le rozara sensualmente la piel mientras ella seguía lamiéndolo y las burbujas de la piscina hervían al contacto con su miembro erecto.

Él le acarició los pechos con sus dedos largos, yendo y viniendo, inclinándose de vez en cuando para chupar mientras el agua también la lamía. Ella volvió a inclinar la cabeza y pasó la lengua por una herida en la parte baja del abdomen. Nicolas sintió que todos los músculos del vientre se le endurecían. De repente, nada era tan importante como sentir su boca, apretada y húmeda y caliente. La llevó hasta la parte baja de la piscina, a las piedras de la orilla, y se sentó en una de las más altas, para que ella pudiera permanecer en el agua burbujeante.

Nicolas hundió las manos en su espesa cabellera y le hizo bajar la cabeza hasta su entrepierna. Murmuró algo en su lengua nativa, y el tono ronco y las instrucciones explícitas que le dio la hicieron sentir un arrebato de calor. A Lara le fascinaba la urgencia en su voz, el control de sus manos y la manera en que avanzaba las caderas hacia su boca. Tardó sólo un momento en coger el ritmo, aunque él no le dio demasiado tiempo para acostumbrarse a su grosor y su largo.

Más fuerte. Nicolas lanzó la cabeza hacia atrás con los ojos cerrados y el cuello expuesto mientras la animaba. Ella no sabía si se hablaba a sí mismo o a ella, pero aquella necesidad jadeante y entrecortada fue como una descarga que alimentó su deseo. *Tómame más adentro. Así. Es lo que necesito. Aprieta más fuerte, chúpame.*

Y seguía. Cada orden que le susurraba era más ruda y más osada. *Tómame todo, más adentro. Tú puedes.* Ya no se ocupaba del placer de ella ni le ayudaba a respirar, y sus demandas sólo le daban ganas de renunciar a todo por él. Nicolas empezaba a perder rápidamente el control y eso era algo que ella no había creído posible.

Aumentó sus atenciones y deslizó la boca sobre él, aplastando la lengua, hundiendo las mejillas hasta que Nicolas jadeó pidiendo clemencia, hasta que se derramó sobre ella y soltó el chorro de su esencia caliente antes de que pudiera recuperar el control.

Más que satisfecha con su éxito, Lara tomó el relevo y se montó sobre él. Le echó los brazos al cuello y se acomodó con exquisita lentitud sobre su erección todavía dura. Él empujó a través de sus pliegues apretados hasta llenarla, estirándola y quemando hasta que Lara quedó totalmente sentada y se sintió plena y deliciosamente rellena.

Empezó a cabalgar sobre él, levantándose y dejándose caer nuevamente, apretando los músculos, sintiendo lo mismo que a él le quitaba el aliento y le encendía chispas sobre la piel. A Lara le fascinaba apoderarse de su cuerpo y hacerlo suya. Verlo respirar entrecortadamente la excitaba hasta marearla y la hacía moverse arriba y abajo, usándolo para su propio placer. Lo montó lentamente y a su gusto, negándose a ceder a la urgencia de sus manos, que él le hincaba en las caderas o a la invitación de sus piernas, cada vez más apretadas. Lara se tomó su tiempo, se dejó llevar por las olas que la encumbraban cada vez más, como si un hilo de fuego le rozara la matriz, hasta que casi empezó a vibrar por la tensión que se acumulaba. Durante todo ese rato, lo observaba respirar a duras penas, y contemplaba cómo su expresión se iba oscureciendo, cada vez más dominada por la lujuria.

Nicolas luchaba contra sí mismo para permitirle a ella tener el control, mirándola a través de ojos semicerrados, disfrutando de cómo se movía, sintiendo que lo envolvía como un guante apretado. Lo estaba volviendo loco con su cabalgata lenta y tranquila. Lara se levantaba, se retorcía levemente y contraía los músculos para que su vaina se apretara en torno a él como un puño codicioso. Nicolas sentía la presión que se seguía acumulando hasta que temió que ardería como producto de una combustión espontánea.

—Une los tobillos alrededor de mi cintura —le ordenó, con los dientes apretados.

Lara parecía divertida.

—¿Qué quieres que haga?

—No estoy bromeando —dijo él, porque Lara lo estaba torturando lentamente con su sensual cabalgata.

—¿De verdad? —Lara alzó una ceja y volvió a subir moviendo las caderas en una lenta espiral pero manteniéndolo preso.

Sus nalgas cremosas eran demasiado tentadoras y Nicolas no intentó resistir y le propinó una palmada que le dejó una ligera mancha rosa, a la vez que le recordaba quién mandaba. Ella rió y entrelazó los pies. Él la hizo girar, la sentó en la piedra y la clavó bajo su peso para poder hacer lo que quisiera.

Embistió con fuerza y la penetró tal como deseaba hacerlo, hundiéndose tan profundamente que ella creyó enloquecer con la explosión que la hizo prenderse con fuerza cuando su orgasmo la desgarró de arriba abajo. Él siguió mientras toda ella se apretaba alrededor de su miembro y lo ordeñaba hasta que, con un ruido ronco, se sacudió con fuerza, embistiéndola y derramando su leche caliente en ella.

Mientras seguía hundido en ella, sin dejar de moverse, Nicolas inclinó la cabeza hasta sus pechos. Le dolían los dientes y tenía la boca llena de su sabor. Hizo bailar la lengua y le mordisqueó los pezones. Cuando siguió con pequeños mordiscos en el pecho, a ella se le enroscaron los dedos de los pies y sintió un aleteo en la boca del estómago. Nicolas le rozó el pulso con los labios y la acarició con la lengua, hasta que Lara sintió su mordisco, que le provocó una mezcla de dolor y placer.

Sintió un ardor en la muñeca y de pronto la asaltó la imagen de unos dientes que le desgarraban la carne. Sintió un calambre en el vientre y apretó con fuerza los dientes para no gritar. Todo en ella se tensó. Luego, esperó. Hasta que finalmente gritó para pedirle que parara.

Nicolas levantó la cabeza y paseó una mirada por su cara. Era una mirada oscura y sexy, teñida por el deseo.

—¿Qué ocurre, *hän ku kuulua sívamet*?

Su voz era una caricia aterciopelada cuando la llamó «celadora de mi corazón». ¿Cómo podía ser la celadora de su corazón si no podía darle todo lo que él le pedía?

—No creo que pueda —murmuró, con lágrimas en los ojos. Había conseguido darle sangre a su tía, pero su conciencia no la dejaba ir más allá.

Detestaba decepcionarlo, sobre todo ahora que se sentía plenamente satisfecha y amada. También quería eso para él. Quería que Nicolas supiera que ella se lo daría todo, si él lo pedía, aunque no conseguía superar la aversión que sentía. Sabía que darse mutuamente sangre entre compañeros eternos era natural, incluso erótico, y lo había disfrutado en una ocasión, pero ahora sentía un nudo en el estómago y el pánico se apoderaba de ella. Todo había sido perfecto y ahora lo había arruinado.

—Lo siento —murmuró, avergonzada.

Él le cogió el mentón, le levantó la cara y le besó las mejillas, recogiendo sus lágrimas con la lengua.

—¿De verdad crees que es importante para mí tomar tu sangre cada vez que hacemos el amor, Lara? —le preguntó.

Después, le besó el pulso y le pasó la lengua por los diminutos orificios que le había dejado.

—*Tet vigyázam*. Te amo, es así de sencillo. Nada más importa. Tú. Sólo tú. Adoro tocarte y hacer el amor contigo, pero eres tú, la que está en ti, lo que cuenta para mí. Si no puedo tomar tu sangre, ¿acaso lo añoraré? Estoy seguro de que sí, de vez en cuando. Pero, sinceramente, preferiría tenerte acurrucada a mi lado, riendo conmigo, provocándome, dándome alegrías, a estar con nadie más. *Tet vigyázam*, Lara. Para siempre. Te amaré hasta la eternidad.

Ella se alzó hacia su cara.

—*Tet vigyázam*, Nicolas —mumuró, sabiendo que era verdad.

Capítulo 20

Lara y Nicolas se levantaron temprano al llegar la noche, se bañaron en la piscina e hicieron el amor pausadamente. Faltaban sólo unas horas para que comenzara la ceremonia de los nombres y Lara ansiaba que llegara el momento. Sentía la excitación latente a su alrededor, aunque se encontraran en el interior de la caverna. Mientras se vestía, miró a Nicolas. Las heridas habían desaparecido, aunque todavía veía los bordes que no habían acabado de sanar.

—¿Cuándo bajarás a las entrañas de la tierra? No lo has hecho desde que estás conmigo.

—Iré cuando tú estés preparada —dijo él.

Ella frunció el ceño.

—Eso no puede ser, Nicolas. Sólo puedo analizar a unas cuantas personas al día en busca del microbio. No he acabado con todas las mujeres, y ni siquiera he empezado con los hombres. Y si el microbio se encuentra en la tierra, será un círculo vicioso interminable.

—Tenemos que convertirte, Lara.

—Se hará a su debido tiempo, pero todavía no.

—Será en el curso de la próxima semana. Comprueba el estado de las mujeres y acaba.

Ella no contestó. Ese tono de voz suyo le decía que Nicolas

433

estaba preocupado por ella. Sabía lo que sentía cuando lo miró y vio las heridas que deberían haber sanado. Era muy consciente de que Nicolas reprimía su necesidad de protegerla y mantenerla sana. Él sabía el agotamiento que ella experimentaba cuando se pasaba una jornada entera destruyendo microbios, y sabía que tenía problemas para tragar aunque fuera un poco de caldo.

De pronto, Nicolas miró como si algo lo hubiera alertado y la cogió por el brazo para ponerla detrás de él.

—Tenemos compañía. Los encontraremos en la entrada de la caverna, lejos de donde descansan tus tías.

Lara se sorprendió al ver que Shea y Jacques Dubrinsky esperaban que los invitaran a entrar, con el hijo recién nacido en los brazos. Era la primera vez que Lara miraba detenidamente al compañero eterno de la investigadora carpatiana. En cierto sentido, le recordaba a su padre a causa de esa mirada que acusaba los estragos del tiempo, con sus profundas arrugas y esos ojos que habían sido testigo de demasiado dolor y sufrimiento. Había oído rumores acerca de él, de su mente escindida y de lo peligroso que era. Sin embargo, al verlo sostener a su hijo con gesto tan tierno, le costaba creérselo.

—Hemos venido a pedir ayuda a tu compañera eterna una vez más, Nicolas —dijo Jacques, sin rodeos—. Entiendo que estos viajes que emprende son difíciles, y no se lo pediría, pero Shea cree que es necesario. —Miró a su compañera eterna con una ternura en su expresión que a Lara le pareció conmovedora.

—No es tan duro, ahora que sé lo que hago —replicó Lara—. Además, tengo a Nicolas para anclarme. —Carraspeó y pensó en la conveniencia de hablar de las dificultades que tenía para dar o tomar sangre, lo cual convertía sus viajes en una aventura todavía más ardua. Sólo podía tomar sangre de Nicolas y no quería emprender un viaje si él no estaba a su lado. Revivir su infancia una y otra vez resultaba agotador.

No es asunto de nadie. Nicolas le cogió la mano y se la llevó al pecho.

Shea le tocó el pie a su hijo y los miró a los dos, intentando reprimir su repentina emoción.

—Nuestro hijo no está bien. Veo que lucha, y he intentado todo lo que sé, pero sigue perdiendo fuerzas. Gregori y Francesca lo han examinado en varias ocasiones, pero padece la misma enfermedad de los otros bebés que hemos perdido y que lo debilita. No puedo alimentarlo adecuadamente y las mezclas que le he preparado no lo sacian.

—Shea, lo siento mucho —dijo Lara—. No teníamos ni la menor idea. Nadie nos ha dicho nada.

—Pensamos que era mejor no contarlo —dijo Jacques—. Hay unas cuantas mujeres encintas y no queremos arriesgarnos a provocarles más ansiedad.

—¿Qué puedo hacer yo? —inquirió Lara.

—Entrar en él y ver si está infectado con el microbio.

Lara y Nicolas cruzaron una larga mirada, como si de pronto entendieran.

—Creéis que encontraré microbios, ¿es eso?

Shea se mordió los labios y asintió con un gesto de la cabeza.

—Creo que el microbio busca primero alojarse en los hombres, y cuando éstos tienen relaciones sexuales con su compañera eterna, el microbio pasa a ellas, lo cual le deja el territorio despejado. Mientras el hombre descansa en las entrañas de la tierra, penetra en él otro microbio, probablemente a través de la piel. El primer microbio ha encontrado la anfitriona femenina y espera. Si ella queda encinta, el microbio la obliga a abortar atacando constantemente al embrión, pero si no lo consigue, creo que el microbio pasa al bebé, lo cual significa nuevamente una pérdida. Y el ciclo vuelve a empezar otra vez cuando el hombre infecta a la mujer. Una vez dentro del bebé, el microbio lo mata lentamente.

Lara cerró los ojos un momento. La teoría de Shea parecía bastante razonable, sobre todo después de que habían encontrado el laboratorio de Xavier con sus siniestras tinajas. Cada una de ellas conformaba un entorno diferente para los extremófilos.

—Desafortunadamente, tu teoría se corresponde con las pruebas que encontramos en las cavernas de hielo. Por regla general, es muy difícil exterminar a estos microorganismos, Shea. Los quemamos uno por uno, pero si todos vuelven a infectarse cuando descansamos en las entrañas de la tierra, será imposible ganar terreno.

Nicolas posó una mano protectora en la nuca de Lara.

—Sobre todo porque, hasta ahora, Lara es la única que puede encontrarlos. Y cuando la convierta, quizá ya no pueda volver a hacerlo. Natalya no puede.

Shea se llevó una mano a la boca.

—No puedes convertirla, Nicolas —dijo, sacudiendo la cabeza—. Me imagino cuánto lo deseáis los dos, pero no puedes. No podemos exponernos a ello, es demasiado importante para todos nosotros. Si no encuentro un anticuerpo que pueda combatir este mal en las entrañas de la tierra, Lara es nuestro único madero de salvación.

—Xavier corrompe los extremófilos. Si alguien puede coger una muestra, quizá puedas utilizar los poderosos bichos originales para combatir esta versión infecciosa —sugirió Lara—. Yo ya he cogido muestras para las investigaciones, y los científicos de todo el mundo creen que los extremófilos pueden servir para curar numerosas enfermedades. En realidad, sirven como defensa contra muchos microbios, así que quizá la respuesta sea la más sencilla, es decir, recurrir a la cepa original.

—¿Has visto pruebas de que haya habido mutaciones? —preguntó Shea, con un brillo de esperanza en la mirada.

Lara asintió con un gesto de la cabeza.

—He visto extremófilos normales cientos de veces. Es evidente que Xavier ha provocado la mutación de éstos.

—Si eso es cierto —dijo Shea, segura—, creo que podremos encontrar un antídoto, una vacuna o algo para luchar contra esto. Por fin, un rayo de esperanza.

—Pero hay que llevar a cabo los experimentos antes de conseguirlo —dijo Nicolas—. Eso lleva tiempo —añadió, y estrechó a Lara por el hombro con gesto protector—. Lara está atrapada entre ambos mundos, Shea. Apenas consigue tragar algo de comida. No puede bajar a las entrañas de la tierra, pero tampoco puede vivir a la luz del día. ¿Crees que es justo pedirle a mi compañera eterna que viva en esa tierra de nadie?

—No —contestó Jacques en nombre de los dos, en nombre de todo el pueblo carpatiano—. No, desde luego que no lo es, pero no tenemos otra alternativa. Tenemos que pediros que salvéis a nuestros hijos.

Lara miró al niño en sus brazos, tan inocente, que ya empezaba a irse de su mundo. Estaba pálido y delgado, falto de vida, y su mirada era opaca. Cruzó una mirada con Nicolas. Procuró que él no viera ni sintiera su desasosiego. No podía sacrificar a ese bebé, ni a ningún otro, y él tampoco podía. Hasta que encontraran una manera de combatir los microbios que contaminaban la tierra, no podía convertir a Lara.

Puedes hacerlo, dijo Nicolas, con firmeza. *No tenemos ni idea de lo que te podría ocurrir viviendo esta vida que no es vida. Nadie puede pedirte esto.*

Yo también te amo. Lara le sonrió. *Y sabes que no hay alternativa. Este bebé nos pertenece a todos.*

Nicolas soltó una imprecación y apartó la mirada, sintiéndose una vez más impotente. Los siglos que había vivido jamás lo habían preparado para el fracaso. Había llevado a Lara al límite de sus fuerzas y no había sido capaz de protegerla en el momento de revivir su infancia. Tampoco había sido capaz de salvar a sus amigos, y ahora no podía arrancarla de esa vida que no era vida. ¿Qué tipo de compañero eterno era? La protección siempre había sido lo más importante para él, pero ahora se revelaba como un perfecto inútil cuando se trataba de proteger lo más importante.

Lara le echó los brazos al cuello, sin importarle que Jacques y Shea estuvieran presentes. Se dejó ir contra él e inclinó la cabeza.

—Eres el mejor compañero eterno, eso es lo que eres. Y, ahora mismo, quiero que me ayudes a encontrar lo que le hace daño a este bebé. Necesitaremos a Natalya para que extraiga el microbio cuando yo lo lleve a la superficie, y tú tendrás que estar preparado para darme sangre. Y luego... —dijo, y sonrió a Shea— nos espera una ceremonia. Todos están muy ilusionados con la ceremonia del nombre.

Shea consiguió esbozar una tímida sonrisa.

—Por favor, encuéntralo, Lara. Si no, no sé cómo podremos salvar a nuestro hijo.

—Lo encontraré —dijo Lara, con más confianza de la que sentía.

Se hizo el silencio entre la multitud congregada. La expectación y la ilusión volvían más vívidos los detalles. El incienso que quemaba, el aroma de la salvia y la lavanda mezclado con el de las velas. La cámara era cálida, todo lo contrario de las cavernas de hielo, y Lara no podía dejar de comparar la bienvenida que le daban al niño con la que le habían dado a ella. Deseaba que sus tías hubieran estado presentes para participar, pero después de que los sanadores las hubieran examinado y dado más sangre, los dos declararon que era demasiado pronto y que las dos mujeres necesitaban mucho más tiempo para recuperar la salud en las entrañas de la tierra. Miró a Nicolas y sonrió.

Nicolas le cogió la mano y entrelazó los dedos. Sentía un orgullo desbordante, a pesar de que le entraban ganas de coger a su compañera eterna en vilo sobre los hombros y llevársela de vuelta a América del Sur, donde cuidaría de su salud. De no ser por Lara, aquella criatura no habría tenido ni la más mínima posibilidad de sobrevivir. Lara había llevado a cabo el viaje en su cuerpecito y descubierto que la teoría de Shea era verdad. El microbio había pasado de la madre al hijo y lo estaba matando lentamente.

El viaje había sido más difícil de lo esperado. El bebé era pequeño, y ya estaba débil y enfermo. Lara tuvo que proceder con cuidado y entrar asumiendo el aspecto de un niño, ya que el microbio se habría ocultado ante la presencia de un adulto. Revivir constantemente la infancia empezaba a pasarle factura, pero cuando Nicolas intentó decirle que con eso bastaba, ella sólo le sonrió y le señaló al niño. Con el microbio fuera de su cuerpo, se había recuperado rápidamente y daba muestras de vitalidad y de hambre.

Nicolas vio a Jacques llevar a su hijo al centro de la sala mientras aumentaba la intensidad del cántico de bienvenida de los carpatianos. Todos los presentes jurarían su amor y su apoyo al pequeño, se convertirían en su familia y se comprometerían a cuidar de él si alguna desgracia llegaba a ocurrirles a los padres.

Jacques le pasó el niño a su hermano y el príncipe lo levantó por encima de su cabeza a vista de todos. Se oyó un rugido de aprobación. Shea le cogió la mano a su compañero eterno y los miró a los dos.

Os lo agradezco. Sin vosotros, esta ceremonia no habría sido posible.

Nicolas sintió un nudo en la garganta. Se llevó la mano de Lara a la boca y le estampó un beso en la palma.

—¿Quién pondrá nombre a este niño? —preguntó Mikhail.

—Su padre —respondió Jacques.

—Su madre —dijo Shea.

—Su pueblo —contestó la multitud de hombres y mujeres, con sus compañeros eternos o solos.

—Te llamarás Stefan Kane —anunció Mikhail—. Nacido en la batalla, coronado con el amor. ¿Quién aceptará la oferta del pueblo carpatiano para amar y criar a nuestro hijo?

—Sus padres, con gratitud. —Jacques y Shea se miraron, alegres.

Nicolas sintió que la emoción se apoderaba de él. Alegre. Conocía el significado de esa palabra, y era Lara.

Un diccionario carpatiano muy abreviado

Este diccionario carpatiano en versión abreviada incluye la mayor parte de las palabras carpatianas empleadas en la serie de libros Oscuros. Por descontado, un diccionario carpatiano completo sería tan extenso como cualquier diccionario habitual de toda una lengua.

Nota: los siguientes sustantivos y verbos son morfemas. Por lo general no aparecen aislados, en forma de raíz, como a continuación. En lugar de eso, se los emplea habitualmente con sufijos (por ejemplo, «*andam*» - «Yo doy», en vez de sólo la raíz «*and*»).

aina: cuerpo
ainaak: para siempre
akarat: mente, voluntad
ál: bendición, vincular
alatt: a través
alə: elevar; levantar
and: dar
avaa: abrir
avio: desposada
avio päläfertiil: pareja eterna

belső: dentro, en el interior

ćaδa: huir, correr, escapar

ćoro: fluir, correr como la lluvia

csitri: pequeña (femenino)

eći: caer

ek: sufijo añadido a un sustantivo acabado en una consonante para convertirlo en plural

ekä: hermano

elä: vivir

elävä: vivo

elävä ainak majaknak: tierra de los vivos

elid: vida

én: yo

en: grande, muchos, gran cantidad

en Puwe: El Gran Árbol. Relacionado con las leyendas de Ygddrasil, el eje del mundo, Monte Meru, el cielo y el infierno, etcétera.

engem: mí

és: y

että: que

fáz: sentir frío o fresco

fertiil: fértil

fesztelen: etéreo

fü: hierbas, césped

gond: custodia; preocupación

hän: él, ella, ello

hany: trozó de tierra

irgalom: compasión, piedad, misericordia

jälleen: otra vez

jama: estar enfermo, herido o moribundo, estar próximo a la muerte (verbo)

jelä: luz del sol, día, sol, luz

joma: ponerse en camino, marcharse

jŏrem: olvidar, perderse, cometer un error

juta: irse, vagar

jüti: noche, atardecer

jutta: conectado, sujeto (adjetivo). Conectar, sujetar, atar (verbo)

k: sufijo añadido tras un nombre acabado en vocal para hacer el plural

kaca: amante masculino

kaik: todo (sustantivo)

kaŋa: llamar, invitar, solicitar, suplicar

kaŋk: tráquea, nuez de Adán, garganta

karpatii: carpatiano

käsi: mano

kepä: menor, pequeño, sencillo, poco

kinn: fuera, al aire libre, exterior, sin

kinta: niebla, bruma, humo

koje: hombre, esposo, esclavo

kola: morir

koma: mano vacía, mano desnuda, palma de la mano, hueco de la mano

kont: guerrero

kule: oír

kuly: lombriz intestinal, tenia, demonio que posee y devora almas

kulke: ir o viajar (por tierra o agua)

kuńa: tumbarse como si durmiera, cerrar o cubrirse los ojos en el juego del escondite, morir

kunta: banda, clan, tribu, familia

kuulua: pertenecer, asir

lamti: tierra baja, prado

lamti ból jüti, kinta, ja szelem: el mundo inferior (literalmente: «el prado de la noche, las brumas y los fantasmas»)

lejkka: grieta, fisura, rotura (sustantivo). Cortar, pegar, golpear enérgicamente (verbo)

lewl: espíritu

lewl ma: el otro mundo (literalmente: «tierra del espíritu»). *Lewl ma incluye lamti ból jüti, kinta, ja szelem:* el mundo inferior,

pero también los mundos superiores *En Puwe,* el Gran
Árbol

löyly: aliento, vapor (relacionado con *lewl:* «espíritu»)

ma: tierra, bosque

mäne: rescatar, salvar

me: nosotros

meke: hecho, trabajo (sustantivo). Hacer, elaborar, trabajar

minan: mío

minden: todos (adjetivo)

möért: ¿para qué? (exclamación)

molanâ: desmoronarse, caerse

molo: machacar, romper en pedazos

mozdul: empezar a moverse, entrar en movimiento

nä: para

ŋamaŋ: esto, esto de aquí

nélkül: sin

nenä: ira

nó: igual que, del mismo modo que, como

numa: dios, cielo, cumbre, parte superior, lo más alto
   (relacionado con el término «sobrenatural»)

nyál: saliva, esputo (relacionado con nyelv: «lengua»)

nyelv: lengua

o: el (empleado antes de un sustantivo que empiece por
   consonante)

odam: soñar, dormir (verbo)

oma: antiguo, viejo

ombaće: otro, segundo (adjetivo)

ot: el (empleado antes de un sustantivo que empiece por vocal)

otti: mirar, ver, descubrir

owe: puerta

pajna: presionar

pälä: mitad, lado

päläfertiil: pareja o esposa

pél: tener miedo, estar asustado de

pesä: nido (literal), protección (figurado)

pide: encima

pirä: círculo, anillo (sustantivo); rodear, cercar

pitä: mantener, asir

piwtä: seguir, seguir la pista de la caza

pukta: ahuyentar, perseguir, hacer huir

pus: sano, curación

pusm: devolver la salud

puwe: árbol, madera

reka: éxtasis, trance

rituaali: ritual

saɣe: llegar, venir, alcanzar

salama: relámpago, rayo

sarna: palabras, habla, conjuro mágico (sustantivo). Cantar, salmodiar, celebrar

śaro: nieve helada

siel: alma

sisar: hermana

sív: corazón

sívdobbanás: latido

soŋe: entrar, penetrar, compensar, reemplazar

susu: hogar, lugar de nacimiento; en casa (adverbio)

szabadon: libremente

szelem: fantasma

tappa: bailar, dar una patada en el suelo (verbo)

te: tú

ted: tuyo

toja: doblar, inclinar, quebrar

toro: luchar, reñir

tule: reunirse, venir

türe: lleno, saciado, consumado

tyvi: tallo, base, tronco

uskol: fiel

uskolfertiil: fidelidad

veri: sangre

vigyáz: cuidar de, ocuparse de

vii: último, al fin, finalmente
wäke: poder
wara: ave, cuervo
weńća: completo, entero
wete: agua

www.titania.org

Visite nuestro sitio web y descubra cómo ganar
premios leyendo fabulosas historias.

Además, sin salir de su casa, podrá conocer
las últimas novedades de
Susan King, Jo Beverley o Mary Jo Putney,
entre otras excelentes escritoras.

Escoja, sin compromiso y con tranquilidad,
la historia que más le seduzca
leyendo el primer capítulo de cualquier libro
de Titania.

Vote por su libro preferido y envíe su opinión
para informar a otros lectores.

Y mucho más…